John Jakes · Die Besiegten

John Jakes

# Die Besiegten

Roman

Ullstein

Titel der amerikanischen Originalausgabe: The Warriors
Published by Pyramid Books, New York
© 1977 by John Jakes and Lyle Kenyon Engel
Aus dem Amerikanischen übertragen von Johanna Friedmann
© dieser Ausgabe 1988 by Verlag Ullstein GmbH, Frankfurt/M. · Berlin
Alle Rechte vorbehalten
Satz: Fotosatz Otto Gutfreund, Darmstadt
Druck und Verarbeitung: Ebner Ulm
Printed in Germany 1988
ISBN 3 550 06144 7

CIP-Kurztitelaufnahme der Deutschen Bibliothek

**Jakes, John:**
Die Besiegten : Roman / John Jakes. [Aus d. Amerikan. übertr.
von Johanna Friedmann]. – Frankfurt/M. ; Berlin : Ullstein, 1988
Einheitssacht.: The warriors ⟨dt.⟩
ISBN 3-550-06144-7

# Prolog in Chancellorsville

Der gefallene Säbel

Major Gideon Kent war total erschöpft. Todmüde war er. Und er litt unter einer ihm wohlvertrauten Gereiztheit, die er nur sich selbst gegenüber und heimlich als Angst zu bezeichnen wagte. Diese Stimmung tauchte bei ihm immer ausgerechnet während eines Gefechts auf.

An jenem Nachmittag gegen achtzehn Uhr hatte er nicht nur den Beginn einer Schlacht erlebt. Er hatte den Anfang eines Gemetzels mit angesehen. Tausende seiner Kameraden aus dem Heer der Südstaatenkonföderation waren zum Angriff angetreten und hatten den Schutz des Waldes verlassen, den man die Wildnis nannte. Die Signalhörner erschallten. Es blitzten die Bajonette.

Scharen von wilden Truthühnern ergriffen lärmend die Flucht vor den brüllenden Soldaten und ihren flatternden Kampfstandarten. Das deutsche Regiment von Gilsas Brigade war von dem Angriff total überrascht worden. Die Soldaten nahmen gerade bei Dowdall's Clearing ihre Abendmahlzeit ein und hatten zumeist ihre Waffen abgelegt.

Die Deutschen bildeten den äußersten Flügel der ungedeckten Flanke von General Howard. Die Südstaatler stürmten auf sie ein. Sie stachen zu. Sie gaben ein schrilles Gekreisch von sich. Aus Kernschußweite fetzten sie Köpfe und Gliedmaßen weg. Der Befehlshaber des Zweiten Korps der Armee von Nord-Virginia war seiner Sturmreihe zu Pferde dicht gefolgt. Seine Augen blitzten beinahe überirdisch. Immer wieder streckte der Kommandeur seine Hände dem dichter werdenden Rauch am goldfarbenen Himmel entgegen, als wolle er Gott danken für dieses Blutbad.

Der außerordentlich riskante Angriff des Generals hatte zum Erfolg geführt. Dies war bereits ganz offensichtlich, als Gideon die allerersten Minuten der Attacke beobachtete. Dann wurde er vom Schauplatz der Kampfhandlungen wegbefohlen. Sein Kommandeur, der ruhelose Beauty Stuart hatte erkannt: Die Beschaffenheit des Geländes und das Überraschungsmoment machten den Einsatz der Kavallerie hier nicht nur überflüssig, sondern auch nutzlos. Deshalb bat er um die Genehmigung, ein Regiment und eine Batterie weiter oben bei Ely's

Ford am Rapidanfluß einsetzen zu dürfen. Dort schien es möglich, einem Trainpark der Union beträchtlichen Schaden zuzufügen. Gideon, der dem Stab von General Stuart zugeteilt worden war, zog mit dorthin.

Gegen zwanzig Uhr hatte Stuart ihn zurückgeschickt, um dem Kommandierenden General des Zweiten Korps Bericht zu erstatten. Man hatte einige Pferde der Union entdeckt, die zu Stonemans Ausweichtruppe gehörten. In Stuarts Bericht hieß es, er bereite sich auf einen Angriff vor, sei aber bereit, einen Richtungswechsel vorzunehmen, wenn der Kommandeur des Zweiten Korps das als notwendig erachte.

Daß dieser Kommandeur auf Hilfe nicht angewiesen war, das war Gideon deutlich geworden, als er sich durch die beinahe undurchdringlichen Wälder wieder nach Süden durchschlug, um die Straße nach Fredericksburg zu erreichen. Auf der ritt er nun, bewaffnet mit Säbel und Revolver.

Der Überraschungsangriff hatte den Feind um gut vier, fünf Kilometer zurückgeworfen. Undeutlich konnte Gideon die Beweise dafür sehen: Hunderte und Aberhunderte von blau uniformierten Toten lagen da in der Dämmerung. Weiter östlich tobte die Schlacht immer noch. Auch Artillerie war nun zum Einsatz gelangt, und Teile des Baumbestandes am Rande der *Wildnis* standen jetzt in Flammen.

Inzwischen war die Sonne untergegangen – all dies geschah am Sonnabend, dem 2. Mai 1863 –, und Gideon bewegte sich auf das Zentrum der Kämpfe zu. Inzwischen fragte er sich, ob die Richtungsangaben stimmten, die einige Offiziere gemacht hatten, als er sie unterwegs traf. War der Befehlshaber des Zweiten Korps wirklich weiter vorn zu finden? Die immer dunkler werdende Straße, gesäumt von verkrüppelten Bäumen und dichtem Buschwerk, gab darauf keinen Hinweis.

Sport, sein kleiner Hengst, hatte Schwierigkeiten, auf der holprigen Straße voranzukommen. Das drahtige langschwänzige Kanadierpferd war nach der Schlacht von Fredericksburg in Gideons Hände gelangt. Es war ein kurzbeiniges, struppiges Beutestück, und Gideon pflegte es mit Hingabe, als sei's ein Stück von ihm.

Aber der feuchte, harte Winter im Camp No-Camp – auch dieser Name entsprang einer Laune von Jeb Stuart – hatte seinen Zoll gefordert. Trotz aller Bemühungen Gideons, das Beutepferd, wann immer möglich, auf festem, trockenem Boden zu halten, waren die typischen Anzeichen für eine Erkrankung an Schmutzmauke unverkennbar. Sports Vorderhufe hatten zuviel Morast abbekommen. Sie verfaulten nun.

Aber noch machte das Pferd mit, wenn auch nicht schnell, so doch ausdauernd bewegte es sich unter dem Dach der Baumkronen voran. Nicht weit von hier lag irgendwo das Gutshaus mit weißen Säulen an einer Straßenkreuzung mit dem bedeutungsvollen Namen Chancellorsville.

Inzwischen war es auf der Straße pechschwarz geworden. Aber oben am Himmel herrschte ein furchterregendes Lichtgemisch, aus dem Glanz des Vollmonds, dem Kanonendonner der Bundestruppen im Osten und dem mürrischen Rot der brennenden Wälder überall am Horizont.

Gideon grübelte darüber nach, ob die Kämpfe die ganze Nacht über anhalten würden. Vielleicht würde das nicht der Fall sein. Aus irgendeinem Grund, den er nicht kannte – der aber den Generälen offensichtlich bekannt war –, hatten die Yankees unter Fighting Joe Hooker ihre zahlenmäßige Überlegenheit in dieser Schlacht nicht voll zum Einsatz gebracht. Old Marse Robert Lee schien mit seinem Doppelspiel dem Erfolg nahe zu sein.

Zu seiner Linken glaubte Gideon Infanterieeinheiten zu hören. Links lag der Norden, wo Rauch durch ein scheußliches Gewirr von Baumstümpfen abzog.

Er ließ Sport jetzt im Schritt gehen. Er grübelte: Welche Truppen mochten das wohl sein?

Gideon entschied sich jetzt, nur noch ein paar hundert Meter weiter zu reiten, um den Führer des Zweiten Korps zu suchen. Die Kampflinien waren offensichtlich noch in Bewegung. Er war sich nicht sicher, die richtigen Auskünfte erhalten zu haben. Seinen Informationen nach waren der General und eine kleine Gruppe von Offizieren, Kurieren und Sergeanten der Fernmeldetruppen auf dieser Straße nach Osten geritten, um sich an die Spitze der sich neu formierenden Fronttruppen zu setzen. Wenn er nicht bald den Mann fand, den sein Vater vor dem Krieg in Lexington gekannt hatte, dann mußte er kehrt machen und eine bessere Orientierung suchen. Beauty Stuart schätzte in seinem Stab keine Offiziere, die Erkundungen über die Position der Kavallerie unpünktlich ablieferten.

Er setzte sich in Bewegung, und ihm stockte der Atem, als Artilleriesperrfeuer knapp einen Kilometer rechts von ihm einschlug. Er hörte das Krachen von Baumästen. Der Himmel glich nun der Höllenvision eines Künstlers. Es flackerte in allen Schattierungen der Farbe Rot. Ganz Virginia unterhalb des Rappahannock schien in Flammen zu stehen.

Wieder hörte Gideon Schreie, zwar fern, aber dennoch zermürbend. Rechts im Dunkel jenseits des Straßenrands entdeckte er weitere Soldaten im Anmarsch.

Handelte es sich um Yankees, die vom Vorstoß der Konföderierten überrollt worden waren? Oder handelte es sich um herbeigeschaffte Verstärkungen der eigenen Seite – getreu dem Lieblingsbefehl des Generals, der da lautete: Treibt sie in die Enge! Treibt sie in die Enge! Der General trieb seine Soldaten häufig so heftig und schnell voran, daß man sie manchmal als die Kavallerie zu Fuß bezeichnete.

Nicht zu wissen, wer sich dort draußen befand, gefiel Gideon überhaupt nicht. Er griff nach dem Kolben seines Le-Mat-Revolvers, der unter seiner Schärpe steckte, während er Sport mit seinen Knien vorantrieb. Er machte sich inzwischen Sorgen, daß der General in unsicheres Gelände vorgestoßen sein könnte.

Den ganzen Tag über zirkulierte unter Stuarts Stab ein Gerücht. Es hieß, der Kommandeur des Zweiten Korps habe schlecht geschlafen und dann nur ein wenig kalten Kaffe geschlürft, ehe er seine Leute auf den kühnen Flankenmarsch schickte, der im Angriff bei Dowdall's Clearing seinen Höhepunkt fand. Während der General in der kalten Dämmerung seinen Kaffee trank, lehnte sein Säbel in der Scheide an einem Baum in der Nähe. Und plötzlich, ohne daß jemand es berührte, ohne daß jemand ein Geräusch hörte, sei, so hieß es, der Säbel zu Boden gefallen.

Gideon hielt sich nicht für besonders abergläubisch. Aber diese Geschichte beschäftigte ihn doch zu seinem Unbehagen sehr.

Und es gab Gründe für seine Besorgnis. Er war ein beträchtliches Stück die Straße nach Fredericksburg entlanggeritten. Warum hatte er da General Stonewall Jackson nicht gefunden?

## 2

Er versuchte, seine Sorgen zu verdrängen. Dies fiel ihm augenblicklich leicht. Wieder einmal zog eine Granate über ihm ihre Bahn. Gideon zog den Kopf ein, als sie knapp einen Kilometer entfernt Bäume in die Luft sprengte.

Er flehte zu Gott, deutlicher sehen zu können. Selbst wenn sich weiter vorn auf der Straße Soldaten befanden, so war es doch einfach unmöglich, diese aus der Entfernung auszumachen. Er preßte seine ramponierten grauen Hosenbeine gegen Sports Leib, um das Pferd voranzutreiben. Er bemühte sich, trotz der Schatten und der dichten Rauchschwaden, die mal rot durch das Feuer, mal gelb durch den Vollmond verfärbt waren, etwas zu erkennen.

Um seine Müdigkeit und seine Angst zu bekämpfen, rief er sich ins Gedächtnis, daß die Schlacht ja günstig zu verlaufen schien. Und dies, obwohl alle Logik dagegen sprach.

Schätzungen besagten, Hooker, der Oberbefehlshaber der Unionstruppen, habe hundertdreißig- bis hundertfünfzigtausend Mann herangeschafft – einschließlich Stonemans Kavallerie, die irgendwo weiter südlich verschwunden war. Hooker wollte Lincoln um jeden Preis den entscheidenden Sieg verschaffen. Denn kurz zuvor hatte es zwei Katastrophen gegeben. McClellan, der politische General, hatte zuviel Zeit verschwendet und war schließlich bei seinem Feldzug gegen Richmond gescheitert. Und Burnside, der Führer der berühmten Bakkenbärte, war bei Fredericksburg vernichtend geschlagen worden.

Fighting Joe Hookers riesiger Streitmacht der Union standen weniger als halb so viele Konföderierte gegenüber. Und nach einem Winter voller Entbehrungen in den Camps rund um Fredericksburg waren nur wenige dieser Soldaten in guter Verfassung. Gideon erinnerte sich nur zu gut an die ergreifenden Szenen der kalten Jahreszeit:

Jünglinge, zumeist kaum fünfzehn Jahre alt, in zerfetzten Uniformen, von Skorbut befallen, graben in den Wäldern nach wilden Zwiebeln...

In Stoffetzen gewickelte Füße hinterlassen Purpurspuren im Matsch, wenn die Soldaten die Feldgottesdienste verlassen, die ihren Kampfgeist stärken sollen...

Runde, erschrockene Augen, die zum ersten Mal die seltsamen kolbenartigen Säcke sahen, die in großen Körben Männer befördern, die in den Nebelschwaden nördlich des Flusses an Ankerseilen baumeln...

Auch Gideon war einer der bestürzten und besorgten Augenzeugen gewesen. Nie zuvor hatte er einen Beobachtungsballon gesehen, ja er hatte noch nicht einmal davon gehört. Die Ballons boten einen entmutigenden Anblick. Sie bewiesen darüber hinaus die Überlegenheit des industriellen Nordens an Gütern und Erfindungsgeist. Was konnte der Süden schon dagegen ins Feld führen als verbissenen Mut und kämpferischen Geist.

Schließlich hatte Hooker seinen Angriff unternommen. Auf Pontonbrücken hatte er seine Truppen über den Rappahannock geführt. Was General Lee dagegen unternahm, grenzte ans Unvorstellbare – er teilte die zahlenmäßig unterlegene Armee von Nord-Virginia in kleinere Kontingente auf. Zehntausend Mann ließ er unter Early in Fredericksburg zurück. Dann unterstellte er Jackson sechsundzwanzigtausend Mann. Damit blieben den Konföderierten vierzehntausend Soldaten, die sie dem Zentrum der Unionstruppen gegenüberstellen konnten, das aus drei vollständigen Korps mit etwa siebzigtausend Mann bestand.

Lee hatte seine Streitmacht bewußt aufgeteilt. Indem er das höchste Risiko einging, erhoffte er sich den größten Triumph. Hookers Kavallerie hatte eine Schwachstelle im Kriegsplan der Unionisten ausgemacht. Ungeschützt drang Hookers rechter Flügel nach Süden vor.

Erst in der vorangegangenen Nacht hatten Major Hotchkiss von den Pionieren und Reverend Lacy, die sich beide in dieser ländlichen Gegend gut auskannten, einen Weg durch die dichten Wälder entdeckt, auf dem Jackson den vorgeschobenen rechten Flügel der Unionisten umgehen konnte. Und nach dem Vorkommnis mit seinem Säbel an diesem Morgen schnallte Stonewall ihn sich wieder um. Mit Lees Zustimmung setzte er sich an diesem Morgen um sieben Uhr in Bewegung. »Vorwärts!« befahl er nun seinen sechsundzwanzigtausend Mann.

Als der Tag sich neigte, überrumpelte der strenge, seltsame Soldat, der an einen Propheten des Alten Testaments erinnerte, Howards deutsche Soldaten in ihrem Lager. Der Überraschungsschlag erwies sich als voller Erfolg.

Gideon, ein großer, breitschultriger junger Mann, der im nächsten Monat zwanzig werden sollte, empfand heftigen Stolz angesichts dieses Wagemuts. Er bewunderte Jackson, er bewunderte Marschall Robert Lee und ebenso seinen unmittelbaren Vorgesetzten General Stuart, in dessen Stab er gleich nach dem Triumph von Fredericksburg abkommandiert worden war. Auch bei Chancellorsville waren die Befehlshaber der Südstaaten angesichts ihrer zahlenmäßigen Unterlegenheit gezwungen, mit größter Verwegenheit zuzuschlagen. Sie mußten jedes Risiko wagen. Nur ein General, dessen militärische Fähigkeiten ans Geniale grenzten, konnte sich entschließen, seine zahlenmäßig unterlegenen Streitkräfte auch noch aufzuteilen – und dies nicht nur einmal, sondern sogar zweimal. Und nur deshalb, weil er eine schwache Hoffnung sah, aus einer fast sicheren Niederlage möglicherweise noch einen Sieg herauszuholen. Nur Generäle von gleichermaßen unglaublicher Vorstellungskraft und Verwegenheit waren imstande, einen derartigen Plan durchzuführen.

Durch eine Lücke in den Baumkronen brach das Mondlicht und beleuchtete Gideons dunkelblondes Haar für einen Augenblick. Gegen achtzehn Uhr hatte er seine Feldmütze durch eine Yankeekugel verloren. Vertieft in Gedanken an den tapferen, phantasiereichen Lee und den um jeden Preis voranstürmenden Jackson, überhörte er beinahe ein weiteres Kampfgeräusch zu seiner Linken.

Ganz vage nur bemerkte er, daß sich die Straße nun abwärts neigte. Das sanfte Stapfen von Sports kranken Hufen wurde noch leiser. Am Fuße eines kleinen Hügels war der Boden morastig. Aber Gideon achtete kaum auf die Beschaffenheit des Bodens. Gedankenverloren träumte er von der realen Möglichkeit eines Sieges. Sollten Lincolns unfähige und zögerliche Generäle noch weitere Schlappen einstecken müssen, dann war für die Konföderierten ein Verhandlungsfrieden in greifbare Nähe gerückt. Dann könnte er persönlich zu seiner Frau und seiner kleinen Tochter nach Richmond zurückkehren. Es war auch höchste Zeit. In letzter Zeit hatte er immer wieder das Gefühl, daß seine Glückssträhne dem Ende zuging.

Ein Jahr zuvor war er zu einem der zwölfhundert Kavalleristen bestimmt worden, die unter Stuart den Feldzug McClellans gegen Richmond auskundschaften sollten. Bei Turnstall's Station hatte er damals beinahe den Tod gefunden. Er stand an der Spitze eines Kommandos, das Transportgüter der York River Railway in Brand setzte. Einige seiner Männer feierten den Erfolg mit Freudenschüssen aus ihren Pistolen. Das unvorsichtige Herumballern einiger Unteroffiziere hatte seinen geliebten Rotschimmel Will-o'-the-Wisp unter seinem Sattel das Leben gekostet.

Wie betäubt lag er unbemerkt da, während die Güterwaggons um ihn herum mit gewaltigem Getöse in Flammen aufgingen. Seine Uniform geriet dabei in Brand. Irgendwie fand er dann doch noch die Kraft, in einen Graben zu kriechen und durch schnelles Hinundherrollen die Flammen an seiner Kleidung zu ersticken. Kaum bei Besinnung und schwer verwundet, verbrachte er eine Nacht in jenem Graben. Als der Morgen dämmerte, mußte er feststellen, daß Stuarts Kavalleristen beinahe alle fortgeritten waren und die Gegend von Yankees nur so wimmelte.

Er kroch aus dem Graben, humpelte ins Gebüsch und versteckte sich dort den Tag über. Er litt wahnsinnige Schmerzen. Nach Einbruch der Dunkelheit gelang es ihm, sich fortzuschleppen. Schließlich gelangte er in den Vorhof einer kleinen Tabakfarm. Der Farmer legte ihn in sein Bett, und die Farmersfrau behandelte seine Brandwunden.

Fünf Wochen lang pflegte ihn die Familie. Schließlich löste sich der juckende Schorf von seinen Armen und seiner Brust – und hinterließ nur noch schwache Narben.

Gideon zog dann zur Tarnung bäuerliche Kleidung an und begab sich insgeheim nach Richmond, um seine Frau zu suchen, die schon befürchtete, ihn für immer verloren zu haben.

Diese Art von Feindberührung mit dem Tod hatte er erstmals 1861 bei Manassas erlebt, und seine Überzeugung, der Krieg sei eine ruhmvolle Angelegenheit, ging dabei verloren. Stuart kämpfte weiter mit Begeisterung. Und Gideon schloß sich seiner Kavallerie wieder an, aber nun ohne Begeisterung. Der Krieg war für ihn ein zwar schmutziges, aber notwendiges Geschäft. Er wünschte sein Ende herbei. Aber dieses Ende sollte für den Süden möglichst vorteilhaft sein.

Vielleicht lag hier der Grund, warum er gerade jetzt eine so eigenartige Euphorie empfand. Sollte das Chaos der letzten Nacht einen Sieg zur Folge gehabt haben, dann führte dies möglicherweise endlich zur Anerkennung der Regierung von Südstaatenpräsident Jefferson Davis in Europa. Damit schien der Weg frei für einen Verhandlungsfrieden. Und der Süden konnte als eigenständige Nation erneut eine Blütezeit erleben. Aber wichtiger war: Friede bedeutete Heimkehr zu Margaret und Klein-Eleanor.

Gideons Kopf zuckte plötzlich hoch. Weiter vorn waren Schüsse zu hören. Er brachte Sport plötzlich zum Stehen. Über den Bäumen hing der feuerrote Mond, aber er erhellte kaum das Dunkel der Straße.

Die Schießerei hörte auf. Gideon kratzte seine Nase. Die Luft war von Pulvergeruch erfüllt. Aber noch Schlimmeres war geschehen: Jetzt waren nicht mehr nur Sports Hufe verletzt. Stundenlanges Reiten ohne einen Wechsel des Sattels hatte zu bösen Wundstellen am Rücken geführt, ein verbreitetes Leiden unter Kavalleriepferden. Gideon konnte den stinkenden Wundschweiß unter sich riechen, der unaufhörlich aus der Wunde floß. Ihn plagte der Gedanke, daß er alles nur noch schlimmer machte, indem er sein draufgängerisches Pferd so vorantrieb.

Aber er hatte nur dieses eine Pferd. Und darüber hinaus trug er eine sehr wichtige Mitteilung mit sich in seiner Patronentasche.

Nun, da die Flinten verstummt waren, konnte er hören, daß Reiter nahten. Schnell lenkte er seinen Hengst auf die Nordseite der Straße. Als Gideon die Straße kritisch prüfte, schimmerte das Mondlicht kalt und hart in Gideons blauen Augen.

Erneut fielen Schüsse in Richtung Chancellorsville, dann war außer rhythmischem Hufgeklapper nichts mehr zu hören. Die Pferde kamen nun den leichten Abhang hinauf.

Jetzt vernahm er Stimmen. Gehörten sie Freunden oder Feinden?

3

Gideon zog seinen Le Mat-Revolver. Einen Augenblick lang überlegte er, ob er Sport in das Gestrüpp jenseits des Straßenrands lenken sollte. Aber dann hörte er weitere Geräusche und entschied sich dagegen.

Nun wartete er ab mit vor Aufregung trockenem Mund. Sollte er sich mit einem Ruf zu erkennen geben?

Nein, besser war es abzuwarten, ob im schwachen Licht des Mondes graue – oder blaue – Uniformen auftauchten.

Ein Reiter wurde nun sichtbar, weitere folgten. Der Reiter an der Spitze, er war dünn, ja geradezu mager, wandte seinen Kopf in Richtung auf eine weitere Granatenexplosion südlich der Straße. Gideon erkannte jetzt, daß er eine graue Uniform trug. Der Mann hatte einen üppigen Bart, seine Augen blitzten wie geschliffene Steine, sein Profil war unverwechselbar.

Erleichtert steckte Gideon die Waffe fort. Er hatte Jackson gefunden.

Nun gab er Sport ganz zart die Sporen. Der Hengst setzte sich in Trab. Hinter dem General glaubte Gideon sechs, acht Männer in einer Doppelreihe zu erkennen. Es konnten auch mehr sein. Das schlechte Licht erlaubte kein genaueres Erkennen. Nun lenkte er den Hengst auf den General zu.

Als er gerade Meldung erstatten wollte, schrie links von Jackson irgend jemand im Wald. Vom gleichen Punkt her blitzte Feuerschein auf. Gewehrschüsse krachten. Einschüsse hagelten auf die Straße.

4

Das Pferd des Generals bäumte sich auf. Gideon duckte sich, als eine Kugel an seinem Ohr vorbeizischte. Soldaten schrien gellend auf, als Jackson versuchte, sein erschrockenes Pferd wieder unter Kontrolle zu bringen.

»Wer schießt da?«

»Verdammte Yankees!«

»Nein, Morrison, das müssen unsere Leute sein!«

»Nicht schießen! Hört auf zu schießen!«

Die Antwort auf diesen Befehl bestand darin, daß die unsichtbaren Gewehrschützen eine weitere Salve abfeuerten.

Sport scheute auf, wieherte dann wie rasend. Von den dunklen Bäumen her drang ein heftiges, bekanntes Geschrei . . .

Es war der Schlachtruf der Südstaatenrebellen.

Die Männer im Wald waren keine Feinde. Vielleicht gehörten sie der Division von A.P. Hill an. Die Offiziere, denen Gideon vor einiger Zeit begegnete, hatten berichtet, daß sich die Division irgendwo in dieser Gegend auf dem Vormarsch befinde. Bei den schlechten Sichtverhältnissen war es töricht von Jackson und seinem Trupp, so weit vor die Linien der Konföderierten vorzupreschen.

Gideon gab Sport die Sporen. Am Geschrei ließ sich erkennen, daß sich auch auf seiner Seite zwischen den Bäumen Soldaten befanden. Offensichtlich war er einem Angriff nur entgangen, weil er ein einzelner Reiter war, der sich relativ ruhig fortbewegte.

Das Stimmengewirr auf der Straße wurde lauter, einige Konfusion entstand, als Pferde wiehernd sich aufbäumten.

»Wer seid ihr da draußen?«

»Stellt das Feuer ein! Ihr schießt auf eure eigenen Offiziere!«

»Verdammte Lüge!« war eine Stimme im Südstaatenjargon zu vernehmen.

»Das ist die Kavallerie der Yankees. Gebt's ihnen!«

»General!« brüllte Gideon und ritt auf Jackson zu. Der gab seinem Pferd die Sporen und strebte auf die Seite der Straße, die Gideon gerade verlassen hatte. Gideon ließ die Zügel schleifen und versuchte verzweifelt, Jackson an den Schultern zu packen und ihn aus dem Sattel zu zerren. Er berührte lediglich Jacksons Uniform. Dann ließ er seine Hände fallen, denn Sports rechtes Vorderbein war in ein Loch geraten.

Der Hengst strauchelte, stürzte beinahe. Gideon purzelte aus dem Sattel und schlug hart auf, während eine weitere Salve aus dem Dikkicht abgefeuert wurde, auf das Jackson zuritt.

Offensichtlich unverletzt, kam Sport wieder auf die Beine. Gideon, auf allen vieren, kniff die Augen zu und schnappte nach Luft. Er sah Jackson schwanken, hörte ihn dann aufschreien.

Jackson streckte die rechte Hand nach oben, als würde sie von einem unsichtbaren Seil gezogen. Mit dem linken Arm wedelte er wild.

Gideon erkannte am Schwanken des Generals, daß dieser verletzt war. Und er hatte nicht nur einen Treffer abbekommen.

Ein weiterer Schmerzensschrei ließ ahnen, daß noch jemand eine Kugel abbekommen hatte. »Boswell ist gefallen!« schrie ein Soldat. Gleichzeitig kam eine Salve von der Nordseite der Straße her.

Nun herrschte auf der Landstraße ein tolles Durcheinander. Verwundete glitten aus ihren Sätteln. Aufgescheuchte Pferde gingen durch.

Gideon torkelte auf Jackson zu. Der General hielt sich noch im Sattel. Mit zwei herabhängenden Armen war es dem General dennoch gelungen, sein Pferd aus der Richtung wegzubugsieren, aus der die letzte Salve gekommen war. Immer noch hoffte Gideon, den Kommandeur erreichen zu können und ihn vom Pferd zu ziehen, ehe die verborgenen Soldaten erneut auf ihn schossen.

Ein reiterloses Pferd fegte ihn von hinten um, und Gideon fiel auf sein Gesicht. Ein Stein schrammte ihm eine Backe blutig. Er schrie auf, als ein Huf seine Schläfe streifte. Instinktiv schützte er seinen Kopf mit beiden Unterarmen.

Gerade in diesem Moment sah Gideon den bärtigen General, der von seinem ausschlagenden Pferd mitgeschleift wurde. Ein herabhängender Ast hatte Jacksons Stirn verletzt und ihn zu Fall gebracht.

Es folgten weitere Rufe:
»Sergeant Cunliffe?«
»Er ist auch am Boden. Wahrscheinlich tot.«

Von irgendwoher zwischen den Bäumen erklang eine grelle Stimme:
»Wer ist da? Wer seid Ihr?«

Ein Offizier rannte auf den gefallenen General zu und schrie: »Das ist Stonewall, Jacksons Stab, Ihr verdammten Idioten!«

Nun hörte Gideon, wie man auf beiden Seiten der Straße Jacksons Namen rief. Dann hörte er Flüche, Beschuldigungen. Schließlich bezeichnete eine Stimme den Scharfschützen als Angehörigen der 33. Division von Nord-Carolina unter General Hill.

Als er wieder auf den Beinen war, bewegte sich Gideon langsam auf das Halbdutzend schattenhafter Figuren zu, die den gefallenen Kommandeur umringten. Es durchfuhr ihn wie ein Blitz.

*Der gefallene Säbel!*
Niemand rührte ihn an!

Eine Hand griff nach seiner Schulter. Wirbelte ihn herum. Ein Revolver zielte auf sein Kinn.

»Wer sind Sie, verdammt noch mal?!«

»Major Kent aus dem Stab von General Stuart«, keuchte er hervor. Der Schreck schlug um in Wut. Er knallte seine Faust gegen die Revolvermündung und schlug die Waffe zur Seite, ohne auch nur einen Augenblick daran zu denken, daß eine Fingerbewegung des Soldaten genügt haben würde, seinen Kopf wegzufetzen. »Ich habe Berichte zu überbringen von...«

Der Soldat beachtete das gar nicht, er drehte sich um, hin zum General.

»Wie geht's ihm?«

»Eine Kugel hat seine rechte Hand durchschlagen.«

»Sein linker Arm hat eine weitere Kugel abgekriegt. Nein, es sind wohl zwei.«

»Rühr ihn nicht an!«

Die Stimmen klangen kindisch in ihrer Hysterie. Aus dem Wald beiderseits der Straße eilten Soldaten herbei, ohne den Lärm zu beachten. Ein Offizier in grauer Uniform trat einem der Infanteristen entgegen, der aus dem Gehölz auftauchte. Mit dem Revolver verpaßte er ihm einen Hieb auf die Wange. Im Mondlicht sah man den Soldaten zurücktaumeln. Der Offizier richtete seinen Revolver drohend auf die anderen zerlumpten Gestalten, die allmählich in sein Sichtfeld kamen:

»Ihr verdammten, nachlässigen Kreaturen! Ihr habt Stonewall umgebracht!«

Irgendwo wiederholte eine jungenhafte Stimme den Namen. Jemand anderes begann zu heulen.

Gideon hatte keine Vorstellung davon, wie viele Konföderierte wohl durch diese Salven getroffen worden waren. Auf der Straße zählte er drei zu Boden gestreckte Körper – eine vierte Leiche lag wohl weiter unten am Abhang des kleinen Hügels. Eine Gruppe von Reitern kam von Westen her hügelan geritten, sie wurde angerufen und berichtete die neuesten Entwicklungen. Die Neuankömmlinge schlossen sich den Soldaten an, die Jackson umringten. Ein bärtiger Bursche mit prächtig verzierten Manschetten bahnte sich einen Weg durch die Gruppe. Überrascht erkannte Gideon in ihm A.P. Hill mit drei Stabsoffizieren im Gefolge.

Wie betäubt fiel Hill auf die Knie, Jacksons Haupt in seinen Armen bergend. Einer der Adjutanten Jacksons zog sein Messer und schlitzte den linken Ärmel des Generals von der Schulter bis zur Manschette auf. Blut troff aus beiden Handschuhen des Generals.

Wie die meisten anderen stand Gideon wie erstarrt da, von dem tragischen Unglück völlig überwältigt. Ab und zu warf er einen flüchtigen Blick auf Jacksons finsteres Antlitz. Seine Augen waren aufgerissen; sie glänzten im Mondlicht. Der Ast hatte die Stirn des Generals getroffen und eine Schnittwunde hinterlassen. Blut tropfte auf seine Augenbrauen.

Unterhalb des südlichen Straßenrandes erhob sich ein tumultartiges Geschrei. Die Soldaten berichteten einander, was geschehen war. Weiter entfernt hörte Gideon Kavalleristen in kurzem Galopp. Eilten da weitere Südstaatler herbei? Oder handelte es sich nun um die Reiterei des Feindes, mit der man Jackson und seine Truppe verwechselt hatte?

Ein Mann, der sich als ein Schwager des Generals namens Morrison zu erkennen gab, kroch an Hills Seite.

»Mein Gott, Sir, wir sollten ihn unter den Schutz eines Baumes schaffen!«

General Hill hob sein schmerzverzerrtes Gesicht: »Schickt einen Kurier nach dem Arzt.«

Niemand regte sich.

»Holt gefälligst sofort McGuire!«

»Und eine Ambulanz!« brüllte eine zweite Stimme.

»Wir müssen ihn wegschaffen«, forderte Morrison erneut.

»Captain Wilbourn?«

»Zu Befehl!«

Ein weiterer Soldat drängte sich durch die Gruppe vor, die den schwer getroffenen General umstand. Wilbourn und Morrison hoben Jackson mühsam hoch und schleppten ihn zum Straßenrand. Dabei überhörten sie die Proteste derjenigen, die befürchteten, die Verletzungen könnten so noch verschlimmert werden. Im Wald verstärkte sich das Geschrei und das Hufgetrappel.

Gideon rief: »Die machen so einen verdammten Lärm, daß die Vorposten der Yankees das hören werden!«

Niemand beachtete seine Warnung. Alle brüllten gleichzeitig. Nur Wilbourn und Morrison schienen sich selbst soweit unter Kontrolle zu haben, daß sie das Notwendige taten. Die anderen beschränkten sich auf das Herumbrüllen von Warnungen, Befehlen, Fragen.

Jemand kam angerannt, der berichtete, daß mindestens zwei Soldaten mit Sicherheit tot seien. Ein Kurier ergriff die Zügel eines Pferdes. Es war Sport, wie Gideon mit Entsetzen bemerkte. Dann bestieg er das Pferd und galoppierte davon, ehe Gideon protestieren konnte.

Angespannt und immer noch erschüttert, wandte er sich wieder Jackson zu. Wilbourn hatte den General gegen einen Baum am Straßenrand gelehnt. Vorsichtig zog er ihm die bluttriefenden Handschuhe aus, dann öffnete er ihm den Mantel. Jackson war immer noch bei Bewußtsein. Er stöhnte, als Wilbourn Schwierigkeiten hatte, seinen rechten Arm vom Ärmel zu befreien.

»Taschentuch her!« forderte Wilbourn.

A.P. Hill reichte ihm seins, Wilbourn knotete es um Jacksons linken Oberarm, dann verlangte er noch eins. Gideon glaubte, einen Knochen zu erkennen, der aus dem zerfetzten Oberarm des Generals herausragte.

Schweratmend ging Wilbourn in die Hocke.

»General? Wir müssen uns um Ihre rechte Hand kümmern!«

Jacksons Augenlider flackerten. Seine sonst so kräftige Stimme war zu einem Flüstern herabgesunken.

»Nein. Es ist nichts Ernstes.«

General Hill stampfte heftig mit dem Fuß auf. »Es ist zu gefährlich, hier auf eine Ambulanz zu warten. Bastelt eine Tragbahre zusammen. Nehmt meinen Mantel und Äste.«

Um das immer wieder auftauchende Bild des fallenden Säbels zu verdrängen, eilte Gideon hinüber zum Unterholz auf der Nordseite der Straße. Ein gemeiner Soldat, fast noch ein Knabe, der verhungert aussah und dessen zerfetzte graue Uniform von Schießpulver bestaubt war, stützte sich auf sein Gewehr und starrte auf den Verwundeten. Im rauchgeschwängerten Mondlicht erblickte der Jüngling Gideons erzürntes Gesicht. Er spürte den Drang, sich zu rechtfertigen:

»Machen Sie uns keine Vorwürfe, Major. Bei Jesus, bitte tadeln sie uns nicht! Wir hörten Pferde. Wir glaubten, es seien die Yankees...«

»Ihr habt überhaupt nicht nachgedacht«, fauchte Gideon und erhob seine Faust. Der Knabe schlich sich davon. Beinahe hätte ihn Gideon niedergeschlagen.

Schließlich zog er seinen Säbel und begann einen niedrig hängenden Ast abzuschlagen. Noch mehr Soldaten dieser verdammten blöden Truppen aus Nord-Carolina tauchten aus dem Wald auf. Sie standen da wie Gespenster und starrten Jackson an. Gideon hieb wild auf den Ast ein, als sei der ein Gegner in Menschengestalt.

Als der Ast ab war, begann er auf den nächsten einzuhacken. Dann hörte er immer deutlicher ein schwaches Pfeifen, das von Osten kam. Es wurde langsam lauter. Er blickte flüchtig hoch. Seine Hände fühlten sich plötzlich kalt an. Ob dies nun Zufall war oder das Ergebnis all dieses Lärms im Wald – die Bundestruppen begannen genau in diesem Augenblick mit einem Bombardement.

Während die Soldaten aus Nord-Carolina sich in alle Richtungen zerstreuten, warf er sich gegen einen Baum. Die Explosion ereignete sich in Wipfelhöhe, fast genau über ihm. Die Detonation drückte ihn an den Baumstamm.

Es regnete Metallsplitter. Aber er wurde nicht ernstlich verletzt. Die Explosion und die umherfliegenden Trümmer trafen ihn jedoch an einer empfindlichen Stelle, gleichsam an einer seelischen Wunde, entstanden durch die Monate der Trennung von seiner Frau. Er erinnerte sich an die schrecklichen Lebensumstände im Winterlager, die die Kriegslieder so hohl und kindisch hatten klingen lassen. Plötzlich ergriff ihn eine lähmende Furcht.

Er stieß einen gellenden Schrei aus. Dann packte er einen Ast. Riß den zweiten mit aller Gewalt vom Stamm. Klemmte den Säbel unter den Arm und stolperte wieder zu Jackson zurück.

Ganz in der Nähe explodierte eine Granate. Einen Augenblick lang lag die Straße in hellem Licht. Beide Äste fest umklammernd, kroch er über die Straße. Der Säbel ragte aus seiner Achselhöhle hervor. Gideon wich einem Regen brennender Zweige aus, während ihm immer wieder das schreckliche Bild durch den Kopf ging:

Der unberührte Säbel fiel langsam hernieder!

Bei First Manassas hatte Jackson wie ein steinerner Wall die Stellung gehalten und sich seinen berühmten Spitznamen verdient. Er war nicht nur ein Meister der Taktik. Er war für Tausende von Südstaatensoldaten zur Legende geworden, obwohl diese ihn niemals gesehen hatten. Das Auftauchen seines Namens in den Zeitungen spendete den Hoffnungslosen daheim neuen Mut. Er symbolisierte die einzig dastehende Hoffnung des Südens: reinen Mut angesichts der Überlegenheit des Gegners an Zahl und industrieller Macht.

Von panischem Schrecken wurde Gideon beinahe überwältigt. Die Konföderation konnte es sich nicht leisten, einen Stonewall Jackson zu verlieren. General Lee brauchte ihn. Die Überlebenden auf der Straße mußten ihn retten. Selbst wenn es sie ihr Leben kostete.

# 5

Das Bombardement durch die Yankees erfolgte jetzt fast ohne Unterbrechung. Alle paar Sekunden schlugen Granaten ein. Geschosse prasselten auf die Straße hernieder wie ein Eisenregen. Gideon erreichte die Gruppe der Männer, die Jackson umringten. Dann begann er, die beiden Äste in die Ärmel von Hills grauem Mantel zu stecken. Er tat dies mit verzweifelter Eile. Ihn trieb die Überzeugung, daß Jackson der einzige war, der Lees verwegene strategische Winkelzüge durchführen und Siege erringen konnte, die nach allen Lehren der Kriegskunst nicht möglich waren.

»Seine Verletzungen sind nicht tödlich!« stieß Morrison hervor. Ob dies der Wahrheit entsprach oder nur ein frommer Wunsch war, konnte Gideon nicht feststellen. Aber er neigte zu der Ansicht, daß Morrison recht hatte. Jetzt stellte der Artilleriebeschuß für Jackson die größte Gefahr dar.

Etwa zweihundert Meter weiter östlich riß ein erneuter Einschlag ein großes Loch in die Straße. Eine Wolke von Staub und Dreck wirbelte auf.

Captain Wilbourn beugte sich über Jacksons Kopf, um ihn vor dem Staub zu schützen. Als die Kronen einiger Bäume in der Nähe Feuer fingen, sprang er auf und schrie:

»Holt die Tragbahre und schafft ihn fort!«

Gideon und drei andere Soldaten griffen eilig nach der improvisierten Bahre. Die Soldaten am unteren Ende hatten die schwerere Aufgabe. Sie mußten die Äste und den Saum des Mantels halten, damit alles stramm blieb. Dann legte man Jackson auf die Trage und hob sie vorsichtig an.

Gideon bemühte sich, ganz gleichmäßig zu schreiten und dabei nicht auf Detonationen, grelle Lichtblitze, in Flammen stehende Bäume und zischende Kartätschen zu achten... In den Wäldern beiderseits der Straße schmetterten Signalhörner, brüllten Offiziere Befehle, brachen Soldaten durch das Unterholz. Gelegentlich zeigte ein gellender Schrei den Tod oder die Verwundung eines Soldaten durch Artilleriebeschuß an. Gideon atmete schwer: Die Botschaft, die er von Stuart überbringen sollte, vergaß er ganz angesichts der einen, einzigen, aber ungeheuer wichtigen Aufgabe.

Es galt, Jackson nach hinten zu bringen. Ihn aus der Schußzone zu schaffen. Ihn an einen Ort zu bringen, wo er behandelt und gerettet werden konnte.

Er ist nur am Unterarm verwundet, dachte Gideon. Wenn er nicht verblutet – wenn wir den Arzt erreichen, ehe wir alle in die Luft gehn –, dann wird er gerettet werden!

Eine weitere Granate explodierte. Er zog seinen Kopf ein. Rechts traf ihn beinahe ein brennender Ast. Einen Moment lang spürte er sengende Hitze. Er versuchte den Gedanken daran zu verdrängen, wie sehr die Armee von Nord-Carolina diesen einen verwundeten Mann brauchte, der einstmals an der Militärakademie in Lexington unterrichtete, die auch Gideon besucht hatte. Er ging einfach weiter, setzte vorsichtig einen Fuß vor den anderen, versuchte, nicht an die Trage zu stoßen.

Sicher trugen sie Jackson nach Westen. Die Kanonen verstummten dabei nicht. Einer der Träger wurde von einem Geschoßsplitter getroffen. Ein Major aus Hills Stab übernahm die Aufgabe des verwundeten Trägers.

Morrison, der Schwager des Generals, kniete neben ihm, Tränen in den Augen:

»O Gott, General. Es tut mir so leid!«

Der Rauch verzog sich. Mondlicht erhellte wieder das bärtige Gesicht. Jacksons Zunge beleckte seine Lippen, als sei er durstig. Seine Augen blickten heiter, fast ungestüm.

»Wir werden bald weitergehen«, sagte Morrison.

»Macht euch meinetwegen keine Sorgen«, flüsterte Jackson.

»Weiter!« forderte Morrison. »Hebt ihn an!«

Acht oder zehn Minuten lang trugen sie den General weiter, dann gelangten sie an einen herbeigerufenen Ambulanzwagen. Sobald sie Jackson hineingehoben hatten, wendete das Fahrzeug. Gideon trottete hinterher. Das Fahrzeug fuhr langsam, um Erschütterungen zu vermeiden. Schließlich erreichten das Sanitätsfahrzeug und die begleitenden Soldaten ein Hospitalzelt auf einem dunklen Feld außerhalb der Reichweite der Artillerie der Unionisten.

Da er sein Pferd nicht mehr besaß – nur Gott konnte wissen, wohin sich der Kurier mit Sport begeben hatte –, blieb Gideon kaum etwas anderes übrig, als etwa zwei Stunden lang außerhalb des Zeltes zu warten. Schließlich trat der Arzt Dr. Black aus dem Zelt und wischte seine Hände an einer blutigen Schürze ab.

Laternenlicht beleuchtete die Gesichter von etwa einem Dutzend Männern, die auf das Resultat warteten. Dr. Black warf einen flüchtigen Blick auf die Wartenden. Im Hintergrund donnerten weiter die Kanonen der Bundestruppen.

»Ich habe mit Erfolg den linken Arm des Generals amputiert«, teilte Black mit. »Der Knochen war total zerschmettert. Wenn es keine unerwarteten Komplikationen gibt, wird der General bald wieder seine Pflichten wahrnehmen können.«

Gideon entfuhr ein Seufzer der Erleichterung. Den anderen erging es nicht anders. Mützen flogen in die Luft, als der müde Doktor sich umwandte und ins Zelt zurückging.

Total übermüdet sank Gideon zu Boden. Während einige Soldaten um ihn herum schwatzten, lehnte er den Kopf auf die Knie und dachte:

Immerhin habe ich in diesem Krieg eine Tat vollbracht, auf die ich stolz sein kann!

Nach zwei Jahren des Kampfes war aus einem fröhlichen, streitbaren jungen Mann, der den Kampf suchte, ein müder Berufskrieger geworden, der wußte, um welchen schrecklichen Preis der Süden seine Grundsätze verteidigte. Nun hatte er zum erstenmal eine Art Erfolgserlebnis.

Er gähnte. Er schloß die Augen, und alles war gut.

Zwar war ihm bewußt, daß er sich aufraffen mußte, um Stuart zu suchen. Aber er ließ das bleiben. Er war zu müde. Aufrecht saß er im Lampenlicht neben dem Lazarettzelt und kämpfte dagegen an, daß ihm die Augen zufielen.

Bald würde es Sonntag sein. Ja, vielleicht war der Sonntag bereits angebrochen.

Ob Margaret in Richmond zum Gottesdienst gehen würde?

Ich muß ihr schreiben, muß ihr mitteilen, daß wir den alten Stonewall gerettet haben, dachte er.

Acht Tage später, bevor Gideon die Zeit fand, seine Gedanken zu Papier zu bringen, lag Thomas Jonathan Jackson zu Bett in einem kleinen Haus bei Guiney's Station.

Er lag im Sterben.

6

»Sie behaupten, es sei eine Lungenentzündung gewesen. Jackson war auf dem Wege der Besserung. Dann, ganz plötzlich, ich glaube, es war ein Donnerstag, ging es mit ihm abwärts.

Er soll einen relativ friedlichen Tod gehabt haben. Aber als es zu Ende ging, verlor der General öfter das Bewußtsein. Seine Frau Mary

Anna war an seiner Seite. Alle sangen die Hymne, die er sich gewünscht hatte.

Zweimal soll der General noch gesprochen haben. Zum einen erteilte er A.P. Hill den Befehl, er solle mit seiner Infanterie ›heraufkommen‹. Zum anderen machte er die höchst seltsame Bemerkung: ›Laßt uns den Fluß überqueren und im Schatten der Bäume rasten.‹ Einige behaupten, er habe nicht ›überqueren‹, sondern ›passieren‹ gesagt. Aber niemand weiß, was er damit meinte.

Ich wußte nicht, daß er noch so jung war, erst im Januar war er neununddreißig geworden.

Ich habe überlegt, ob ich versuchen sollte, meinem Vater in New York zu schreiben, der dort wieder als Prediger tätig ist. Ich wollte ihm mitteilen, daß Stonewall gestorben ist. Aber sicher hätte ein Brief von mir den Norden nicht erreicht, und sicher wird er von seinem Ableben durch die Zeitungen erfahren, denn Jacksons Heldentaten sind in aller Mund.

In Lexington war der General der einzige Freund meines Vaters gewesen. Ich bin sicher, daß er seinen Tod betrauern wird, auch wenn er glaubt, daß sein Freund auf der falschen Seite gestanden habe.

Im Augenblick, Margaret, fällt es mir schwer, meine Gefühle zum Ausdruck zu bringen. Bei Chancellorsville haben wir einen tadellosen Sieg erfochten – aber um welchen Preis! Dreizehntausend unserer Jungs sollen gefallen, verwundet oder vermißt sein. Unser Erfolg wäre noch größer gewesen, wenn Fighting Joe nicht die Lust am Kampf verloren hätte. Er trat den Rückweg über die Pontons am Rappahannock an, bevor wir ihn fangen konnten. Mit seinem Kampfesmut war es wirklich nicht weit her! Und durch Jacksons Tod schmeckt der Sieg sehr bitter.

Selbst General Stuart, dessen Einheit ich mich vor Ende des Kampfes anschloß, scheint in einem Stimmungstief zu stecken. Teils wird er gelobt, teils wird er getadelt wegen der Art und Weise, wie er mit Jacksons Infanterie umging. Er übernahm das Kommando, nachdem A.P. Hill in der gleichen Nacht verwundet wurde, in der Stonewall seine Kugeln abbekam.

Vielleicht findest Du, daß ich Jackson zuviel Bedeutung beimesse, aber dem ist nicht so. Das Gefühl ist weit verbreitet, daß Lee und Jackson unsere Sache schließlich gegen die Lincoln-Anhänger durchgesetzt hätten. Lee war der Amboß und Jackson der Hammer. Und wann immer die Bundestruppen dazwischengerieten, war ihr Schicksal besiegelt. Nun steht Lee ohne seinen Hammer da. Er soll untröstlich vor Schmerz sein, obwohl er nach außen hin Haltung bewahrt. Mit Recht meinen viele, mit Jackson haben wir einen unersetzlichen Verlust erlitten.

Auf unserer Seite scheint sich sogar eine neue Einstellung durchzusetzen. Mir fehlen die richtigen Worte dafür. Von Sieg ist jetzt kaum noch die Rede. Es geht um einen langen Kampf, um einen Waffenstillstand zu erreichen. Aber eine Niederlage scheint eher wahrscheinlich. Vor ein paar Monaten oder sogar vor einem Jahr gab es eine derartige Stimmung nicht. Ich hoffe, sie geht vorüber. Aber ich bin mir nicht sicher. Etwas hat sich geändert.

Und ich habe mich natürlich auch verändert. Irgendwie schäme ich mich, unsoldatische Gedanken zu Papier zu bringen. Aber sie kommen mir immer wieder. Ich habe noch nie gefürchtet, daß wir verlieren könnten, aber jetzt verspüre ich diese Furcht. Noch mehr fürchte ich mich vor dem, was mit uns geschehen wird – mit Dir, mit Eleanor und mit mir –, wenn das Schlimmste geschieht. Als ich Vater zum letzten Mal sah, zitierte er aus der Heiligen Schrift und stellte fest, daß die Kent-Familie nicht immer wieder vom Kriege etwas zu befürchten habe. Aber was soll aus uns dreien werden?

Ich war nie fanatisch davon überzeugt, daß die Schwarzen für alle Zeiten Skalven bleiben sollten. Ja, ich habe mich eigentlich nie viel um ihre Lebensumstände gekümmert. Das war wohl ein Fehler.

Aber meine Zweifel hinsichtlich bestimmter Aspekte dieses Krieges ändern nichts an der Tatsache, daß ich an einer Erhebung teilgenommen habe, die der Norden als Rebellion bezeichnet. Wird man das mir oder irgendeinem Soldaten auf unserer Seite so leicht vergeben? Ich habe da meine Zweifel. Und selbst wenn man mir verzeiht, wovon sollen wir leben, wenn wieder Friede herrscht?

Du weißt, wie viele Stunden ich diesen Winter über damit verbracht habe, die Bücher zu studieren, die Du mir geschickt hast. Ich habe versucht, mir selbst das korrekte Schreiben beizubringen. Ein guter Offizier, speziell ein Stabsoffizier, muß das ja können. Ich bin ein erwachsener Mann, aber meine Bildung ist doch noch sehr mangelhaft. Das Kriegshandwerk ist das einzige, was ich beherrsche.

Für vieles, was ich hier niedergeschrieben habe, muß ich um Verzeihung bitten. Ich leide unter der traurigen Stimmung dieser Tage, und ich sollte Dich meinen Trübsinn nicht spüren lassen. Ich liebe Dich von ganzem Herzen und bete um Dein Wohlergehen und das unseres Kindes dort in der Hauptstadt, die der Feind um jeden Preis zerstören möchte.

Sobald sich eine Gelegenheit ergibt, werde ich wieder schreiben. Wir wollen hoffen, daß Gott und die Entwicklung des Krieges dafür sorgen, daß ich das dann in fröhlicherer Stimmung tun kann.

Herze und küsse das Baby ganz innig von mir.

Dein Gatte

G. K.«

# Buch 1
# Auf dem Pfad der Zerstörung

## 1. Kapitel
## Ein einsamer Soldat

Langsam, um jedes Geräusch zu vermeiden, streckte der kniende Südstaaten-Corporal seine rechte Hand zwischen die Latten des Maisspeichers einer kleinen Farm in Georgia.

Es war tief dunkel. Er konnte nicht sehen, wonach er griff, aber er wollte um jeden Preis etwas Eßbares finden. Sein Bauch schmerzte, er wußte nicht, ob wegen des Hungers oder weil sich ein weiterer Anfall von Ruhr anmeldete.

Besser, du findest etwas, das dir weiterhilft, dachte er. Während der letzten beiden Tage hatte er nur Flußwasser trinken können. Ernährt hatte er sich von ein paar Beeren. Wenn er verhungerte, würde er nie Jefferson County erreichen. Und er mußte es erreichen. Aus diesem Grunde riskierte er es, sich ein paar hundert Meter weit von dem Kiefernwäldchen an die Rückseite dieses Speichers einer kleinen Farm in Washington County zu schleichen. Während er das offene Feld überquerte, sorgte er dafür, daß er von dem heruntergekommenen Bauernhaus aus, das verlassen zu sein schien, nicht zu sehen war. Aus der sicheren Deckung der Bäume beobachtete er eine Viertelstunde lang das Haus und den Speicher, ehe er sich hinauswagte.

In dem Speicher fand er kein Getreide. Er preßte seine rechte Schulter fester gegen die Latten. Streckte und bewegte die Finger, tastete. Er war ein schlanker junger Mann von achtzehn Jahren. Sein Gesicht neigte immer schon zu einer von seinem Vater ererbten Hagerkeit, jetzt aber sah es noch knochiger als gewöhnlich aus. Er hatte das hübsche Haar seiner Mutter, aber ungewaschen, wie es war, besaß es jetzt einen schmutzig braunen Farbton. Neben den großen dunklen Augen und der geraden, wohlgeformten Nase störte der Mund ein wenig, der, wenn er Entschlossenheit ausdrücken wollte, auf eine fast grausame Weise dünnlippig werden konnte.

Die Dämmerung in Georgia wirkte seltsam kalt, obwohl der große rote Sonnenball gerade erst hinter einem Waldstreifen verschwand, wo die Blätter ins Gelb und Zinnoberrot übergingen. Aber vielleicht verband sich für ihn die aufkommende Dämmerung mit einer Vorstellung

von Kälte, weil er allein war. Es war Sonntag, der zwanzigste November 1864. Der Winter kündigte sich an.
Vorsichtig tastete seine Hand bald links, bald rechts.
Nichts!
Er preßte seine Augen an eine Ritze zwischen zwei Latten, aber alles war Dunkel. Mein Gott, sollte der Speicher etwa leer sein?
Wie er so dahockte, sah er verkommen aus. Sein kadettengrauer Waffenrock war an fünf Stellen zerrissen. Von je sieben Knöpfen in zwei Reihen waren gerade noch vier vorhanden. Seine Rangabzeichen waren zur Hälfte abgerissen. Der hellblaue Saum des Waffenrocks, der ihn als Infanteristen kenntlich machte, war fast vollständig abgetrennt. Staub und Wetter hatten den hellblauen Kragen und die Manschetten beschmutzt, ebenso seine käppiartige Feldmütze. Sein weißer Nacken-Sonnenschutz aus grobem Leinen war inzwischen grau geworden. Eine Schulterschlinge aus Sackleinwand hielt sein aus England importiertes Enfield-Gewehr vom Kaliber 0,577 aufrecht an seinem Rücken fest.

Wie jeder gute Soldat empfand er eine starke persönliche Beziehung zu seiner Waffe. Sie war sein Kampfgenosse. Sie war für ihn überlebensnotwendig. Er wußte damit umzugehen. Dies hatte er während der ersten Wochen seines Militärdienstes zu seiner Überraschung festgestellt. Vielleicht lag es an seiner Erziehung. Sein Großvater hatte ihm das Schießen beigebracht. Aus welchen Gründen auch immer war er in kürzester Zeit ein hervorragender Schütze geworden. Er war imstande, seine Waffe schnell nachzuladen. Er hatte einen Sinn für die Feinheiten im Umgang mit Feuerwaffen. Er wußte über den Einfluß des Windes auf die Schußgenauigkeit Bescheid und auch, wie Sonne und Schatten dieselbe beeinträchtigen können. Er war häufig als guter Schütze belobigt worden. Das weckte in ihm die Überzeugung, ohne Waffe irgendwie unvollständig zu sein. Sein Gewehr war ein Teil seiner Persönlichkeit geworden.

Während er sich bemühte, irgend etwas im Speicher zu finden, überhörte er die herannahenden Schritte. Der Farmer war wohl heimlich aus dem Haus geschlichen, nachdem er ihn beim Überqueren des Feldes entdeckt hatte.

»Ich werd' dich schon kriegen, du verdammter Dieb!«
Er blickte sich um. Sah den Mann. Dickbäuchig war er und graubärtig. Er trug altes, verwittertes Zeug. Schmutzige Zehen lugten aus der Spitze eines der verschlissenen Stiefel hervor.
Schwielige Hände umfaßten den Stiel einer Mistgabel. In den Zin-

ken spiegelte sich das Licht der untergehenden Sonne. Sie glitzerten wie dünne Schwerter.

»Steh auf, hab' ich gesagt!« schrie der Mann und zielte auf ihn.

Der Soldat wich aus, und die Zinken der Mistgabel drangen genau dort in die Holzlatten, wo er sich einen Augenblick zuvor noch angepreßt hatte.

Der Mann zog seine Mistgabel wieder heraus.

Der Corporal fand seine Sicherheit wieder:

»Ich wollte mir doch nur ein wenig zu essen verschaffen...«

Die Mistgabel blitzte nun rot in der Sonne. Der Corporal starrte auf ihre Spitzen. Würden sie wieder ohne Warnung gegen ihn erhoben werden?

Die undeutliche Stimme des Mannes drückte seine Wut aus:

»Der Mais, den ich ernte, der gehört mir und meiner Frau und meinen beiden kleinen Mädels. Rühr ihn bloß nicht an!«

»In Ordnung«, der Corporal wich einen Schritt zurück. »Sei bloß vorsichtig mit der Mistgabel. Ich habe noch einen langen Weg vor mir.«

Der Mann warf einen Blick auf ihn: »Wohin führt der Weg?«

»Nach Hause«, antwortete der Corporal und wiederholte damit eine Ausrede, die er schon früher benutzt hatte. Er war froh, daß er das Abzeichen seines Regiments aus Virginia von seiner Kappe entfernt hatte. Es hätte ja sein können, daß der Mann die Embleme der einzelnen Staaten zu unterscheiden wußte.

»Wo ist dein Zuhause?«

»Was geht dich das an?« fauchte der Corporal zurück. Er ärgerte sich über die Feindseligkeit des Mannes gegenüber einem Soldaten im grauen Tuch der Konföderierten.

Der Farmer kam wieder näher mit erhobener Mistgabel. Ihre Zinken waren nur Zentimeter vom Leib des jungen Mannes entfernt.

»Verdammter Bursche, du hast hier Rede und Antwort zu stehen!«

»Was ist denn das für eine Art, mit einem der Verteidiger deines Heimatlandes zu reden!« Nun versuchte er es mit einem Trick. Er berührte mit seiner linken Hand den fleckig-braunen Verband um seinen Oberschenkel: »Ich bin wegen einer Verletzung entlassen worden.«

Als Antwort brummte der Farmer nur: »Das stimmt doch nicht. Die schicken Jungs zurück an die Front, die schlimmere Wunden abbekommen haben als du. Du sagst nicht die Wahrheit.«

Der Corporal war voller Zorn. Dieser ahnungslose Bauerntölpel würde seine Pflichtauffassung nie verstehen können. Er würde nie kapieren, warum er allein quer durch Georgia zog, sich dabei am Tage versteckte, von Gestohlenem ernährte, es riskierte, angeschossen zu werden, wenn er ein Hühnchen zu ergattern versuchte.

»Du sagst, du bist auf dem Weg nach Hause.«
»Jawohl.«
»Wie heißt du?«
»Kent. Corporal Jeremiah Kent.«
»Nun, Corporal Kent, dann erzähl mir mal, wo dein Zuhause ist!«
»Mister, ich will Ihnen nichts antun. Oder macht Ihnen der Verlust von ein, zwei Ohren nichts aus?«

Die Mistgabel kam bedrohlich näher. Ihre Zinken zielten auf seine Taille oberhalb des Gürtels.

»Ich warte auf eine Antwort! Wo ist dein Zuhause?«
Verängstigt entschloß er sich zu einer Halbwahrheit:
»Ich bin auf dem Weg nach Jefferson County.«

Das Gesicht des Farmers drückte häßlichen Spott aus. Ganz sanft sagte er:

»Du lügst mich an. Du bist nicht aus Georgia. Das erkenne ich an deiner Art zu reden. Du kommst von weiter nördlich. Carolina oder Virginia vielleicht, aber nicht aus Georgia. Du bist wohl einfach abgehauen?«

Die Mistgabel rückte noch näher.
»Du bist ein gottverdammter Deserteur.«

In seinem Zorn fiel Jeremiah keine Antwort auf diesen Vorwurf ein. Irgendwie stimmte es ja auch. Er war meilenweit getrampt, ohne ein Gefühl der Unehrenhaftigkeit zu verspüren. Ja, er war voller Stolz und mit einem festen Ziel durchs Land gezogen.

»Ich habe zwei Söhne nach Mississippi geschickt und habe beide verloren. Beide! Ich denke gar nicht daran, einen gottverdammten Feigling durchzufüttern oder zu beherbergen!«

Der letzte Satz brach geradezu wie ein Sturzbach aus dem Farmer hervor. Mit aller Kraft versuchte er, mit der Mistgabel Jeremiah zu rammen. Der sprang zur Seite. Eine Zinke riß ein weiteres Loch in seinen Uniformrock und verhakte sich dann in einer Latte.

Jeremiah ballte eine Faust. Seine Lippen waren jetzt dünn und weiß. Sein Gesicht lief rot an. Während der Farmer sich bemühte, die Zinken wieder freizubekommen, schlug Jeremiah ihm mit aller Kraft in den Nacken. Dabei setzte er seine Fäuste wie einen Hammer ein.

Der Farmer taumelte – Jeremiah schlug erneut zu, mit rücksichtsloser Härte. Es galt, mit diesem alten Mann keine Zeit mehr zu vertrödeln!

Der Mann fiel auf die Knie. Er rang nach Luft. Jeremiah eilte in Richtung des Kiefernwäldchens davon. Hoffentlich hatte der Farmer keine Schußwaffe in der Nähe!

Atemlos und benommen, spürte er wieder Übelkeit in sich aufsteigen. Er verlangsamte seine Schritte und blickte zurück.

Mein Gott! Der verdammte Irre verfolgte ihn. Die erhobene Mistgabel schimmerte im roten Licht. Trotz seines Alters legte der Mann ein mächtiges Tempo vor.

Jeremiah rannte auf die Bäume zu. Wie konnte man einem Vater etwas erklären, der zwei Söhne in einem Krieg verloren hatte, der nicht mehr zu gewinnen war? Wie konnte er einen solchen Mann davon überzeugen, daß er sich hier draußen deshalb herumtrieb, weil er ein Versprechen einhalten und einem Befehl gehorchen wollte? Insbesondere da es sich um die Befehle eines Menschen handelte, der ihm das Leben gerettet hatte.

Schwer nach Atem ringend, trieb er sich zur Eile an. Er erreichte die Sicherheit, die die süßlich riechenden Kiefern boten, eilte weiter. Dornensträucher zerkratzten seine Beine, Nadeln niedrig hängender Äste ritzten seine Wangen auf.

Tief im Wald schließlich beugte er sich vor, um Atem zu schöpfen, beinahe ohnmächtig war er von Seitenstichen. Irgendwo hinter sich hörte er den Farmer im Gebüsch fluchen.

»Verdammt noch mal, ich kriege dich. Dich werden wir aufhängen. Dich und alle verdammten Deserteure!«

Die Flüche hörten auf. Im Wald wurde es wieder still. Nur ein Eichelhäher war zu hören. Er war dem Kerl entwischt! Aber seine Beschuldigungen wirkten in ihm nach. Sie machten ihn wütend.

Nun begann er Gründe zu suchen, die den Mißerfolg bei der Nahrungsbeschaffung geringer erscheinen ließen. Möglicherweise hätte sein Magen die Maiskörner gar nicht vertragen. Jetzt verspürte er wieder Übelkeit. Aber er eilte weiter.

Sein Zorn auf den Farmer ließ nach. Ein solcher Mensch würde sein Tun nie verstehen. Das konnte niemand verstehn – außer einem toten Offizier der Konföderierten und zwei Frauen, die Jeremiah noch nie kennengelernt hatte.

Als er aus dem Wald auf eine staubige Landstraße zu humpelte, war es bereits dunkel, und sein Herzschlag verlangsamte sich. Er kletterte die Straßenböschung hoch und wandte sich dann in die richtige Richtung, nachdem er sich davon überzeugt hatte, daß ihm der Farmer nicht etwa zu Pferd folgte.

Nein, niemand verfolgte ihn. Die Straße lag schweigend da und strebte dem schwarzvioletten Herbstsonnenuntergang entgegen.

Er schluckte. Er fürchtete sich vor erneuter Übelkeit. Nur nicht krank werden. Gab es denn niemand auf der Welt, der ihn verstehen konnte? Vielleicht würden auch die beiden Frauen seinen Befehlsgehorsam als Desertion betrachten. In diesem Fall wäre seine Flucht mit all ihren Gefahren umsonst gewesen.

So vergeblich wie dieser ganze Krieg.

2

Nachdem er auf der Straße etwa eine Meile zurückgelegt hatte, grübelte Jeremiah über die Frage nach, die er sich schon oft gestellt hatte: Was war aus dem Krieg geworden, in den er gezogen war, diesem prächtigen, ehrbaren Krieg der Südstaaten?

Er glaubte, die Antwort teilweise zu kennen. Die Tapferkeit erwies sich als wertlos angesichts militärischer Schlappen und der weitverbreiteten Ahnung von einer bevorstehenden Niederlage. Die Ehrbarkeit wurde zur Farce angesichts des Verhaltens, das er unter den Soldaten der eigenen Seite hatte beobachten müssen.

Allmählich ließ der Schreck nach, den die Auseinandersetzung mit dem Farmer ausgelöst hatte. Nun, da er dem Mann entkommen war, konnte er keinen Groll mehr gegen ihn empfinden. Die wunderschöne Nacht milderte den Zorn und förderte das Verstehen.

Mal glänzte nun ein hochstehender weißer Mond über der Landschaft, mal verblaßte er wieder, wenn dünne Wolken ihn verdeckten. Die Farbe des Geländes wechselte ständig zwischen silberhell und schwarz. Ein Windhauch bewegte die Zweige eines Pflaumenbaumhains zu seiner Linken, und er hörte das Hoppeln von Kaninchen. Von irgendwoher kam der Duft spätblühender wilder Rosen.

Wieder knurrte sein Magen. Er spürte Krämpfe in seinen Eingeweiden, zunächst stark, dann nachlassend.

Anfang September hatte sein Leiden ihn eine Woche lang hilflos und schwach gemacht, als er sich in Lovejoy's Station von einer leichten Verwundung erholte. Bei Jonesboro war eine Yankee-Kugel in seinen linken Oberarm gedrungen. Wäre da nicht Colonel Rose gewesen, dann hätte die Kugel ihn getötet.

Nach der Aktion bei Jonesboro hatte Rose versucht, die Truppen seines Kommandos wieder zusammenzuführen. Er hatte beobachtet, wie ein Scharfschütze der Union auf Jeremiah zielte, der gerade niederkniete, um eiligst nachzuladen. Rose war losgestürzt und hatte Jeremiah umgeworfen – damit bewies er erneut, daß er die Art von Mann war, die Jeremiah als Vorbild betrachtete.

Er war ein ehrbarer Soldat.

Kaum acht Stunden später lag Rose tödlich verwundet neben der Laterne eines Feldlazaretts.

In jener Nacht enthüllte sich ein Aspekt seiner Persönlichkeit, den Jeremiah nie zuvor kennengelernt hatte: ein zutiefst bitterer Pessimismus. Der Schmerz zerstörte alle Verstellung. Rose übergab Jeremiah einen Brief an seine Angehörigen, den er ein paar Tage zuvor geschrieben hatte.

Jeremiah erinnerte sich lebhaft daran, wie Colonel Rose kurz vor seinem Tode ausgesehen hatte. Im Licht der Laterne leuchteten die Schweißtropfen in seinem Bart wie kleine Edelsteine. Er bemühte sich, seinen Gesichtsausdruck unter Kontrolle zu bringen, und flüsterte seinem Burschen zu:

»Jeremiah, überbring diesen Brief der Familie zu Hause! Mein Weib und meine Tochter, die brauchen dich mehr, als dieses bedauernswerte Heer dich braucht. Mein Gott, wir sind erledigt, das weißt du doch!«

Ein heftiger, lang andauernder Hustenanfall verhinderte das Weitersprechen. Jeremiah stand unbeweglich da, er wollte sich nicht umdrehen und sehen, warum ein Soldat auf einem benachbarten Brettertisch schrille Schreie ausstieß. Das Geräusch einer Säge verriet es ihm dann.

Rose fuhr fort: »Hast du erkannt, wie hoch unsere täglichen Verluste sind? Viele gehen einfach heim. Andere werden zu Plünderern.«

Jeremiah hatte das bereits bemerkt. Wehrpflichtige verweigerten ihren Offizieren den Gehorsam. Nach einem Gefecht verließen sie einfach das Lager und sahen sich unter den gefallenen Nordstaatlern um, stahlen deren persönliche Habseligkeiten, rissen ihnen gelockerte Goldzähne heraus, ja nahmen sogar Uniformknöpfe an sich.

»Sie werden sich bald überall in Georgia herumtreiben. Glaub es nicht, wenn man etwas anderes behauptet: Der Krieg ist eine zerstörerische Kraft. Er zerstört nicht nur das Land, sondern – was schlimmer ist – auch die Menschen. Du hast es ja selbst gesehen: Desertionen. Geschäftemacherei. Brutalitäten gegenüber Gefangenen. Andersonville...«

Nach einem weiteren Hustenanfall fuhr er noch matter fort:
»Andersonville! Genau hier in Georgia ereignete sich diese Herausforderung Gottes und allen menschlichen Anstands. Auf der gegnerischen Seite sieht es nicht besser aus. Nun wütet Sherman in dieser Gegend. Ich fürchte um die Sicherheit meiner Frau. Geh zu ihr! Laß dich durch nichts und niemanden aufhalten. Laß dich nicht fallen wie viele Angehörige dieses Heeres. Du bist einfach besser als die anderen. Jeder Mann wäre stolz, dich seinen Sohn nennen zu können. Ich auf jeden Fall. Ich hatte nie selbst einen Sohn.«

Jeremiahs Augen füllten sich mit Tränen, aber er fühlte keinerlei Scham.

»Ich habe dir geholfen«, flüsterte Rose. »Nun mußt du auch für mich etwas tun, sobald du kannst. Versprichst du mir das?«

Der schmerzhafte Anblick des Sterbenden brach ihm beinahe das Herz. Er konnte aber nicht umhin zu antworten:

»Sir, das geht nicht. Das bedeutet Desertion!«

Aufgebracht riß Rose die Augen auf. Er preßte die Zähne zusammen. Stützte sich auf einen Ellbogen:

»Dann gebe ich Ihnen den dienstlichen Befehl, Corporal Kent! Gehen Sie dorthin. Sie unterstehen meinem Befehl. Und ich befehle es Ihnen!«

Ein Befehl? Das ließ die Bitte in einem ganz anderen Licht erscheinen. Wie sollte er damit fertig werden? Stumm stand er da, während Rose ihn anstarrte:

»Wirst du dem Befehl gehorchen?«

»Ich...«

»Du wirst es!« Das war keine Frage mehr. Dann ging das harte Fordern wieder in Bitten über. »Bitte, versprich es mir!«

Er antwortete flüsternd:

»Ja, ich verspreche es!«

Rose sank zurück, seine Stimme wurde schwächer, er rang nach Atem. Jeremiah hatte kaum bemerkt, was geschah, da bedeckte ein Feldarzt Roses Gesicht. Dann packten Soldaten den Leichnam in eine blutverschmierte Decke und trugen ihn fort. Jeremiah weinte und bemerkte kaum das Hämmern in seinem bandagierten Arm.

Der Befehl, den er auszuführen versprochen hatte, ging ihm durch den Kopf. Er hatte es versprochen. Die Frage lautete nicht, wann er weggehen sollte, sondern wie. Er mußte verschwinden, ohne entdeckt zu werden.

Die Vorbereitung nahm einige Zeit in Anspruch. Seine leichte Armverletzung und die im Südstaatenheer weitverbreitete Ruhr machten ihn sechs Tage lang handlungsunfähig. Er mußte in Lovejoy's Station bleiben, während General Hood mit dem Großteil seiner Truppen weiter nach Westen bis nach Palmetto zog. Dort hoffte er, für Sherman außer Reichweite zu sein.

Schließlich wurde Jeremiah mit einem Dutzend weiterer Rekonvaleszenten nach Palmetto beordert. Den größten Teil des Septembers verbrachte er dort in Erwartung eines neuen Marschbefehls. Von weitem sah er den Südstaatenpräsidenten Jefferson Davis, der mit Hood zu einer Besprechung zusammentraf. Es ging um militärische Organisationsprobleme.

Für Jeremiah hatte sein Versprechen an Rose absoluten Vorrang. Oft fühlte er sich versucht, den Brief zu lesen, den er mit größter Vorsicht aufbewahrte. Aber er hatte das Gefühl, damit würde er Roses Vertrauen verletzen. Wenn auch jede Vorstellung von ritterlicher Kriegsführung allmählich zu einem Witz geworden war, so hielt er doch daran fest, sich persönlich jederzeit ehrenhaft zu benehmen.

Aber der Anblick von Kompanien, die durch Desertion auf ein halbes Dutzend Mann zusammengeschrumpft waren, machte dies schwierig. Die gleiche Wirkung hatte der Verlust all der kleinen Annehmlichkeiten, die er früher für selbstverständlich erachtet hatte, zum Beispiel Seife. Seife gab es inzwischen nicht mehr.

Wie fühlte ein Mund sich an, wenn man ihn am Morgen mit Salzwasser und einer Zahnbürste gereinigt hatte? Seine Zahnbürste ging durch die durchlöcherte Uniformjacke verloren. Salz war Mangelware. Nun behalf er sich mit einem Zweig und seiner eigenen Spucke.

Die Verpflegung wurde ständig schlechter und knapper. Meistens gab es nur eine Suppe, die kaum diesen Namen verdiente. Es handelte sich um Wasser, das mit etwas Maismehl angedickt war. Gelegentlich erhielt Jeremiah Kartoffeln, aus denen er sich mit einem winzigen Stück Fleisch einen Brei bereitete. Er bewahrte ein Fleischstück oft tagelang in einem Tuch auf. Konnte es da noch überraschen, daß er immer wieder Ruhranfälle bekam? Diesmal litt er fast drei Wochen daran.

Als er wieder genesen war, da war es bereits Mitte Oktober. Aber er war froh, bisher noch keinen Fluchtversuch unternommen zu haben. Man hatte einige Deserteure gefangen und ins Gefängnis gesteckt. Aber allmählich wurde er mürrisch und ungeduldig, wenn er an den Befehl dachte.

General Hood hatte die Heeresgruppe übernommen und zog mit ihr nach Nordwesten in der Hoffnung, Billy Shermans Versorgungslinien von Tennessee her abzuschneiden. Da Jeremiahs Einheit nicht mehr am Ort war, reihte man ihn in eine Einheit der Miliz von Georgia ein, die sich Hood anschließen sollte, nachdem sie ihn gefunden hatte. Er war körperlich immer noch sehr schwach und konnte nicht mithalten. Vielleicht stellte er es auch nur so dar, um einen Vorwand zu haben. Eines Abends in der Dämmerung ließen die Milizsoldaten ihn zurück.

Er war frei.

Drei Tage lang ruhte er sich in einer Lichtung oberhalb von Atlanta aus. Dann zog er nach Südosten, um den Brief zu überbringen. Rechtlich gesehen, war er ein Deserteur. Aber er sah die Sache anders.

Er machte einen weiten Bogen um das belagerte Atlanta, überquerte die granatengeschwärzten, von Gräben zerfurchten Felder mit Vorsicht. Mit einem Meisterschuß erlegte er einen wilden Truthahn, den er dann ausweidete und briet. Salz als Konservierungsmittel stand ihm nicht zur Verfügung, aber das Fleisch würde sich dennoch eine Weile halten.

Er achtete sehr darauf, nirgends aufgehalten oder befragt zu werden. Aber gegen seine körperliche Schwäche konnte er gar nichts unternehmen. Vier Tage verbrachte er in einem Waldstück, stundenlang am Boden liegend, von Fieber und Krämpfen geschüttelt. Von diesem Waldstück aus hatte er vor einer Woche beobachten könne, welch grausame Formen die Kämpfe inzwischen angenommen hatten.

Der Himmel war schwarz von Geschoßrauch. Donnernd explodierten Dynamitladungen. Das Zentrum des Transportwesens des Südens, sein wichtigster Eisenbahnknotenpunkt, wurde systematisch von Männern zerstört, denen die Grundsätze ehrbarer Kriegführung gleichgültig waren. Sie kannten nur ihre Ziele: den Krieg gewinnen, die Schwarzen befreien, die Rebellen vernichten. Voller Haß mußte er mit ansehen, wie in Atlanta nicht nur Güterwaggons und Gleisanlagen vernichtet, sondern auch viele Zivilisten getötet wurden.

Die Dunkelheit in diesem einsamen Landstrich bedrückte ihn. Der Mond war gerade für einige Zeit verdeckt. Vielleicht löste die einsame Dunkelheit Gedanken an Fan Lamont, seine Mutter, aus.

Sie hatte ihn mit seltsam widersprüchlichen Warnungen in diesen verfehlten Krieg geschickt: Sie sah ihn nicht gerne ziehen. Sie sorgte sich sehr um ihn. Sie mahnte ihn zur Vorsicht.

Aber sie war stolz auf seinen Enthusiasmus. Sie akzeptierte es, daß er sich um seine Einberufung bemühte. Und beim Abschied legte sie ihm nahe, gut und vor allem ritterlich zu kämpfen.

Er vermutete, daß ihre Begeisterung für den Krieg etwas mit dem plötzlichen geheimnisvollen Tod seines Stiefvaters im Jahre 1861 in Richmond zu tun hatte. Augenscheinlich war Edward Lamont, der Schauspieler, die Treppe des Hauses herabgestürzt, in dem er mit Fan lebte. Zu jener Zeit befand sich Jeremiah in Lexington bei seinem Großvater Virgil Tunworth, dem Vater seiner Mutter. Vom Großvater war der Junge über den Tod Lamonts informiert worden.

Als Fan sich nach dem Begräbnis in eine kleine Stadt im Shenandoah-Tal zurückzog, hatte Jeremiah das Gefühl, daß der Bericht über den Unfall nicht ganz der Wahrheit entsprach. Aufgrund der etwas nervösen Art und Weise, mit der Fan seine Fragen beantwortete, kam er zu dem Schluß, daß irgend etwas Schimpfliches im Zusammenhang mit Edwards Tod vorgefallen sein mußte. Um irgendeine Schmach auszugleichen, ließ Fan es zu, daß der letzte ihrer drei Söhne sein Leben für das Vaterland riskierte.

Kämpfe gut und ritterlich!

Jeremiah grübelte darüber nach, in seinen wenigen Briefen nach Hause nie die ganze Wahrheit über den Krieg berichtet zu haben: nichts über das verdorbene Fleisch; nichts über die schlechten Lebensumstände; nichts von den Soldaten, die im Gefecht bei Chickamauga die Flucht ergriffen, und nichts von den späteren Massendesertionen. Er wollte nicht, daß seine Mutter von den schlimmen Zuständen erfuhr. Sie hatte genug Sorgen um die Gefährdung ihres Heims und das Wohlergehen seiner beiden älteren Brüder. Jeder im Süden wußte, welche Risiken die Regimenter von General Stuart eingingen. Und sein Bruder Matthew, der das Leben zu leicht nahm, befand sich irgendwo auf dem Atlantik zwischen Liverpool, den Bermudas und der Küste von Carolina als Frachtaufseher auf einem Blockadebrecher.

In Jeremiahs Augen war dies ebenso ehrenhaft wie kühn. Es war auch typisch für Matt. Jeremiah hatte Matt immer bewundert und beneidet, obwohl die beiden Brüder nur selten und kurz zusammen waren. Fans Zweitgeborener fuhr bereits zur See, als Jeremiah noch ein kleiner Junge war.

Wäre dies möglich gewesen, so hätte er gerne mit Matt getauscht. Sein Bruder verfügte über eine sehr glückliche Natur. Er liebte den Mannschaftssport. Besonders gern spielte er Baseball.

Ganz lebhaft erinnerte sich Jeremiah an einen Herbstnachmittag vor vielen Jahren. Die Überschwenglichkeit, mit der Matt seinen Stolz zeigte, als er nach Hause kam, war ihm unvergeßlich. Durch seine überragenden Leistungen hatte die Mannschaft, der fünf schwarze und vier weiße Jungs angehörten, den Sieg errungen.

Matt war ein begabter Zeichner. Dieses Talent hatte er schon in sehr jungen Jahren entdeckt. Jeremiah erinnerte sich noch immer deutlich an einige der Kohlezeichnungen, die er bei seiner ersten Seereise auf einem Baumwollfrachter aus Charleston angefertigt hatte. Sein Stil war kraftvoll, von ausgeprägter Individualität und unvergeßlich. Obwohl Jeremiah Matt seltener gesehen hatte als seinen anderen Bruder Gideon, fühlte er sich ihm enger verbunden und betete um sein Wohlergehen.

Die Wolke trieb weiter. Der Mond war wieder frei. Jeremiah atmete tief durch. Die Waffe an seiner Schulter war schon sehr schwer. Aber jetzt spürte er ihr Gewicht zehnfach.

Er löste die Tuchschlinge und legte die Waffe neben sich auf den Boden, er schloß die Augen, bis das Schwindelgefühl vorüber war.

Schwankend stand er da in der Straßenmitte. Seine rechte Hand suchte nach seinem Gürtel. Unbewußt berührte er das Stück Ölzeug, in dem sich der wertvolle Brief befand, den zu überbringen er versprochen hatte.

Er öffnete die Augen. Die leisen Tiergeräusche im Obstgarten hatten aufgehört. Vielleicht hörte er sie aber auch nicht wegen des Rauschens in seinen Ohren.

Sein Mund war trocken. Ungewaschen, wie er war, roch er unangenehm. Er hätte gern ein wenig gerastet, aber das Risiko schien ihm zu hoch. Vielleicht folgte ihm der Farmer doch noch zu Pferde.

Nun, inzwischen war ihm dies gleichgültig. In den Feldern würde er sich vor dem Verfolger verstecken können. Wenn er jetzt eine kurze Pause einlegte, würde er später schneller vorankommen.

Er sank am Straßenrand nieder, die Waffe zu seinen Füßen. Er durchlebte einen kurzen Moment der Verzweiflung. Alles ging schief. Vor ein paar Wochen war Lincoln erneut zum Präsidenten des Nordens gewählt worden. Der Krieg war verloren – oder er würde es zumindest bald sein.

Diesmal hatte Lincoln nicht als Republikaner, sondern unter dem neuen Etikett der National Union Party kandidiert. Als Mitbewerber hatte sich der alte Affe Abraham einen nichtswürdigen Politiker aus Tennessee namens Johnson erkoren, der seine eigenen Leute betrogen und sich auf die Seite des Nordens gestellt hatte. Dies tat er, weil die Verfassung angeblich kein anderes Verhalten zuließ. Rose hatte dies ein oder zwei Tage vor seinem Tod mit der Bemerkung kommentiert, daß die Schnapsflasche für Johnson kein anderes Verhalten zuließ. Er sei nämlich ein Trinker.

Aber Johnson würde auf die Kriegführung keinen Einfluß haben. So wie Jefferson Davis auf der anderen Seite, behielt sich Lincoln die Auswahl und Überwachung seiner Generäle vor.

Zunächst zeigte er bei ihrer Auswahl eine wenig glückliche Hand. Da war der wichtigtuerische demokratische Parteimann Little Mac McClellan. Da war Hooker, der bei Chancellorsville die Nerven verlor und eine große Siegesschance vertat.

Aber da Jackson bei Chancellorsville zufällig durch die Kugel eines Soldaten der eigenen Seite getötet wurde, stellte diese Schlacht doch nicht den Riesenerfolg für den Süden dar, der möglich gewesen wäre. Aber immerhin hatte J.E.B. Stuart die Infanterie des Südens so erfolgreich vom Rücken seines Pferdes aus geführt, daß er Old Joe Hooker zum offenen Kampf zwang.

Aber dann war Jackson an Lungenentzündung gestorben. Als Lee einen Monat später nach Pennsylvania vorstieß, wurde er bitter vermißt. Selbst Meade, der Lee im Norden geschlagen hatte, war in Lincolns Augen zu wenig unbarmherzig. Schließlich fand der Yankee-Präsident einen Oberbefehlshaber, der wie ein Irrer kämpfte: *Unconditional surrender* Grant. Ein weiterer Trunkenbold!

Aber er war nüchtern genug, um im Westen Vicksburg zu vernichten. Er war auch nüchtern genug, um im März dieses Jahres den Oberbefehl am Potomac zu übernehmen. Er opferte seine Soldaten zu Tausenden, ja zu Zehntausenden, als seien sie nicht menschliche Wesen, sondern Teile eines Walzwerks. Die unersättliche Kriegsmaschine wurde mit Strömen von Blut geschmiert.

Der Kampfgeist, dem der Süden zu Anfang des Krieges so erstaunliche Erfolge verdankte, war nun dahin.

Jeremiah erinnerte sich an Offiziere, die mit traurigem Stolz berichteten, wie Pickett am letzten Tag der Schlacht von Gettysburg einen sanften Hügel stürmte. Dort war Lees Versuch gescheitert, sein Heer mit dem Getreide und dem Fleisch der Yankees zu versorgen und einen überzeugenden Sieg auf feindlichem Boden zu erringen. Damit sollte die Fehlerhaftigkeit von Davis' Politik aufgezeigt werden, die sich auf einen Defensivkrieg auf südlichem Boden beschränkte und – gleichzeitig – den Gegner für einen Verhandlungsfrieden gewinnen wollte.

Der Ruhm solcher Helden wie Pickett war noch nicht verblaßt, aber die Überlebenden schätzten ihr Heldentum nicht mehr besonders hoch ein. Wenn die Konföderation auch politisch noch nicht kapituliert hatte, so hatte sie doch moralisch den Kampf längst aufgegeben. Dies wußten selbst die glühendsten Südstaatenpatrioten.

Daß der Süden in der Tat vor einer Niederlage stand, wurde auch aus Fans Brief deutlich, der Ende Juni geschrieben worden war. Die Furien des Krieges hatten nun auch Fan erreicht. Aber das war nicht die einzige traurige Nachricht.

Der Brief enthielt auch traurige Nachrichten über Gideon.

### 3

Nachdem er bei den Kämpfen um Richmond im Jahre 1862 dem Tode entronnen war, hatte Jeremiahs ältester Bruder Gideon viele Kriegsereignisse unversehrt überstanden, bis er schließlich durch Zufall am elften Mai an einen Ort mit Namen Yellow Tavern gelangte. Dort begegneten er und General Stuart Kavalleristen der Union von einer für sie ganz neuen Art.

Noch vor einem Jahr war die Reiterei des Nordens unter Pleasonton der des Südens keineswegs gewachsen. Inzwischen jedoch entwickelte sie sich ständig zu einer besseren und gefährlicheren Waffe. Jetzt war sie unter der Führung von Sheridan zu einer Sense geworden, die durch Virginia fegte. In Yellow Tavern wurde Jeb Stuart ihr Opfer und fiel.

Stuarts Truppe stieß auf heftigen Widerstand. Die gefährlichsten Reiter der Yankees kamen aus Michigan, sie trugen rote Halstücher, und ihre Regimentskapelle feuerte sie an mit den Klängen des *Yankee Doodle*. Ihr Führer war ein ähnlich auffallender Offizier wie Stuart, es war der vierundzwanzigjährige George Armstrong Custer, der »Knabengeneral«, er trieb seine Truppe an mit dem Kampfruf: »Vorwärts, ihr Helden aus Michigan!«

Custer trug Sporen aus Gold, teilte sein Bett mit einem zahmen Waschbären und pflegte sein langes Lockenhaar mit Zimtöl. Aus Zeitungsberichten wußte Jeremiah, daß Custer ein Mann war, der persönlich kaum etwas gegen die Südstaatler hatte; sein Ziel war es nur, sie schnell vor sich herzutreiben.

Wie Stuart genoß er den Ruf, ein Draufgänger zu sein. Sein persönliches Motto, das er von der Kriegsakademie West Point mitbrachte, lautete: Karriere oder Tod! Aber die Art und Weise, wie er sich oft im Kampf über alle Regeln der Vorsicht hinwegsetzte, legte die Vermutung nahe, daß es ihm darum ging, seinen persönlichen Aufstieg durch den Tod anderer voranzutreiben. Obwohl selbst Demokrat, gelang es ihm, der Liebling der Republikaner in Washington zu bleiben. Die Presse sah in ihm geradezu einen neuen Napoleon.

Bei Yellow Tavern hatte einer von Custers Michigan-Leuten Stuart aus dem Sattel geschossen. Ein anderer seiner Soldaten hatte Gideon direkt angegriffen. Zumindest schrieb dies sein unmittelbarer Vorgesetzter in der folgenden Woche an Fan. Während des Kampfes Reiter gegen Reiter hatte sich Gideon im Sattel zurückgebeugt, um einem Säbelstreich auszuweichen, er verlor sein Gleichgewicht und stürzte zu Boden. Innerhalb von Sekunden hatte die feindliche Schwadron ihn eingekreist und gefangengenommen.

Jetzt war Gideon entweder tot oder vegetierte in einem Gefangenenlager des Nordens dahin.

Und als sei dieser Verlust nicht schon schlimm genug, berichtete Fans Brief außerdem davon, daß Hunters Kavallerie bis nach Lexington durch das Tal getrieben worden war. In der Umgebung hatte die Yankeekavallerie überall Mühlen, Kornspeicher und landwirtschaftliche Geräte verbrannt, dann zerstörten sie zahlreiche Häuser in der Stadt, darunter die Militärakademie, die Residenz von Gouverneur Letcher und andere Privathäuser. Nur dem Washington College blieb dieses Schicksal im letzten Augenblick erspart, denn einige von Hunters Soldaten weigerten sich, eine Institution in Brand zu stecken, die den Namen des ersten Präsidenten der Nation trug.

Als Fan an ihren Jüngsten schrieb, suchte sie ihre Traurigkeit zu verbergen. Aber in den letzten Absätzen des Briefes wurde sie dennoch deutlich. Dort sprach sie von den Entbehrungen, die der Süden erleiden mußte, seit durch die feindliche Blockade ein Hafen nach dem anderen vom Ozean abgeriegelt worden war.

Profitmacher hatten die Preise so in die Höhe getrieben, daß für gewöhnliche Sterbliche viele Lebensnotwendigkeiten unerschwinglich wurden. Fan erwähnte, daß sie keine guten Baumwollstrümpfe mehr besaß, sie mußte sich weiter mit gestopften behelfen, da sie acht Dollar für ein neues Paar nicht bezahlen konnte.

Wie Kaffee schmeckte, das hatte sie inzwischen vergessen. Die Südstaatler, die ihn gehortet hatten, verlangten inzwischen vierzig Dollar für ein Pfund.

Ihr Arzt hatte ihr Kalomel verschrieben, das mit zwanzig Dollar pro Unze unerschwinglich war.

Selbst das Äußere des Briefes legte Zeugnis davon ab, daß das Ende bevorstand. In Lexington gab es, wie Fan mitteilte, kein Schreibpapier mehr zu kaufen. Daraufhin kam ein tüchtiger Unternehmer darauf, aus einer alten Tapetenrolle Schreibpapier zurechtzuschneiden. Der Umschlag innen und die Rückseite der Blätter zeigten ein Blumenmuster.

Aber auch dieses Papier ging bald zu Ende.

Rose hatte die Lage richtig gesehen. Seine Frau und seine Tochter bedurften Jeremiahs Hilfe mehr, als es die Armee tat. Für die Frauen der Familie Rose würde seine Anwesenheit wirklich von Bedeutung sein.

Aber wenn er sie finden wollte, dann konnte er nicht einfach im Mondlicht sitzen bleiben. Trotz aller Müdigkeit mußte er weiterziehen.

Mühsam erhob er sich und griff nach seiner Enfield. Da hörte er hinter sich auf der Straße ein Geräusch.

Er richtete sich auf und suchte die silbern schimmernde Landschaft mit den Augen ab.

Reiter näherten sich.

Sehen konnte er sie nicht. Dafür waren sie noch zu weit entfernt. Aber er hörte sie jetzt.

Dieser Farmer! Dieser verdammt rachsüchtige alte Mann!

Er hatte sich nicht damit begnügt, allein zu Pferd Jeremiah zu verfolgen. Er hatte seine Nachbarn mobilisiert. Zitternd erinnerte sich Jeremiah an die Drohung des Farmers:

Auf seine Desertion stand als Strafe Tod durch Erhängen.

## 2. Kapitel

## »Sechzigtausend Mann stark«

In dem Moment, da ihn der schreckliche Gedanke überkam, fragte sich Jeremiah, ob das tatsächlich im Bereich des Möglichen lag. Konnte ein alter Mann in dieser ländlichen Gegend wirklich seine Nachbarn mobilisieren? Abgesehen von Knaben und Greisen gab es doch hier im Hinterland des Südens kaum noch Männer. Auch Pferde waren fast keine mehr vorhanden.

Aber dennoch näherten sich ihm Reiter. Wer mochte das sein?

War es die Bürgerwehr von Georgia? Seines Wissens war die nicht beritten.

Handelte es sich um feindliche Kavallerie? Etwa um die Raufbolde unter dem blondbärtigen Yankee Judson Kilpatrick?

Er wußte es nicht. Er wollte aber auch nicht weiter mitten auf der Straße verweilen, um das festzustellen. Die Reiter kamen schneller heran, als erwartet. Das weißschimmernde Mondlicht beschien den Kamm eines Hügels, der kaum einen Kilometer entfernt lag. Dort tauchten Figuren auf, die teils Roß, teils Reiter zu sein schienen.

Jeremiah packte seine Enfield und sprang links von der Straße beim Bach in den Graben. Ein kleiner, im hohen Gras verborgener Geröllblock brachte ihn zu Fall. Er platschte ins Wasser, drehte aber im letzten Augenblick seinen Körper so, daß der Ölhautbeutel und die Pulvertasche trocken blieben.

Jetzt näherte sich ihm eine Staubwolke, das Hämmern der Hufe wurde ständig lauter. Da seine rechte Körperhälfte im Wasser lag, war es ihm jetzt unerhört kalt. Seine Waffe hatte er bei seinem Sturz fallen lassen.

Er versuchte sich zu erheben, als die ersten Reiter herangedonnert kamen. Sein Aufrichten schien einen Lärm von der Lautstärke eines Wasserfalls auszulösen. Wieder legte eine Wolke die Umrisse des Mondes frei. Jetzt war die Waffe an seiner Schulter hell blitzend sichtbar.

Jemand entdeckte dies. Schrie auf. Der Reiter zügelte sein Pferd. Die Vorangerittenen wandten sich um. Jeremiah sank nieder und lag ruhig da. Er versuchte, die sich undeutlich abzeichnenden Figuren zu zählen. Es waren ein Dutzend oder mehr.

Ein Reiter stieg ab, entsicherte seine Pistole.Er trug eine Feldmütze, die der seinen ähnelte.

»Captain, eine Enfield.« Der Soldat hob das Gewehr. »Ich kann die Prägung fühlen – C.S.A.« (Confederate States of America)

Ein anderer Soldat wies zum Straßenrand:

»Da unten ist das Unkraut niedergetreten. Da hat sich wohl der Mann versteckt, der die Waffe fallengelassen hat.«

Nun entsicherten zwei weitere Soldaten ihre Pistolen. Die Pferde stampften, ein langer Kerl ritt zu den anderen am Bach. Er lehnte sich über den Hals seines Pferdes, als wolle er den Boden genauer betrachten. Dann rief er laut: »Du, da unten, komm besser heraus!«

Jeremiah glaubte den weichen Südstaaten-Tonfall zu erkennen.

Der Lange zog einen Karabiner aus dem Sattelhalfter.

»Komm raus, habe ich gesagt!«

Völlig durchnäßt kam Jeremiah wieder hoch auf seine Füße und klomm mit erhobenen Händen auf die Straße.

## 2

Der Lauf des Karabiners des Langen leuchtete im Mondlicht. Wasser troff von Jeremiahs Fingern, vom Verband an seinem Schenkel, vom zerfetzten Saum seines Uniformrocks, vom Nackenschutz an seiner Mütze.

»Captain«, rief einer der Soldaten. »Er scheint einer der Unsrigen zu sein!«

Es waren tatsächlich Südstaatler. Im Mondlicht sah er staubige kadettengraue Ärmel und Hosenbeine, die den seinen entsprachen. Der einzige Unterschied lag in der gelben Verzierung. Gefangener der Yankees zu sein, wäre auf jeden Fall schlimmer gewesen. Es sei denn, diese Männer waren so wild auf Deserteure wie der alte Farmer.

Der Captain fuchtelte mit seinem Karabiner herum. Jeremiah blickte flüchtig auf den Doppelstreifen von Goldlitzen an seiner Mütze. Da sagte jener: »Wer sind Sie?«

Jeremiah drehte sich leicht, so daß im Mondlicht die Rangabzeichen an seinem Ärmel sichtbar wurden.

»Sir, ich bin Corporal Kent!«

»Umdrehen, damit ich das Abzeichen an Ihrer Mütze sehen kann!«

»Sir, die habe ich verloren!« So zog er die Konsequenzen aus seinen Erfahrungen mit dem Farmer. Er versuchte, so ruhig zu klingen, als habe er nichts zu verbergen. »Ich gehöre dem 63. Regiment von Virginia an. Zuletzt war ich in Reynolds Brigade, in der Division von Stevenson.«

Weiter hinten brummte ein Reiter: »Captain, mir ist nicht bekannt, daß welche aus Virginia zur Armee von Tennessee gehörten.«

»Doch, ich glaube schon, es gab ein, zwei derartige Regimenter.« Der Captain war ein schwerer Mann mit Doppelkinn. Im Mondlicht sah man Pockennarben wie schwarze Krater auf seiner Wange. »Korporal, nennen Sie den Namen des Befehlshaber ihres Korps!«

Vorsichtig antwortete Jeremiah: »Sie wissen, daß wir zum Korps von General Hood gehörten. Aber General Hood war Befehlshaber der Gesamtarmee. Daher standen wir praktisch unter dem Befehl von General Stephen D. Lee.«

Das Gemurmel einiger der Soldaten bedeutete, daß sie vom Wahrheitsgehalt seiner Worte überzeugt waren. Der Captain gebot ihnen zu schweigen: »Standen Sie unter Bob Lee in Pennsylvania?«

»Nein, Sir, ich wurde erst einen Monat danach gemustert.«

Daraufhin fragte ein anderer verdächtig ruhig:

»Hat Ihr Regiment bei Gettysburg eine Fahne verloren?«

»Nein, soweit ich mich erinnere.« Er wußte genug über die Geschichte der beiden nach Westen verlegten Einheiten aus Virginia, um die Falle zu erkennen. »Ich denke, das betraf die andere Einheit der Armee von Tennessee, das 54. Regiment. Ich gehörte zur 2. Brigade, Abteilung West-Virginia. Aber wir wurden gemeinsam mit dem 54. verladen.«

»Sie wurden vom Dienst befreit?« unterbrach der Hauptmann.

Jeremiahs Hände wurden kälter. Er bemühte sich um eine ruhige Stimme:

»Jawohl, Sir, ich wurde bei Palmetto verwundet, nachdem General Hood sich nach Tennessee begeben hatte.«

Er hob das Bein, um seinen blutigen Verband zu zeigen. Auch jetzt noch war der Schmerz unerträglich, wenn er sein Knie beugte. Vielleicht waren diese Leute weniger mißtrauisch als der Bauer. Blut war schließlich kein Beweis. Seine Wunden konnte ihm ja auch einer dieser verdammten Bauerntölpel verpaßt haben, denen es nicht gefiel, wenn er sich in der Nähe ihres Besitzes herumtrieb.

Das letzte Stückchen Truthahnfleisch hatte er in der Nähe von Milledgville verspeist. Am Stadtrand von Atlanta war er bei Dunkelheit in einen Hühnerstall eingedrungen. Aber trotz aller Bemühungen war er nicht leise genug und schreckte die Hühnerschar auf. Die Hühner gackerten derart, daß der Farmer herbeieilte und ihn mit einer Schrotflinte vertrieb. Als er außer Reichweite war, schnitt er mit einem Messer, das er in seinem rechten Stiefel aufbewahrte, vier Schrotkugeln aus seinem Bein. Dann hatte er seine Wunde, so gut er konnte, gereinigt und sie mit seiner zerrissenen Unterhose verbunden.

Der Captain wollte Näheres über seine Wunde wissen:
»Wo haben Sie die her?«
»Jonesboro«, erwiderte Jeremiah prompt. »Es geschah am Nachmittag des letzten Augusttages.«

Der Mann, der vom Pferd gestiegen war und die Enfield hielt, sagte: »Ja, das stimmt, ich weiß, daß Steve Lee da war.«

Der Captain stellte eine peinliche Frage: »Am einunddreißigsten August soll das passiert sein? Seitdem müßte die Wunde doch längst verheilt sein!«

»Es gab eine Infektion. Eine Zeitlang meinten die Ärzte sogar, daß ich das Bein verlieren würde. Gleichzeitig litt ich an Ruhr. Ich hatte sogar zwei Wunden. Aber die Schulterwunde ist gut verheilt. Diese hier jedoch will und will nicht besser werden.«

Während der Captain über diese Information nachsann, entschloß sich Jeremiah, möglichst viel von der Wahrheit preiszugeben. Diese Soldaten waren wohl eher zu überzeugen als der Farmer. Vielleicht konnte er sie überlisten. Aber dann mußte er den Mut aufbringen zu reden.

»Mein Vorgesetzter, Colonel Rose, gehörte ursprünglich zum 36. Regiment von Georgia in Cummings Brigade. Nach den Ereignissen von Chickamauga wurde er für eine Weile zum Divisionsstab abkommandiert. Ich diente ihm als Bursche und Kurier. Er fiel dann bei Jonesboro. Vor seinem Tode befahl er mir, seine Plantage aufzusuchen, falls ich überlebte. Nur seine Frau und seine Tochter seien noch da.« Dann fügte er eine erfundene Tatsache hinzu, die ihm logisch erschien und die ihren Verdacht noch weiter ablenken konnte:

»Der Colonel sagte mir, seine Schwarzen würden störrisch wegen der Proklamation von Old Abe...«

»Das passiert jetzt natürlich überall«, meinte jemand.

»Wo liegt diese Plantage?« fragte der Hauptmann.

Jeremiah war jetzt etwas weniger nervös. Vielleicht würde die Frage der Desertation gar nicht mehr auftauchen, wenn er sie davon überzeugen konnte, daß er nur tat, was er für seine Pflicht hielt.

»Sie liegt bei Louisville, jenseits des Ogeeche River in Jefferson County. Ich bin seit Tagen zu Fuß unterwegs, um dorthin zu gelangen.«

»Nun, dann haben sie noch fünfzig, sechzig Kilometer vor sich«, informierte ihn der Captain. »Im Prinzip müssen Sie sich nach Osten halten.« Er kratzte an seinen Pockennarben: »Ich habe den Eindruck, diese persönliche Angelegenheit ist Ihnen wichtiger als die Rückkehr zu Ihrer Truppe.«

Jeremiah blickte finster drein und machte eine heftige Armbewegung. Daraufhin scheuten plötzlich einige Pferde.

Als Jeremiah sich zu seiner vollen Länge aufrichtete, beleuchtete der Mond seine dunklen Augen und sein verfilztes Haar. Im Mondlicht sah man deutlich die weiße Strähne, die von der linken Augenbraue bis zum Hinterkopf reichte.

Seine Ehrlichkeit hatte sich bei dem Farmer schlecht bezahlt gemacht. Den Fehler wollte er nicht wiederholen.

»Sir, ich habe Ihnen gesagt, daß ich wegen meiner Verletzungen entlassen wurde! Da hatte ich die Möglichkeit, entweder in meine verdammt weit entfernte Heimat Virginia zu gehen oder in Georgia zu bleiben und den letzten Wunsch des Colonels zu erfüllen. Meine Einheit war inzwischen bereits wieder nach Norden gezogen. Ich fühlte mich den Frauen der Familie des Colonels verpflichtet, insbesondere da Rose mir bei Jonesboro das Leben gerettet hatte.«

»Ach so?« Der Hauptmann schüttelte den Kopf. »Was ist da geschehen?«

Jeremiah erzählte es ihm.

»Haben Sie einen Beweis dafür?« fragte der Captain.

Beinahe hätte Jeremiah nach seinem Ölhautbeutel gelangt. Dann zögerte er doch. Er kannte den Inhalt des Briefes nicht. Es konnte ja schließlich sein, daß Rose seiner Frau mitteilte, er habe seinen Burschen zur Desertion aufgefordert.

»Nein, Sir, ich habe keinen Beweis.«

»Wie heißt denn diese Plantage dort?« fragte der abgestiegene Soldat mit der Enfield.

»Sie heißt Rosewood. Nach der Familie des Colonels.«

»Davon habe ich gehört«, meinte der Captain. »Ich stamme aus der Nähe von Savannah. Mein verstorbener Vater war Baumwollgroßhändler. Er hatte früher Geschäftsbeziehungen zur Familie Rose.« Plötzlich erschien er viel toleranter. »Wenn Ihre Einheit wirklich nach Tennessee verlegt worden ist und wenn Sie für dienstuntauglich erklärt wurden, dann haben Sie sich wohl richtig entschieden.«

Jeremiah atmete jetzt etwas ruhiger. Der Captain fuhr fort: »Diese Frauen, die Sie erwähnten, werden jetzt jede Art von Schutz bitter nötig haben. Ja, ganz Georgia braucht Schutz.«

»Wie meinen Sie das, Sir?«

Der Captain beugte sich etwas vor und sagte: »Corporal, haben Sie eine Ahnung, wo Sie sich befinden?«

Jeremiah versuchte zu lächeln: »Ich weiß, daß Sie zu den Unsrigen gehören. Den gelben Aufschlägen nach sind Sie Kavalleristen.«

»Ich heiße Dilsey. Captain Robert Dilsey. Wir unterstehen General Joe Wheeler und sind als Kundschafter gegen Sherman eingesetzt.«

»Sherman! Aber der steht doch hinten in der Nähe von Atlanta!«

Dilsey schüttelte verneinend den Kopf: »Nicht mehr. Wir sind die einzigen zwischen diesem Hurensohn und der Südküste, wenn man von der Heimwehr absieht, die Gouverneur Brown aufzustellen versucht.« Einer aus Dilseys Haufen kicherte verächtlich. »Aber alte Männer mit Harken und Spaten sind gegen Sherman keinen Pfifferling wert.«

Wie vom Donner gerührt, keuchte Jeremiah: »Sie meinen also, daß er sich auf dem Vormarsch befindet?«

Seufzend nickte Dilsey: »Seit letzten Mittwoch ist er auf dem Vormarsch. Mit sechzigtausend Mann in zwei Kolonnen. Slocum befehligt zwei Infanteriekorps auf dem linken Flügel. Howard zwei weitere auf dem rechten. Und dieser Kilpatrick reitet auch mit.«

»Wo will Sherman hin?«

Die Antwort war ein Achselzucken: »Er ist wohl auf dem direkten Weg zum Ozean. Er kümmert sich einfach nicht um seine Nachschublinien, schlägt sich bloß in diese Richtung durch und richtet möglichst viel Schaden an.«

Eine andere boshafte Stimme meinte:

»Hat wohl keine Lust mehr, gegen Männer zu kämpfen. Gegen Weiber und Kinder hat er mehr davon.«

Der Captain betrachtete dies nicht als Witz: »Das ist gut möglich. Von Zeit zu Zeit soll er ja im Kopf nicht ganz richtig sein. Ein Vormarsch in dieser Richtung verstößt gegen alle Regeln der Strategie. Aber er ist auf dem Vormarsch, gemeinsam mit diesem verfluchten Schlächter Kilpatrick und seiner Killer-Kavallerie. Wir ziehen nach Südosten, um ihnen zu entgehen. Wollen herausfinden, wo genau sie hinziehen, sie im Rahmen unserer Möglichkeiten stören.«

Die Nachricht vom plötzlichen Herannahen des Generals, der Atlanta erobert und niedergebrannt hatte, klang immer noch unglaublich. Jeremiah suchte nach Worten:

»Aber hier, in diesem Teil des Staates, gibt es doch gar keine kampffähigen Truppen mehr!«

»Na, Corporal, Sie sind ja noch da!« meinte der Soldat mit der Enfield.

Die Bemerkung machte ihm noch zu schaffen, da sagte Dilsey:

»In Georgia soll es genug Nahrungsmittel geben. Es gab die beste Ernte seit Jahren, wie ich gehört habe. Und Robert Lees Armee lebt immer noch aus diesem Brotkorb. Wenn man Shermans Vorstoß in diesem Licht sieht, erkennt man den Sinn. Es geht ihm wohl um die Nahrungsmittel, aber auch Savannah wird er nicht verschmähen.«

»Das ist ja verrückt!« schrie Jeremiah.

»Wer eine ganze Stadt fast vollständig niederbrennt, der kämpft nicht wie ein Gentleman, Corporal, und auch nicht nach dem Handbuch der Kriegskunst. Sehen Sie zu, daß Sie nach Jefferson County kommen, und sagen Sie den Damen Rose, daß der alte Billie Sherman wohl bald vorbeikommen wird!«

»Und zwar verdammt bald«, fügte der Kerl mit der Enfield hinzu.

3

Trotz der niederschmetternden Nachricht empfand Jeremiah eine merkwürdige Erleichterung. Er hatte Dilsey von der Wahrhaftigkeit seines Berichts überzeugen können. Und das war so richtig gewesen. Das Wort Desertion war gar nicht gefallen.

Einer der Kavalleristen meinte nun:

»Captain, wir sollten weiterreiten!«

»Richtig«, meinte Dilsey. »Kent, haben Sie was Eßbares dabei? Wir wollen Ihnen gern aushelfen. Mullins, geben Sie ihm ein paar Erdnüsse.«

Jeremiah hob seine Hand, um die Erdnüsse in Empfang zu nehmen, da ließ Dilsey ein seltsames leises Lachen hören, das ihn erschreckte. Wieder kratzte sich Dilsey in seinem Gesicht.

»Wissen Sie, daß Sie von Glück sagen können, daß Sie überhaupt leben, Corporal? Ein paar Meilen von hier haben wir an einer Farm halt gemacht, um unsere Pferde am Brunnen zu tränken. Dort haben wir von Ihnen erfahren.«

Jeremiah schloß seine Faust um die Erdnüsse. Er ließ sie fast fallen, als er sie in die Tasche steckte. Was für ein verdammter Narr er doch war. Er hatte Dilsey nicht eine Minute lang getäuscht.

Der Captain zeigte auf Jeremiahs Bein:

»Diese Verletzung mag ja weh tun. Aber wie der alte Farmer mit Recht sagte, befinden sich viele Jungs mit schlimmeren Verletzungen noch bei ihren Regimentern. Ich glaube nicht, daß Sie wegen Ihrer Verletzungen entlassen wurden. Im übrigen mag Ihre Geschichte stimmen. Ich weiß nicht, warum Sie mir zu neunzig Prozent die Wahrheit gesagt haben und dem Farmer nicht. Aber es war Ihr Glück, daß Sie sich diesmal für die Wahrheit entschieden haben.«

Dilsey rammte seinen Karabiner in das Halfter. Dann ließ er sich von dem abgestiegenen Reiter die Enfield geben. Humorlos lächelnd, richtete er sie gegen Jeremiahs Brust.

»Ich hätte dich mit deiner eigenen Waffe an Ort und Stelle umgelegt.«

Er warf ihm die Enfield zu. Jeremiah hatte Schwierigkeiten, sie zu fangen. Dilsey lachte unfreundlich und dumpf:

»So wie die Dinge sich jetzt entwickelt haben, wirst du bald genug wieder mitten drinstecken im Kriege. Du wirst wohl der einzige junge Mann im Umkreis von vierzig Meilen um diese Plantage sein. Der Führer der gesamten Resistance! Ich hoffe, du bewältigst diese Aufgabe. Nachdem du weggelaufen bist, kann man von dir erwarten, daß du das wenigstens versuchst.«

Vor Wut kochend, sah Jeremiah, wie Captain Dilsey und seine Leute sich wieder in Zweierreihen formierten. Der Mond beleuchtete den Rücken des Offiziers. Sein Gesicht war nicht zu sehen. Seine Worte klangen gleichzeitig fröhlich und grausam.

»Viel Glück, Corporal, ich ernenne Sie hiermit zum Kommandierenden General von Jefferson County!«

Er galoppierte davon. Seine Soldaten folgten ihm. Sie hinterließen nur eine Staubwolke, die bald verschwand.

## 4

Sechzigtausend, dachte Jeremiah und schüttelte das Rohr seines Gewehrs. Sechzigtausend Mann unter Führung des bösartigsten Soldaten der gesamten Unionistenarmee!

Dilsey hatte ihn bestraft, indem er ihn allein nach Rosewood gehen ließ. Jeremiahs Pflichtgefühl und Loyalität hatte er nicht anerkannt.

Dieser freundlich scheinende Mann mußte innerlich die ganze Zeit über ihn gelacht haben, als er von Colonel Rose erzählte. Einen Augenblick lang übermannte ihn fast der Zorn über diese Erniedrigung. Immerhin lebte er noch. Und Shermans Auftauchen würde ihm die Chance geben zu kämpfen. Letztendlich hätte die Begegnung mit Dilsey noch schlimmer ausgehen können. Nun packte Jeremiah noch fester seine Waffe.

Jeremiah legte die Enfield nieder, knackte und aß vier von den Nüssen, die er von den Reitern erhalten hatte. Erneute Bauchschmerzen waren die Folge. Er mußte sich am Straßenrand niedersetzen und beten, daß der Schmerz nachlasse.

Der Schmerz ließ nicht nach.

Ein Vogel zwitscherte im Pflaumenhain. So schlecht er sich auch fühlte, er glaubte dennoch, daß sein Schicksal nun eine glückliche Wendung genommen habe. In Tennessee würde eine Enfield kaum von Bedeutung sein. In Georgia wäre das ganz anders.

Sich auf die Waffe stützend, kam er wieder auf die Füße. Ihn quälten immer noch Krämpfe. Aber er eilte weiter unter dem schwarzsilbernen Himmel.

Nach ein paar hundert Metern begann er zu wanken. Die Nüsse kamen wieder hoch mit würgendem Brechreiz. Er mußte sich am Wegrand erleichtern.

Kalter Schweiß brach ihm aus, und unter Schmerzen setzte er sich schließlich wieder in Bewegung. Er passierte ein baufälliges Bauernhaus. Eine Kuh muhte im Stockfinsteren. Mit aller Kraft bemühte er sich voranzukommen.

Nach Jefferson County.

Zu den beiden Frauen, die er gar nicht kannte.

Er suchte die Chance, wieder ritterlich zu kämpfen.

Sechzigtausend Mann, dachte er. Allmächtiger Jesus!

Trotz dieser erschreckenden Zahl und seiner körperlichen Schwäche fühlte er sich geistig und moralisch stärker als die Wochen zuvor.

Ich werde dorthin gelangen.

Ich werde vor Billy Sherman dort sein – und wenn ich hinkriechen muß.

## 3. Kapitel
## Der Sklave

Der erste Eindruck war Hitze. Drückende Hitze, für den November viel zu intensiv.

Ein Insekt summte in seinem Nacken. Seine Augen waren noch geschlossen. Er hob die rechte Hand, um es zu zerquetschen, aber er schien zu schwach dazu!

Das Insekt landete auf seinem Nackenschutz. Als es zustach, konnte er gerade seine Faust aus dem Matsch befreien. Der Stich war schwach und beinahe schmerzlos. Das Summen hörte auf. Nervös versuchte er sich ins Gedächtnis zu rufen, wo er sich eigentlich befand. Wo hatte er seit der Dämmerung am Boden gelegen?

Gestern war wohl Dienstag gewesen. Am Abend hatte er den Ogeechee River durchwatet und die kleine Stadt Louisville passiert. Er versuchte die Richtung einzuhalten, die ihm ein Bauernjunge gewiesen hatte. Aber an einer Kreuzung mußte er sich wohl für die falsche Richtung entschieden haben. Die Straße endete im Gestrüpp am Rande eines brachliegenden Maisfelds in der Nähe des Flusses.

Er fühlte sich immer noch schlecht, stolperte aber weiter und geriet in ein Gewirr von kleinen Nebenarmen des Flusses. Er wollte sich am Ufer eines kleinen Seitenarms einen Augenblick ausruhen. So weit reichte seine Erinnerung.

Da fiel ihm auf, daß ihm etwas fehlte. Die Enfield drückte nicht mehr auf seiner Schulter, und an seinem Gürtel vermißte er die Patronentasche.

Sein Gesicht fühlte sich brennendheiß und schmierig an.

Er betastete seine Taille. Der Ölhautbeutel war Gott sei Dank noch da.

Er hörte einen Fuß im Morast quietschen, einen Mann atmen. Ihm klapperten die Zähne.

Knapp vor seiner Nase lag eine kleine Schildkröte in ihrem Gehäuse auf dem Rücken. Sie hatte Kopf und Beine eingezogen. Es war nicht zu erkennen, ob sie lebte oder tot war. Dicht daneben tauchten die Füße eines Menschen auf, zerfetzte Hosenbeine. Seine Angst steigerte sich.

Dicke, hornige Zehennägel versanken fast im rostfarbenen Morast. Aber die Hautfarbe konnte Jeremiah deutlich erkennen...
Schwarze Haut.

## 2

Er hörte jetzt eine kräftige Stimme, die weder freundlich noch unfreundlich klang: »Sie sind wach, Mister Soldat?«
Jeremiahs Kopf schnellte hoch. In seinen Schläfen pochte es wegen der ruckartigen Bewegung. Er stemmte die Fäuste auf den roten Lehmboden des Ufers, um sich aufzurichten. Schließlich torkelte er auf seine Füße. Die Uniform, sein Haar und sein Gesicht waren von Morast verdreckt.
»Wer sind Sie? Wo bin ich hier?«
Der Schwarze war prächtig gebaut, mit schlanker Taille und breiter Brust. Sein zerlumptes Hemd war an den Schultern zerrissen und legte kräftige Arme bloß. Jeremiah schätzte ihn auf etwa dreißig Jahre. Seine Haut war so dunkel, daß sie beinahe blau wirkte.
Die Augen des Mannes waren fast oval, die großen Pupillen braun. Er stand gelassen und entspannt da.
Dennoch spürte Jeremiah gefühlsmäßig, daß der Neger vor Feindseligkeit kochte.
»Welche Frage möchten Sie denn zuerst beantwortet haben?«
Jeremiah sah den Lockenkopf des Schwarzen plötzlich doppelt. Er spreizte seine Beine in der Hoffnung, so die Balance zu halten.
»Sagen Sie mir, wo ich bin.«
»Dies hier ist ein Sumpf in der Nähe des Ackers, den wir Schwemmland nennen.«
»Wer nennt ihn so?« Das gleichgültige Gehabe des Schwarzen machte ihn wütend. »Geben Sie gefälligst ordentlich Auskunft!«
»Natürlich, tu' ich doch.« Aber Jeremiah glaubte einen Mundwinkel des Mannes zucken zu sehen. »Das Schwemmland gehört zu Rosewood.«
»Rosewood, ist das die Farm von Colonel Henry Rose?«
Der Schwarze leckte seine Lippen. Jeremiah starrte in seine runden braunen Pupillen und dachte: Mein Gott, er haßt mich. Oder er haßt zumindest die Uniform, die ich trage! Er wurde sich immer stärker dessen bewußt, daß er außer dem Messer in seinem Stiefel keine Waffe besaß. Ohne seine Enfield fühlte er sich wie nackt.

»Ich schätze, es gibt kein anderes Rosewood in diesem Umkreis.«
»Das ist der Ort, den ich suche.« Seine Finger zupften an der Patronentasche an seinem Gürtel. »Ich habe eine Botschaft für die Frau des Colonels dabei.«
Der Schwarze starrte ihn verständnislos an.
»Ist heute Mittwoch?«
Der Schwarze brauchte einige Zeit, um sich für eine Antwort zu entscheiden.
»Richtig, es ist Mittwoch. Jeden Mittwoch gewährt mir Mrs. Rose eine freie Stunde am Morgen, um Schildkröten zu fangen.« Flüchtig blickte er auf die Schildkröte.
»Ich mach' mir persönlich nichts daraus. Aber ich verkaufe sie Mrs. Rose für die Suppe. Sie läßt es zu, daß wir Nigger uns ein bißchen Taschengeld verdienen.« Seine letzten Worte waren nicht ohne einen gewissen geringschätzigen Unterton.
»Dann sind Sie wohl einer der Sklaven von der Plantage?«
Es folgte ein schnelles, verneinendes Kopfschütteln:
»Nicht mehr.«
»Oh?«
Der Mann lächelte: »Voriges Jahr im Januar verkündete Lincoln, wir seien kein Eigentum mehr. Das Freudenfest ist da, Mister Soldat.«
Aber seine Worte klangen eher zornig als froh. Die kalte Arroganz des Schwarzen ließ Jeremiah immer zorniger werden.
»Wenn Sie glauben, frei zu sein . . .«
»Ich weiß, daß ich frei bin!«
»Was treiben Sie dann, verdamm noch mal, hier?«
Ein Achselzucken. »Warten.«
»Auf was?«
»Mal sehen, wer gewinnt. Wenn eure Jungs verlieren, dann kann ich überall hingehen, wo ich will. Aber wenn ihr gewinnt und ich haue zu früh ab, dann kann ich eine Menge Ärger kriegen. Aber wahrscheinlich gewinnt ihr ja nicht. Man kann aber nicht vorsichtig genug sein. Nicht wahr?«
Du gerissener Bastard! dachte Jeremiah. Du gerissener, verschlagener Bastard. Es wird gar nicht so einfach sein, lebend aus diesem Sumpf herauszukommen!
Kritisch prüfte er die Umgebung, sah aber nichts als schmale Wasserläufe, die sich zwischen Morastbänken und großen Bäumen hindurchwanden. Über grün schäumendem Wasser flirrten im Sonnenlicht Insekten wie Flocken lebenden Goldes.

»Wie heißen Sie?«
»Price.«
»Wie kommt man zum Haus?«

»Da lang!« Price deutete die Richtung mit einer so undeutlichen Kopfbewegung an, daß jeder beliebige Punkt im Umkreis von einem Viertel des Horizontkreises gemeint sein konnte.

»Ist euer Vorarbeiter in der Nähe?«

Price lächelte. »Ich glaube nicht. Er ging zu den Soldaten wie der Colonel. Ist nicht wiedergekommen. Miss Catherine muß jetzt die Arbeit des Vorarbeiters tun.«

»Das ist die Frau des Colonels.«

»Mister Soldat, Sie scheinen ein Menge über die Familie Rose zu wissen.«

»Ich heiße Kent, Corporal Kent. Nennen Sie mich gefälligst bei meinem Namen. Verstanden?«

Die Antwort war Schweigen. Schwarze Augen blickten auf die Schildkröte, die tot zu sein schien.

Dann sagte Jeremiah in noch schärferem Ton: »Führen Sie mich zum Haus. Wie ich Ihnen sagte, habe ich Ihrer Herrin eine wichtige Botschaft zu überbringen. Der Colonel gab sic mir, bevor er...«

Plötzlich entschloß er sich, die Nachricht von Roses Tod für sich zu behalten. Frau und Tochter des Colonels hatten ein Anrecht darauf, sie als erste zu erfahren.

Price schaute gleichgültig drein. Mein Gott, was dachten sich diese wahnsinnigen Yankees in Washington dabei, Leuten wie ihm die Freiheit zu geben!

Natürlich kannte Jeremiah ihre Motive genau. Sie rechneten mit der Möglichkeit, daß sich die Schwarzen gegen ihre Herren erhoben und die Kriegführung des Nordens unterstützten. Lincolns verhaßte Proklamation vom Januar 1863 ging nicht so weit, jedem Schwarzen im Land die Freiheit zu gewähren. Der Präsident und dieses verächtliche Pack von Republikanern, denen er diente, hatten nur erklärt, daß die Sklaven in den Rebellenstaaten frei seien. Colonel Rose hatte diese Begrenzung einmal scharf kommentiert:

»Der alte Abraham hat schon genug Ärger, ohne die Grenzstaaten gegen sich aufzubringen. Nebenbei gesagt, ich habe einige seiner Reden gelesen. Er glaubt nicht, daß Schwarz und Weiß gleich sind. Er möchte die Schwarzen am liebsten alle bald nach Liberia verschiffen, um sie los zu sein. Er will die Neger bei uns befreien, um uns Schwierigkeiten zu machen. Das ist alles. Er ist kein Menschenfreund. Er ist ein schmieriger Politiker, dem jedes Mittel recht ist, um uns fertigzumachen.«

Jeremiah hatte sich diese Ansicht zu eigen gemacht. Lincolns Proklamation war nur ein Beispiel für die ehrlose Art, wie der Gegner den Krieg führte. Mochten auch der Norden – und Neger wie dieser hier – Abe Lincoln als edel gesinnten Befreier preisen, Jeremiah wußte, daß die Wahrheit anders aussah.

Price wischte sich den Schweiß von seinen blau glänzenden Wangen. Er grinste. In seinen Augen lag immer noch Herausforderung.

»Mister Soldat, Sie führen eine Reihe von Sätzen nicht zu Ende.«

Sätze? Was für ein ausgefallenes Wort für einen einfachen Landarbeiter. Diese Feststellung bestätigte sein Gefühl, daß er es mit einem gefährlichen Burschen zu tun hatte. Möglicherweise konnte Price lesen und schreiben. Zweifellos hatte er insgeheim und trotz des gesetzlichen Verbots etwas gelernt.

»Das ist meine Sache.«

Das Lächeln blieb starr. »Richtig erraten. Sie haben einen Brief vom Colonel erhalten, bevor *was* passierte?«

»Bevor ich ihn verließ. Also, nichts, was Sie etwas angeht. Bringen Sie mich zum Haus. Aber zuvor sind Sie mir noch eine Erklärung schuldig.« Er schluckte schwer, versuchte fest auf den Beinen zu stehen. Price wartete ab.

»Was ist mit meinem Gewehr geschehen?«

Price blinzelte, sein Gesicht wurde bewußt ausdruckslos. Jeremiah hätte ihn am liebsten geschlagen.

»Gewehr?« Price wandte den Kopf nach rechts, dann nach links. »Hier gibt's nirgends ein Gewehr.«

»Ich hatte meine Enfield und meine Patronentasche dabei, als ich ohnmächtig wurde. Nun sind sie verschwunden.«

»Tut mir leid. Hier hat nichts rumgelegen, als ich Sie hier liegen sah. Muß wohl jemand während der Nacht gestohlen habe.«

»Wer soll denn bei Nacht hier langgekommen sein?«

»Ach, vielleicht ein anderer Nigger aus der Gegend, Mister – äh Corporal.« Price korrigierte sich mit übertriebener Höflichkeit: »Nein, ich kann Ihnen ganz gewiß nicht sagen, was mit dieser Waffe und dieser Tasche geschehen ist. Als ich Sie fand, war nichts davon mehr da. Und da nur ich zu diesem Zeitpunkt meine Sinne beisammen hatte, müssen Sie mir das glauben.«

Jeremiah trat einen Schritt vor und fiel beinahe hin.

»Sie haben sie gestohlen und irgendwo versteckt!«
Prices Blick räumte dies zunächst ein. Aber dann setzte er eine Unschuldsmine auf.
»Nun, das ist eine häßliche Art und Weise, einen Mann zu beschuldigen. Ich, ein armer schwarzer Landarbeiter, soll die Waffe eines Weißen gestohlen und versteckt haben. Für solch eine Tat könnte ich halb zu Tode geprügelt werden, wenn Miss Catherine zu denen gehörte, die ihre Nigger auspeitschen. Nein, Sir, ich weiß wirklich nicht, was aus den Sachen geworden ist, von denen Sie reden. Das müssen Sie mir glauben.«

Prices Grinsen zeigte, daß er ihn für einen Narren hielt. Daraus schloß Jeremiah, daß er den Grund für Prices Überheblichkeit falsch eingeschätzt hatte. Mit der Hautfarbe dieses Mannes hatte das möglicherweise nichts zu tun.

Diesem Hurensohn würde ich selbst dann nicht trauen, wenn er genauso weiß wie ich wäre, dachte er.

Price beugte sich nieder, um die tote Schildkröte zu verscharren. Nun klang er wieder fast servil.

»Macht's Ihnen was aus, Corporal, sich bei mir einzuhaken?«
»Nein, danke!«
»Sie sehen so schwach aus. Es ist etwa eine Meile bis zum Haus.«
»Das schaffe ich!«

Der Schwarze beobachtete ihn jetzt ohne Lächeln. Jeremiah fühlte sich immer stärker bedroht.

Er hat die Enfield genommen und sie irgendwo versteckt, damit er sie im Bedarfsfall holen und benutzen kann, da war er sich fast sicher.

»Hier geht's lang.«

Jeremiah stolperte hinter ihm her. Er fragte sich, ob Colonel Roses Witwe überhaupt wußte, was für einen verräterischen Halunken sie beschäftigte. Als sei die Lage noch nicht schlimm genug mit sechzigtausend Blauröcken irgendwo hier im Nordwesten und ohne männlichen Vorarbeiter. Die beiden Frauen waren von einem gemeinen, verschlagenen Neger bedroht, der nun auch noch über eine Waffe verfügte.

In Jeremiahs Kopf pochte es. Er zitterte unkontrolliert. Der Pfad aus dem Morast schien ein endloses Gewirr.

Er zwang sich mitzuhalten. Price war möglicherweise älter als er, aber Jeremiah wußte, daß er nicht den Eindruck aufkommen lassen durfte, als sei der Schwarze stärker oder schlauer, selbst wenn Price ihn bereits überlistet hatte, indem er die Flinte und die Munition beiseite schaffte.

Price warf einen schnellen Blick zurück. Der Schwarze tat so, als beobachte er einen wilden Truthahn, der in einer immergrünen Eiche hockte, aber Jeremiah glaubte den Mann kichern zu hören.

Auf den muß ich aufpassen, dachte er.

Immer hinter ihm bleiben.

Hinter ihm. Niemals vorangehen!

## 4. KAPITEL
## Rosewood

Price und Jeremiah näherten sich Rosewood von einem sanft abfallenden Baumwollfeld her, das schon abgeerntet war. Obwohl er durch die pralle Sonne benommen und erhitzt war, spürte Jeremiah beim Anblick der Plantage so etwas wie ein Glücksgefühl. Sie erschien ihm beinahe als sein zweites Zuhause. So häufig und so liebevoll hatte Henry Rose sie geschildert.

Die Ländereien von Rosewood umfaßten ungefähr tausend Morgen, die der Vater und der Großvater des Colonels zusammengetragen hatten. Etwa fünfundsechzig Sklaven arbeiteten auf dem Besitz, drei Viertel davon auf den Baumwollfeldern, der Rest beim Maisanbau.

Ursprünglich war Rosewood eine Reisplantage gewesen. Aber in den letzten zwei Jahrzehnten war der Markt für Baumwolle einfach sehr viel lukrativer gewesen, selbst wenn man in Rosewood auch nicht Spitzenpreise wie in Alabama, Mississippi und Louisiana erzielen konnte.

An diesem Mittwochmorgen machte die Plantage einen wohlhabenden, aber dennoch seltsam verlassenen Eindruck. Gleich vorne waren zwei große saubere Scheunen zu sehen. Dahinter erblickte Jeremiah die Ecke eines weißgetünchten dreistöckigen Herrenhauses, das auf eine staubige Landstraße zu seiner Linken ausgerichtet war. Eine Eichenallee von etwa einer halben Meile führte von der Landstraße zum Haus. Roses Großvater hatte die immergrünen Virginia-Eichen gepflanzt. Girlanden von Tillandsia, an den Zweigen hängend, sorgten für zusätzlichen Schatten auf dem gesamten Weg bis zum weißgestrichenen Zaun, dem Tor und der Seilzugglocke.

Als Price und er sich näherten, kamen weitere Teile des Hauses in Sicht. Nun erblickte er die große Veranda an der Vorderfront, beschattet von Lattenwerk, an dem sich Zypressenreben emporrankten. Quadratische Pfeiler reichten hoch bis zur Galerie im zweiten Stock, die sich über die gesamte Länge des Hauses erstreckte. Zwei lange Reihen von Sklavenhütten befanden sich in der Nähe eines Brunnens an der Rückseite des Hauses. An einigen Stellen war der Verputz an den

Wänden abgeblättert, ansonsten aber sahen sie durchaus gepflegt aus. Direkt hinter den letzten beiden Hütten befand sich ein umzäumter Friedhof.

Schwarze Männer, Frauen und Kinder lungerten untätig auf dem staubigen Pfad zwischen ihren Unterkünften herum. Ein älterer Sklave, der in seinem Gärtchen arbeitete, wandte sich um und starrte den graugekleideten Fremden und Price an, als sie die drei großen Schweinepferche passierten. Rund um die Pferche hatte man Magnolien gepflanzt. Wie Rose Jeremiah erzählt hatte, sollten die blühenden Bäume wenigstens teilweise den Geruch des Schweinedungs überlagern. Heute hatte sich allerdings der Gestank durchgesetzt.

Hinter dem Haus sah Jeremiah das große Gebäude mit der Baumwollentkörnungsanlage und zwei gleichgroße Maisspeicher. Mehrere Schwarze grüßten Price. Er beantwortete die Grüße nur mit einem knappen Kopfnicken. Diese Arroganz machte Jeremiah deutlich, daß der Mann auch unter seinesgleichen etwas Besonderes darstellte.

Eine Menge Leute hatten sich in der Nähe des Brunnens versammelt. Sie alle waren neugierig auf Prices Begleiter. Aber Prices Haltung schien jede Einmischung abzuwehren.

»Wir werden Miss Catherine wohl im Büro finden«, bemerkte er, als sie auf die rückwärtige Veranda zuschritten. Im kühlen Schatten fühlte sich Jeremiah jetzt ein wenig wohler.

Price warf die tote Schildkröte auf den Boden unterhalb der Veranda. Ein nackter Knirps schoß vom Brunnen her auf sie zu. Ein flüchtiger Blick von Price genügte. Eine junge Frau eilte herbei und schaffte ihr Kind weg, bevor es die Beute berühren konnte. Die junge Frau sah recht verängstigt aus.

Jeremiah lehnte sich an die Hauswand. Er rang nach Atem, fühlte erneut einen Schwächeanfall nahen.

»Eine Minute, bitte!«

Price verschränkte seine Arme und wartete. Durch sein Schweigen tat der Schwarze kund, was er von Jeremiahs Schwäche hielt.

Mit krächzender Stimme äußerte Jeremiah: »Ganz schön ruhig für einen Wochentag.«

»Das stimmt. Die Baumwolle ist bereits verpackt. Der Mais ist eingebracht. Nun warten wir ab, was geschieht.«

»Was soll das heißen?«

»Der Nigger von Richter Claypool, Floyd, kam gestern im leichten Wagen seines Herrn herüber. Er berichtete, daß die Yanks von Atlanta aus im Anmarsch seien. Eine verdammt große Menge Yankees.«

Die furchtlosen Augen starrten Jeremiah an: »Haben Sie auf dem Wege hierher irgendwelche Yankees gesehen?«

Jeremiah schüttelte verneinend den Kopf: »Aber ich habe einige Kavalleristen getroffen. Sie berichteten, General Sherman habe die Umgebung der Stadt mit sechzig – mit einigen Männern verlassen.«

»Aha!« Plötzlich schien Price sehr interessiert.

»Machen Sie sich keine zu großen Hoffnungen. Die Kavalleristen wußten nicht, in welche Richtung sich die Truppen bewegten.«

»Richter Claypools Floyd sagte, Mister Doremus aus Louisville sei aus Milledgeville zurückgekommen, und als er die Stadt verließ, waren die Yankees schon zu sehen. Das war am Montag. Kann ein sehr interessantes Erntedankfest werden.«

Mit schwerer Zunge wiederholte Jeremiah: »Erntedankfest?«

»Jawohl.« Prices Mundwinkel verzogen sich wieder. Dieser verdammte schwarze Dieb behandelt mich wie einen Sklaven und nicht wie einen Herrn, dachte Jeremiah.

»Wissen Sie nicht, daß in zwei Tagen Thanksgiving ist? Dann gibt es hier für gewöhnlich ein riesiges Festmahl. Vielleicht werden wir diesmal zur Abwechslung von den Yankees gegrillt. Was meinen Sie?«

»Ich denke, Sie sollten solche Scherze besser unterlassen.«

Price gluckste: »Jawohl, Sir!«

Jeremiah hatte den Feiertag völlig vergessen. Der amüsierte Blick des Sklaven irritierte ihn. Er war bereit, eine Wette darauf einzugehen, daß Price genau die Art von Erntedankfest am liebsten gewesen wäre, die er gerade beschrieben hatte. Price würde möglicherweise den verdammten Yankees – mit der gestohlenen Enfield – dabei helfen, Rosewood zu überrollen.

Das kurzlebige Glücksgefühl, das das Erreichen seines Zieles in ihm ausgelöst hatte, schwand dahin, vertrieben durch die verächtliche Haltung des Schwarzen und das Unbehagen, daß er die Frau des Colonels nun darüber informieren mußte, daß sie Witwe sei. Er mochte gar nicht daran denken, wie er ihr das beibringen sollte. Es erforderte Takt, die richtigen Worte, einen klaren Kopf. Sein Kopf war alles andere als klar. Er hatte Ohrensausen, seine Augen tränten, seine Knie waren weich. Er fragte sich, wie lange er sich noch auf den Beinen halten konnte.

Price, der sich offensichtlich immer noch mit Sherman beschäftigte, murmelte: »Wir könnten hier wirklich ein echtes Freudenfest an Thanksgiving erleben«. Dann fügte er mit einer Spur von Ungeduld hinzu: »Sie können jederzeit reingehen, wenn Ihnen danach ist.«

Ihm war keineswegs danach, dennoch antwortete er: »Ich fühle mich dem gewachsen.«
Price nickte und führte ihn zum Hintereingang.
Als sie über die Schwelle schritten, veränderte Price sich sichtbar und plötzlich. Er schien mit einem Schlag kleiner zu werden. Er neigte seinen Kopf leicht. Sein Schritt wurde langsamer. Der Nigger war trickreicher als Billy Sherman persönlich!
Dann durchschritten sie eine kühle, halbdunkle Diele, die nach Möbelwachs und – allerdings schwächer – nach Bratkartoffeln roch. Price zeigte nun eine beinahe servile Haltung. Er klopfte an eine offene Tür zur Linken. Unmittelbar darauf hörte Jeremiah eine kräftige weibliche Stimme:
»Herein!«
Während Jeremiah voller Angst der ersten Begegnung mit Mrs. Rose entgegensah und unsicher auf die Tür zuging, schlurfte Price auf seinen nackten Füßen neben ihm her.

2

Leicht neblig wirkte das Licht in dem kleinen vollgestopften Büro. Der gebohnerte Eichenboden schien zu schwanken. Price stand zwischen Jeremiah und der Frau am Schreibpult. Von ihr konnte er nicht viel mehr als einen Rock sehen, aber er blickte flüchtig auf die Gegenstände auf dem Pult. Aufgeschlagene Hauptbücher. Ein zur Seite gelegter Federhalter. Ein großer Ring mit einem Dutzend oder mehr Schlüsseln. Ein geschliffener Kristallbecher, halbgefüllt mit einer Flüssigkeit, die wie Obstwein aussah. Es handelte sich wohl um Brombeerwein.
»Nun, Price, was gibt's?«
»Miss Catherine, ich fand diesen Offizier krank im Sumpf daliegen. Er ist auf der Suche nach Ihnen.«
Jeremiah blinzelte, um klarer zu sehen, und nahm dann sehr bald die Einzelheiten des Büros wahr. Zwei Wände des Raumes waren mit Bücherregalen vollgestellt. Auf einem der Buchrücken konnte er das Signet des Verlagshauses Kent und Sohn erkennen, das dem verabscheuten nördlichen Zweig seiner Familie gehörte.
In der Nähe des Pults mit den Hauptbüchern war ein kleines Ölgemälde zu sehen, das einen Mann mit traurigen Augen und sandfarbenem Bart zeigte: Rose. Daneben befand sich ein noch kleinerer

Rahmen mit einer gekräuselten Locke hellroten Haares, versiegelt unter Glas über einer kleinen quadratischen Karte. Auf die Karte hatte jemand mit inzwischen längst verblaßter Tinte geschrieben: Serena, 1846.

Serena war Roses Tochter aus erster Ehe. Der Colonel hatte diese erste Ehe mehrfach erwähnt, war aber nie auf Einzelheiten eingegangen, hatte nie über seine frühere Frau gesprochen. Jeremiah hatte den Eindruck gewonnen, daß mit Serenas Mutter etwas nicht stimmte. Über sie schwieg er sich aus, während er Catherine in höchsten Tönen pries.

Er bezeichnete Catherine als Frau von warmem, liebevollem Wesen. Weiter konnte ein Gentleman nicht gehen, wenn er andeuten wollte, daß seine Frau von leidenschaftlicher Natur war. Er beschrieb sie als intelligent und vertrauensvoll gegenüber ihren Mitmenschen. Sie war bereit, von allen – auch von den Sklaven – nur das Beste anzunehmen. Aber dennoch besaß sie genug Härte, um etwas zu unternehmen, wenn sich ihre ursprüngliche Annahme als falsch erwiesen hatte. Jeremiah war entschlossen, diesen Ausbund an weiblicher Klugheit vor Price zu warnen.

Undeutlich nahm er wahr, daß Price immer noch überaus höflich redete, was sich von seiner rüden Spötterei ihm gegenüber erheblich unterschied.

»... der arme Offizier. Er hat seine Flinte in der Nacht verloren. Diese nichtsnutzigen Nigger von Richter Claypool, die sich hier herumtreiben, haben sie ihm wohl gestohlen. Ich denke, wir sollten das den Richter schnellstens wissen lassen. Wir wollen ja nicht, daß hier bewaffnete Nigger frei herumlaufen. Besonders dann nicht, wenn die Yankees bereits auf dem Anmarsch sind, wie dieser Offizier berichtet.«

Verdammter Lügner! dachte Jeremiah. Aber sein Hals war zu trokken, um diese Worte herauszubringen. Außerdem war jetzt etwas anderes viel wichtiger, nämlich der Bericht über Rose und dessen Brief.

Als Mrs. Rose sich erhob, trat Price höflich einen Schritt zurück.

»Guten Morgen, junger Mann.« Catherine Rose streckte ihm ihre Hand entgegen, ohne sich an Jeremiahs schmutzigen Fingern zu stören.

Die Witwe des Colonels war eine ansehnliche Frau in den Vierzigern mit breiten Hüften, einer schlanken Taille, vollen Brüsten, eng eingeschnürt in ein verschossenes Baumwollkleid. In ihrem ovalen Gesicht war ein üppiger Mund zu sehen und kluge, einen direkt anblickende graue Augen. Ihre Wangen wiesen kleine punktartige Grübchen auf. Ihr hellbraunes Haar begann zu ergrauen.

Die Hand, die Jeremiahs Hand jetzt drückte, war weder weich noch glatt. »Price sagte, daß Sie mich zu sehen wünschen?«

»Jawohl, Mrs. Rose. Ich bin Corporal Kent.«

Sie erinnerte sich: »Henrys Bursche! Er schrieb einmal von Ihnen. In höchst schmeichelhafter Weise übrigens. Sie sehen nicht wohl aus«, fügte sie mit einem flinken Stirnrunzeln hinzu.

»Mir geht's gut, Ma'am.«

»Aber Price sagt, er habe Sie bewußtlos aufgefunden.«

»Ach was, ich hab' bloß geschlafen.«

Sie blickte ihn skeptisch an. Der Geruch von Obstwein war überdeutlich. »Sie sind blaß wie ein Toter. Und abgemagert sehen Sie auch aus.«

»In der Nähe von Atlanta bin ich verwundet worden.«

»Großer Gott, Sie sind doch nicht den ganzen Weg von Atlanta hierher gekommen?«

»Doch.« Seine Hand griff nach der Ölhauttasche. »Vor meiner Abreise übergab Ihr Gemahl mir einen Brief an Sie. Ich bin zwar in Virginia zu Hause, aber ich habe versprochen, Ihnen dies zu überbringen.«

Er überreichte ihr die Tasche. Tränen schossen ihr in die Augen.

Dann schien Catherine Rose sich über ihre eigene Schwäche zu ärgern und riß sich zusammen. Sie betrachtete die Tasche so genau, als handelte es sich um etwas Heiliges. Jeremiah verstand jetzt, warum Rose in höchsten Tönen von ihr gesprochen hatte.

Allerdings war Rose beiden Frauen seiner Familie gegenüber sehr großzügig mit Komplimenten gewesen. Während Mrs. Rose die Tasche öffnete, erinnerte sich Jeremiah an einen seltenen Moment kameradschaftlicher Vertrautheit, als Rose kurz über die Beziehung seiner Tochter zu ihrer Stiefmutter gesprochen hatte.

Nach Roses Worten schenkte seine Frau der Tochter aus seiner ersten Ehe jede erdenkliche Aufmerksamkeit. Aber der Colonel glaubte, daß seine Tochter sich irgendwie als Rivalin Catherines im Hinblick auf seine Zuneigung empfand. Sie war ein gutes Kind. Fröhlich, jedoch von einer gewissen Zurückhaltung. Daher war es schwer für ihn festzustellen, was sie wirklich dachte. Die Rivalität zwischen Mutter und Stieftochter kam nie offen zum Ausdruck, dank Catherines Zuneigung und Geduld.

Er erinnerte sich einer weiteren Einzelheit. Mrs. Rose stammte aus dem Norden. Nachdem sie kurz auf den Brief geblickt hatte, ohne ihn

zu lesen, sagte sie in ihrer nasalen Sprechweise, die für den Süden ungewöhnlich war:
»Sehr freundlich von Ihnen, Corporal Kent, daß Sie mir dies Schreiben gebracht haben. Haben Sie denn in letzter Zeit meinen Mann gesehen?«
Jeremiahs Stirn brannte.
»Ja, Ma'am, vor kurzem. Er gab mir den Brief in Jonesboro, bevor General Sherman Atlanta eroberte.«
»Jonesboro«, flüsterte sie, »das war doch Ende August.«
»Ma'am, haben Sie denn nichts über ihn erfahren?«
»Seit Wochen nicht, nur vereinzelte Berichte über die Katastrophen, die unsere Heere erlitten haben.« Dann folgte ein nachsichtiges Lächeln. »Henry war nie ein großer Briefschreiber. Früher mußte ich ihn häufig praktisch zwingen, einen wichtigen Geschäftsbrief zu schreiben. Das gleiche war der Fall, wenn ein besonderes Ereignis einen Brief erforderlich machte. Etwa eine Geburt oder ein Todesfall in der Familie.«
Ihre Hand umkrampfte die Tasche und den Brief. Sie schaute Jeremiah an:
»Großer Gott! Er ist tot! Deshalb sind Sie hier.«
»Ich...« Er brachte kein weiteres Wort heraus.
»Deshalb haben Sie einen so weiten Weg zurückgelegt.«
Von Gefühlen überwältigt, konnte er nur nicken.
Catherine Rose ließ Brief und Tasche fallen. Sie schritt erregt hin und her. An der Tür rief sie:
»Serena?«
»Er schrieb den Brief ein oder zwei Nächte bevor er bei Jonesboro eine Kugel abbekam«, begann Jeremiah.
Sich am Türrahmen festhaltend, rief Catherine Rose mit schwacher Stimme:
»Serena? Komm herunter!«
»Er hat mein Leben gerettet. Nachdem der...« Jeremiah bemerkte, daß er abschweifte, aber er konnte nicht anders. »... nachdem der Arzt gesagt hatte, er könne nichts mehr für ihn tun, da bat er mich, Ihnen diesen Brief zu überbringen. Ich habe ihm geschworen, das zu tun.«
»Serena!«
Voller Kummer hämmerte sie mit der Faust gegen den Türpfosten. Dann hörte Jeremiah ein hohes, klägliches Weinen. Ohne Vorwarnung gaben seine Beine jetzt nach.

Er kippte nach vorn. Price hätte ihn auffangen können, aber der Schwarze rührte sich nicht.

Die Arme über seiner breiten Brust verschränkt, beobachtete Price, wie der junge Soldat zu Boden ging. Jeremiah konnte noch sehen, wie Price Augen vor Boshaftigkeit und Freude blitzen. Dann brachte der Sklave ein »Mein Gott!« hervor, und dies im angemessenen Ton der Beunruhigung.

Jeremiah schlug mit dem Kopf auf den gebohnerten Eichenboden auf. Er hörte Mrs. Roses Schreckensschrei. Dann folgten schnelle Schritte. Eilte Serena herbei?

Nun hörten die Schritte sich leiser an. Das Dröhnen in seinen Ohren nahm überhand. Schweratmend ließ er sich auf den Rücken fallen. Dabei gingen ihm wilde Gedanken durch den Kopf.

Sherman ist auf dem Weg hierher!

Dieser schwarze Bastard hat meine Enfield!

Mrs. Rose ist zu durcheinander, um aufzupassen. Aber ich muß sie warnen!

Dann wurde es dunkel um ihn.

## 5. KAPITEL
## Die Frauen

In der Dämmerung erwachte er in einem Schlafzimmer im zweiten Stock.

Eine Zeitlang lag er da im Bett und hatte das Gefühl, daß es ihm allmählich besserging. Seine Leibschmerzen hatten nachgelassen, desgleichen das Ohrensausen und die Benommenheit. Und vor allem: Er fühlte sich sauber.

Seine schmutzige Uniform war verschwunden. Er trug ein Männernachthemd aus Flanell, das ihm seiner Größe wegen nur bis zu den Knien reichte. Er errötete, als ihm klar wurde, daß jemand ihn ausgezogen und gewaschen und seine Beinwunde mit sauberem Leinen verbunden haben mußte. Er hoffte, dies hätte er der Negerin zu verdanken, die er in der Nähe gesehen hatte.

In der unteren Etage hörte er leise Stimmen. Er schwang seine Beine über den Bettrand und reckte sich. Er war noch immer steif. Hatte wohl auch noch etwas Fieber. Aber zu seinem Erstaunen verspürte er Hunger.

Als er aufrecht auf dem glatten Parkett stand, spürte er seine Blase. In einer Ecke entdeckte er einen Nachttopf. Den Porzellandeckel schmückte ein handgemalter Spruch: *A Salute to Old Spoons!* Seit langer Zeit konnte er zum ersten Mal wieder lachen, als er den Spitznamen des berüchtigten Militärgouverneurs von New Orleans auf dem Pißpott las.

Er wollte gerade den Deckel wieder schließen, da hörte er Schritte in der Diele. Hastig begab er sich wieder ins Bett. Es klopfte. Dann ertönte ein respektvolles »Sir?«

»Kommen Sie herein. Ich bin wach.«

Es erschien eine kleine schwarze Frau. Sie war kaum ein Meter fünfzig, ihre Handgelenke waren kaum dicker, als seine beiden Daumen zusammengenommen. Sie mochte wohl um die Siebzig sein, aber ihre Augen funkelten noch in ihrem dunklen, faltigen Gesicht. Während sie einen Becher mit einer dampfenden Flüssigkeit auf den Nachttisch stellte, warf sie einen flüchtigen Blick auf seine weiße Haarsträhne.

»Fühlen Sie sich jetzt besser, Sir?«
»Ja, danke, viel besser. Nebenbei: Ich heiße Jeremiah Kent.«
Ein Kopfnicken war die Antwort: »Miss Catherine sagte mir das bereits. Ich bin Maum Isabella.« Sie wies auf den Becher: »Ich bringe Ihnen dies, falls Sie etwas zu sich nehmen wollen.«
»Es schmeckt hervorragend. Was ist das?«
»Einer meiner Spezialgrogs. Pfirsich-Brandy mit weißem Zucker. Wenn es Ihnen schmeckt, hole ich Schinken und Maisbrei aus der Küche.«
Jeremiah nippte an dem süßen Getränk. Er fand den Geschmack lecker und nicht bloß erträglich. Er wischte sich die Lippen mit der Hand ab und lächelte die Schwarze an, die mit gefalteten Händen auf ihrem geflickten Rock dastand. In ihrem Verhalten lag weder Servilität noch Falschheit wie bei Price. Die Frau war sich offenbar ihrer Stellung in diesem Haushalt bewußt, einer wichtigen Stellung offenbar.
»Das schmeckt verdammt – schmeckt sehr gut, Maum!«
»Isabella, Sir.«
Er zeigte auf sein Nachthemd: »Wer hat mir das angezogen?«
»Miss Catherine tat das, kurz nachdem Sie unten in Ohnmacht gefallen sind.«
Errötend sagte er: »Sie ist wohl nicht zusammengebrochen, als sie erfahren hat, was mit dem Colonel geschehen ist?«
Die alte Frau schüttelte den Kopf: »Miss Catherine kannte das Risiko, das ihn beim Heeresdienst erwartete. Natürlich ist sie sehr betrübt. Aber das ist jeder hier – mit Ausnahme von zwei, drei bösen Niggern.«
Er nahm an, daß Price zu der letztgenannten Gruppe zählte.
»Miss Catherine ist eine sehr starke Frau – wenn man bedenkt, daß sie eine Yankee-Lady ist.« Dann fügte Maum Isabella mit einem kleinen, trockenen Lächeln hinzu: »Natürlich haben wir hier unsere Pflichten in Haus und Hof. Es gibt genug zu tun. Sie hat sich gestattet, eine halbe Stunde lang zu weinen. Und das war's. Sie wird Sie wohl bald besuchen kommen. Und Serena auch.«
Bei der Erwähnung der Tochter schien sich die Begeisterung in Grenzen zu halten. Dann fügte Maum Isabella hinzu:
»Sie müssen einige schwere Kämpfe erlebt haben.«
Er verstand den Sinn dieses Satzes nicht. Daher nickte er nur.
»Ich meine dies...« – ein zarter Finger wies auf sein Haar – »... Sie sind eigentlich noch viel zu jung, um grau zu werden.«

»Ach, das meinen Sie«, er fuhr mit den Fingern durch die weiße Strähne. »Die habe ich seit Chickamauga. Eine Miniékugel fegte mir da die Mütze weg und streifte mir über den Kopf. Um Haaresbreite hätte es mich erwischt. Das Haar muß wohl etwas abbekommen haben. Ein Feldarzt meinte, es würde in der ursprünglichen Farbe nachwachsen. Aber das ist nicht geschehen.«

»Aha.« Ihre Neugier war nun befriedigt, und sie ging auf die Tür zu. »Wenn Sie einen Wunsch haben, dann stampfen sie auf den Fußboden, und es wird schnell jemand kommen. Oh, eines habe ich beinahe vergessen. Morgen früh...«

»Thanksgiving!«

»In diesem Jahr gibt es nicht viel, für das wir danken können«, erklärte die Schwarze. »Der Colonel ist gefallen. Die Yankees befinden sich auf dem Weg von Atlanta hierher.«

»Hat sich das herumgesprochen?«

»Ja, Sir. Ich habe erfahren, was Sie Price erzählt haben. Inzwischen weiß es hier wohl fast jeder.«

»Maum Isabella, darf ich Sie etwas fragen, was mich eigentlich nichts angeht?«

»Gewiß, Mister Jeremiah, fragen dürfen Sie alles. Ich werden schon entscheiden, ob ich Ihre Frage beantworte.«

»Woher stammt dieser Price? War er schon immer auf dieser Plantage?«

»Nein, vor fünf Jahren kaufte ihn der Colonel zusammen mit einem halben Dutzend Negern, die Mr. Samples gehört hatten. Mr. Samples war der Besitzer der benachbarten Farm. Er starb bald darauf. Er hatte keine Angehörigen, die sein Besitztum übernehmen konnten, deshalb erwarb der Oberst einen Teil seines Landes und seiner Leute. Außer Price waren die Schwarzen alle in Ordnung. Er kam als ganz junger Mann aus Louisiana. Dort war er von seinem Herrn schlecht behandelt worden. Das erklärt vielleicht seine Gemeinheit. Aber es entschuldigt sie nicht. Ich habe Price immer als unangenehm empfunden.«

»Wieso?«

»Ob er aus einem Schweinestall stammt oder aus einem Palast, er ist der Typ, der immer gemein wirkt.« Sie lächelte. »Von jeder Art, die Gott geschaffen hat, gibt es faule Früchte.«

»Price gehört wohl zu denen.«

Maum Isabella widersprach dem nicht. »Die meisten Schwarzen hier können ihn nicht leiden. Einige wenige allerdings ermutigen ihn insgeheim. Sie sehen es gern, wie er mit seiner Dreistigkeit Erfolg hat. Miss Catherine hätte ihn längst schon verkaufen sollen. Nun muß ich aber gehen. Es gibt viel zu tun. Morgen am Spätnachmittag wird es ein großes Festessen geben. Am Morgen findet für den Colonel ein Gedenkgottesdienst statt. Fast jeder wird dasein.«

In dem Satz steckte die Frage nach seinem Kommen. Jeremiah nickte, seine dunklen Augen glänzten im Kerzenlicht. Der Punsch hatte ihn erwärmt und entspannt. Der Duft von Rosen und Dahlien, der aus dem blauen Dunkel hereinströmte, wirkte nach all dem Kriegsgestank wie Balsam.

»Ich werde kommen. Der Colonel war ein guter Mann. Er hat mir das Leben gerettet.«

Nun schien Maum Isabella endlich mit ihm zufrieden.

»Ich höre gern, daß Sie in der Lage sein werden, an der Trauerfeierlichkeit teilzunehmen«, sagte sie, als sie die Tür öffnete. Sie ging hinaus, und Jeremiah langte nach dem Punsch.

Jetzt war er unglaublich zufrieden. Er genoß nicht nur das Getränk, sondern auch das angenehme Gefühl, wieder halbwegs gesund zu sein. Wohlauf, sauber, in einem sicheren Hafen.

Aber er wußte, es war nur eine vorübergehende Sicherheit. Draußen, im Dunklen, marschierten Shermans Soldaten durch Georgia. Rosewood mochte wohl direkt auf ihrem Weg liegen.

Er hatte den Punsch ausgetrunken. Natürlich ängstigte ihn der Gedanke, daß Sherman hierher kommen könnte. Aber die Vorstellung hatte auch eine angenehme Seite. Endlich, endlich würde es für ihn wieder eine Möglichkeit geben, in diesem Krieg eine Aufgabe zu erfüllen.

2

Catherine Rose erschien nach etwa zwanzig Minuten.

Sie war förmlicher gekleidet als bei ihrer ersten Begegnung im Büro. Statt des verschossenen Baumwollkleids trug sie nun ein langes schwarzes Gewand mit raschelnden Unterkleidern, was den modisch weiten Rock ergab.

Auch ihr Mieder wirkte jetzt anders. Die Brüste lagen nun höher und wurden stärker betont. Vermutlich trug sie ein Mieder mit Korsettstangen aus Stahl, wie er es einmal im Zimmer seiner Mutter in Lexington zu sehen bekam.

Jeremiah war bereits achtzehn Jahre alt, wußte aber so gut wie nichts von den Intimitäten des weiblichen Geschlechts. Beim Militär hatte er oft damit geprahlt, bereits mit fünfzehn etwas mit einem leichten Mädchen gehabt zu haben. Das war die typische Lüge eines jungen Soldaten. Er war absolut unschuldig und unerfahren. Und er schämte sich dessen. Der Anblick von Mrs. Rose erregte ihn, und er fühlte sich beschämt darüber.

Als Witwe war sie jetzt in Schwarz gekleidet. Das einzige Zugeständnis an ihre Stellung als Hausfrau war eine weiße Batistschürze, mit Spitzen besetzt. Selbst das schwere Haarnetz, das den Chignon an ihrem Hinterkopf hielt, war schwarz. Die Haare hatte sie jetzt anders gekämmt.

»Korporal Kent«, begrüßte sie ihn mit einem kleinen, gezwungenen Lächeln.

»n' Abend, Ma'am!«

»Maum Isabella berichtete, Sie fühlen sich etwas besser.« Gefaßt, aber blaß stand sie am Fußende seines Bettes.

»Danke, es geht, sagen Sie bitte Jeremiah zu mir.«

»Natürlich. Es tut mir leid, daß Sie soviel Strapazen auf sich nehmen mußten, um den Brief zu überbringen.«

»Wieso? Das ist vorbei«, schwindelte er. »Sie sind es doch, die . . .« Er mochte den Satz nicht zu Ende bringen.

Der Leberfleck neben ihrem Mund zuckte, als sie versuchte, mit mehr Wärme zu lächeln. Ihre Augen sahen verweint aus, aber ansonsten hatte sie sich vollständig unter Kontrolle. Er bewunderte ihre Tapferkeit.

Schließlich führte sie seinen unterbrochenen Satz zu Ende.

». . . die so gelitten hat. Ich gebe zu, eine Zeitlang war ich sehr niedergeschlagen. Aber ich mußte damit rechnen, daß Henry im Kampf etwas zustößt. Normalerweise zwang er sich dazu, alle drei, vier Wochen zu schreiben. Wenigstens ein paar Zeilen. Nun aber hatte er schon seit zweieinhalb Monaten nichts mehr von sich hören lassen.«

Sie zog einen Bambusstuhl ans Bett heran und setzte sich. Wieder spürte er sehr deutlich den Geruch von Obstwein.

»Nebenbei bemerkt, dies ist nicht die Zeit, um sich ganz der Trauer hinzugeben. Je mehr wir darüber erfahren, was die Yankees um Milledgeville herum treiben, desto dringlicher wird es, daß wir etwas unternehmen. Ich muß eine Liste der Dinge aufstellen, die wir verstecken sollten für den Fall, daß Sherman hier langkommt: Nahrungsmittel, Möbel, Wertsachen.«

»Ich möchte alles tun, was ich kann, um zu helfen«, sagte er und war sich plötzlich bewußt, allein mit einer Frau in diesem blütenduftenden Schlafzimmer zu sein. Daß die Frau fast doppelt so alt war wie er, machte da kaum etwas aus. »Ich werde schneller gesund werden, als Sie es sich vorstellen.«

»Sehr freundlich von Ihnen, Jeremiah. Ich schätze Ihre Bereitwilligkeit. Ich werde von Ihrem Angebot Gebrauch machen. Einige der Neger hier werden nicht dableiben.«

»Nicht dableiben? Warum?«

»Floyd, der Boy von Richter Claypool, war gestern hier. Er erzählte, daß viele Neger ihren Herren davonlaufen und sich Shermans Heerzug anschließen.«

Es folgte eine peinliche Pause. Jeremiah fühlte sich eigentlich bemüßigt, mehr über ihren Gatten zu sprechen, aber er hatte Mühe, in diesem Moment die richtigen Gefühle zum Ausdruck zu bringen.

»Was auch immer geschehen mag, Sie müssen mir erlauben, Ihnen zu helfen. Wäre der Colonel nicht gewesen, ich wäre längst unter der Erde. Es tut mir wirklich leid, daß er...«

»Ist schon gut, Jeremiah. Ihre Gefühle für ihn sind offensichtlich. Auch Ihre Loyalität, die Sie zu uns brachte.«

Ihre Augen richteten sich auf die Veranda und ins Dunkle. »Henry war ein Gatte ohne Fehl. Er gefiel mir vom ersten Augenblick an, als er zum Tee ins Christ College kam. Dort war ich damals als Lehrerin tätig. Ich unterrichtete alte Sprachen. Ursprünglich stamme ich aus Connecticut.«

»Das hat er mir erzählt.«

»Mit zweiundzwanzig kam ich nach Georgia und trat eine Stellung am Lyzeum in Montpelier an. Henry hatte gerade seine erste Frau verloren.« Ihre Stimme zitterte. »Seine Tante gehörte auch zum Lehrkörper des Instituts. Sie machte uns miteinander bekannt. Sie gehörte der Episkopalkirche an, Henry und ich jedoch einer freien Kirchengemeinde. Ich habe es nie bedauert, ihn geheiratet zu haben. Auch nicht, sein Kind großgezogen zu haben.«

Dann fragte sie nach den Umständen von Henry Roses Tod.

Er schilderte sie sehr vorsichtig, hob dabei den Mut des Colonels hervor und ließ die grausameren Einzelheiten weg. Er erwähnte weder das Blut noch den Dreck noch die Roheit im Feldlazarett. Auch sprach er nicht von Roses Verzweiflung angesichts des Kriegsverlaufs. Catherine nickte von Zeit zu Zeit. Einmal glaubte er Tränen in ihren Augen zu entdecken.

Sie fragte, wo sich der Leichnam ihres Mannes befinde. Wieder beschränkte er sich auf eine teilweise ehrliche Antwort. Er sprach von dem Durcheinander, das nach jeder Schlacht herrsche, und klagte sich selber an, sich nicht um Roses sterbliche Überreste gekümmert zu haben. Er erwähnte die Leichenberge nicht, und wie man die Körper der Toten stapelte. Am Ende versuchte er, etwas Positives zu sagen:
»In seinen letzten Augenblicken dachte er an Sie, Ma'am. Von sich sprach er nicht, nur von Ihnen, daß Sie Beistand brauchen würden...«

Ein kleiner Seufzer: »Den werden wir wohl wirklich brauchen. Es schmerzt mich, dies zu sagen, aber während der letzten Monate habe ich bei einigen der Schwarzen ein verändertes Verhalten bemerken müssen. Sie tun immer noch ihre Pflicht. Aber...« Sie suchte nach den richtigen Worten. »Sie sind unverschämt geworden.«

Er sah keinen Grund, das Thema weiter zu umgehen:
»Price ist wohl einer von ihnen?«
»Er ist wohl der Schlimmste!«
»Nun, dann werde ich Ihnen erzählen müssen, was – wie ich glaube – mit meinem Gewehr passiert ist.«

Bevor er damit anfangen konnte, ging die Tür auf. Ein Mädchen kam herein.

Ihr Kleid war schwarz wie das ihrer Stiefmutter. Aber ihr hellrotes Haar, das ihre blassen Wangen einrahmte, leuchtete wie Feuer, so daß sie kaum wie eine Trauernde aussah.

Das Mädchen war größer als Catherine, hatte hellblaue Augen und eine blendende Figur. Ihre Gesichtszüge waren auf erstaunliche Art vollkommen. In Verbindung mit ihrer zarten weißen Haut verlieh ihr dies engelhafte Züge. Aber die Lebhaftigkeit ihrer Augen minderte diesen Effekt wiederum.

Schnell trat sie an das Bett.

»Du hast uns wohl vergessen, Serena?«

»Keineswegs«, antwortete das Mädchen und ignorierte den kritischen Unterton in Catherines Bemerkung.

Serena sah sich Jeremiah genau an. Sie war ein liebenswertes Geschöpf und ganz eindeutig nicht die Tochter der Älteren.

»Ich hoffe, Sie haben es bequem«, bemerkte sie mit einem Lächeln, das ihm eher höflich denn ernsthaft erschien.

»Ja, danke.«

Er wußte, daß das Mädchen zwanzig war, zwei Jahre älter als er. Dieser Unterschied erschien ihm gewaltig. Bevor er seine wortkarge

Antwort gegeben hatte, glitt sie hinüber zu einem Wandspiegel, um sich mit ihrem Haar zu beschäftigen. Das ärgerte ihn irgendwie.

3

»Du könntest ein wenig liebenswürdiger zu unserem Gast sein, mein Liebes.«

Serena drehte sich um, noch immer lächelte sie unbefangen. »War ich das nicht, Catherine? Tut mir leid.«

Sie war schwer zu durchschauen. Zurückhaltend wirkte sie, ja gekünstelt. Während Catherine ihre Gefühle hinter ihrer Höflichkeit verbarg, war er der Ansicht, daß sich hinter Serenas Verhalten das Fehlen jeglicher Art von Gefühlen verbarg. Wenn sie überhaupt Gefühle besaß. Der Verdacht kam in ihm auf, daß Serena nur ins Schlafzimmer gekommen war, weil sie sich dazu verpflichtet fühlte.

»Ich bitte um Verzeihung, falls ich grob zu Ihnen war, Mr. Kent«, sagte sie nun. »Die schreckliche Nachricht über Papa und all dieses Gerede über die Yankees haben mich sehr durcheinandergebracht.«

»Das kann ich gut verstehen.«

»Aber nun haben wir einen vertrauenswürdigen Mann an unserer Seite«, meinte Catherine.

»Das ist eine große Beruhigung«, fügte Serena hinzu. Aber ein Flackern ihrer Augen deutete an, daß sie daran zweifelte, ob *Mann* die richtige Bezeichnung für Jeremiah war. Er seinerseits fühlte sich gleichsam zurückgestoßen durch die kühle Art des Mädchens wie auch angezogen durch ihre körperliche Schönheit, deren sie sich durchaus bewußt war. Jetzt stand sie so, daß er sie ganz in Augenschein nehmen konnte. Auf ihre indifferente Art fragte sie:

»Wo kommen Sie her, Mr. Kent?«

»Ich gehörte dem 63. Regiment von Virginia an, bis ich als Bursche Ihres Vaters zum Divisionsstab beordert wurde.«

»Virginia«, wiederholte Serena, »das ist ganz schön weit weg von Georgia.«

Dann entschied er sich, ihnen ein wenig über seine Familie zu erzählen. Seine Mutter befand sich immer noch im gefährdeten Shenandoah. Sein Bruder Gideon war seit dem Tod von Jeb Stuart bei Yellow Tavern in Gefangenschaft.

Auf Catherines Fragen hin sagte er, daß es absolut keinen Hinweis darauf gab, wo genau sich Gideon befand. Dies bereitete ihm Sorgen.

Die Gefangenen gingen zu Hunderten in den Gefängnissen des Nordens zugrunde, nachdem Grant den Austausch von Gefangenen unterbunden hatte, um das Menschenreservoir des Südens einzuschränken.

Der Bericht über seinen anderen Bruder war kaum weniger schlimm. Erst sprach er begeistert von Matts sonnigem Wesen, seiner Sportbegeisterung, seiner beachtlichen Begabung als Zeichner. Er erzählte, daß sich Matt vermutlich immer noch auf einem Blockadebrecher befand. Einem schnellen, in Liverpool gebauten Dampfer, der zwischen den Bermudas und Wilmington hin und her pendelte. Aber Matts letzter, schwer zu deutender Brief war vor acht Monaten in Lexington eingetroffen. Seitdem gab es von ihm keine Nachricht mehr. Entweder hatte Matt nicht mehr geschrieben, oder ein Brief von Fan mit Nachrichten über ihn hatte Jeremiah nicht erreicht. Wie auch immer, ebenso wie bei Gideon mußte man auch hinter Matts Namen ein großes Fragezeichen setzen.

Dann erwähnte Jeremiah noch kurz den anderen Zweig der Familie: seinen Vater Jephta, von dem seine Mutter geschieden war und der nun wieder Methodistenpfarrer war, allerdings in New York, im Nordteil der gespaltenen Kirche. Ursprünglich, bevor die Methodisten sich wegen der Frage der Sklaverei spalteten, war Jephta ein Wanderprediger in Virginia gewesen. Danach arbeitete er als Journalist bei der »Union« in New York.

»Es gibt noch einen weiteren Angehörigen oben im Norden, aber über den weiß ich sogar noch weniger. Louis heißt er. Er hat eine Frau und einen kleinen Sohn, und er ist ein reicher Mann. Ihm gehört die Zeitung, bei der Jephta gearbeitet hat, dann besitzt er Anteile an Stahlwerken, eine Baumwollfabrik und einen Verlag in Boston, Kent und Sohn. In Ihrem Büro, Mrs. Rose, habe ich ein Buch dieses Verlages entdeckt.«

Serenas blaue Augen deuteten jetzt auf ein größeres Interesse hin.

»Ihre Verwandten im Norden sind also die mit dem Geld, Mr. Kent?«

»Ja, Miss Serena. So ist es wohl im Augenblick. Meine Brüder und ich allerdings...«

Ehe er den Satz beenden konnte, daß er, Matt und Gideon eines Tages wohl reich sein würden, unterbrach ihn Catherine mit den Worten: »Ich denke, wir haben Jeremiah jetzt lange genug ausgefragt.«

Serena schmollte. Er hatte ihre Neugier geweckt. Sie starrte ihn an, als versuche sie, das Ende seines unterbrochenen Satzes zu erraten.

»Er war so freundlich zu schildern, wie dein Vater gestorben ist«, sagte Catherine.

Es gab darauf keine Reaktion. Das Mädchen pflegte seine Gefühlsregungen nicht nach außen zu zeigen. Jeremiah war von ihrem guten Aussehen fasziniert, aber ihre Art gefiel ihm nicht.

»Außerdem sprachen wir über die Haltung einiger der Schwarzen, als du hereinkamst.« Dann wandte sich Catherine wieder Jeremiah zu: »Ich möchte Sie nicht weiter ermüden. Aber Sie sagten etwas über ihre Waffe?«

»Es handelt sich um das Gewehr, von dem Price im Büro sprach. Die ganze letzte Nacht habe ich schlafend an dem Bachufer verbracht, wo er mich fand. Als ich aufwachte, war die Waffe verschwunden. Meine Patronentasche ebenfalls. Ihr Neger behauptet, irgendein anderer müsse gekommen sein und die Sachen gestohlen haben. Aber ich bin mir sicher, daß er es war.«

Catherine runzelte die Stirn.

»Ich vermute, er hat sie versteckt«, fuhr Jeremiah in festerem Ton fort. »Es stellt eine Gefährdung unserer Sicherheit dar, wenn ein Neger, den Sie als unverschämt bezeichnen, eine Waffe versteckt hält, wenn die Yankees im Anmarsch sind.«

Das Gespräch ließ Serenas Augen kämpferisch aufblitzen:

»Eines möchte ich doch klarstellen. Price hat behauptet, daß er die Waffe nicht genommen hat.«

»Richtig, Miss Serena. Er hat gesagt, einige Neger, die dort unten fischen, müssen sie entwendet haben.«

»Und irgendeinen Beweis haben Sie nicht?«

Das mußte er zugeben.

Catherine Rose kaute auf ihrer Lippe. »Ohne Beweise möchte ich kein Urteil fällen. Wenn die Yankees kommen, brauchen wir hier die Unterstützung aller ansässigen Neger. Price hat einen Anflug von Gemeinheit an sich. Aber der richtet sich gewöhnlich gegen die übrigen Sklaven.«

»Dir gegenüber hat er sich in letzter Zeit Unverschämtheiten herausgenommen, Catherine«, brauste Serena auf.

»Das stimmt. Aber noch glaube ich nicht, daß er uns Schaden zugefügt hat.«

»Mrs. Rose, diese Ansicht kann ich nicht teilen«, Jeremiah bemühte sich, aufrecht im Bett zu sitzen. Dabei achtete er nicht darauf, wie sein Nachthemd über die Knie hochrutschte, was Serena sehr belustigte. »Man sollte diesen Neger verhören, bis er den Diebstahl zugibt.«

»Dann tun Sie's doch!« rief Serena aus.

Kopfschüttelnd lehnte Catherine diesen Vorschlag ab.

»Wir haben Rosewood immer auf humane und christliche Weise geführt. Was auch kommen mag, wir werden das auch weiterhin tun. In diesen schwierigen Zeiten will ich nicht, daß die Neger wegen Price das Vertrauen in mich verlieren.«

»Aber die meisten von ihnen hassen ihn doch«, warf Jeremiah ein.

Catherine seufzte: »Das haben Sie wohl von Maum Isabella. Sie hat recht. Aber auf einer Plantage wie dieser herrschen empfindliche Gleichgewichtsverhältnisse. Wenn ich Price anklage, wird er den Diebstahl niemals zugeben, weil es keine Beweise gegen ihn gibt. Will ich ein Geständnis erzwingen, dann muß ich ihn übel zurichten lassen. Dann kann es passieren, daß die Schwarzen – zumindest kurzfristig – mir die Loyalität aufkündigen. Sie würden mich als Feind betrachten. Ich möchte nicht ihr Feind sein, während Sherman durchs Land zieht.«

»Aber Catherine«, protestierte Serena.

In zartem, aber bestimmtem Ton unterbrach sie die Ältere: »Mein Kind, ich habe hier das letzte Wort. Selbst wenn Price lügt, will ich nicht noch größere Unruhe hervorrufen. Er mag davon profitieren, daß wir keine Beweise haben. Aber wir bleiben wachsam. Mehr ist dazu zur Zeit nicht zu sagen.«

Serena stampfte mit dem Fuß auf: »Wachsam bleiben, bis er uns eines Nachts erschießt!«

»Serena! Schluß jetzt!«

Mit roten Wangen fauchte das Mädchen zurück: »Nun gut. Du gehst zu liberal mit den Schwarzen um! Mr. Kent hat uns gewarnt, aber du hörst nicht auf ihn. Du willst immer nur von allen als eine Heilige betrachtet werden.«

Catherine wurde leichenblaß und flüsterte: »Ich versuche nur, mich christlich zu verhalten.«

»Ja, wenn die Nachbarn hier zu Besuch sind! Sie sehen ja auch nicht den Brombeerwein, den du immer . . .«

»Schweig still!« Catherine starrte Serena an, bis die Jüngere wegblickte.

Der plötzliche Ausbruch von Feindseligkeit zwischen Mutter und Stieftochter verwirrte Jeremiah. Es faszinierte ihn aber auch. Als sie sein Unbehagen bemerkten, erhob sich Catherine.

»Wir werden die Angelegenheit Price nicht forcieren, aber Vorsicht walten lassen.«

Vorsicht, dachte er, ist nicht genug. Nur ich sah die Augen dieses Negers unten am Fluß und konnte in ihnen lesen!

Serena gab nicht auf: »Wir sollten mehr tun. Wir sollten Price zwingen zuzugeben, daß er lügt. Er hat die Peitsche verdient!«

»Zu diesem Thema will ich absolut nichts mehr hören!«

Catherine sagte dies mit so viel Nachdruck, daß Serena aussah, als habe sie einen Schlag erhalten. Sie öffnete den Mund, als wolle sie antworten, dann bemerkte sie die Heftigkeit in Catherines Blick und wandte sich ab. Jeremiah hielt die Vorsicht von Mrs. Rose für falsch. Aber er wollte sich nicht einmischen.

Um die Auseinandersetzung zu entschärfen, ging Catherine auf Serena zu und langte nach ihrem Arm. Serena entzog sich ihr. Einen Augenblick lang blickten die beiden Frauen einander an.

Schließlich tat Serena einen Schritt zur Seite. Ihre Wangen waren gerötet. Ihr Gesicht hatte jede Engelhaftigkeit verloren.

Catherine ging zur Tür. Serena zögerte zunächst, folgte dann aber.

»Gute Nacht, Jeremiah«, sagte Catherine mit gezwungener Ruhe. »Maum Isabella wird sicher gleich kommen und sich um Sie kümmern.«

»Ich bin ein wenig hungrig.«

»Dann schicke ich sie sofort.«

Als sie die Tür öffnete, griff sie ein zweites Mal nach Serenas Arm. Das Mädchen atmete heftig, als die Ältere sie buchstäblich hinausschleppte.

Verstört sank Jeremiah ins Bett zurück. Seiner Ansicht nach behandelte Mrs. Rose die Angelegenheit Price völlig falsch. Er würde sehr aufpassen müssen.

Und diese beiden Frauen sorgten zusätzlich für Verwirrung. Zwischen ihnen mochten zwar verwandtschaftliche Beziehungen bestehen, aber vom Temperament her waren sie grundverschieden.

Er stützte sich auf die Kissen und atmete den süßen Blütenduft ein, der von draußen hereinströmte. In was für ein Hornissennest war er hier geraten?

## 6. Kapitel
## Der Schatten des Feindes

»Mr. Kent?«

Von diesem Flüstern seines Namens hochgeschreckt, richtete er sich im Bett auf. Als er erkannte, wer da geflüstert hatte, beruhigte er sich. Aber verwirrt war er dennoch.

Die Kerzen waren verloschen. Dem Mondlicht nach zu urteilen, das über die Veranda schien, mußte es schon sehr spät sein. Serena Rose kniete neben seinem Bett. Ihr Gesicht war im Silberlicht nur undeutlich zu sehen.

Sie wiederholte seinen Namen. »Ich bin wach«, murmelte er, obwohl er noch schläfrig war. Er legte sich auf die Seite und konnte die Wärme ihres Atems auf seinem Handrücken spüren.

»Catherine weiß nicht, daß ich hier bin. Sie werden ihr nichts verraten?«

»Naturlich nicht!« Er unterdrückte ein Gähnen.

»Ich bin unten bei den Negerhütten gewesen.« Sie sprach jetzt leise und schnell. »Ich habe Leon um Hilfe gebeten. Leon ist ein vertrauenswürdiger Schwarzer, der hier in Rosewood geboren ist. Wir haben mit Price gesprochen.« Ihr Ton wurde härter. »Ich habe ihm auf dem Friedhof ein halbes Dutzend verpassen lassen.«

Seine Schläfrigkeit verließ ihn jetzt: »Mit der Peitsche wohl?«

Sie nickte: »Wir benutzen sie nicht oft, aber wir haben eine.«

»Das war richtig«, sagte er mit Überzeugung.

Einen Moment lang nahm sein Mund einen grausamem Ausdruck an. »Hat Price gestanden?«

»Nein. Er ließ die Schläge ohne ein Wort über sich ergehen. Aber Sie hätten sehen sollen, wie er mich anblickte.«

Sie drückte sein Handgelenk. Ihre Finger fühlten sich feucht an, als sie den Ärmelaufschlag seines Nachthemdes berührten.

»Mr. Kent, ich weiß genau, daß er die Flinte gestohlen hat!«

»Wenn Ihre Stiefmutter herausfindet, daß Sie...«

»Sie wird es nicht erfahren. Leon wird Catherine nichts sagen. Auch Price wird wohl schweigen. Er fürchtet sich vor mir. Er weiß, daß ich nicht weich bin wie Catherine. Und Schwatzhaftigkeit ist nicht seine Art. Er wird auf eine Gelegenheit warten, es mir heimzuzahlen.«

»Sie sind ein zu großes Risiko eingegangen. Bald werde ich wieder auf den Beinen sein. Ich hätte dann...«

»Ich wollte keine Minute länger warten, mußte herausfinden, ob er was im Schilde führt. Nun bin ich mir dessen sicher. Catherine hat unrecht, und Sie haben recht. Jetzt werden wir beide scharf auf ihn aufpassen. Catherine ist zu vertrauensselig, Mr. Kent. Sie glaubt immer noch an die schönen Worte, die sie als Mädchen in der Kirche gelernt hat. Sie erkennt nicht, wie sehr dieser Nigger uns haßt!«

Ihre Finger schlossen sich enger um sein Handgelenk. Ihre Fingerspitzen fühlten sich immer noch seltsam feucht an.

»Ich wollte Ihnen einfach sagen, daß Sie recht haben und daß ich froh bin, daß Sie hier sind und sich um uns kümmern.«

Was dann geschah, wurde ihm erst voll bewußt, als es vorbei war. Sie kniete nieder und gab ihm schnell einen Kuß auf die Wange. Einen Augenblick lang berührte ihre Brust seinen Unterarm. Sein Körper unter der Bettdecke reagierte schnell und automatisch darauf.

In jenem Augenblick der Nähe konnte er kaum etwas von ihrem Gesicht sehen. Das Mondlicht ließ ihr rotes Haar beinahe weiß erscheinen.

Mit raschelnden Röcken kam sie wieder auf die Füße. Warum zum Teufel zeigte sie so plötzlich ein derartiges Interesse an ihm? Als sie das erste Mal in dieses Zimmer kam, hatte sie sich kaum für ihn interessiert. Warum hatte sie ihre Haltung geändert? War dies eine Folge des Zwists mit ihrer Stiefmutter? Wollte sie ihn auf ihre Seite ziehen?

Serena drückte seine Hand. »Ich sollte besser gehen. Ich glaube zwar, daß Catherine schläft, aber sicher bin ich mir nicht. Ihr Zimmer liegt gleich neben meinem. Ich weiß, daß einige der Boys noch auf sind. Sollte einer von ihnen mich entdecken, wäre ich morgen im ganzen Kreis als Hure verschrien.« Sie lachte eher amüsiert als besorgt.

Sie eilte davon. Er hatte keine Gelegenheit mehr, etwas zu sagen.

Der plötzliche, heimliche Besuch hatte ihn sehr verwirrt. Ja, er war wie betäubt. Natürlich tat es ihm wohl, daß das Mädchen sich im Fall Price auf seine Seite stellte. Aber sie hatte in der Tat einen Riesenskandal riskiert. Mit ihrem Besuch in seinem Zimmer gefährdete sie ihren guten Ruf. Offenbar gefiel ihr ein derartiges Hasardspiel.

Was ihn auch bedenklich stimmte, war Serenas Eifer, den Schwarzen zu züchtigen.

Gewiß hatte Price Strafe verdient. Und wenn es auch nur zur Abschreckung war. Was ihn beunruhigte, war der Klang ihrer Stimme. Es hörte sich so an, als sei es für sie eine Freude gewesen, den Mann auspeitschen zu lassen. Während er noch über ihr seltsames Wesen nachdachte, überkam ihn wieder der Schlaf.

Als er am Morgen erwachte, warf er zufällig einen Blick auf den Ärmel seines Nachthemds. Ihm stockte der Atem.

Er starrte auf den braunen Fleck an der Manschette. Nun wußte er, warum Serenas Hand sich feucht angefühlt hatte. Nicht nur Leon hatte die Peitsche benutzt.

Zehn Minuten verbrachte er nackt vor dem Waschbecken damit, den Fleck auszuwaschen. Er konnte ihn nicht vollständig beseitigen, weil das Blut eingetrocknet war. Ein verräterischer Fleck blieb, der allerdings nicht mehr allzu deutlich war.

Er schüttete das verschmutzte Wasser in den Nachttopf und verschloß den Deckel mit leicht zitternder Hand. Er hätte Price leidenschaftslos gepeitscht aus Gründen der Vorsicht. Sie aber hatte die Peitsche geführt, weil es ihr Freude machte.

Mein Gott, was verbarg sich hinter diesem Engelsgesicht? Sein Verstand schien imstande, darauf eine Antwort zu geben. Aber eine innere Stimme warnte ihn davor, gefährliche Tiefen in ihr auszuloten.

2

*»O Gott, unsere Hilfe seit Alters her,*
*Unsere Hoffnung für die Zukunft...*
Jeremiah bewegte stumm seine Lippen, er kannte die Worte der Hymne nicht, die die Menschen im Wohnzimmer von Rosewood kurz nach elf am Morgen dieses Erntedankfesttages mit so lebhafter Zuversicht gemeinsam sangen.

Draußen schien strahlend die Sonne. Im Laufe der letzten Stunde waren etwa zwanzig Weiße aus der Nachbarschaft eingetroffen. Die Männer waren alle schon älter, die Frauen gehörten unterschiedlichen Altersgruppen an. In ihrem Sonntagsstaat standen die Besucher unbefangen unter den Schwarzen der Plantage, die den Rest des Raumes ausfüllten. Weitere Schwarze befanden sich in der Diele und auf der vorderen Veranda in der Nähe der Eingangstür.

Selbst Price erwies dem Verstorbenen die letzte Ehre. Jeremiah sah ihn draußen vor der Tür zum Wohnzimmer stehen, er schmetterte die

Hymne, als sei nichts von dem geschehen, was Serena ihm geschildert hatte.
>>*Unser Schutz vor Sturmgebraus*
*Und unsere ewige Heimat.*<<
Angesichts der aufrechten Haltung von Price und seines fröhlichen Gesichtsausdrucks fragte sich Jeremiah, ob der nächtliche Besuch nur im Traum stattgefunden habe.

Serena hatte sich wie ihre Stiefmutter gekleidet – in schwarzen Krepp. Den Gesang der Trauergemeinde begleitete sie auf dem aus London importierten Klavier. Aus vielerlei Gründen fühlte sich Jeremiah unbehaglich in dieser Trauerversammlung.

Nachdem er gerade das Blut ausgewaschen hatte, händigte ihm Maum Isabella eine Leinenhose des Colonel aus sowie ein elegantes weißes Leinenhemd und Unterwäsche. Alles war ihm zu eng. In diesen zu engen Kleidern sah er aus wie ein Bauernlümmel, und so fühlte er sich auch. Auch fühlte er sich in den Sachen des Toten nicht wohl.

Und vor dem Gottesdienst war er all den Gästen vorgestellt worden und mußte immer wieder eine Reihe von Lügen über seine Verwundung und seine angebliche Entlassung aus dem Militärdienst auftischen. Leute mit Trauermiene, darunter ein Ehepaar mit Namen Jesperson, nickten teilnahmsvoll, als er seine romantisierende Beschreibung des Todes von Henry Rose zum besten gab.
>>*Unter Deines Thrones Schatten*
*können wir geborgen wohnen.*<<
Er tat so, als singe er mit, aber seine Gedanken beschäftigten sich immer wieder mit den Widersprüchen, die sich in diesem Hause offenbarten. Es war alles so seltsam und geheimnisvoll. An Catherines Seite stehend, nahm er ganz deutlich den unverkennbaren Geruch von Brombeerwein wahr. Wenn sie getrunken hatte, bevor der Besuch kam, dann stand sie unter stärkeren Spannungen, als sie nach außen hin zeigen wollte. Reverend Emory Pettus richtete seine Augen gen Himmel und schmetterte mit dröhnender Baritonstimme:
>>*Allein Dein Arm genügt,*
*um uns zu schützen.*<<
Ganz plötzlich nahm Serena die Finger von den Tasten und trat an das nahe gelegene offenstehende Vorderfenster. Ihr rotes Haar leuchtete, obwohl die Morgensonne durch die Spitzenvorhänge nur gedämpft einfiel.

Die Sänger strebten nun einem recht schwachen Ende zu. Pettus schaute finster drein, als Catherine ihre Hand von dem Gesangbuch zurückzog, das sie mit dem Priester gemeinsam benutzt hatte.

»Serena, warum hast du aufgehört zu spielen?«

Das Mädchen zeigte nach draußen: »Ich habe es zweimal läuten hören.«

»Unsinn!« Catherine lächelte frostig. »Niemand wird jetzt klingeln und stören.«

Dann wurde sie durch einen Tumult auf der Veranda unterbrochen. Ein weißhaariger Alter schwankte zu einem der Fenster und murmelte Entschuldigungen. Draußen brüllte ein Schwarzer:

»Miss Catherine! Ein Wagen kommt die Allee hoch!«

»Ich habe doch gesagt, daß jemand geläutet hat!« trumpfte Serena auf.

Catherine ignorierte sie. Sie sah besorgt aus. Ein Boy von vierzehn oder fünfzehn Jahren schlüpfte schüchtern durch die Menge ins Wohnzimmer.

»Wer ist es, Zeph?« fragte Catherine.

»Marse Claypool, Ma'am.«

War das nicht der Richter? Jeremiah war sich nicht sicher. Catherine hatte bereits die überraschende Abwesenheit der Claypools erwähnt.

Jeremiah hörte das Rattern von Rädern und das Klappern von Hufen auf dem Pflaster. Das Fahrzeug hielt vor dem Haus. Die Pferde der anderen Gespanne, die vor dem Haus aufgereiht standen, begannen zu wiehern und zu stampfen. Catherine eilte ans offene Fenster, schob die Vorhänge zur Seite, streckte den Kopf heraus und rief erzürnt:

»Theodore, Sie stören uns mitten im Gottesdienst!«

»Ich bitte sehr um Entschuldigung!« Der Mann sprach keuchend; er schien außer Atem. »Ich wäre schon eher gekommen, aber ich habe warten wollen, bis Floyd von einer Reise nach Milledgeville zurück war. Ihr alle da drinnen solltet besser auf der Hut sein. Die Yankees sind in der Hauptstadt!«

Nun redeten alle Gäste durcheinander. Auch unter den Sklaven erhob sich ein allgemeines Gemurmel. Über all diesen Lärm hinweg rief Catherine:

»Sind sie sicher?«

»Ganz sicher! Die ersten sind vorgestern angekommen. Zwei ganze Infanteriekorps der Union, das Vierzehnte und das Zwanzigste.«

Nun brach ein Höllenlärm aus. In Jeremiahs Nähe japste eine stattliche Frau nach Luft, dann schloß sie die Augen und fiel in Ohnmacht. Ihr männlicher Begleiter versuchte sie aufzufangen, schaffte es aber nicht und kniete neben ihr nieder, rieb ihr die Handgelenke und flüsterte dabei: »Gott helfe uns! Gott steh uns bei!«

Jeremiah drängte zum Fenster, um zu hören, was draußen geredet wurde:

»... nicht zu glauben, was dort in Milledgeville geschieht, Catherine. Die Yanks reißen die Eisenbahnschienen heraus. Sie erhitzen sie und biegen sie um die Bäume. ›Shermans Haarnadeln‹ lautet ihr Scherzwort dafür. Floyd berichtet, daß sie auch Bücher aus der Staatsbibliothek zerstört haben. Und die Frau von Senator Burnett...« Der Mann draußen rang nach Atem. Die Gäste und die Schwarzen schwiegen. »...sie mußte das Staatssiegel unter ihrem Haus vergraben. Dokumente aus dem Parlament mußte sie in ihrem Schweinestall verstecken.«

Catherine beugte sich weit aus dem Fenster: »Warum in Gottes Namen?«

»Weil der teuflische Sherman Befehl erteilt hat, daß sich seine Leute aus der Beute verpflegen sollten. Genau sagte er: ›Nehmt, was Ihr braucht!‹ Natürlich hat dieser scheinheilige Teufel gleichzeitig verkündet, daß es seinen Soldaten nicht erlaubt sei, in Wohnungen einzudringen, auch dürften Bürger nicht behelligt werden, solange sie nicht als Freischärler erkannt wären.«

»Aber die Heimwehr ist doch zu den Waffen gerufen worden!« rief jemand aus.

Der Richter schnaubte wütend. »Genau. Das gilt als Widerstand. Deshalb schaut Sherman weg, wenn sein Lumpenpack Privathäuser ausraubt, Farmen und Plantagen niederbrennt, deren Eigentümer versucht haben, einen Teil ihrer Ernte zu verbrennen. Auch das gilt als Freischärlertum! Glaubt mir! Floyd hat gesehen, wie Scheunen und Entkörnungsanlagen angezündet wurden. In Milledgeville wurden Häuser niedergebrannt. Er sprach mit einer Familie, deren Heim total dem Erdboden gleichgemacht wurde. Sie mußte in einem ausrangierten Güterwagen auf dem Eisenbahngelände Zuflucht suchen.«

Jeremiah drängte sich neben Catherine und hob den Vorhang. Auf der Auffahrt sah er einen knochigen, schwitzenden alten Mann in einer zweirädrigen überdachten Chaise. Roter Staub bedeckte den Gehrock und die Hosen des Mannes.

»Kann die Miliz sie nicht stoppen?« fragte Jeremiah.

»Alte Käuze wie ich? Knaben? Ein paar Kavalleristen? Nein, das glaube ich nicht!«

»Sind sie auf dem Weg hierher?«

»Nun, es geht ihnen vermutlich um Eisenbahnknotenpunkte und größere Städte. So werden sie wohl auch hierherkommen. Auf dem Wege nach Millen werden sie jedenfalls hier vorbeikommen.«

Erneut zeigte sich allgemeine Bestürzung.

Der ohnmächtigen Frau half ihr Mann wieder auf die Beine. Er entschuldigte sich bei Catherine. Sie hörte nicht zu. Sie stand da und bedeckte ihre halbgeschlossenen Augen mit einer Hand. Der Mann und seine Frau schoben sich durch die Masse in die Diele. Reverend Pettus verkündete, es sei besser, den Gottesdienst sofort zu beenden und nach Hause zurückzukehren.

Diese Aufforderung war ganz überflüssig. Eine Massenflucht hatte bereits eingesetzt, die Gäste schoben die Schwarzen beiseite, um nach draußen zu ihren Kutschen zu gelangen. Jeremiah war plötzlich froh, immer noch ein Messer im Stiefel stecken zu haben. Shermans Schatten wurde länger. Jetzt erreichte er Rosewood.

Aber immer noch mochte er nicht so recht daran glauben, daß die Yankees in großem Ausmaß Privatbesitz zerstörten. Eine derart unritterliche Kriegführung war ihnen eigentlich nicht zuzutrauen. Die Ausschreitungen von Milledgeville mußten ein Einzelfall sein. Selbst das Niederbrennen von Atlanta diente einem strategischen Zweck. Aber die Vorkommnisse, die der staubige alte Mann in der Kutsche beschrieb, waren ohne jeden militärischen Sinn. Sie hatten nur eine Konsequenz: Sie verbreiteten panische Angst unter hilflosen Zivilisten.

Eine Kutsche war bereits abgefahren. Sie klapperte in einer Staubwolke die Allee hinab. Der Kutscher trieb seine Rösser an, als sitze ihm der Teufel im Nacken.

»Catherine? Was sollen wir tun?«

Jeremiah und Mrs. Rose wandten sich um, als sie Serenas Stimme hörten. Das Mädchen schien nicht besorgt, sondern nur neugierig.

Richter Claypool kämpfte gegen die Flutwelle des Exodus an, abwechselnd sprach er auf alle ein:

»Verflucht! Oh, entschuldigen sie meine Worte, Reverend, aber ich sage die Wahrheit. Es gibt eine Schar entlaufener Neger, die ihnen überallhin folgt. Untreue, nichtsnutzige Nigger, allesamt!«

Die Worte des Richters verursachten abermals, jedoch gedämpftere, Aufregung, diesmal unter den Schwarzen. Claypool schlug seinen staubigen Mantel zurück, um eine Pistole im Halfter zu zeigen. »Gott sei Dank gibt es hier keine solchen Typen. Sie wären aber auch Todeskandidaten. Und nicht die Yankees würden sie erschießen.«

Serena stieß ihre Stiefmutter an:

»Nun, Catherine?«

»Wenn sie kommen, dann werden wir Widerstand leisten«, sagte Jeremiah unvermittelt.

»Wirklich? Wie denn?« fragte Serena.

»Ob Krieg oder kein Krieg, sie haben nicht das Recht, Privateigentum zu zerstören. Das werden wir ihnen klarmachen.«

Serenas blaue Augen blitzten belustigt: »Na, Sie glauben wohl an die Anständigkeit der Yankees.«

Dieser Sarkasmus nagte an ihm. Er mußte an dem Glauben festhalten, daß die Grausamkeit des Schlachtfeldes nicht auf den zivilen Bereich übergriff. Daran mußte er sich klammern. Er versuchte sich zu rechtfertigen:

»Ich glaube einfach nicht, daß eine ordentliche Truppe sich so aufführt. Shermans Leute haben es vielleicht in Milledgeville getan, weil das die Hauptstadt ist.«

Angesichts dieser Worte faßte Catherine neuen Mut:

»Ich bin sicher, daß er recht hat. Eine Armee aus dem Lande verproviantieren ist eine Sache. Ziviles Eigentum zerstören eine andere. Das werden sie sicher nicht weiter tun.«

»Da sollten Sie nicht so verdammt sicher sein, Catherine«, warnte Richter Claypool.

»Es wäre gegen alle Gesetze des Anstands«, platzte Jeremiah heraus.

Irgend jemand lachte.

Er drehte sich um. Sein Blick traf sich mit dem von Price.

Das Gesicht des Sklaven war erneut ausdruckslos. Aber Jeremiah war sich sicher, daß Price es gewesen war. Eine junge Frau mit Kopftuch rückte von ihm ab. Maum Isabella starrte ihn mit verkniffenen Lippen an.

Jeremiah blickte den Sklaven an, der aber nicht reagierte. Prices Pupillen erschienen wie braune Steine.

Einige Gäste scharten sich um Catherine. Bevor sie losfuhren, wollten sie noch ihre Beileidsbekundigungen loswerden. Jeremiah zog Serena zur Seite:

»Ihre Stiefmutter sollte sich besser um die Liste kümmern.«

»Welche Liste?«

»Letzte Nacht hat sie davon gesprochen. Eine Liste der Dinge, die man verstecken sollte. Gibt es Waffen im Haus?«

»Nein, Papa hat sie alle mitgenommen.« Mit dem Rücken zu Price gewandt, der jetzt an einer anderen Stelle des Zimmers stand, flüsterte sie: »Irgendwo gibt es ein Gewehr.« Sie schien ihn jetzt aufzustacheln.

»Wir werden auch ohne Waffen unser Bestes tun«, versicherte Jeremiah, obwohl ihm seine Enfield jetzt sehr fehlte.

Die Fahrzeuge der Gäste ratterten nun eines nach dem anderen davon. Maum Isabella hatte ihren Schmerz überwunden und scheuchte jetzt einige der Neger aus dem Haus und in ihre Hütten. Als letzter machte sich auch Price auf den Weg.

Ein letzter Besucher stieß an einen Tisch und warf in der Eile des Aufbruchs einige alte Ausgaben des »Southern Literary Messenger« herunter. Als die Zeitschriften auf dem Boden landeten, hörte Jeremiah erneut ein schwaches Lachen, dann war Maum Isabellas Stimme erneut laut scheltend zu vernehmen.

»Jeremiah?«

Er wandte sich Catherine zu.

»Serena hat eine sehr überlegenswerte Frage gestellt. Was tun wir, wenn der Feind kommt?«

Er ist bereits hier, dachte Jeremiah, das Lachen des Schwarzen noch im Ohr.

## 7. Kapitel
# Warnungen

Das Festessen am Erntedanktag war eine spannungsgeladene, freudlose Angelegenheit.

Jeremiah hatte einen derartigen Verlauf bereits befürchtet, als Catherine erschien und ihren Brombeerwein mit zu Tisch brachte. Als sie sich hinsetzte, murmelte sie entschuldigend etwas von einer »Medizin«, die sie nach den Anstrengungen des Gottesdienstes und Richter Claypools Erscheinen mit den schlechten Nachrichten aus Milledgeville einfach brauche.

Maum Isabella hatte trotz allem hervorragend gekocht. Aber Jeremiah und die beiden Frauen rührten das Essen kaum an. Sofort sprach man über unangenehme Dinge. Würde Sherman wirklich den Bezirk Louisville erreichen? Würden seine Truppen sich hier so schlimm aufführen wie in der Hauptstadt? Jeremiah gab ermutigende Antworten.

Catherine fragte ihn nach seinem allerersten Kriegserlebnis. Die Erinnerung führte ihn sozusagen automatisch an einen Ort, den er lieber vergessen hätte.

Es ereignete sich auf hügeligem Gelände im Nordwesten des Staates. In der Abenddämmerung eines Septembertages vor einem Jahr hatte er mit aufgepflanztem Bajonett, schwitzend vor Aufregung, den Hügel bestiegen, um unter dem Wimmern von Gewehrkugeln sein erstes Gefecht zu bestreiten.

Die Konföderierten versuchten, eine Stellung des Yankeegenerals Pap Thomas zu nehmen. Nach dieser Schlacht bekam Thomas den Spitznamen *The Rock* (Der Fels), weil er seine Stellung hielt und alle Rebellenangriffe zurückschlug. Der vernichtend geschlagene Rosecrans floh nach Chattanooga. Als Jeremiah davon erzählte, erwähnte er nicht, welch große Angst er zunächst ausgestanden hatte.

Er beschrieb, wie ihm eine Kugel durchs Haar fuhr, den Schädel streifte und eine weiße Haarsträhne hinterließ. Er schilderte, wie er seinen ersten Yankee erschoß. Aber er erwähnte nicht, was er empfand, als der junge Mann fiel.

Er hatte eben befehlsgemäß gehandelt. Aber er empfand angesichts seines Treffers eine kalte Freude. Er mochte sich dieser Freude nicht gern erinnern. Sie entsprach nicht seiner Vorstellung von ritterlicher Kriegführung.

Er mochte sich nicht gern eingestehen, daß er seiner Natur entsprechend einen Hang zur Unbarmherzigkeit besaß, der sich verstärkte, je mehr Erfahrungen er im Umgang mit Feuerwaffen erwarb. Manchmal leugnete er diesen Wesenszug gar. Aber er war eben vorhanden, und er paßte auf, ihm nicht freien Lauf zu lassen.

Dennoch erlag er immer wieder der Versuchung. Bevor er vor dem Farmer mit der Mistgabel floh, hatte er dem Mann gnadenlos einen Nackenschlag versetzt und dabei absolut kein Mitgefühl empfunden. Auch die Auspeitschung von Price hatte in ihm keine Skrupel geweckt.

Während Jeremiah sprach, bemerkte er, wie Serena in ihrem Essen herumstocherte und ruhelos im Raum umherblickte. Sie war ganz gewiß ein launenhaftes Wesen. Letzte Nacht hatte sie sich als seine Verbündete zu erkennen gegeben. Heute früh schien er sie zu langweilen. Daraus zog er den Schluß, daß ihr nächtlicher Besuch einzig ein Akt des Trotzes gegenüber ihrer Stiefmutter gewesen sei. Seine Kriegsgeschichten interessierten sie nicht. Heute nachmittag war er nur ein geduldeter Gast, ein Knabe.

Es war ärgerlich.

Aber dennoch faszinierte sie ihn. Die Spätnachmittagsonne umgab ihr rotes Haar und ihr Profil wie ein Heiligenschein. Sie war schön wie ein Glasbild auf einem Kirchenfenster.

Catherine trank zwei Gläser Brombeerwein während der Mahlzeit. Sie rührte weder den Federkiel noch das Tintenfaß noch das Papier vor sich an. Nur die Überschrift stand in zarter, schräger Handschrift bereits auf dem Blatt:

»Was ist zu tun?«

Irgendwie schien sie nicht in der Lage zu sein, die Liste aufzustellen oder auch nur darüber zu diskutieren, immer wieder ließ sie das Gespräch in andere Richtungen abschweifen.

»Jeremiah«, sie füllte ihr Glas zum dritten Mal, »wie war der Geisteszustand des Colonels, als er...«

Sie konnte den Satz nicht zu Ende bringen.

Eine Schwarze räumte gerade die Dessertteller ab, als er erklärte: »Wenn man von seinen Sorgen um Sie beide einmal absieht, schien er in der Nacht vor dem Kampf bei Jonesboro guten Mutes zu sein.«

Eine glatte Lüge war das. Nun ließ er eine Wahrheit folgen:

»Er war jedoch beunruhigt.«
»Wieso?«
»Er wollte etwas ganz Bestimmtes lesen. Die nächste Folge einer Fortsetzungsgeschichte in einem New Yorker Wochenblatt. Irgend jemand hatte ihm zwei alte Nummern der Zeitschrift mit den beiden ersten Kapiteln gegeben. Es war eine Art Gespenstergeschichte von einem Autor namens Wilkie.« Weiter konnte er sich nicht erinnern.
»Wilkie Collins?« fragte Catherine.
»Ja, so hieß er wohl. Zwei große Wünsche hätte er, sagte er: Sie zu sehen« – damit war auch Serena gemeint, die aber nicht zuhörte – »und ›Die Frau in Weiß‹ zu Ende zu lesen.«

Catherine seufzte und betupfte ihre Mundwinkel mit der Serviette. »Er war ein feinsinniger Mensch. Ein gebildeter, christlicher Mann. Wir haben oft im Gespräch oder beim Führen der Bücher wunderbare Stunden miteinander verbracht. Mit kleinen Dingen.«

»Ihn interessierten nur die kleinen Dinge«, beklagte sich Serena.

Energisch wies sie Catherine zurecht: »Du solltest nicht so respektlos von deinem Vater reden.«

»Ich bin nicht respektlos. Ich sage nur die Wahrheit!« Schließlich blickte sie Jeremiah an, der in der Mitte der langen Tafel zwischen den beiden Frauen an den Tischenden saß. »Ich weiß nicht, wie oft ich Papa gebeten habe, mit uns nach Savannah zu fahren, um im Pulaski House zu dinieren. Dort gibt es die beste Küche im ganzen Staat, ja im gesamten Süden! Das weiß jeder! Aber das wollte er nicht. Er war immer zufrieden, daheim zu sein. Wissen Sie, daß ich Jefferson County nie verlassen habe mit Ausnahme von ein paar Monaten auf dem Christ College, wo Catherine unterrichtet hat? Ich wollte New Orleans, Savannah, ja sogar Washington sehen. Aber alles, was ich zu sehen bekam, waren dumme Bücher und dumme Weiber in einem spießigen Lyzeum.«

Catherine fuhr hoch, ihr Glas in der Hand:
»Du hast auch ein paar junge Männer von zweifelhaftem Ruf kennengelernt, mit denen du stundenlang ausgeritten bist, die dich kompromittiert haben, indem sie Schnaps mitbrachten.«

Serena starrte auf das Glas in der Hand ihrer Stiefmutter: »Daß gerade du das sagst!«

Catherine blickte finster drein: »Serena!« Die Warnung blieb unvollendet, weil das Mädchen sogleich weiterredete:

»Catherine war ihr Leben lang eine Stütze des Verbandes der Antialkoholiker in diesem Kreis. Aber keine der übrigen netten Ladies hat eine Ahnung davon, daß sie ständig einen Krug mit Brombeerwein in ihrer Nähe hat.«

»Serena! Jetzt reicht's! Im Krieg sehen manche Dinge eben anders aus. Dein Vater ist schon lange fort. Manchmal braucht man etwas, was einen aufrecht hält.«

Serenas Lachen klang sarkastisch: »Und alles ist in Ordnung, solange es heimlich geschieht!«

Catherine stellte ihr Glas auf den Tisch und starrte es traurig an. Jeremiah wäre jetzt am liebsten weggelaufen. Aber er wollte nicht unhöflich sein. Also blieb er inmitten der aufkommmenden Feindseligkeit zwischen den beiden Frauen sitzen.

Obwohl Catherine sich praktisch schuldig bekannte, indem sie auf das Glas starrte, reichte das Serena noch lange nicht:

»Ich kann's manchmal nicht ertragen, wie du auf mich herabblickst! Wie Moses auf dem Berg Sinai! Letzthin...«

Errötend unterdrückte sie den Rest des Satzes. Catherine blickte sie halb verblüfft, halb wütend an:

»Was war da, Serena?«

»Nichts.«

»Ich verlange, daß du den Satz zu Ende führst! Du willst mich wohl bedrohen?«

»Nein. Entschuldige!« Ihre Stimme war jetzt matt und unsicher.

Jeremiah verzog das Gesicht. Der unvollendete Satz Serenas hatte offensichtlich eine Warnung sein sollen. Aber Vorsicht oder eine besondere Gemeinheit hatten sie veranlaßt, die Dinge für sich zu behalten.

Dennoch war sie weiter darauf aus, auf Catherine einzudreschen, diesmal aber indirekt, indem sie sich ihm zuwandte:

»Catherine war immer derart untröstlich, daß ich das letzte Jahr auf dem Lyzeum nicht durchgehalten habe. Ich sollte mich auf ein Examen vorbereiten, aber einer der Lehrer roch Alkohol, als ich einmal zehn Minuten zu spät am Abend heimkehrte. Ganze zehn Minuten! Das war das Ende meiner großartigen Ausbildung. Mir machte das nichts aus. Ich war froh, diesen stupiden Ort verlassen zu können.«

Die Witwe des Colonels griff nun zur Feder und tauchte sie in die Tinte. »Ich glaube nicht, daß wir Jeremiah einen Bericht über deine unzureichenden Leistungen in Montpelier geben müssen.«

Er versuchte, die Spannung mit einem Lächeln und einem Achselzucken zu entschärfen.

»Ich habe auch nie viel fürs Studieren übriggehabt. Da wir viel auf

Reisen waren, konnte meine Mutter mich nicht regelmäßig zur Schule schicken.«

Damit zog er endgültig Serenas volle Aufmerksamkeit auf sich.

»Sind Sie viel gereist?«

»Im ganzen Süden. Mein verstorbener Stiefvater war Schauspieler.«

Serena schien jetzt wirklich interessiert.

»Oh, dann haben Sie viele wunderbare Orte gesehen!«

Er verzog das Gesicht: »Hotelzimmer. Schmutzige Theater. Verrußte Eisenbahnwagen. Nächte auf Bahnhöfen.«

»Nun sind Sie nicht ehrlich. Ich kann mir nichts Aufregenderes vorstellen, als viele fremde Städte kennenzulernen. Eines Tages möchte ich auch reisen. Mich in feinen Hotels aufhalten...«

Einen Augenblick lang blickte sie ihn forschend an. Teilte er den Wunsch? Catherine tauchte den Federkiel in die Tinte.

»Und dieser Verwandte in New York?« fragte Serena neugierig. »Haben Sie ihn je besucht?«

»Nein, Louis Kent, meinen Vetter zweiten Grades, habe ich nie kennengelernt.«

»Er ist wohl sehr reich, das haben Sie doch erzählt.«

»Ja, sehr reich«, nickte er zustimmend. Es hatte so lange gedauert, bis er ihre Aufmerksamkeit gewann. Nun wollte er sie festhalten. Also sagte er prahlerisch: »Auch unser Teil der Familie in Virginia hat eine Menge Geld. Wenn unser Vater stirbt, werden meine Brüder und ich eine Masse erben.«

»So so, Sie übertreiben nicht?« fragte sie, die Hände unter dem Kinn gefaltet.

»Absolut nicht.« Um sie zu überzeugen, erzählte er, daß sein Vater, der Reverend Jephta Kent, Goldland in Kalifornien geerbt habe und später auch eine Bergwerksgesellschaft, die Jeremiahs Großvater gegründet hatte, der im Goldrausch von 1849 als Goldsucher Erfolg gehabt hatte. Serenas Zweifel waren noch nicht ganz ausgeräumt. Daher fuhr er fort:

»Gideon, Matt und ich werden alle den gleichen Anteil erhalten, wenn Vater stirbt. Allerdings weiß ich aufgrund des Krieges zur Zeit nichts über meine Brüder. Matt war immer ungebunden. Er kann für sich selber sorgen, wo er auch stecken mag. Aber um Gid mache ich mir echt Sorgen. Wir wissen nicht, ob er tot oder im Norden in Gefangenschaft ist. Sollte er tot sein, so wird wohl seine Frau in Richmond seinen Anteil erben. Aber wie auch immer, auch ein Drittel der Einkünfte aus dieser Gesellschaft in Kalifornien ist eine feine Sache.«

Serena meinte neckend: »Wenn es diese Gesellschaft in Kalifornien gibt.«

Catherine machte sich mit einem plötzlichen, verzweifelten Laut Luft: »Serena, ich weiß nicht, was ich mit dir machen soll. Noch nie habe ich dich so ungehörig reden hören – mit einer Ausnahme vielleicht.«

Jeremiah unterdrückte eine zornige Aufwallung.

»Schon gut, Mrs. Rose. Ich habe schon viele Zweifler erlebt. Die Jungs in der Armee nannten mich Tag für Tag einen Lügner. Die Wahrheit ist...«

Er grinste auf ganz entwaffnende Weise.

»...ich bin nicht schlau genug, um solch eine Geschichte zu erfinden.«

Catherines Augen glühten leidenschaftlich, als sie hinzufügte: »Oder nicht böswillig genug, um zu versuchen, andere zu täuschen. Ich glaube Ihnen jedes Wort.«

Serena sah ihre Stiefmutter eindringlich an. Sie teilte jetzt möglicherweise Catherines Überzeugung. Höflicher sagte sie:

»Ich glaube Ihnen auch! Es war nur Spaß.«

»Du hast ein merkwürdiges Verständnis von Spaß, Serena. Du hast überhaupt in vielen Dingen merkwürdige Auffassungen.«

Serena ließ sie nicht ausreden:

»Was wollen Sie mit all dem Geld anfangen, das Sie einmal erben werden?«

Anders als bei Catherine hatte sich sein Zorn jetzt gelegt. Er zuckte die Achseln und meinte ganz ehrlich:

»Darüber habe ich nicht viel nachgedacht. Bis ich etwas davon sehe, wird noch viel Zeit vergehen. Mein Vater ist kerngesund, und ich wünsche ihm nichts Böses, selbst wenn er einer von diesen verdammten Yankees ist.«

Dieses Eingeständnis spiegelte einen Wandel seiner Haltung wider, der sich in den letzten Jahren vollzogen hatte. Er erinnerte sich immer noch lebhaft an eine häßliche Szene in einem Hotelzimmer in Washington, als Fan und sein Vater miteinander stritten. Lamont hatte versucht, beruhigend einzugreifen, und Gideon war soweit gegangen, Jephta gnadenlos zu verprügeln. Jeremiah war damals sehr erschrocken, hatte aber nichts von dem begriffen, was da vor sich ging.

Später, nach Lamonts Beerdigung, hatte Fan mit ihm darüber gesprochen und gesagt, Gideon und Jephta hätten sich nun versöhnt, Lamont und nicht Jephta sei für die gewalttätige Auseinandersetzung verantwortlich gewesen. Weiter wollte sie sich dazu nicht äußern, und Einzelheiten hatte er nicht erfahren. Aber ihre Behauptung war ein weiterer Beweis dafür, daß es bei Lamonts Tod nicht mit rechten Dingen zugegangen war.

Nun saß er sehr gerade da, war er sich doch bewußt, daß Serena ihn genau beobachtete. Er hatte ihre Aufmerksamkeit auf sich gezogen! Selbst wenn sie immer noch nicht ganz an das kalifornische Gold glaubte, so behandelte sie ihn doch nicht mehr wie einen dummen Jungen.

Einem Impuls folgend, wollte er dem Gerede erst einmal ein Ende bereiten. Er schob seinen Stuhl zurück, so daß er Catherine direkt ins Gesicht blickte und Serena den Rücken zukehrte.

»Über Geld haben wir wohl genug geredet. Wir sollten uns jetzt ihrer Liste widmen.«

Mrs. Rose lächelte ein wenig müde: »Da haben Sie wohl recht. Ich habe mich bisher davor gedrückt. Ich hasse es, daran zu denken, warum wir überhaupt diese Liste machen müssen.«

Der Genuß des Weins machte sich in ihrer Sprechweise bemerkbar. Ihre Stimme klang verschwommen. Sie tauchte die Feder ins Tintenfaß, dachte einen Augenblick nach:

»Wir müssen etwas Salz verstecken. Wir haben nur noch ganz wenig davon.«

Sie machte eine Notiz, dachte dann wieder nach:

»Zwei Fässer Mehl.«

Sie schrieb das auf.

»Ich habe zwei Ballen Kersey im Nähraum. Den Stoff möchte ich nicht verlieren.«

»Gott im Himmel!« platzte Serena heraus.

Was war aus diesem Festessen am Erntedanktag geworden! Natürlich hatte er nicht gerade zur Entspannung der Lage beigetragen, als er seinem Impuls nachgab und Serena den Rücken zukehrte.

Während er Catherine Rose bei der Aufstellung ihrer Liste zusah, verpaßte er den abwägenden Blick in Serenas blauen Augen. Sie interessierte sich nun nicht mehr für ihre Stiefmutter.

Sie beobachtete ihn.

2

Spätabends, er konnte immer noch nicht einschlafen, lag er mit unter dem Kopf verschränkten Händen im Bett und grübelte über das seltsame, gehässige Gespräch zwischen Mutter und Tocher nach.

Zwei Dinge schienen ihm die Ursache für ihre kaum verhohlene Feindseligkeit. Erstens Catherines Trunksucht, die sie vor ihren Nachbarn und den Mitgliedern des Verbands der Antialkoholiker zu verbergen suchte. Zweitens Serenas undiszipliniertes Verhalten, das offensichtlich zu ihrem Verweis vom Lyzeum geführt hatte. Aber diese Dinge waren eigentlich zu trivial, um die Feindseligkeit bei Tisch zu erklären.

Er rief sich bestimmte Ausdrücke ins Gedächtnis, die Catherine benutzt hatte. Danach hatte Serena »eigentümliche Vorstellungen«. Sollte dies eine höfliche Umschreibung für geistige Labilität sein? Das Mädchen ließ eine gewisse Rücksichtslosigkeit erkennen. Aber die Gründe für die Feindseligkeit zwischen den beiden Frauen lagen tiefer. Es schien ihm jedoch nicht so wichtig, sie zu erfahren.

Je länger er sich allerdings in Rosewood aufhielt, desto wahrscheinlicher war es, daß er dahinterkommen würde. Von Tag zu Tag enthüllten die beiden Frauen mehr von sich selbst. Vielleicht machte das Leben unter der ständigen Bedrohung feindlicher Truppen dies unvermeidlich. Es war ihm zwar nicht angenehm, aber er steckte eben mitten drin.

Immerhin hatte er gegen Catherines Stieftochter ein oder zwei Punkte gutgemacht. In ihren Augen stand er nun nicht mehr als dummer Junge da.

Die Gefühle, die er ihr gegenüber hegte, waren vielgestaltig und bestürzend. Irgend etwas verdammt Gefährliches ging von ihr aus. Aber die Gedanken an ihre blauen Augen und ihr rotes Haar ließen ihn fast eine Stunde lang nicht einschlafen.

3

Im Laufe der nächsten beiden Tage übertrug Catherine Jeremiah die Verantwortung für die schweren Arbeiten, die sich aus der erstellten Liste ergaben. Dabei half ihm ein dürrer, umgänglicher Schwarzer namens Leon. Er war es, der Serena bei dem Versuch geholfen hatte, Price mit der Peitsche zum Geständnis zu zwingen.

Jeremiah und der Schwarze hoben hinter dem Friedhof der Sklaven eine Grube aus. Dort verbuddelten sie die Fässer mit Salz und Mehl. Danach beluden sie ein Fuhrwerk mit Ballen von Baumwolle und zwei Rollen Kersey und zwei Rollen Baumwolldrillich aus dem Nähraum. Leon spannte Maultiere vor den Wagen und zeigte Jeremiah einen gewundenen Pfad, der zu dem ein paar hundert Meter hinter dem kleinen Friedhof gelegenen Kiefernwald führte.

Auf einer Waldlichtung errichteten sie eine Art Überdachung aus Zweigen und Buschwerk, um Baumwolle und Stoffe darunter zu schützen, außerdem hinterließen sie dort zwei kleine Fässer Zuckersirup und eine große Schlaguhr, die Henry Rose einst Catherine zur Hochzeit geschenkt hatte. Catherine hatte zugegeben, daß es ein bißchen lächerlich erschien, aus Sentimentalität eine Uhr zu verstecken. Aber bei der Entscheidung, was vor den Yankees verborgen werden sollte, konnte sie sich nur anhand dessen orientieren, was von Bürgern aus Louisville täglich berichtet wurde. Die schickten ihre Neger in den Umkreis, um mitzuteilen, daß Shermans Heer tatsächlich im Anmarsch sei: Der General habe seinen Truppen gestattet, sich zu nehmen, was sie brauchten! Das sollte heißen: Die Invasoren durften nach Belieben plündern und stehlen.

Leon und Jeremiah versuchten, bei ihren Abstechern in den Wald möglichst unauffällig zu agieren. Leon zufolge war Price guten Mutes. Als Jeremiah ihn fragte, ob Price irgend etwas gesagt habe, was darauf hindeutete, daß er die Enfield gestohlen hatte, erwiderte Leon, Price habe dies nicht direkt erwähnt, sich aber damit gebrüstet, »verdammt gut« auf den Moment vorbereitet zu sein, da der Feind hier auftauchte. Jeremiah wünschte sich neben Küchengeräten und seinem Messer sehnlichst eine weitere Waffe zur Hand.

Er und Leon paßten genau auf, ob Price sich zeigte, wann immer sie mit ihrem schwerbeladenen Fuhrwerk in den Wald zogen. Sie entdeckten ihn dabei nie. Aber da die übrigen Neger ihr Tun beobachteten, war Jeremiah sich sicher, daß Price Bescheid wußte.

Leon berichtete, daß etwa ein Viertel der Neger hier flüsternd von ihrer baldigen Freiheit sprachen. Durch weitere Fragen wurde Jeremiah deutlich, daß sich in Rosewood eine tiefgehende Spaltung vollzogen hatte. Die eher loyal gesinnten Neger wurden von Maum Isabella zu dem Versprechen veranlaßt, den Invasoren in keiner Weise zu helfen. Auch die Unzufriedenen taten weiterhin ihre Pflicht, aber sie taten dies mit veränderter Haltung. Leon faßte zusammen:

»Früher sagten sie keine häßlichen Dinge über Miss Catherine. Jetzt aber tun sie das. Und immer wieder reden sie vom Freudentag, vom Tag des Jubels, der bald kommen wird.«

War damit nur eine Freudenfeier am Tage der neugewonnenen Freiheit gemeint? Oder verbarg sich dahinter ein Kennwort für den Tag der Rache?

Wohin auch immer Jeremiah auf dem Gelände der Plantage ging, er hatte sein Messer im Stiefel.

4

Nachdem sie am Sonnabendnachmittag das letzte Mal Sachen ins Versteck gebracht hatten, war Jeremiah im Stall und spannte die Maultiere an. Da fiel plötzlich ein Schatten über die Strohmatten am Boden.

Price lehnte mit verschränkten Armen am Eingang.

»Sie und Leon sind sehr beschäftigt, Mister Soldat.«

»Price, Sie kennen doch meinen Namen!«

»Ich schätze, ich brauche ihn nicht zu benützen. Die Yankees sind so nahe, daß ich Ihnen nicht mehr gehorchen muß. Was außer Baumwolle haben Sie und Leon zwischen den Kiefern versteckt?«

»Frag doch Mrs. Rose!«

Der Zorn brachte den Schwarzen nicht aus der Fassung.

»Oh, sie wird mir das wohl nicht erzählen. Was auch immer Sie verstecken, die Yankees werden es finden. Und falls Sie sich verstecken wollen: Auch Sie werden die Yankees auf jeden Fall finden!«

»Price, noch ein Wort von Ihnen, und...«

Ein leises Lachen: »Was, Sie wollen mir was antun? Nur zu, Mister! Bitte, versuchen Sie es.«

Jetzt ließ er seine Arme herabsinken, begann zu gehen, hielt noch einmal inne:

»Die Yanks werden Sie kriegen. Das wette ich!« Seine braunen Pupillen schienen größer zu werden. »Wenn die es nicht tun, dann kriege ich Sie!«

»Price, warum hassen Sie mich so?«

Die erzwungene Ruhe in Jeremiahs Stimme veranlaßte den anderen zu einem Grinsen: »Das ist leicht zu beantworten. Sie waren Soldat. Sie haben dafür gekämpft, daß ich ein Stück Eigentum bleibe und kein freier Mann werde.«

»Quatsch!«

Überrascht hob Price eine Augenbraue: »Wie bitte?«

»Für dich ist die Frage der Sklaverei nur eine Ausrede. An dem Tag, an dem du mich hierherbrachtest, habe ich gesehen, wie du die Mutter des Kindes finster angeblickt hast, das gelaufen kam, um deine Schildkröte zu sehen. Du genießt es, wenn Menschen sich vor dir fürchten. Ob Schwarz, ob Weiß, das macht nicht den geringsten Unterschied, solange du ihnen Furcht einflößen kannst. Ich glaube, es gibt einfach niemanden, den du magst oder auch nur freundlich behandelst. Beim Militär habe ich eine Anzahl Offiziere kennengelernt, die so waren wie du.«

»Mister Soldat, Sie können denken, was sie wollen. Das ändert nichts zwischen uns.«

»Wie wollen Sie mich fertig machen? Mit meinem Gewehr?«

Der Schwarze setzte eine übertriebene Unschuldsmiene auf:

»Gewehr? Sie glauben immer noch, daß ich es gestohlen habe?« Ein sanfter, glucksender Laut zeigte, wie kläglich er die Vorstellung fand: »Ich brauche kein Gewehr, Mister Soldat!«

Er hielt beide Hände hoch.

»Ich brauche nur die hier!«

Er schlenderte aus Jeremiahs Blickfeld. Eine halbe Minute lang schien sein Schatten vom Stalleingang aus noch sichtbar zu sein.

## 8. KAPITEL
## Begegnung mit Serena

Catherine Rose hatte in ihrem Büro für mehr als tausend Dollar Banknoten der Konföderation. Am Sonnabend verschloß Jeremiah diese Banknoten in einer Truhe im Dachgeschoß. Dazu steckte er auch Wertpapiere, Dokumente, Kontobücher, das Testament des Colonels. Als er wieder herunterkam, übergab er den Schlüssel Catherine, die ihn wieder an ihrem Schlüsselbund befestigte.

Aus Louisville waren am Vortag neue Vorhängeschlösser besorgt worden. Leon und Jeremiah machten sie an allen wichtigen Türen an. Als könne man dadurch Shermans Leuten Einhalt gebieten!

Aber es war besser als nichts, zumal sich auf der Landstraße immer mehr abspielte.

Arme Bauernfamilien, die keine Sklaven besaßen, flohen mit klapprigen Wagen aus dem Bezirk. Eine Einheit der Heimwehr – zwölf ältere Männer und vier Knaben – marschierte vorbei. Dann erschienen acht Reiter von General Wheelers Kavallerie. Als sie ihre Pferde am Trog in der Nähe des Brunnens mit Wasser versorgten, berichteten sie, daß die Lage noch schlimmer als vermutet sei.

Shermans sechzigtausend Mann fegten in breiter Front durch den Staat. Sie hinterließen brennende Häuser, vernichtete Felder, geschlachtetes Vieh und gelegentlich – so wurde es Jeremiah von einem der Soldaten zugeflüstert – geschändete Frauen.

Der Führer der Kavallerie warnte Catherine Rose davor, die Plantage zu verlassen. Sie dankte ihm für seinen Rat. Die Reiter zogen von dannen.

2

Am Sonntag nachmittag kniete Jeremiah im Wohnzimmer. Mit seinem Messer schlitzte er eines der teuren Roßhaarsofas auf.

Dann reichte Catherine ihm das Familiensilber. Er ließ jedes Teil durch den Schlitz gleiten und verbarg es dann in der Roßhaarfüllung.

Nachdem er so achtzig bis neunzig Teile untergebracht hatte, schob er das Sofa wieder an die Wand. Dann setzte er sich darauf. Das Sofa klirrte und klingelte wie ein ganz besonderes Musikinstrument.

»Allmächtiger Gott, wenn sich ein Yankee hier draufsetzt, entdeckt er das Silber sofort!«

»Ich hoffe, sie werden soviel Anstand besitzen, nicht ins Haus einzudringen«, begann Catherine, wurde aber durch ein fernes Knattern unterbrochen.

Jeremiah eilte an eines der offenen Fenster, schob die Vorhänge zur Seite, streckte seinen Kopf hinaus ins Sonnenlicht.

»Da wird mit Musketen geschossen!«

Catherine wurde blaß. Sie und Jeremiah eilten nach draußen. Einen Moment später war auch Serena bei ihnen. Sie starrten auf die Allee, die Landstraße, die Felder. Ein drittes Mal wiederholte sich das Knattern, diesmal klang es schwächer.

Jeremiah wischte sich den Schweiß von der Stirn und wandte sich Mrs. Rose zu:

»Auf jeden Fall sind sie nicht mehr weit entfernt. Ich sollte wohl besser den Wagen und die Maultiere in den Wald schaffen. Wo ist Leon?«

»Ich habe ihn in das Sumpfgebiet geschickt. Er soll dort drei Körbe mit Hühnern verstecken.«

»Gut, dann geh' ich allein.«

»Ich will helfen«, meldete sich Serena überraschend freiwillig.

Obwohl Sonntag war, trug das Mädchen nur ein gewöhnliches Baumwollkleid. Catherine hatte entschieden, daß die Teilnahme am Gottesdienst in Louisville zur Zeit nicht angebracht sei.

Es war ein warmer Tag mit matter, sommerlicher Stimmung, wie sie für Ende November ganz untypisch war. Ein leichter Dunst hing in der Luft, und es wehte eine schwüle Brise. Jeremiah prüfte genau die verschwommenen Konturen des Horizonts im Norden und im Westen. Plötzlich entdeckte er etwas, das ihn sofort beunruhigte.

Er zeigte in die Richtung. Serena stellte sich auf die Zehenspitzen. Schließlich sah auch Catherine, was los war. Ein dünner, fast unsichtbarer Streifen schwarzen Rauchs stieg über den Bäumen am Fluß Ogeechee auf und hinterließ eine schräge Spur am sich rötenden Nachmittagshimmel.

Catherine preßte eine Faust ans Kinn: »Irgend etwas brennt dort.«

»Wir sollten uns besser auf den Weg machen«, sagte Jeremiah. »Ich verstecke jetzt die Maultiere.«

»Auch dabei brauchen Sie Hilfe«, sagte Serena, womit sie ihn erneut überraschte. Sie schien ihm eigentlich für körperliche Arbeit wenig geeignet. In den letzten Tagen hatte sie sich nur mit häuslichen Dingen beschäftigt. So hatte sie die Schmuckstücke eingesammelt, die Catherine dann in einem leichten Lederbeutel verstaute, den sie unter ihrem Rock trug. Der Beutel war mit einer Schnur um ihre Taille befestigt. Natürlich hatte Jeremiah den Beutel nicht gesehen. Serena hatte ihm nur davon erzählt.

Er konnte die Veränderung des Mädchens kaum fassen. Eine Wange war verschmutzt. Unter den Achselhöhlen war ihr Kleid durchgeschwitzt. Aber das ließ sie nicht weniger hübsch erscheinen. Im Gegenteil, sie erschien ihm nun menschlicher und weniger ferngerückt.

Sie eilte ins Haus: »Ich hole einen Schal. Es wird kühl sein, wenn wir zurückkommen.«

Jeremiah blickte ihr nach und tadelte sich dabei wegen seines Interesses an dem Mädchen. Aber vielleicht hatte die Anziehung, die von Serena ausging, mit ihr persönlich nicht viel zu tun. Vielleicht war es nur eine ganz normale Neugier auf das andere Geschlecht. Jedoch bezweifelte er das. Er ertappte sich dabei, wie er darüber nachdachte, wie wohl Serenas nackter Körper unter all den Kleidungsstücken aussehen mochte. Dabei beschäftigte ihn nicht irgendein beliebiger Frauenkörper, sondern der ihre.

Es fiel ihm nicht leicht, mit seinen Gefühlen zu Rande zu kommen. Als er ihr beim Erntedankfest den Rücken zukehrte, wollte er es ihr für frühere Kränkungen heimzahlen. Am Tag darauf versuchte er das wiedergutzumachen. Auch sie verhielt sich jetzt anders. Sie war sogar einige Male freundlich. Und wenn sie schlechter Laune war, dann ließ sie ihn zumindest ihre Verachtung nicht spüren. Er vermutete, daß es für diese Veränderung einen bestimmten Grund gab, aber er mochte darüber lieber nicht nachdenken.

Man konnte nicht sagen, daß er Serena mit Bestimmtheit gern hatte, etwa so, wie man einen Freund oder einen Kameraden gern hat. Aber er fühlte sich zu ihr hingezogen, wenn ihm seine Vorsicht auch nahelegte, daß dies nicht klug war. Aber die Vorsicht war eine Sache des Verstandes. Sein Interesse aber entsprang einem ganz anderen Impuls. Wenn er daran dachte, wie er allein mit ihr in den Wald reiten würde, dann spürte er ein peinliches Ziehen in seiner Leistengegend.

Catherine schien nichts gegen ihre gemeinsame Unternehmung zu haben. Sie beschäftigte vor allem der im Westen aufsteigende Rauch:

»Gott strafe sie dafür, daß sie Privateigentum in Brand setzen, er strafe sie dafür, daß sie Krieg führen gegen Häuser und Farmen!«

Ihr Fluchen überraschte ihn, er versuchte sie nochmals zu beruhigen:

»Hier lassen wir sie nicht her, Mrs. Rose!« Aber damit kam mehr Hoffnung als Gewißheit zum Ausdruck.

Einen Augenblick vergaß er Serena und spürte wieder die Niedergeschlagenheit, die ihn beherrscht hatte, als Rose kurz vor seinem Tode mit ihm sprach. Die Hast, das ganze Hin und Her, um Familienbesitztümer zu retten, war unwürdig, ja schändlich.

Er starrte auf die Rauchsäule und versuchte sich selbst zu überzeugen, das es nicht das war, was er befürchtete. Und langsam wiederholte er seinen Schwur, den Yankees entgegenzutreten, wenn sie kamen, und von ihnen zu verlangen, ritterlich mit den Bewohnern von Rosewood umzugehen.

3

Bess und Fred, die Maultiere, waren verstockt. Jeremiah war für Serenas Hilfe dankbar.

Sie hatte ihr Haar gekämmt, ihren Schal an der Brust mit einer Brosche befestigt und Kölnisch Wasser benutzt. Als sie den Wagen aus der Scheune manövrierten, roch er das Parfüm. Sie saß neben ihm auf dem Bock des Wagens. Sie saßen so eng beisammen, daß er ihr Bein unter dem Rock spüren konnte.

Sie passierten die Sklavensiedlung. Neben einer der Hütten ruhte sich Price im Schatten aus. Ausdruckslos betrachtete er das Fuhrwerk. Jeremiah trieb die Maultiere zu höherem Tempo an:

»Verdammt noch mal, was lungert er da rum, als habe er nichts zu tun?«

»Die Yankees werden bald hier sein. Was kann man da tun außer warten?« meinte Serena.

»Er sieht uns wegfahren. Er wird wissen, wo wir das Fuhrwerk verstecken. Vielleicht hat er bereits das Versteck entdeckt.«

»Leon wird ihm nichts verraten haben.«

Das erleichterte ihn ein wenig: »Richtig. Und Leon ist außer uns der einzige, der Bescheid weiß.«

»Leon ist vertrauenswürdig. Er benimmt sich anständig. Einige der Neger werden immer aufsässiger. Heute morgen in der Küche mußte

Maum Isabella Francy eine runterhauen. Sie wurde unverschämt zu mir, als ich ihr einen Befehl erteilte. Der guten Ordnung halber habe ich ihr auch eine Ohrfeige gegeben.«

Das schien ihr Spaß gemacht zu haben.

Serena begann zu summen. Jeremiah brauchte einige Augenblicke, ehe er die Melodie erkannte. Bei ihr klang die Hymne, die beim Gedenkgottesdienst für ihren Vater gesungen worden war, eher wie ein Minnelied. O Gott, was war sie doch für ein seltsames Wesen.

Er griff nach seinem Stiefel, um festzustellen, ob das Messer an seinem Platz war. Der Wagen rollte am Negerfriedhof vorbei in die dunkle Ruhe des Waldes.

Als sie den relativ kühlen Schatten der Bäume erreicht hatten, wurde er immer aufgeregter. Die Maultiere trotteten schwerfällig dahin. Eine Fliege piesackte seine Wange. Er versuchte, sie mit einem Schlag zu erledigen. Die Fliege verschwand. Ganz plötzlich hörte Serena auf zu summen und lehnte sich an ihn:

»Jeremiah.«

»Ja?«

Ganz zart sagte sie: »Ich bin heilfroh, daß Sie von Atlanta hierhergekommen sind.«

Die Berührung mit ihrer Schulter setzte seinen Unterleib wieder auf peinliche Weise in Wallung. Er schielte hinunter auf den unkrautüberwachsenen Weg: »Ist das wirklich wahr? Ich hatte den Eindruck, daß es Ihnen ganz gleichgültig ist.«

»Falsch. Es bedeutet mir eine Menge.«

»Nun, Miss Serena, ich bitte um Verzeihung, aber ein, zwei Tage lang haben Sie sich ganz anders verhalten.«

»Ich war völlig außer Fassung wegen Papa. Ich liebte Papa mehr als irgend jemand auf dieser Welt.«

Das mochte zwar wahr sein, dachte er, aber es änderte nichts an der Tatsache, daß sie sich um beinahe hundertachtzig Grad gedreht hatte.

»Und außerdem...«

Sie hakte ihn unter. Im Wald herrschte Ruhe – nur gelegentlich unterbrochen vom fernen Stottern des Geschützfeuers. Er war nervös, und in den Lenden regte es sich. Ihr Kölnisch Wasser überlagerte sogar den Duft der Kiefern. Ihre feste linke Brust drückte auf seinen Arm.

»Wir brauchen hier einen Mann. Wir Frauen werden mit einer Bande ungehorsamer Nigger nicht fertig.«

»Auf Price muß man achtgeben. Wir hätten ihn einsperren sollen, als er den Diebstahl meiner Enfield nicht zugeben wollte.«

»Oder ihn erschießen«, sagte Serena ganz sachlich. Er war verblüfft, hatte er doch genau das gleiche gedacht. Aber er hätte diesen Gedanken nie ausgesprochen.

»Schade, daß wir keine andere Waffe besitzen«, fügte sie hinzu.

Als er die Fassung wiedererlangte, sagte er: »Ich werde auf ihn aufpassen.«

Er hatte jedoch Zweifel, daß er direkt von Mann zu Mann mit ihm fertig werden könnte. Er kam jetzt schnell wieder zu Kräften. Die Wunde an seinem Bein tat kaum noch weh. Aber er wußte, daß Price kein Schwächling war. Und er erinnerte sich an dessen Warnung in der Scheune:

»Die Yankees werden Sie kriegen. Und sonst werde ich es tun!«

Um sie zu beeindrucken und seine Entschlossenheit zu unterstreichen, fügte er hinzu: »Wenn einer von diesen Yankees auftaucht, dann werden wir geradeheraus mit ihm reden und sagen, daß wir eine anständige Behandlung erwarten.«

Serena kicherte.

»Was ist daran so komisch?«

»Manchmal sind Sie mit Geld nicht zu bezahlen. Sie glauben wohl, die Yankees werden sich höflich verhalten, wenn wir darum bitten?«

Ich muß das glauben, dachte er. Das ist einer der Gründe, warum ich hier bin. Da, wo ich herkomme, gibt es keine Ehre mehr, seit der Colonel tot ist.

»Ja, das glaube ich. Sie sollten gefälligst ziviles Territorium respektieren. Das werden sie tun, Serena! Ich wette, dort, wo es Ärger gegeben hat, sind sie provoziert worden.«

»Nun reden Sie schon genauso wie Catherine«, seufzte sie, während der Wagen um eine Kurve bog.

Die Maultiere schlugen mit den Ohren, um die dicken blauen Fliegen zu vertreiben. Der langsame, träge Rhythmus der Hufe, der Duft ihres Parfüms, die Einsamkeit, der Druck ihrer Brust an seinem Arm, all dies löste bei ihm eine beinahe unkontrollierbare Erregung aus.

Gleichzeitig fühlte er sich unbehaglich, irgendeiner Gefahr ausgesetzt. Aber es war eine raffinierte, süße Gefahr, vermischt mit der Verlockung des Unbekannten. Er war so angespannt, daß er den Wagen nicht für eine Minute angehalten hätte.

Dennoch stoppte er plötzlich.

Serena schaute finster drein: »Was ist los?«

Er legt einen Finger auf die Lippen. Wachsam zeigte er nach rechts und flüsterte:

»Ich dachte, ich hätte etwas gehört.«
»Eselhasen!«
»Nein, viel lauter!«
Sie lauschten. Er war sicher, daß er sich nicht geirrt hatte. Aber das verräterische Rascheln der Kiefernnadeln und das Knistern des Unterholzes wiederholten sich nicht. Sanft sprach er auf die Maultiere ein, und der Wagen setzte sich wieder in Bewegung.

4

Serena starrte auf die staubigen Streifen von Sonnenlicht, die zwischen den Bäumen hindurchschimmerten:
»Es wird spät. Es wird dunkel sein, bis wir mit allem fertig sind.«
»Schon möglich«, murmelte er. Die Vorstellung, mit ihr im Dunklen allein zu sein, war für seine Nerven fast unerträglich.
»Wissen Sie was, Jeremiah? Sehr lange Zeit hielt Catherine Price für den besten Landarbeiter hier.«
»Das war sicher ein Fehler.«
Sie lachte spöttisch. »War nicht ihr erster Fehler. Sie denkt von jedem nur das Beste. Es gibt nur einen Menschen, von dem sie nie gut dachte.«
»Wer war das?
»Meine richtige Mama.«
Ihre Worte hatten einen unversöhnlichen Unterton. Er ließ sie weiterreden:
»Ich habe einmal zugehört, als Catherine sich mit Papa darüber stritt. Er sagte, meine Mutter sei eine Lady gewesen, eine Musiklehrerin, das sollte Catherine nicht außer acht lassen. Aber sie nannte ihn einen Lügner. Meine Mutter, sagte sie, hätte ihren Unterricht nicht auf einem harten Klavierhocker gegeben.«
Beinahe hätte er gelacht. Aber dann war er dankbar, das nicht getan zu haben, als Serena sich umwandte, um ihn anzublicken. Ihre blauen Augen glühten:
»Sie beschimpfte meine Mama mit schmutzigen Worten.«
»Welche Worte?«
»Die will ich nicht wiederholen. Sie wissen, daß man von einer Lady nicht einmal sagen darf, daß sie Beine hat. Sie hat Gliedmaßen. Darüber habe ich mich mit Catherine einmal sehr gestritten. Aber von Mama redet sie mit schmutzigen Ausdrücken.«

Er wagte die entscheidende Frage:
»Hat sie Ihre Mutter ohne Grund so genannt?«
»Das ist egal! Sie war meine Mama!«
Dann folgte eine Weile Schweigen. Er war zu weit gegangen. Aber im Augenblick richtete sich Serenas Ärger eindeutig gegen Catherine. Melancholisch fuhr sie fort:
»Ich habe nie ein Bild von ihr gesehen. Es hat mal ein Bild von ihr im Haus gegeben, aber das ist verbrannt worden. Papa hat gesagt, Catherine hat es verbrannt. Glauben Sie mir, Catherine ist nicht so rein und zum Verzeihen bereit, wie sie den Anschein erweckt!«
»Serena, bis jetzt habe ich noch keinen perfekten Menschen getroffen! Sie sollten verstehen, warum Ihre Stiefmutter die erste Frau Ihres Vaters nicht mag. Als meine Mutter sich wieder verheiratete, dachte mein Vater ebenso schlecht von ihrem neuen Ehemann.«
»Aber Catherine hätte niemals dieses schmutzige Wort benutzen dürfen. Das werde ich ihr nie verzeihen!« sagte Catherine.
Sie atmete tief durch.
»Eines Tages werde ich ihr das heimzahlen!«
Diese mit ruhiger Stimme vorgetragene Ankündigung jagte ihm einen weiteren Schauer über den Rücken. Es fiel ihm auf, welche Unbarmherzigkeit in diesen Worten steckte, da er ja selbst ähnliche Züge an sich wahrgenommen hatte.
Serena starrte geradeaus. »Selbst wenn das über Mama stimmen sollte, Catherine hätte es einfach nicht sagen dürfen. Aber sie tat es dennoch.«
»Hat sie sich jemals Ihnen gegenüber geäußert?«
»Ja. Nachdem ich das Gespräch mit Papa angehört hatte, marschierte ich schnurstracks hinein, um sie zur Rede zu stellen. Sie hatte mal wieder heimlich ihren Wein getrunken. Wir sprachen etwa eine halbe Stunde miteinander. Dabei bezeichnete sie Mama mir direkt ins Gesicht mit diesem Schimpfwort.«
»Aha, ich beginne zu verstehen, warum Sie und Mrs. Rose nicht allzugut miteinander auskommen«, meinte er mit einem gequälten Lächeln.
Sie neckte ihn dagegen mit einem anzüglichen Unterton:
»Also, Jeremiah Kent, Sie denken schneller, als ich es für möglich gehalten hätte.«
Gekränkt erwiderte er: »Vielen Dank für das freundliche Kompliment.«
»Oh, ich wollte Sie nicht kränken.«

Sie küßte ihn auf die Wange. Ihre Lippen fühlten sich warm und feucht an.

»Das wollte ich wirklich nicht!«

Um seine Verlegenheit zu verdecken, schlug er nach einer weiteren Fliege, die an seinem Ohr summte. Es wurde dunkler, und die Bäume waren überflutet vom tiefen Rot der Sonne. Ihm schien es noch zu früh am Tage für den Sonnenuntergang, obwohl es schon fast Dezember war. Daheim in Virginia würde es jetzt wohl schon leichten Frost geben.

Serena wurde wieder munterer. »Ich sollte mich dennoch nicht ständig über Catherine aufregen. Eines Tages steigt sie ins Grab, und ich bin sie los. Ich werde einen guten Gatten finden.«

Er war glücklich, das Thema wechseln zu können. Erleichtert fragte er: »Haben Sie noch keinen Gatten gefunden?«

Sie schüttelte den Kopf:

»Aber ich weiß, was ich will. Ich möchte einen Mann mit Geld. Der sein Geld einsetzt, um mehr Geld zu machen. Papas Vater und Großvater hatten das raus. Sie wußten, wie man Land aufkauft. Wie man die Ernteerträge steigert. Papa kaufte auch ein paar Hektar Land für Rosewood dazu, aber er war am glücklichsten, wenn alles so blieb, wie es war. Hier ist fast alles noch so wie zu dem Zeitpunkt, da er es erbte. Ich brauche einen Mann, der ehrgeizigere Pläne hat. Einen, der nicht damit zufrieden ist, am Schreibpult zu sitzen und die Bücher durchzusehen oder am Abend Gespenstergeschichten zu lesen, um die Langeweile zu bekämpfen. Ich will einen Mann, der Rosewood richtig zu leiten versteht.«

Jeremiah grinste: »Sie reden, als ob es schon Ihnen gehörte.«

»Das wird der Fall sein, wenn Catherine stirbt. Das ist so ähnlich wie mit Ihrer Goldmine in Kalifornien. Mit Rosewood und dem Geld meines Mannes werden wir groß bauen können. Wir werden reisen. Nach Savannah ins Pulaski House. Vielleicht sogar nach Europa. So einen Mann werde ich finden. Ich weiß, was ich will. Ich kann einem Mann ja auch eine Menge bieten!«

Sie lächelte ihn nun beinahe unverschämt an:

»Rosewood und ein paar andere hübsche Dinge, wenn er mich richtig behandelt.«

»Ich . . .« Er fürchtete, nicht die richtigen Worte zu finden. »Ich denke, es wird eine großartige Sache sein, Sie richtig zu nehmen. Ihnen die Welt zu zeigen. Für den Gatten, von dem Sie sprechen, wird das großartig sein.«

Enttäuschung war die Antwort: »Oh.«

»Was soll ich Ihrer Meinung nach tun?«
»Nichts, ich hatte wohl eine falsche Vorstellung.«
»Was für eine Vorstellung?«
»Einen Moment lang habe ich geglaubt, Sie sprächen von sich selbst.«
Nun errötete er: »O nein, Sie sind doch älter als ich!«
»Aber Sie haben den Krieg erlebt. Dabei wird ein Junge schnell erwachsen, habe ich gehört.«
Ihr plötzliches reges Interesse an ihm konnte nur einen Grund haben, den er eigentlich hatte vergessen wollen: das Gespräch beim Festessen am Erntedanktag, als er erwähnte, daß er und seine Brüder wohlhabend sein würden, wenn Jephta Kent einmal nicht mehr lebte.

Er war sich dessen immer nur vage bewußt, daß sein Vater ihm eine beträchtliche Menge Geld hinterlassen würde. Und er dachte kaum jemals über die Konsequenzen dieser Erbschaft nach, etwa, was er damit anfangen, oder wie es sein Ansehen in den Augen anderer heben könnte. Nun tat er es zum ersten Male ernstlich.

Wieviel Geld würde er bekommen? Viele tausend Dollar? Millionen? Millionen konnte er sich überhaupt nicht vorstellen. Für ihn war es einfach eine Menge Geld.

Und stabil dazu. Gold, nicht billiges Südstaatengeld.

Millionen!

Dieser Gedanke überwältigte ihn beinahe. Dann widerte ihn die Erkenntnis an, daß hier in der Tat der Grund für Serenas verändertes Verhalten lag. Er wollte sie wissen lassen, daß er sich dessen bewußt war, doch irgend etwas hielt ihn davon ab; vielleicht war es die Art, wie sie seinen Arm wieder drückte, als der Wagen tiefer in den dunstigen Schatten des Waldes eindrang.

Er sah sie an, konnte aber keine Worte finden. Ihn überwältigte die kühne, beinahe einladende Art, in der sie ihn anstarrte. Sie lächelte.

Mein Gott, Sie war wirklich ein schönes Mädchen! Hier lag das Problem.

Sich eng an ihn schmiegend, flüsterte sie: »Ein Junge macht eine Menge Erfahrungen im Krieg, nicht wahr, Jeremiah?«

»Na ja«, sagte er und wußte nicht, wie er auf die Eindeutigkeit der Frage reagieren sollte. »Innerhalb eines einzigen Tages in Chickamauga habe ich zu überleben gelernt.«

Sie machte ein langes Gesicht: »Ich meinte andere Erfahrungen.«

Seine Zunge wurde schwer: »Frauen und dergleichen?«

»Natürlich.«

»Na ja, das stimmt wohl«, log er. Er war sich dessen bewußt, wie unmoralisch es war, mit einem weiblichen Wesen über das Unaussprechliche zu reden: »Und wie sieht es bei Ihnen aus?«

»Jeremiah, es gehört sich nicht, ein Mädchen dies zu fragen!« Aber es gefiel ihr durchaus.

Erneut errötend, meinte er: »Ich wollte es nur aus Neugier wissen.«

»Anständige junge Damen tun so etwas nicht. Und wenn sie es tun, dann reden sie nicht darüber!« Sie quälte ihn mit ihrem durchtriebenen Lächeln. Sie blickte den Weg hinunter und wies auf eine Stelle hin: »Ist das nicht dein Geheimversteck?«

Jeremiah preßte die Beine zusammen, um seine Versteifung zu verbergen. Er war wütend auf sie, wegen ihrer verführerischen Art. Aber gleichzeitig war er dankbar, daß sie es nicht weiter kommen ließ. Eine innere Stimme warnte ihn: Laß die Finger von ihr. Sie ist ein zu tiefes Wasser. Sie ist zu verschlagen. Und sie ist nicht unschuldig!

Aber irgendwie hoffte er doch, das Gegenteil wäre der Fall. Fast erschreckte ihn die Heftigkeit seines Verlangens.

»Ist das nicht dein Geheimversteck, habe ich gefragt.«

Er nickte mit trockenem Mund. Er wußte einfach nicht, wie ein Mädchen von Serenas Art zu behandeln war.

Die Maultiere gelangten jetzt in die kleine Schonung. Es war beinahe dunkel. Ungeschickt zog er seinen Arm weg. Dann brachte er die Maultiere zum Stehen.

»Wir wollen sie ausspannen und anbinden. Ich will ihnen etwas von dem Futter geben, das Leon und ich hier deponiert haben. Dann kannst du mir helfen, den Wagen etwas aus dem Blickfeld zu schieben.«

Er sprach schnell, um seine Erregung zu verbergen. Er schlang die Zügel um den Bremsgriff und kletterte vom Bock runter.

Serena rutschte auf die Seite des Wagens, an der er stand. Sie beugte sich vor, ihr Busen wurde vom matten roten Licht beleuchtet, das durch die Kiefern drang. Sie schaute auf ihn hinab, leckte sich verlockend die Oberlippe.

Sie streckte ihre Arme aus:

»Du mußt mir helfen.«

Er griff allzu eifrig nach ihr. Dann stand sie oben auf dem Wagen. Plötzlich schien sie zu stolpern oder ihr Gleichgewicht zu verlieren. Er war sicher, daß ihr nichts zugestoßen war.

Mit einem Aufschrei fiel sie auf ihn.

## 9. Kapitel
## Himmel in Flammen

Sie lagen aufeinander am Boden. Er begann sich wegzurollen. An seinem Nacken zwickte ihn eine Klette. Dann aber fühlte er ihre Hand an seinem Kinn.

Sie zog ihn wieder an sich. Jetzt lagen sie ganz dicht beieinander. Ihre Schenkel berührten sich. Ihre Hand glitt über seine Wange.

»Jeremiah, hör mir zu. Als du hier aufgetaucht bist, da habe ich dich zunächst für einen Knaben gehalten. Ich hatte unrecht damit. Du bist ein erwachsener Mann.«

Ihr Mund kam jetzt näher.

»Du darfst mich küssen, wenn du willst.«

Er tat es – versuchsweise. Sofort packte sie seinen Kopf. Mit aufreizender Langsamkeit leckte sie zärtlich seine Lippen.

Dann rückte sie noch enger an ihn heran. Wieder kicherte sie. Diesmal, weil sie spürte, daß bei ihm etwas größer wurde.

»Hier, hier!«

Sie führte sein Hand. Legte sie auf ihre Brust. Seine Finger umklammerten sie so fest, daß er die Warzen unter ihrem Kleid zu spüren vermeinte.

»Nun, vielleicht könnte ich dir Unterricht erteilen, wie ihn meine Mama zu geben pflegte. Aber du warst ja in der Armee. Brauchst wohl keinen Unterricht.«

Ein weiterer Kuß folgte. Diesmal fester, intensiver.

»Du hast wahrscheinlich schon eine Menge Mädels gehabt.«

Noch ein Kuß. Ihr feuchter Mund glitt über seine Wangen. Ihre Zungenspitze liebkoste seine Haut.

»Vielleicht magst du mich deshalb nicht besonders, weil ich dich die ersten Tage so dumm behandelt habe.«

Nun lagen sie in fast vollständiger Dunkelheit. Über ihre Schulter hinweg konnte er die Ohren der Maultiere sehen, wie sie zuckten, um die Fliegen zu vertreiben.

Laß ab von ihr, dachte er. Sie ist völlig durcheinander. Wegen ihrer richtigen Mutter und wegen ihrer Stiefmutter. Du bist für sie keinen Pfifferling wert. Nur dein zukünftiger Reichtum interessiert sie!

»Jeremiah, Jeremiah«, murmelte sie und fing an, ihr linkes Bein langsam und genüßlich an dem seinen zu reiben. »Magst du mich überhaupt?«

»Ja, sehr, Serena, sehr!« Das Streicheln mit dem Bein ließ ihn so hart werden, daß es ihn fast schmerzte.

»Du schwindelst nicht?«

»Nein, nein!«

Jetzt wußte er, daß sie die Sache bis zu Ende durchspielen würden. Wußte dies so sicher, wie er seinen Namen kannte.

Sie hatte bereits andere Liebhaber gehabt. Oder zumindest gab es Gründe für diesen Verdacht. Die Art, wie sie redete, ihr Streicheln. Er wollte seine erste Erfahrung nicht mit einer befleckten Frau machen. Trotz allen Geredes unter Soldaten wollte das kein anständiger Mann.

Aber irgendein lüsterner Zug in ihm hinderte ihn daran, diesem Küssen und Streicheln Einhalt zu gebieten. Er wollte wissen, wie weit ihre Erfahrungen gingen. Und eine Antwort auf die Frage finden, wie ein Mann mit einer Frau umzugehen hat. Mit jeder Art von Frau.

Weich spürte er ihre Wimpern an seinem Gesicht, während sie seine Handgelenke umklammerte. Irgendwie war ihr Kleid hochgerutscht.

»Wenn du willst, kannst du mich fühlen.«

Das tat er jetzt. Er preßte sich fest an sie, bis sie stöhnte. Er schrie fast auf, als sich ihre Hand in einer Weise auf ihn legte, wie er dies keiner Frau je zugetraut hätte. Sie küßte sein Ohr und flüsterte:

»Ich wette, du wirst ein guter Gatte sein, ein feiner Gatte.«

Er versuchte, sich alle Konsequenzen dieser erstaunlichen Entwicklung klarzumachen. Es war kompliziert. Und jetzt war auch nicht die Zeit dazu. Er warf ein Bein um ihre Hüfte.

In dem Augenblick wandte sie ihren Kopf ab. Er bemerkte, daß sich in ihren Pupillen rotes Licht spiegelte.

»Was ist los, Serena?«

»Warte einen Augenblick.«

»Aber, ich dachte...«

»Warte einen Augenblick!«

Dann seine wütende Reaktion: »Verdammt, ich dachte, du wolltest...«

»Natürlich will ich. Genausosehr wie du. Beruhige dich doch. Der Himmel wurde auf einmal...« Sie setzte sich aufrecht: »Wie spät ist es?«

»Wie soll ich das wissen? Ich habe keine Uhr dabei«, brummte er.
»Schau mal dort hinüber. Die Sonne ist längst untergegangen, aber der Himmel ist ganz rot.«
Er sprang hoch. Er ahnte Schlimmes.
Er rannte zum Rand der Lichtung. Durch die Kiefern konnte er wenig sehen. Er sah nur einen scharlachroten Schimmer.
Nun kam er allmählich wieder zu Verstand: »Serena!« Er wischte sich das Gesicht ab. »Das ist nicht die Sonne. Das ist Feuer.«
»Mein Gott!«
Sie erhob sich. Säuberte ihren Rock von Unkraut. Zupfte Kletten aus ihrem roten Haar.
»Sind das die Soldaten?«
»Ich weiß nicht. Wir sollten sehen, daß wir zurückkommen.«
Er war wütend wegen der Unterbrechung. Sie bemerkte es und drückte ihm einen beinahe keuschen Kuß auf die Lippen.
»Ja, wir sollten besser zurückfahren. Tut mir leid. Wir werden noch häufig Gelegenheit haben...«
»Wirklich?«
»Wenn du es willst!«
Nein, das will ich nicht. Irgend etwas daran ist verwirrend und falsch, dachte er. Dann überwältigte ihn die Lieblichkeit ihres Gesichtes.
»Ja, ich will!«
Er legte seine Arme um ihre Taille und küßte sie wieder heftig. Dann machten sie sich daran, Bess und Fred auszuspannen. Schnell banden sie sie an lange Stricke und gaben ihnen Futter. Mit Stößen und Zerren bugsierten sie das Fuhrwerk ins dichte Gebüsch.
Es gelang ihnen nicht, den Wagen ganz verschwinden zu lassen. Das hintere Ende ragte immer noch heraus. Jeremiah schnitt mit seinem Messer Kiefernzweige ab und bedeckte den Wagen damit. Nun roch er den Rauch, der von Westen kam.
Er prüfte das Laubdach, unter dem die Haushaltsgegenstände gelagert waren. Dann ergriff er Serenas Hand, und sie rannten zum Weg zurück durch das Dunkel des Kiefernwaldes. Sie stolperten über Unkrautbüschel, zerkratzten sich ihre Gesichter an herabhängenden Zweigen, die in der Finsternis kaum zu sehen waren.
Der Brandgeruch wurde intensiver. Das rote Leuchten am Nachthimmel nahm zu.

2

Als sie durch die Sklavensiedlung eilten, keuchte er vom langen Laufen und spürte Seitenstiche. Sein verletztes Bein schmerzte. Serena hing an seinem Arm und konnte kaum Schritt halten.

Dann entdeckte er vor einigen Hütten Aufregung und Stimmengewirr. Ein Kleinkind heulte. Eine Hand schlug zu. Das Baby heulte lauter. Er tastete nach Serenas Hand und schleppte sie praktisch auf das Haus zu.

Heute nacht schlief wohl keiner, weder jung noch alt. Daß in der Dunkelheit kleine Gruppen herumstanden und flüsterten, spürte er eher, als daß er es sah.

Zuweilen hörte er Gelächter. Einige der Schwarzen fürchteten sich gar nicht. Der rote Himmel war für sie ein gutes Zeichen: Der Tag der Freude war da!

Als er und Serena den Hinterhof des Hauses überquerten, löste sich eine Figur aus dem Schatten und lief auf sie zu. Serena kreischte.

3

Jeremiah zog sie hinter sich her. Dann atmete er erleichtert auf. Er hatte Leons massige Schultern erkannt.

»Master Jeremiah?«
»Jetzt nicht, Leon.«
»Doch, Sie müssen zuhören. Price ist verschwunden.«
»Was sagst du da?«
»Es stimmt. Seitdem Sie mit dem Fuhrwerk fortgefahren sind, hat ihn keiner mehr gesehen. Er muß weggelaufen sein, nachdem er erfahren hat, daß die Yankees in der Nähe sind.«

»Gut, daß wir ihn los sind!« erklärte Serena.

Jeremiah bedeutete ihr, still zu sein. »Haben Sie das Mrs. Rose berichtet?«

Leon schüttelte verneinend den Kopf. »Ich wollte sie nicht beunruhigen. Die Dinge stehen schon schlimm genug.«

Jeremiah zog eine Grimasse. »Wenn wir Glück haben, dann hat sich Price in die segensreiche Freiheit von Lincolnland aufgemacht.«

»Master Jeremiah, von Glück kann keine Rede sein. Ich wette, er hat sich im Kiefernwäldchen versteckt und plant Böses.«

Jeremiah lief ein Schauder über den Rücken. Aber er bemühte sich um einen beschwichtigenden Ton: Vielen Dank für die Warnung, Leon. Komm weiter, Serena. Beeil dich!«

4

Jetzt rannten sie direkt aufs Haus zu, von wo sie Stimmen hörten und ein wenig Lampenlicht sichtbar war.

Maum Isabella hielt das Licht und sah überraschend gelassen aus. Das gleiche konnte man von Catherine sagen. Von der schmächtigen Frau in verblichenem Kleid, die auf dem Kutschbock saß, allerdings nicht.

Die Frau schwankte hin und her, ihr Gesicht war verschwitzt, und mit einem Taschentuch fächelte sie sich Kühlung zu. Hätte er nicht gewußt, daß die Frau vollkommen verängstigt war, so hätte ihr Ausdruck Jeremiah zum Lachen gebracht.

Neben ihr saß der verstörte Richter Claypool. Zwei schmuddelige Neger, von denen jeder einen alten Handkoffer mit sich schleppte, standen direkt hinter der Kutsche. Als Jeremiah und Serena eintrafen, rief Richter Claypool gerade aus:

»... keinen Augenblick länger bleiben!«
»Wohin wollen Sie?« fragte Catherine.
»Nach Savannah. Nell hat dort eine Schwester. Wenn Sie auch nur ein bißchen Verstand haben, dann brechen Sie sofort auf.«

Zunächst sagte Catherine Rose nichts. Sie bemerkte lediglich, daß Jeremiah und ihre Stieftochter jetzt gekommen waren. Ihre müden grauen Augen blickten ruhig, bis sie Serenas derangierte Kleidung erblickte, ihren staubigen Rock und ihr zerzaustes Haar.

Catherine sagte kein Wort. Aber sie durchschaute alles. Ihr Gesicht drückte zuerst Trauer aus und dann wieder Entschiedenheit, als sie ihre Aufmerksamkeit erneut dem Richter zuwandte.

»Nein, Theodore. Wir bleiben hier!«
»Ich schwöre bei Gott, Catherine...« Der alte Mann griff nach dem Taschentuch seiner Frau und tupfte sich den Schweiß ab, der an seinem stoppeligen Kinn glänzte. Durch die Armbewegung wurde die Pistole unter seinem Mantel sichtbar. »Sie haben keine Vorstellung, wie viele es sind. Hunderte, Tausende! Alle rund um Louisville. Zu Fuß. Zu Pferde. Auf Fuhrwerken. Verdammten Fuhrwerken, die mit gestohlenen Möbeln beladen sind. Wozu zum Teufel braucht eine Armee Möbel? Ich sah Soldaten mit Hühnerkörben, andere führten Vieh

weg. Sie nehmen alles mit. Und einige der versprengten Soldaten sind einfach der Abschaum.«

»Theodore«, unterbrach sie ihn, »dies ist mein Heim, ich will es eher verteidigen als verlassen.«

»Das gleiche sagte der von allen guten Geistern verlassene Clive Jesperson vor zehn Minuten!«

»Recht hat er. Wenn wir von hier fortgehen, ist alles verloren.«

»Nun, die Entscheidung liegt bei Ihnen. Aber schaffen Sie besser allen Wein und Schnaps fort, den Yankees ist der Alkohol wichtiger als das Essen.«

»Vielen Dank für den Rat!«

»Schaffen Sie alles fort, und überlegen Sie es sich noch mal!«

Claypool bemerkte, daß Jeremiah ihn mit abweisender Miene beobachtete. Er platzte heraus:

»Nells Herz ist nicht besonders stark. Ich würde ja dableiben. Aber das Risiko ist zu groß.«

»Wir verstehen Sie vollkommen«, warf Catherine ein. Dann wandte sie sich den beiden zerlumpten Schwarzen zu: »Floyd, Andrew, Sie kümmern sich gefälligst um Richter Claypool und seine Frau. Nun los, Theodore! Wir kommen schon zurecht.«

Schließlich sagte auch Mrs. Claypool noch ein paar Worte:

»Sie handeln unklug, Catherine! Sehr unklug. Gott möge Sie vor den Folgen Ihres Fehlentscheides bewahren.«

Angesichts seiner Ohnmacht verlor Claypool beinahe jeden Sinn für Logik.

»Sie sollte nicht den Allmächtigen um Gnade anflehen, sondern General Sherman! Los jetzt!«

Er peitschte mit den Zügeln auf den Rücken seines Pferdes ein. Als der Wagen vorwärts schlingerte, fiel sein angsterfülltes Weib beinahe vom Bock auf die Auffahrt. Dann nahm er die Kurve so eng, daß die feinen Steinchen nur so spritzten. Und kurz darauf ratterte die Kutsche den Weg hinab auf die Straße zu. Die beiden Schwarzen mit den Koffern rannten keuchend hinterher.

Jeremiah hörte das Tor aufgehen. Jemand machte sich am Glockenseil zu schaffen. Die Glocke schlug einmal. Das klagende Echo erstarb nur langsam.

Allmählich verschwand das Geräusch der Kutsche in der Dunkelheit. In Wipfelhöhe ging die Dunkelheit von Kastanienbraun in ein leuchtendes Scharlachrot über. Das Licht veränderte sich ständig. Über einem Teil des Himmels glomm es nur schwach. Anderswo nahm es an Stärke zu. Rauchfahnen verwischten die Bäume in der Ferne. Der Wind trug einen üblen Geruch mit sich. Dieser kam vor allem von links. Von den Wäldern, durch die die Straße sich kurvenreich dahinschlängelte, bis sie vor Rosewood ins freie Gelände gelangte.

»Dort liegt Jespersons Haus«, flüsterte Catherine. »Von daher kommt der Rauch. Armer Mr. Jesperson. Er hat sein Leben lang gearbeitet, um aus dem kleinen Stückchen Land eine anständige Farm zu machen.«

Jeremiah hörte kaum zu. Ihn beschäftigte das, was im Dunklen verborgen lag, mehr. Von dort konnten die Yankees sich unbemerkt nähern. Auch Price mochte dort im Verborgenen lauern.

Mit dieser verdammten Büchse!

Einen Augenblick lang spürte er den gleichen Schrecken wie damals in Chickamauga, als er sich zu seinem ersten Gefecht mit einem Scharfschützen der Nordstaatler rüstete.

## 10. KAPITEL
## Der Gefangene

Am Montagmorgen nach dem Erntedankfest saß Gideon Kent viele hundert Meilen weiter nördlich mit übereinandergeschlagenen Beinen im Kreise schweigsamer Südstaatenoffiziere um den kleinen Ofen einer Gefangenenbaracke.

Über Nacht war das Wetter umgeschlagen. Heftige Winde von Nordwest hatten Schnee herangebracht. Die Flocken wirbelten auf die Insel hernieder, die von den Einwohnern Pea Patch genannt wurde. Der Wind drang durch Dutzende von Bretterfugen.

In diesem Barackenlager lebte Gideon bereits seit sechs Monaten. Der für das Lager zuständige Sergeant hatte etwa eine halbe Stunde zuvor, um neun Uhr dreißig, den Ofen mit einer Handvoll Holzspänen angezündet. Man bedenke, mit lediglich einer Handvoll, und das auch noch mit einem salbungsvollen Lächeln, das Gideon nicht ausstehen konnte.

»Hier, Jungs. Sagt nicht, daß Vater Abraham sich nicht um euer Wohlergehen kümmert. So werdet ihr's Tag und Nacht gemütlich haben.«

Einige Offiziere murmelten Flüche. Aber das taten sie nicht laut. Inzwischen waren die meisten Gefangenen mit den Stimmungsschwankungen von Sergeant Oliver Tillotson vertraut. Sich mit der Lage der Dinge abzufinden war immer noch besser, als Tillotsons Zorn herauszufordern.

Der Sergeant war immer fröhlich, wenn er Dinge verteilte, die fürs bloße Überleben notwendig waren. Ein paar Holzspäne oder die morgendliche Ration von drei Stück Zwieback wurden so dargeboten, als erwarte er von den Gefangenen Dank für seine und auch des Lagerkommandanten Großzügigkeit.

Mit Beschwerdeführern pflegte Tillotson sehr grob umzugehen. Einige Gefangene waren der Ansicht, daß er sich in seinem Verhalten nur nach dem Befehlshaber der Insel richtete. Gideon konnte das nicht beurteilen. Brigadegeneral Schoepf hatte er nur einmal von weitem gesehen, als der Kommandant die kleine, im gotischen Stil erbaute Kapelle betrat, die ironischerweise von der sogenannten Kettenbande errichtet worden war: Mördern, Dieben und Deserteuren der Nordstaatenarmee, die zusammen mit Südstaatengefangenen auf Fort Delaware eingesperrt waren. Unglücklicherweise sah er Tillotson jeden Wochentag.

Die Eisentür des Ofens stand weit offen. Dennoch reichte die Hitze nicht aus, um die Kälte in dieser Baracke zu verdrängen. Gideons Zähne begannen zu klappern. Er preßte sie zusammen. Es half wenig.

Lange vor Tagesanbruch war er aufgewacht, erfolglos hatte er versucht, dadurch Wärme zu finden, daß er sich unter seiner zerschlissenen Decke verkroch, die gerade mal seine Füße bedeckte. Um die Schultern hatte er den verschmutzten Mantel gelegt, und die dreckige Kleidung darunter konnte seinen ausgekühlten Körper auch nicht wärmen. Auch Tillotsons großzügig angezündeter Ofen konnte daran nichts ändern.

Das dünne Buch, das er zu lesen versuchte, glitt ihm aus den vor Kälte erstarrten Händen. Um ihn herum unterhielt man sich. Alle sprachen resigniert über die immer gleichen Themen:

Wie lange würde der Krieg noch dauern?

Das Unglück, in Gefangenschaft geraten zu sein und im gefürchtetsten Gefängnis des Nordens zu schmachten.

Die Lieben daheim.

Und sie schmiedeten ganz absurde Fluchtpläne.

Mindestens einmal wöchentlich machten auf der Insel lächerliche Gerüchte die Runde. Meist war die Quelle eine zufällig hierher gelangte Ausgabe des »Palmetto Echo«, einer südstaatenfreundlichen Zeitung, die flußaufwärts in Philadelphia erschien. »The Flag« dagegen war eine für die Gefangenen verbotene Lektüre. Dennoch erfuhren sie von gewissen Mitgliedern der Wachmannschaft, daß dieses Blatt mehr als einmal darauf hinwies, die zwölftausend gefangenen Südstaatler könnten ausbrechen und die gesamte Flußmündung besetzen.

»Welche zwölftausend?« fragte sich Gideon meist, wenn er diese Geschichte hörte. Die Zwölftausend von diesem Monat oder die Zwölftausend vom letzten Monat? Die Bevölkerung dieser Insel im Delawarefluß wechselte nämlich ständig. Neue Gefangene trafen laufend ein. Frühere Gefangene, die den Schmutz, die schlechte Verpflegung und die gelegentlichen körperlichen Mißhandlungen nicht überlebt hatten, endeten in Massengräbern drüben in Salem County an der Küste von New Jersey. Wenn das Wetter klar war, konnte man von den

Deichen aus die Totengräber am gegenüberliegenden Flußufer beobachten. Sie hatten ständig zu tun.

Wenn die Geldgeber und die Mitarbeiter der »Palmetto Flag« wirklich einen Aufstand wollten, dann mußten sie ihn Gideons Meinung nach selber planen und durchführen. Denn unter den Gefangenen waren nur wenige, die länger als fünfzehn oder zwanzig Sekunden lang einen Kampf hätten durchstehen können. Alle körperliche und geistige Kraft wurde bereits durch den tagtäglichen Überlebenskampf aufgebraucht.

Da ihm noch kälter wurde, hörte Gideon mit Lesen auf. Er blickte sich im Kreis um. Waren die anderen Soldaten noch demoralisierter und erbarmungswürdiger als er?

Bei den meisten sah es ganz danach aus. Aber es gab Ausnahmen. Die zwei Offiziere Hughes und Chatsworth zum Beispiel. Sie waren bei den übrigen Insassen des Gefangenenlagers wenig beliebt, weil sie mit großen Mengen von Yankee-Geld in der Tasche nach Fort Delaware gekommen waren. Ohne Zweifel hatten sie wohlhabende und einflußreiche Verwandte im Norden. Auf jeden Fall hatten die beiden sich sehr schnell verbündet.

Mit ihrem Geld konnten Hughes und Chatsworth sich Sondervorteile bei Tillotson verschaffen. Sie kauften Seife, die sie mit den anderen Gefangenen nicht teilten. Im Augenblick spielten sie Dame mit Kieselsteinen. Als Brett diente ihnen ein Signalbrett, das mit Holzkohle markiert worden war. Sie machten gar kein Geheimnis daraus, daß sie Tillotson fünfzehn Dollar für dieses Brett bezahlt hatten.

Manchmal verliehen die beiden Offiziere ihr Spielbrett auch. Aber die Leihgebühr war hoch. Jeder Mann, der eine Stunde spielten wollte, mußte dafür einen beträchtlichen Teil seiner Tagesration abgeben. So blieb die Kundschaft spärlich, und die freundlichen Gefühle gegenüber den Profitmachern hielten sich in Grenzen. Hughes und Chatsworth nahmen das Brett abwechselnd mit ins Bett, damit es nicht gestohlen wurde.

In Gideons Nähe befanden sich vier Männer, die beliebter waren. Die beiden Brüder von John Hunt Morgan, der eine Captain, der andere Colonel, spielten Karten mit Cicero Coleman vom 18. Regiment der Kavallerie von Kentucky und Hart Gibson aus dem Stab von John Morgan.

Daß John Hunt Morgan inzwischen tot war, hatten sie im Oktober erfahren. Der kühne Kavallerist hatte im Norden gekämpft und war dort in Gefangenschaft geraten. Es gelang ihm, aus dem Gefängnis in

Columbus, Ohio, auszubrechen. Dann aber wurde er bei einem kleineren Scharmützel in der Nähe von Greenville, Tennessee, erschossen. Damit verlor der Süden wieder einmal einen seiner fähigsten Männer.

Gideon gestand sich selbst ein, daß Morgan dabei eigentlich noch Glück gehabt hatte. Das Buch entglitt seiner Hand. Einen Augenblick lang war es ihm zu gleichgültig, um es von dem übelriechenden Stroh am Boden aufzuheben. Im Geiste wälzte er einen finsteren Gedanken:

Besser ein schnelles Ende, wie es Stuart hatte, als dieses langsame Dahindämmern!

Er streckte sich, in der Hoffnung, dadurch seine Depressionen loszuwerden. Er war sich bewußt, daß er sich solche von Todessehnsucht geprägten Gedanken nicht gestatten durfte. Er hatte schwer darum gekämpft, auf dieser verdammten Insel zu überleben. Besonders in Gedanken an seine Frau und an seine kleine Tochter wollte er leben und wieder frei sein.

Er hatte sich darum bemüht, die Gefängniszeit konstruktiv zu nutzen und seine Bildungslücken zu schließen. Er sagte sich:

Wenn ich nicht richtig lesen und schreiben kann, wie soll ich dann richtig denken können, wenn ich diesen Ort verlasse. Ich werde dann Margaret und das Baby nur mit meiner Hände Arbeit unterstützen können!

Um seiner Familie willen wollte er mehr leisten können. So las er, wann immer er Zeit dazu fand. Er las alte Nummern von »Leslie's Illustrated Weekly« oder nordstaatlich orientierte Zeitungen aus Wilmington und Philadelphia. Sergeant Tillotson verteilte diese Blätter ab und zu. Er wies ständig auf die Beiträge hin, die über Kriegserfolge der Union berichteten.

Auch jetzt hätte Gideon gern eines der Blätter oder eine Ausgabe von »Leslie's« gehabt. Er konnte sich auf das Buch nicht konzentrieren, das Tillotson ihm am Tage vor dem Erntedankfest gegeben hatte.

In seiner Kindheit und Jugend hatte Gideon kaum Gedichte gelesen, wenn man von einigen Versen in Zeitungen Virginias einmal absah. Schon die ersten Seiten des Bändchens »Leaves of Grass« waren ihm zu hoch.

Für ihn war es eine schreckliche Enttäuschung, daß Tillotson ihm nur diesen einen schmalen Band ausgehändigt hatte. Er enthielt zwar eine kurze Nachricht von seinem Vater, die sich auf einem gefalteten Zettel hinter der Titelseite befand, doch schon seit Anfang November hatte er auf eine umfangreiche Büchersendung gehofft. Damals wurde ihm ein bereits geöffneter Brief aus dem Pfarrhaus der kleinen Methodistenkirche in der Orange Street in New York City ausgehändigt, wo Jephta Kent wieder seinem ursprünglichen Beruf nachging.

In dem Brief legte Jephta dar, wie schwierig es für ihn gewesen sei, den Aufenthaltsort seines Sohnes festzustellen.

Er hatte mit seiner Suche begonnen, als ihn auf geheimen Wegen ein Brief aus Lexington erreichte. Gideon nahm an, daß der Brief über die Frontlinie gekommen war. Es gab immer noch viel illegalen Handel und Schmuggel zwischen den beiden kriegführenden Seiten. Auf jeden Fall hatte Jephta von Fan erfahren, daß ihr gemeinsamer ältester Sohn nun ein Gefangener war. Sie wußte aber nicht, wo er sich befand.

Alte Bekannte aus seiner Journalistenzeit in Washington stellten Nachforschungen an. Sie berichteten Jephta, Major Gideon Kent sei zusammen mit Offizieren, gemeinen Soldaten, zivilen politischen Gefangenen und Yankee-Schwerverbrechern auf einer Insel im Delaware-Fluß eingesperrt. Die Insel lag an der Stelle, wo der Flußlauf unterhalb von Wilmington eine Biegung um fast neunzig Grad nach Südosten macht.

Gideon wollte nicht, daß seine Antwort von Freunden gelesen würde. Es konnte ja passieren, daß der Zensor seine Bitte unleserlich machte. Deshalb hatte er Jephta mit Hilfe eines Arztes aus dem Lagerlazarett geantwortet. Der Doktor besuchte alle paar Tage freiwillig die Lagerbaracken und überprüfte den Gesundheitszustand der Gefangenen. Er war einer der wenigen Yankees in Fort Delaware, dem die Gefangenen nicht gleichgültig waren. Und normalerweise machte er sich schlecht gelaunt davon. Dabei schimpfte und fluchte er mächtig.

Gideon hatte den Arzt dazu gebracht, einen versiegelten Brief mitzunehmen und bei der Post aufzugeben. In dem Brief bat er Jephta um Bücher.

Nun war eine zweite Mitteilung von Jephta eingetroffen. Er berichtete, daß er sich um eine Besuchserlaubnis bemüht habe. Die sei abgelehnt worden. Aber immerhin sei es durch Jephtas Kontaktleute in Washington möglich, Gideon Lesematerial zuzustellen. Den Brief seines Sohnes habe er erhalten. Seine Sätze, die Bücher betreffend, waren klugerweise so formuliert, als stamme die Idee, Bücher zu schikken, von ihm selbst.

So kam es, daß Tillotson am Tage vor dem Erntedankfest Gideon einen Gedichtband brachte: »Ein Brief von Ihrem Herrn Vater, Sir.« Spöttisch sprach Tillotson alle Offiziere mit »Sir« an.

Der Zettel, den der Zensor mit dem Buch hatte passieren lassen, enthielt das Versprechen, Jephta werde sich bemühen, etwas über den Verbleib von Gideons beiden jüngeren Brüdern in Erfahrung zu bringen. Ihretwegen machte sich Gideon ständig Sorgen:

Er sorgte sich um Margaret und die kleine Eleanor, da sich Grants Kriegsmaschine auf Richmond zubewegte.

Ihn beunruhigte aber auch das Schicksal von Matthew, der auf einem Blockadebrecher verschwunden war.

Ebenfalls sorgte er sich um Jeremiah, der als Wehrpflichtiger in der Armee von Tennessee diente.

Frierend, mit blauen Lippen und zitternd, führte er ein Selbstgespräch:

Mein Gott, wie lange kann es ein Mann ertragen, nichts von seinen Angehörigen zu erfahren?

Wie lange kann ein Mann es an einem Ort wie diesem aushalten?

Er schämte sich dieser pessimistischen Gedanken. Als man die Gefangenen in einem stinkenden Güterwagen nach Norden schaffte, da glaubte er das Schlimmste zu erleben, was die Yankees einem antun können. Er hatte noch keine Vorstellung vom Allerschlimmsten.

Normalerweise wog er hundertsechzig Pfund. Er schätzte, inzwischen mindestens dreißig Pfund an Gewicht verloren zu haben. Um neun Uhr früh gab es drei Zwieback. Am Mittag gab es noch mal drei Stück sowie ab und zu ein Stück ranzigen Speck oder eine Schale wäßriger Flüssigkeit, die Tillotson als Reissuppe bezeichnete.

Und dann vor allem das Problem mit dem Wasser!

Im glühend heißen Sommer waren die Wassertanks des Gefängnisses aufgrund des Mangels an Regen beinahe ausgetrocknet. Ein Tankschiff mußte aus den nahegelegenen Wasserläufen Nachschub heranbringen. Aber die unappetitliche Flüssigkeit war mit Salzwasser vermischt. Das Wasserschiff war nicht weit genug flußaufwärts gefahren, um dem salzhaltigen Gezeitenwasser zu entgehen.

Aber wann immer die Schläuche des Wasserschiffs die Tanks wieder auffüllten, enthielt die Flüssigkeit einen scheußlich stinkenden Bodensatz. Einmal hatte Gideon versucht, eine Tasse Wasser zu trinken, aber er mußte alles wieder von sich geben, als er darin unter anderem Reste von Blättern, das Auge eines Fisches und Würmer entdeckte. Inzwischen trank er nur noch Wasser, wenn es absolut notwendig war.

Heute morgen schienen alle Begleitumstände des Gefangenenlebens wie ein furchtbarer Druck auf ihm zu lasten.

In der Baracke war es so kalt, daß er sich kaum bewegen konnte. Sein Hunger, seine Schwäche, seine rauhe, vor Dreck starrende Haut brachten ihn in Rage. Hinzu kam die bittere Enttäuschung darüber, daß sein Vater ihm nur ein einziges Buch mit unverständlichen Versen geschickt hatte.

Er wollte sich einfach wehren, wollte zuschlagen. Aber gegen was und wen?

Gegen seine Kerkermeister? Gegen den alten Tillotson?

Vergebliche Gedanken!

Aber der Versuch, an diesem scheußlichen Ort zu überleben, erwies sich ebenfalls als sinnlos. Den gesamten August über hatte er mit ansehen müssen, wie hier Männer krank wurden und starben, als die Sonne das Schwemmland von Pea Patch zum Kochen brachte. Schwerbeladene Schiffe hatten Leichen, gestapelt wie Klafterholz, zu den Friedhöfen in New Jersey geschafft.

Er hatte miterlebt, wie sich hysterische Gefangene gegen ihre Bewacher wandten. Zur Strafe wurden sie halbtot geschlagen und anschließend ins Krankenrevier gebracht. Im Krankenrevier sollte es zwar einigermaßen menschlich zugehen; diese Männer jedoch tauchten nicht wieder auf. Die Verletzungen führten meist zum Tode. Wachen, die in Notwehr handelten, hatten keinerlei Strafen zu befürchten.

Mit halbgeschlossenen, tränenfeuchten Augen dachte er an seine Frau:

Margaret, ich habe alles versucht, dies hier zu überstehen. Glaub mir. Aber du kannst dir nicht vorstellen, wie schwer das ist!

Unter dem schmutzigen Mantel tasteten seine Finger in seiner Uniformbluse nach dem Stoffetzen, in dem er ein kleines Erinnerungsstück an seine Tochter aufbewahrte: eine Haarlocke, die er bereits seit ihrer Geburt bei sich trug. Einige der Gefangenen besaßen Bibeln. Für ihn hatte Eleanors Locke eine ähnliche Bedeutung.

Als er die Locke berührte, wünschte er sich etwas Unmögliches: einen weniger von Feindseligkeit beherrschten Krieg. Einen Kampf, in dem der Haß sich nicht ständig steigerte.

Die wachsende Feindseligkeit zwischen den Bürgerkriegsparteien hatte dazu geführt, daß so viele Gefangene unter derart schlechten Bedingungen dahinvegetierten. Als der Norden damit begonnen hatte, Sondereinheiten von entlaufenen Schwarzen aufzustellen, hatte Jefferson Davis verfügt, daß diese Soldaten und ihre weißen Offiziere nicht wie reguläre Soldaten behandelt werden sollten, die ein Recht auf Gefangenenaustausch geltend machen konnten. Vielmehr lieferte man diese Soldaten an die einzelnen Staaten aus, aus denen sie als

Sklaven entflohen waren, und dort bestrafte man sie nach den jeweils geltenden Gesetzen. Darauf reagierte General Halleck im Mai 1863 mit einem Befehl, der die Einstellung jeglichen Gefangenenaustausches verfügte. Als Grant den Oberbefehl übernahm, sorgte er dafür, daß Hallecks Anordnung strikt eingehalten wurde.

Und wie sollte es nach dem Krieg weitergehen? Tillotson brüstete sich damit, daß er zu dem Flügel der Republikaner gehörte, der einen »harten Frieden« forderte. Damit stand er im Gegensatz zu dem wiedergewählten Lincoln, der für die Zeit nach dem Ende des Konflikts einen versöhnlicheren Kurs befürwortete. Allerdings setzte auch er voraus, daß der Süden der Verlierer sein würde. Würden die Feindseligkeiten nach dieser Niederlage weitergehen?

Was ging, zum Teufel noch einmal, das alles Gideon an? Er wollte einfach durchkommen, wollte diese schreckliche Zeit und das Eingesperrtsein an diesem Ort überleben, indem er viel las und lernte, seinen Kopf mit Gedanken und Ideen füllte, die ihm bei seinem neuen Start ins Leben hilfreich sein konnten, wenn – ja wenn er jemals heim nach Richmond gelangte.

Wenn es überhaupt noch ein Richmond gab!

Die Yankees wollten dieser Stadt das Schlimmste zufügen. Sie wollten sie erobern. Sie wollten sie zerstören.

Und Margaret war dort.

Diese Baracken und all das, wofür sie standen, waren für Gideon unerträglich geworden. Er war sich seiner Schwäche peinlich bewußt, er torkelte auf seine Füße, entschuldigte sich dann bei seinem Kameraden, dem Colonel Basil Duke, weil er ihn angerempelt hatte. Rote, erschöpfte Augen blickten ihn an, als er den Kreis der Männer um den Ofen verließ und sich davonschlich. Keiner sagte ein Wort. Er stolperte auf den Ausgang der Baracke zu, wo sich Tillotsons kleiner, abgeteilter Raum befand.

Mit einer Hand, die ihm schwer wie Granit erschien, hielt er sich am Türpfosten fest. Er atmete hier die weniger schlechte Luft ein und spürte die Hitze, die Tillotsons Ofen ausstrahlte. Der winzige Raum war gut geheizt. Die Fenster waren mit Ölzeug abgedichtet.

Oliver Tillotson schaute von der Zeitschrift »Leslie's«, die er gerade las, auf. Er war etwa sechzig Jahre alt und litt an Übergewicht. Zwar war er zum aktiven Kriegsdienst zu alt, aber ein Schwächling war er nicht. Er trug einen Colt in seinem Hüftgurt. Vor ihm auf dem Pult befand sich ein Foto in einem billigen Rahmen. Es zeigte eine mürrische Frau und fünf halbwüchsige Knaben. Neben diesem Gruppenfoto lag das Symbol, das Tillotsons Autorität repräsentierte: ein Stock aus einem Walnußast.

Der Stock war gut einen halben Meter lang und fünf Zentimeter dick. Gideon hatte erlebt, wie er gegen zwei Offiziere im Lager eingesetzt worden war. Einer hatte sich bei Tillotson über dessen arrogantes Verhalten beschwert und Tillotsons Schweigebefehl nicht befolgt. Der zweite hatte Maden in einem Stück Speck entdeckt und sich wütend gegen die Wache gewandt. Beide Männer erhielten Prügel, kamen ins Krankenrevier und verschwanden spurlos.

Gideon lehnte an der Türöffnung und ließ die beruhigende Wärme auf sich einwirken. Tillotson runzelte mißbilligend die Stirn. Der Sergeant hatte ein rotbäckiges Gesicht wie ein Weihnachtsmann, dazu einen weißen Ziegenbart, weiße Augenbrauen und weiße Haare. Wenn er so verärgert war wie jetzt, sah er besonders gütig aus:

»Sie wünschen, Captain?«

Zwar kannte Tillotson Namen und Rang der meisten seiner Schutzbefohlenen, er tat aber so, als seien sie voneinander nicht zu unterscheiden. Sie waren ja auch alle gleich ungewaschen, gleich ausgemergelt, ihre Bärte reichten bis zum Gürtel, ihre Augen blickten halb wild, halb eingeschüchtert – wie bei Gideon.

»Ich bitte um die Erlaubnis, ins Freie zu dürfen«, sagte Gideon mit einer vor Kälte krachzenden Stimme.

Tillotson schien gedankenverloren:

»Nach draußen, Sir? Es ist aber sehr kühl.«

»In den Baracken ist es nicht besser.«

»Ihr Rebellen!« seufzte Tillotson und legte seine Zeitschrift zur Seite. Dann griff er nach seinem Walnußstock und deutete auf das Familienbild: »Wenn ich am Wochenende daheim bin, dann erzähle ich Ethel immer, wie ihr euch beschwert. Es reicht euch nicht, glücklich darüber zu sein, daß ihr überhaupt noch lebt. Es ist rätselhaft.«

Gideon holte Atem:

»Es tut mir leid, daß ich Ihnen Rätsel aufgebe. Vielleicht kann ich Ihnen mit einigen Fragen weiterhelfen. Essen Sie ab und zu anständig? Haben Sie genug Bettdecken, um acht Stunden ohne aufzuwachen zu schlafen?«

Mit seiner Linken griff Tillotson nach dem Stock: »Vorsicht Captain«, sagte er mit breitem Lächeln.

»Major. Major Kent. Das wissen Sie genau!«

»Für mich seht ihr alle gleich aus.« Tillotson zuckte die Achseln und erschien dabei auf bösartige Weise fröhlich. »Ihr seid wie die Neger, die ihr zweihundert Jahre lang eingesperrt und übel behandelt habt, Kent. Ja, jetzt erinnere ich mich. Unser leidenschaftlicher Leser. Er bereitet sich auf bessere Zeiten nach Kriegsende vor. Sie haben ein Buch von Ihrem Herrn Papa aus New York erhalten.«

Gideon wäre beinahe ein Fluch entschlüpft. Er hielt mühsam an sich. Tillotson schüttelte den Kopf:

»Ich habe mir den Lesestoff angesehen, bevor ich ihn weitergab. Unsinniges Zeugs. Schmutzig! Ethel und ihr Damenkränzchen in der Kirche haben über diesen Dichter diskutiert. Er sollte verboten werden! Er gehört ins Gefängnis! Durch solche Schweinelektüre werden Sie es nie weiterbringen!«

Tillotson beugte sich jetzt vor, als wolle er einen Neffen beraten, dem er zugetan war. Aber dann brach plötzlich sein Sarkasmus wieder durch:

»Ich denke, für euch Rebellen ist das die richtige Lektüre. Sie entspricht eurem Stand. Bessere Lektüre hieße Perlen vor die Säue werfen.«

Gideon fühlte das Blut in seinen Schläfen pochen. »Ich bat um die Erlaubnis, ins Freie zu dürfen, ich bat nicht um eine Belehrung.«

»Aber ihr Rebellen müßt belehrt werden«, lächelte Tillotson. »Ihr müßt lernen, euch nicht dauernd zu beschweren. Ich kann überhaupt nicht verstehen, warum es euch hier nicht gefällt.«

»Nun, das hier ist nicht gerade ein Ferienparadies.«

Nun blickte der Weihnachtsmann feindselig. »Sie meinen wohl, unsere Jungs aus dem Norden verbringen in diesen Stinklöchern unten im Süden einen Urlaub? Kennen Sie Libby? Kennen Sie Andersonville? Sie denken wohl, dort ist es besser als hier. Sie wissen gar nicht, wie gut es Ihnen geht, Captain!«

Gideon kochte allmählich:

»Major, bitte!«

Tillotson ließ seinen Stock kreisen und schlug dann fest auf das Pult.

»Captain, Sie lassen es an Respekt fehlen. Ich muß hier meine Autorität wahren.«

»Die einzige Machtstellung, die Sie je innegehabt haben, vermute ich.«

Tillotsons Reaktion zeigte Gideon, daß er einen Volltreffer gelandet hatte. Das Gefängnis wurde von inkompetenten Leuten beherrscht, die anderswo nicht zu gebrauchen waren. Ähnliches hatte er in allen Rängen der Südstaatenarmee beobachten können.

Aber selbst inkompetente Leute pflegten zurückzuschlagen, wenn sie getroffen wurden:

»Halten Sie das Maul! Sie sprechen mit einem Vertreter der Regierung. In diesem Lager, Sir, habe ich mehr zu sagen als Mr. Lincoln! Ihre Verräteraugen werden unseren Präsidenten nie erblicken. Nur durch mich können Sie mit ihm in Verbindung treten!«

Ein weiterer Stockschlag unterstrich den letzten Satz. Dann zeigte Tillotsons Gesicht wieder ein Lächeln. Aber dieses Lächeln war mit Ärger vermischt. Es war der Ärger eines Mannes, der eine Stellung innehatte, in der eine Laune, ein Stimmungsumschwung, ein, zwei Worte über das Schicksal anderer Menschen entscheiden konnten.

»Habe ich mich verständlich genug ausgedrückt, Sir?« fragte Tillotson. »Hier haben Sie es mit einem Vertreter der einzigen legalen Regierung dieser Nation zu tun!«

Auf Gideons Stirn brach plötzlich der Schweiß aus. Dieser fette, arrogante Dreckskerl! Am liebsten hätte er ihn bei der Gurgel gepackt.

Nein, denk an Margaret! forderte er sich auf. Denk an das Baby! Du mußt das durchstehn. Wenn du sie liebst, dann ist es deine Pflicht zu überleben!

Er war froh, in diesem Augenblick an Weib und Kind gedacht zu haben. Sonst hätte er Oliver Tillotson möglicherweise umgebracht.

Dann bat er erneut, diesmal respektvoll, um die Erlaubnis, ins Freie treten zu dürfen.

Tillotson fuchtelte mit seinem Stock rum: »Wenn sie frieren wollen, bitte, Sir! Aber schließen Sie die Tür. Das habe ich vergessen, und ich möchte nicht, daß zuviel Wärme in die Baracke entweicht. Kühle Temperaturen sind gesund für Sie und Ihre Kameraden.«

»Gewiß«, antwortete Gideon, »alle freuen sich an der gesunden Kälte.«

Ein weiterer gehässiger Blick: »Das freut mich.« Ein Stoß mit dem Stock: »Schließen Sie die Tür!«

In Gideons Hand kribbelte es einen Moment, dann erstarrte sie. Gideon gehorchte. Tillotson setzte seine Lektüre fort.

2

Er verließ die Baracke und ging an zwei Jungen in blauen Capes vorbei. Die Gewehre der Wachen waren mit Bajonetten versehen.

Die Wolken hingen niedrig. Schneeflocken wirbelten herab. In der

Eiseskälte des Windes fühlte sich Gideon noch weniger wohl als zuvor. Seine Zähne begannen wieder zu klappern. Er bedauerte seine Entscheidung, sich ins Freie zu wagen. Außerhalb der Baracken sah es noch trostloser aus als drinnen.

Fort Delaware war auf einem baumlosen Gelände unterhalb des Wasserspiegels errichtet worden. Steindämme schützten es vor dem Fluß und blockierten die Aussicht auf die Ufer von New Jersey und Delaware. Der gefrorene Schlamm war von Gräben durchzogen, in die an warmen Tagen Grundwasser einsickerte. Das gesamte Lager war mit Männern in Grau vollgestopft. Grau war ihre Kleidung, grau ihre Gesichter, grau ihre Gedanken.

Sie waren wie Gespenster.

In einem Barackenfenster tauchte das blasse Oval eines sorgenvollen Gesichts auf. Einige Jungens stampften vor dem Mannschaftslager auf und ab. Sie hielten sich aneinander fest, stampften mit nackten Füßen. Für kaputte Schuhe gab es keinen Ersatz.

Drüben am Ufer von Delaware arbeiteten die Kettengefangenen. Sie sahen störrisch und gefährlich aus. Die Männer zogen schwere Karren, die mit Steinen zur Reparatur der Deiche beladen waren. Zweiergruppen zogen wie menschliche Lasttiere die Karren. Jeder Zweiergruppe war ein Wächter zugeteilt, der auf den Steinen im Karren saß. Das zusätzliche Gewicht interessierte ihn nicht. Fluchend trieben die Wächter die Gefangenen zu härterer Arbeit an.

Gideon näherte sich einer Gruppe von Offizieren, die neben einem Luftloch im Matsch hockten. Überall gab es ähnliche Löcher.

Einer der Offiziere erkannte ihn jetzt:

»Hallo Kent, wollen Sie die Jagdpartie mitmachen?«

Gideons Magen verkrampfte sich: »Nein, danke.«

»Wenn Sie Glück haben, gibt es frisches Fleisch und Rattensuppe.«

Gideon hielt sich die Hand vor den Mund. Er ekelte sich. Plötzlich gab es rund um das Loch eine heftige Aktivität. Fröhliche Rufe. Männer, die sich vorbeugten. Steine krachten auf Knochen. Ein Offizier lachte auf. Der Wind trieb das Geräusch davon.

Ein Offizier in Gideons Alter mit einem bereits schweeweißen Bart hielt den blutigen und immer noch zuckenden Siegespreis in die Höhe – ein plumpe, haarige Wasserratte. Hunderte von ihnen hatten den harten Boden der Insel unterhöhlt.

»Sei nicht so empfindlich, Gideon«, sagte der Offizier, der ihn als erster angesprochen hatte. »Wenn man sich dran gewöhnt hat, schmeckt's gar nicht mal so schlecht.«

Der weißbärtige Offizier stimmte zu:
»Es schmeckt tatsächlich wie ein junges Eichhörnchen.«
Aber er hatte schon mal gekochtes Rattenfleisch gesehen. Es sah weiß aus, so weiß, daß einem von dem Anblick übel werden konnte. Er wandte sich ab:
»Vielen Dank für die freundliche Einladung, vielleicht ein anderes Mal.«
»Der Hunger wird's Ihnen schon noch reintreiben.«
Den Teufel wird's tun! dachte Gideon und stolperte weiter. Tillotson hatte recht gehabt. Es war unerträglich kalt hier draußen.

Er bemerkte eine leichte Luftveränderung. Er streckte seine Zunge heraus und fing einen Wassertropfen ab.

Der Wind hatte sich gedreht. Vom Atlantik her trieb Nebel flußaufwärts. Der Schnee ging über in Eisregen.

Gideon bewegte seine Zehen in den kaputten Stiefeln. Er spürte kaum etwas. Ein großer Zeh war wie tot. Es war besser, wieder hineinzugehen.

Er beeilte sich, brachte aber nur ein unbeholfenes Humpeln zustande. Als er sich der Baracke näherte, kam ein Mann um die Ecke. Er stemmte sich gegen den Wind und hielt seinen flachen schwarzen Hut mit den Händen fest. Sein langes graues Haar tanzte um seine Schultern, es wurde hin und her gewirbelt wie die Enden seines grünschwarzen Tuchschals, der um den Hals gewickelt war, und wie der Kragen seines schäbigen Wettermantels.

Gideon trat einen Schritt zur Seite. Der lederne Arztkoffer in der rechten Hand des Arztes stieß heftig gegen sein Bein.

Der Mann blieb ruckartig stehen und blinzelte.
»Kent! Tut mir leid. Ohne meine Brille sehe ich schlecht.«
»Guten Morgen, Doktor Lemon«, erwiderte Gideon ohne Verärgerung. Doktor Cincinnatus Lemon aus Delaware City war der Mann, der Gideons Bitte um Bücher weitergeleitet hatte.

»Ich wollte mal nach Ihnen schauen«, sagte Lemon lauter als gewöhnlich. Er war schon über Sechzig. Er sah nicht nur schlecht, er hörte auch schlecht: »Ich wollte Sie etwas fragen.«

Er warf einen Blick auf die Wachen. »Aber nicht hier.« Er griff nach Gideons Arm und riskierte damit, daß sein Hut fortgeweht wurde. »Kommen Sie mit in mein Büro.«

Gideon nickte. Er war froh, einen Grund zu haben, den Baracken noch eine Weile fernbleiben zu können. Einer der Wächter rief ihm zu: »Nur für eine Minute, Rebell!«

Dr. Lemon widersprach: »Nichts da. Ich kann diesen Gefangenen überallhin mitnehmen, wenn ich das will!«

»Aber Doktor, er darf nicht außer Sichtweite...«

»Er darf sehr wohl, wenn ich das sage. Merken Sie sich das!«

Der Wachmann lief rot an. »Wo wollen Sie hin mit ihm?«

»Nun, ich nehme ihn mit in mein Büro, quetsche ihn dort in eine leere Chloroformflasche und lasse ihn über das Meer heim nach Dixieland schwimmen. Nun los, Kent!«

Als sie den Lagerhof überquerten, beschwerte sich Lemon:

»Diese verdammten, frechen Bauernlümmel. Nur Bauernjungs und tattrige alte Armleuchter gibt es auf dieser Insel. Schade, daß ich auch zu einer dieser Kategorien zähle. Kent, machen Sie mal schneller. Mir friert, mit Verlaub gesagt, der Arsch ab.«


3

Ein überfüllter kleiner Raum in einem Flügel des Krankenreviers diente als gemeinsames Büro für mehrere Ärzte, die im Fort tätig waren. Das Büro war beinahe genauso ungepflegt wie Dr. Lemon selber. Aber hier gab es reichlich Brennstoff für den Ofen. Gideon sank auf einen Hocker, der in der Nähe des offenen Ofens stand, und streckte seine Hände der segensreichen Wärme entgegen.

Lemon entledigte sich seines Huts, seines Schals und seines Mantels. Dann stellte er in einer Ecke seine Tasche ab. Während er in seinem geflickten Gehrock nach seiner Brille suchte, schrie jemand in einem der Krankenzimmer. Lemon zuckte zusammen.

»Ihr Befehlshaber – Stuart –, er sang sehr gerne?«

»Ja, wieso?«

In Lemons Brillengläsern spiegelte sich der Widerschein des Feuers im Ofen, als er sich an den Schreibtisch setzte, der bedeckt war mit Rezepten und Krankenberichten: »Ich glaube, er würde diesen Krieg weniger fröhlich betrachtet haben, hätte er diese Musik mitbekommen, die ich Tag für Tag höre.«

Gideon massierte seine Hände. Die Erstarrung ließ allmählich nach. »Ich denke, ich habe wohl sehr häufig mit ihm gesungen.«

»Verdammte Narren wart ihr beide – Amerikaner töten Amerikaner. Da gibt es keinen Grund für fröhliches Gesinge.«

»Sie haben Recht. Nach First Manassas kam ich auch zu diesem Schluß. Meine junge Frau half mir dabei ein wenig. Wir hätten den

Krieg gar nicht zulassen sollen. Aber keiner weiß wohl, wie er hätte verhindert werden können.«

»Doch, alte Männer wie ich wußten durchaus wie. Einige von uns wußten es zumindest. Aber wir mußten nicht in den Krieg ziehen und sterben. Wir brauchten nur zu Hause zu bleiben und politisches Stroh zu dreschen. Egal, auf welcher Seite man steht, das ist immer populärer, als zu versuchen, der Vernichtung menschlichen Lebens Einhalt zu gebieten.«

Alte Männerhände tasteten über die aufgehäuften Papiere, als könne Lemon es nicht ertragen, sie aufzuheben. Die Schultern beugte der Doktor ständig nach vorn. Sein wettergegerbtes Gesicht war zerknittert von tiefen Falten und Runzeln: »Ich will Ihnen mal sagen, was ich wollte...«

Er hielt mitten im Satz inne und blickte Gideon scharf an. Der Jüngere hatte den Eindruck, daß in des Doktors Augen Tränen standen. Lemon flüsterte:

»Unheimlich!«

»Wie bitte?«

Lemon wischte sich eine Träne aus seinem rechten Auge.

»Unheimlich, habe ich gesagt. Ich kann mich an Ihre Erscheinung nicht gewöhnen.«

Gideon versuchte zu lächeln: »Ich sehe ziemlich verrufen aus, das muß ich zugeben.«

»Nein, ich meine was andres. Mrs. Lemon und ich, wir haben sieben Töchter und einen Sohn. Hatten einen Sohn. Sie hätten sein jüngerer Bruder sein können. Wir haben ihn bei Antietam verloren.«

»Das tut mir leid.«

»Es wird Ihnen noch mehr leid tun, wenn Sie erfahren, wer ihn erschossen hat.«

»Wer denn?«

»Einer aus seiner eigenen Kompanie. Er hielt ihn für einen Rebellen.«

»Genau das gleiche ist Stonewall Jackson passiert.«

»Ja, so ungefähr«, stimmte Lemon mürrisch zu. »Mein Junge wurde durch eine Kugel in die Brust getroffen. Sie verletzte einen großen Teil des Lungengewebes. Kugeln richten solch schwere Verletzungen an. Ein konisches Geschoß hätte dagegen eine Überlebenschance bedeutet. Die Wunde wäre sauberer gewesen. Weniger Gewebeschäden wären angerichtet worden. Aber ihn traf ausgerechnet eine Kugel in die Lunge – von einem der eigenen Leute!«

Er ballte seine rechte Hand zur Faust und starrte auf den Schreibtisch, doch wenig später hatte er sich wieder soweit gefaßt, daß er Gideon ins Antlitz blicken konnte:

»Ich muß schon sagen, Sie sehen schrecklich aus. Aber es überrascht mich nicht, denn hier...«

Er erhob sich aus dem Stuhl, öffnete den Medizinschrank, der über und über gefüllt war mit Pillendosen und Arzneiflaschen, dann brachte er eine bernsteinfarbene Flasche mit einer dunklen Flüssigkeit darin zum Vorschein.

»Das wird Sie aufwärmen. Nehmen Sie schnell einen Schluck, bevor jemand hereinkommt.«

»Danke, Dr. Lemon.« Er reichte die Flasche zurück.

»Hippokrates spendet mir ohne Zweifel Beifall aus seinem Grabe«, meinte Lemon. Dann tat er die Flasche wieder in den Schrank zurück.

»Der Alte gratuliert mir nur noch selten. Ich bin eine Schande für meinen Stand – weil dieser Ort eine Schande ist. Hornochsen wie Ihr Sergeant Tillotson schicken mir dauernd Patienten, die ich nicht haben will, für die ich keinen Platz habe und die ich meist nicht retten kann, nachdem sie sich eine Zeitlang in den Händen unserer Gefängniswärter befunden haben. Bei diesem verdammten Ungarn, dem diese Insel untersteht, habe ich mich schon oft beschwert. Den kümmert das alles aber nicht.«

Lemon warf sich wieder in seinen Stuhl. Seine Wangen waren dunkelrot vor Zorn. »Dies ist alles total verrückt. Total verrückt! Die Befreiung der Neger hätte man auch auf vernünftigere Art durchsetzen können.«

Gideon leckte sich seine Lippen, die immer noch nach Whiskey schmeckten. Sein Magen fühlte sich jetzt wärmer an. »Ich bedaure es auch, daß wir keine vernünftigere Lösung gefunden haben.«

»Wenigstens einige der Leute von Ihrer Art haben eine Chance durchzukommen. Sie wollen doch diesen Höllenort mit heilen Knochen und gesundem Geist verlassen und neu beginnen.«

Gideon lächelte erschöpft. Lemon ahnte nicht, wie nahe er daran war, dieses Ziel aufzugeben.

»Das bringt mich auf eine Frage, die ich immer schon stellen wollte. Hat Tillotson...?«

Es klopfte. Verärgert rief Lemon: »Ja?«

Ein Sanitäter in einem blutbefleckten Kittel schaute herein.

»Oh, Dr. Lemon, ich wußte nicht, daß Sie hier sind.« Er warf einen argwöhnischen Blick auf Gideon.

»Was wünschen Sie?« fragte Dr. Lemon.
»Es geht um Dunning in der Mannschaftsbaracke.«
»Was ist los mit Dunning?«
Der Sanitäter war nervös, weil Lemon ihn so einschüchternd anblickte. »Ich... ich fand ihn heute morgen. Er lag in seiner Ecke. Aber...«
»Tot?«
Der Sanitäter nickte.
»Verdammt!« Lemon brüllte. Mit einer Handbewegung fegte er einen ganzen Stapel Papiere von seinem Schreibtisch. Der Sanitäter zog sich zur Tür zurück.
»Raus! Ich werde die Sterbeurkunde unterschreiben!« schrie Lemon. Die Tür schloß sich schnell.
Lemon ließ sich fallen. Wieder blickte er Gideon an:
»Wissen Sie, was ich als Todesursache angeben muß? Heimweh!«
Gideon runzelte verwirrt die Stirn. Aus Lemon brach es erneut hervor: »Heimweh! Der Junge war siebzehn! In den letzten Wochen verbrachte er jede wache Minute in seiner Ecke. Er sprach kein Wort. Bewegte sich kaum. Wenn ich mit ihm sprach, dann tat er so, als höre er mich nicht oder als sei ich nicht anwesend. Ich habe aus meiner eigenen Tasche einen der inkompetenten Verantwortlichen dieses Kittchens bestochen, damit er was zu essen bekam. Alles umsonst. Umsonst!«
Einen Augenblick lang rechnete Gideon damit, daß Lemon in Tränen ausbrach – oder die Möbel in diesem Büro kurz und klein schlagen würde, doch nichts davon geschah. Er beruhigte sich. Er nahm die Brille ab und säuberte die Gläser mit einem reinlichen, aber zerschlissenen Taschentuch.
»Sie haben Ihre eigenen Probleme. Die meinen gehen Sie nichts an. Allmächtiger Gott! Gäbe es doch nur genügend vernünftige Männer, um diese Scharfmacher und Hetzer unter den Gegnern der Sklaverei niederzubrüllen. Aber was soll's. Es sind zu wenige!«
Er setzte seine Brille wieder auf. »Ich wollte Sie nach Ihren Büchern fragen. Ich habe Tillotson das Paket gegeben. Hat dieser exquisite Vertreter der Menschlichkeit Ihnen die Bücher ausgehändigt?«
Wegen der Wärme in dem Büro und der plötzlichen Wirkung des Alkohols in seinem beinahe leeren Magen summte es leicht in Gideons Ohren. Der letzte Satz ließ seinen Kopf emporschnellen. Er bemühte sich, seine Augen auf den buckligen, schäbig gekleideten Mann am Schreibtisch zu richten.

»Bücher? Ich habe nur eins bekommen.«
»Nur eins?«
»Ja. Gedichte von einem Burschen namens Whitman.«
»Verdammt!«
»Mein Vater hat das Paket an Sie geschickt?«
»Warum nicht – Sie haben doch meinen Namen und meine Position hier in dem Brief erwähnt, den ich für Sie herausgeschmuggelt habe.«
»Ja, richtig, aber...«
»Ich nehme an, er wollte wohl sichergehen, daß bestimmte Bücher Sie auch erreichen. Natürlich hätte ich sie Ihnen persönlich ins Lager bringen sollen. Ich hatte keine Zeit dafür, weil ich an jenem Vormittag drei Amputationen durchführen mußte. Aber ich bin ganz sicher, daß in dem Paket mehr als ein Buch war. Es war ein halbes Dutzend. Gewichtige Bücher. Die Art von Lektüre, die Sie zu Ihrer Weiterbildung brauchen.«
»Woher kennen Sie die Anzahl der Bücher?«
»Das Paket wurde geöffnet und geprüft, bevor es zu mir gelangte. Der Inhalt wurde auf einer Liste festgehalten, die ich unterschreiben mußte. Wir wollen mal sehen...«

Seine Hand fuhr durch einen Papierberg.

»Es handelte sich um die zweite Auflage von John Bartletts ›Familiar Quotations‹. Dann ein Band mit Aufsätzen und Gedichten von Oliver Holmes. Reades ›Cloister and the Hearth‹. Ein historischer Roman, aber gar nicht so übel. Ihr Vater schickte sogar ›Parson Brownlow's Book‹. Das ist vor zwei Jahren erschienen. Bronlow ist ein Fanatiker aus Tennessee, der für den Frieden, aber gegen den Süden ist. Ihr Vater glaubte wohl, Sie sind Manns genug zu erfahren, was die heftigsten Gegner des Südens denken. Schließlich war in dem Paket noch der Band von Whitman. Sie haben keines der anderen Bücher erhalten?«

»Keines.«

»Dieser Dieb!« wütete Lemon. »Dieser erbärmliche Schuft! Warten Sie, Kent. Ich werde mich bei Schoepf beschweren. Unternehmen Sie nichts gegen Tillotson persönlich. Sie zerstören damit nur Ihre Chance, hier rauszukommen.«

Als Gideon ins Freie wankte, bemerkte er die Kälte kaum. In seinen Ohren summte es noch, und sein Magen schmerzte weiterhin wegen des Alkohols. Hinkend überquerte er den Hof.

Einer der Wächter machte eine abfällige Bemerkung darüber, daß

Gideon den Hintern des Arztes küsse, um sich Vorteile zu verschaffen. Mit einer Riesenwut im Bauch passierte er die Wachposten. Seine blauen Augen blitzen vor Zorn, als er die Tür der Baracke aufstieß – und einen Augenblick später auch Tillotsons Tür.

4

Der Sergeant blickte auf und legte seine Zeitschrift zur Seite.
»Wer hat Ihnen erlaubt, hier so hereinzuplatzen? Wenn die Tür zu ist, haben Sie anzuklopfen!«
»Sie sind ein Dieb, Tillotson! Sie sind ein langfingriger Yankee, Hurensohn!«
Tillotsons rosiges Gesicht wurde blaß. Seine Augen blitzten. Gideon schwankte. Er war benebelt von Kälte und Alkohol. Aber sein Zorn hielt ihn in Schwung.
»Ich bin nicht bereit, mir derart lästerliche und unverschämte Worte eines Gefangenen anzuhören«, warnte Tillotson und hob dabei seinen Walnußstock, der neben dem Familienfoto gelegen hatte.
»Sie haben mir lediglich ein Buch gegeben! Mein Vater hat aber mehrere geschickt. Wo sind die anderen?«
Tillotson blinzelte: »Die anderen? Ich verstehe Sie nicht, Sir!«
»Der Rest der Bücher in dem Paket, das Dr. Lemon Ihnen gegeben hat!«
»Dr. Lemon?«
»Ich war gerade bei ihm!«
Tillotson schnüffelte: »Bekanntlich ist die Verabreichung geistiger Getränke an die Gefangenen gegen die Regeln des...«
»Soll ich ihn herholen, damit er noch einmal alles erzählt?«
Oliver Tillotson sah sich die schwankende Gestalt vor seinem Schreibtisch an. Er überlegte, wie kräftig oder wie geschwächt Gideon wohl sein mochte. Dann lächelte er überraschenderweise:
»Nicht nötig. Ich habe erwartet, daß diese Angelegenheit irgendwann zur Sprache kommt.«
»Sie geben es also zu!«
»Warum nicht, Sir! Was Sie erhalten und was Sie nicht erhalten, da haben Sie nicht mitzureden. Die anderen Bücher – durchaus anständige Literatur, wie ich zugebe – befinden sich in meinem Haus in Salem in Gewahrsam. Bald ist Weihnachten. Die Gehälter hier sind für einen Mann mit großer Familie durchaus nicht angemessen. Da ist jede Hilfe

willkommen. Ein Buch habe ich Ihnen gelassen. Der Rest sollte zwischen uns kein Thema sein.«

»Ich bin erstaunt, daß Sie nicht alle Bücher gestohlen haben!«

»Nun, von diesem Whitman will ich nichts in meinem Hause haben. Er ist berüchtigt. Pervers soll er sein. Wir sind gottesfürchtige Leute. Aber meine Jungs werden sich freuen, die Bücher von Holmes und Reade unter dem Weihnachtsbaum zu finden.«

»Aber Sie haben kein Recht...«

»Machen Sie keinen Wind, Major Kent.« Tillotson spielte mit dem Stock. »Und nun verlassen Sie sofort dieses Büro.«

Der Befehl und der beleidigende Ton erschütterten Gideons Selbstbeherrschung. Gideon wußte, welches Risiko er einging, aber er konnte einfach nicht anders. Bevor Tillotson sich wehren konnte, packte er ihn mit beiden Händen an der Gurgel.

Die Augen des Dickwanstes standen einen Moment lang vor Schreck weit offen. Er stieß sich von seinem Stuhl ab und gab Gideon einen Tritt. Der taumelte. Dann folgte eine ruckartige Bewegung.

»Hilfe! Ich brauche Hilfe!«

Schreiend riß sich Tillotson aus Gideons Würgegriff los. Jetzt hörte Gideon im Großraum der Baracke laute Stimmen der Gefangenen, die nach dem Grund des Lärms fragten.

Durch den Tritt gaben Gideons Beine nach. Er fiel auf die Knie, hielt sich aber mit beiden Händen am Pult fest.

»Hilfe!« schrie Tillotson erneut und hieb mit dem Stock auf Gideons Handknöchel.

Verdammter Narr! dachte Gideon, während der Schmerz durch seinen Unterarm zog. Verdammter Narr, du verlierst deine Selbstbeherrschung und bist viel zu schwach, um zu kämpfen.

Die Tür ging auf. Die Wachmannschaft stürmte herein mit aufgepflanzten Bajonetten. Tillotson holte erneut gegen Gideons Knöchel aus. Gideon ließ das Pult los.

Nun trat Tillotson ihm zweimal kräftig in die Rippen. Gideon schlug lang hin.

Das weiße Haar des Sergeanten geriet in Unordnung: »Waldo, komm rein! Prentice, bleib draußen und schließe die Tür! Wenn jemand hier herein will, benutze das Bajonett. Egal was du hörst!«

Die Tür wurde geschlossen. Gideon sah nur noch verschwommene Bilder. Er sah zwei Gesichter doppelt.

Tillotson duckte sich, den Stock in der einen Hand. Mit der anderen ergriff er Gideons Bart und zog daran.

Gideons Kopf schnellte hoch. Er hob seine rechte Hand, konnte aber seine Finger kaum ballen. Tillotson schlug seine Faust nieder.
»Waldo, knie dich auf seinen Bauch. Ja, genau so. Major Kent hat mich angegriffen. Mich angegriffen! Verstehst du das? Nun müssen wir ihn streng zur Ordnung rufen!«
Der Sergeant erhob sich und ging auf den offenen Ofen zu. Er hielt die Spitze des Walnußstocks in die Flammen. Dann roch es nach brennendem Holz.
»Wissen Sie, Waldo, daß Major Kent ein Student ist, der Bücher liest?« Tillotson war immer noch außer Atem aufgrund des überraschenden Angriffs. »Er will sich weiterbilden. Er möchte als nützliches Glied der Gesellschaft gelten, wenn der Krieg vorbei ist. Aber daneben ist er rebellisch und gefährlich. Ich war zu nachsichtig ihm gegenüber.«
Der Brandgeruch wurde stärker.
»Zu nachsichtig«, wiederholte Tillotson und strich sich seinen kleinen Spitzbart. Von draußen her hörte Gideon die aufgeregten Stimmen der anderen Offiziere. Dann drohte ein Wächter, auf sie zu schießen, falls sie noch näher herankommen sollten.
Tillotson begann sich über Gideon lustig zu machen: »Ich glaube, wir sollten es für Major Kent etwas schwieriger machen, sich seiner Fortbildung zu widmen.«
Jetzt kam eine schreckliche Ahnung in Gideon auf.
»Du sadistischer fetter alter...«
Tillotson trat mit seinem rechten Stiefel ganz fest gegen Gideons Schläfe.
Sein Kopf knallte gewaltig auf. Seine letzte Kraft verließ ihn. Er ließ sich jetzt in einer Art Nebel treiben. Wie von fern hörte er Tillotson.
»Noch eine derartige Bemerkung, Major, und Sie werden nie mehr lernen können. Hier ist wohl eine andere Art von Lektion angebracht. Halten Sie seinen Kopf fest, Waldo. Halten Sie ihn ganz ruhig!«
Dann sah Gideon den Walnußstock. Sein glühendrotes Ende. Es rauchte.
Er spürte die Hitze näher kommen. Die rote Spitze des Stocks wurde größer und größer. Dahinter glänzte Tillotsons schweißüberströmtes Biedermannsgesicht.
Gideon griff unbewußt nach der eingewickelten Haarlocke in seiner Hemdtasche. Seine Kraft reichte nicht aus, sie zu berühren.
»Es war sehr unbesonnen, Sir, mich anzugreifen«, schalt ihn Tillotson. Er schob den heißen Stock immer näher.

Unbewußt schloß Gideon seine Augenlider, da berührte sie der Stock.

Tillotson erhöhte den Druck. Gideon krümmte seinen Rücken. Jetzt war der Schmerz fast unerträglich.

Der Druck nahm zu. Er versuchte, einmal kräftig durchzuatmen. Er konnte seine Lungen nicht vollkriegen. Er war zu schwach, um noch länger Widerstand zu leisten.

Tillotson ließ sein Kinn los und benutzte seine freie Hand, um Gideons linkes Augenlid vorsichtig anzuheben. Das verbrannte Fleisch des Augenlids stank.

»Ja, Sie haben in der Tat einen Fehler gemacht, Major. Wie dieser Bursche Poe in einer seiner seltsamen Geschichten schrieb: ›...niemand, der mich angreift, kommt ohne Strafe davon.‹ Niemand, Sir!«

Japsend stieß er den Stock gegen das offene Auge.

Gideon schrie gellend auf.

# Buch 2
# Krieg wie ein Donnerkeil

## 1. Kapitel
## Der Feind vor dem Tore

Als Richter Claypools Kutsche verschwunden war, ging Catherine auf Serena und Jeremiah zu.

»Ihr habt aber sehr lange gebraucht, um den Wagen zu verstecken.«

»Es wurde dunkel, Ma'am«, entgegnete Jeremiah schnell, um einen Ausbruch des Mädchens zu verhindern. »Das hat das Manövrieren mit dem Fuhrwerk sehr viel schwieriger gemacht.«

Catherine schaute betont auf das beschmutzte Kleid ihrer Stieftochter. »Und darüber hinaus habt ihr wohl nichts getan?!«

Bevor Serena darauf antworten konnte, wandte sich Catherine Maum Isabella zu. »Ich denke, wir sollten uns besser an den Rat des Richters halten. Du und die Hausmädchen, ihr leert jetzt die Krüge mit Sauermaische in der Speisekammer. Schüttet jeden Tropfen davon weg, ebenfalls den Wein und die Liköre im Büfett.«

Jetzt endlich fand Serena eine Chance, zurückzuschlagen:

»Auch deinen heißgeliebten Brombeerwein?«

»Alles!«

»Du glaubst also, länger als vierundzwanzig Stunden ohne das Zeugs auskommen zu können?«

Catherine blieb ruhig: »Das kann ich. Geh jetzt und hilf den Mädchen!«

In Serenas Augen sprühte Widerspruch: »Das ist Niggerarbeit!«

»Jetzt ist es unsere Arbeit. Nun mach schon!«

»Verflucht noch mal, ich tu's nicht!«

Catherine trat einen Schritt nach vorn und grub ihre Finger in die Schulter ihrer Stieftochter. Serena entwand sich ihr. Einen Augenblick lang konnte Jeremiah die pure Feindseligkeit in den Augen beider Frauen sehen.

Aber Catherine ließ sich nicht zurückweisen. Wieder packte sie ihre Stieftochter. Serena zuckte zusammen. Ihre rechte Hand ballte sich zur Faust. Jeremiah hatte den Eindruck, nun werde sie zuschlagen.

Catherines Blick ließ sie davon Abstand nehmen. Maum Isabella trat an Serenas Seite und berührte sie sanft:

»Nun los, Miss Serena. Die Arbeit wird nicht lange dauern.«
»Ich würde gerne helfen«, begann nun Jeremiah. Aber Catherine schüttelte den Kopf:
»Ich will Sie hier an meiner Seite haben. Wir müssen Wache halten.«
Serena war größer als ihre Stiefmutter. Das verlieh ihr gewisse Vorteile. Aber durch ihre Willenskraft konnte Catherine die körperliche Unterlegenheit ausgleichen. Catherines Willenskraft – und Catherines Augen taten ihre Wirkung. Widerwillig verzog sich Serena ins Haus. Maum Isabella folgte mit der Lampe.

Catherine ging ein paar Schritte über den Vorplatz. Das Licht des Feuers in der Ferne schimmerte durch die Zypressen und schuf ein Gitter von Licht und Schatten auf ihrem Gesicht. Nun bat sie höflich:
»Bitte, tragen Sie einige Stühle nach draußen, Jeremiah. Wenn wir schon warten müssen, wollen wir es wenigstens bequem haben.«

Er ging ins Haus. Oben hörte er Serenas mürrische Stimme und das Klirren von Gläsern im Speisezimmer. Serena rebellierte – obwohl sie gleichzeitig tat, wie ihr geheißen.

Jeremiah trug die Stühle nach draußen und stellte sie rechts neben den offenen Fenstern des Wohnzimmers auf. Catherine ließ sich darauf nieder.

Er nahm neben ihr Platz. Er prüfte, ob sein Messer noch im Stiefel steckte. Auf Catherines fragenden Blick hin erklärte er:
»Ich habe nur wissen wollen, ob mein Messer an der richtigen Stelle sitzt. Wir werden es bald brauchen.«
»Früher haben Sie anders geredet.«
»Ich weiß. Aber die Nachrichten werden immer schlechter. Und nun dieses Feuer. Ich hatte angenommen, die Brandstiftungen würden bestimmt bald aufhören.«

Catherine nickte ernst. Sie sah nun erschöpft aus, mit hängenden Schultern. Sie starrte auf die Eichenallee, die zur Landstraße führte. Schließlich griff sie nach den Armlehnen des Sessels, als wolle sie Kraft daraus ziehen, und sagte:
»Jetzt wollen wir General Sherman einmal vergessen. Ich habe Serena ins Haus geschickt, weil ich etwas mit Ihnen unter vier Augen bereden wollte. Es ist für Sie sehr wichtig.«

Ihr leicht warnender Tonfall weckte seine Aufmerksamkeit. Vorsichtig meinte er:
»Um was geht es?«
Er hatte bereits so seine Vermutungen und wünschte sich, weit weg zu sein.

Ihre ersten Worte bestätigten bereits seinen Verdacht.
»Das Verstecken des Fuhrwerks kann doch nicht so lange gedauert haben.«

»Mrs. Rose, wie ich schon sagte, machte die Dunkelheit alles schwieriger. Wir...«

»Ersparen Sie mir Ihre Flunkereien«, unterbrach sie ihn sanft. »Ich bin überhaupt nicht zornig. Sie sind zu jung, um zu wissen, was Sie tun. Oder besser: was Ihnen angetan wird.«

Er fuhr hoch. Seine Müdigkeit und die stürmischen Gefühle, die Serena in ihm erregt hatte, lösten beinahe wieder Zorn in ihm aus. Catherine fuhr fort:

»Ich spreche nicht gern darüber. Aber ich habe das Gefühl, hier muß ich es tun. Ich habe bemerkt, daß sich Serenas Haltung Ihnen gegenüber verändert hat. Es war ein sehr schneller und plötzlicher Wandel. Es mangelt Ihnen ja nicht an Intelligenz. So nehme ich an, daß Sie es auch bemerkt haben.«

Sein Nicken bestätigte dies.

»Kennen Sie die Gründe?«

»Ich glaube, ja.«

»Dann sagen Sie's.«

»Nein, Ma'am, sagen Sie's.«

»Ist doch ganz klar. Sie hat gemerkt, daß Sie kein armer Schlucker sind. Sie haben wohl ein größeres Vermögen zu erwarten, und – falls wir diesen Krieg überleben – haben Sie auch bessere Zukunftsaussichten als das halbe Dutzend Liebhaber, das Serena seit ihrem Rausschmiß aus dem Christ College gehabt hat. Nein, bitte, unterbrechen Sie mich jetzt nicht. Ich muß das sagen, solange dafür noch Zeit ist. Die jungen Männer in der Nachbarschaft kennen Serenas Charakter. Ja, sie ist eine Augenweide. Aber was diese jungen Männer betrifft: Bevor sie alle in die Armee eintraten, Jeremiah, gab es nicht einen, der öfter als drei-, viermal hier auftauchte. Ihr Verhalten schockierte sie. Ich sage das nicht gern über das Kind meines verstorbenen Gatten. Aber...«

Ein Achselzucken. Er wußte, daß sie nicht die Wahrheit sagte. Sie haßte Serena genausosehr, wie diese sie haßte.

»Aber es ist zu Ihrem Besten. Wie Sie wissen, war ich Lehrerin. Ich hatte mit jungen Menschen zu tun. Sie halten sich für erwachsen, aber sie sind es nicht. Sie sind immer noch formbar. Eines müssen Sie vor allem verstehen«, ein langer Seufzer folgte, »Serena besitzt kein ausgeglichenes Temperament.«

Catherine blickte ihm jetzt direkt in die Augen.
»Verstehen Sie, was ich sagen will?«
Er wollte fluchen, wollte sie beschimpfen, weil sie schlecht über das Mädchen sprach, das so starke Gefühle in ihm geweckt hatte. Er unterdrückte diesen Impuls und beschränkte sich auf ein mißbilligendes Lachen: »Ich glaube schon. Aber meine Mutter hat in ähnlicher Weise über mich gesprochen.«
Catherine schüttelte den Kopf. »Das kann ich nicht glauben.«
»O doch, Ma'am, genauso war es. Sie behauptete, meine Brüder und ich hätten alle einen gemeinen Zug geerbt. Und zwar von unserer Urgroßmutter aus Virginia, einer Lady mit Namen Fletcher.«
»Nun, mir kommen Sie nicht gemein vor, wie Sie es zu nennen belieben. Sie sind nur sehr jung. Sehr anfällig für...«
Es folgte erneut eine Pause. Irgendwo im Innern des Hauses, vielleicht in der Diele, glaubte er Schritte zu hören.
»... für weibliche Reize.«
Catherine beugte sich etwas vor:
»Jeremiah, ich bin Ihnen sehr dankbar für das, was Sie für uns getan haben. Allein Ihre Anwesenheit als Mann bedeutet eine große Beruhigung für uns. Und die Loyalität gegenüber meinem verstorbenen Mann, die Sie hierher geführt hat, ist lobenswert. Aber wenn die Gefahr vorbei ist, wenn die Yankees fort sind und Sie wieder reisen können, dann müssen Sie von hier fort. Ich wünsche nicht, daß Sie sich mit Serena kompromittieren. Sie sind ein gesitteter junger Mann. Jedoch...«
Eine Geste folgte:
»... anfällig.«
Plötzlich schwang in ihrer Stimme ein resoluter Ton mit:
»Ich habe versucht, sie anständig zu erziehen. Aber Henry verwöhnte sie zu sehr, setzte sich über meine disziplinarischen Maßnahmen hinweg.«
Doch nur, weil Sie ihre wirkliche Mutter verabscheuten und er dies ausgleichen wollte, dachte Jeremiah. Diesen Gedanken sprach er jedoch nicht laut aus. Aber er gewann die Überzeugung, daß Catherine Rose eine tote Frau bestrafen wollte, indem sie ihr Kind schlecht behandelte.
»Jeremiah, ich hoffe, Sie verstehen, was ich sagen will. Ich mache mir Sorgen, daß Sie Serena gestatten...«, erneut suchte sie nach Worten, »... einen Einfluß auszuüben, dem zu widerstehen Sie zu jung sind.«

Nun war sein Unmut grenzenlos:
»Ma'am, ich bin alt genug, um auf mich selbst aufzupassen.«
Sie unterbrach ihn:
»Ich möchte auf der Beantwortung meiner Frage, warum Sie so lange brauchten, den Wagen zu verstecken, nicht insistieren. Auch nicht, warum Serena in einem solch derangierten Zustand nach Hause kam. Danach brauche ich, ehrlich gesagt, gar nicht zu fragen. Ich möchte Sie nur einfach bitten, uns so bald wie möglich zu verlassen. Ich habe gesehen, wie Sie sie anschauen. Ich leugne nicht, daß sie ein hübsches Mädel ist. Aber es gibt – Abgründe in ihr, die Sie nach einer so kurzen Bekanntschaft noch nicht ermessen können. Sie hat einige Züge von ihrer Mutter geerbt. Sie ist habgierig, liederlich, unmoralisch.«
Dann flüsternd:
»Sie ist kein moralischer Mensch! Das haben alle jungen Männer, die ihre Bekanntschaft gemacht haben, bald gemerkt.«
Nun explodierte Jeremiah förmlich:
»Mrs. Rose, es fällt mir schwer zu glauben, daß Sie für Ihre Stieftochter so wenig übrig haben!«
Catherine empfand dies nicht als Beleidigung: »Ich habe es jahrelang versucht, wie ich Ihnen schon sagte! Aber der Wahrheit konnte ich mich nicht länger verschließen. Aus diesem Grunde wünsche ich nicht, daß Serena eine dauerhafte Verbindung mit jemand eingeht, den ich mag oder schätze. Und Sie mag und schätze ich!«
Sie streckte ihre Hand aus und ergriff die seine. Der Druck war kräftig.
»Lassen Sie sie in Ruhe, Jeremiah. Um Ihrer selbst willen.«
Den fast krampfhaften Griff von Catherines Fingern empfand er als abstoßend. Ohne es recht zu merken, hatte er bereits Serenas Partei ergriffen. Dies hatten Serenas heiße Küsse vor einer Stunde bewirkt.
»Jeremiah? Versprechen Sie mir, so bald als möglich von hier zu verschwinden.«
»Nein, Ma'am, das kann ich nicht.«
»Warum nicht?«
Wie konnte er ihr klarmachen, daß verschiedene Dinge seinen Verdacht erregt hatten? Da war einerseits ihr Gerede von Christentum und Nächstenliebe und andererseits ihre vertuschte Abhängigkeit vom Alkohol. Hinzu kam ihre Feindseligkeit gegenüber Roses erster Frau. Und schließlich dieser gehässige Angriff.
Die Gründe konnte er sich nicht erklären: Sosehr er auch alles ablehnte, was Mrs. Rose sagte, erkannte er doch wohl, daß Serenas

plötzliches Interesse an ihm mit Geld zusammenhing. Er konnte sich einfach nicht auf Mrs. Roses Seite stellen. Sie hatte ihn gut behandelt, zugegeben. Vielleicht war sie davon überzeugt, daß sie sein Bestes wollte.

»Warum nicht, Jeremiah?«

Er war einer Antwort enthoben, als sich plötzlich auf der Landstraße etwas regte: ein Muhen und Blöken draußen im Dunkeln.

Dann hörte man unverkennbar zackige Marschtritte.

Catherine sprang auf. »Das ist Vieh auf der Straße!«

»Und Soldaten«, fügte er hinzu.

»Wenn es die Yankees sind, auf diesen Besitz werden sie keinen Fuß setzen.«

Plötzlich war sie fort, sie stürmte die Eichenallee hinab.


2

Jeremiah folgte ihr nicht. Ihre Attacke gegen Serena hatte ihn zu sehr verblüfft und bestürzt.

Das Muhen und Blöken, die Stiefeltritte kamen ständig näher. Schließlich setzte er sich in Bewegung. Er verließ die Veranda und ging auf die Einfahrt zu.

Gott strafe ihr Schandmaul! dachte er.

Er drehte sich um.

Serena stand am Haupteingang.


3

Es war, als existiere er gar nicht. Das Mädchen schenkte ihm keinerlei Beachtung. Sie blickte die Allee hinab, auf der Catherine verschwunden war. Und sie zitterte dabei.

Plötzlich richtete sie ihre Augen auf die seinen. Er erblickte darin soviel Haß, daß er sich beinahe krümmte.

»Ich war im Wohnzimmer, um eine letzte Karaffe zu holen.«

Mehr brauchte sie gar nicht zu sagen. Er erinnerte sich, wie sie dicht an den offenen Fenstern saßen und er das Geräusch von verstohlenen Schritten gehört hatte.

Serenas Knöchel waren weiß, als sie nach dem Pfosten griff. »Du wirst nicht auf sie hören, nicht wahr?! Ich bin nicht halb so schlimm, wie sie mich darstellt.« Mit der Faust hämmerte sie gegen das Holz: »Manchmal wünschte ich, einer dieser Yankees würde herkommen und sie umbringen!«

Erschüttert rief er aus: »Mein Gott, das meinst du doch nicht im Ernst!«

Sie bedeckte ihre Augen: »Nein. Nein. Aber sie macht mich total verrückt! Sie haßt mich seit dem Tage, an dem sie Papa heiratete. Weißt du, warum? Weil sie den Ruf meiner Mutter verabscheute. Sie fühlte sich durch meine ständige Nähe beschmutzt. Selbst wenn ich nie etwas tat, was dieses Gefühl bestärkt hätte.«

Das Mädchen packte seine Schultern: »Wenn du auf sie hörst – diese bösartigen Geschichten, die sie erfindet –, dann wird dies alles zerstört.«

Durch ihre Berührung erregt, fragte er sie, was denn zerstört werden könnte.

Gelächter – rauhes, männliches Lachen – brach unten am Tor aus. Einen Augenblick lang hatte er die Fremden auf der Straße vergessen. Das Gelächter erinnerte ihn daran.

Er drehte sich schnell um, sein Herz pochte. Gerade war Catherines schwacher Protestschrei zu hören.

»Die Yankees sind wohl da. Ich muß verschwinden.«

»Nein, warte!«

»Serena...«

»Du wartest! Es ist zu wichtig.« Ihr Drängen und ihr Händedruck hielten ihn an ihrer Seite fest.

»Jeremiah, du mußt mir vertrauen. Das ist wichtig für mich und für dich. Ich wünsche nicht, daß du mich für die Person hältst, als die sie mich darstellt. Natürlich habe ich mit Jungen geflirtet. Das gebe ich zu. Vielleicht war es auch mal mehr als bloß ein Flirt. Aber niemals war es etwas wirklich Unrechtes. Niemals. Ich habe keine Erfahrungen!« Tränen glänzten in ihren Augen.

»Wie kann ich dir glauben?«

»Bitte glaube mir!« Sie drückte sich an ihn.

Aber er stellte die notwendige Frage:

»Geht es dir ums Geld?«

»Es wäre dumm, das abzustreiten. Jedes Mädel ist auf der Suche nach einer guten Partie. Aber das ist nicht der einzige Grund. Wenn du achtzig Jahre alt wärst und steinreich, ich würde mich nicht einen Augenblick für dich interessieren.«

Er verspürte Erleichterung. Sie hatte sein Mißtrauen geweckt, weil sie sich so sehr für sein zukünftiges Erbe interessierte. Nun beschäftigte ihn ihre Behauptung, daß sie noch unerfahren sei. Ihre angebliche Keuschheit. Konnte er wirklich daran glauben nach allem, was sich unter den Kiefern ereignet hatte?

Erneut hörte man Catherines schwachen Schrei. Die Glocke erklang.

»Serena, ich kann nicht länger warten!«

Kling! Klang! Das Glockengeläut rief ein Echo hervor. Er warf einen letzten Blick auf das Mädchen und lief dann auf die Straße zu. Lief auf die Frau zu, die seine Hilfe brauchte. Lief von dem Mädchen weg, das er wider alle Zweifel und alle Vernunft haben wollte.

Sie ist ohne Moral! So lautete die Anschuldigung. Aber worin lag die Schuld, die Unmoral?

Wer hat das Kind, das sie selbst aufzog, heimlich verdammt?

Catherine.

Die Waage schlug endgültig zugunsten des Mädchens aus, das mit seinem Mund, seinen Händen, seinem Körper ein so vielfältiges Verlangen in ihm ausgelöst hatte.

Sein langes hellbraunes Haar wehte, als er die Allee entlanglief. Vor sich sah er eine Laterne, die wie ein riesiger Leuchtkäfer hin und her schwankte. Er sah Soldaten und Vieh. Er hörte einen Wortwechsel, der lauter und heftiger wurde.

Sie hat keine Moral! klang es in ihm nach.

Einen Augenblick lang war er sich seiner Entscheidung nicht sicher. Dann schämte er sich seines Zweifels. Vor allem wollte er unbedingt Serena glauben.

Und fliehen war unmöglich – weder jetzt noch später. Die lauten Yankees sah er jetzt im gelben Laternenlicht direkt vor sich.

4

Als er das geschlossene weiße Tor erreichte, hatte Catherine den Seilzug der Glocke ergriffen. Zwei Kompanien schmuddliger, bärtiger Soldaten im blauen Tuch der Nordstaaten standen auf der Landstraße. Diese Kolonne von Soldaten unterschiedlicher Ränge kam von Jespersons Farm her, die offensichtlich niedergebrannt worden war, wie der dicke Qualm aus dieser Richtung zeigte.

Auf dem Maisfeld jenseits der Straße irrte eine Herde Rinder und Schafe ziellos umher. Im Licht der Laterne konnte Jeremiah gerade mal zerlumpte Viehtreiber sehen, die die Rinder in einen Kessel zu treiben suchten. Ihre Schreie und Flüche hallten laut durch die Nacht.

Die Soldaten schwatzten miteinander in einer kehlig klingenden Fremdsprache. Jeremiah hielt sie für Deutsche, die in der Armee des Nordens Dienst taten. Unter den verschiedenartigen Waffen, die sie mit sich führten, entdeckte er einige der neuen Spencer-Repetiergewehre. Sie faßten sieben Patronen, und ein geübter Schütze konnte alle drei bis vier Sekunden damit feuern. Nach dem Gefecht bei Chickamauga hatte er eine dieser Waffen als Beutestück kennengelernt. Colonel Rose hatte einmal gemeint, die Schnellfeuerwaffen könnten für den Ausgang des Krieges und den Sieg der Yankees entscheidend sein.

Andere Soldaten wiederum hatten weit ungewöhnlichere Ausrüstungsgegenstände bei sich: Spaten und Äxte, die sie geschultert trugen oder im Staub hinter sich herzogen. Im Licht der Laterne, die ein stämmiger Sergeant hielt, wurde ein Trupp Menschen um ein oben weiß gestrichenes Fuhrwerk sichtbar. Einige Neger scharten sich, Beifall klatschend, um das Fuhrwerk. Fünf Schwarze konnte Jeremiah zählen. Zu seiner Erleichterung war Price nicht darunter.

Einer der Neger trug einen Zylinder und einen smaragdgrünen Gehrock. Eine junge Frau trug ein Kleid aus glänzender orangefarbener Seide. Zweifellos Diebesgut.

Neben dem Sergeanten mit der Laterne standen zwei Offiziere. Der ältere, ranghöhere, war ein vierschrötiger Mann mittleren Alters in einer zerfetzten Uniformjacke. Daneben befand sich ein junger Leutnant, der zu Jeremiah herüberschaute und nervös herumfingerte, die Hand in bedrohlicher Nähe seines Revolvers.

Der ältere Mann redete Catherine in keineswegs akzentfreiem Englisch an:

»Ich bin Captain Franz Poppel, Ma'am. Diese Vorausabteilung von Pionieren erweitert und befestigt die Straßen für General Shermans Armee.«

»Sie wollen also diese Landstraße aufreißen?«

»Nein, diese Straße genügt unseren Ansprüchen. Aber...«

»Ihnen geht es doch nicht nur um Straßenarbeiten!« rief Catherine aus und deutete dabei auf das Maisfeld: »Sie stehlen auch das Vieh der Zivilbevölkerung!«

Poppel bestätigte diesen Vorwurf mit einem Erröten und Kopfnikken. Nun wandte sich der Leutnant mit strengem Blick ihr zu:

»Was wir tun, geht nur uns etwas an.«

»Leutnant Stock will damit sagen, wir haben den Befehl, uns unseren Bedürfnissen entsprechend selbst zu versorgen.«

Der Leutnant ließ sich auf diese Weise nicht beschwichtigen: »Ist dies Ihr Besitz, Ma'am?«

»Warum sollte ich sonst hier sein?«

»Ein bißchen mehr Respekt, bitte!« warf der Leutnant ein. Er machte jetzt zwei schnelle Schritte auf den Zaun zu, griff darüber hinweg, packte Catherines erhobenen Arm. Ihre Hand hielt immer noch den Seilzug der Glocke. Nun zog er heftig an ihrem Arm. Die Glocke dröhnte. Der Leutnant drückte Catherines Arm mit roher Kraft herab. »Sonst werden wir Ihnen schon noch Respekt beibringen!«

»Stock!« rief Poppel aus, als Catherine sich krümmte. Sie verspürte Schmerzen, aber sie blieb ganz ruhig.

Captain Poppel bewegte sich zu langsam, um eingreifen zu können.

Das ist also der Gegner, gegen den ihr kämpft, dachte Jeremiah voll Bitterkeit. Er bückte sich schnell zu seinem Stiefel herunter.

»Der Südstaatler da hat ein Messer!« schrie der Sergeant.

Der Soldat trat zurück, und die Laterne begann wild hin und her zu schwingen. Das stählerne Messer blitzte in Jeremiahs Hand. Zwei Schritte, und er war am Zaun.

Mit seiner linken Hand packte er den überraschten Leutnant im Nacken. Der Leutnant ließ Catherine los.

Jeremiah gab dem Leutnant einen Stoß. Der Mann verlor das Gleichgewicht und fiel hin. Sein Kopf schlug gegen das Geländer des Zauns. Mit einer Hand preßte Jeremiah den Kopf des Mannes gegen das Geländer, mit der anderen legte er ihm das Messer an die Kehle:

»Das war das erste und letzte Mal, daß Sie Mrs. Rose mißhandelt haben.« Er sprach leise, aber sehr entschieden.

Der Leutnant tastete mit der rechten Hand nach seinem Revolver.

»Mach schon, zieh die Pistole!« flüsterte Jeremiah. Die Messerspitze drang tiefer ein: »Was hält dich noch ab?«

Blut tropfte auf Leutnant Stocks Kragen. Die Umstehenden schrien auf. Jeremiah sah deutlich, wie ein blauschimmernder Gewehrlauf auf seinen Kopf gerichtet wurde. Bald bedrohten ihn ein Dutzend Gewehre.

»Wenn Sie schießen«, warnte er Poppel, »dann ist Ihr Mann erledigt!«

Stock und der Captain erkannten, daß er es ernst meinte. Stock ließ sein Pistolenhalfter los. Seine Augen wurden feucht.

»Madam«, forderte Poppel Catherine auf, »sagen Sie Ihrem Sohn, daß er keinen weiteren Ärger provozieren soll!«
»Er ist nicht mein Sohn.«
»Erschießt diesen verdammten Südstaatler!« brüllte ein Soldat. Andere stimmten lauthals zu.
Schwitzend hielt Jeremiah weiterhin das Messer an Stocks Kehle.
»Ja, machen Sie, was Sie für richtig halten«, sagte er zu Poppel. »Ich garantiere Ihnen, daß Sie einen Ihrer Pioniere verlieren werden. Es liegt ganz in Ihrer Hand.«

## 2. Kapitel
## Die Invasion

»Nicht schießen!« rief Poppel und blickte dabei in Richtung Straße. »Das ist ein Befehl!« Er wandte sich Jeremiah zu: »Lassen Sie ihn los!«

»Damit Ihre Jungs mich erledigen können? Nein, danke!« Poppel wischte sich mit dem Ärmel über's Gesicht: »Was wollen Sie denn?«

»Ihr Versprechen, daß Sie diese Dame nicht wieder anrühren werden. Und nichts, was sich auf diesem Besitz befindet.«

»Wir beabsichtigen, heute Nacht auf Ihrem Grund und Boden zu kampieren«, fing Poppel an.

»Hinter dem Tor«, sagte Jeremiah mit einer Handbewegung. »Unter den Bäumen und nirgendwo sonst.«

Stock keuchte: »Ich gehorche nicht den Befehlen eines verdammten Knaben!«

»Ich trage hier die Verantwortung – und nicht Sie«, lautete Poppels Antwort. Er warf einen nervösen Blick auf Jeremiah und fuhr sich mit der Zunge über seine trockene Oberlippe. Dann nickte er.

»In Ordnung. Stock hätte die Dame nicht so grob anfassen sollen. Ich nehme die Bedingungen an. Wir werden auf Ihrem Anwesen kampieren, aber Ihre Privatsphäre nicht antasten. Morgen früh werden wir weiterziehen. Aber wir brauchen auch Proviant: Mais und Schweine.«

»Müssen wir denn auf Ihren Befehl hin unseren Proviant ausliefern?« fauchte Catherine.

Captain Poppel deutete auf die Reihen seiner Soldaten. Die blauen Gewehrmündungen sah Jeremiah immer noch auf sich gerichtet. Dahinter erblickte er feindselige Gesichter. Eine falsche Bewegung, und es wäre aus mit ihm.

»Die Soldaten haben Hunger. Wir nehmen nichts Verbotenes. Wir beschädigen kein Eigentum. Aber ich verlange Proviant. Und«, fügte er, zu Jeremiah gewandt, hinzu, »ich will dieses Messer.«

Die innere Spannung war seinem Gesicht deutlich anzumerken: »Vertrauen Sie mir! Sonst wird Sie einer dieser Soldaten erschießen.«

»Kann ich mich auf Ihr Wort verlassen?« fragte Jeremiah und blickte dem Captain ins Gesicht.

»Auf mein Wort – und auf dies.« Poppel zog jetzt seinen Revolver. Dann sagte er zu seinen Soldaten: »Wenn der junge Mann mir das Messer ausgehändigt hat, dann erschieße ich denjenigen, der etwas gegen ihn oder die Dame unternimmt. Und jetzt: Gewehre ab!«

Es gab Gemurmel und leise Flüche.

»Gewehre ab!«

Langsam ließen sie die Gewehre sinken. Jeremiah blickte erneut Poppel an, versuchte die Ehrlichkeit des Mannes einzuschätzen. Er glaubte, ihm vertrauen zu können. Sicher war dies mit einem Risiko verbunden, aber was blieb ihm anderes übrig? War er einmal verwundet oder tot, dann konnte er Catherine und Serena nicht mehr von Nutzen sein.

»Jetzt lassen Sie ihn gehen!« sagte Poppel.

Jeremiah ließ den Kopf des Leutnants los und ließ sein Messer sinken.

Der Leutnant blickte mordlustig drein. Aber ehe er nach seinem Revolver greifen konnte, spannte Poppel seine Waffe:

»Hände runter, Stock. Wir haben uns geeinigt.«

Stock kochte vor Wut. Poppel streckte seine andere Hand aus:

»Jetzt das Messer, junger Mann.«

Jeremiah wollte daran glauben, daß Poppel anständig war und nicht log. Catherines Blicke schienen ihn dazu aufzufordern.

»Ich verspreche, daß Ihnen nichts geschehen wird!« schrie Poppel.

Catherines Stimme klang unsicher: »Wir wollen dem Wort dieses Offiziers vertrauen, Jeremiah. Gib ihm das Messer.«

Er ließ es in Poppels Hand fallen und trat einen Schritt zurück. Erleichtert atmete der Captain auf. Seine Waffe blieb weiter auf Leutnant Stock gerichtet.

»Sehr gut. Nun lassen Sie die Soldaten Aufstellung nehmen, Stock.«

Als der Leutnant zögerte, brüllte Poppel: »Also los!«

Stock wischte sich den Nacken mit seinem Halstuch, drehte sich um und schritt auf die murrenden Soldaten zu.

»Na wartet, bis wir abziehen!« rief ein Soldat Jeremiah und Catherine nach. »Ihr werdet nur noch in der Asche herumwühlen!«

Rot vor Zorn drehte Poppel sich um: »Ruhe jetzt, wir zünden kein Privateigentum an.«

Unsicher deutete Catherine auf den Wald zur Linken. »Und wer hat dann Jespersons Farm angesteckt?«

»Meine Soldaten nicht«, erwiderte Poppel. »Mit ein oder zwei Ausnahmen sind das anständige Kerle. Sie haben Familie, ein eigenes Heim. Ich garantiere für ihre gute Führung. Allerdings kann ich meine Hand nicht für diesen gesamten Feldzug ins Feuer legen. Es gibt einige zügellose Einheiten. Aber meine gehört nicht dazu. – Dürfen wir jetzt Ihr Grundstück betreten?«

Catherine seufzte: »In Ordnung.«

»Wir werden unter diesen Bäumen kampieren. Außer mir und meinem Sergeanten wird niemand das Haus betreten. Ich muß das Gebäude nach versteckten Waffen und Munition absuchen«, stellte Poppel forsch fest.

Draußen bei den Soldaten brüllte Stock: »Wenn dieser kleine Sezessionist was anderes behauptet, dann blasen wir ihm das Gehirn aus.«

Diese Drohung galt mehr den Soldaten als Jeremiah. Sie fand viel Zustimmung in deutschen Lauten. Wieder wandte sich Poppel erzürnt um. Der Lärm verklang, während Jeremiah mit geballten Fäusten dastand. Er hoffte, sich nicht auf ein falsches Spiel eingelassen zu haben.

Catherines Blicke flehten ihn förmlich um Beherrschung an. Er kam zu der Überzeugung, daß Drohungen ihn nicht verletzen konnten. Wichtig war nur, daß die Autorität des Captains respektiert wurde und er sein Versprechen hielt.

Catherine stand in einiger Entfernung von dem Tor.

»Mach das Tor auf, Jeremiah.«

Seine innere Anspannung ließ etwas nach. Der Captain reagierte auf Catherines Anordnung mit einem gemurmelten: »Vielen Dank, Madam.«

Jeremiah öffnete das Tor. Trotz der Berichte über die Zerstörungen und trotz Poppels Bemerkung über disziplinlose Truppenteile gab es dennoch vielleicht ein wenig Hoffnung. Wenn Männer wie Poppel in der Mehrzahl waren, dann konnte es sein, daß der Marsch der Yankees durch Georgia weniger wüst und schändlich war, als die Gerüchte es wissen wollten.

2

Er und Catherine standen im Hintergrund, als ein immer noch vor Wut kochender Leutnant Stock die ersten Soldaten zum Tor geleitete.

Sehr bald folgten weitere, und alle lagerten sich unter den Eichen zu beiden Seiten. Mit immer noch gezogenem Revolver stand Poppel neben Catherine und Jeremiah, bereit, beim geringsten Anzeichen von Gehorsamsverweigerung einzugreifen. Es gab mürrische Blicke und zornige Bemerkungen auf deutsch. Aber niemand versuchte Gewalt anzuwenden. Poppels Wachsamkeit und Haltung hatten die Situation entspannt. Unter den Bäumen lachten sogar einige Soldaten.

Der letzte der Männer in blauer Uniform passierte das Tor. Die lärmenden Schwarzen begannen ihnen zu folgen. Catherine wandte sich an den Offizier:

»Ich bestehe darauf, daß Sie die Schwarzen von meinem Grund und Boden fernhalten!«

Poppel schüttelte den Kopf: »Das kann ich nicht tun, Madam. Sie haben die Freiheit, mit uns zu gehen, wohin auch immer sie wollen. Ich werde ihnen aber befehlen, sich nicht in die Nähe des Hauses zu begeben.«

Errötend beobachtete Catherine das Hereinströmen der Schwarzen. Mit einem Schlag bekam sie ganz große Augen. Sie erkannte das gelbhäutige Mädchen im orangefarbenen Kleid:

»Nanny, warum bist du nicht in der Stadt bei Mrs. Hodding?«

»Weil ich Mrs. Hodding nicht mehr gehöre. Ich gehöre mir selbst. Das sagen Lincoln und die Yankees!«

»Du bist weggelaufen?«

»Weggegangen! Ich bin jetzt frei!«

»Aber niemand außer dir kann für Mrs. Hodding sorgen.«

Ein Achselzucken: »Wie schrecklich.«

»Wie geht es ihr denn?«

Das Mädchen grinste: »Ganz hervorragend. Als ich sie zuletzt sah, saß sie in einem Sessel in ihrem Wohnzimmer mit einem netten kleinen, runden Loch in der Stirn.«

Catherine schwankte: »O mein Gott, warum denn?«

»Sie hat sich anmaßend gegenüber den Gästen verhalten, die sich zeitweise in der Stadt aufhielten. Da nahm einer ein Gewehr und besorgte es ihr. Ich war's nicht. Aber ich wünschte, ich wär's gewesen. Miss Hodding hat mich oft genug geschlagen. Sie hat meinen kleinen Babysohn verkauft. Sie hat nicht einmal erlaubt, daß ich ihn Franciscus nennen durfte. Er mußte Robert Rhett heißen nach einem alten Sezessionisten oben in Carolina, den sie bewunderte. Sie hat es so gewollt.« Nun grinste sie erneut: »Sie sollten auch besser vorsichtig sein.«

Arm in Arm mit einem lachenden jungen Landarbeiter eilte Nanny die Auffahrt hinauf. Captain Poppel schaute verlegen drein: »Es hat in der Tat bedauerliche Zwischenfälle gegeben.«

»Bedauern Sie sie wirklich?« hielt Jeremiah ihm entgegen.

»Ob Sie es glauben oder nicht, junger Mann, ich bedaure sie. Ich muß allerdings zugeben, daß das nicht alle auf unserer Seite tun. Manchmal muß der Krieg als Rechtfertigung für ein Verhalten dienen, das unter anderen Umständen niemals geduldet würde. Stock ist dafür ein Beispiel. Aber ich bezweifle auch, daß jeder, der das Grau der Konföderation trägt, über alle Zweifel erhaben ist. Wie dem auch sei, ich habe mein Wort gegeben, daß derartige Ausschreitungen hier nicht vorkommen werden. Natürlich setzt dies voraus, daß Sie mit uns zusammenarbeiten.«

»Was bleibt uns anderes übrig?« erwiderte Catherine in bitterem Ton. Das Fuhrwerk fuhr knirschend in die Auffahrt ein, die Soldaten ließen sich unter den Bäumen nieder. Sie gähnten und plauderten in ihrer fremden Sprache.

## 3

Um Mitternacht schimmerten unter den immergrünen Eichen Dutzende kleiner Lichter. Die Unionssoldaten hatten ihre Bajonette in den Boden gesteckt und Kerzenstummel an den Schaftringen befestigt.

Catherine hatte es drei von Poppels Leuten gestattet, zwei Schweine aus dem Stall zu holen und zu schlachten. Die beiden Tiere wurden von zwei Deutschen ausgenommen, die ein wenig Ahnung vom Metzgerhandwerk hatten. Nun wurden die Schweine an Spießen gebraten, die man aus Bajonetten und Ästen improvisierte.

Der Geruch von gegrilltem Schweinefleisch drang bis auf die Veranda. Etwa ein Dutzend Schwarzer von der Plantage hatte sich am Weg versammelt. Voll Ehrfurcht beobachteten sie, wie einige der Ihren sich frei unter den Weißen bewegten. Aber die Anwesenheit von Maum Isabella hielt die Zuschauer in ihren Schranken. Manchmal war eine kräftige Warnung notwendig, um jemand davon abzuhalten, sich unter die Besucher zu mischen.

Catherine saß wieder in ihrem Stuhl. Jeremiah stand angespannt und müde in ihrer Nähe. Gerade fragte er sich, wo Serena wohl stecken mochte, da tauchten Poppel und sein dicker Sergeant auf. Der Sergeant wartete draußen und beobachtete einige schwarze Frauen, während Poppel näher trat.

»Madam?«

»Mein Name ist Mrs. Rose. Bitte nennen Sie mich bei meinem Namen.«

»Natürlich. Entschuldigen Sie. Ich muß Sie leider um Ihre Schlüssel bitten.«

»Schlüssel?«

»Ja, ich habe den Befehl, jeden verschlossenen Raum zu öffnen, ebenso Truhen, Schränke und so weiter. Ich muß nach versteckten Waffen suchen.«

»Mein Messer haben Sie doch an sich genommen«, sagte Jeremiah. »Andere Waffen haben wir nicht.«

Poppels Stimme klang erschöpft:

»Nun, das liegt doch wohl in meiner Entscheidungsgewalt.«

Catherine erhob sich: »Ich hole Ihnen die Schlüssel.«

Sie verschwand im Innern des Hauses. Captain Poppel versuchte, Jeremiah gegenüber freundlich zu sein:

»Wie lautet Ihr Familienname, junger Mann?«

»Kent.«

»Sie stammen wohl aus Georgia?«

»Nein, aus Virginia.«

»Wie kommen Sie dann hierher?«

»Mrs. Roses Gatte war mein vorgesetzter Offizier. Er wurde getötet. Als ich wegen meiner Verletzung den Abschied erhielt, kam ich hierher nach Rosewood, um nach dem Rechten zu sehen.«

»Sehr lobenswert«, murmelte Poppel. »Die meisten Soldaten wären in dieser Lage und um ihrer persönlichen Sicherheit willen so weit wie möglich geflohen. Wo sind Sie verwundet worden?«

»Jonesboro.«

»Nun hören Sie doch auf, so schroff zu sein. Dieser Krieg ist ein schmutziges Geschäft, und ich schätze ihn so wenig wie Sie. Ich habe meine Farm nicht verlassen, um Krieg gegen Zivilisten zu führen. Sind Sie hier der einzige Mann?«

»Der einzige weiße Mann«, erwiderte Jeremiah, nun weniger gereizt.

»Gut, daß Sie hier sind. Einige der Einheiten, die uns nachfolgen, sind total außer Kontrolle geraten. Ich wollte dies im Beisein von Mrs. Rose nicht so deutlich sagen. Die Disziplin ist zusammengebrochen. Es kommt zu Plünderungen und anderen unschönen Dingen. Wenn er könnte, würde Stock sich auch so verhalten. Gibt es hier außer Mrs. Rose noch andere weiße Frauen?«

»Ihre Stieftochter.«
»Ist sie attraktiv?«
»Was macht das aus, verdammt noch mal?«
»Bitte, beantworten Sie meine Fragen! Ich bin sehr erschöpft und in keiner guten Stimmung. Unten am Tor haben Sie mir eine Menge Ärger und Schwierigkeiten bereitet.« Er holte tief Luft: »Ich habe nur gefragt, um gegebenenfalls helfen zu können. Wenn die junge Dame gut aussieht, dann könnte es – Schwierigkeiten geben, wenn die anderen Einheiten hier vorbeikommen.«
Jeremiah tat einen langen Atemzug: »Es tut mir leid, daß ich vorhin die Geduld verlor. Aber wenn ich bedenke, was Sie hinsichtlich der Soldaten sagten, die noch kommen werden, dann sollten Sie mir doch mein Messer zurückgeben. Es ist meine einzige Waffe, um diesen Ort zu verteidigen.«
»Da wird es keine Verteidigung geben«, unterbrach ihn eine lakonische Stimme. Der bullige Master Sergeant war auf der Veranda erschienen und lehnte sich gegen das Gitter. Jeremiah hörte das Holz krachen. Der Sergeant stand still und sagte:
»Bill Sherman wird durchmarschieren bis zum Ozean. Wir werden diesen ganzen verdammten Staat beim Schwanz packen.«
»Nun reicht's, Master«, sagte Poppel. »Bleiben Sie gefälligst draußen.«
Finster dreinblickend, marschierte der Sergeant von dannen. Als er außer Hörweite war, flüsterte Poppel:
»Ihr Messer habe ich Stock gegeben. Als Souvenir, um ihn zur Kooperation zu veranlassen. Hatten Sie jemals Befehlsgewalt inne?«
»Nein«, antwortete Jeremiah.
»Nun, da kommt es nicht nur auf Kraft und Lautstärke an. Manchmal muß man seine Leute vorantreiben, aber manchmal muß man sie auch besänftigen. Das habe ich mühsam gelernt.«
Da erschien Catherine mit den Schlüsseln. Sie übergab sie Poppel und setzte sich wieder hin.
»Sie können überall suchen. Aber rühren Sie persönliche Dinge nicht an.«
»Ich werde ihn begleiten«, erbot sich Jeremiah.
Er hatte so laut gesprochen, daß der Sergeant es hören konnte. Der protestierte heftig.
Aber Poppel gebot ihm zu schweigen:
»Es ist gut, Master. Er soll mitkommen.«

4

Eine Stunde lang durchstreiften die drei das Haus und seine Umgebung. Jeremiah hielt die Lampe, der Sergeant bewachte ihn dabei mit gezogenem Revolver, und Poppel öffnete die Schränke im Büro, die Truhen im Dachgeschoß und die neuen Vorhängeschlösser in den Nebengebäuden. Jeremiahs Besorgnis nahm ab. Poppel tat alles sehr umsichtig.

Im Dachgeschoß beispielsweise entdeckte er in der Truhe Banknoten der Konföderation im Werte von tausend Dollar sowie die notariellen Papiere. Er prüfte alles, legte es aber gleich wieder an seinen Platz und sorgte dafür, daß die Truhe ordnungsgemäß verschlossen wurde.

Wenn Poppel der strengste Offizier sein sollte, mit dem sie es zu tun bekommen sollten, dann konnten die Damen von Rosewood mit einer anständigen Behandlung rechnen.

Irgendwann gegen ein Uhr früh beendete Poppel seine Suchaktion und ließ den Master Sergeant abtreten. Dann bat der Captain um einen Kaffee. Er eilte mit Jeremiah ins Haus, während der Sergeant sich wieder zur Lagerstätte begab, wo die Kerzenstummel noch immer an den Bajonetten flackerten und laute Stimmen ein Marschlied sangen.

In der Küche entdeckte Jeremiah zu seiner Überraschung Serena am Tisch. Sie trank eine Tasse Tee. Der Captain der Unionsarmee zog seinen staubigen Hut und verbeugte sich sogar.

»Madam, mein Name ist Franz Poppel.«

»Captain, dies ist Miss Serena Rose«, sagte Jeremiah.

»Es ist mir eine Freude«, antwortete Poppel. Serena sagte nichts.

»Wo sind Sie die ganze Zeit gewesen?« fragte Jeremiah.

»In meinem Zimmer«, sagte sie mit einem Seitenblick auf Poppel. »Ich konnte es nicht mit ansehen, wie die verdammten Yankees das ganze Haus durchsuchen.«

»Captain Poppel hat sich einwandfrei verhalten«, entgegnete Jeremiah. Maum Isabella machte sich an dem großen Eisenherd zu schaffen. Ein würziger Duft breitete sich jetzt aus. »Backen Sie Ingwerbrot?«

»Richtig«, antwortete die Schwarze. »Wenn wir den Soldaten ein bißchen was extra geben, dann hauen sie vielleicht ab und lassen uns in Ruhe.«

»Wir werden sowieso verschwinden«, meinte Poppel nickend. »Dennoch danke ich Ihnen für Ihre Freundlichkeit.« Seine Augen hefteten sich kurz auf Serenas Profil. »Es werden aber noch sehr viel mehr Soldaten hier durchkommen.«

Das Mädchen sah Jeremiah an. Aber er war zu erschöpft, um über die Bedeutung ihres Blickes nachzudenken. Poppel warf ihr weiterhin verstohlene Blicke zu. Maum Isabella kochte Kaffee und servierte ihm dann etwas widerwillig einen Becher voll. Serena entschuldigte sich und verschwand.

Dann bat Poppel die Schwarze: »Ich würde gern mit Mr. Kent unter vier Augen sprechen.«

Unbewegten Gesichts ging Maum Isabella hinaus. Poppel setzte sich. Bisher hatte ihm niemand eine Sitzgelegenheit angeboten.

»Dieses rothaarige Mädel ist recht hübsch.«

Jeremiah brachte ein Lächeln zustande: »Ich brauche keinen Yankee, um mir das zu sagen.«

Poppel schaute sich um, blickte durch die Türöffnung, die zur Vorderseite des Hauses führte. Er trank noch einen Schluck Kaffee. Dann beugte er sich vor.

»Ich möchte Ihnen gern ein Angebot machen, Mr. Kent.«

»Was für ein Angebot?«

»Bitte sprechen Sie leise! Mrs. Rose ist eine gutaussehende Frau, sie ist jedoch nicht mehr jung, aber diese Rothaarige...« Trotz seiner Müdigkeit brachte der Captain noch einen anerkennenden Seufzer zustande. »Sie ist wunderschön. Nun hören Sie mal gut zu. Ich habe es sehr ernst gemeint, als ich von den undisziplinierten Soldaten sprach. Das Messer kann ich Ihnen nicht zurückgeben. Aber morgen früh werde ich eine weitere Durchsuchung des Dachgeschosses durchführen.«

»Sie haben doch dort bereits alles durchsucht.«

»Verstehen Sie mich denn nicht, junger Mann?«

»Ich bin ziemlich fix und fertig. Ich weiß nicht, worauf Sie hinaus wollen.«

Ein weiterer schneller Blick zur Tür: »Oben kann ich Ihnen einen Revolver geben. Zufällig habe ich einen dabei, den ich nicht brauche. Sie sollten ihn verstecken. Wegen dieses Mädchens.«

»Verstehe. Tut mir leid, daß ich so schwer von Begriff bin.«

»Macht nichts«, räumte Poppel ein, »wir haben uns verstanden. Ich möchte ein reines Gewissen haben. Daher kann ich Sie nicht ohne Schutz lassen für den Fall, daß andere Einheiten hier vorbeikommen.«

Er leerte seinen Kaffeebecher: »Ich habe zwei Töchter daheim in Missouri, sechzehn und achtzehn. Wären die Verhältnisse umgekehrt, dann würden Sie hoffentlich so handeln wie ich jetzt.«

»Ich würde es versuchen.«
»Nun denn, morgen früh im Dachgeschoß. Aber wenn Sie irgendwem ein Sterbenswörtchen verraten, wird nichts aus meinem Angebot.«
Er erhob sich, setzte seinen staubigen Hut auf und verließ die Küche. Verspätet rief Jeremiah ihm nach:
»Vielen Dank, Captain!«
Einen Moment lang hielt Poppel inne. Er hatte Jeremiahs Dank vernommen.

5

In der Morgendämmerung traten Franz Poppels Pioniere an der Hauptstraße an. Die Viehtreiber kümmerten sich wieder um das konfiszierte Vieh, das die Nacht im Freien verbracht hatte.

Die Soldaten hatten ein Stück des weißen Zaunes niedergerissen, der die Plantage von der Straße trennte. Sonst waren keine Zerstörungen zu sehen. Man hatte sich zwei weitere Schweine angeeignet und geschlachtet sowie Mais aus einem der Speicher genommen. Dann spielte Poppel seine kleine Posse. Er teilte mit, er müsse noch eine Ecke des Dachgeschosses durchsuchen, die er gestern übersehen habe. Er brauche keine Hilfe. Er werde das schon allein schaffen.

Als er dann mit Jeremiah allein war, übergab er ihm den unter seiner Uniformjacke verborgenen Revolver.

»Nehmen Sie ihn, Kent. Es ist sowieso eine Rebellenwaffe.«

Unterm Dach war es dunkel und warm. Jeremiah schwitzte. Vorsichtig nahm er den Revolver entgegen.

Die Waffe war etwa zwanzig Zentimeter lang und hatte offenbar manchen harten Einsatz erlebt. Bei der Berührung mit dem Metall lief Jeremiah ein Schauder über den Rücken. Seit seiner Begegnung mit Price, als er im Sumpf erwachte, fühlte er sich jetzt zum ersten Mal wieder als ganzer Mann.

»Wo haben Sie die her, Captain?«
»Bei Resaca erbeutet. Die Waffe eines Gefallenen.«
»So eine habe ich noch nie gesehen.«
»Ein Importmodell. Eine Kerr, Kaliber .44. Wir benutzen sie nicht.«

Jeremiah sah sich den Zylinder genau an: »Fünf Schuß. Vier sind noch vorhanden.«

»Verstecken Sie die Waffe gut«, riet ihm Poppel.
Jeremiah überlegte einen Augenblick lang. Dann durchstreifte er das Dachgeschoß. Schritt für Schritt prüfte er die Festigkeit der Dielen. Schließlich entdeckte er hinten in einer Ecke ein loses Brett.
Er kniete nieder, zerrte an einer Kante. Die Holznägel waren verrottet. Das Dielenbrett ließ sich leicht anheben. Er hatte ein sicheres Versteck für die Waffe gefunden.
»Ein hervorragender Platz«, kommentierte Poppel. »Kein Plünderer wird die Dielen des Dachbodens aufreißen.« Er wandte sich zum Gehen.
»Captain?«
»Ja, Mr. Kent?«
»Ich bedaure einige Äußerungen Ihnen gegenüber.«
Der Captain lächelte: »Im Gegensatz zu dem, was man Sie zu glauben gelehrt hat, sind nicht alle Soldaten des Nordens raubgierige Bestien. Ich kann nur hoffen, daß Sie nicht in die Lage kommen, diese Waffe benutzen zu müssen.«

6

Vor zwei Stunden waren Poppels Pioniere abgezogen. In Rosewood war es nun relativ ruhig. Jeremiah hoffte, daß das Schlimmste vorüber sei.
Catherine hatte sich in ihr Zimmer zurückgezogen, um ein wenig zu schlafen. Sie klagte darüber, in der Nacht kein Auge zugetan zu haben. Serena war erneut verschwunden. Aber Jeremiah war zu angespannt, um sich auszuruhen. Er saß in der Küche und trank Kaffee mit Maum Isabella. Sie sprach in beißendem Ton:
»Diese schlecht erzogenen Yankees haben das ganze Ingwerbrot aufgegessen, ohne sich zu bedanken. Das heißt, ein einziger von ihnen hat sich bedankt. Ganz zu Anfang. Er legte sogar ein kleines Trinkgeld auf den Teller. Das hat dann aber später einer seiner Kameraden grinsend eingesteckt.«
»Dennoch können wir froh sein, daß wir mit so geringem Schaden davongekommen sind.«
Unten am Tor begann erneut die Glocke zu läuten.

# 7

Als Jeremiah auf der Veranda erschien, rieb sich Catherine am Fuß der Treppe den Schlaf aus den Augen. Reiter in blauen Jacken donnerten den Weg herauf. Die Uniformen waren zum Teil zerfetzt.

Hinter den Reitern zog eine Staubwolke. So konnte Jeremiah nur schwer einschätzen, wie viele es waren. Weiter entfernt in der Nähe des Flusses sah er marschierende Infanteristen. Es waren Hunderte. Sie zertrampelten die Ackerfurchen. Eine lange Linie von Fuhrwerken erstreckte sich von den Wäldern herab die Landstraße entlang.

Die Kavalleristen, die vor den Gebäuden von Rosewood anhielten, ähnelten eher einem Pöbelhaufen als einer militärischen Truppe. Alle paar Sekunden tauchten neue Reiter aus der Staubwolke auf.

Ihr Befehlshaber war ein Mann Ende Dreißig von fahler Gesichtsfarbe, mit dünnen Armen und Beinen und einem Bauchansatz. Seine Augen hatten die Farbe von getrocknetem Schlamm.

Von vorn ähnelte sein Gesicht einer Birne, die sich unterhalb der Ohren ausbeulte. Ein Halbmond aus Fett hing unter seinem Stoppelkinn. Er salutierte mit einem spöttischen Berühren seines Hutrands. Dann sprach er Catherine und Jeremiah mit nasaler Stimme an, die für einen Südstaatler unangenehm klang:

»Major Ambrose Grace vom 8. Regiment von Indiana in General Kilpatricks 3. Kavalleriedivision steht zu Ihren Diensten.«

»Die Kill-Kavallerie«, entfuhr es Jeremiah.

Ein dünnlippiges Lächeln zuckte um den Mund des Majors: »Manchmal werden wir mit diesem Ehrennamen belegt.«

Plötzlich scheuchten lachende Männer ihre Pferde beiseite. Als Jeremiah einen Schwarzen auf einem Maultier aus einer Staubwolke hervortraben sah, tappte er nach einer weißen Säule, um Halt zu suchen. Catherine rang laut und heftig nach Atem.

Neben dem kommandierenden Offizier brachte Price sein Maultier zum Stehen.

»Dies ist der Ort, von dem ich Ihnen letzte Nacht erzählt habe«, sagte Price. »Hier gibt es viele gute Dinge zu holen, und ich kenne jedes Versteck. Ich werde Ihnen helfen, alles zu finden«, fügte er hinzu und griff nach der Enfield, die auf seinen Oberschenkeln lag.

»Verdammt«, sagte Jeremiah, »du hast sie also doch!«

Ein frostiges Lächeln erschien auf Prices schwarzblauem Gesicht.

»Was haben Sie sich denn vorgestellt, Mister Soldat? Daß ich nicht wiederkommen und die Waffe benutzen würde?«

## 3. Kapitel
## Die Landstreicher

Jeremiah machte einen Schritt auf Price zu. Er konzentrierte seine Aufmerksamkeit auf den Schwarzen. Daher hörte er nicht das schleifende Geräusch von Metall auf Metall, als Major Grace seinen Säbel zog und seinen Arm ausstreckte:
»Stehenbleiben!«
Die Klinge gebot Jeremiah Einhalt. Ihre Spitze berührte sein Hemd. Der Major drehte das Schwert leicht. Die Spitze durchbohrte den Stoff und stach in Jeremiahs Brust.
Mit einem Anschein von Ernsthaftigkeit fügte der Major hinzu: »Ich kann es nicht zulassen, daß Sie einen unserer wertvollsten Informanten belästigen.«
In seiner Wut hätte Jeremiah den Säbel am liebsten beiseite geschlagen. Hätte er das versucht, wäre es mit ihm wohl aus gewesen.
Einige der Kavalleristen kicherten, als er bewegungslos dastand. Damit wollten sie ausdrücken, daß sie ihn für einen Feigling hielten. Er schwor sich, diese Demütigung jedem einzelnen von ihnen heimzuzahlen.
Catherine schien stärker erschüttert, als er es je bei ihr erlebt hatte. Ihre Stimme war kaum hörbar, als sie Price ansprach:
»Wie konnten Sie das tun? Mein Mann hat Sie immer anständig behandelt. Und ich ebenfalls.«
Prices braune Augen flossen über vor Feindseligkeit.
»Wenn man über mich als Eigentum verfügt, nenne ich das nicht anständige Behandlung.«
»Aber wir haben immer versucht, unsere . . .«
»Na gut, Ihre kleine Hexe von Stieftochter hat sich um mich gekümmert«, unterbrach er sie. »Sie hat sich mit der Peitsche um mich gekümmert, gemeinsam mit Leon. Sie wollten mich zwingen, etwas über diese Waffe hier auszusagen.«
»Das haben sie nicht getan!«
Price zuckte die Achseln: »Sie hat Ihnen nie davon erzählt, das ist alles. Miss Serena ist nicht nur gemein, sie ist auch eine Leisetreterin.«

»Du gemeiner Bastard!« schrie Jeremiah dazwischen. Er wäre auf Price losgestürzt, hätte ihn Ambrose Graces Waffe an seiner Brust nicht daran gehindert.

»Nun reicht's aber«, fuhr Grace Price an. »Wollen Sie behaupten, daß sich hier eine zweite weiße Frau befindet?«

»Jawohl, Sir. Und zwar ein sehr reizvolles kleines Biest. Sie wird Ihnen gefallen«, fügte der Schwarze mit einem Grinsen hinzu.

»Werd' ich mir ansehen müssen«, flüsterte Grace. Catherine ballte ihre Hände zu Fäusten. Jeremiahs Bauch schmerzte.

Grace sprach ihn erneut an:

»Würden Sie bitte einen Schritt zurücktreten, damit ich absteigen kann? Ich möchte unsere Aufgabe hier mit dem größtmöglichen Maß an Höflichkeit durchführen.«

Jeremiah bewegte sich nicht von der Stelle. Grace schaute finster drein.

»Nun, Rebell, wenn Sie nicht gehorchen, dann muß ich Sie aufschlitzen. Das ist ein schlechter Anfang für einen freundlichen Besuch in diesem feinen Haus.«

»Sie werden Ihren Fuß nicht in mein Haus setzen«, sagte Catherine.

»Gewiß werden wir das tun«, unterbrach sie Grace.

2

Catherine holte tief Luft.

»Sie geben jetzt besser nach, Jeremiah.«

Hier wiederholte sich die Kapitulation von Stock – nur waren diesmal die Rollen vertauscht.

Einen Augenblick lang war er nicht imstande, klar zu denken. Er wollte den Säbel packen und gegen den höhnisch lächelnden Offizier richten, dessen langes Haar unter seinem Hut bis auf seinen abgetragenen blauen Kragen reichte.

»Jeremiah!«

»Nein, Mrs. Rose, ich weiche nicht von der Stelle, ehe dieser Gentleman uns verspricht, daß wir – und insbesondere Sie – anständig behandelt werden.«

Der Kavallerist aus Indiana blickte drein wie vom Donner gerührt.

»Anständig behandeln? Mein Gott, ihr Rebellen seid unverschämt. Wir werden Sie fair behandeln, mein Junge. So fair, wie es eurem Verrat entspricht. Ihr wolltet die Nigger einsperren bis zum Jüngsten Tag.

Deshalb habt ihr diese Nation entzweireißen wollen. Nun erhofft ihr Vergebung! Habt ihr noch nicht gemerkt, daß ihr eine Strafe zahlen müßt für euer kleines Rebellionsabenteuer?«
»Wir haben den Preis auf dem Schlachtfeld gezahlt. Und dort zahlen wir ihn immer noch.«
»Dafür sind eure Schulden zu groß. Und ich bestimme, was hier geschieht – und nicht Sie!«
Grace erhöhte den Druck seines Säbels:
»So, jetzt treten Sie zurück, oder wir werden Ihnen ein hübsches Grab graben.«
»Bitte, Jeremiah!« rief Catherine. »Wir werden uns über diesen Mann bei seinem Vorgesetzten beschweren.«
Die Reiter brachen erneut in ein Gelächter aus. Grace lachte herzlich mit und sagte dann:
»Tun Sie das. Er heißt Colonel Fielder A. Jones. Seit drei Tagen haben wir ihn nicht mehr gesehen.« Dann hefteten sich des Majors Augen auf Jeremiah: »Ich gebe Ihnen noch fünf Sekunden.«
Jeremiah gab nach. Seine Lippen waren weiß. Er hielt sich jetzt für einen Idioten, weil er geglaubt hatte, mit solch einem Mann argumentieren zu können.
»Schon besser!« Major Grace steckte seinen Säbel wieder in die Scheide und stieg vom Pferd. Dann fragte er Price: »Wer ist dieser eingebildete Jüngling? Etwa der Sohn dieser Dame?«
»Nein, Sir. Ein Rebell, der vor ein paar Tagen hier aufgetaucht ist.«
»Zu grün, um zu kämpfen, nicht wahr? Ein Scharmützel erlebt, und schon graue Haare. Typisch für eure Leute, kann ich nur sagen.«
Jeremiahs Wangen liefen rot an.
»Price?«
»Ja, Major!«
»Kommen Sie mit uns ins Haus. Wir benötigen Ihre Führung, damit wir uns mit Proviant versorgen können.« Dann sprach er einen berittenen Korporal an. »Burke, machen Sie sofort General Skimmerhorn ausfindig!«
Jeremiah verstand nicht, warum einige der Kavalleristen einander anstießen. Dann erklärte Grace Catherine den Grund.
»General Skimmerhorn ist unser Oberzahlmeister. Ich glaube, er kam aus einem der Infanterieregimenter von General Howard zu uns. Viele Soldaten haben ihre ursprünglichen Einheiten verlassen. Skimmerhorn und einige andere haben sich uns – hm – einfach angeschlossen. In der Gegend von Gordon nannte die Bevölkerung sie einfach

die Landstreicher. Ich nenne sie lieber Furiere. Skimmerhorn erwies sich als exzellenter Anführer dieser Leute. Ich habe ihn inoffiziell vom gemeinen Soldaten zum General befördert.«

Grace sprach so, als handele es sich um leichte Konversation bei einer Gesellschaft. Dann ergriff er Catherines Arm, um sie ins Haus zu geleiten. Sie entwand sich ihm, das Muttermal neben ihrem Mund zuckte schwarz auf ihrer weißen Haut.

Grace lachte in sich hinein. Dann fuhr er fort:

»Haben Sie gehört, was wir zwischen Sparta und Gordon getan haben? Auf den Rebellenplantagen dort gab es so viel Widerstand, daß General Kilpatrick uns alle niederbrennen ließ. Ich denke, das wird hier nicht nötig sein. Natürlich können wir nicht zuviel Nachsicht walten lassen. Ich weiß nicht genau, wo Bill Sherman zur Zeit steckt. Aber sollte er morgen oder übermorgen hier vorbeikommen, dann möchte ich, daß er sehen kann, wie wir unsere Aufgabe bewältigt haben.«

Die Drohung wurde fast gleichmütig vorgebracht. Grace kam zum Schluß:

»Madam, ich hoffe sehr, daß Sie es zu würdigen wissen, hier Zeuge einer militärischen Glanzleistung zu sein. Dafür gibt es einfach kein anderes Wort als Glanzleistung. Spätere Generationen werden noch darüber staunen.«

Offensichtlich erwartete Grace Zustimmung von Catherine. Sie war so verblüfft, daß sie kein Wort herausbrachte.

»Onkel Bill ist ein Genie. Kein anderer General würde die Nerven besitzen, Feindesland zu durchqueren.«

»Es freut mich zu hören, daß Sie ein Glanzstück vollbringen«, erwiderte Catherine mit vernichtendem Blick. »Andernfalls wäre ich möglicherweise zu der falschen Schlußfolgerung gelangt, daß es sich um etwas weniger Großartiges handele. Um ein schändliches und abstoßendes Vorgehen nämlich.«

»Ich kann mir durchaus vorstellen, wie sich die Dinge aus Ihrem Blickwinkel darstellen. Aber versuchen Sie auch einmal, meinen Standpunkt zu verstehen. Dann werden wir weniger Schwierigkeiten miteinander haben. Wir wollen doch hier nicht die Probleme erleben, die es in der Umgebung von Gordon gegeben hat.«

Erneut sprachlos angesichts dieser mit einem Lächeln vorgebrachten Drohungen, wandte sich Catherine wieder um und überquerte die Veranda. Ihr folgte der Major. Seine O-Beine waren nicht zu übersehen.

Price kam als nächster, er warf im Vorübergehen einen amüsierten Seitenblick auf Jeremiah. Die nackten Füße des Schwarzen waren verdreckt von Schlamm.

Die übrigen Reiter stiegen nun von ihren Pferden ab. Unten an der Landstraße benutzten die Soldaten Beile, um weitere Teile des Zauns zu zerstören. Sie schufen so einen breiteren Zugang für die mit Leinwand bespannten Versorgungswagen.

Allmählich legte sich der Staub, den die Kavalleriepferde aufgewirbelt hatten. Jetzt konnte Jeremiah wieder die Felder sehen, die direkt auf der anderen Seite der Straße lagen. Dort marschierten weiterhin abgerissene Soldaten in Viererkolonnen. Ihre Reihen zogen sich hin bis zu den Wäldern zu seiner Linken. Irgendwo spielte eine Regimentskapelle eine alte Hymne aus Süd-Carolina, die unter dem Namen »John Brown's Body« weit verbreitet und inzwischen mit neuen Versen zur verhaßten »Battle Hymn of the Republic« geworden war.

Zu beiden Seiten der Marschierenden trieben sich Soldaten herum, die sich an keine Marschordnung hielten. Einige von ihnen näherten sich Rosewood. Der Zaun der Besitzung war inzwischen auf eine längere Strecke systematisch zerstört worden.

Jeremiah dachte an den Kerr-Revolver im Dachgeschoß. Zwar wünschte er sehr, ihn jetzt bei sich zu haben, andererseits wollte er damit doch nicht im Hause gegen die Yankees vorgehen.

Ich muß diese Waffe retten, dachte er bei sich, sie so lange bewahren, bis jede der vier Kugeln ein Treffer zu werden verspricht.

## 3

Im Wohnzimmer ließ Price sich gerade in einen Ohrensessel fallen, als Jeremiah eintrat. Der Schwarze zog eine Ottomane an sich heran und legte seinen rechten Fuß darauf. Schlammklümpchen rieselten auf den gestickten Stoff.

Price starrte Catherine an, um festzustellen, ob sie reagierte. Obwohl sie immer noch wütend war, tat sie das nicht.

»Nun, Madam«, sagte Major Grace, »werden wir bei Ihnen Proviant und Ausrüstung requirieren.«

Mit einem müden Nicken sagte Catherine: »Solche Töne habe ich schon früher gehört. Es ist noch keine vierundzwanzig Stunden her.«

Grace zog die Augenbrauen hoch: »War denn schon eine andere Einheit hier?«

»Sie sah weit besser aus und war freundlicher als die Ihre.«
Der Major sprach nun leiser: »Je weniger Sie Reden schwingen, desto größer wird Ihre Sicherheit sein. Offensichtlich habe ich mich draußen nicht deutlich genug ausgedrückt.«
»Doch, durchaus. Fahren Sie fort. Vermeiden Sie aber bitte beschönigende Ausdrücke wie ›Requirieren‹. Sagen Sie doch einfach und wahrheitsgemäß ›Stehlen‹.«
»Nennen Sie es, wie Sie wollen, wir möchten den größten Teil Ihrer Speisevorräte und Küchenutensilien an uns nehmen. Das Kriegsministerium liefert uns nicht das Notwendigste. Wir brauchen jeden Herd, jede Bratpfanne, jede Kaffeemühle, jede Kanne.«
»Das ist wohl Shermans Vorstellung von einer militärischen Glanzleistung«, fauchte Jeremiah, »Haushalte ihrer Kaffeekannen zu berauben!«
Graces Augen flackerten voller Zorn. »Lassen Sie den Hohn, Rebell! Sie haben keine Vorstellung davon, was Krieg wirklich bedeutet. Georgia hat ihn noch nicht kennengelernt. Sie glauben wohl, daß es der Bevölkerung dieses Staates schlecht ergeht? Warten Sie nur, bis wir den Staat erreichen, der als erster auf die Bundesflagge geschossen hat. Wir haben den Befehl, dort nur verbrannte Erde zu hinterlassen. Süd-Carolina wird noch viel heftiger als Georgia zu spüren bekommen, welch eine Sünde die Sezession ist. Es sei denn, auch hier zwinge mich ein Mangel an Kooperation, einen Vorgeschmack dessen zu geben, was Charleston zu erwarten hat.«
Bestürzt beobachtete Jeremiah, wie er auf das Roßhaarsofa zuschlenderte und dabei eine weitere drohende Bemerkung machte.
»Sie sollten sich glücklich schätzen und Ihre feindseligen Bemerkungen bleiben lassen.«
»Glücklich?« rief Catherine aus. »Ihre Bosheit ist absolut...«
Bevor die Auseinandersetzung sich weiter verschärfen konnte, wurden sie durch das plötzliche Erscheinen einer verschlafenen Serena abgelenkt.
»Ich wollte ein wenig schlummern, aber dann hörte ich ein schreckliches – oh, mein Gott!«
Ein kurzer Blick erfaßte Prices Fuß auf der Ottomane und Grace, der sich zu ihr umdrehte. Der Major begrüßte sie mit einem unsicheren Grinsen:
»Guten Tag, Ma'am, ich hatte noch nicht das Vergnügen.«
Er zog seinen Hut. Sein langes, schmutziges Haar hing beiderseits seines Kopfes bis zu den Schultern herab. Oben war er glatzköpfig.

»Ambrose Grace, Major der Kavallerie der Vereinigten Staaten.«
»Meine – meine Stieftochter Serena«, sagte Catherine mit Anstrengung.

Grace leckte sich die Lippen. Seine Blicke glitten an ihrem Kleid entlang. Jeremiah konnte nur schwer ruhig bleiben.

»Ein charmantes Kind. Lieblich. In Indiana züchten wir auch keine hübscheren Gewächse. Jedoch...« nun ging seine Stimme über in den Ausdruck falschen Bedauerns, »... hier geht es um Geschäfte und nicht um Geselligkeit.«

Er wischte den Staub von seinem Hut, ließ sich auf das Sofa fallen, das klingelnde Geräusche von sich gab.

Zwinkernd fragte Grace: »Dies ist wohl ein musikalisches Sofa?«

»Darin haben sie wohl etwas versteckt«, bemerkte Price. »Ich habe ja schon berichtet, daß sie überall ihre Verstecke haben.«

»Dann wollen wir doch mal nachsehen.«

Grace stand auf und zog seinen Säbel. Er schlitzte mit zwei Hieben die Rückseite des Sofas auf. Catherine preßte sich die Hand auf ihren Mund, als er in die Öffnung langte und Händevoll Roßhaar und Silber auf den Teppich warf.

Stiefel hallten durch die Diele. Serena schoß zur Seite, als ein Kerl hereinstürmte – es war das unreinlichste Wesen, das Jeremiah Kent je gesehen oder gerochen hatte.

»General Skimmerhorn meldet sich zur Stelle, Major.«

»Sie kommen im richtigen Moment. Hier ist ein Fund für Sie.«

Weitere sechs Silberteile fielen auf den Boden.

Jeremiah konnte seine Blicke nicht von der widerlichen Kreatur wenden, die Grace als seinen Oberfurier bezeichnet hatte. Es war nicht mehr zu erkennen, ob Skimmerhorn je einer militärischen Einheit angehört hatte. Er trug eine seltsame Kollektion von gestohlenen und improvisierten Kleidungsstücken.

Einen schwarzen Zylinder. Einen Mantel, aus verschiedenartigen Stücken von Orientteppichen gefertigt. Graue Hosen, die an einem Knie zerrissen waren. Beide Hosenbeine waren mit dem roten Streifen der Südstaatenartillerie verziert. An den kaputten Schuhen fehlten die Fußspitzen, und man sah schmutzige Zehen. In seiner rechten Hand hielt er einen Jutesack.

Unter Skimmerhorns Mantel entdeckte Jeremiah einen Marinecolt. An seinem Gürtel hingen an Riemen zwei Souvenirs seiner Arbeit: eine kleine Bratpfanne und ein totes Hühnchen mit verdrehtem Hals.

General Skimmerhorn warf einen abschätzenden Blick auf Serena, dann wandte er seine Aufmerksamkeit seinem Vorgesetzten zu. Grace machte eine freundliche Gebärde:

»Das Silber können Sie als Lohn für Ihre Arbeit betrachten.«

»Vielen Dank, Sir!« Skimmerhorn kroch am Boden entlang und grapschte nach Messern und Löffeln und steckte sie in den Sack.

In der Diele lärmten Soldaten. Catherine eilte nach vorn. Es waren ein halbes Dutzend Männer, zwei in Uniform, vier in Zivil. Jeder wollte zuerst die Treppe erreichen.

»Wo wollen sie hin?« wollte Catherine von dem Major wissen.

»Wieso? Proviant beschaffen.«

»Sie haben kein Recht dazu.«

»Das haben sie sehr wohl.« Der Major deutete auf seinen Säbelgriff.

Die Männer verschwanden. Serena sah beinahe genauso verweint aus wie ihre Stiefmutter. Ein paar Sekunden später gab es ein Krachen auf der zweiten Etage.

Im hinteren Teil des Hauses schrie Maum Isabella auf, als eine Tür zertrümmert wurde. Darauf folgte ein schreckliches Klirren von zerschlagenem Geschirr.

»Nun«, meinte Grace zu Price, »wonach sollen wir noch suchen?«

»Hinten im Kiefernwald gibt es eine Lichtung, wo sie eine Menge Sachen versteckt haben. Maultiere. Ein Fuhrwerk.«

»Sie sind uns gefolgt«, flüsterte Jeremiah. »Nun weiß ich, was für ein Geräusch ich im Gebüsch gehört habe.«

»Stimmt genau, Mister Soldat«, grinste Price.

Er haßt mich, und er ist bereit, mich zu töten, dachte Jeremiah. Er ist imstande, uns alle umzubringen, bevor dies vorbei ist.

Price beschrieb die versteckten Gegenstände in der Lichtung.

Als er damit fertig war, fragte Grace:

»Kapiert, Skimmerhorn?«

»Ich glaube schon«, antwortete der phlegmatisch. Er schmiß die letzten Teile des Tafelsilbers in seinen Sack, räusperte sich und spuckte auf den Teppich.

»Wir konfiszieren die Baumwolle und die Stoffe«, befahl Grace. »Die Uhr ist für mich. Das Fuhrwerk und die Maultiere übergeben Sie dem Nachschuboffizier. Mischen Sie etwas Kerosin unter die Melasse. Und vergessen Sie auch nicht, ehe wir abziehen, Kerosin in den Brunnen zu schütten.«

»Jesus!«

Grace blinzelte Jeremiah an: »Was ist los, Rebell? Sie haben wohl erwartet, daß wir Sie mit reichhaltigen Vorräten zurücklassen? Sie verstehen noch immer nicht, wie Bill Sherman zu kämpfen pflegt. Ich war selbst dabei, als er den doppelten Zweck seiner Kriegführung erklärt hat. Erstens geht es ihm um materielle Erfolge, und zweitens will er sich Respekt verschaffen, Respekt für...«

Price schnippte mit den Fingern: »Major?«

»Was ist los?«

»Mir fällt gerade ein, sie haben Salz und Mehl im Boden hinter dem Sklavenfriedhof vergraben. Je zwei Fässer. Ich kann Ihnen die Stelle zeigen.«

»Hervorragend. Graben Sie das aus, General. Und dann: Kerosin hinein.«

»Vielleicht auch noch ein bißchen Pisse, damit's würziger schmeckt?« fragte Skimmerhorn.

Grace zuckte die Achseln: »Das ist Ihre Sache.«

»Ich werde dafür sorgen!« Skimmerhorn legte die Hand an seinen Zylinder und verschwand mit dem Sack über der Schulter.

Ein Mann polterte die Stufen herab und kam ins Zimmer, ein elfenbeinfarbenes Spitzenkleid über seiner Uniform:

»Major, schaun Sie mal. Jetzt bin ich zum ersten Mal eine Braut!«

»Einfach überwältigend«, gluckste Grace. Catherine stürzte auf ihn zu:

»Das ist mein Hochzeitskleid!«

Grace stieß sie zurück: »Das ist nun Eigentum der Vereinigten Staaten.« Er hielt sie am Arm fest, bis ihr deutlich war, daß sie nicht die Kraft hatte, sich loszureißen. Als sie den Kampf aufgab, ließ er sie mit einer weiteren Warnung gehen:

»Ihre Ausbrüche werden unsere Aktion hier zu einer unangenehmen Aufgabe machen, Madam.«

»Noch unangenehmer kann es nicht werden. Sie sind ein Dreckskerl!«

Grace lief scharlachrot an. Er hob die Hand, um sie zu schlagen, aber dann beherrschte er sich doch. Seine Stimme bebte:

»Jetzt werde ich persönlich die Suche nach Waffen und Munition durchführen. Geben Sie mir Ihre Schlüssel!«

Catherine starrte ihn an. Ihre Lippen bewegten sich lautlos. Grace fuhr sich mit der Hand über die Glatze:

»Verdammt noch mal, meine Geduld ist am Ende. Her mit den Schlüsseln!«

»Ich habe sie an einem sicheren Platz verborgen. Ich muß mal verschwinden, um sie zu holen.«

»Wo sind sie versteckt?«
Jeremiah konnte sie kaum noch hören.
»An meinem Körper.«
Grace strahlte wieder. »Im Krieg ist übertriebene Rücksichtnahme nicht angebracht. Also, her damit!«
Sie blickte ungläubig drein. Price kicherte.
Catherine gewann nun ein gewisses Maß an Selbstbeherrschung zurück:
»Wenn ich die Schlüssel hergebe, versprechen Sie mir dann, daß es keine weiteren Zerstörungen im Hause geben wird?«
»Ich kann gar nichts zusichern. Wir werden ganz sicher Ihre Ställe, Scheunen und Vorratshäuser anzünden. Und was dieses Haus hier betrifft – keine Zusicherung.«
»Catherine, du solltest ihm besser die Schlüssel geben«, sagte Serena mit einem warnenden Ton in der Stimme.

Grace setzte sich auf das ausgeweidete Sofa, schlug die Beine übereinander und betrachtete mit Interesse Serenas Hüftrundungen, dann blickte er ihr ins Gesicht:
»Sie sind nicht nur ein hübsches Kind, Sie sind auch intelligent.«
Dann schaute er Catherine wieder an: »Ma'am, ich warte.«
»Gestatten Sie mir wenigstens – mich umzudrehen?«
Grace seufzte: »Wenn es denn unbedingt sein muß.«
Jeremiah konnte die Situation nicht länger ertragen. Höhnisches Gejohle, das Splittern von Möbeln, Herumgerenne und Springen mit schweren Stiefeln waren von oben zu hören. Jeder Schrei, jedes Krachen traf ihn wie ein unsichtbares Bajonett. Was für ein Narr war er doch gewesen, zu glauben, daß sich alle Yankees so anständig wie Poppel verhalten würden! Die Verachtung von Grace und seinen Leuten hatte er verdient.

Zumindest hatte er sie bis zu diesem Augenblick verdient. Nun aber schwanden all seine Illusionen über humane Behandlung, Anstand, die Regeln der Kriegführung dahin. Ihn erfüllte eine brennende, fast unkontrollierbare Wut, stärker, als er sie je zuvor gespürt hatte.

Sein Mund wurde ganz schmal und weiß. Er sah, daß draußen Zelte aufgebaut wurden und Lagerfeuer brannten. Eine Bande von Schwarzen in geraubten feinen Kleidern klatschte in die Hände, während drei junge Frauen sich dazu im Kreise drehten.

Catherine wandte sich von den Männern ab. Unter großen Verrenkungen holte sie den Schlüssel unter ihren Röcken hervor.
Als sie ihn Grace übergab, tauchte Skimmerhorn erneut auf:

»Mit der Verladung des meisten Zeugs haben wir begonnen. Gibt's noch irgendwas, was wir übersehen haben?«

Grace gab die Frage an Price weiter:

»Nigger?«

»Ein großer Kerl namens Leon hat drei Körbe mit Hühnchen in die Sümpfe nahe beim Fluß geschafft!«

»General! Eine weitere Aufgabe für Sie!«

Skimmerhorn nahm einen tiefen Schluck aus einem Krug, den er jetzt bei sich trug. Seine Augen glitten hinüber zu Catherine:

»Kann ich das allein schaffen?«

Grace lachte: »Sie brauchen ortskundige Führung? Nehmen Sie sie mit. Aber achten Sie darauf, daß sie nicht mißhandelt wird. Keine Übergriffe gegen Zivilisten!«

Er zwinkerte mit den Augen.

»Jawohl, Sir!« erwiderte Skimmerhorn mit falscher Ernsthaftigkeit. »Ich werde nett zu ihr sein.«

Das verstanden alle: Serena, Jeremiah und Catherine, die schreiend zum Hausausgang lief.

Skimmerhorn schnitt ihr den Weg ab und faßte sie um die Hüfte.

»Ma'am, ich wollte damit nur sagen, daß ich sie anständig behandeln will«, kreischte er. Catherine schlug mit ihren Fingernägeln zu.

Er taumelte zurück. Drei blutige Kratzer liefen über sein Gesicht.

In ihrer halbgeduckten Stellung ähnelte Catherine einem Tier in der Falle. Skimmerhorns Augen wurden schmal, als sie versuchte, hinter ihn zu gelangen. Er schnitt ihr, mal nach links, mal nach rechts hüpfend, den Weg ab. Schließlich packte er mit einem Aufschrei ihren Arm und verrenkte ihn derart, daß sie in die Knie gehen mußte.

»Wir werden viel Spaß haben bei der Hühnerjagd. Sie sind sehr temperamentvoll.«

Jeremiah verlor die Selbstbeherrschung.

»Du Hurensohn!« brüllte er und ging auf Skimmerhorn los.

## 4. Kapitel
## Serenas Plan

Price versetzte dem Sofa einen kräftigen Tritt und streckte sein Bein aus. Jeremiah übersah das. Mit den Armen rudernd, stolperte er, während Serena auf Skimmerhorn losging.

Der schlug ihr ins Gesicht und streckte sie damit zu Boden. Jeremiah nahm ihren Sturz nur undeutlich wahr, da er selbst um sein Gleichgewicht kämpfte. Zumindest setzte sie sich für Catherine ein, wenn es darauf ankam.

Er zog seinen Kopf ein und stürzte sich auf Major Grace, der zwischen ihn und Skimmerhorn gesprungen war. Bevor Grace seinen Säbel ziehen konnte, stieß Jeremiah ihn kräftig mit der Schulter an. Dadurch fiel Grace auf das zerfetzte Sofa. Der Schwung war so heftig, daß Jeremiah auf ihn fiel. Er setzte ein Knie auf den Bauch des Majors und drückte fest zu, gleichzeitig begann er, das Gesicht des Mannes mit wilden, heftigen Schlägen zu bearbeiten.

»Schafft ihn weg!« brüllte Grace und bewegte seinen Kopf hin und her, um den Schlägen auszuweichen. Jeremiah hob sein Knie und setzte es dann an die Gurgel des Offiziers.

Grace grunzte. Er schnitt Grimassen. Er bekam einen Kinnhaken ab. Dann stieß er zurück. Die beiden fielen vom Sofa.

Jeremiah fiel unglücklich mit dem Kopf gegen die Sofaecke. Benommen plumpste er auf den Rücken. Er versuchte sich umzudrehen.

Price richtete sich vor ihm auf. Er hob die Enfield und stieß den Kolben Jeremiah mitten in den Leib.

Mit einem erstickten Schrei versuchte Jeremiah sich wegzudrehen und einem zweiten Stoß auszuweichen. Es war zu spät. Wieder wurde sein Leib getroffen.

Dann noch einmal.

Prices Gesicht blieb ausdruckslos, nicht aber seine Augen. Beim vierten Stoß setzte er sogar noch mehr Kraft ein.

Jeremiah würgte. Er rollte sich jetzt auf den Bauch. Grace setzte seinen Fuß gegen seine Schläfe und stieß dabei obszöne Flüche aus.

Jeremiah wand sich. Er hörte Catherines Schreie. Skimmerhorn schaffte sie jetzt außer Sichtweite. Wenig später folgte ihm Price.
Jeremiahs Bauch schmerzte fürchterlich.
Fluchend trampelte Grace weiter auf seinem Rücken herum.
Jeremiah schrie, er preßte seinen Körper flach an den Boden. Er konnte kaum noch etwas sehen. Es ging ihm durch den Kopf: Gott, hier ist es nicht besser als in der Armee!
In diesem Krieg ging jeder Anstand verloren.
Es gibt nur Gemeinheit.
Gemeinheit und Haß.
Trotz seiner Schmerzen war sein Haß übermächtig. Dann sank er in die Dunkelheit der Ohnmacht.

2

»Jeremiah?«
Kaum wieder bei Bewußtsein, kämpfte er darum zu sprechen.
»Mama, Mama?«
»Reiß dich zusammen, ich bin's.«
Er erkannte seinen Irrtum. Es war nicht Fans Stimme. Die hier war jünger. In seiner Benommenheit war er zu Hause in Lexington gewesen. Jetzt kam er wieder zu Bewußtsein.
Er veränderte leicht seine Lage. Immer noch lag er am Boden. Irgend etwas piekte ihn unter seiner linken Schulter.
»Wach auf, Jeremiah! Du liegst da seit beinahe zwei Stunden!«
Sein Hemd war naß. Das war die Stelle, wo er den Stich gespürt hatte. Er griff mit der rechten Hand dorthin. Glassplitter! Als er sich aufzurichten versuchte, spürte er etwas Scharfes, Stechendes am Gesäß.
»Überall ist Glas.«
Nun konnt er Serenas Gesicht erkennen. Mit ihrer Hilfe kam er wieder auf die Füße. Er starrte auf die Spuren des Kampfes. Die Regale waren leer. Überall waren Bücher verstreut. Einige waren zerfleddert.
Das Pult wies mehrere frische Kerben auf. Alle Schubladen waren herausgerissen und zertrampelt worden. Der Stuhl war nur noch als Brennholz zu verwenden.
Am Boden bemerkte er nahe der Stelle, wo er gelegen hatte, ein kleines Ölgemälde von Colonel Rose. Der Rahmen war kaputt. Das

Bild war durchlöchert. In einer Ecke lagen die Reste eines anderen Bilderrahmens. Dicht daneben befand sich Serenas rote Babylocke und eine zerknüllte Spielkarte.

Er blickte ungläubig drein, das Mädchen lachte traurig: »Sind sie nicht freundlich? Sie haben hier mit ihrer Suche nach Waffen und Munition begonnen.«

»Wie spät ist es?« Langsam wurde er wieder munter.

»Zwei oder drei Uhr. Ich weiß es nicht genau.«

Im Büro war stickige Luft. Er ging zur Tür.

»Nützt nichts. Wir sind eingeschlossen.«

Er lehnte sich mit dem Rücken gegen die Tür und schaute sich erneut in dem übel zugerichteten Büro um. Ihm war schlecht – nicht wegen der Zerstörung ringsum, sondern weil er sie nicht verhindern konnte. Er hatte nicht den geringsten mäßigenden Einfluß auf die Yankees ausüben können.

Nach seiner Begegnung mit Poppel hatte er Mut geschöpft. Er hatte wirklich geglaubt, daß die Soldaten der Nordstaaten vielleicht doch nicht so schlecht wären wie ihr Ruf.

Dann plötzlich erfaßte ihn Schrecken:

Was war aus der Pistole im Dachgeschoß geworden? Hatte jemand das lose Dielenbrett entdeckt?

Er betete, daß dies nicht geschehen sein moge. Daß er seine Waffe wiederbekäme, ehe Graces Kavallerie weiterzog.

Dann kam ihm eine andere Erinnerung:

»Was ist mit deiner Stiefmutter passiert?«

»Ich weiß nicht. Dieser Landsteicher schleppte sie mit sich. Ich habe versucht, ihn davon abzuhalten. Grace ergriff mich und brachte mich hierher.«

»Dann ist sie also . . .«

Er konnte nicht weiterreden.

»Sie wird's überleben.«

Jeremiah stand der Mund offen. Er konnte die sachliche Art nicht akzeptieren, in der sie das vorbrachte. Ihr Gesicht zeigte keinerlei Gefühlsregung. Ihr Haar und ihr Kleid waren in Unordnung. Aber sie strömte Eiseskälte und Gelassenheit aus.

»Mein Gott, Serena, ist das alles, was du dazu sagen kannst – sie wird's überleben?«

»Ja, sie wird's. Ihr christlicher Glaube wird ein bißchen leiden, aber es gibt Schlimmeres. Sie könnten sie erschießen – aber das werden sie nicht tun.«

Serenas fatalistische Ansichten klangen logisch. Aber er vermutete, daß es noch einen anderen Grund gab, warum sie die Leiden ihrer Stiefmutter nicht besonders bewegten. Möglicherweise gefiel ihr die Entwicklung sogar ein wenig.

Sein Erschrecken mußte sie wohl bemerkt haben, denn plötzlich schrie sie:

»Jeremiah, sie befindet sich in ihrer Gewalt. Daran ist nichts zu ändern. Wir sollten uns besser damit beschäftigen, was wir tun könnten. Wir müssen zu verhindern suchen, daß die Yankees das Haus niederbrennen oder den Brunnen vergiften.«

»Was können wir in dieser Hinsicht tun?« fragte er.

»Ich kann mit Major Grace reden.«

»Reden?« Er war wie vom Donner gerührt.

»Jawohl, reden. Kurz bevor du wieder zu dir gekommen bist, habe ich die Wache gebeten, diesen verdammten Hurensohn von Yankee sofort herbeizuschaffen.«

Sie warf ihren Kopf zurück, weil eine rote Locke ihr in die Stirn fiel. Mit dieser Bewegung brachte sie gleichzeitig Trotz und Stärke zum Ausdruck. Sie lächelte süß und bösartig:

»Natürlich habe ich das mit anderen Worten getan. Ich war so höflich, wie mir das angesichts der Vorfälle möglich war.«

Er schwankte, sie griff nach seinem Arm: »Alles in Ordnung mit dir?«

»Ja.« Aber er konnte sich kaum auf den Beinen halten.

»Du siehst schrecklich aus.«

»Noch ein paar Minuten, und es geht mir wieder gut.«

»Dann wird meine Begegnung mit Grace vorbei sein.«

»Serena, was zum Teufel hast du mit ihm vor?«

»Ich werde ihn bitten, das Haus zu verschonen. Im Wohnzimmer hat er den starken Mann gespielt. Männer müssen vor ihren Untergebenen manchmal so auftrumpfen. Aber wenn ich allein mit ihm bin...«

Er widersprach: »Bevor du nach unten kamst, versuchte ich, mit ihm zu argumentieren. Es klappte nicht.«

»Argumentieren? Ich wette, du hast unverschämt mit ihm geredet und warst drauf und dran, ihm den Kopf abzureißen. Und das auch noch vor all seinen Leuten.«

Sein Blick bestätigte, daß sie recht hatte.

»Ich hasse ihn genausosehr wie du, Jeremiah. Aber ich denke, er mag mich ein wenig. Zumindest sagt mir das sein Blick. Deine Taktik hat nicht funktioniert. Nun laß mich meine ausprobieren.«

Jetzt lag Sarkasmus in seiner Stimme: »Du glaubst also, daß man mit netten, freundlichen Worten und einem Lächeln einen solchen Mann beeinflussen kann?«
»Vielleicht. Hast du einen besseren Vorschlag?«
»Am besten vergißt du den ganzen Plan sofort.«
Sie stampfte heftig mit dem Fuß auf: »Was ist los mit dir? Du weißt doch genau, daß Rosewood das einzige ist, was uns bleibt, wenn diese Soldaten weiterziehen. Aber selbst das Haus geht verloren – und das trinkbare Wasser aus dem Brunnen –, wenn nicht einer von uns etwas unternimmt.«
Ihr Zorn milderte den seinen. Dann äußerte er eine weitere, tiefe Sorge:
»Aber Serena, das ist doch ein Kerl von der schlimmsten Sorte.«
»Das weiß ich auch.«
»Er könnte die Situation ausnutzen.«
»Ich weiß das selbst.«
Sie eilte zu ihm, berührte seine schweißige Wange.
»Fürchtest du dich nicht davor?«
»Natürlich. Aber ich will dieses Haus retten. Und ich will nicht, daß er dich erneut verletzt.«
Zwar erfreuten ihn ihre verständnisvollen Worte, doch sträubte er sich dagegen, daß jemand an seiner Statt kämpfen wollte. Er ging ein paar Schritte von ihr weg. Glas knirschte unter seinen Stiefeln.
»Dennoch bist du eine verdammte Närrin.«
»Nun sei doch nicht so empfindlich, nur weil du keinen Erfolg gehabt hast und ich es vielleicht schaffen werde.«
Die Wahrheit traf ihn. Er starrte sie an.
»Jeremiah, hier geht es nicht darum, ob ein Mann oder eine Frau das Ziel eher erreichen kann. Du hast es versucht und bist dabei an einer Übermacht gescheitert. Es ist unsere Niederlage. Während du dich erholst, tue ich das Notwendige. Ich werde es wenigstens versuchen.«
»Und was passiert, wenn er dich – mißhandelt?«
»Wie der Kerl, der Catherine fortschleppte?«
Er nickte.
Ein kleines Lächeln umspielte ihren Mund: »Ich denke, ich werde mit ihm fertig. Ich kann mit ihm wohl machen, was ich will, ohne dabei Schaden zu erleiden.«
Da war wieder dieser irrsinnig machende Hinweis auf ihre Erfahrungen.

»Du ist deiner Sache sehr sicher.«
Das Lächeln verschwand. Seine Reaktion machte sie wütend.
»Nein. Ich habe schreckliche Angst, aber ich werde es dennoch versuchen.«
Sie trat dicht an ihn heran, er spürte ihren Körper. Wieder streichelte sie sein Gesicht.
»Mit diesem Kerl möchte ich keine zwei Sekunden verbringen. Dennoch werde ich's tun, wenn sich dadurch die Chance bietet, dieses Haus zu retten.«
Ganz sanft sagte er: »Du und Catherine...«
Sie legte ihm die Arme um den Hals, küßte ganz leicht seinen Mund.
»Du und ich. Ich möchte etwas für uns erhalten.«
»Es ist auch ihr Haus.«
Sie unterdrückte ihren verärgerten Blick.
»Ja, ich weiß. Aber ich denke immer an dich.«
Sie küßte ihn erneut; diesmal länger. Dann legte sie ihren Kopf an seine Schulter.
»Ich mag dich, Jeremiah. Mag dich mehr, als du ahnst. Wir bleiben zusammen, wenn dies vorüber ist. Dieses Haus wird uns gehören. Dafür nehme ich in Kauf, dem Major ein paar Freundlichkeiten zu sagen, damit er Rosewood nicht niederbrennt.«
»Du willst nichts anderes als reden?«
»Wenn er mich anrührt, dann wird man den Schrei bis nach Louisville hören. Ich denke, ich werde mit ihm fertig.«
»Und wirst du herausfinden, was mit deiner Stiefmutter geschehen ist?«
»Ja, auch das«, sagte sie mit weniger Überzeugungskraft.
Einen Augenblick lang glaubte er fast, sie werde mit ihren weiblichen Schlichen Erfolg haben. Aber dann wieder erschien ihm der Plan doch zu gefährlich.
Er wollte erneut protestieren. Da spürte er, wie sie ihren Körper eng an den seinen preßte. Mit dieser Art von Argumenten konnte sie ihn immer überzeugen.
Schließlich meinte sie: »Wir wissen nicht einmal, ob der Major auf meine Bitte reagieren wird. Deine Sorgen sind also verfrüht.«
Da klopfte es an der Tür.
»Bis jetzt«, sagte er mit grimmigem Lächeln.
Serena ging zur Tür.
»Ja, bitte?«

»Major Grace, Ma'am.« Es klang ganz freundlich. »Ich habe erfahren, daß Sie mich zu sprechen wünschen.«
»Ja, schließen Sie bitte die Tür auf.«
»Falls dieser Rebell inzwischen aufgewacht sein sollte, sagen Sie ihm, er soll sich in die äußerste Ecke verziehen.«
»Tu das, Jeremiah!«
Über zerfledderte Bücher stolpernd, verzog er sich in eine Ecke.
»Alles in Ordnung, Major.«
Der Schlüssel klapperte. Aus seiner Ecke konnte Jeremiah den Offizier nicht sehen. Auch Serena entschwand hinter der offenen Tür seinem Sichtfeld.
»Vielen Dank, daß Sie gekommen sind, Major. Ich möchte gern mit Ihnen sprechen, weil hier schreckliche Dinge passiert sind. Ich möchte Sie dringend bitten, Ihre Leute besser unter Kontrolle zu halten. Ergreifen Sie keine so harten Maßnahmen. Aber ich möchte dies lieber an einem anderen Ort, sozusagen privat, mit Ihnen diskutieren.«
Jeremiah lehnte den Kopf an die Wand und schloß die Augen. Wie weich und sicher, wie total kontrolliert ihre Stimme klang. Er bewunderte ihre Nervenstärke und die Art und Weise, wie sie mit Grace fertig wurde. In ihrer Stimme lag sogar beinahe etwas Verführerisches.
»Nun ja, Miss Serena, ich denke, ich kann ein paar Minuten erübrigen, um mir anzuhören, was Sie zu sagen haben. Ich muß Sie jedoch warnen: Ich bin nicht leicht zu überzeugen.«
»Nun, gehen wir ins Wohnzimmer?«


3

Der Major verschloß die Tür wieder. Dann entfernten sich die Schritte der beiden. Der Wachsoldat postierte sich wieder vor der Tür.
Der Wächter draußen vor dem Fenster blieb weiter bewegungslos. Über die Schultern des Mannes hinweg sah Jeremiah, daß sich drüben bei den Negerhütten eine ekstatische Feier abspielte.
Junge Frauen tanzten in Catherines Kleidern. Ein Soldat stolzierte umher mit einer zerfetzten Südstaatenflagge, die er wie einen Schal um Kopf und Schultern gewickelt hatte. Drei der Furiere verfolgten lüstern einige Mädchen.
Jeremiah rieb seinen Brustkasten da, wo er am stärksten schmerzte. Er blickte auf Henry Roses zerlöchertes Porträt. Zerstört – wie alles in Rosewood durch die Hemmungslosigkeit verrohter Menschen. Wie-

der kam Selbstverachtung in ihm hoch, weil er alles getan hatte, um loyal ein Versprechen zu erfüllen.

Er bewunderte Serenas Entschiedenheit, glaubte aber nicht, daß sie etwas erreichen werde. Ambrose Grace würde auf sie so wenig hören, wie er einem Befehl von Robert Lee gehorchen würde. Im Norden und im Süden war ehrlosen Gesellen jeder Vorwand recht – Freiheit für die Schwarzen, Verteidigung der Heimat, Bestrafung des Feindes –, um ihren niedrigsten Neigungen freien Lauf zu lassen. Ein Franz Poppel war eine Ausnahme auf dieser Welt. Selbst Poppel hatte das erkannt und ihm deshalb heimlich die Waffe zugesteckt.

Er kniete nieder. Berührte Roses zerstörtes Bild.

Bisher habe ich versagt. Aber noch ist nicht aller Tage Abend, sprach er sich selber Mut zu.

Am liebsten wäre er jetzt sofort ins Dachgeschoß geeilt. Seine Chance würde noch kommen. Serenas Plan mußte scheitern. Die Frage war nur, wie schlimm die Folgen sein würden.

Wenn sie das Gespräch mit Grace ohne körperlichen Schaden überstand, dann wollte er den rechten Augenblick abwarten. Er wollte nicht mehr mit unzulänglichen Mitteln gegen eine Übermacht anstürmen.

Aber wenn er das geringste Alarmsignal hören sollte – etwa einen Schrei von ihr – dann wollte er mit Gewalt diese verdammte Tür eintreten. Er würde einfach alles riskieren, um nach oben zu gelangen, bevor die Wache oder ein anderer Yankee ihn niederschoß.

Er wurde sich seiner Sache immer sicherer. Er hatte Serena nur nachgegeben, weil sie so unnachgiebig war und weil sie ihren Plan in Zusammenhang brachte mit anderen Plänen hinsichtlich einer gemeinsamen Zukunft.

Er wollte die Zukunft, auf die sie hindeutete. Trotz allem – auch trotz der gehässigen Warnungen ihrer Stiefmutter – hatte er sich in Serena verliebt.

Natürlich gab es einen grausamen Zug an ihr. Aber er hatte bei sich ähnliche Anzeichen entdeckt – und sie verstärkten sich jetzt ständig. Hätte er ihr die Chance, es wenigstens zu versuchen, nicht zugestanden, dann wäre jede Gemeinsamkeit mit ihr dahin. Sie wollte keinen Schutz. Wollte nicht als Weibchen behandelt werden, das zu selbständigem Handeln nicht fähig ist. Vielleicht war es das, was an der armen Catherine so genagt hatte. Sie hatte ein Kind großgezogen, das den allgemeingültigen Normen nicht entsprach. Jeremiah war gerade darüber froh. Für ihn machte es Serena nur um so begehrenswerter.

Er ließ sie flirten und schmeicheln und blieb zum Eingreifen bereit, falls Grace sie belästigte. Das einzige, was auf Grace Eindruck machen könnte, wäre der Kerr-Revolver.
Eindruck!
Er mußte über diesen Gedanken lachen.
Er würde einen Eindruck hinterlassen.
Fünf Zentimeter tief und mitten in Graces Stirn.

## 5. Kapitel
## Die Nacht des Zusammenbruchs

Fünfzehn Minuten waren um.
Zwanzig Minuten.
Jeremiah lauschte in der Nähe der Tür, er wartete auf einen Aufschrei im vorderen Teil des Hauses. Ab und zu hörte er die Schritte des Wachsoldaten. Das war alles.
Immer sorgenvoller ging er im Büro auf und ab. Draußen hörte er niemand kommen. Dann klopfte es.
Er eilte zur Tür und preßte sein Ohr ans Holz.
»Serena. Alles in Ordnung mit dir?«
Ihre Antwort klang unsicher:
»Ja, er hat zugestimmt.«
»Was hat er versprochen?«
»Ich habe mich beinahe um Kopf und Kragen geredet. Hab ihn umschwirrt, bin vor ihm zu Kreuze gekorchen. Aber er hat versprochen, das Haus unangetastet zu lassen.«
Er konnte es nicht glauben. Sie besaß mehr Durchsetzungsvermögen, als er angenommen hatte.
»Hat er versucht, dich zu...?«
»Nein. Es scheint einige Regeln zu geben, auf deren Einhaltung General Sherman viel Wert legt. Darunter auch die, daß seine Offiziere Frauen nicht belästigen dürfen. Deshalb würde es Grace wohl nicht wagen.«
»Serena, hört uns jetzt jemand zu?«
»Der Wachsoldat ist gerade unten in der Diele. Der Major hat ihm befohlen, dort zu warten, solange ich mit dir rede.«
»Du bist also sicher, daß dem Haus nichts geschieht?«
»Ich weiß nicht, wie sicher es ist. Überall stromern Soldaten herum. Aber sie werden das Haus nicht anzünden. Jeremiah, der Major hat angeordnet, daß ich heute nacht in mein Zimmer eingeschlossen werde.«
»Warum nicht hier?«
»Er denkt wohl, daß wir hier Dinge aushecken würden, die ihm

Ärger bereiten könnten. Aber – er weiß ja nicht, daß wir bereits erreicht haben, was wir wollten. Verhalt dich ganz ruhig. Mir geht's gut.«

»Ich habe kein Vertrauen...«

»Ich hab' dir doch gesagt, daß er sich davor fürchtet, einer seiner Leute könnte einer Frau etwas antun!«

»Das verstehe ich nicht. Er ließ Skimmerhorn doch...«

»Skimmerhorn gehört nicht zu seiner Truppe. Er kann immer darauf hinweisen, daß er seinem Befehl nicht untersteht.«

»Er ist ein Lügner.«

»Natürlich. Aber er will sich selbst schützen.«

»Was hast du über Catherine erfahren?«

»Bis jetzt noch nichts. Skimmerhorn ist noch nicht zurück. Maum Isabella hat versprochen aufzupassen.«

»Serena, verdammt noch mal, wir müssen herausfinden, was mit ihr passiert ist!«

»Ich kann's nicht.« Sie schien den Tränen nahe. »Ich habe alles versucht. Nun ruh dich aus. Und mach dir keine Sorgen um mich. Bald werden wir für immer zusammensein. Ich liebe dich, Jeremiah.« Sie verschwand.

Mit offenem Munde stand er jetzt da. Er war so überrascht und glücklich, daß er mit der Faust gegen die Tür schlug. Ihr unerwarteter Erfolg überwältigte ihn – und dann noch diese geflüsterte Liebeserklärung.

Ein kurzzeitiges Glücksgefühl mäßigte seinen Haß auf Ambrose Grace. Es lenkte ihn von dem ab, was draußen geschah. Aber er verbrachte einen Großteil der Nacht am Fenster.

Der Haß auf Grace wurde dabei wieder übermächtig, als er Stunde um Stunde keine weitere Nachricht über Catherine erhielt.

2

Diesen ganzen Montagabend lang beobachtete er die systematische Zerstörung von Rosewood vom Fenster aus.

Der Teil des Besitztums, den er übersehen konnte, wimmelte von Feinden, die zu Fuß oder zu Pferd kamen und gingen. Nach Einbruch der Dunkelheit leuchteten wieder zahlreiche Lagerfeuer.

Pferde und Menschen erschienen im Widerschein des Feuers wie Gespenster. Er hatte den Eindruck, daß es mehr Versprengte in Räuberzivil als blauuniformierte Kavalleristen gab. Die Landstreicher ruinierten den Rasen zwischen dem Haupthaus und dem Ende des Wegs zu den Sklavenhütten. Dabei benutzten sie Säbel und Ladestöcke, mit denen sie auf der Suche nach vergrabenen Wertgegenständen in dem Grasboden stocherten.

Im Fackelschein ackerten acht oder zehn Landstreicher den Sklavenfriedhof in der gleichen Weise durch. Dabei zerstörten sie Grabkreuze und brachten Leichenteile zutage. Einmal eilte Maum Isabella auf drei Männer zu, die den Friedhof aufgruben. Ein Spaten glitzerte, der von weißen Händen geführt wurde. Die alte schwarze Frau fiel hin und kroch auf allen vieren davon, um keine weiteren Schläge abzubekommen.

Da das Umgraben der Wiese und des Friedhofes keine Schätze hervorgebracht hatte, formierten sich vierzig bis fünfzig Mann in zwei Gruppen und begannen eine Art Scheingefecht mit Kiefernzapfen, die sie in Eimern aus dem Wald herangeschafft hatten. Die Zapfen wurden angezündet und dann auf die gegnerische Seite herübergeworfen.

Andere drangen in die Sklavenhütten ein und trugen Hausrat fort. Die paar Schwarzen, die sie daran zu hindern suchten, wurden niedergeschlagen.

Ein übelriechender Qualm von angezündetem Abfall begann die Szene zu verhüllen. Jeremiah gewann den Eindruck, durch das Fenster in die Hölle zu blicken.

Seine Gedanken beschäftigten sich wieder mit Catherine, dann mit Serena.

Mit ihrer Versicherung »Ich liebe dich« überkam ihn ein fast unvorstellbares Glücksgefühl.

Kurz nach Mitternacht versammelte sich ein halbes Dutzend Kavalleristen um die drei Schweinepferche.

Zwei Soldaten stiegen von ihren Pferden und rissen das erste Gatter aus den Angeln. Die Reiter ritten ziellos hin und her. Revolver und Gewehre glänzten im Feuerschein. Eine Pistole ging los. Die Schweine galoppierten ins Freie, von schnaufenden Rössern und brüllenden Soldaten erschreckt. Das Bürofenster klirrte aufgrund des Geschoßhagels.

Tiere stürzten nieder, Blut floß aus ihren Schnauzen, ihren Leibern. Der Anblick veranlaßte Jeremiah, sich angeekelt abzuwenden. Noch zwanzig Minuten lang hörte er das Gemetzel und das Winseln. Er kroch mit geballten Fäusten in seine Ecke.

Das also nannte Grace, Rosewood verschonen!

# 3

Er mußte eingenickt sein. Das Tageslicht drang durch den Rauch nur schwach ins Zimmer. Draußen klopfte es eindringlich.

Im Büro roch es übel. Während der Nacht hatte er ein körperliches Bedürfnis gefühlt. Sein Magen schmerzte. Er war sehr hungrig. Erneut klopfte jemand. Dann lauter. Er stolperte zur Tür.

»Wer ist da?«

»Serena.« Ihre Stimme schien auf ganz unnatürliche Weise kraftlos und heiser.

»Stimmt was nicht?«

»Als ich vor einer Stunde aufstand, ließ Grace mich raus. Catherine war noch immer nicht zurück. Mir wurde erlaubt, mich zum Sumpfland zu begeben. Auf dem Weg dorthin mußte ich bei drei Yankeelagern vorbei. Eine halbe Stunde habe ich gesucht. Und dann – habe ich sie gefunden.«

Die letzten Worte sprach sie so rauh und voller Schmerz aus, daß er ahnte, was folgen würde. »Wie geht es ihr?«

Serenas Stimme versagte:

»Ihre Kleider waren zerrissen. Man hatte sie zweihundert Meter weit geschleift. Sie war über und über mit rotem Lehm verdreckt. Sie – sie ist tot, Jeremiah!«

Er schloß die Augen: »Jesus!«

Irgendwie war sie dann doch imstande weiterzuberichten.

»Etwa die Hälfte der Sklaven ist weggelaufen. Aber Leon ist noch da. Ich habe ihn hingeschickt, um sie zu holen. Sie lag mit dem Gesicht nach unten im Wasser. Ertrunken.«

Plötzlich begann Serena zu schluchzen: »Sie war nicht meine Mama. Ich habe nie behauptet, sie zu mögen. Aber so etwas habe ich nicht gewollt.«

Ihre Worte wurden immer verwirrter. Sein Leib fühlte sich schwer wie ein Stein an. Er preßte beide Handflächen gegen die Tür.

»Serena! Serena, nun hör mir mal zu!«

Das Schluchzen ließ ein wenig nach.

»Hast du's dem Major erzählt?«

»Sofort. Er drehte fast durch. Sagte immer wieder, daß er nur für die Soldaten die Verantwortung trägt, die direkt seinem Kommando unterstehen.«

»Es war wohl dieser Hurensohn Skimmerhorn?«

»Ein anderer kann es gar nicht gewesen sein. Grace befragte ihn.

Aber er leugnete, sie getötet zu haben. Leugnete es immer wieder. Dann ließ der Major es dabei bewenden.«

Jeremiah schloß die Augen, öffnete sie dann aber sofort wieder. Es konnte gar kein Zweifel mehr darüber bestehen, was er jetzt zu tun hatte.

»Serena, ich muß hier raus. Veranlasse Major Grace, die Tür aufzuschließen. Sag ihm, daß ich keinen Ärger bereiten werde.«

»Ich weiß nicht, ob er das glauben wird.«

»Dann veranlasse ihn dazu, das zu glauben! Gestern abend hast du ihn doch auch überzeugt. Also, tu das noch mal!«

Die einzige Reaktion war ein schwaches Weinen.

»Serena!«

»Ich höre.«

»Sorg dafür, daß ich rauskomme! Auf welche Art auch immer.«

»Ja, ich werd's versuchen.«

Zehn Minuten später schloß ihm der kahlköpfige Grace persönlich die Tür auf.

### 4

»Kent!« Grace sah blaß aus. Er schien sich seiner Sache weit weniger sicher als tags zuvor. »Ich nehme an, Miss Serena hat es Ihnen erzählt?«

»Was mit Mrs. Rose geschehen ist? Ja, das hat sie.«

»Ich bedaure es zutiefst!«

»Ach, verdammt!«

»Ich bedaure es wirklich!«

»Wohl, weil Sie Ärger mit Sherman bekommen können? Wie schrecklich.«

»Kent, hören Sie zu. Skimmerhorn hat mir sein Ehrenwort gegeben, daß er es nicht war. Ja, er nahm sie mit...«

»Gegen ihren Willen.«

»Aber mehr hat er nicht getan! Sie lebte noch, als er sie verließ. Jemand anderes muß sie gefunden haben.«

Der Mann schien echt entsetzt: »Kent, verstehen Sie mich doch. Im Krieg passieren eben solche Dinge.«

»Sie hätten es verhindern können. Sie haben es zugelassen.«

»Nein, das werde ich bis zu meinem letzten Atemzug bestreiten.« In seiner Verzweiflung versuchte er es noch mal mit Prahlerei: »General

Sherman hat es vor den Ereignissen in Atlanta gesagt: Der Krieg ist wie ein Donnerkeil. Er folgt seinen eigenen Gesetzen. Er verschont auch nicht die Ehrbaren und Hilfsbereiten.«

Scheinheiliger Bastard! dachte er. Was bemühst du dich jetzt, dein Gewissen zu entlasten, um disziplinarischen Maßnahmen zu entgehen!

»Ich glaube nicht, daß Sherman damit Vergewaltigungen rechtfertigen wollte – und Morde ebensowenig.«

Plötzlich blickte Grace wie ein hilfloser Knabe drein: »Die Frau ist tot. Was kann da eine Diskussion über die Schuld noch bringen?«

»Nichts, solange Sie nicht verantwortlich gemacht werden.«

»Kent, was soll das, zum Teufel noch mal?«

Jeremiah seufzte und verbarg jetzt seine Gefühle: »Gut, es ist passiert. Keine weitere Debatte. In diesem verdammten Zimmer halte ich es keine Minute mehr aus. Lassen Sie mich bloß raus hier!«

Nun unterbrach ihn ein hysterisches Geheul aus einem anderen Teil des Hauses. Es war Maum Isabella.

Grace nahm den üblen Uringeruch wahr. »Unter diesen Umständen – angesichts dessen, was passiert ist –, wenn Sie mir also versprechen, in den nächsten Stunden keinen Ärger zu machen, dann lasse ich Sie frei. Am Spätnachmittag werden wir abrücken.«

Verbittert entgegnete Jeremiah: »Wie soll ich Ihnen denn Schwierigkeiten bereiten können? Was kann ich gegen all die Leute unternehmen, die Ihnen zur Verfügung stehen?«

Er hielt beide Hände hoch: »Ich bin nicht gerade schwer bewaffnet. Lassen Sie mich nur hier raus. Ich muß was essen und zur Toilette gehen.«

Er glaubte, daß dieser Appell seine Wirkung nicht verfehlen würde. Grace war jetzt völlig aus der Fassung. Er war nicht mehr der beherrschte, arrogante Offizier von gestern. Der Major blickte ihn an: »Wenn Sie mir versprechen...«

»Ja«, sagte Jeremiah, »ich gebe Ihnen mein Wort. Es wird nichts passieren.«

Der Major zögerte noch einen Augenblick lang: »Denken Sie daran, es ist nicht meine Schuld. Das Gegenteil werden Sie nie beweisen können.«

»Ich weiß«, sagte Jeremiah.

Grace drehte sich um und ging den Korridor hinab, dabei stützte er sich mit einer Hand an der Mauer.

Jeremiah ballte seine Fäuste, bewegte sich nicht, bis Grace außer

Sichtweite war: Daß Mrs. Rose tot ist, ist dir doch egal. Du willst doch nur deine stinkende Yankeehaut retten!

## 5

Rosewood war ein Trümmerfeld. Überall entdeckte er zerbrochene Möbel. Federbetten waren aufgeschlitzt worden, ihr Inhalt überall verstreut. In der Nähe des Vordereingangs hatte jemand seine Notdurft verrichtet. Es stank übel.

Als er die Küchentür erreichte, bemerkte er, daß seine Stiefelsohlen klebrig waren. Der Teppich des Speisezimmers war mit Sirup verschmiert worden. Dann hatte man Maismehl darüber verstreut. Die Federn rundeten das Bild ab.

In der Küche heulten Maum Isabella und die vier Hausmädchen wie die Wahnsinnigen. Sie standen oder knieten um Catherine Roses Leichnam herum, der auf den langen Schlachtblock gebettet war. Der Körper war mit einer zerfetzten Decke bedeckt. Mit Ausnahme des Gesichts.

Jeremiah zwang sich, an die Tote heranzutreten. Er starrte auf die blaßblauen Flecken auf Catherines Wangen und Stirn, im Haar war noch getrockneter roter Lehm zu sehen. Er wollte dieses Gesicht nicht vergessen. Zumindest so lange nicht, bis er getan hatte, was zu tun war.

Am Ende der improvisierten Bahre kniete Maum Isabella, rang die Hände und wiegte sich vor Schmerz hin und her. Tränenbäche rannen über ihr schwarzes Gesicht. Als er sich zum Gehen wandte, schrie eine andere Frau ihm nach:

»Weinen Sie um sie, Master Kent. Weinen Sie um die arme Frau!«

Er schüttelte den Kopf: »Dazu ist es zu spät.«

Mit fiebrigen Augen durchquerte er das Speisezimmer mit seinem süßen Sirupgeruch. Wegen der Federn mußte er niesen. Seine Stiefel knirschten auf dem Schrotmehl.

Im Treppenhaus war niemand zu sehen.

Er schlich sich die Treppe nach oben. Das lose Dielenbrett hatte niemand entdeckt.

6

General Skimmerhorn schöpfte sich gerade Trinkwasser aus dem Brunnen hinter dem Haus.

Zwei lachende Landstreicher trotteten auf gestohlenen Pferden davon. Der Hals eines der Pferde war mit einem Schal geziert, der Serena gehörte. Fuhrwerke rumpelten vom Haus fort. Militärmusik spielte zum Abmarsch auf.

General Skimmerhorn bemerkte Jeremiah, der von einem Gatter halb verdeckt war. Skimmerhorn ließ den Schöpflöffel in den Brunnen zurückfallen. Wassertropfen bespritzten seinen Teppichmantel.

Mit seiner Linken – hinter dem Gitter verborgen – hielt Jeremiah einen Zipfel seines schmutzigen Leinenhemds hoch. So sorgte er dafür, daß es nicht eng an seiner Taille anlag. Dann ging er auf den Brunnen zu.

Skimmerhorn schob sich die Ärmelaufschläge seines Mantels hoch, damit er schnell an seine Marinepistole gelangen konnte.

»Was willst du, Junge?«

»Mit Ihnen reden, General.« Er bemühte sich, einen eingeschüchterten Eindruck zu machen.

Skimmerhorn ließ einen fahren, dann begab er sich an das hintere Ende des Brunnens. Offensichtlich mißtraute er dem jungen Mann. Hinter dem Furier lag eines der toten Schweine. Die Gedärme hingen ihm aus dem Leib, und weißliche Würmer krochen darauf massenhaft herum.

»Wenn du mit mir über diese Frau reden willst, dann kann ich nur wiederholen, was ich bereits dem Major gesagt habe. Mit ihrem Tod habe ich nichts zu tun.« Skimmerhorn kratzte sich den Bart. »Ich hab' sie dorthin mitgenommen. Hatte meinen Spaß mit ihr. Es war so aufregend, daß ich vergaß, was wir eigentlich besorgen sollten. Sie machte sich davon, bevor ich fragen konnte, wo die Hühner sind. Aber ich ließ sie am Leben! Es war auch ein ganzes Stück von der Stelle entfernt, wo man sie im Wasser gefunden hat.«

»Mit dem Gesicht nach unten! Sie kroch wohl hinunter zum Wasser und ertränkte sich selbst?«

»Was willst du damit sagen? Manche Frauen tun sehr seltsame Dinge, wenn sie ein wenig mißhandelt worden sind.«

»Vergewaltigt, meinen Sie wohl?«

»Ich hab' sie nicht umgebracht!« Er wandte sich zum Gehen.

»Bitte, warten Sie!« rief Jeremiah.

Skimmerhorn drehte sich mißtrauisch um.
»Ich will keinen Streit. Nichts macht Mrs. Rose wieder lebendig.«
»Und ich hab' sie nicht ertränkt. Merk dir das gefälligst!«
Jeremiah spürte, daß der Furier die Wahrheit sprach.
»Zwischen hier und dem Fluß wimmeln Hunderte von Menschen herum. Jeder von ihnen kann's getan haben.«
»Ich glaube Ihnen, daß Sie es nicht waren.«
»So ist's schon viel besser«, meinte Skimmerhorn erleichtert. Er setzte den Zylinder auf sein fettiges Haar. Dies gab ihm einen Anstrich von Keckheit. »Sie sind sehr vernünftig. Ist das alles, was Sie von mir wollten?«
»Nein, Sir!« Nun äußerte er eine Bitte, die er sich vorher eingepaukt hatte. »Wenn Sie weg sind, werden wir etwas Getreide benötigen. Lassen Sie uns ein, zwei Säcke hier.«
Skimmerhorn begann zu kichern.
»Ich kann's bezahlen.«
Skimmerhorns Habgier war stärker als seine Vorsicht.
»Womit? Wir haben Ihnen doch schon alles weggenommen.«
»Falsch. Im Kiefernwald habe ich etwas Wertvolles versteckt. Price hat nicht gesehen, wie ich es vergraben habe.«
Es folgte ein schneller Blick auf den Weg zwischen den Sklavenhütten. Die meisten der Schwarzen, die auf der Plantage geblieben waren, hatten sich in ihre Behausungen zurückgezogen. Man sah nur einen kleinen Jungen, der in den Himmel starrte.
»Wo ist Price?«
»Weiß nicht«, antwortete Skimmerhorn. »Er treibt sich wohl mit Ihrer Muskete herum. Was haben Sie dort vergraben?«
»Ein Säckchen mit dem Schmuck von Mrs. Rose.«
»Schmuck! Wirklich?!«
»General, wir brauchen ein wenig Getreide, um zu überleben. Sie könnten uns etwas abgeben, ehe Sie die Vorratshäuser in Brand stecken. Dafür zeige ich Ihnen, wo der Schmuck vergraben ist. Mrs. Rose braucht ihn ja nicht mehr.«
Skimmerhorn grübelte über den Vorschlag nach: »Wie weit ist es bis dorthin?«
»Nicht mal einen Kilometer.«
»Wehe, wenn Sie mich austricksen wollen, Rebell!«
»Es geht nicht um Tricks, es geht um Nahrungsmittel.«
»Besorgen Sie einen Spaten, und los geht's! Ich möchte mal einen Blick in das Säckchen werfen. Wenn der Schmuck das wert ist, bekom-

men Sie Ihr Getreide. Aber ich verspreche nichts, solange ich die Ware nicht gesehen habe.«

»Das ist nur recht und billig«, nickte Jeremiah. »Soll ich auf die andere Seite des Brunnens kommen?«

Skimmerhorn zog seinen Colt:

»Langsam, langsam!«

Jeremiah lächelte beinahe. Bis jetzt hatte alles perfekt geklappt. Er sprach weiter bewußt schüchtern:

»Ich brauche zehn Minuten, um eine Schaufel zu besorgen. Bei den Hütten müßte eine zu finden sein. Dann gehen wir los.«

General Skimmerhorn freute sich: »Ein bißchen Schatzsuche. Das ist eine feine Idee. Endlich nehmen Sie Vernunft an, Sir.«

Jawohl, General, endlich! dachte er bei sich.

»Ich weiß, daß wir eine Niederlage erlitten haben«, log er.

# 6. Kapitel
## Der Tag des Todes

Jeremiah und Skimmerhorn gingen auf den Feldweg zu. Der Landstreicher blieb ständig zwei Schritte zurück. Als wolle er sich an der Brust kratzen, lockerte Jeremiah sein Hemd ein wenig mehr.

Auf der Suche nach einer Schaufel gingen sie von Hütte zu Hütte. Jedes der kleinen Häuser war ausgeplündert worden. Schließlich entdeckte Jeremiah das gesuchte Werkzeug am Rande des Friedhofs. Nun atmete er so heftig, daß er fürchtete, Skimmerhorn würde es bemerken.

Das tat er aber nicht. Der »General« war guten Mutes, pfiff ein Marschlied vor sich hin.

Schließlich erreichten sie den Kiefernwald. Das graue Tageslicht drang hier kaum durch. Die Erde roch dumpfig. Eine Weile störte nur das Pfeifen des Furiers das Schweigen. Dann begann er wieder ein Gespräch:

»Jetzt, wo du dich ein bißchen beruhigt hast, Junge, kann ich dir ja sagen, daß ich das Schicksal dieser Frau wirklich bedaure. Ich wollte meinen Spaß mit ihr haben, und den hatte ich. Aber ich will nicht am Tod einer Frau schuld sein. Es ist eine Schande. Den Täter wird man nie erwischen, denke ich.«

Jeremiahs Achselzucken deutete eine matte Zustimmung an. Aber irgend jemand wird dafür bestraft werden, schwor er sich!

»Du und das kleine rothaarige Mädel«, fuhr Skimmerhorn fort, »ihr habt großes Glück gehabt. Ihr seid noch am Leben. Der Major sagt, er habe nicht vor, das Haupthaus niederzubrennen.«

»Miss Serena hat ihn nachsichtig gestimmt«, sagte Jeremiah.

Skimmerhorn lachte. Jeremiah fiel aber der obszöne Unterton auf.

»Ich hätte gern eine kleine Portion von ihrer Überzeugungskraft abbekommen.«

»Wie meinen Sie das?«

»Überzeugungskraft, wie sie eine temperamentvolle Frau offenbart, wenn sie flach auf dem Rücken liegt.«

»Wovon sprechen Sie, verdammt noch mal?«

»Weißt du's denn nicht? Nun werd nicht gleich gereizt deswegen. Ich dachte, das weiß inzwischen hier jeder. Den größten Teil der Nacht hat sie gemeinsam mit dem Major hinter verschlossener Tür verbracht.«

Jeremiah stolperte beinahe.

»Ich trieb mich da rum, kurz bevor die Leute um Mitternacht die Schweine zu metzeln begannen. Der Major kam nur in Hosen und Unterhemd bekleidet herunter, um sich die Dinge anzusehen. Er prahlte ein wenig. Sagte, das Mädel treibe es wie ein Tier. Ein wildes Tier. Dreimal hätten sie's schon gemacht – ob er wohl gelogen hat? – Und sie sei bereit für mehr. War wohl ein großer Liebeshunger!«

Schweiß rann an Jeremiahs Wangen herunter. Seine Stimme war kaum hörbar:

»Sie lügen!«

Nun gluckste Skimmerhorn erneut, aber diesmal weniger freundlich. »Für diese Frechheit sollte ich dir eine runterhauen, Junge. Ich sage die reine Wahrheit.« Er hob den Colt, richtete den Lauf nach oben und legte seine Hand auf die Brust: »Ich schwöre es. Der Major hat gesagt, er habe von Anfang an beabsichtigt, es mit ihr auszuprobieren. Aber im Wohnzimmer habe sie es ihm von sich aus vorgeschlagen. Kannst du dir vorstellen, wie ein so süß aussehendes Mädel solch ein Thema zur Sprache bringt? Das schockiert selbst einen alten Halunken wie mich.«

Jeremiah wollte sich sogleich auf den Kerl stürzen. Ihn fertig machen. Verhindern, daß weiterhin solche schmutzigen Worte aus seinem Mund strömten. Aber er tat es nicht. Plötzlich erinnerte er sich an Catherines warnende Worte:

Sie ist unmoralisch!

Er erinnerte sich, wie es ihn erstaunte, als Serena behauptete, sie habe Grace allein mit Worten überzeugt. Er war versucht, Skimmerhorns Erzählung in Zweifel zu ziehen. Es überzeugte ihn nicht.

»Ja, praktisch bettelte sie darum, sagte der Major. Mich hätte sie nicht zu bitten brauchen. Ich wäre ihr sofort unter die Röcke gegangen.«

Es stimmte. Mußte stimmen. Warum hätte Skimmerhorn solch eine Geschichte erfinden sollen?

Und zu mir hat sie gesagt: »Ich liebe dich!«

Sein Glaube an sie war ebenso erschüttert wie der, daß auch Yankees anständige Menschen sein könnten. Sein Kopf dröhnte. Alles zerfiel. Es blieben nur Korruption, Lügen, Ehrlosigkeit.

Nun haßte er Skimmerhorn noch mehr, weil er geplaudert hatte.
Der Landstreicher blieb stehen, seine gute Laune war dahin:
»Du hast gesagt, es sei nicht mal einen Kilometer weit, wir sind schon viel weiter gegangen.
»Ich habe mich eben geirrt. Wir sind aber gleich da.«
Voller Angst suchten seine Blicke die Umgebung ab. Er sah eine Lücke im Unterholz.
»Dort ist es. Weiter rechts.«
»Ich hab' noch eine Menge im Haus zu tun. Da ist noch viel einzupacken, ehe wir weiterziehen. Also schnell, schnell!«
»Ja, Sir.« Jeremiah beschleunigte seine Schritte.

Er führte Skimmerhorn an die Stelle, wo er den überwucherten Pfad erspäht hatte. Er hatte keine Ahnung, wohin der Pfad führte. Aber die Geräusche beunruhigten ihn. Sie waren noch nicht weit genug von der Plantage entfernt. Skimmerhorn war jetzt ungeduldig.

Sein Kopf schmerzte. Wut erfüllte ihn. Wut auf den Krieg. Auf Serena. Und besonders auf diesen Mann, der seine Illusion zerstört hatte mit den schmutzigen Behauptungen.

Er hatte den überwucherten Pfad noch ein ganzes Stück weitergehen wollen. Aber sein Zorn wurde übermächtig. Er blieb stehen und zeigte ins Gewirr von Unkraut.

»Da drinnen.«
Skimmerhorn beugte sich vor. Das lenkte seine Aufmerksamkeit ab. Jeremiah öffnete zwei Knöpfe seines Hemds. Mit der anderen Hand hob er die Schaufel auf seine Schulter.

»Gott, hier ist's ja heiß wie an einem Backofen!« beklagte sich Skimmerhorn. Er duckte sich. Schob das Unkraut mit dem Lauf seiner Pistole zur Seite. Mißtrauisch rief er Jeremiah zu: »Wenn du mich verscheißern willst, Junge . . .«

Jeremiahs schweißnasse Hand befand sich jetzt bereits unter dem Hemd. Mit der anderen Hand ließ er die Schaufel fallen. Er zog die verborgene Pistole, ehe Skimmerhorn bemerkte, was los war.

Dennoch reagierte Skimmerhorn schnell. Er drehte sich im Nu um, zog mit einer Hand seinen Colt und schlug mit der Handkante der anderen Jeremiah heftig an die Gurgel.

Jeremiah taumelte. Stolperte über die Schaufel. Verlor das Gleichgewicht. Skimmerhorn feuerte aus der Hockstellung.

Im Unterholz knisterte es hinter ihm. Es klang wie das Zischen eines Reptils, als die Kugel losging. Nur der Sturz hatte ihn gerettet. Bevor Skimmerhorn nochmals zielen konnte, feuerte Jeremiah.

Die Kugel aus der Kerr zerfetzte Skimmerhorns rechte Schläfe. Er landete auf seinem Hintern, schoß ein zweites Mal. Die Kugel schwirrte harmlos davon.

Skimmerhorns Kopf sackte nach rechts, während zwischen seinen Beinen ein dunkler Fleck erschien. Blut floß an seinem Gesicht herab, durchtränkte seinen Teppichmantel.

Die Finger, die den Colt umkrampften, lösten sich. Jeremiah war sich sicher, daß man die Schüsse im Hause gehört hatte.

Er steckte die Kerr in den Gürtel und sah auf den Toten nieder. Insekten wimmelten bereits auf Skimmerhorns zertrümmertem Schädel. Jeremiah nahm dem Leichnam die Waffe ab.

Er richtete sich auf und wandte sich ab, sein Gesicht war gezeichnet von Verwirrung und Schmerz.

Ich liebe dich! Das hatte sie gesagt, nachdem sie die ganze Nacht gehurt hatte.

Er begann zu gehen, dann zu laufen. Nicht nach Rosewood zurück. Nicht zu Serena, um sie zu schützen. Sollte sie doch selbst für sich sorgen. Sie hatte ja bewiesen, daß sie das konnte!

Er floh in die Tiefe des Kiefernwaldes, wo alles üppig wuchs und es dunkel war. Er glaubte, ihr dort entfliehen zu können. Ebenso der Erinnerung an Skimmerhorns Worte.

Aber davor war keine Flucht möglich.


2

Niemand suchte nach ihm.

Oder zumindestens hörte er keine Suchgeräusche. Als die Nacht hereinbrach, hatte er aufgehört, sich um Serenas Sicherheit zu sorgen. Er überlegte ernsthaft, ob er sich davonmachen sollte, über eine Nebenstraße, und Rosewood nie wiedersehen. Da bemerkte er roten Feuerschein durch die Bäume.

Ein leichter Wind war aufgekommen. Die Luft war jetzt etwas frischer. Feuer! Widerstrebend verließ er das kleine Tal, wo er den Tag verbracht hatte. Dabei war er innerlich zerrissen von dem Gefühl, verraten worden zu sein, und einem überwältigenden Haß auf die Yankees, den Krieg und Serena.

Er wollte nicht dorthin zurück. Das einzige, was ihn hier hielt, war die Erinnerung an Henry Rose.

Rosewood, das war das einzige Denkmal des toten Colonels. Jeremiah konnte es einfach nicht zulassen, daß das Haus niederbrannte. Er glaubte jetzt, daß dies trotz Graces Versprechen geschehen sein konnte. Er traute dem Major nicht. Er mußte zum Haus zurück. Er mußte dem Mann, der sein Leben gerettet hatte, diesen letzten Dienst erweisen.

Als er den Waldrand erreichte, öffnete er die Trommel des Colts, fluchte und warf ihn weg. Skimmerhorn hatte sämtliche Munition verschossen.

Er spürte die Kerr unter seinem Hemd. Darin waren noch drei Kugeln.

Er kroch aus dem Schatten des Waldes heraus und stahl sich durch das hohe Unkraut. Als er den Sklavenfriedhof erreichte, mußte er sich zwischen umgestürzten Grabsteinen und Kreuzen tief bücken. Der Himmel war hellrot, die Feuersbrunst toste laut.

Beide Scheunen waren bereits niedergebrannt. Es waren nur noch ein paar glühende Balken und Dachsparren zu sehen.

Auch die Maisspeicher waren angezündet worden, aber die Flammen begannen sich erst jetzt durch die Wände zu fressen. Geruch von geröstetem Mais lag in der rauchigen Luft.

Auch der Entkörnungsschuppen brannte. Er stand dem Haupthaus am nächsten.

Am Ende des Pfades zwischen den Hütten konnte er etwa zwei Dutzend Männer und Frauen ausmachen. Das waren die Neger, die dageblieben waren. Dann erkannte er unter den Sklaven eine ihm wohlbekannte Gestalt, die hoch aufgerichtet an einer Steinmauer lehnte.

Er erhob sich auf seine Knie, dann rutschte er nach rechts und suchte Deckung im Schatten der Hütten. Oben beim Haupthaus sah er keine Yankees. Vielleicht hatte Grace die Gebäude angezündet, dann seine Männer antreten lassen und war mit ihnen davongeritten. Aber er glaubte die Auseinandersetzung zu verstehen, die sich in der Nähe des Hauses abspielte.

Er kroch zur Veranda der letzten Hütte. Von hier aus konnte er etwas Helles, Metallisches in den Händen des Mannes erkennen, der beim Brunnen Wache stand.

Es war seine Enfield!

Er kroch um die Veranda und die Ecke der Hütte herum, schlug sich dann nach links und rannte los wie ein Besessener, entfernte sich immer mehr von den Hütten, bis er sich hinter der ersten der angezündeten Scheunen verbergen konnte, die weit rechts am Ende des Pfades standen.

Das Dach der Scheune brannte. Der Wind wirbelte Rauch und Funkenwolken auf. Wenn erst einmal der Entkörnungsschuppen in hellen Flammen stand, würde der Wind die Flammen bis nach Rosewood treiben. Momentan war ihm das ganz gleich. Es ging ihm nur noch um Price.

Er rannte weiter. Seine Brust schmerzte. Einmal stolperte er, stürzte und fluchte laut.

Als er sich hinter der zweiten Scheune versteckte, die der Landstraße am nächsten stand, stürzte eine brennende Wand ein. Er machte einen weiten Sprung. Ein Balken fiel herab und enthauptete ihn fast. Er schlug auf die Funken in seinem Haar und rannte weiter. Als er sich gegenüber der vorderen Auffahrt befand, verlangsamte er sein Tempo und bewegte sich auf die Veranda zu.

Er suchte die Gegend ab.

Keine Zelte.

Keine Soldaten.

Immer noch Feuerschein am Himmel, nun in Richtung Millen. Aber die Soldaten waren verschwunden.

Er überquerte die Veranda und suchte den besten Angriffspunkt zu bestimmen. Die Speisekammer in der Nähe der Küche bot sich dafür an. Sie führte direkt zur rückwärtigen Veranda.

Vorsichtig öffnete er die Vordertür.

Hier herrschten Dunkelheit und Stille.

Er stürmte durch das zerstörte Speisezimmer und die Küche, wo die Lampen gelöscht waren. Der schwache Feuerschein von draußen ließ ihn die Umrisse von Catherine Roses Leichnam erkennen. Kerzenwachs war geschmolzen und auf ihren Kopf und die Füße getropft.

Er schlüpfte in die Speisekammer. Selbst hier war die Hitze gewaltig.

Er zog die Kerr unter seinem Hemd hervor. Draußen hörte er eine Stimme, die ihm wohlbekannt war: Serena.

»Price, laß uns an das Wasser heran!«

»Nein«, lachte dieser.

»Aber wenn wir die Seitenwandung nicht naß machen, wird das Holz Feuer fangen.«

»Na und?«

Drei, vier Männer gaben lauthals ihrer Zustimmung Ausdruck. Es ertönte ein inbrünstiges »Amen«. Price hatte die Enfield. Die Schwarzen hatten entweder Angst davor oder seine Partei ergriffen.

Prices Stimme übertönte alles:

»Laß es brennen, du weiße Nutte. Du hast den Niggern keine Befehle mehr zu geben. Wir sind freie Menschen!«

Jemand klatschte Beifall. Ein anderer rief erneut »Amen!« Dann war ein schlurfendes Geräusch zu hören. Man hörte Maum Isabellas Schrei:

»Wir haben die Freiheit, das Haus zu löschen, wenn wir das wollen!«

»Nein«, schrie Price zurück, »ich bin nicht der einzige, der es brennen sehen will.«

»Ja, du Lump von Neger. Die übrigen deiner sogenannten Freunde sind zu verängstigt oder zu dumm, um zu wissen, wie gemein du von Miss Serena und ihrer armen toten Stiefmutter denkst. Du stehst da mit deiner Waffe und hältst dich für einen allmächtigen Engel.«

Das amüsierte Price.

»Ich bin der Engel des Todes, Maum. Werde jeden erschießen, der zu nahe kommt.«

»Du bist gemeiner als der schlimmste weiße Ausbeuter«, schrie Maum Isabella.

»Bleibt weg, alle«, warnte Price, »sonst durchlöchere ich euch hiermit.«

Jeremiah schlug die Speisekammertür mit seiner Schulter zu und machte zwei Riesenschritte auf die Veranda hinaus. Die Kerr hielt er in der Rechten, die er mit der Linken stützte.

Jenseits des Brunnens, wo Price mit seinen Leuten stand, blieb Maum Isabella plötzlich stehen. Ihre Augen quollen förmlich hervor, als sie Jeremiah sah. Einige der anderen Schwarzen sahen ihn jetzt auch. Rechts von ihr konnte er Serena erkennen, ihr rotes Haar hing schlaff herab, ihr Gesicht war rußgeschwärzt.

Er roch den unverwechselbaren Brandgeruch. Der Wind trieb die Flammen jetzt auf das Haupthaus zu.

Jeremiah hatte ein eindeutiges Ziel: Price. Der große Kerl konnte jetzt die Reaktion von den Gesichtern der Schwarzen ablesen. Er drehte sich um, da rief ein gelbhäutiger Sklave warnend:

»Hinter dir, Price!«

Der Gelbhäutige stürzte nach vorn, vielleicht hoffte er, Price vom Brunnenrand wegzustoßen. Jeremiah zielte jetzt sorgfältig mit der Kerr.

Price drehte sich schnell, legte die Enfield an. Jeremiah feuerte.

Die Kugel traf Price im linken Arm. Blut und Knochensplitter spritzten wie rote Nadeln durch das Feuerlicht.

Price begann zu stolpern. Der Gelbhäutige boxte ihn nieder.

Die Sklaven zerstreuten sich schreiend, als Price zu Boden ging. Während er zum Brunnen rannte, rief Jeremiah:

»Maum Isabella, nimm die Enfield!«

Der Gelbhäutige ergriff sie als erster.

Jeremiah war noch etwa zwei Meter vom Brunnen entfernt, als das entstellte Gesicht des Gelbhäutigen auf der gegenüberliegenden Seite des Brunnens auftauchte. Der Mann versuchte, Price auf die Beine zu helfen. Maum Isabella schoß auf sie zu.

Mit seiner blutigen Rechten griff er nach dem Rand des Brunnens. Wie ein von den Toten Auferstandener erschien Price. Er bediente sich erstaunlicherweise beider Hände, obwohl der linke Arm schwer verletzt war.

Prices haßerfüllte Augen suchten und fanden Jeremiah. Sein Gesicht und sein Hals glänzten vor Schweiß. Eine Halsschlagader hämmerte.

Jeremiah hielt die Kerr immer noch beidhändig. Er konnte fast nicht in diese feurigen Augen schauen. Maum Isabella stürzte auf den Gelbhäutigen zu, der mit dem Schaft der Enfield versuchte, sie fernzuhalten.

Warum fällt Price nicht? Niemand ist so stark! dachte er.

»Maum Isabella«, Jeremiahs Stimme klang gebrochen, »bleiben Sie zurück!«

Prices blutige Hände griffen abermals nach dem Brunnenrand. Seine Augen glühten so hell wie der brennende Schuppen. Dann schienen ihn Wille und Wut zu verlassen. Seine Augen suchten abermals Jeremiah. Sein Blick erschien jetzt teilnahmsloser.

»Mister Jeremiah? Sie haben mich schwer verwundet. Lassen Sie es damit gut sein.«

Jeremiah lachte: »Auf einmal fällt Ihnen mein Name wieder ein!«

»Bitte!« Price hob seine blutbefleckte Hand. »Lassen Sie es gut sein!«

Plötzlich erinnerte sich Jeremiah einer Äußerung von Major Grace über den Donnerschlag. Er warf einen flüchtigen Blick auf Serena. Price stieß einen beinahe wehleidigen Schrei aus, als er sah, wie sich Jeremiahs Gesichtsausdruck veränderte.

Der Gelbhäutige trieb mit der Enfield weitere drei Sklaven – Leon und zwei andere – fort. Maum Isabella hatte sich bereits zurückgezogen. Plötzlich schien er Serena anstelle von Price zu sehen. Jetzt verspürte er keine Angst mehr. Er fühlte sich ganz anders als bei seiner Auseinandersetzung mit Skimmerhorn. Die Kerr und er schmolzen förmlich zu einer Einheit zusammen – und seine Mundwinkel wurden von Freude umspielt. Dann schoß er.

Price stieß einen schrillen Schrei aus. Knapp unterhalb des Brustbeins schlug die Kugel ein schwarzrotes Loch in sein zerfetztes Hemd. Die Schwarzen brüllten. Price stürzte nieder.

Der Gelbhäutige kam mit der Enfield offensichtlich nicht zurecht. Jeremiah hielt die Kerr immer noch in beiden Händen und zielte auf das Ohr des Mannes. Der ließ die Waffe fallen und rannte auf das Haus zu. Maum Isabella schmiß einen Stein hinter ihm her.

Schreiend und gestikulierend wußten die übrigen Neger nicht, was zu tun war, bis Serena sie aufforderte:

»Holt Eimer aus der Küche! Macht schnell, Leon, verdammt noch mal! Los, los!«

Jeremiah steckte die Kerr wieder unter sein Hemd. Mit Wohlgefallen spürte er die Wärme des Metalls auf seiner nackten Haut. Er wischte sich den Schweiß von der Stirn.

Schnell organisierte Serena einen Trupp zum Feuerlöschen. Ein eingefrorenes Lächeln stand auf ihren Lippen. Leon und einige andere bildeten eine Eimerkette. Zwei Frauen bedienten die Pumpe des Brunnens.

Jeremiah blickte auf Prices Leichnam hinab, der mit offenem Munde dalag. Er empfand kein Schuldgefühl und war sogar imstande, Price halbwegs zu bedauern. Er war zwar ein übler Bursche gewesen, auf seine Weise hatte er jedoch tapfer gekämpft. – Ein achtbarer Gegner.

Jeremiah war stolz, ihn getötet zu haben.

Serena eilte auf ihn zu, sie strich sich das Haar aus der Stirn. In ihren blauen Augen lag ein seltsamer, beinahe schüchterner Ausdruck, als sie Jeremiah anblickte. Einen Augenblick lang ignorierte er sie und warf einen Blick auf das Haus. Einige der Neger hatten eine menschliche Pyramide gebildet und entleerten Eimer mit Wasser auf das brennende Gebäude. Selbst wenn alle Nebengebäude niederbrannten, so würde doch das Herzstück von Rosewood überleben. Es war das einzige Denkmal für den Colonel, das es zu erhalten galt.

Aber Henry Roses letzte Worte damals im Lazarett hatten sich als richtig erwiesen: Der Krieg – Shermans Donnerkeil – war ein Zerstörer. Er vernichtete alle Hoffnung. Das hatte er jetzt gelernt. Und es hatte ihn verändert.

Serena warf sich in seine Arme:

»Oh, Jeremiah! Ich dachte schon, sie hätten dich mitgenommen, oder es sei noch etwas Schlimmeres passiert.«

Er schob sie weg. Ergriff ihr Handgelenk so fest, daß sie aufheulte. Er zog sie auf die Veranda.

»Jeremiah, laß mich los! Was hast du denn?«

Er beachtete ihren Protest nicht.

Er zog sie durch die Speisekammer in die Küche, dann schleuderte er sie von sich fort. Am eisernen Herd fand sie Halt. Ihre großen Augen waren schreckerfüllt, als sie Catherines Leichnam erblickte. Ihr Mund war jetzt ein blutleerer Strich.

3

»Jeremiah, ich verstehe nicht, warum du mich so behandelst.«
»Du hast mit ihm rumgehurt.«
»Was?«
»Gehurt!«
»Ich versteh' dich nicht.«
»Mit Grace hast du es getrieben. Skimmerhorn hat geplaudert, bevor ich ihn erschoß.«
»Du hast ihn erschossen?« Unglaube stand in ihren Augen.
»Richtig. Im Kiefernwäldchen, heute morgen. Grace hat dieses Haus verschont, weil du mit ihm gehurt hast.«
»Mein Schatz...«

Als er das hörte, schleuderte er ihr den übelsten aller Flüche entgegen.

Wie betäubt blieb sie stehen: »Jeremiah, das mußte ich doch tun!«
»Du hast gesagt, daß du mich liebst. Das stimmt nicht. Eine Zeitlang bin ich darauf reingefallen. Aber jetzt weiß ich, dir ging es nur ums Geld und nicht um mich. Du wolltest auch dieses Haus besitzen. Und es gibt nichts, was du nicht tun würdest, um es zu bekommen. Sei es Lüge, sei es Hurerei.«
»Sag nicht so was!« Serena stürzte sich auf die Leiche: »Sie hat das meiner Mama unterstellt. Sie nannte sie Hure, Hure, Hure!« Sie schlug Catherine ins wächserne Gesicht.

Dann kam sie wieder zu sich:

»Jeremiah, ich mußte Graces Forderungen erfüllen!«
»Er hat nicht darum gebeten. Du hast darum gebettelt. Das hat mir Skimmerhorn erzählt.«

Sie fühlte sich getroffen und wechselte das Thema. Aber ihr Gesicht verriet die Wahrheit. Ganz plötzlich sahen ihre Augen wie wahnsinig aus.

»Gib zu, daß du ihn darum gebeten hast, Serena.«
»Ja. Ja! Und er war nicht mal schlecht. Genau so gut wie viele andere. Besser, als du jemals warst. Du bist ja nur ein Knabe!«
»Ein dummer Knabe, nach dessen Geld du getrachtet hast. Du bist ein ehrloses Geschöpf. Catherine versuchte mich zu warnen. Aber ich war zu dumm, auf sie zu hören. Nun, hier werde ich nicht bleiben. Jetzt hast du das Haus. Mir wäre es lieber, dein Vater oder Catherine hätten es gehabt, aber...«
Ein müdes Achselzucken: »...da kann ich nichts dran ändern.«
Dann lauter: »Besser, du wärest gestorben und nicht deine Stiefmutter.«
»Ich bin froh, daß sie tot ist. Ich bin froh, daß sie ein unbekannter Soldat ertränkt hat. Vielleicht hat er sie noch vergewaltigt, bevor er sie ins Wasser stieß. Ich hoffe, er hat sie vergewaltigt, bis es ihr wehtat. Bis es sie verrückt machte!«
Er bebte vor Wut: »Du bist ein verlogenes Stück. Fast so wie die Yankees und General Sherman.«
»Sie hat mich eine Hure genannt!«
»Da hat sie wohl recht gehabt«, sagte er und wandte sich zum Gehen. »Leb wohl, Serena!«


4

Er ging jetzt auf das Speisezimmer zu. Er hörte, wie sie heftig atmete, dann folgte ein Geräusch, das er zunächst nicht einordnen konnte. Eine Schublade war geöffnet worden. Schließlich eilte sie hinter ihm her.

Er drehte sich um, stand mit dem Rücken zur Wand. Sie hielt ein Schlachtermesser in der Hand.

Sie stieß zu.

Er war todmüde, aber die Angst verlieh ihm genügend Schnelligkeit. Er sprang zur Seite. Die Klinge ritzte seine Wange auf, drang dann neben seinem Kopf in das Holz der Tür ein und brach ab.

Mit der Linken packte er ihr Handgelenk, als sie versuchte, ihn mit der zerbrochenen Klinge zu verletzen. Tränen schossen ihm in die Augen:

»Catherine hat mich gewarnt, du hättest keine Moral. Sie hat mir aber nie gesagt, daß du verrückt bist.«

»Behalt dein verfluchtes Geld für dich. Es interessiert mich nicht. Ich werde schon einen anderen finden.«

Sie war jetzt völlig hysterisch. »Einen der reich ist – und ein Mann. Kein Baby! Du Kindskopf, Kindskopf, Kindskopf!«

Es gelang ihm, ihren Arm mit dem zerbrochenen Messer wegzudrücken. Sie spuckte ihn an. Da zog er die Kerr mit seiner rechten Hand unter dem Hemd hervor und schoß ihr die letzte Kugel in den Leib.

5

Dunkle Bäume umrahmten die Straße. In Richtung Millen war ein schwacher Feuerschein am Himmel zu sehen.

Wieder rannte er.

Etwas anderes wagte er gar nicht. Maum Isabella hatte den Schuß gehört. Sie eilte herbei und sah ihn über Serenas leblosen Körper gebeugt. Sie schrie nur ein Wort:

»Mörder!«

Wohin sollte er nun gehen? Er wußte es nicht. Aber er mußte verschwinden.

Am besten war es, sich nach Westen zu wenden. So würde er Shermans Armee aus dem Weg gehen. Als er so dahintrottete, da dämmerte es ihm, daß er niemals nach Virginia zurückkehren konnte. Der Krieg würde einmal zu Ende gehen. Leute wie die Claypools würden nach Jefferson City zurückkehren und danach fragen, wie Catherine und Serena Rose den Tod gefunden hätten. Maum Isabella würde es ihnen berichten. Und eines Tages würde man ihn in Lexington aufstöbern.

Er mußte sehr weit fliehen. Fan durfte er nie erzählen, was er getan hatte. Sie durfte nie den geringsten Hinweis erhalten. Sie durfte er nicht verletzen. Er durfte sich niemals finden lassen.

Er hatte versucht, sich ritterlich zu verhalten, und nun war alles auf diese Weise zu Ende gegangen. Im Krieg gab es für Ehre keinen Platz. Auf dieser Welt gab es überhaupt keinen Raum dafür.

Mein Gott, wie hatte Serena ihn übertölpelt. Und er hatte das so gern mit sich geschehen lassen! Er war ganz wild darauf. Man hatte ihn gewarnt. Er hatte das ignoriert und sich von ihrem Charme – und ihren Lügen – einfangen lassen.

Ich liebe dich!
Er wußte, daß diese Erfahrung ihn verändert hatte. Seit Sonnenaufgang hatte er drei Menschen getötet. Dennoch war er relativ ruhig, als er eine Furt an einem Flüßchen in der Nähe des Ogeechee erreichte. Ganz überwältigt blieb er auf der Sandbank stehen.

Er setzte sich nieder und wartete eine ganze Weile.

Dann blickte er auf, wischte sich das Gesicht ab, schaute die Sterne an und dachte:

Tut mir leid, daß ich versagt habe, Colonel. Sie haben mir gesagt, daß der Krieg die Menschen ruiniere, und Sie haben recht behalten. Er zerstört sie, weil sie nicht verstehen zu kämpfen und zu siegen. Das habe ich jetzt verstanden!

Nun bahnte er sich platschend den Weg durch die Furt. Es ging nach Westen. Das war der sicherste Weg. Vielleicht mußte er sehr weit nach Westen. Hunderte von Meilen weit, dort konnte er sicher sein vor der Wut der nachtragenden Yankees, die selbst nach der Kapitulation des Südens den Krieg auf ihre Weise fortsetzen würden.

In der Mitte der Furt blieb er stehen, blickte hinab auf sein verzerrtes Spiegelbild im Wasser. Ohne Waffe fühlte er sich nackt und unvollständig.

Die Enfield hätte ich mir wiederholen sollen! Es wäre aber zu gefährlich gewesen, angesichts des Geschreis von Maum Isabella.

Er würde eine andere Waffe finden. Würde eine stehlen. Wenn's sein mußte, würde er dafür auch jemand töten. Der Krieg hatte ihn eine ganze Menge gelehrt.

Noch immer starrte er ins Wasser. Dort liegt Jeremiah Kent. Er kämpfte ehrlos im Bürgerkrieg. Er starb und ist wieder auferstanden!

Rose verstand diese Welt und die Art, wie sie funktionierte:

Ohne Ehre.

Ohne Ehrbarkeit.

Ohne Mitleid.

Jeremiah Kent. Konnte er überhaupt noch länger diesen Namen führen? Wie sollte er sich jetzt nennen?

Er bewegte sein linkes Bein. Das Spiegelbild im Wasser verzerrte sich, war nicht länger erkennbar.

Er richtete sich auf, stolperte auf die andere Seite der Furt hin. Ein letzter Schimmer von Sternenlicht fuhr über die weiße Strähne in seinem Haar und über sein ausdrucksloses Gesicht, bevor er im Waldesdunkel verschwand.

# 7. Kapitel
## »Laßt sie in Ruhe«

Die Güterwagen klapperten. Aber nicht so laut, daß Gideon nicht hören konnte, was der blasse Captain vorlas:

»Nach vier Jahren begeisterten Kampfes, der gekennzeichnet war durch unübertroffenen Mut und Tapferkeit, war die Armee von Nord-Virginia gezwungen, angesichts der Übermacht des Gegners zu kapitulieren.«

Der Artillerist lehnte sich mit dem Rücken an die gegenüberliegende Wand des Wagens. Von Gideon war er gut einen Meter entfernt. Direkt gegenüber saß ein anderer Konföderierter, ein Soldat aus Virginia, flankiert von zwei weiteren, bedingt entlassenen Gefangenen, und paffte eine der Zigarren, die er im Depot der Baltimore and Ohio Railroad gekauft hatte. Sein Gesicht zeigte einen deutlichen Widerwillen, als der Artillerist weiterlas:

»Den tapferen Überlebenden vieler heißumkämpfter Schlachten, die bis zum letzten standhaft geblieben sind, brauche ich nicht zu erzählen, daß ich der Kapitulation nur widerwillig zugestimmt habe.

Aber weil Tapferkeit und Hingabe nicht ausreichen, um den Kampf fortzuführen und die Verluste auszugleichen, habe ich beschlossen, weitere nutzlose Opfer jener zu vermeiden, die Land und Leuten bisher so treu gedient haben.«

»Scheiße!« sagte der Virginier und steckte die Zigarre wieder in den Mund.

Der Artillerist blickte den Virginier finster an und fuhr fort:

»Aufgrund der Vereinbarungen dürfen Offiziere und Soldaten nach Hause zurückkehren. Sie können folgendes mitnehmen . . .«

»Hör doch auf damit!« verlangte der Virginier, der die Zigarre im Mund beinahe durchgebissen hatte. »Das ist doch schon über einen Monat alt, und aus jeder Zeile spricht Feigheit.«

Der Artillerist blickte ihn mit kalten Augen an. »Ich würde nichts, was unser früherer Oberbefehlshaber geschrieben hat, als feige bezeichnen, Sir. Dies ist die erste veröffentlichte Fassung seines Befehls zur Auflösung des Heeres.«

»Ich will das aber nicht hören!«
»Dann hören Sie doch weg.«
»Einige von uns wollen es hören«, sagte Gideon. »Lesen Sie bitte weiter.«

Der Virginier blickte feindselig drein, der Artillerist war dankbar und fuhr jetzt fort:

». . . mit sich nehmen Sie die Befriedigung, die aus dem Bewußtsein der Pflichterfüllung resultiert, und ich bitte Gott um seinen Segen und seinen Schutz für euch.«

Der blasse Mann zögerte. Er räusperte sich.

»Mit unaufhörlicher Bewunderung für eure Beständigkeit und eure Hingabe für euer Land und in dankbarer Erinnerung an eure freundliche und großzügige Wertschätzung meiner Person sage ich euch allen ein herzliches Aufwiedersehen.«

Schließlich faltete der Artillerist das Papier zusammen und murmelte: »Unterzeichnet ist es mit: ›R. E. Lee, General‹.«

Er ließ die Hand mit dem Papier auf seine Knie fallen. Weil das Licht im Waggon so schlecht war, konnte Gideon nicht erkennen, ob in den Augen des Mannes Tränen standen.

Auch in den Augen des Virginiers waren keine Tränen zu erkennen. Er schüttelte den Kopf und fluchte obszön. Er war Anfang Dreißig, schlank und blaß. Er trug einen zerfetzten Staubmantel aus Leinen und darunter bäuerliche Kleidung.

»Quatsch!« sagte er mit Nachdruck. Die Soldaten nickten zustimmend. Der Kopf des Artilleristen schnellte hoch. Gideon erwartete beinahe eine Auseinandersetzung. Aber dem Virginier ging es nur darum, die Aufmerksamkeit auf sich zu ziehen.

»Einer von Lees Offizieren hatte die richtige Idee. Alle Truppen, die noch im Feld standen, sagte er, sollten sich in die Berge zurückziehen und den Krieg von dort aus fortsetzen!«

Der Artillerist schüttelte den Kopf, als sei er außerstande, ein solches Ausmaß an Dummheit zu verstehen. Er lehnte sich zurück an die Wand des Waggons und schloß die Augen.

»Aber nein! Der graue Fuchs wollte das nicht. Er behauptete, das Land würde Jahre brauchen, um wieder auf die Beine zu kommen, wenn die Jungs in den Bergen einen Freischärlerkrieg führten. Soll ich sagen, was an dieser Haltung falsch war? Der alte Lee war einfach des Kämpfens müde. Daher steckte er sein Schwert ein, zog sich in jenes Farmhaus zurück und warf sich Grant zu Füßen wie ein zahmer Hund. Dann schrieb er diese Rührarie!«

Nun zeigte er mit der Zigarre auf den Artilleristen. Darauf gab es keine Reaktion. Der blasse Soldat war eingenickt, oder er tat zumindest so. Er wollte an den Virginier keine Kraft verschwenden.

Unter der Lederklappe, die sein linkes Auge bedeckte, spürte Gideon ein ärgerliches Jucken. Am liebsten hätte er die Klappe entfernt und sich am oberen Lid gekratzt. Statt dessen strich er sich seinen langen hellbraunen Bart. Er wußte nicht, was schlimmer war, das Jucken oder das Schwadronieren des Virginiers.

Um den Mann zu beobachten, hatte Gideon seinen Kopf ein wenig nach links gedreht.

Nachdem Dr. Lemon ihn damals ins Gefängnislazarett geschafft hatte, behandelte er ihn einen Monat lang mit Äther und entfernte schließlich sein verbranntes Auge. Noch einen weiteren Monat lang war er nicht imstande gewesen, sein gesundes Auge richtig auszurichten. Schließlich hatte er sich aber daran gewöhnt, seinen Kopf ständig so zu halten, daß das rechte Auge fast soviel wahrnahm wie zuvor alle zwei. Nun war diese Haltung schon zur Gewohnheit geworden.

Einige der vierzig Südstaatensoldaten im Wagen lauschten immer noch den Bemerkungen des schlanken Mannes. Aber nicht alle hörten zu. Ein Knabe hatte seinen Kopf auf die Knie gelegt. Er weinte lautlos vor sich hin. Die meisten der übrigen Männer verhielten sich dem Virginier gegenüber gleichgültig oder – wie Gideon – ablehnend.

»Mein alter Vorgesetzter, Captain Mosby...« Der Mann nahm die Zigarre aus dem Mund und vollführte damit einen großen Rauchbogen. Im Wagen roch es nach Schmutz und Schweiß und eiternden Wunden.

»... dieser Offizier entließ im letzten Monat seine Rangers. – Und zwar freiwillig! Ich las kurz nach meiner Freilassung davon. Ich konnte es nicht glauben. John Mosby kroch vor den Yankees zu Kreuze! Er sagte, er sei Soldat und kein Straßenräuber!«

Der Mann spuckte ins Stroh auf dem Boden.

»Er wollte sich wieder als Anwalt niederlassen. Es war zum Kotzen, sage ich euch. Es gab keine härtere Truppe als John Mosbys Rangers. Meist waren wir weniger als zweihundert Mann, und eine Menge unserer Leute bearbeiteten bei Tage ihre Felder und kämpften in der Nacht. Selbst unter diesen Umständen und mit den Yankees überall im Land hatten wir den größten Teil der Bezirke Loudoun und Fauquier unter Kontrolle. Die Leute nannten diese Gegend Mosbys Konföderation. Als ich von einem von Custers Leuten

gefangengenommen wurde, war Mosby als großer Kampfhahn bekannt. Nun gibt er ganz plötzlich auf, genauso wie Lee!«
»Auch Sie sollten aufgeben«, sagte Gideon. »Der Krieg ist vorbei.«
Langsam nahm der Virginier die Zigarre wieder aus dem Mund: »Sprechen Sie mit mir?«
»Richtig. Wozu soll diese Art von prahlerischem Gerede gut sein?«
»Ich rede, wie es mir paßt. Noch haben sie uns nicht alle ausgelöscht. Captain Leonidas Worthing haben sie noch nicht besiegt.«
»Nun«, erwiderte Gideon mit bitterem Lächeln, »dann kämpfen Sie eben weiter. Aber tun Sie das bitte geräuschlos.«
Der Mann im Staubmantel betrachtete Gideons schmutzigen Mantel, er konnte dort kein Rangabzeichen entdecken: »Wie sind Sie eigentlich in diesen Transport gelangt, Soldat?«
»Major«, schnauzte Gideon zurück, »Major Gideon Kent von Stuarts Kavallerie. Ich bin in Baltimore zugestiegen, genau wie Sie.«
Worthing beschäftigte diese Mitteilung. Gideon hatte also ihm gegenüber eine gleichrangige Stellung inne. Allerdings hatte Worthing im Unterschied zu ihm einer Freischärlergruppe angehört. Aber was hatte all dies noch für eine Bedeutung jetzt, da sie einander im Bahnhof von Appomattox begegneten. Die Armee von Nord-Virginia hatte inzwischen kapituliert. Und das Gefangenenlager von Fort Delaware war nun bereits Vergangenheit, auch wenn die Erinnerung daran Gideon noch sein Leben lang beschäftigen sollte.
Dort hatte damals Dr. Cincinnatus Lemon einige andere Wachsoldaten herbeigerufen und war mit ihnen in Tillotsons Büro eingedrungen. Er hatte Gideon schnellstens auf den Operationstisch schaffen lassen und feststellen müssen, daß der glühende Stock die Hornhaut des linken Auges zerstört hatte.
Da die Sache sehr eilte, hatte sich Lemon zu einer operativen Entfernung des Augapfels und des Verbindungsmuskels entschlossen.
Gideon war verzweifelt, als er feststellen mußte, daß er einen bedeutenden Teil seiner Sehkraft verloren hatte. Aber Dr. Lemon verbat sich jede Beschwerde und betrachtete sie als Kritik an seinen chirurgischen Fähigkeiten. Lemon selbst war es, der einen Spiegel brachte und Gideon zwang, sein Gesicht zu betrachten.
Gideon war sehr überrascht. Das Augenlid schloß sich sauber, nur eine ganz kleine Ausbeulung war zu sehen. Das geschlossene Lid verdeckte die Verletzung, ohne zu entstellen.
Lemon erläuterte ihm die Alternativen: Glasauge oder Augenklappe. Er hielt nicht viel von künstlichen Augen. Also entschied er, daß

Gideon eine Klappe tragen sollte. Schließlich verleihe sie einem Mann einen Anschein von Schneid und etwas Geheimnisvolles.

Lemons gute Laune war geradezu ansteckend. Gideon dachte schon sehr bald nicht mehr über sein Unglück nach und war froh, das Schlimmste überstanden zu haben. Seine Stimmung hob sich noch mehr, als Lemon berichten konnte, daß er die Versetzung Tillotsons erreicht habe, dorthin, wo kriminelle Elemente der Nordstaatenarmee interniert waren. Gideon war dem Arzt grenzenlos dankbar.

Aber nun drängte es Gideon heimwärts zu Margaret und Eleanor. Er wollte wieder ein normales Leben führen, hatte aber keine Vorstellung, wie er das bewerkstelligen sollte.

Vermutlich hatten viele der Heimkehrer dieses Transports ähnliche Ängste. Wie sollte ihr Neubeginn aussehen? Wie sollten sie ihren Lebensunterhalt verdienen? Die Städte würden von Kriegsveteranen und Hunderttausenden von befreiten Schwarzen überschwemmt sein. Gideon befürchtete, daß es für ihn keinen Platz geben würde.

Gegenwärtig trat diese Sorge bei ihm allerdings in den Hintergrund.

Worthing sagte herausfordernd: »Sie sind also einer von denen, die die Art und Weise unserer Kapitulation richtig finden?«

»Wir haben eben verloren. Was blieb uns da anderes übrig?«

»Weiterkämpfen!«

Gideon schüttelte den Kopf: »Sie kennen Lees Befehl. Er soll es nicht mehr ertragen haben, mit ansehen zu müssen, wie seine Soldaten sinnlos starben. Als er einsah, daß der Krieg nicht mehr zu gewinnen war, tat er genau das Richtige.«

»Nicht in meinen Augen. Sie reden ja wie Abraham Lincoln persönlich. Heimgehen. Vergeben. Vergessen. Diese Republikaner werden nichts vergessen! Schade, daß nur Lincoln erschossen worden ist – und nicht die ganze Bande.«

Wenn Worthing gehofft haben sollte, für seine Bemerkung über den toten Präsidenten Beifall zu ernten, so wurde er enttäuscht. Gideon bewunderte das Verhalten Lincolns während der letzten Tage seines Lebens. Wie die Zeitungen berichteten, hatte der Präsident sich innerhalb von noch nicht einmal achtundvierzig Stunden nach Richmond begeben, nachdem Davis die Stadt verlassen und Lee die Stellungen bei Petersburg aufgegeben hatte. Als der neuernannte Militärgouverneur von Richmond Lincoln fragte, wie die Bevölkerung der Stadt zu behandeln sei, da hatte er geantwortet: »An Ihrer Stelle würde ich sie möglichst in Ruhe lassen.«

Für diese Worte würde Gideon ihm ewig dankbar sein. Bevor Gideon seine Rückreise nach Virginia antrat, hatte Dr. Lemon für ihn ein Telegramm an Margaret nach Richmond geschickt. Ihre Antwort darauf lautete:

»Alles in Ordnung. Komm schnell nach Hause!«

Sie wußte nicht, was mit seinem Auge passiert war. Sie hatte also wenigstens die Zerstörung der Stadt an jenem Sonntag überlebt, an dem Davis und sein Kabinett mit der Eisenbahn nach Danville geflohen waren. Damals war ein großer Teil der Stadt durch Brände vernichtet worden, nachdem man die Vorratshäuser und Munitionslager vor dem anrückenden Feind angezündet hatte. In der gleichen Nacht hatte Admiral Semmes seine kleine Flotte auf dem James River selbst in die Luft gejagt.

Wahrscheinlich hatte Margaret am nächsten Morgen kurz nach sieben die ersten Bundestruppen nach Richmond einmarschieren sehen. Es waren Kavalleristen, die von Osten kamen.

Schwarze Kavalleristen.

Vielleicht hatte sie auch miterlebt, wie Lincoln persönlich von der Landestelle seines Dampfers aus in das Stadtzentrum marschierte. Dabei wurde er nur von seinem Sohn Tad und einer kleinen Leibwache begleitet. Die Schwarzen waren auf die Straßen geströmt, um ihn zu sehen und zu feiern. Sie spendeten Beifall. Sie sangen Lieder. Sie knieten sogar vor ihm nieder. Bei dieser Gelegenheit hatte er den Militärgouverneur aufgefordert, die Bevölkerung möglichst in Ruhe zu lassen.

Wenig später war Lincoln in einer Loge des Ford's Theatre in Richmond erschossen worden.

Gideon versuchte seine Hoffnungslosigkeit nicht durchklingen zu lassen, als er Worthing fragte: »Sie wollen also weiterkämpfen?«

Worthing beschaute das Ende seiner Zigarre. »Wie jeder andere werde ich wohl einfach weiterleben müssen. Vor dem Krieg war ich an vielen Orten im Süden im Eisenbahnbau tätig. In dieser Branche werde ich mir wieder einen Job suchen. Aber ich habe nicht vor zu vergessen, was geschehen ist.«

»Und Sie wollen weiterkämpfen?«

»Wenn sich die Gelegenheit ergibt...« Worthing beendete den Satz nicht. Selbstgefällig lächelte er dabei.

»Sie sind ein verdammter Narr«, meinte Gideon und wandte sich von ihm ab.

Worthing sprang auf: »Red nicht so mit mir, du Hurensohn!«

Der Zug kam zum Halten. Zwischen Worthing und Gideon hätte

sich ein Handgemenge entwickelt, wenn das nicht von den anderen Insassen des Waggons verhindert worden wäre.

Die Tür wurde geöffnet. Das helle Sonnenlicht eines Maitages strömte herein. Gideon mußte sein gesundes Auge angesichts des Übermaßes an Helligkeit zukneifen. Ein grauhaariger Unionssoldat beugte sich durch die Tür.

»Zeit für eine Pause, Jungs!«

Oder für einen Kampf, dachte Gideon.

2

Worthing fragte den Bremser:

»Warum zum Teufel halten wir hier an!«

»Wir werden umrangiert. Bevor wir nach Washington weiterfahren können, muß der Zug aus Annapolis eintreffen, der noch mehr von euch freigelassenen Vögeln herbeibringt.«

Gideons gesundes Auge hatte sich inzwischen an die Helligkeit gewöhnt. Er sah rostige Schienenstränge und in der Ferne frühlingsgrüne Hügel.

Dann blickte er erneut Worthing an: »Wir können unsere Meinungsverschiedenheiten draußen weiterdiskutieren. Da ist mehr Platz.«

Sein Ton machte deutlich, daß es ihm nicht nur um ein Gespräch ging.

Worthings Blicke schätzten seine Kampfkraft ab. Trotz seiner Augenklappe sah Gideon durchaus kräftig aus.

Der Bremser kratzte seine grauen Augenbrauen. »Was zum Teufel ist denn los hier, Jungs? Wollt ihr denn nicht ein bißchen frische Luft schnappen?«

Mühsam erhob sich ein Einbeiniger und humpelte auf seinen Krükken zur Tür.

»Ich will raus, hier stinkt's ja fürchterlich!«

Gideon blickte Worthing an:

»Nun, mein Freund?«

Worthing lächelte verächtlich: »Ich will nicht mit einem Invaliden kämpfen. Selbst, wenn's ein Verräter ist.«

»Machen Sie sich keine Sorgen um mein krankes Auge.«

»Nein, ich kämpfe nicht mit Krüppeln.« Worthing zog eine frische Zigarre aus seiner Manteltasche. Er zündete sie an, während er sich auf die offene Tür zubewegte. Gideon vermutete, Worthing habe nicht das gesagt, was er wirklich meinte. Selbst wenn Gideon nur noch über die Sehkraft eines Auges verfügte, so fühlte er sich doch durchaus als gleichwertiger Gegner. Vielleicht ging es Worthing auch gar nicht um einen Kampf, bei dem beide Seiten gleiche Chancen hatten.

Worthing stieß den Mann mit den Krücken rücksichtslos aus dem Weg. Irgend jemand kicherte. Worthings Hals lief rot an. Als er vom Wagen abspringen wollte, stand ihm der Bremser, der im blauen Mantel, im Wege. Worthing versetzte dem Eisenbahner einen Tritt.

Einige der Konföderierten schrien nun vor Empörung auf. Der grauhaarige Bremser lag ausgestreckt da zwischen den Schienen. Gideon wußte, daß es besser war, die Finger davonzulassen, aber er konnte derartige Menschen einfach nicht mehr ertragen, wie diese Tillotsons, für die der Krieg nicht Mittel, sondern Selbstzweck war. So entschloß er sich zu kämpfen. Er sprang aus dem Waggon auf Worthings Rücken und warf ihn dabei zu Boden.


3

Grimmige Südstaatler verließen nun in Massen die Waggons des Zuges und strömten von links und rechts auf Gideon und Worthing zu. Aber Gideon hatte nicht vor, ihnen eine unnötig lange Show zu bieten. Er war momentan im Vorteil und wollte das nutzen.

Von hinten zerrte er Worthing an den Füßen und drehte ihn dabei um. Das stoppelige Gesicht des Virginiers war angstverzerrt. Offensichtlich hatte er Gideon für schwächer gehalten. Er versuchte ihm seine glühende Zigarre gegen die Wange zu drücken.

Gideon duckte sich und boxte Worthing in den Bauch. Dann versetzte er seinem Gegner einen Faustschlag auf den Mund. Worthing taumelte, seine Lippe blutete.

Einige der Soldaten fingen Worthings Sturz auf. Der Virginier versuchte wieder freizukommen. Bevor ihm das gelang, schrie Gideon:

»Schafft ihn weg, oder ich bringe ihn um.«

Die Soldaten erkannten Gideons rasende Wut und zerrten Worthing weg:

»Komm jetzt!«

»Hier geht's lang, Captain.«

»Zwei, die auf derselben Seite gekämpft haben, sollten nicht gegeneinander antreten.«

Worthing protestierte. Flüche entströmten seinem blutenden

Mund. Aber Gideon bemerkte, daß der Viriginier nicht wirklich versuchte, sich von denen freizumachen, die ihn vom Kampf zurückhielten.

Keuchend ließ Gideon seine Fäuste sinken. Eigentlich war er froh darüber, daß die Auseinandersetzung so schnell zu Ende ging. Ebenso war er dankbar dafür, daß sich Worthing als Prahlhans entpuppt hatte.

Er ging zu dem grauhaarigen Bremser hinüber, der immer noch verblüfft am Boden saß:

»Was zum Teufel habe ich diesem Rebellen getan?«

»Es ging um mich, nicht um Sie. Hat er Sie verletzt?«

»Nicht schlimm.« Der Mann bewegte seinen Kiefer hin und her. »Vielen Dank, Mister. Mein Name ist Miller. Daphnis O. Miller.«

»Wie bitte? Wie lautet Ihr Vorname?«

»Daphnis!« Der Mann verzog das Gesicht. »Ich habe nie erfahren, was das bedeutet. Klingt nach Weibernamen. Vielleicht hat meine Mutter einen Fehler gemacht.«

Gideon lächelte: »Das denke ich nicht.«

»Wie Sie meinen. Es ist der Fluch, der auf meinem Leben liegt.«

»Wo kommen Sie her, Mr. Miller?«

»Jersey City. Die glorreiche Armee der Vereinigten Staaten hat mich vorübergehend vom Weichensteller zum Bremser befördert. Und wie heißen Sie, junger Mann?«

»Gideon Kent.«

»Erfreut, Sie kennenzulernen.« Miller streckte ihm die Hand entgegen.

Sie schüttelten einander die Hände. In dieser simplen Geste lag für Gideon eine kleine Hoffnung. Der Kampf um einen unabhängigen und souveränen Süden war erledigt und vorbei. Wenn ein Eisenbahner der Union und ein früherer Offizier der Konföderierten einander spontan die Hände drücken konnten, dann konnte auch das Land auf einen Neubeginn hoffen, indem es die Feindseligkeiten von drei Generationen begrub und die Wunden von vier Jahren Krieg verheilen ließ. Er wurde sich seines Gefühls noch ein wenig sicherer, als sich viele der Konföderierten, die draußen frische Luft schnappten, bei Miller für Worthings schlechtes Benehmen entschuldigten.

Die freigelassenen Konföderierten liefen über die Geleise und legten sich ins Gras. Eine milde Brise wärmte Gideons ungewaschenes Gesicht.

»Jersey City, haben Sie gesagt, dann sind Sie ja ganz schön weit von zu Hause fort, Mr. Miller.«

»So ist's«, nickte der Bremser. »Aber wir werden wegen dieser Gefangenentransporte hier gebraucht. Entschuldigen Sie. Sie sind jetzt ja kein Gefangener mehr.«
»Sie sind Eisenbahner von Beruf?«
»Richtig. Wo waren Sie in Gefangenschaft?«
»Fort Delaware.«
Miller zog eine Grimasse: »Soll eine Hölle gewesen sein!«
»Die Hölle ist ein Kurort im Vergleich zu diesem Fort.«
»Welchem Truppenteil haben Sie angehört?« fragte Miller nun.
»Jeb Stuarts Kavallerie. Bei Yellow Tavern geriet ich in Gefangenschaft.«
»Wo stammen Sie her, Kent?«
»Aus Lexington, Virginia. Zuletzt habe ich aber in Richmond gelebt.«
»Was für einen Beruf haben Sie vor dem Krieg ausgeübt?«
»Gar keinen. Ich war zu dickschädelig, um einen zu erlernen. Nun muß ich den Preis dafür zahlen. Ich habe eine Frau und ein kleines Kind zu ernähren. Ich werde eine Arbeit finden müssen.«
Trotz der zu erwartenden Schwierigkeiten hatte er in der Gefangenschaft einen festen Entschluß gefaßt. Selbst wenn ihm sein Vater Hilfe anbieten sollte, würde er doch nicht einen einzigen Dollar annehmen. Eines fernen Tages würde ihm das kalifornische Erbe zufallen. Aber bis dahin wollte er seinen eigenen Weg gehen. So schwer ihm das auch fallen mochte. Er wollte auf seine eigenen Erfolge einmal stolz sein können.
»Die Jobs werden knapp sein«, meinte Daphnis Miller, als sie den Zug entlanggingen.
»Und für einen Einäugigen wird es besonders schwierig sein, etwas zu finden.«
Dies sagte Gideon lächelnd und ohne Selbstmitleid. Dennoch bedrückte ihn die Tatsache. Was konnte ein Mann tun, der körperlich nicht mehr ganz leistungsfähig war?
»Nun«, meinte Miller, »wenn's Ihnen mal so dreckig gehen sollte, daß Sie bereit sind, bei den Eisenbahnausbesserungswerken zu arbeiten, dann suchen Sie mich in Jersey City auf!«
»Die Eisenbahn ist wohl ein hartes Geschäft?«
»Ich will's mal so sagen: Ein Bursche, dessen Beruf es ist, Waggons an- und abzukoppeln, und der dabei noch beide Hände, alle Finger und seine zwei Beine besitzt, der ist entweder sehr flink oder er hat großes Glück gehabt oder er ist ganz neu in dem Beruf.«

Gideon lachte. Im Osten war ein Pfeifen zu hören. Ein zweiter Zug näherte sich jetzt. Miller antwortete auf den Ruf eines anderen Bremsers, der sich in der Nähe der Lokomotive befand.

»Kent, nochmals besten Dank. Dieser Rebell, der Kerl hätte mich glatt in Stücke gerissen.«

»Er wollte irgendwas zerfetzen. Was, das war ihm ganz egal. Mr. Miller, können Sie mir bitte zum Schluß noch einen Gefallen tun? Sprechen Sie nicht mehr von Rebellen. Jetzt sind wir wieder alle Amerikaner.«

Miller lächelte: »Sie haben recht. Ich hab's nicht bös gemeint. Es dauert eine Weile, eine Angewohnheit wieder abzulegen.«

Er winkte und eilte davon.

Gideon lehnte sich gegen den Waggon. Unter der Augenklappe schmerzte es wieder. Der Bremser hatte recht. Auf beiden Seiten würde man lange brauchen, um sich gewisse Worte abzugewöhnen.

Rebell.

Verräter.

Verfluchter Yankee.

Feind.

Die Menschen vergaßen sehr langsam.


4

Jetzt wurden weitere Güterwagen umrangiert und ans Ende des ersten Zuges gekoppelt. Dann ertönten drei Pfiffe, und die Südstaatler kletterten wieder in die Waggons. Die Stimmung hatte sich gebessert. Lachen und Scherze waren zu hören.

Gideon ließ sich wieder auf seinen alten Platz fallen. Draußen erschien Miller, sah ihn und winkte, während er die Tür zuschob.

Es gibt so viel zu tun, dachte Gideon. Ob mein kleines Mädel mich wohl wiedererkennt? Ich bezweifle das.

Ich muß einen Weg finden, um Margaret zu unterstützen.

Ich muß herausfinden, was mit Matt und Jeremiah geschehen ist.

Ich will meine Mutter in Lexington besuchen.

Einen Augenblick lang schienen ihm die Schwierigkeiten überwältigend zu sein, die gegen einen erfolgreichen Neubeginn sprachen. Das galt insbesondere, wenn er sich an Worthing und Tillotson erinnerte. Auf beiden Seiten gab es haßerfüllte Gesellen. Sie ließen Lincolns Vorstellungen von Versöhnung als schwer realisierbar erscheinen.

Und nun war der Präsident aus Illinois tot, und viele Nordstaatler wandten sich von seinen Ideen ab. Die Aussichten standen schlecht.

Auch als Lincoln noch lebte, waren sie nicht allzu vielversprechend gewesen. Gideon hatte einen Bericht von der Feier gelesen, die zwei Tage nachdem Davis Richmond aufgegeben hatte, in Washington stattfand. Lee hatte noch nicht kapituliert, und bereits jetzt kündigte Vizepräsident Andrew Johnson vor dem grölenden Mob an, daß er Jefferson Davis »zwanzigmal« aufhängen lassen werde. Was die anderen Beteiligten an der Rebellion betraf, so konnte sich Gideon genau an seine Worte erinnern:

»Ich werde sie verhaften lassen, ich werde sie vor Gericht stellen lassen, ich werde sie verurteilen lassen, und ich werde sie aufhängen lassen. Verrat muß als hassenswert gelten! Verräter müssen bestraft und enteignet werden!«

So lauteten die Worte des obskuren Demokraten aus Tennessee, als ganz Washington unter dem Schlagwort UNION den Fall der feindlichen Hauptstadt feierte. Nun hatte dieser Johnson die Nachfolge des ermordeten Lincoln angetreten.

Glücklicherweise hatte niemand Gideon aufhängen wollen. Er lebte noch, und in Richmond wartete eine wunderbare warmherzige Frau auf ihn. Für sie und ihre Tochter wollte er jetzt ganz dasein. Er wollte ihnen eine angenehme, sichere Existenz bieten. Vom Krieg hatte er genug. Niemals wieder würde er bewußt einen Kampf anstreben, um welche erhabenen Prinzipien es auch immer gehen mochte. Dazu war er fest entschlossen.

Immer wieder kehrten seine Gedanken zu Margaret zurück. In den letzten drei Jahren hatten sie sehr wenig Zeit zusammen verbracht, daher waren die Erinnerungen um so lebendiger.

Ihr Anblick. Ihr nahes Beisammensein in den kühlen Stunden der Nacht. Ihre weibliche Glut – all dies löste in ihm einen wunderbaren Schauder der Vorfreude aus.

Was auch immer für Schwierigkeiten auftauchen mochten, gemeinsam würden sie damit fertig werden. Sie würden das gemeinsame Leben – die Ehe, die sie nach seiner Heimkehr von First Manassas eingegangen waren – miteinander anpacken. Er fühlte sich optimistischer, wenn er sich die anständige Haltung von Nordstaatlern wie Dr. Lemon und dem Eisenbahner Miller vor Augen hielt. Als Miller ihm versprach, sich in Jersey City für ihn zu verwenden, war das offensichtlich nicht so ernst gemeint, mehr aus Dankbarkeit. Aber dennoch, es war ermutigend.

Hinten im Wagen weinte immer noch der Knabe in der grauen Uniform. Aber Gideon hörte nur das Rattern der Räder. Wieder strich er sich über den Bart, erhob sich mühsam und kletterte über zahllose ausgestreckte Beine. Vielleicht konnte er dem armen Jungen irgendwie helfen.

Er kniete neben ihm nieder, legte seinen Arm um die zuckenden Schultern.

»Mein Sohn?«

Er selbst war erst zweiundzwanzig Jahre alt und nannte nun diesen Grünschnabel seinen Sohn. Er war gereift, hatte genug Kämpfe erlebt, genug Gefahren durchstanden. Es reichte für drei Erwachsenenleben.

»Sohn?« wiederholte er.

Keine Antwort.

»Kann ich irgendwie helfen?«

Immer noch Schweigen. Der Knabe hob seinen Kopf nicht.

Sanft klopfte Gideon ihm auf den Rücken. Bald begannen die Krämpfe nachzulassen.

Gideon blieb bei ihm. Sie sprachen nicht miteinander. Er streichelte den Jungen beinahe väterlich. Irgendwie half dies dem Knaben.

Ein Pfiff ertönte von der Lok her. Die Frachtwaggons klapperten nun schneller voran. Sie brachten die an Körper und Seele Verletzten jetzt endlich heim.

# Buch 3
# Die Straße des Feuers

## 1. Kapitel
## Flucht nach Westen

Er feuerte. Lud erneut. Feuerte wieder. Jeder Schuß schien ein Fehlschuß zu sein.

Die graugesichtigen Soldaten versteckten sich klugerweise im dichten Jungholz knapp fünfzig Meter vor der Brustwehr aus Holz und Buschwerk. Mit überraschender Plötzlichkeit sprangen ein oder zwei Soldaten aus der Deckung hervor, schossen und entfernten sich schnell wieder aus dem Sichtbereich. Er feuerte auf einen dieser Scharfschützen und blinzelte einen Augenblick später. Wo das Ziel gewesen war, gab es nur noch Rauch zu sehen.

Neben ihm wurde das Gesicht eines Jungen von nur siebzehn Jahren von einer Kugel getroffen. Als er niederstürzte, ging sein Schmerzensschrei in ein Winseln über. Das Knattern des Gewehrfeuers entlang der Verteidigungslinie der Unionisten übertönte das Geräusch sehr bald.

Dann warf er einen Blick über die Brustwehr, um festzustellen, ob die Irische Brigade von Hancocks 2. Corps in das Walddickicht des Gebiets, das unter dem Namen »Wildnis« bekannt war, oder in die tiefer liegenden Gebiete geschickt worden war.

Überall wogte der Qualm. Die Artillerie polterte wie ein Sturm am Himmel, der für ihn nicht sichtbar war. Nicht weit über ihm formten drei Zweige ein dichtes Gewebe, das den größten Teil des Nachmittagslichts abschirmte, wodurch das Licht von unten intensiver erschien: das spritzende Blitzen aus Gewehrmündungen, das flackernde Licht großer Stämme und kleiner Zweige, die brannten und Funken regnen ließen.

Direkt über ihm ging ein Zweig in Flammen auf. Ein glimmender Holzspan fiel ihm in den Nacken. Er schrie auf, zog den Abzug, sah, wie sich ein Stück Rinde von einem der Baumstämme löste, hinter denen der Feind lauerte.

Selbst hier in der Tiefe des Waldes spürte er, daß eine ziemlich heftige Brise wehte. Aber statt den Rauch zu vertreiben, schürte sie vielmehr das Feuer. Die Rebellen schossen weiter.

Rechts von ihm krochen junge Soldaten, die erst vor einigen Wochen zur Brigade gestoßen waren, zurück, während die Brustwehr von Kugeln beharkt wurde. Einer der Jungen schrie:
»Mutter Maria. Er ist getroffen!«
Der Busch oberhalb der Brustwehr, einen Meter rechts von ihm, ging in Flammen auf. Knisternd verbreitete sich das Feuer rechts und links der improvisierten Befestigungen. Weitere Soldaten der Brigade machten sich davon. Obwohl die Rebellen vor Schmerz und Rauch kaum atmen konnten, schossen sie weiter.

Das Feuer befand sich jetzt eine Handbreit vor ihm. Die ungeheure Hitze zwang ihn zum Rückzug. Weniger später stand die gesamte Brustwehr in Flammen.

Er hörte ein Hornsignal. Es wurde plötzlich durch einen Schrei unterbrochen. Jemand schrie: »Zurück! Zurück!«

Hinter der Feuerwand schienen die grauen Soldaten abzuziehen. Er versuchte, ein Ziel zu finden. Dann wischte er sich mit dem Handrücken den Schweiß aus den Augen. Er konnte nicht glauben, was er da sah.

Zwischen den verkohlten Bäumen kamen junge Soldaten hervor. Einige waren ohne Waffen. Schweigend und mit erhobenen Händen baten sie um Gnade. Ihre beschmutzten Uniformjacken waren von Miniékugeln durchlöchert. Aus den Wunden drang kein Blut.

Er unterdrückte den Wunsch, zu schreien und dieser unmöglichen Schlacht zu entfliehen. Er packte sein Gewehr mit beiden Händen, als würde das sein Pflichtgefühl verstärken und ihn davon abhalten, davonzulaufen.

Die Feuerwand wurde noch mächtiger.

Schließlich war sie beinahe zwei Meter hoch.

Von der anderen Seite her rief eine Frau seinen Namen:
»Michael?!«
Er stellte sich auf die Zehenspitzen und riskierte dadurch, zum Ziel einer der Kugeln der Konföderierten zu werden. Ein Windstoß zerteilte die Flammen. Jetzt sah er die Frau zwischen den grauuniformierten Soldaten umherirren, sah trotz des Rauchs ihren kleinen, wohlproportionierten Körper mit äußerster Klarheit. Ihr dunkles Haar schimmerte scharlachrot. In ihren hellblauen Augen spiegelte sich die Glut der brennenden Bäume. Immer wieder rempelten vorwärtsdrängende Soldaten sie an. Sie schienen ihre Gegenwart gar nicht wahrzunehmen.
»Michael?«

Einige der Nordstaatensoldaten erwiderten die Salven der Konföderierten. Jeden Augenblick konnte sie getroffen werden.

»Julia, geh zurück!«

Sie hörte nicht. Ihr Kopf wandte sich weiter um. Ihre Augen suchten nach ihm.

Er ließ sein Gewehr sinken, duckte sich und lief auf die brennende Brustwehr zu. Sein linker Stiefel glitt aus auf dem Leichnam eines Kameraden. Er fiel unglücklich hin und krachte mit dem Oberkörper gegen das Holz.

Feuer versengte seine zerschlissene Uniformjacke. Die beiden letzten Metallknöpfe sprangen ab. Seine Haut schmerzte heftig wegen der Hitze, aber er ertrug es, er rappelte sich wieder hoch und stieg über die zusammenbrechende Brustwehr hinweg. Dabei gerieten seine beiden Ärmel sehr nahe ans Feuer.

Immer noch konnte er sie da draußen sehen. Sie war hilflos und unfähig, ihn zu entdecken.

»Julia! Hier bin ich!« Er schwenkte seine Arme. Die blauen Ärmel fingen Feuer. Sie hatte den weiten Weg zurückgelegt, um ihn zu finden. Er konnte sie nicht aufgeben.

»Hier, Julia. Hier!«

Ein Südstaatenschütze tauchte aus einer Rauchwolke auf. Er schoß. Michael spürte, wie die Kugel in seinen Körper drang.

Das Feuer kroch an seinen Beinen empor, jetzt roch er verbranntes Leder. Eine weitere Kugel schlug ihm in die linke Schulter ein. Julia wandte sich jetzt von der roten Trübnis ab und schüttelte traurig den Kopf. Sie strebte zurück zu den gespenstisch aussehenden Bäumen, wo die verwundeten Rebellen jammerten.

»Julia? Julia!«

Versengt und verwundet stolperte er voran! Da traf ihn eine dritte Rebellenkugel. Langsam, ganz langsam fiel er nieder. Dann folgte eine vierte Kugel, er hörte ein tiefes volltönendes Läuten.

Nun traf ihn eine weitere Kugel im linken Oberschenkel. Die Glocke läutete weiter.

Bald dröhnte es pausenlos. Er hörte nichts anderes. Die Glocke verhöhnte sein Scheitern bei dem Versuch, zu der Frau zu gelangen, die er wider alle Vernunft besitzen wollte. Sie wurde zu seiner Totenglocke, als er mit dem Gesicht voran in ein dunkles Loch fiel, es geschah an einer Stelle, wo Augenblicke zuvor noch fester Boden gewesen war.

2

Irgend jemand stieß ihn in die Hüfte.
Voller Schreck hörte er nörgelnde Soldaten. Bewegungsgeräusche übertönten das Glockengeläut.
Michael Boyles Augen öffneten sich. Laut keuchte er in dem Augenblick, als er bemerkte, daß er wieder geträumt hatte.
Er lag auf der Seite in der engen oberen Schlafkoje. In dem Eisenbahnwagen gab es drei Kojen übereinander.
Allmählich verschwand der Alptraum. Er suchte nach vertrauten Einzelheiten in der Umgebung. Er fand die Kohlezeichnung, die er neben seinem Kopf an der Wand der Koje angebracht hatte. Als er die Zeichnung sah, wußte er, daß er noch lebte.
Sein Mund war ganz trocken, er kratzte sich und hatte das Gefühl, daß die Läuse ihn erwischt hatten. Die Glocke im Wagen läutete, um die Arbeiter zu wecken. Wieder spürte er einen Stich im Oberschenkel.
Er rollte sich auf die andere Seite, um auf den Mittelgang zu blicken. Der Mann in der Koje unter ihm, Sean Murphy, stand auf seinem Bett. Sein Kopf befand sich in der Höhe von Michaels Augen. Murphy war ein kräftiger Mann um die fünfzig, er hatte ein Trinkergesicht und war ein freundlicher Typ. Sein lockiges, kupferfarbenes Haar und sein Riesenbart wiesen erstaunlich wenig graue Strähnen auf. Zum dritten Mal stieß er Michael jetzt an.
»Wenn du den ganzen Morgen verschläfst, wirst du noch viel mehr Ärger mit unserem Boss kriegen. Los, erheb dich!«
»Ich komm' ja schon«, brummte Michael. Schlaftrunken setzte er sich auf, stieß sich den Kopf an dem hölzernen Dach und fluchte.
Dann schwang er seine Beine über den Rand der Koje und sprang herunter zwischen die anderen Iren, die schlechtgelaunt und langsam aus ihren Kojen krochen. Murphys helle, blaugrüne Augen blickten Michael an. Er bemerkte die Schweißringe unter den Armen seiner langen Unterwäsche. Murphy schnalzte mit der Zunge.
»Du mußt eine schlimme Nacht hinter dir haben, Michael, mein Junge.«
»Wie kommst du darauf?«
»In der letzten Stunde war das nicht zu überhören. Schreckliche Dinge haben dich beschäftigt. Was ist dir denn durch den Kopf gegangen?«
Michael langte zum Fußende seiner Koje und holte sein verbliche-

nes Flanellhemd, die Hosen und die Stiefel hervor. Dann begann er sich anzukleiden.

Er mochte Murphys Frage nur ungern beantworten. Wie konnte er zugeben, von einer Frau geträumt zu haben, die nicht die seine war und es auch nie sein würde? Er war hierher gekommen, um dieser Frau zu entfliehen, und brachte es doch nicht fertig. Vorsichtig sagte er daher:

»Ich war im Traum wieder draußen in der Wildnis, es war an jenem letzten Nachmittag, an dem ich verwundet wurde.« Auf Michaels rechtem Oberschenkel befand sich immer noch eine Wunde. Eine Südstaatenkugel, die über die Brustwehr flog, hatte für ihn das Ende des Krieges bedeutet.

»Jede zweite Nacht träumst du davon«, seufzte Murphy und half Michael dabei, seine Hosenträger überzustreifen. »Das ist jetzt zwei Jahre her, mein Junge. Du solltest es vergessen.«

Er erinnerte sich an das Feuer, an den Rauch, an das Gefühl, Sicherheit und Gesundheit für immer verloren zu haben.

»Wenn du dabeigewesen wärest, Sean, hättest du es wohl auch nicht vergessen.«

»Aber der Krieg ist doch vorüber. Muß ich dich denn dauernd daran erinnern?«

Michael band sich ein rotes Tuch um den Hals und brachte schließlich sogar ein Lächeln zustande. Er war ein großer Ire von sechsunddreißig Jahren, dessen blondes Haar allmählich grau wurde. Über seine Stirn zog sich eine horizontale weiße Narbe. Seine goldbraunen Augen ähnelten farblich dem Schnurrbart, den er sich hatte wachsen lassen. Auch der Schnurrbart war bereits teilweise grau.

Er machte auch keinen schlaffen Eindruck mehr. Nach elf Wochen als »Eisenfresser« beim Bau der Union-Pacific-Eisenbahn war er hager und kräftig geworden.

»Los, aus dem Weg, ich hab' Hunger«, beschwerte sich ein Kerl namens Flanagan und versetze Michael einen Stoß. Michael straffte sich. Sean Murphy mit seinem Doppelkinn legte eine Hand auf seinen Arm:

»Langsam, langsam. Heute morgen bist du ja reizbar wie der Teufel.«

Michael beruhigte sich und nahm's nicht übel. Murphy war für ihn ein guter Freund geworden. Er war es gewesen, der ihn dazu gebracht hatte, die Kneipe in Chicago zu verlassen, wo er den Boden gewischt und an der Bar bedient hatte. Gemeinsam waren sie bis zum Endpunkt der bereits fertigen Eisenbahnstrecke und dann weiter nach Omaha gereist.

Und Murphys Bemerkung enthielt eine unangenehme Wahrheit. Immer häufiger tauchte in letzter Zeit die Frau von Louis Kent in seinen Träumen auf. Mag ein Mensch auch noch so weit fliehen, gewisse Dinge verfolgen ihn immer. Schon einmal hatte er versucht davonzulaufen, als er sich schließlich eingestehen mußte, welche Gefühle er für die verwöhnte und hübsche Gattin des einzigen Sohnes von Amanda Kent hegte. In einem Anfall von Raserei hatte er sie auf dem Landsitz der Familie am Hudson River oberhalb von New York geradezu vergewaltigt. Insgeheim hatte er sie schon lange besitzen wollen. Dann ergriff er die Flucht, indem er sich in New York für das 69. Regiment anwerben ließ. Aber ihr entkommen, das konnte er nicht.

Nach seiner Verwundung war sein Wunsch zu fliehen immer noch da. Aber jetzt kam ein anderer, gleich starker Trieb hinzu. Er konnte es nicht mehr ertragen, daß der Tod in seiner Nähe so reiche Beute machte. Immer wieder mußte er mit ansehen, wie Leben und Eigentum vernichtet wurden. Er wollte ein Gegenmittel finden, das Gefühl, etwas zu erreichen, etwas aufzubauen. Darum war Julia ein – aber nicht der einzige – Grund, warum er das Hospital in Washington so bald als möglich verlassen hatte und um seine Entlassung aus dem Wehrdienst bat, um ins Neuland nach Westen zu ziehen.

Eine Saison hatte er in Ohio verbracht, dort Mais angebaut und geerntet, während Lee sich bei Appomattox Grant ergab. Damit endete das Blutvergießen, und es begann die Bestrafung des geschlagenen Landes durch den siegreichen Norden. Ende 1865 zog er nach Chicago weiter und nahm unbefriedigende Hilfsarbeiten zunächst in einer Konservenfabrik, dann in einer Gerberei und schließlich in einer Gaststätte an. Während dieser Monate erlebte die Nation zu ihrem Erstaunen, wie Andrew Jackson, der Zufallspräsident, seine Ankündigung, die Südstaatler aufzuhängen, nicht verwirklichte und eine versöhnlichere Rekonstruktionspolitik betrieb, wie sie Lincoln in seiner Regierungserklärung von 1864 angekündigt hatte.

Auch in Ohio und Illinois verblaßte die Erinnerung an Julia nicht.

Den bärbeißigen Witwer Sean Murphy lernte er in der Kneipe in Chicago kennen, und sie wurden Saufkumpane und schließlich sogar Freunde. Michael hörte mit großem Interesse zu, als Murphy davon sprach, seinen schlechtbezahlten Job als Bierkutscher aufgeben zu wollen, um in Missouri für einen besseren Lohn saubere Arbeit an frischer Luft zu tun. Dort schritten die lange verzögerten Arbeiten an der Eisenbahn von Küste zu Küste jetzt zügig voran. Michael entschloß sich, seine wenigen Habseligkeiten einzupacken und mit Murphy und einer Anzahl anderer Iren in die Prärie zu ziehen.

Voller Hoffnung, Begeisterung und Stolz zogen diese Männer nach Westen. Iren waren es ja auch gewesen, die den Erie-Kanal, das technische Wunderwerk seiner Zeit, gebaut hatten. Warum sollten da nicht auch Iren das neueste und größte Wunderwerk des Jahrhunderts bauen?

»Keine abschlägige Antwort, Michael?«

Er zwang sich, seine Träumerei zu beenden. »Was ist los?«

»Wie ich schon vor ein paar Stunden bemerkte, du schienst beim Aufwachen wieder mal so nervös wie ein Protestant im County Cork zu sein.«

Michael lächelte. »Nun, Sean, du solltest doch wissen, daß Launenhaftigkeit eine typisch irische Eigenschaft ist. Das gilt insbesondere, wenn man Tag für Tag eine Meile Schienen verlegt und obendrein wie ein Bastard schuftet.«

Murphy sah keineswegs überzeugt aus. Er ging den Mittelgang zwischen den Kojen entlang. Er und Michael waren heute die letzten Bummelanten. Die meisten anderen Arbeiter drängelten sich an der Tür am Ende des Wagens, wo ein Gestell mit Spencer-Repetiergewehren unter einer Laterne glänzte.

»Nun ja, die Arbeit ist manchmal schwerer, als sie sein sollte«, pflichtete Murphy bei, »aber fünfunddreißig grüne Dollarscheine im Monat sind doch eine Menge mehr als mein Verdienst beim Hinauf- und Hinabrollen von Fässern in der Lake Street. Warte mal 'nen Augenblick. Ich muß meinen verdammten Stiefel noch mal schnüren.«

Murphy kniete nieder. Michael kratzte seine Rippen und starrte auf die Gewehre in dem Gestell. Würde man sie gegen die Sioux oder die Cheyenne gebrauchen müssen?

Bisher hatte es nur vier Indianerüberfälle gegeben, sie gingen alle blitzschnell vorüber, ehe Michael auch nur davon erfuhr. Immer verliefen sie nach dem gleichen Muster. Durch das gellende Knallen der Spencergewehre wurden er und andere Männer in tiefer Nacht geweckt. Mit Gewehren in den Händen wankten sie nach draußen. Dort sahen sie nur noch die Treiber, die den Viehbestand der Eisenbahn bewachten. Diese feuerten sinnlos in die Dunkelheit, aus der sich einige Indianer herangeschlichen hatten, um heimlich ein halbes Dutzend Stück Vieh zu entwenden.

Nach dem ersten Viehraub hatten Michael und Sean Murphy herausgefunden, daß die Informationen falsch waren, die man ihnen in einer Kneipe in Omaha über die Prärieindianer gegeben hatte. Dort hatte man ihnen erzählt, die feindlichen Indianer würden niemals nach Sonnenuntergang zuschlagen, da sie fürchteten, wenn sie bei Nacht fielen, würde ihre Seele den Weg in die indianischen Gefilde nicht finden. Ein Viehtreiber erklärte ihnen dann den wirklichen Grund, warum die Indianer nächtliche Angriffe meist vermieden, folgendermaßen: Die Darmsaiten der Schießbögen wurden in der Nachtluft feucht und verloren ihre Spannung. Dennoch war nächtlicher Viehdiebstahl keineswegs ungewöhnlich, da hierbei Pfeil und Bogen nur selten zum Einsatz kamen. Bisher hatte es unter den Eisenbahnarbeitern bei derartigen Überfällen auch noch keine Verluste gegeben.

Aber in weiter westlich gelegenen Gegenden hatten sich bei Planierungsarbeiten erhebliche Schwierigkeiten durch Indianer ergeben:

Zu Beginn des Frühlings hatte die Bundesregierung Beauftragte zu den Sioux und den Cheyenne gesandt, die Verträge aushandeln sollten. Diese Stämme gerieten mit den Goldsuchern aneinander, die nach Norden vordrangen.

Die Entsendung dieser Beauftragten entsprang einer veränderten Politik des Kongresses. Washington zog es jetzt vor, den Frieden durch Geld zu erkaufen, statt ihn mit Waffengewalt zu erzwingen. Wie Michael erfahren hatte, waren wichtige Häuptlinge der Oglala- und Brulé-Sioux nach Fort Laramie gekommen, um einen Mr. Taylor vom Bundesamt für Indianische Angelegenheiten anzuhören:

Den Stämmen wurde eine jährliche Zahlung von fünfundsiebzigtausend Dollar plus Jagdgewehre angeboten, falls sie die Sicherheit der Weißen garantierten, die zu den neuen Goldbergwerken reisten. Zunächst waren die Verhandlungen glatt verlaufen. Dann aber wurden sie durch die Ankunft des Brulé-Häuptlings Standing Elk abrupt unterbrochen, der mit einer Einheit weißer Soldaten unter dem Befehl eines Colonel Carrington zusammengestoßen war. Die Soldaten befanden sich auf dem Weg in die Goldgräberregion am Powder River, um dort Palisaden anzulegen.

Red Cloud, der einflußreichste Siouxhäuptling bei den Verhandlungen von Fort Laramie, hörte mit Schreck und Zorn den Bericht über die Armee-Einheit. Hier verhandelte man über Friedensangebote, und gleichzeitig zogen Soldaten nach Nordwesten genau in das umstrittene Gebiet. Red Cloud und eine große Anzahl Krieger verließen wutentbrannt das Fort und drohten mit Krieg als Revanche für die Irreführung. Selbst wenn die Union Pacific bis jetzt noch keine ernsthaften Schwierigkeiten gehabt hatte, wußte nun jeder auf der Eisenbahnbaustelle, womit zu rechnen war.

»Nun ist das verdammte Ding kaputt!« explodierte Murphy. Ein Stück des Lederriemens hing schlaff in seiner Hand. Er erhob sich und stopfte den Riemen in seine Tasche. Michael wandte sich ab von den Gewehren und den finsteren Gedanken, die sie auslösten. Wenig später kehrte Murphy zum Thema zurück:

»Ich wollte mit dir über den Boss sprechen. Es ist eine verdammte Schande, ihn als unseren Führer zu haben.«

»Ich verstehe nicht, wie man einen Rebellen mit solch einer wichtigen Aufgabe betrauen konnte, Sean.«

»Corkle hat mir erzählt, daß der Bursche vor dem Krieg im Süden Eisenbahnbautrupps geleitet hat.«

»Davon hab' ich auch gehört. Aber dennoch ist und bleibt er ein Rebell, und wir hier sind in der Mehrheit Nordstaatler.«

»So wie ich die Dinge verstehe, kennen die Casements als Unternehmer nur eine Art von Krieg, den Krieg gegen den Kalender. Sie setzen Leute mit Erfahrung eben dort ein, wo sie den größten Nutzen davon haben.«

»So ist das wohl«, nickte Michael zustimmend. »Alles Vergangene ist eben vergeben, wie du zu sagen pflegst.«

»Nun, wir wissen beide, daß ich manchmal dazu neige, Ausflüchte zu machen«, sagte Murphy mit einem Grinsen. Er blieb in der Tür stehen und blockierte damit bewußt den Durchgang für Michael.

»Es gibt keinen fanatischeren Südstaatler auf dieser Baustelle als unseren Vorgesetzten. Niemand kämpft diesen verdammten Krieg mit mehr Eifer weiter als er. In aller Freundschaft, Michael, du bist zu sehr bereit, in dieser Angelegenheit mit ihm aneinanderzugeraten – und das gilt auch für andere.«

»Ich habe meinen Grund, nein, drei Gründe habe ich.«

»So, welche?«

»Er ist ein brutaler Kerl. Er ist ein Schreihals. Und er ist ein Lügner, was den Krieg betrifft. Er wird niemals zugeben, daß der Kampf für die Rechte der Einzelstaaten Schmus war. Er und seinesgleichen haben gut gekämpft, wenn auch für eine unmoralische Sache.«

Hier blickte ihn Murphy voller Zweifel an. Michaels Bemerkung entsprach nicht der üblichen Auffassung unter den Iren, die die Schwarzen meist als wirtschaftliche Konkurrenten betrachteten.

»Du meinst die Niggersklaverei?«

Wieder nickte er. »Ich kann's auch nicht mehr hören, wenn er immer wieder behauptet, die fortgeschrittene Industrialisierung des Nordens sei die Ursache für die Niederlage des Südens. Zum Teil hat er ja recht. Nur waren es keine Fabriken, die gekämpft haben und gestorben sind. Es waren Iren, Deutsche und Yankees.«

»Nun ja, Michael, ich wollte dir nur klarmachen, daß der Bursche keinen Spaß versteht.«

»Daran brauchst du mich nicht zu erinnern. Ich arbeite Tag für Tag mit ihm zusammen. Aber vielen Dank für deinen Hinweis. Ich werde mich zusammennehmen. Und vom Kämpfen habe ich genug. Ich bin hier, um zu arbeiten.«

»Und die Schwerter sollen zu Pflugscharen umgeschmiedet werden«, zitierte Murphy lächelnd. »Krieg soll es wohl nie mehr geben.«

»Allerdings«, erwiderte Michael ernsthaft.

»Das Buch Micha, Altes Testament, viertes Kapitel, dritter Vers«, erkannte der Ältere voller Stolz. »Siehst du, ich bin nicht so gottlos, wie ihr mir immer vorwerft.«

»Aber es ist aus dem zweiten Kapitel, vierter Vers im Buch des Propheten Isaiah. Und du hast die Stelle ausgelassen, wo es heißt, daß ein Land das Schwert nicht gegen ein anderes Land erheben soll.«

»Du bist ja ein Bibelkenner!«

»Meine Mutter besaß kein anderes Buch, als ich ein Knabe in den Slums war. Sie starb, als ich sieben Jahre alt war. Aber sie hatte schon einige Teile der Bibel mit mir gelesen. Sie brachte mir bei, daraus die Richtlinien für moralisches Verhalten zu gewinnen. Nachdem sie gestorben war, hatte ich immer eine Bibel bei mir, ob ich mich auf den Straßen herumtrieb oder in den Docks arbeitete. Mit Hilfe der Bibel habe ich anständiges Englisch gelernt.«

»Und was den Boss betrifft, so warst du mir bei dem Thema weit voraus. Das erleichtert mich. Als du letzte Nacht vom Krieg geträumt hast, da ging es nicht um ihn, sondern um dieses Mädel, nicht wahr?«

»Nein.«

»Aber du hast im Schlaf immer wieder ihren Namen gerufen.«

Michael wurde blaß: »Da mußt du dich verhört haben.«

»Nein, ich bin mir da ganz sicher. Wer ist sie denn, mein Freund? Ein irisches Mädel aus Chicago, das du nie erwähnt hast? Oder ein Bauernmädel, das du unten in Ohio getroffen hast?«

»Sean, wir sind Freunde, aber es gibt Dinge, die dich nichts angehen. Halt jetzt den Mund, und komm mit zum Frühstück.«

Der Ältere gehorchte, ohne zu murren.

## 2. Kapitel
## Die Eisenbahnbaustelle

So kletterten also Michael Boyle und Sean Murphy an einem Sonnabendmorgen Ende August 1866 aus einem der vier Waggons, die an eine Lokomotive angekoppelt waren. Dampf wich bereits aus der mit Holz betriebenen Lokomotive des Typs 4-4-0 Danfort and Cooke, die auf den Namen *Osceola* getauft war. Der Schienenräumer der Lok zeigte nach Osten.

Die *Osceola* und vier ungewöhnlich große, geschlossene Güterwaggons bildeten den Baustellenzug. Den »Ewigen Zug« nannten ihn die irischen Arbeiter, die die Strecke vorantrieben. Durch ihre Arbeit brachten sie Zweifler zum Schweigen, lockten weitere Investoren an und sorgten für den geschäftlichen Erfolg der Union Pacific.

Dr. Thomas Durant, der Vizepräsident und Geschäftsführer der Union Pacific, hatte sich in aller Öffentlichkeit verpflichtet, die zweihundertsiebenundvierzig Meilen des Schienenstrangs durch das Territorium Nebraska so schnell wie möglich fertigzustellen. Der Meilenstein 247 sollte am hundertsten Meridian errichtet werden. Erst wenn dieser Längenkreis erreicht war, sollte die Gesellschaft endgültig die Genehmigung zur Fortführung der Arbeiten an dem östlichen Teil der Transkontinentaleisenbahn erhalten und diese betreiben. Deshalb trieb eine wachsende Anzahl von Exsoldaten und Tagelöhnern die Strecke zum hundertsten Meridian in einem Tempo voran, mit dem selbst die härtesten Neuankömmlinge zu Anfang schwer zurechtkamen. Michael erinnerte sich an seine Leiden während der ersten zwei Wochen auf dieser Baustelle. Jeden Abend schmerzte sein ganzer Körper, wenn er sich in seine Koje schleppte.

Um den »Ewigen Zug« herum gab es bereits Lärm und Bewegung. Die Sonne war kaum aufgegangen. Aber es war hell genug, um einen öden, aber auf seltsame Weise schönen Ozean von Gras sichtbar zu machen, der sich baumlos dahinstreckte, so weit das Auge reichte. Das Licht ließ das grüngraue Büffelgras glatt erscheinen, hier und da stachen bunte Blumen hervor.

Westlich der vier großen Güterwaggons lag der Gleiskörper, den

Arbeitskolonnen vorbereitet hatten, die bis zu hundert Meilen vor der eigentlichen Gleisbaustelle tätig waren. In die andere Richtung erstreckten sich die Geleise bereits gut zweihundert Meilen weit bis zum Missouri. Fort Kearney am Meilenstein 191 galt als letzter Vorposten der Zivilisation, hierbei handelte es sich allerdings nur um eine baufällige Infanteriepalisade und eine Ansammlung von Baracken.

Im Januar 1866 war der Schienenstrang erst bis Fremont vorangetrieben. Allerdings hatten Dr. Durant und andere hochrangige Mitarbeiter der Bahngesellschaft damals bereits bei Omaha eine Baustelle eröffnet. Der Fortgang der Arbeiten verlief dort jedoch sehr schleppend, bis die Brüder Casement einen Auftrag als Subunternehmer für den Gleisbau erhalten hatten. Nun wurden jede Minute zwei Schienen verlegt, vierhundert Schienen gingen auf eine Meile – sechs Tage in der Woche schritt der Streckenbau jeweils um eine Meile voran. Michael fand dieses Tempo ganz erstaunlich. Ebenso erstaunlich war der Anblick der Prärie am frühen Morgen. Der heutige Tag war keine Ausnahme.

Er reckte und streckte sich, um die Verschlafenheit und die Erinnerung an den Alptraum loszuwerden. Er atmete tief durch. Die Arbeiter eilten von den beiden Schlafwagen zum zweiten Wagen des Zuges, in dem sich die Kantine befand. Der erste Wagen diente als Büro und Küche.

Ein paar Spätaufsteher verließen jetzt ihre Hängematten neben dem Waggon, in dem Michael und Murphy geschlafen hatten. Andere kletterten aus den Zelten auf dem Wagendach. General Jack Casements Armee von »Eisenfressern« wuchs Woche um Woche. Mehr als vierhundert Männer arbeiteten jetzt auf der Gleisbaustelle.

Rauch verdeckte die allmählich blasser werdenden Sterne. Er drang aus einigen Abzugsöffnungen im Küchendach. Michael glaubte frisches Brot zu riechen. Aber ganz sicher roch er Kuhmist. Zu seiner Linken befand sich eine Herde von fünfhundert Rindern. Sie stellte die Fleischversorgung für die Bautruppe sicher. Die vier Indianerüberfälle hatten die Herde nicht merklich verringert.

Die Kühe wirbelten eine Staubwolke auf. Aber der Platte River, der sich flach dahinschlängelte und allmählich im Sonnenlicht zu glänzen begann, war durch die Wolke dennoch zu sehen. Am gegenüberliegenden Ufer des sehr flachen und sehr breiten Flusses konnte Michael die Wagenfurchen des Überlandweges erkennen, der nach Fort Laramie und weiter nach Oregon führte. Manchmal ging es auf dieser Straße laut zu, weil Frachtwagen, eine Postkutsche oder eine Gruppe von

Büffeljägern dort langzogen. Heute morgen allerdings lag die Straße verlassen da.

Aber während der Nacht hatte es hier Verkehr gegeben. Einige der Telegraphenmaste der transkontinentalen Leitung neben der Straße standen jetzt schräg. Das war das Werk der wilden Büffel, die hier vorbeigezogen waren und diese Pfähle als Kratzbäume benutzt hatten.

Michael und Sean Murphy stapften auf die Männer zu, die vor dem Kantinenwagen warteten. Am anderen Ende des Waggons hatte sich eine ähnliche Schlange gebildet. Die Morgenglocke läutete um fünf Uhr dreißig. Es dauerte keine Stunde, da brachte der erste Güterzug eine sorgfältig berechnete Anzahl von Schienen, Schwellen und anderen Materialien aus dem Depot von Kearney. Dann begann ein Arbeitstag, der zwölf Stunden oder länger dauerte.

Die Art der Arbeit und die Anzahl der Männer deuteten kaum auf die Schwierigkeiten hin, denen sich die Transkontinentaleisenbahn seit Verabschiedung des Pacific Railroad Act gegenübergesehen hatte. Michael war über die Geschichte der Union Pacific wohlinformiert. Die Versorgungszüge brachten regelmäßig Zeitungen und Post, so war es ihm möglich, die Entwicklung des Projektes genau zu verfolgen.

Schon seit vielen Jahren hatte es Debatten über eine Eisenbahnverbindung zwischen beiden Ozeanen gegeben. Ein Jahrzehnt lang waren in Kongreß und Regierung die möglichen Streckenführungen diskutiert worden. In den fünfziger Jahren, als Franklin Pierce Kriegsminister war, hatte Jefferson Davis eine Untersuchung über die verschiedenen Alternativen der Linienführung veranstaltet. Aber der Bürgerkrieg hatte den Entscheidungsprozeß unterbrochen, obwohl Lincoln über genügend Informationen für eine Entscheidung verfügte.

In Kalifornien hatte ein junger Ingenieur namens Theodore Judah eine Route durch die Sierras ausgearbeitet. Andere Untersuchungen, so die des neuen Oberingenieurs der Union Pacific, des Exgenerals der US-Army Grenville Dodge, hatten ergeben, daß die günstigste Route vom Missouri aus in Omaha begann und bis zu dem Punkt verlief, wo der Overland Trail auf den Platte River stieß.

Schließlich hatte Lincoln gehandelt. Die Eisenbahn betrachtete er als ein Mittel zur symbolischen Vereinigung zwischen den atlantischen und den pazifischen Staaten und zur Stärkung der Stellung der Union in den dazwischen gelegenen Gebieten. Im Juli 1862 hatten Kongreß und Präsident den ersten Pacific Railroad Act verabschiedet. Damit verliehen sie Privilegien an zwei Gesellschaften: an die Union Pacific, die die Strecke vom Missouri aus bauen sollte, und an die Central

Pacific, die von Sacramento aus den Bau nach Osten vorantreiben sollte.

Der Railroad Act schien in idealer Weise geeignet zur Anlockung von Risikokapital. Die Regierung hatte beiden Gesellschaften einen Landstreifen von zehn Meilen seitlich des Schienenstrangs überlassen. Die Gesellschaften konnten dieses Land an Siedler verkaufen und so das Projekt finanzieren. Darüber hinaus hatte der Act Zuschüsse in Form von Bundesschuldverschreibungen mit dreißigjähriger Laufzeit gewährt. Die Höhe des Zuschusses per Meile hing von der jeweiligen Bodenbeschaffenheit ab. In den Ebenen betrug er sechzehntausend Dollar pro Meile und stieg in Gebirgsgegenden bis auf achtundvierzigtausend Dollar.

Die Central Pacific wurde von einer Gruppe beherrscht, die man die Großen Vier nannte. An der Spitze des Quartetts stand Leland Stanford, der Gouverneur von Kalifornien. Seine Partner waren drei Unternehmer aus dem Sacramento-Tal, ein Gemüsehändler namens Mark Hopkins und zwei Eisenwarenhändler, Collis Huntington und Charles Crocker. Ihr östliches Gegenstück bildete eine Gruppe von Geschäftsleuten unter Führung von Dr. Durant, einem schlauen Mann, der seine Medizinerlaufbahn an den Nagel gehängt hatte, um Eisenbahnunternehmer zu werden.

Trotz der Großzügigkeit der Regierung ließ der Verkauf der Anteile und Anleihen beider Gesellschaften zu wünschen übrig, weil man in Finanzkreisen nur wenig daran interessiert war. Kein kluger Investor wollte Geld in eine Eisenbahn durch die Wildnis stecken, solange man an Kriegslieferungen für die Bundesregierung so viel mehr verdienen konnte. Daher wurde 1864 ein zweiter Railroad Act notwendig. Nun wurden die Landschenkungen verdoppelt.

Aber auch so wurde nicht genügend Kapital aufgebracht. Bis Mitte 1864 hatte die Central Pacific erst einunddreißig Meilen Gleise verlegt. Die Geleise der Union Pacific hatten das Stadtgebiet von Omaha noch nicht verlassen.

Wieder griff Lincoln ein, diesmal hauptsächlich zugunsten der Union Pacific. Er hatte sich der Dienste des »Königs der Spaten«, des Kongreßabgeordneten Oakes Ames aus Massachusetts, versichert, der durch die Herstellung und den Verkauf von Spaten zu Reichtum gelangt war. Lincoln wünschte, daß Ames nicht nur sein Geld, sondern auch sein persönliches Prestige für die Bahnlinie einsetzte. Oakes Ames und sein Bruder Oliver investierten selbst eine Million Dollar und beschafften darüber hinaus weitere anderthalb Millionen – aber das war noch nicht genug. Hohe Kriegsgewinne und Skepsis schreckten die Investoren weiterhin ab.

Über die Direktoren der beiden Eisenbahngesellschaften hatte Michael eine Menge gelesen. Es hatte auch viel Klatsch gegeben. Durants Leute und die Großen Vier mochten zwar habgierig sein, aber sie waren weder faul noch dumm. Sie wollten die Bahnlinie nicht nur der möglichen Riesenprofite wegen bauen, es ging ihnen auch um eine bisher unerhörte Ingenieurleistung.

Es gab allerdings wachsende Anzeichen dafür, daß die Direktoren der Eisenbahngesellschaften in großem Maße für ihre eigene Tasche arbeiteten. Huntington, einer der Großen Vier, zum Beispiel hatte einen großen Coup mit den Subsidien gelandet. Es lag im Verantwortungsbereich von Präsident Lincoln, festzulegen, ab welchem Punkt der Zuschuß von sechsunddreißigtausend Dollar pro Meile im Sacramento-Tal auf achtundvierzigtausend Dollar pro Meile in den Vorbergen der Sierras erhöht werden sollte. Huntington hatte sich der Dienste eines befreundeten Geologen versichert, der prompt feststellte, daß die Sierras bei Arcade Creek »begannen«, also vierundzwanzig Meilen westlich des Punktes, den Theodore Judah ursprünglich festgelegt hatte. Bei Arcade Creek war die rötliche Erde des Gebirges bereits vermischt mit der schwärzeren des Tales zu finden. Dabei übersah man nur die Tatsache, daß die rötliche Erde aus dem Gebirge heruntergewaschen worden war.

Mit seinen »dramatischen neuen Tatsachen« bewaffnet, begann Huntington eine Kampagne in Washington. Auf Veranlassung eines Kongreßabgeordneten beschäftigte Lincoln sich erneut mit den Landkarten und erfüllt die Forderungen der Central Pacific. Damit gewährte er der Gesellschaft die höhere Subvention für weitere zwei Dutzend Meilen. »Sachdienliche Argumente und Abraham Lincolns Glaube haben Berge versetzt«, hieß es in einem wenig schmeichelhaften Bericht über diese politischen Machenschaften.

Dr. Durant erkannte klar das Hauptproblem, dem die Union Pacific gegenüberstand. Eine Erfolgsmeldung war notwendig, um Kapital anzulocken und die öffentliche Meinung positiver zu stimmen. Um jeden Preis mußte schnellstens der hundertste Meridian erreicht werden.

Aber Schlagworte und Kampfgeschrei reichten nicht aus, um die Schwierigkeiten zu überwinden, denen die Union Pacific sich gegenübersah.

Alle Baumaterialien, alle Versorgungsgüter mußten von St. Joseph oder St. Louis bis Omaha transportiert werden. Die beiden nächsten

Eisenbahnlinien östlich des Missouri, die Rock-Island- und die Cedar-Rapids-&-Missouri-Linie, endeten beide gut hundertfünfzig Meilen vor dem Fluß. Dies hatte Michael selbst bei seiner Reise von Chicago nach Westen feststellen können. Er, Murphy und die übrigen irischen Arbeiter hatten den letzten Teil der Reise per Kutsche und zu Fuß zurückgelegt.

Zwischen Council Bluffs und Omaha gab es keine Brücke. Alles mußte mit einer Fähre über die gefährlichen Sandbänke des Missouri geschafft werden. Die erste Danfort-and-Cooke-Lokomotive der neuen Linie, die *Major General Sherman,* wurde, in sechs Teile zerlegt, auf einem Flußschiff transportiert und dann am Ziel mühsam wieder zusammengesetzt.

Aus einer Reihe von Gründen hatte die Central Pacific mehr Glück. Die Wälder der Sierras lieferten das Holz zur Befeuerung der Lokomotiven und für die Schwellen. Dagegen gab es in den Ebenen von Nebraska keine geeigneten Bäume.

Auch sah sich die Central Pacific auf den ersten Meilen ihrer Streckenführung keiner unmittelbaren Bedrohung durch Indianer gegenüber. Aber es waren Berge zu überqueren – Tunnel waren zu bauen, Serpentinen mußten angelegt werden, und Charles Crocker, der Oberingenieur der Gesellschaft, hatte eine Methode entwickelt, mit dem Unwillen jener Mitarbeiter fertig zu werden, denen solch gefährliche Arbeit nicht zusagte. Crocker hatte damit begonnen, Chinesen einzustellen. Diese Söhne des Himmels erwiesen sich als erstklassige Sprengstoffspezialisten.

Michael hatte gelesen, daß viele der Weißen, die bei der Central Pacific arbeiteten, die Chinesen haßten. Aber Crocker war mit ihnen sehr zufrieden. Sie arbeiteten mit Hingabe, und ihr stärkstes Getränk war Tee.

Trotz alldem blieb das Mißtrauen gegen das Konzept einer Eisenbahn von Küste zu Küste weit verbreitet. Es war erst vier Jahre her, daß der Kriegsheld, nach dem die erste Lokomotive der Union Pacific benannt war, erklärt hatte, er würde kein Geld für eine Bahnfahrt von Küste zu Küste ausgeben wollen, die seine Enkel erst antreten könnten.

Beide Eisenbahngesellschaften zogen die Kritik der Presse auf sich. Dabei wurde allerdings die Central Pacific weniger hart behandelt als ihre östliche Konkurrenz. In den Direktionsetagen war man insbesondere unzufrieden über die Artikel des Herausgebers des einflußreichen »Republican« aus Springfield, Massachusetts. Er hatte geschrieben, das Verlegen von Schienen über relativ flache Ebenen sei eine »Babyarbeit«. Es war ihm und vielen anderen Schlauköpfen im Osten unverständlich, warum die Union Pacific so langsam vorankam. Es mußte daran liegen, daß der Mißerfolg von Anfang an feststand.

Aber jetzt, im Jahre 1866, schienen die Dinge sich zu wenden. Anlaß war das Auftauchen der Brüder John S. und Daniel T. Casement.

Jack Casement hatte es in der Nordstaatenarmee bis zum Brigadier gebracht. Er war fast immer auf der Baustelle. Daniel blieb in Omaha, er hatte sich um Kalkulationen und den Nachschub zu kümmern.

Allerdings arbeiteten die Casements nicht direkt für die Union Pacific. Dies taten auch Michael, Murphy und die übrigen Streckenarbeiter nicht. Vertragsunternehmer für die eigentlichen Bauarbeiten war eine Gesellschaft mit Namen Credit Mobilier. Diese verkaufte ihre Dienstleistungen direkt an die Union Pacific. Ihre Preispolitik, so hieß es, wurde niemals ernsthaft überprüft.

Dies verstärkte ein weiteres Gerücht, daß nämlich Dr. Durant und einige andere Direktoren der Union Pacific insgeheim auch dem Direktorium der Credit Mobilier angehörten. Wenn das stimmte, dann war es natürlich möglich, daß Preise gezahlt wurden, die das Zwei- bis Dreifache der wirklichen Kosten betrugen. Eine Hand wusch die andere. Irgendwie nötigte diese Methode Michael Bewunderung ab.

Er dachte darüber nach, ob solche Machenschaften nicht auch eines Tages die Interessen und das Geld eines Herrn Louis Kent anziehen würden. Louis gehörte zu den Leuten, die bereit waren, ein illegales Risiko einzugehen, wenn Riesengewinne in Aussicht standen. Michael und Jephtha Kent sowie der Bankier Joshua Rothman aus Boston hatten ihm die Beteiligung an einem derartigen Unternehmen nachgewiesen: Es war eine Handelsgesellschaft, die zu Beginn des Bürgerkrieges Geheimgeschäfte mit dem Süden betrieb.

Jephtha hatte eine Reihe von Zeitungsartikeln über Louis' Gesellschaft Federal Suppliers veröffentlicht. Damals war Jephtha Korrespondent in Washington für die der Familie Kent gehörende Zeitung »The New York Union«. Aber Jephtha hatte Louis vor Veröffentlichung seiner Artikelserie gewarnt, weil er hoffte, die Sache so in aller Stille beilegen zu können. Michael hatte Jephtha mitgeteilt, Louis werde niemals ein profitables Geschäft bloß wegen einer Drohung aufgeben. Und er hatte recht damit behalten. Die »Union« hatte Jephtha entlassen. Rothman konnte allerdings erreichen, daß die Artikel in Greeleys »Tribune« erschienen.

Michael hatte in dieser Angelegenheit als Zeuge wichtige Dienste geleistet. Mit Rothman gemeinsam war er dabei, als Louis seinen ursprünglichen Vorschlag zur Gründung dieses Unternehmens machte. So war Michael imstande, Rothmans Aussagen Jephtha gegenüber zu bestätigen.

Das Unternehmen verschwand ebenso schnell, wie es entstanden war. Louis geriet in der Öffentlichkeit in große Verlegenheit, obwohl die Regierung keine Anklage erheben ließ, da dies aus juristischen Gründen nicht möglich war. In Washington wurde nichts gegen Louis unternommen. Louis hatte dies durch Bestechungen verhindert.

Auch finanziell erlitt er dabei keinen Verlust von Bedeutung, denn er hatte nicht geplant, Federal Suppliers mit seinem eigenen Geld zu finanzieren. Er wollte dazu das kalifornische Goldvermögen von Amanda Kent verwenden, das Jephtha als Sohn ihres Cousins Jared geerbt hatte. Dieses Geld würde eines Tages an Jephthas drei Söhne übergehen.

Rothman hatte den Vorstoß vereitelt. Er verwaltete das kalifornische Vermögen von Amanda Kent und verhinderte, daß Louis mit den Einkünften daraus spekulierte. Rothman gelangte zu der Überzeugung, daß es die Interessen der Familie geboten, Louis' Machenschaften ein Ende zu setzen.

Selbst wenn Louis keinen persönlichen finanziellen Schaden erlitten hatte, so mußten jedoch Michael, Jephtha und der Bankier jetzt mit der ewigen Feindseligkeit des jungen Finanzmannes rechnen. Auch dies war ein Grund, warum Michael den Osten gern verließ. Es war nicht so, daß er Louis fürchtete, aber er mochte mit ihm und alldem, was er repräsentierte, einfach nichts mehr zu tun haben.

An Louis – und an die Kents an der Ostküste – dachte Michael jetzt kaum mehr.

Nur Julia bildete eine Ausnahme.

Wieder tauchte ihr Bild vor ihm auf, als die Schlange der Wartenden sich dem Kantinenwagen näherte. Das Bild verschwand allerdings, als er gewahr wurde, daß ihn von einer ähnlichen Schlange am anderen Ende des Wagens her jemand beobachtete.

Es war der Vorgesetzte, über den Murphy und er vorhin gesprochen hatten – Captain Leonidas Worthing aus Virginia.

2

Worthing trug einen Strohhut und einen verblichenen grauen Staubmantel. Eine Zigarre steckte ihm zwischen den Zähnen. Er behauptete, bei Mosbys Freischärlern gedient zu haben. In Jack Casements kleiner Armee dienten viele Kriegsveteranen, aber es waren nur wenige Südstaatler darunter. Die Südstaatler waren hier meist einfache Arbeiter. Worthing stellte die Ausnahme dar.

Das Licht über der Prärie beleuchtete Worthings unfreundliches Gesicht, als eine Reihe von Männern, deren Frühstück vorbei war, den Kantinenwagen verließen. Worthing schmiß seine Zigarre fort und drängte sich mit den Ellbogen zur Spitze der Schlange vor. Ein Arbeiter protestierte. Mit wenigen Worten brachte Worthing ihn zum Schweigen und dazu, ihm Platz zu machen.

Der Südstaatler drehte dem Mann, den er eingeschüchtert hatte, den Rücken zu. Erneut blickte er Michael an und schlug dabei mit einer ledernen Reitpeitsche gegen sein zerschlissenes Hosenbein.

Mein Gott, wie Michael diesen Prahlhans verachtete! Zweimal hatte er bereits protestiert, als Worthing Kameraden seiner Arbeitsgruppe belästigte, die nur eine von mehreren Worthing unterstellten Gruppen war. Bei einer derartigen Auseinandersetzung war es beinahe zu Gewalttätigkeiten gekommen. Da hatte dann General Jack Casement eingegriffen. Casement legte auf gute Zusammenarbeit wert. Die Arbeit war schwer genug, da stellten persönliche Auseinandersetzungen nur eine überflüssige zusätzliche Belastung dar. Aber Leonidas Worthing teilte in dieser Hinsicht Casements Anschauungen nicht.

Ein halbes Dutzend irischer Arbeiter kletterten jetzt die Stufen herab. Der Waggon leerte sich schnell. Als Michael und Murphy weiter vorrückten, sahen sie einen Kameraden ihrer Arbeitsgruppe vom vorderen Wagenende auf sich zukommen. Der Mann hatte offensichtlich bereits gefrühstückt. Er stocherte mit einem Messer in seinen Zähnen herum.

»Hallo, Christian!« rief Murphy winkend.

»Morgen, Jungs!« antwortete der junge Mann und wischte sein Messer am Ärmel seines alten Wollhemdes ab.

Christian war mager und dunkel. Seine hohen Backenknochen und sein glattes schwarzes Haar erinnerten Michael an Jephtha. Christian war ein Delaware-Indianer und stammte aus Ohio. Mehr wußte niemand über ihn. Seine blauen Augen legten die Vermutung nahe, daß sich unter seinen Eltern oder Großeltern auch ein Weißer befand. Niemand wußte, ob er seinen Namen aus religiösen Gründen oder wegen seines Wohlklangs erhalten hatte. Er war freundlich, gut erzogen und bärenstark. Manchmal würzte er seine Konversation mit Ausdrücken, die er bei den Iren aufgeschnappt hatte.

Die Mahlzeiten boten nur selten Überraschungen. Sie waren zwar sehr bekömmlich und reichhaltig, aber morgens, mittags und abends gab es an sieben Tagen in der Woche praktisch dasselbe, es sei denn, es kam einmal gelegentlich ein Büffeljäger vorbei, der frisches Fleisch verkaufte. Aber bei der Union Pacific gab es stets frisches, noch warmes Brot, der Kaffee war stark. Michael spürte jetzt einen Bärenhunger, wohl weil die Luft schon sehr frisch war. Der Herbst war bereits zu riechen.

Er fragte sich, ob sie wirklich vor dem ersten starken Schnee den hundertsten Meridian erreichen würden. Sonst würde das Unternehmen wohl untergehen. Der Winter in der Prärie sollte grausam sein. Während der schlimmsten Monate würden die Arbeiten eingestellt werden müssen.

Schließlich rückte die Reihe der Wartenden schneller vor. Michael folgte seinem Freund nach drinnen. Durch den ganzen Wagen zog sich ein langer Tisch hin mit Bänken zu beiden Seiten. Ein wenig Sonnenlicht drang durch die schmutzigen Fenster. Aber die Lampen mußten weiterhin brennen.

Zwei Iren beendeten am unteren Ende des Tisches ihre Mahlzeit. Um den Wagen zu verlassen, kletterten sie auf die Bank und über den Tisch. Damit zogen sie sich den Zorn des Gehilfen des Kochs zu, der eine frische Platte mit Rindfleisch und einen Eimer mit dampfendem Kaffee brachte.

Andere Helfer mit Scheuerlappen wieselten zwischen den Männern umher, die nach freien Plätzen suchten. Die Zinnteller waren am Tisch befestigt, nur die Kaffeetassen standen frei. Die Helfer wischten mit den Lappen die Teller sauber.

Michael und sein Begleiter zwängten sich zwischen die Arbeiter auf den langen Bänken. Michael hatte aus Erfahrung gelernt, dabei nicht zu zögern. Er setzte sich vor einen Teller, griff sich eine Gabel und nahm eine Scheibe Rindfleisch. Beinahe hätte ihn dabei eine andere Gabel von der gegenüberliegenden Tischseite her ins Handgelenk gestochen.

Er schnitt das Rindfleisch auf seinem Teller. Dann schob er seine Tasse durch ein Dickicht von Händen, an den Kaffee-Eimer heran. Es gelang ihm, sich seine Tasse vollzuschöpfen, ohne etwas zu verschütten. Dann hob er ein Bein über die Bank, um sich niederzusetzen. Da spürte er einen Klaps auf seiner Schulter.

Auf der anderen Seite des Tisches schwiegen ganz plötzlich drei Männer, die mit den Händen nach Kartoffeln gegriffen hatten. Sean Murphy, der schon saß, blickte Michael warnend an. Michael lief es kalt den Rücken hinunter.

Bewußt langsam legte Michael seine Gabel neben seinen gefüllten Teller. Dann setzte er seine Kaffeetasse ab. Er drehte sich um und bemerkte, wie Captain Leonidas Worthing den Rand seines Strohhuts mit seiner Reitpeitsche hochschob.

»Boyle, das ist mein Platz! Setz dich woanders hin!«

Das war keine Bitte. Es war eine Aufforderung.

# 3. Kapitel
## Der Captain

»Boyle, ich warte!«

Leonidas Worthing sagte dies mit einem unsicheren Lächeln, das seine bräunlichen Zähne freilegte. In der rechten Ecke seines Mundes glänzte eine Wunde.

Michael zwang sich zur Gelassenheit: »Ich sehe hier keine Platzkarten, Captain.«

»Das stimmt. Aber ich habe mich entschlossen, hier zu sitzen, damit ich mit Murphy besprechen kann, wie wir das Arbeitstempo unserer Gruppe steigern können. Dies ist bei weitem die Schlechteste der Gruppen, für die ich verantwortlich bin. Es sind zu viele Schlappschwänze dabei.« Er ließ keinen Zweifel daran, daß damit auch Michael gemeint war.

Dann wandte er sich Michael direkt zu: »Wenn du mein Recht in Frage stellen willst, Boyle, auf diesem Platz zu sitzen, dann sag nur einen Ton.«

»Captain«, entgegnete Michael ganz ruhig, »warum sind Sie ständig auf einen Kampf aus?«

Worthing überraschte ihn mit einem Lachen.

»Weil ich glaube, daß ich meine Sache gut mache.«

»Und weil Sie sich gegen Yankees nicht parteiisch verhalten.«

»Wenn Sie glauben, daß ich etwas gegen Ihre Leute habe, dann sind Sie ein Narr. Sie wissen ja, daß ich bei Colonel Mosby gedient habe.«

Murphy seufzte: »Davon haben wir oft genug gehört.«

»Aber ich habe nie von den Umständen meiner Gefangennahme berichtet. Ich hatte das Mißgeschick, mein Pferd zu verlieren und von einigen der glorreichen Jäger General Custers gefangengenommen zu werden. Wissen Sie, was diese freundlichen Burschen mit mir getan haben, bevor sie mich in einen Gefangenenzug luden? Sie haben ihre Lieblingsstrafe an mir vollzogen. Sie banden mich an ein Wagenrad. Die Arme über dem Kopf.« Die Reitpeitsche schoß hoch, als er dies pantomimisch nachspielte. »Die Beine waren ausgestreckt. Dann versetzten sie dem Rad eine Vierteldrehung. So ließen sie mich hängen, die Radnabe verdammt dicht an meinem Rückgrat. Vierzehn Stunden lang! Als ich im Zug aufwachte, hatte ich mich vollgepißt und vollgeschissen wie ein Baby!«

»Jesus, Captain«, rülpste Murphy, »ich wollte mir mein Frühstück schmecken lassen.«

Der Virginier schenkte dem keine Beachtung: »Einer meiner Mitgefangenen im Zug hat berichtet, daß mein Kinn voller Schaum war, als ich verfrachtet wurde. Ich wußte meinen eigenen Namen nicht mehr. Anständige Behandlung für einen Offizier, nicht wahr?«

Michael zuckte erneut die Achseln: »Das kann ich nicht entschuldigen. Aber ich war nicht dabei. Mich trifft kein Vorwurf.«

»Doch«, Worthing stieß ihm die Peitsche gegen die Brust, »du hast die blaue Uniform getragen.«

»Wollen Sie jeden von der Union belästigen, nur weil Sie schlecht behandelt worden sind?«

»Belästigen! Ein feines Wort für einen Iren aus den Slums.«

Erneut folgte ein Stoß mit der Peitsche.

»Ein sehr feines Wort.«

Michael erregte sich jetzt immer heftiger. Er griff nach der Peitsche und drückte sie nach unten. »Eines habe ich natürlich vergessen. Sie belästigen nicht nur Männer. Letzte Woche haben Sie diesen kleinen Lorenjungen mit diesem Ding beinahe totgeprügelt. Und das nur, weil er ein wenig ungeschickt mit dem Pferd umging. Von John Mosby haben Sie gewiß nicht viel gelernt, Captain. Sie haben nicht gelernt, daß Männer mehr leisten, wenn sie geführt und nicht angetrieben werden. Aber Sie sind wohl zu dumm, um etwas so Einfaches zu begreifen.«

Fuchsteufelswild schwang Worthing jetzt seine Peitsche.

»Du verdammtes irisches Arschloch!«

Michael streckte seine rechte Hand aus, um Worthings Unterarm zu packen. Im Kantinenwagen herrschte jetzt absolute Stille.

Michael bemühte sich, Worthings Arm festzuhalten. Es war ein Kräftemessen. Worthings Gesicht wurde puterrot. Die Adern auf seinem Handrücken schwollen an.

Worthing versuchte, sich loszureißen. Michael hielt ihn fest. Aber sein Zorn hatte sich ein wenig gelegt. Er hielt es jetzt für besser, die Konfrontation in vernünftigen Grenzen zu halten.

»Captain, wenn wir so weitermachen, dann werden wir nicht um sechs Uhr dreißig zur Arbeit erscheinen. Wir sollten uns vielleicht beide an den Gedanken gewöhnen, daß der Krieg vorbei ist.«

»Nein, zum Teufel!«

Michaels Schulter begann zu hämmern. Er spürte die Spannung in Worthings Arm. Der Mann bereitete einen neuen Versuch vor, sich loszureißen. Michael hatte ihn bereits gedemütigt, und er erkannte, daß einem Kampf möglicherweise nicht auszuweichen war. Gott mochte wissen, welchen Ärger mit Casement dies bringen würde.

Am anderen Ende des Waggons dröhnten Stiefel auf den Stufen. Die Tür wurde aufgestoßen.

»General Jack will sofort alle Vorarbeiter sprechen!«

Einige, die gerade aßen, verließen murrend ihre Plätze. Michael überdachte zögernd das Risiko und ließ dann Worthings Arm los.

»Sie sind wohl auch gemeint.«

Er beobachtete die Peitsche. Wartete darauf, daß sie gegen seine Wange klatschte. Worthings Hand wurde jetzt weiß. Michael überlegte, wie weit er zurückspringen und doch noch einen Schlag austeilen konnte. Der Mann an der Tür rief erneut.

»Worthing! Nun mach schon! Wir haben telegraphisch erfahren, daß der Eisenzug Kearney mit vierzig Minuten Verspätung verlassen hat.«

Michael wartete ab, Auge in Auge mit Leonidas Worthing. Schließlich fuhr sich der Südstaatler mit der Zungenspitze über die Oberlippe. Die Hand, die die Peitsche hielt, entspannte sich und gewann ihre Farbe wieder. Die übrigen Vorarbeiter verließen die Kantine hinter dem voranstürmenden Mann, der sie gerufen hatte.

»Verdammt noch mal, Worthing, Casement will Sie jetzt sehen, nicht erst Weihnachten!«

Worthing wedelte mit der Peitsche: »Schon gut. Ich komme schon.« Er wandte seinen Kopf Michael zu: »Was für ein Pech für dich, mein Junge, daß du in eine meiner Gruppen gekommen bist.«

»Wenn Sie mich noch einmal Junge nennen, dann schlage ich Sie so zusammen, daß Sie für eine Weile nicht einsatzfähig sind. Für Sie heiße ich immer noch Boyle.«

Worthing lief erneut rot an. Michael konnte das Grinsen der Männer am Tisch beobachten. Am breitesten grinste Sean Murphy.

»Ah, dein Name interessiert doch niemanden!« Die Peitsche fuhr hin und her. Worthing versuchte seine Demütigung jetzt auf die leichte Schulter zu nehmen. »Ein Ire ist wie der andere. Es sei denn, du bist was Besonderes. Seit dem Tag, da du hier angekommen bist, war klar, daß es Ärger geben würde.«

»Ich könnte Ihnen dafür ein paar Gründe nennen.« Zorn blitzte in Michaels Augen. Jetzt reichte es ihm. »Aber ich verschwende nur meine Worte an Sie.«

»Gründe...« Worthing schüttelte den Kopf, leckte am braunen Stummel eines seiner Oberzähne. »Unter deinen Kameraden hast du nur Lügen verbreitet. Dieser Nigger. Dieses Halbblut, mit dem ich Schwierigkeiten hatte. Merk dir mal eines: Bis zum hundertsten Meridian liegen noch vierzig Meilen vor uns. Das bedeutet vierzig Tage. Und du wirst jeden dieser verdammten Tage arbeiten. Ich garantiere dir, es wird dir nicht nach Feiern zumute sein, wenn wir den Meilenstein zweihundertsiebenundvierzig setzen.«

Mit der Peitsche berührte er jetzt Michaels Kinn.

»Bevor wir dahin gelangen, mein Junge, werde ich dir das Rückgrat brechen.«


2

Worthing wandte sich ab und ging zur Tür, dabei drängte er zwei Arbeiter beiseite. Michael hörte die Komplimente kaum, die jetzt an ihn gerichtet wurden. Dies war einer der schändlichen Augenblicke, da er wünschte, Mrs. Amanda Kent de La Gura nie begegnet zu sein. Sehr viel von ihrer Haltung – die Weigerung, sich von jenen demütigen zu lassen, deren Handeln sie für falsch hielt – hatte er sich zu eigen gemacht, als er für sie arbeitete.

Aber er hatte sich Jack Casements Arbeitskolonnen nicht angeschlossen, um endlosen Steit, sondern um Frieden zu finden.

Nun ließ er sich neben Murphy auf der Bank nieder. Lustlos blickte er auf seine Mahlzeit.

Wegen seines Riesenappetits war er immer geneckt worden. Das Fassungsvermögen seines Magens schien unbegrenzt. Dies lag wohl daran, daß er als Kind so oft hatte hungern müssen. Soviel er auch essen mochte, nie nahm er dadurch auch nur ein Pfund zu.

Ich werde dir das Rückgrat brechen!

»Mein Gott, Fergus, hast du den Burschen aus dem Büro gehört?« fragte ein Ire an der gegenüberliegenden Tischseite seinen Nachbarn. »Der erste Eisentransport kommt mit vierzig Minuten Verspätung. Ob das wohl an den Indianern liegt?«

»Iß schon auf!« Murphy drängte jetzt Michael, der den Kopf schüttelte.

Der Mann namens Fergus zuckte die Achseln. »Je weiter wir uns von Kearney entfernen, desto wahrscheinlicher wird es. Die Indianer mögen es nicht, wenn diese Eisenbahn durch ihre Büffelgründe geht.«

»Aber ich dachte, General Dodge habe die Rothäute beruhigt, bevor er den Vertrag mit der Union Pacific unterzeichnete.«

»Heutzutage dauert es meist nicht lange, bis der Friede wieder vorbei ist«, erwiderte Fergus. »Hast du gehört, was in Fort Laramie passiert ist? Die einzigen Indianer, die unsere Freunde sind, das sind bis jetzt die ein oder zwei, die bei der Eisenbahn mitarbeiten, und einige wenige, die in der Nähe der Forts herumhängen. Aber Teufelskerle wie Red Cloud, die kümmern sich keinen Deut darum, was die zahmen Indianer sagen oder unterschreiben.«

»Was meinst du mit denen, die bei den Forts herumhängen?« fragte Fergus' Begleiter erstaunt.

»Du bist eben noch nicht lange genug hier«, meinte Fergus selbstgefällig. »Sie treiben Handel und betteln um Almosen. Schnaps. Heißen Kaffee mit viel Zucker. Im Osten denkt jeder, die Indianer seien verrückt auf Alkohol, aber ein Büffeljäger hat mir erzählt, daß sie süßen Kaffee am meisten mögen. Wer jahrelang auf der Heiligen Straße ...«

»Was zum Teufel ist denn das?«

»Du siehst sie jeden Tag. Heilige Straße nennen sie den alten Siedlerweg über den Fluß – so wie sie dies hier die Straße des Feuers nennen. Die Indianer hielten die Fuhrwerke an und baten um süßen Kaffee, das war der Wegezoll, den sie von den Weißen erhoben.«

»Ich weiß gar nicht, warum wir über diese roten Heiden schwatzen«, warf Murphy ein. Seine Worte waren allerdings nur undeutlich zu hören, da er sich den Mund mit Bohnen vollgestopft hatte. »Wir müssen uns jetzt um unsere Schienen kümmern. Auch wenn der Zug eine Stunde Verspätung hat, müssen wir trotzdem unsere Meile schaffen.«

»Nun denn, an die Arbeit!« sagte Michael. Seine Worte klangen vertrauensvoll. Seine Gefühle waren es nicht.

»Wie dem auch sei«, meinte Fergus, »ich habe das seltsame Gefühl, daß das einer von den Tagen ist, die einem die Geschlechtsteile ruinieren.«

Oder einem den Rücken brechen?

Michael trank ein paar Schluck von dem lauwarmen Kaffee. Er versuchte, Worthings Drohung zu vergessen, und zwang sich zu einem Lächeln:

»Nun los, Patrick Fergus! Wir bekommen heute abend unseren Lohn. Und so schlecht, wie der Tag begonnen hat, kann er nur besser werden.«

Aber darin sollte er sich irren.

## 4. Kapitel

## »Glorreich wie Shermans Marsch«

Sean Murphys Voraussage erwies sich als richtig. Der Eisenzug mit der Lokomotive *Vice-Admiral Farragut* kam mit einer Stunde Verspätung an. Dies war ein schlechter Anfang für einen Sonnabend, den Tag, den Casements Arbeiter sehnsuchtsvoll erwarteten.

Sobald die Tagesarbeit vorbei war, wurde im Bürowagen der Wochenlohn ausgezahlt. Man konnte dann den Abend mit Trinken, Würfel- oder Kartenspiel verbringen. Am Sonntag konnte man endlich ausschlafen, lesen, Briefe schreiben, Wäsche und Kleidung waschen und flicken, ein wenig im River Platte baden.

Heute aber, das wußten die Arbeiter, würde das abendliche Vergnügen kürzer sein. Ob der Zug Verspätung hatte oder nicht, eine Meile Schienen mußten verlegt werden. Als die *Farragut* von Osten herandampfte, sah man überall nur saure Mienen.

Michael beobachtete auch einige sehnsuchtsvolle Blicke, die sich auf eine Attraktion richteten, die die Eisenbahnbaustelle seit Grand Island begleitete; es handelte sich um eine staubige kleine Ansiedlung von meist deutschen Familien, die darauf hofften, sich als kleine Farmer eine Zukunft zu schaffen oder kleine Geschäftsunternehmen zu betreiben, sobald die Eisenbahn mehr Siedler anzog.

Die Attraktion war ein ganz gewöhnliches Fuhrwerk. Es wurde von zwei Maultieren gezogen, sechs Tage in der Woche kroch es neben dem fortschreitenden Schienenstrang her und hielt Abend für Abend daneben an. Heute morgen waren die Maultiere noch nicht angespannt worden. Sie waren immer noch an die Ladeklappe angebunden. Was das Fuhrwerk interessant machte, waren zwei seitlich daran angebrachte Fässer. An jedem hing an einer Kette ein Schöpflöffel herab. Auf einem der Fässer stand in grob gemalten weißen Buchstaben der Name DORN. Auf dem anderen stand das Wort WHISKEY. An der anderen Seite des Wagens und in seinem Inneren befanden sich weitere Fässer. Hinter dem Wagen erspähte Michael ein großes mehrteiliges Zelt, das jeden Abend aufgebaut wurde.

Er konnte persönlich nicht bestätigen, daß das Innere des Zeltes in mehrere Räume unterteilt war. Aber einige abenteuerlustige Arbeiter erklärten, daß dies so sei. Bei mehreren Gelegenheiten hatten diese Männer im Suff versucht, um Mitternacht einen Blick auf ein Mitglied der Familie des Schnapshändlers zu werfen, der von Grand Island hierher gezogen war, um Geld an einem der Laster zu verdienen, das vom Management der Union Pacific geduldet wurde, nämlich dem Suff.

Gustav Dorn, der bärtige Deutsche, dem das Gespann gehörte und der den Whiskey verkaufte, hatte für sein Produkt selbst sehr viel übrig. Michael hatte gelegentlich ein wenig von dem Gebräu bei ihm gekauft. Dorn war immer etwas unsicher auf den Beinen. Er sprach nur gebrochen Englisch, mit Brocken seiner Muttersprache vermischt, und war daher beinahe unverständlich.

Im Augenblick war Dorn nirgends zu sehen. Sein Sohn, ein plumper, blonder Bursche von etwa vierzehn Jahren, saß auf dem Kutschbock und bewachte den Schnaps und das Zelt mit einem Gewehr. Auf Anordnung Casements war es verboten, Schnaps zu verkaufen, ehe die tägliche Gleisstrecke verlegt worden war.

Während Michael noch hinschaute, öffnete sich die Klappe des Zeltes, und das dritte Mitglied der Familie erschien. Es trug einen Kaffeetopf zu einem Feuer aus Büffeldung. Michael konnte nicht verstehen, warum in Gottes Namen dieser Deutsche seine Tochter in dieses rein männliche Lager mitgebracht hatte. Die einzige Erklärung dafür hatte Murphy von dem Jungen erfahren. Nach Gustav Dorns Ansicht war seine Tochter bei ihm in größerer Sicherheit als allein in Grand Island.

Auf der Baustelle war Dorns Tochter nur selten zu sehen. Sie kam nur nach draußen, um für ihren Vater und ihren Bruder zu kochen. Die übrige Zeit verbrachte sie im Zelt oder im Wagen. Michael hatte auch erfahren, daß das Mädchen sehr religiös war und viel in der Bibel las.

Er beobachtete sie genau, als sie den Topf über das Feuer hängte und mit einem Stock darin herumstocherte. Wie immer trug sie Männerkleidung: Hosen, einen zu großen Wollmantel, einen alten Hut. Ihr Haar steckte unter dem Hut. Ihre weiblichen Konturen waren absolut verborgen.

Im Unterschied zu anderen Arbeitern hatte er das Mädchen nie aus der Nähe gesehen. Da es hier keinen Arzt gab, hatte sie manchmal leichte Verletzungen seiner Kollegen behandelt. Sie berichteten, sie sei jung und hübsch, aber nicht besonders freundlich. Dies war seiner Einschätzung nach wohl verständliche Selbstverteidigung. Ein Lächeln hätte genügt, und die Hälfte von Jack Casements Arbeitern hätte ihr Zelt gestürmt.

Aber die wirksamsten Abwehrmittel für jeden gesellschaftlichen Verkehr – und für jeden anderen – waren die Hawkens-Gewehre, die die Familie bei sich trug. Einmal hatte Michael das Mädchen mit einem dieser Jagdgewehre gesehen. Sie verstand anscheinend damit umzugehen.

Michael bewunderte den Schneid des Mädchens. Selbst angesichts des Schutzes durch ihre Familienmitglieder sprach es für starke Nerven, daß sie hierher gekommen war. Aber er nahm doch an, daß Dorns Tochter nicht so hübsch sein konnte, wie behauptet worden war. Da sie hundert Meilen im Umkreis das einzige weibliche Wesen war, kamen die Maßstäbe leicht ins Rutschen. Zweifellos hoffte sie, die Seele ihres Vaters zu retten, da er eine Art von Handel trieb, die mit den Grundsätzen der Heiligen Schrift, in der sie stundenlang las, nicht in Einklang zu bringen war.

Nun war sie wieder im Zelt und also nicht mehr zu sehen. Michaels Grübeln wurde jetzt unterbrochen durch einen ansteigenden Lärmpegel, der den Arbeitsbeginn signalisierte.

Unter Dampfwolken und dem Geschrei der Lokführer kam der Zug aus Kearney mit seinen Plattformwagen hinter der *Osceola* zum Stehen. Die Vorarbeiter begannen zu rufen. Aus der Masse bildeten sich jetzt überraschend schnell Fünfergruppen.

Die Gruppen kletterten auf die Wagen und begannen das Material für den Arbeitstag zu entladen. Zunächst luden sie zwei Arten von Schwellen ab: stärkere aus Eichen- und Zedernholz und weichere, weniger haltbare, aus Pappelholz, die mit Zinkchlorid behandelt waren, was sie fester und haltbarer machte. Auf jede Schwelle aus Hartholz folgten vier in dieser Weise behandelte Pappelholzschwellen.

Schienenstühle aus Schmiedeeisen wurden ausgeladen und neben der Strecke aufgehäuft, hinzu kamen Schienen, Verbindungslaschen und Körbe mit Schienennägeln und Bolzen. Dann begann die *Vice-Admiral Farragut* rückwärts zu fahren. Es folgte die *Osceola,* die vier gigantische Güterwaggons zog. Die beiden Züge verschwanden. Nun lag das westliche Ende der Strecke frei da.

Michael und Murphy suchten jetzt die übrigen Arbeiter ihrer Fünfergruppe. Zwei Loren wurden auf die Schiene gesetzt und mit Material beladen. Die beiden Iren entdeckten einen dritten Arbeiter ihrer Gruppe, den mürrischen, bleichen Liam O'Dey.

O'Dey war erst Ende Zwanzig, sah aber doppelt so alt aus. Da er in seiner Heimatstadt Philadelphia keine Arbeit fand, hatte er seine Frau und seine sieben Kinder im Alter von sechs bis vierzehn verlassen. Irgendwie hatte er bei seinen Arbeitgebern den Eindruck erweckt, gesundheitlich auf der Höhe zu sein. Ein schwindsüchtiger Husten deutete in eine ganz andere Richtung.

Er zog einen Zeitungsausschnitt aus seiner Hosentasche und zeigte ihn Michael.

»Hier, damit du was zu lachen hast. Ist aus einer der Zeitungen zu Hause. Meine Alte Dame hat's geschickt.«

Michael las:

»Sherman mit seinen siegreichen Legionen auf dem Marsch von Atlanta nach Savannah bot keinen glorreicheren Anblick als diese Arbeitskolonne auf dem Weg von Omaha nach Sacramento, die die unbekannte Wildnis besiegt, unerhörte Hindernisse überwindet und Amerika mit dem eisernen Emblem des modernen Fortschritts und der Zivilisation überzieht. Alle Ehrerbietung verdienen nicht nur die Hirne, die sich dies ausgedacht haben, sondern auch die nicht unterzukriegende Willenskraft, die tapferen Herzen und die starken Muskeln, die das große Werk vollbringen!«

»Mein Gott«, meinte Michael, »nicht unterzukriegende Willenskraft, tapfere Herzen, ein siegreicher Marsch wie der Shermans. Wir sind jetzt Helden, Kameraden, wie der General.«

Murphy warf ein: »Der Leitartikler wird seine Meinung total ändern, wenn wir den hundertsten Meridian vor den ersten starken Schneefällen nicht erreichen.«

O'Dey steckte den Ausschnitt wieder ein. »Dummes Gequassel«, meinte er mit seiner üblichen Verdrießlichkeit. »Unter dem Kommando von Worthing fühle ich mich mehr wie eines der Opfer von Savannah denn als erobernder General!«

»Pssst!« gestikulierte Murphy, »da kommt er!«

Mit einem ärgerlichen Blitzen in seinen Augen schritt Worthing auf sie zu. Er deutete mit seiner Peitsche auf die Dreiergruppe.

»Nun los, ihr wißt doch, wo ihr hingehört. Wo stecken der Nigger und das Halbblut?«

Ein kräftiger Schwarzer mit krummen Schultern schloß sich der Gruppe an. Er winkte mit dem blauen Tuch, das er benutzt hatte, um sich den Schweiß von den Wangen zu wischen. Es sah ganz so aus, als ob es ein heißer Tag werden würde.

»Hier bin ich, Captain«, sagte der Schwarze.

»Nun los, seht zu, daß ihr diesen fiesen Indianer findet«, meinte Worthing, als er verschwand, um eine andere seiner Gruppen zusammenzutrommeln.

»Morgen!« grüßte der Schwarze, als sich die vier zu der Stelle begaben, wo gestern abend das letzte Schienenpaar montiert worden war.

»Morgen, Greenup!« antwortete Michael. Greenup Williams war ein Freigelassener aus Kentucky, einer von einem Dutzend Farbigen, die hier arbeiteten.

»Der Captain macht ganz den Eindruck, als werde es Ärger geben«, meinte Greenup.

»Es gab einen heftigen Wortwechsel zwischen ihm und Mr. Boyle in der Kantine«, informierte ihn Murphy.

»Na, dann wollen wir mal hoffen, daß für den Rest des Tages alle friedlich bleiben. Ich möchte eigentlich so schnell wie möglich mal die Whiskeykutsche besuchen.«

Melancholisch meinte O'Dey, der dabei nach Atem rang:

»Captain Worthing wird es schon fertigbringen, daß wir bei Sonnenuntergang zu schwach sind, um ein Schnapsglas zu heben.« Dann mußte er stehenbleiben, weil er einen schlimmen Hustenanfall hatte.

Jetzt erreichten die übrigen drei das letzte Schienenpaar. Einen Augenblick später langte auch O'Dey hier an. Schließlich tauchte Christian noch auf und schloß sich ihnen an.

»Hallo, Häuptling, Sie haben sich verspätet«, grinste Greenup, als der Nachzügler seine Hosenträger über die Schultern zog.

Christian war irritiert: »Gestattet es die Union Pacific denn einem Mann nicht, am Morgen seinen Körperfunktionen freien Lauf zu lassen?«

Michael konnte sehen, wie Worthing sich hinter dem Indianer anschlich. Er versuchte, Christian mit einem Blick zu warnen, aber das gelang nicht.

Eine halbe Meile entfernt führte gerade ein Junge ein Arbeitspferd zur ersten Lore. Der Knabe hieß Tom Ruffin. Er war aus einem Waisenhaus in Indiana entlaufen, um sich der großen Unternehmung anzuschließen. Er spannte das Pferd vor die Lore und kletterte dann auf dessen Rücken.

Christian zupfte an einem Hosenträger, zog eine Grimasse und meinte:

»Wenn ich darüber nachdenke, komme ich zu dem Schluß, daß diese Gesellschaft sich nur für eine Funktion interessiert, nämlich einem Mann das Rückgrat – oder den Verstand – zu brechen.«

»Christian!« setzte Michael an. Aber da hatte Worthing den Delaware-Indianer bereits erreicht. Er stieß ihm die Peitsche ins Genick. Christian drehte sich schnell um. Mit einer Hand griff er nach seinem Messer. Worthing grinste.

»Da hast du recht, Indianer. Ich notier' dich auf meiner Liste. Nun halt die Schnauze und geh an die Arbeit.«

Der Indianer kochte vor Wut. Sean Murphy legte eine Hand auf seinen Bauch und verbeugte sich vor dem Hintern des Virginiers.

»Jawoll, Sir, Euer Majestät, Euer Eminenz!«

Michael lächelte. Greenup Williams lachte laut. Worthing wandte seinen Kopf ruckartig herum. Sein Hals verfärbte sich hinten rosig. Aber er setzte seinen Weg gerade fort in Richtung auf den Jungen, der mit der Lore kam.

O'Dey blickte unglücklich drein. Er verbrüderte sich nur selten mit den anderen. Er hatte etwas dagegen, daß die Arbeit ständig durch kleinliches Gezänk unterbrochen wurde.

Trotz Worthings Warnung im Kantinenwagen fühlte sich Michael plötzlich wie vom Teufel geritten. Sarkasmus und Lachen waren Waffen, die Worthing nicht verstand und gegen die er sich nicht zu verteidigen wußte. Euer Majestät. Euer Eminenz. Das mußte er sich merken.

Aber nun hatte Worthing all seine Arbeitsgruppen beisammen. Sie versammelten sich zu beiden Seiten des zuletzt gebauten Schienenstücks. Worthing brüllte und schwang seine Peitsche. Eine halbe Meile entfernt trat Tom Ruffin sein Pferd mit nackten Füßen. Das Seil straffte sich. Die Lore bewegte sich voran.

Die eisernen Räder schlugen Funken. Die Lore rollte auf die wartenden Arbeiter zu. Der Knabe trieb das Tier an. Als die Lore sich dem Ende der Schienen näherte, packten einige Arbeiter zu und hielten sie fest. Zwei Männer schoben hölzerne Bremsklötze unter die Räder, Tom Ruffin sprang herab, spannte das Pferd aus und führte es zur Seite.

Jede der wartenden Arbeitsgruppen kannte genau ihre bestimmte Aufgabe. Sobald das Pferd weg war, versammelte sich eine Gruppe um die Lore. Zwei Gruppen hoben die Schwellen an, trugen sie vor die letzten Schienen und ließen sie auf dem Schotter nieder. Hinten beim Materiallager wartete ein zweiter Lorenjunge auf seinen Einsatz. Alle sechzig Sekunden – ohne Unterbrechung – wurde ein Schienenpaar niedergelegt.

Worthing brüllte einen Befehl. Andere Arbeiter neben der Lore griffen nach den Schienenstühlen und befestigten sie an den Schwellen. Dann erteilte Worthing erneut einen Befehl, worauf sich Michaels Fünfergruppe auf der einen Seite der Lore und eine andere Fünfergruppe jenseits versammelten.

Michael und Christian langten nach einer Schiene und zogen daran. Dies war zunächst leicht, weil die Lore mit Rollen versehen war. Sobald die Schiene zur Hälfte von der Lore herunter war, griffen auch O'Dey und Greenup Williams zu. Schließlich nahm Sean Murphy das Ende. Gleichzeitig hatte die Gruppe auf der Gegenseite eine andere Schiene ausgeladen.

Schnell schleppten die Fünfergruppen die schweren Schienen über die neu gelegten Schwellen. In seinen Schultern konnte Michael bereits die Anstrengung spüren. Am Ende des Tages würden die Schmerzen schrecklich sein.

»Absetzen!« brüllte Murphy. Sein Gegenpart in der anderen Gruppe war einen Augenblick später soweit. Beide Gruppen ließen ihre Schienen auf die Schienenstühle nieder und warteten.

Nun sprangen Männer mit eingekerbten hölzernen Schwellen herbei und drückten sie fest, während andere Arbeiter tretend und stoßend halfen. Schließlich waren die Schienen fest an den Nuten angebracht.

Inzwischen hatte man die Lore von den Schienen gezogen. Tom Ruffin spannte sein Pferd wieder an und begann den Rückweg zum Materiallager.

Weitere Arbeiter brachten die Verbindungslaschen an und begannen, die neuen Eisenteile mit den alten zu verbinden. Dann kamen die Nagler mit ihren Hämmern.

Vor ihnen her krochen Leute, die die Nägel in die Löcher steckten, sie verschwanden rasch, ehe die Holzhämmer niedersausten. Michael bewunderte die exakte zeitliche Abstimmung dieser Arbeiten. Nie hatte er bisher einen Unfall erlebt.

Nun tauchte eine zweite Lore auf dem neugelegten Geleise auf. Der ganze Prozeß wiederholte sich.

Während der Arbeitsrhythmus sich einspielte, schritt Captain Worthing auf und ab. Er schrie, fluchte, trieb seine Arbeitsgruppen an, die verlorene Zeit aufzuholen.

## 2

Der Morgen schritt voran, die Sonne stieg höher, Michael begann zu schwitzen. Die Arbeit war monoton und geisttötend. Aber die fünf Männer seiner Gruppe arbeiteten jetzt gut zusammen und waren stolz auf ihre Leistung. Jeder Mann war wichtig für den Gesamterfolg.

Südlich des Platte River zog ein Siedlerwagen in einem Staubschleier dahin, er war mit Haushaltsutensilien bepackt. Der Kutscher schwenkte sein Gewehr. Eine Frau und ein Mädchen mit Sonnenhüten winkten.

Niemand unterbrach den Rhythmus der Arbeit. Aber es gab einige Rufe, Einladungen an die ältere Frau, die Nacht hier zu verbringen und sich ein Taschengeld zu verdienen. Michael war froh, daß die Familie die schmutzigen Bemerkungen nicht hören konnte.

Solche Neckereien waren üblich, wann immer die Eisenbahnarbeiter einen Wagen mit einer Frau zu sehen bekamen. Aber das unzüchtige Gerede paßte Worthing nicht. Er betrachtete jedes Abweichen von der Alltagsroutine als Verletzung seiner Autorität. Nachdem das Fuhrwerk verschwunden war, entspannte Greenup Williams die Lage keineswegs, indem er ausgerechnet »Marching Through Georgia« zu pfeifen begann.

Michael ermahnte ihn: »Greenup, such dir besser eine weniger parteiliche Melodie aus!«

Grinsend meinte Greenup: »Ich bin doch kein Kettensklave auf der kleinen alten Plantage des Captains.«

»Richtig«, fügte Christian hinzu, als die Schwellenarbeiter kamen, »wenn der Dickschädel kapieren würde, daß seine Seite verloren hat, dann würde es uns schon viel bessergehen. Aber nein...«

Plötzlich sah Michael einen langen Schatten hinter dem Delaware-Indianer auftauchen. Dann wurde Worthing selbst sichtbar. Der graue Staubmantel des Captains war naßgeschwitzt. Kleine Schweißperlen glänzten an seinen Bartstoppeln.

»Hör auf zu singen, Nigger, und du halt die Klappe!« Die Peitsche traf Christians Wange. Ein Bluttropfen glänzte in der Sonne.

Christian ließ beinahe die Schiene los. Michael spürte eine schmerzende Spannung in seiner Schulter, da er jetzt einen zusätzlichen Gewichtsanteil halten mußte. Dann stützte er die Schiene auf sein Knie und brachte sie ohne Panne zu Boden.

In gebeugter Haltung versuchte Christian jetzt wieder zu helfen und sagte mit zusammengebissenen Zähnen: »Jawoll, Sir!«

»Euer Eminenz«, fügte Michael hinzu, zu spät bemerkte er, daß er seinen Gefühlen einen Ausrutscher erlaubt hatte.

Nachdem die Schienen unten waren, beeilten sich die fünf, den Schwellenlegern zu helfen. Worthing streckte die Peitsche aus, berührte die blutende Stelle an Christians Wange und verkündete mit einem Lächeln:

»Da habe ich wohl ein wenig zu kräftig gekitzelt.«

Christian blickte finster drein, eine Hand näherte sich gefährlich dem Griff seines Jagdmessers. Worthing blickte Michael an, dann wieder den Delaware-Indianer:

»Nun ruh dich mal zehn Minuten aus. Geh zum Wassereimer. Wasch deine Wunde aus. Boyle kann solange das Ende der Schienen übernehmen.«

Christian wollte protestieren. Worthing fächerte sich mit seinem Strohhut Kühlung zu.

»Mach schon, Christian«, sagte er, »richte dich wieder her. Paddy Boyle ist stark genug, um eine Weile die doppelte Leistung zu bringen.«

»Halt, Captain!« rief Murphy. »Ein Mann allein kann das Vorderteil einer Schiene nicht...«

»Sei ruhig, Paddy Boyle kann das«, fuhr Worthing dazwischen.

Plötzlich verzerrte sich Worthings Gesicht. Sein Lächeln wurde starr und häßlich. Er stieß die Peitschenspitze gegen Michaels Gurgel.

»Antworte, mein Junge!«

Michael hätte dem Virginier jetzt am liebsten die Peitsche entrissen und sie gegen ihn geschwungen. Aber er schluckte seinen Zorn hinunter und trat einen Schritt zurück.

O'Dey kreischte. Michael bückte sich, beinahe hätte ihn der Hammer eines Nieters getroffen.

Sean Murphy und Greenup Williams zogen ihn vom Gleiskörper und aus der Gefahrenzone. Worthing beobachtete ihn weiter genau, während er seinen breitkrempigen Strohhut wieder aufsetzte.

»Na, schaffst du's, mein Junge?« fragte er. Jede Silbe enthielt eine Beleidigung.

»Verdammt noch mal, ich schaff's«, knurrte Michael, drehte sich um und wartete auf die nächste Lore.

Er sah Christian am Wassereimer, er wusch sich sein Gesicht. Der Indianer sah ihn voller Mitgefühl an. Michael versuchte dies ebenso zu ignorieren wie den Schmerz in seinen Schultern und das Lamentieren von O'Dey, der jede Art von Ärger haßte.

»Wenn du eine Schiene fallen läßt«, schrie Worthing, »dann bekommst du einen Wochenlohn abgezogen. Verstehst du mich, mein Junge?«

3

Als die Lore anrollte und die Arbeitsgruppen sich in Bewegung setzten, ergriff Michael mit beiden Händen die Schiene und zog mit einem Ruck daran.

Die anderen drei versuchten, ihm soviel wie möglich zu helfen. Aber sobald das Eisen in seiner ganzen Länge von den Rollen gehoben war, schoß ihm ein quälender Schmerz durch die Schultern und dann die Arme hinab.

Stolpernd fiel er beinahe über eine Schwelle. Der Lärm der Männer, wiehernder Pferde, dröhnender Maultiere und klirrenden Metalls wurde zu einem brüllenden Getöse.

»Absetzen!«

Michael ächzte, als er sich niederbeugte, er ließ die Schiene beinahe auf die Schwellen plumpsen. Er taumelte zurück, total verschwitzt und klebrig. Er mußte an den Zeitungsausschnitt aus Philadelphia denken und kicherte dabei sarkastisch. Er zweifelte sehr daran, daß der alte Billy Sherman bei seinem glorreichen Marsch soviel Schweiß vergossen hatte. Aber der Leitartikler hatte seinen Lobgesang möglicherweise in einer ganz gemütlichen Kneipe geschrieben. Die Erwähnung kräftiger Muskeln war die einzige korrekte Stelle im ganzen Artikel. Wer hier arbeitete, der brauchte sie.

Sobald die Schienen justiert waren und die Nagler zu hämmern begannen, zog er sein Hemd aus und schleuderte es fort. Er knöpfte seine Unterwäsche auf, schälte sich aus den Ärmeln und zog die obere Hälfte des Kleidungsstücks über seinen Gürtel. Hinter sich hörte er Worthing glucksen.

Michael lief rot an. Er hatte Worthing bewiesen, daß er für zwei arbeiten konnte – und dies ohne Murren und ohne Fehler. Er würde diesem Bastard schon beweisen, was er leisten konnte!

Murphy schlängelte sich heran und flüsterte:

»Ich kann mit Tommy Ruffin reden. Er soll Casement holen. Aber so, daß es wie ein Zufall erscheint.«

Michael wischte sich mit den Handflächen über die verschwitzten Unterarme:

»Casement ist in Kearney. Gestern ist er abgereist.«
»Dann hole ich jemand anderen.«
»Nein!«
»Aber...«
»Nein, Sean, nicht beim Leben deiner seligen Mutter!«

## 5. Kapitel
## Raserei

Er verlor das Zeitgefühl im gleichen Maße wie sein Vorstellungsvermögen. Es schien ihm, als sei er bereits hundert Jahre allein an diesem Schienenende. Aber in Wirklichkeit handelte es sich nur um etwa eine halbe Stunde.

Rücken und Rippen schmerzten ihm stark. Seine Hände waren voller Blasen. Obwohl Christian mehrmals mitteilte, daß es ihm wieder gutgehe, weigerte sich Worthing, ihn wieder mitarbeiten zu lassen.

»Ruh dich nur noch ein wenig aus. Bevor er starb, hat der gute alte Abraham verkündet, daß wir Farbige ebenso wie Weiße behandeln sollten. Das gilt wohl für dich ebenso wie für Williams.« In spöttischem Ton fuhr er fort: »Du verdienst die gleiche Vorzugsbehandlung – paß auf, Junge!«

Michaels Hände waren abgerutscht. Das vordere Ende der Schiene schlug nieder. Nur ein Schritt zur Seite verhinderte, daß sein rechter Fuß zerschmettert wurde. Er stand jetzt neben der Schiene, rieb sich die Augen und bekämpfte sein Schwindelgefühl.

»Willst du aufgeben, Paddy Boyle?«

Michael atmete tief durch und dachte an Mrs. A. So hatte er Amanda Kent zu ihren Lebzeiten genannt. Vor einem Typ wie Worthing wäre sie nicht zu Kreuze gekrochen oder hätte zugegeben, daß sie die Arbeit nicht bewältigen könne.

»Nein.«

Es vergingen weitere zehn Minuten. Zehn weitere Schienen. Eine schwerer als die andere. Immer noch weigerte Worthing sich, Christian wieder mitarbeiten zu lassen.

Die Fünfergruppe auf der Gegenseite arbeitete wortlos weiter. Allerdings fing Michael ab und zu von dort einen bedauernden Blick auf. Aber auch dies gab ihm seine schwindende Kraft nicht zurück. Es stärkte nur seinen Widerstandswillen.

Tom Ruffin kam jetzt mit einer neuen Materialladung. Michael rieb sich die nackten, schweißigen Schultern. Tief in seinen Muskeln schien ein Feuer zu brennen.

Er atmete die warme Morgenluft tief ein, bereitete sich auf die nächste Anstrengung vor.

Die Lore kam an, Schweiß tropfte von den Flanken des Pferdes. Ruffin hatte Schwierigkeiten, das Tier auszuspannen. Die Zügel waren verknotet. Worthing winkte seinen Leuten.

»Los, weiter! Ladet die Schienen ab! Zum Teufel mit dem Pferd!«

Michael und seine drei Kameraden begannen zu entladen. Diesmal war das Kopfende der Schiene so schwer wie die ganze Erdkugel. An Michaels linker Hand bildete sich eine Riesenblase. Sie platzte, seine Hand wurde naß.

Da entglitt ihm die Schiene und schlug auf die Vorderkante des Wagens. O'Dey und Greenup verloren die Kontrolle. Das Gleis glitt nach vorn und stieß gegen den Rumpf des Pferdes.

Das Tier wieherte und scheute. Es verfing sich mit den Hufen zwischen den Schwellen. Plötzlich kippte das Pferd zur Seite.

Die andere Gruppe hatte ihre Schiene aus der Lore gehoben. Als das Pferd zu fallen begann, sprangen sie zurück und ließen die Schiene los. Das Pferd fiel darauf.

Michaels Gruppe bemühte sich, ihre Schiene zu halten. Schließlich bewegten sie sie über das vordere Ende der Lore hinweg. Aber gerade in diesem Augenblick stolperte O'Dey. Die Schiene wurde Michael aus den Händen gerissen. Das vordere Ende schlug gegen die Hinterbeine des Pferdes.

Das Pferd wieherte und stürzte. Michael neigte seinen Kopf. Er war wütend wegen des Schnitzers.

Worthing stürzte auf ihn zu: »Nun hast du's geschafft, du Tölpel!«

Das Pferd wieherte erneut heftig. Von überallher kamen Arbeiter gelaufen. Ruffin kniete neben dem rasenden Tier.

»Es hat sich wohl die Beine gebrochen.«

»Du hast uns Zeit gestohlen, Paddy Boyle. Wertvolle Zeit.« Worthings Worte klangen ganz zufrieden.

»Nun hör mal zu!« rief Murphy. »Du hast uns dazu getrieben, schon abzuladen, ehe der Junge das Pferd ausgeschirrt hatte!«

»Dennoch wird Boyle der Lohn für zwei Wochen gestrichen. Vielleicht schicken wir ihn auch zurück nach Omaha!«

Michael hätte dem Virginier am liebsten mitten ins Gesicht geboxt. Aber er unterließ das. Er war wütend über die Art und Weise, wie Worthing ihm die Verantwortung für den Unfall zuschob. Er war völlig davon überzeugt, daß der Kerl ihn so lange allein arbeiten lassen wollte, bis etwas passierte.

Nun umringten ihn angespannte, verschwitzte Menschen. Die Arbeit war zum Erliegen gekommen. Ein Mann rannte Hals über Kopf zum Bürowagen, um den Zwischenfall zu melden.

Bevor Michael ein Wort sagen konnte, übernahm Christian die Verantwortung. Den Rücken Michael zugekehrt, erklärte der Indianer:

»Sie haben es verdient, gefeuert zu werden!«

Worthing holte mit der Peitsche aus. Christian riß sie ihm aus der Hand.

Worthing lief rot an. Michael berührte den Arm des Indianers:

»Christian, du brauchst nicht meine Partei zu ergreifen!«

Der Indianer beachtete das nicht:

»Nur Sie sind an dem Unfall schuld, Captain. Und das werden wir auch General Jack berichten, wenn er von Kearney zurückkommt.«

Murphy und Greenup stimmten dem lauthals zu. O'Dey schwieg. Ebenso verhielten sich die meisten anderen Arbeiter, die ihre Lohnauszahlung nicht riskieren wollten.

Vom Bürowagen eilte eine Gruppe von Männern herbei. Worthing versuchte, Christians Drohung mit einem Lachen abzutun:

»Meinst du wohl, daß Casement einem Indianer eher glauben wird als einem weißen Mann?«

»Das glaub' ich in der Tat«, meinte Christian lächelnd. »Sie sind überhaupt kein weißer Mann. Sie sind überhaupt kein Mensch, sondern eine Bestie.«

Worthings rechte Hand schoß jetzt unter seinem verschwitzten Staubmantel hervor und zog eine versteckte Pistole heraus.

»Jesus! Maria!« schrie O'Dey. Die übrigen Arbeiter liefen in allen Richtungen davon.

Christian griff wieder nach seinem Messer, jedoch einen Augenblick zu spät. Michael gelang es gerade noch, den Indianer zur Seite zu stoßen, als die Pistole losging.

Worthings Kugel traf Christians rechte Wade. Der Indianer tat eine Art Tanzschritt zur Seite, fand zunächst sein Gleichgewicht wieder und brach dann auf sein rechtes Knie nieder: Er griff nach seinem Bein und zuckte zusammen.

Auch Michael verlor seine letzten Hemmungen. Mit eingezogenem Kopf und erhobenen Fäusten stürzte er auf Leonidas Worthing los.

2

Er sah keinen Grund zur Rücksichtnahme. Er packte Worthings Handgelenk mit seinem Mund und biß mit voller Kraft zu, bis er Blut spürte.

Die Pistole fiel zu Boden, als er schließlich sein Knie auf Worthings Kehle setzte.

Der Virginier krümmte sich. Michael stieß sein anderes Knie Worthing unter das Kinn. Er ließ ihn dann auf das gefallene Pferd knallen. Das Tier reckte seinen Kopf und trompetete erneut seinen Schmerz hinaus.

Michael hörte kaum die Ermunterungsrufe von Murphy und Greenup, als er nun auf Worthings Unterleib saß. Mit verschränkten Händen begann er, Worthings Kopf zu bearbeiten. Jetzt schlug er rücksichtslos zu, wenngleich er sich seines Zorns auch irgendwie schämte.

So haben wir's im Krieg getrieben. Ich bin hierher gekommen, um etwas Besseres zu tun, dachte er.

Aber er schlug fester zu. Noch fester.

Worthing versuchte erfolglos, nach Michaels Unterarmen zu greifen. Blut und Schleim tropften aus der Nase des Virginiers. Michaels Kopf brummte, während seine Fäuste das Gesicht des Virginiers in eine rote, formlose Masse verwandelten.

Schließlich wurde er von irgendwelchen Händen zurückgezerrt. Seine Beine gaben nach, und er fiel kraftlos zusammen.

3

»Reicht's jetzt?« Die Kürze der Frage zeigte, wie wütend Casement war.

Im vorderen Wagen des Arbeitszugs herrschte große Vormittagshitze. Eine Dreiviertelstunde nach der Rauferei war Michael aufgewacht. Seine Hände schmerzten und waren rot angeschwollen. Er hatte sich gesäubert. Zog Unterwäsche und Hemd wieder an. Trank ein wenig Kaffee. Dann wurde er in Casements Büro gebracht. Dort schloß man ihn ein, und er mußte warten, bis der Bauunternehmer kam. Am vorangegangenen Tag, kurz vor Mittag, war Casement kurz entschlossen nach Kearney geritten, um einige Nachschubprobleme zu regeln.

John Stevens Casement war siebenunddreißig Jahre alt, also kaum ein Jahr älter als Michael. Er war nur etwa einen Meter sechzig groß, wenn er Stiefel trug. Die Stiefel berührten kaum die Dielen des Fußbodens, als er vor seinem unaufgeräumten Schreibtisch saß.

Einfach gekleidet, in Wollhemd und alten Hosen, strahlte Casement trotz seiner Kurzwüchsigkeit Autorität aus. Dies wurde durch seinen strahlend roten Vollbart und seine durchdringenden hellen Augen unterstrichen. Er starrte Michael, der mit weit gespreizten Beinen vor ihm stand, festen Blickes an. Michael fühlte sich immer noch recht wacklig auf den Beinen.

»Ja«, berichtete Michael, »so ist es passiert.« Dann fügte er noch hinzu: »Ich fühle mich zu einer Entschuldigung verpflichtet. Bei der Armee habe ich so viele Kämpfe erlebt, daß es mir fürs ganze Leben reicht. Und als ich hierher kam, war ich bereit, mein Letztes zu geben. Ich schäme mich für meinen Jähzorn gegenüber Worthing. Ich mußte ihn daran hindern, Christian zu erschießen, aber den Rest bedaure ich. Ich bin über mich selber enttäuscht.«

Casement dachte eine Weile nach.

»Es paßt mir nicht, Boyle, auch wenn ich weiß, daß Sie die Wahrheit sagen.«

Michael blinzelte: »Woher glauben Sie das zu wissen?«

»Nun, ich habe die Leute befragt: Murphy, Tom Ruffin, diesen Freigelassenen Williams, sogar O'Dey. Sie alle haben weitgehend dasselbe wie Sie erzählt. Daß Worthing den Indianer von der Arbeit weggeschickt hat. Daß er zuzupacken befohlen hat, ehe das Pferd ausgespannt war. Alles.«

Schließlich fragte Michael: »Wie geht es Christian?«

»Fleischwunde. Worthings Kugel ging direkt durch die Wade. Keine Knochenverletzung. Es wird schnell heilen.«

»Wo ist er?«

»Ich habe die Tochter des Schnapshändlers gebeten, seine Wunde zu reinigen und ihn einige Tage lang zu pflegen. Sie hat für ihn in ihrem Zelt ein Strohlager bereitet.« Casement wurde ein wenig spöttisch. »Der alte Dorn mag ein Trunkenbold sein. Aber er ist niemals zu wirr im Kopf, um zu kassieren. Seine Tochter ist eine anständige junge Frau. Sie hätte den Indianer umsonst behandelt. Aber der Alte hat Geld verlangt, und in der Eile konnte ich nicht feilschen.«

»Haben Sie mit Christian gesprochen?«

»Ja. Er hat Ihre Version der Ereignisse bestätigt.«

Michael sagte nichts. Aber er war sehr erleichtert.

»Ich habe sehr geschwankt, ob ich Captain Worthing einstellen sollte«, fuhr Casement fort. »Ich ging von der fälschlichen Annahme aus, daß der Krieg für alle Beteiligten vorbei sei. Das Problem liegt darin, daß ich es mir kaum leisten kann, auch nur einen Mann zu entlassen. Ich habe Worthing versetzt. Er beaufsichtigt jetzt wieder die Entladung der Eisenbahnzüge. Ich erwarte nicht, daß er sich dort kooperativer erweisen wird, aber Sie beide sind nunmehr räumlich weiter voneinander entfernt. Sie haben ihm ziemlich hart zugesetzt.« Damit war Casement am Ende. Es klang wie ein Rüge.

»Wo ist Worthing jetzt, General?«

»Eingesperrt, in seiner Koje. Ich nehme an, er tobt wie ein wilder Stier. In Zukunft gehen Sie ihm gefälligst aus dem Wege, verstanden? Falls er Ihnen nachstellen sollte, werde ich ihn mir vorknöpfen.«

»Ich kann die Verantwortung für meine Streitigkeiten nicht anderen überlassen.«

»Sie werden tun, was ich verlange, Boyle, oder Sie werden hier nicht länger arbeiten! Das Pferd mußte erschossen werden. Sie und dieser närrische Rebell haben mich einen halben Tag gekostet! Eine halbe Meile Schienenstrecke!«

Er zeigte auf den Kalender über seinem Schreibtisch.

»Zeit haben Sie mich gekostet! Keiner hier scheint zu verstehen, daß wir generalstabsmäßig vorgehen müssen. Wir haben ein Ziel, das wir planmäßig erreichen wollen. Aber das verlangt vor allem Disziplin. Wenn es daran fehlt, werden wir scheitern. Ich habe Dr. Durant und den Direktoren ganz bestimmte Dinge versprochen. Ich werde nicht zulassen, daß diese Armee durch Streitereien ihrer Gefechtsfähigkeit beraubt wird, daß meine Zeitpläne durcheinandergeraten und ich als Lügner dastehe.«

Er atmete tief durch und fuhr dann fort:

»Hier wird nur mit den Gewehren gekämpft, die wir bei uns tragen. Als ich heute bei Sonnenaufgang von Kearney zurückritt, sah ich Indianerkrieger am Horizont. Ich weiß nicht, ob es Sioux oder Cheyenne waren. Es waren zwei, drei Dutzend. Sie betrachten den Eisenbahnbau als Eindringen in ihr Territorium. Sie fürchten uns, fürchten die Lokomotiven, die Telegraphendrähte. Man kann verstehen, warum sie sich wehren. Insbesondere angesichts dessen, was einigen von ihnen angetan worden ist. Ein Idiot wie dieser Colonel Chivington hat vor zwei Jahren bei Sand Creek Babys umgebracht. Wir haben sogar Dinge auszubaden, für die wir nicht verantwortlich sind. Wenn also unbedingt gekämpft werden muß, dann nur zur Verteidigung gegen

Indianerüberfälle. Niemand wird diesen Kampf für uns übernehmen. Die Armee ist hier draußen zu schwach vertreten. Wann haben Sie zuletzt reguläre Soldaten gesehen?«

»Seit Fort Kearney keine mehr«, räumte Michael ein.

Beide Männer wußten, daß Fort Kearney zur Verteidigung der Eisenbahn keine Rolle spielte. Dort lag nur Infanterie und keine Kavallerie. Nur weiter westlich waren einige Armee-Einheiten aktiv, die Planier- und Brückenbauarbeiten schützten.

»Boyle, ich wiederhole noch einmal, hier wird nur gekämpft, wenn es notwendig ist, nicht, um private Streitigkeiten auszutragen!«

Ganz ruhig fragte Michael jetzt:

»Wollen Sie mich rausschmeißen?«

»Nein, zum Teufel. Ich habe doch gesagt, daß ich jeden Arbeiter brauche. Was denken Sie denn, warum ich Worthings Anwesenheit dulde?«

»Darf ich fragen, wieviel Lohn sie mir abziehen?«

»Für diesmal nichts. Aber wenn Sie sich noch einmal mit ihm anlegen, dann verlieren Sie Ihren Lohn und Ihren Job.«

»Und wenn er den Streit beginnt?«

»Dann gehen Sie ihm aus dem Wege!«

Michael dachte nach, dann schüttelte er zögernd den Kopf.

»Ich kann Ihre Auffassung verstehen, General. Auch ich will, daß diese Linie planmäßig gebaut wird. Diese Auffassung teilen hier die meisten Arbeiter. Sie reden wenig darüber. Sie wollen nicht als sentimental gelten. Aber sie streben mit dem gleichen Eifer wie Sie nach dem hundertsten Meridian. Sie setzen ihren Stolz daran.«

Er blickte Casement tief in die Augen: »Aber ich bin nicht sicher, daß ich den Preis zahlen kann, den Sie verlangen. In der Irischen Brigade habe ich für mein Leben genug Kämpfe erlebt. Aber ich bin nicht bereit, auf mir herumtrampeln zu lassen.«

Er erwartete, daß Casement mit einem Lächeln darauf reagieren würde. Das war nicht der Fall. Statt dessen sagte er scharf:

»Das ist ganz Ihre Sache. Ich denke, wir haben uns verstanden.«

»Ja, Sir«, Michael wollte jetzt gehen.

»Boyle!«

Michael wandte sich erneut um.

»Ich wünschte, Sie hätten diesem Hurensohn das Rückgrat gebrochen. Aber erzählen Sie das nur ja nicht weiter. Bis an die Pforten des Paradieses werde ich leugnen, so etwas gesagt zu haben.«

Nun mußte Michael grinsen.

»Ich hätte ihn wohl gern umgebracht, Sir.«

»Meine Einstellung hat nichts damit zu tun, auf welcher Seite er einmal gedient hat. Allerdings hat es seine Haltung beeinflußt, daß seine Seite verloren hat. Wenn einer mit ihm fertig werden könnte, dann jemand von der Irischen Brigade.«

Michael grinste jetzt breit: »Unsere Haltung war immer: Wir schaffen das, was andere nicht können!«

Nüchtern meinte jetzt Casement: »Sie haben Ihre Chance gehabt. Sie haben es nicht geschafft. Versuchen Sie es nicht noch einmal.«

Michael fühlte sich außerstande, dies zu versprechen.

»Haben Sie etwas dagegen, General, wenn ich heute abend Christian besuche?«

»Meinetwegen können Sie den Satan persönlich besuchen, solange Sie Worthing aus dem Wege gehen und solange Sie mir helfen, Tag für Tag an sechs Tagen in der Woche eine Meile Schienen zu verlegen. Nun aber raus, finden Sie für sich einen Ersatzmann, und übernehmen Sie die Leitung von Worthings Arbeitsgruppen.«

»Die Leitung übernehmen?«

»Irgend jemand muß den Kerl doch ersetzen. Sie sind gewissenhaft und fleißig. Sie kennen die Arbeitsabläufe. Sie werden befördert – solange Sie sich nicht selbst nach Omaha zurückbefördern.«

# 6. Kapitel
# Jephthas Entscheidung

Kurz vor drei Uhr nachmittags übernahm General Jack Casement persönlich die Leitung der Arbeiten am Ende des Schienenstrangs.

Unter den Nachschubarbeitern hatte Michael einen fünften Kameraden für seine Gruppe gefunden – einen drallen, säbelbeinigen Bekannten von Murphy namens Artemus Corkle. Und zur Überraschung aller bestand Michael darauf, auch als Vorarbeiter selbst mit Hand anzulegen. Er nahm die fünfte Stelle in der Gruppe selbst ein, und wenn er gerade keine Schienen trug, dann kümmerte er sich um die Beaufsichtigung der anderen Gruppen.

Nach der Rauferei fühlte er sich erbärmlich schwach. Aber er zwang sich durchzuhalten. Wenn er seine Autorität durchsetzen wollte, dann mußte das sofort geschehen, solange die anderen Arbeitsgruppen noch dankbar waren, daß Worthing versetzt worden war.

Diese Vorgehensweise sollte sich als erfolgreich erweisen. Casement beobachtete mit Befriedigung, wie Michael einige Männer anspornte, die nachlässig arbeiteten.

Ansonsten hatte Casement große Sorgen, voranzukomnmen und die verlorene Zeit aufzuholen. Die Mittagspause war von einer Stunde auf zwanzig Minuten verkürzt worden. Aber als die Sonne unterging, war erst eine dreiviertel Meile geschafft. Casement brach die Arbeit für heute ab. Recht mürrisch gratulierte er Michael. Dann gab er bekannt, daß grundsätzlich am Sonntag nicht gearbeitet werde. Aber die fehlende Viertelmeile müsse auf jeden Fall am Montag nachgeholt werden.

Mit finsterem Blick zog sich Casement zurück. Er war nicht der einzige, der düster dreinblickte. Während die Arbeiter sich zum »Ewigen Zug« zurückzogen, waren viele Beschwerden, aber nur wenig Lachen zu hören. Dorns Whiskeyausschank begann sofort zu blühen.

Normalerweise liebte Boyle die Ruhe der Abende in der Prärie. Aber heute abend reizte ihn die Pracht des Sonnenuntergangs in Nebraska kaum. Er war fix und fertig, weil er den endlosen Nachmittag lang durchgehalten hatte. Hände, Schultern und Rücken schmerzten.

Immer stärker schämte er sich, weil er die Selbstkontrolle verloren hatte und auf Worthing losgegangen war. Aber er war sich auch dessen bewußt, daß sich der Captain mit blaugeschlagenem Gesicht und zerstörter Autorität immer noch auf dieser Eisenbahnbaustelle befand. Sean Murphy hatte berichtet, der Virginier liege immer noch in seiner Koje. Glücklicherweise war es nicht der Wagen, in dem Michael schlief. Sehr bald würde Worthing ganz sicher auf Rache sinnen.

Casements Verbot, sich auf weitere Kämpfe einzulassen, nagte ebenfalls an Michael. Er wollte sich in seinem neuen Verantwortungsbereich bewähren. Nur aus diesem Grunde hatte er sich den ganzen Nachmittag lang zu solchen Leistungen angetrieben.

Aber wenn Loyalität gegenüber General Jack bedeuten sollte, dem Virginier die andere Wange hinzuhalten, dann wußte Michael genau, wie er sich entscheiden würde.

Beim Abendessen sagte er kaum ein Wort zu seinen Kameraden Murphy und Greenup Williams. Nach dem Mahl gingen sie zum Bürowagen und holten ihren Lohn ab. Einige Arbeiter ließen sich ihren Lohn ganz in Dollars oder in Gold auszahlen. Andere überwiesen einen Teil auf Konten. So auch Michael. Er hatte nicht vor, heute abend Whiskey zu trinken. Er wollte Christian am Krankenbett besuchen, falls Doris Tochter ihn ins Zelt ließ.

Während der letzten Arbeitsstunde war ein Zug eingetroffen, der Lohngelder, Verpflegungsgüter und Post brachte. Michael erhielt zu seiner Überraschung diesmal gleich zwei Briefe von Jephtha.


2

Zurück in seiner Koje, machte Michael es sich bequem und zündete sich eine Pfeife an.

Einer der Briefe war extrem dick. Michael öffnete zunächst den anderen. In anderthalb Minuten hatte er gelesen, was Jephtha Mitte Juli geschrieben hatte.

Fan, Jephthas erste Frau, hatte einen Hitzschlag erlitten und war zwei Tage darauf gestorben. Jeptha und seine gegenwärtige Ehefrau, die hübsche frühere Besitzerin einer Pension in Washington, wollten am nächsten Morgen zu den Begräbnisfeierlichkeiten nach Lexington fahren, Gideon, seine Frau Margaret und ihre vierjährige Tochter Eleanor wollten ebenfalls dorthin kommen. Wie Jephtha mitteilte, suchte Gideon wieder nach Arbeit.

Letzteres beunruhigte Michael. Gideon und seine Familie hatten es nicht leicht in New York.

Michael hatte Jephthas drei Söhne nie kennengelernt. Aber durch seine engen Beziehungen zu ihrem Vater fühlte er sich ihnen auf seltsame Weise verwandtschaftlich verbunden, empfand er sich als eine Art Cousin oder Halbbruder.

Gideon war unter den drei Söhnen derjenige, über den er am meisten wußte. Das lag daran, daß Jephtha über ihn mehr zu berichten hatte. Die Briefe aus Jephthas kleinem Methodistenpfarrhaus hatten eine Menge Informationen über Gideon Kents Schicksal seit Kriegsende enthalten.

Wie Michael wußte, war Gideon sehr froh, als der Krieg zu Ende ging. Als Major hatte er das Glück, unter Andrew Johnsons Generalamnestie vom Mai 1865 zu fallen. Ranghöhere Offiziere des Südens galten als Verräter, solange sie nicht persönlich amnestiert wurden. Hätte es Gideon bis zum Colonel gebracht, dann hätte er sich in Washington einen Spezialanwalt suchen müssen. Für hundert oder zweihundert Dollar verfertigten diese Leute individuelle Gnadengesuche an den Präsidenten. Halunken und Opportunisten konnten so selbst aus dem Frieden ein Geschäft machen.

Michael wußte, daß Gideon durch die Niederlage des Südens schwer getroffen war. Aber er akzeptierte die Tatsache und betrachtete dieses Kapitel seines Lebens als abgeschlossen. Wie er seinem Vater mitteilte, ging es ihm jetzt darum, den Lebensunterhalt für sich, seine Frau und seine Tochter zu verdienen. Er zeigte Jephtha sogar ein Dokument, das er als Mahnung an sich selbst niedergeschrieben hatte. Es war eine Kopie des Loyalitätseids, den jene schwören mußten, die von Johnson individuell begnadigt wurden.

Dieser Eid verpflichtete dazu, die Verfassung der Vereinigten Staaten zu vertreten und zu verteidigen, den Gesetzen des Bundes zu gehorchen, einschließlich aller Proklamationen über die Freiheit der Schwarzen. Verschiedene Gruppen von Südstaatlern, die sich am Kampf nicht beteiligten und von Johnsons Generalamnestie ausgenommen waren – Postbeamte, Richter, Steuereinnehmer, ja sogar frühere Mitarbeiter der Staatsdruckerei der Konföderation –, mußten diesen Eid schwören, bevor sie wieder zu Grundstücksgeschäften berechtigt waren, Patente beantragen durften oder ihr als Feindbesitz beschlagnahmtes Land zurückerhielten.

Gideon hatte diesen Eid nicht ablegen müssen. Er hatte ihn nur als private, persönliche Willenserklärung niedergeschrieben. Jephtha war

war sehr froh darüber, daß sein Sohn mit einer so positiven Grundeinstellung ins Zivilleben zurückgekehrt war und daß er nicht zulassen wollte, sich seine Zukunft durch das in der Gefangenschaft erlittene Unrecht ruinieren zu lassen.

Obwohl er sein linkes Auge verloren hatte, sah Gideon – zumindest Jephthas Worten nach – stattlicher denn je aus, mit seiner schwarzen Augenklappe wirkte er sogar besonders verwegen.

Wichtiger jedoch war, daß er voll Energie zu stecken schien. Vor dem Krieg war er ein leichtlebiger, gleichgültiger Student gewesen. In der Gefangenschaft hatte er erkannt, daß sich sein Wissen im wesentlichen auf Kavallerietaktik beschränkte. Er hatte beschlossen, seßhaft zu werden und einen Beruf zu erlernen – oder wenigstens eine lohnende Beschäftigung in einem florierenden Wirtschaftszweig zu finden.

Nachdem die Frage der Sezession entschieden und die Einheit des Landes wiederhergestellt war, hatte sich Gideon entschlossen, lieber in New York als im ausgebrannten Richmond sein Glück zu suchen.

Jephtha hatte seine Verbindungen in der Zeitungswelt spielen lassen, um seinem Sohn einen Ausbildungsplatz in der Druckerei von George Bennetts höchst erfolgreichem »New York Herald« zu verschaffen. Bei der »Union« zu arbeiten, die Louis Kent gehörte, kam nicht in Frage.

Gideons Vorgesetzte hatten seinen Eifer und seine Intelligenz gelobt. Aber nach sechs Monaten hatte er dennoch gekündigt. Die Arbeit in geschlossenen Räumen engte ihn zu sehr ein. Als Michael dies durch einen Brief erfuhr, erinnerte er sich an Jephthas Worte, daß sich sein Sohn am glücklichsten im Freien fühle, ganz gleich wie das Wetter sei. Gideon hatte danach eine Stellung als Kutscher für ein Bauunternehmen angenommen.

Der Mann, der ihn einstellte, hatte offensichtlich keine Bedenken wegen seines Südstaatendialekts. Aber der Leiter des Fuhrparks dieses Unternehmens teilte diese Vorbehaltlosigkeit nicht. Nach zwei Tagen wurde er entlassen und durch einen früheren Nordstaatensoldaten ersetzt. Der Manager weigerte sich, einen »Verräter aus dem Süden« zu entlohnen. Und wie Jephtha jetzt schrieb, war es Gideon in der Folgezeit nicht gelungen, eine andere Anstellung zu finden. Das überraschte Michael nicht, der Arbeitsmarkt wurde von heimkehrenden Veteranen und von befreiten Sklaven aus dem Süden geradezu überschwemmt.

In früheren Briefen hatte Jephtha gestanden, daß er versucht hatte, seinem Sohn finanzielle Hilfe anzubieten. Aber Gideon besaß eine sture Art von Stolz und war entschlossen, den Erfolg durch eigener Hände harte Arbeit zu erringen. Das setzte allerdings voraus, daß irgend jemand ihm Arbeit gab.

Margaret hatte sich offensichtlich gut an das Leben in New York gewöhnt. Sie mochte die Stadt und hatte zum Unterhalt der Familie in schweren Zeiten beigetragen, indem sie für eine Schneiderei arbeitete. Auf diesem Gebiet hatte sie Erfahrungen, da sie in Richmond eine Zeitlang im Kleidergeschäft ihrer Tante tätig war.

Jephtha hatte auch berichtet, daß Margaret ihrer Familie in einem kleinen gemieteten Haus in Manhattan ein gemütliches Heim geschaffen hatte. Außerdem half und unterstützte sie Gideon bei seinen Bemühungen, seine Bildungslücken durch ständiges Lesen zu schließen.

Natürlich bedauerte es Jephtha, daß Gideon nicht im Druckereigewerbe geblieben war. Als Drucker hätte er die Familientradition fortsetzen können, die mit der Gründung der Firma Kent and Son in Boston durch Philip Kent begann – auch dieses Unternehmen gehörte jetzt leider immer noch Louis Kent.

Aber Jephtha hatte sich damit abgefunden, daß Gideon seinen eigenen Weg ging – falls er diesen Weg je finden sollte in einer Stadt, die von Nordstaatlern und Schwarzen überflutet wurde, die zu jeder Art von Arbeit bereit waren.

Jephtha und sein Sohn trafen nie bei geselligen Anlässen mit Louis Kent zusammen. Louis haßte den älteren Kent wegen seiner Rolle bei der Aufdeckung der illegalen Handelsgeschäfte während der Kriegszeit. Und Gideon war eine Art lebende Anklage, daß Louis ein Drückeberger gewesen war. Unzweifelhaft hatte Louis den Höchstsatz gezahlt – lumpige dreihundert Dollar von seinen Millionen –, um dem Militärdienst zu entgehen.

Michael war dankbar, daß zwischen Louis und seinen Verwandten solch ein Abgrund klaffte. Julia Kent geisterte noch allzu häufig durch seine Gedanken. Es wäre zu schmerzlich für ihn gewesen, wenn Jephthas Briefe von persönlichen Begegnungen mit ihr berichtet hätten.

Der kürzere der beiden Briefe schloß mit der Mitteilung, daß Jephtha fünfzehn Monate nach Kriegsende noch nichts über das Schicksal seiner beiden jüngeren Söhne erfahren hatte.

Matthew, der nie ein großer Briefschreiber gewesen war, hatte seinem Vater zuletzt Anfang 1865 aus Havanna geschrieben. Matts Kapitän, McGill, wollte mit seinem Schoner *Fair Amanda* von dort zu einem der letzten neutralen Häfen in See stechen, die für die Konföderierten offen waren. Ziel war Matamoros, das jenseits von Brownsville, Texas, am Rio Grande liegt.

Dieser letzte Brief von Matt enthielt auch einige Kohlezeichnungen. Eine davon hatte Jephtha an Michael mitgeschickt. Dieser hatte sie an seiner Kojenwand befestigt.

Nun blickte er auf die Skizze. Ein geschmeidiger Schwarzer, noch jung, aber vollständig kahl, beherrschte den Vordergrund. Er trug nur zerschlissene Hosen und balancierte eine Blechkanne auf einer Schulter.

Die andere Hand hatte der Schwarze ausgestreckt, als spreche er mit jemand über irgend etwas. Sein Grinsen wirkte ansteckend, seine Augen sahen verschmitzt aus. Die ganze Gestalt beugte sich nach vorn, um eine Unterwürfigkeit anzudeuten, die gewollt und gekünstelt und daher nicht degradierend wirkte.

Im Hintergrund war mit wenigen Strichen eine Palme angedeutet. Zwischen dem Baum und dem Schwarzen befand sich eine weitere Gestalt, ein hellhäutiger Herr im weißen Anzug und mit breitkrempigem Hut. Im Mund hatte er einen Stumpen, und auf den Armen trug er ein kleines Mädchen. Im Gegensatz zu seiner Steifheit versinnbildlichte der Schwarze Bewegung und Geschmeidigkeit.

Matt hatte das Bild mit M. Kent signiert und recht ungelenk einen Titel hinzugefügt:

Milchverkäufer und Zuckerpflanzer, Havanna '65.

Seit diesem letzten Brief hatte man von Matt nichts mehr gehört. Niedergeschlagen schaute Michael das Bild noch einmal an. Nicht nur, daß Jephta möglicherweise einen Sohn verloren hatte, vielleicht hatte sogar die Welt einen erfolgversprechenden Maler verloren. Michael war kein Kunstkenner. Aber ihm gefiel die Komposition der Zeichnung. Matt besaß bereits einen ganz persönlichen Stil.

Der letzte Absatz des kürzeren Briefes war der allertraurigste von allen:

Von Jeremiah weiß ich noch weniger, und ich fürchte, daß er tot ist. Viele Militärakten wurden zerstört oder gingen verloren, als Davis und seine Leute Richmond verließen und die Regierung für kurze Zeit ins Exil verlegten. Ich bin sicher, daß Jeremiahs Regiment bei den Kämpfen um Atlanta zum Einsatz kam und daß er im Herbst 1864 zum Mannschaftsstand gehörte. Darüber hinaus habe ich von ihm keine

Spur entdecken können. Ich fürchte, daß ich sein Schicksal nie erfahren und nie wissen werde, wo er in dem Chaos umgekommen ist, das der Siegeszug Shermans durch Georgia bewirkte. Mit diesem Wissen zu Fans Beerdigung zu reisen ist schmerzlich. Gott sei Dank erleichtert es uns Gottes Hand, die Bürde zu tragen. In der Hoffnung, daß es Dir gutgeht, bin ich

Herzlichst<br>Jephta«

## 3

Michael wandte seine Aufmerksamkeit nun dem zweiten, dicken Umschlag zu. Die wohl mehr als zehn Seiten waren Anfang August nach Jephthas Rückkehr aus Lexington geschrieben worden.

Schon der erste Absatz war eine schmerzvolle Lektüre. Lexington hatte Jephtha nicht nur den Bruch in seiner Familie in Erinnerung gerufen, sondern auch den Tod seines guten Freundes General Thomas Jackson in Chancellorsville. Michael wußte bereits, daß Gideon dabeigewesen war, als Jackson irrtümlich durch einen der eigenen Leute erschossen wurde.

Aber aus dem Brief sprach auch Stolz:

»Wir waren kaum vierundzwanzig Stunden aus Lexington zurück, da erhielten wir mit der Plötzlichkeit eines Donnerschlags eine Mitteilung von Matthew.

In den letzten Kriegstagen manövrierte sein Kapitän den Schoner tatsächlich in die Mündung des Rio Grande, vierzig Meilen unterhalb von Matamoros. Die Munition wurde, wie üblich, auf Leichter umgeladen, um flußaufwärts befördert zu werden. Eine wilde Sturmbö schlug zu, traf das kleine Schiff, McGill und eine Anzahl Besatzungsmitglieder ertranken. Matthew überlebte mit schweren Verletzungen, seine Genesung dauerte Monate. Kaum hatten wir die freudige Nachricht erhalten, da stand Matthew nach einer mühsamen Reise über Land aus Texas auch schon vor unserer Tür!

Mein Sohn begrüßte uns so, als habe er keine große Anstrengung hinter sich. Dann gab er bekannt, daß er nach Liverpool reisen werde, um dort eine junge Frau zu heiraten, die er bei seinem ersten Besuch auf den Britischen Inseln kennen und lieben gelernt hatte! Zum ersten Mal, seit ich zu meinem geistlichen Beruf zurückgefunden habe, nahm ich daraufhin, wie ich bekennen muß, einen Schluck von dem Whiskey zu mir, den Molly zu medizinischen Zwecken aufbewahrt.

Matts überraschendes Liebesglück kam auf folgende Weise zustande:

Als McGill mit einem Blockadedampfer Wilmington ansteuerte, wurde der Rumpf des Schiffes von Kreuzern der Bundesmarine beschossen, so daß es sank. Allen Besatzungsmitgliedern gelang es, die Küste von Carolina zu erreichen. Schließlich kehrten McGill und Matt nach den Bermudas zurück, dann reisten sie nach Liverpool, um den Bau eines zweiten Dampfers zu überwachen, den McGill aus seinen Profiten finanzierte. Das Schiff wurde in den Birkenhead Ironworks gebaut, die gegenüber der Stadt, jenseits des Mersey River, lagen. Die selbe Werft hatte auch Semmes' *Alabama* und verschiedene andere Kaperschiffe der Konföderierten gebaut.

Die jungen Frau, an die Matt sein Herz verlor, ist die Tochter eines Monteurs, der bei den Lairds, den Eigentümern der Birkenhead-Werft, beschäftigt ist. Dort sah Matthew das Mädchen zum ersten Mal. Er unterhielt sich dann mit ihr bei einer Massenversammlung in der Stadt, die einberufen worden war, um Unterstützung für Lincolns Emanzipationsdekret zum Ausdruck zu bringen. Wie er selbst sagte, war Matthew dort hingegangen, um die Argumente der anderen Seite kennenzulernen.

Die junge Dame war eine heftige Gegnerin der Sklaverei. Matthew hat mir erzählt, auf wie seltsame Art er bald selbst zu dem Schluß gelangte, daß die ›andere Seite‹ recht hatte. Ich denke, daß nicht nur die Liebe für diesen Gesinnungswandel verantwortlich war. Schließlich hat er sich die ganze Angelegenheit genau überlegt. Aus Loyalität zu seinem Kapitän und zur Sache tat er allerdings weiterhin seine seemännische Pflicht.

Die junge Dame heißt Miss Dolly Stubbs. Auf dem Foto, das Matt uns gezeigt hat, erscheint sie als entzückendes, lebhaftes Mädel mit blondem Haar und einem Gesicht, das durch Humor, Keckheit und Entschiedenheit gekennzeichnet ist.

Nachdem sich Molly und ich von Matthews ›Bombennachricht‹ erholt hatten, kam ich kritisch auf das lange Schweigen meines Sohnes während des Krieges zu sprechen. Er schaute verdutzt drein und kratzte sich auf recht abwesende Art am Kopf. Uhren nimmt er nicht zur Kenntnis. Er besitzt überhaupt kein Zeitgefühl.

Als ich ihn fragte, was er denn in der langen Zeit seiner Abwesenheit genau getan habe, war seine Antwort in ganz typischer Weise unklar und windig: ›Nun, McGill und ich, wir haben Gewehre transportiert. Wir haben auch Baumwolle befördert, bis dann eine Kesselexplosion unseren zweiten Dampfer vor den Bermudas zum Meeresgrund schickte. Dann gingen wir nach Kuba, und mit seinem letzten Geld kaufte McGill einen Segelschoner, um damit im Golf zu operieren. In der Zwischenzeit brachte ich den Bermudanegern, den Kubanern und den Jungs auf der Werft in Liverpool unsere Art von Baseball bei, wenn ich nicht gerade zeichnete oder mich verliebte. Es war immer verdammt viel los. Ich hatte kaum Zeit zum Schreiben.‹

In fast fünf Jahren keine freien Augenblicke? Der blutigste Bruderkampf unserer Nation – ›verdammt viel los‹? Matthew ist schon ein ganz einzigartiger Bursche!

Gideon und Matthew kamen während des fünftägigen Besuchs gut miteinander aus. Es war ein glückliches Wiedersehen; auch nach so langer Trennung scheinen sie einander gern zu haben.

Aber abgesehen von einer baldigen Heirat, habe ich keine Ahnung, wie Matthews Zukunftspläne aussehen mögen. Er selbst weiß es wohl auch nicht. Abgehärtet und unternehmungslustig wie er ist, wird er sicherlich bereit sein, überall dorthin zu reisen, wohin ihn die Winde des Zufalls und seine romantischen Neigungen verschlagen. Er wird nie so fleißig wie Gideon sein – der, nebenbei gesagt, immer noch keine Arbeit gefunden hat. Aber im Augenblick besteht für Matthew auch gar keine Notwendigkeit, fleißig zu sein. Auf den verschiedenen Seereisen hat er sehr viel Geld verdient. Er war nach der letzten Mode gekleidet, als er den Dampfer nach Liverpool bestieg.

Nachdem ich mich von den mit Matts Besuch verbundenen Aufregungen erholt hatte, habe ich mich in Gebeten und Gedanken sehr intensiv mit einer Angelegenheit befaßt, die mich in letzter Zeit sehr beschäftigt. Dir gegenüber habe ich davon bis jetzt nie gesprochen. Und es ist an der Zeit, daß ich das nachhole.

Michael, ich bin kein junger Mann mehr. Ich habe viel über die Verteilung des kalifornischen Geldes nachgedacht. Einen Teil davon möchte ich dazu verwenden, vor meinem Tode den Verlag in Boston zurückzukaufen.

Natürlich verstehe ich vom Buchgeschäft beinahe gar nichts. Ich habe nur ein wenig Ahnung vom Zeitungsgewerbe. Aber ich möchte, daß Kent and Son wieder in den Besitz der Familie gelangt. Für Louis ist das Unternehmen im Vergleich zur ›Union‹ sowie zu seinen Textil- und Stahlinteressen nur von geringer Bedeutung.

Louis hat – unnötig zu sagen – keine Ahnung von den Aufgaben eines Verlegers und auch kein Interesse daran. Die Firma Kent and Son befindet sich heute in einer schlimmeren Notlage als zu der Zeit, da sie diesem Schurken Stovall gehörte. Die Firma publiziert inzwischen überhaupt keine Bücher im üblichen Sinne mehr. Aus Opportunismus hat sie sich dem Massengeschmack angepaßt und bringt nur noch billig gedruckte, preiswerte, wöchentlich erscheinende Romanheftchen heraus.

Sogar die Romane von Rose Ludwig ercheinen jetzt ungebunden und grellbunt als Broschürausgaben. Ich bin heilfroh, daß Amandas gute Freundin es nicht mehr erleben muß, wie ein Mann, der nur auf Profit aus ist, ihr Werk hat verkommen lassen.

Louis strebt offensichtlich danach, den Erfolg der Firma Beadle mit ihren ›Groschenromanen‹ nachzuahmen. Aus diesem Grund hat er auch den armen Dana Hughes entlassen und durch eine Bande von Lohnschreibern ersetzt. Kannst Du Dir vorstellen, wie gern ich diese Halunken vor die Tür setzen würde?

Aber noch liegt natürlich die Entscheidungsgewalt bei Louis, und er wird sicher für mein Angebot kein Ohr haben. Ich kenne seinen Haß gegen mich. Aber Nachahmer scheitern ja gewöhnlich. Und sollte dies auch bei Kent and Son geschehen, dann wird die Habgier möglicherweise über die Gefühle siegen. Solche Menschen wie mein geschätzter Herr Vetter sind unberechenbar.

Ich werde also die Situation im Auge behalten. Die Firma möchte ich ebensosehr besitzen wie die Familienerbstücke, die Louis auf Kentland gehortet hat, ohne daß er Sinn für die Traditionen und Ideale hat, für die sie stehen.

Ich kann nicht sagen, was ich mit dem Verlag tun würde, wenn er mir gehörte. Ich weiß nur, daß ich Dana Hughes sofort wieder einstellen würde. Ich träume immer noch davon, den guten Ruf des Verlages wiederherzustellen und die Geschäftsführung in saubere, ehrenhafte Hände zu legen.

Wenn sich ein solcher Kauf je als möglich erweisen sollte, dann werde ich die Eigentumsrechte an Kent and Son zu gleichen Teilen auf Gideon, Matthew und Dich übertragen.«

Der letzte Satz traf Michael wie ein Schlag!

»Staune nicht darüber Michael, Du gehörst mehr zur Familie Kent als Amandas eigner Sohn. Sollte es je möglich sein, die Firma zu erwerben, dann wirst Du Dich der zusätzlichen Sicherheit erfreuen, die Du so sehr verdient hast. Aus gutem Grunde sage ich zusätzlich. Jeremiah wird sicher nie wieder auftauchen. So kann ich guten Gewissens seinen Anteil an dem kalifornischen Vermögen auf Dich übertragen. Dies habe ich auch in einem neuen Testament so bestimmt.«

4

»Gott im Himmel!« Michael holte tief Luft. Seine Hand zitterte so sehr, daß er die Blätter des Briefes fallen ließ.
Hastig sammelte er sie ein. Immer noch wie betäubt, las er den letzten Absatz noch einmal. Er träumte nicht.

»Glaube nicht, daß ich unüberlegt handle. Für Amanda warst Du von unschätzbarem Wert. Ich weiß, daß sie Dich geliebt hat. Nach ihrem Tod warst Du es, der Louis aufgerichtet hat, und Du hast mir geholfen, mein Leben neu einzurichten, nachdem ich aus Lexington geflohen und meines eigenen Hauses verwiesen worden war. Ich schulde Dir sehr viel. Die Familie schuldet Dir sehr viel. Und Du gehörst genausosehr zu den Kents wie ich.

Ich bin sogar eitel genug, um mir zu wünschen, daß Du unseren Familiennamen tragen könntest, aber das hieße, Deinen Eltern unrecht tun. So sollst Du in jeder Hinsicht – mit Ausnahme des Namens – ein Kent sein.«

Michael lehnte sich zurück und schloß seine Augen. Er versuchte einzuschätzen, was Jephthas Entscheidung für ihn bedeutete. Wie sie seine Zukunft verändern würde.

Aber es war zu schwierig, wirklich zu glauben, was er gerade gelesen hatte. Er zwang sich dazu, seine Aufmerksamkeit erneut dem Brief zuzuwenden.

5

Der Rest des Briefes war weniger persönlicher Natur, es ging mehr um allgemeine Fragen, die aber in gefühlsmäßiger Hinsicht nicht unerheblich waren.
Jephtha wandte sich nun der unmittelbaren Nachkriegszeit zu. Er erwähnte die Genugtuung, die für ihn der Dreizehnte Verfassungszusatz bedeutete, der erst im letzten Dezember verabschiedet worden war. Darin wurde die Negersklaverei für immer abgeschafft. Auch einige andere neu verabschiedete Gesetze sagten ihm sehr zu.

»Es stellte einen Meilenstein auf dem Marsch für die menschlichen Freiheiten dar, daß der Kongreß im Februar Jacksons Veto zurückwies und damit die Dauer des Amtes für die Befreiten verlängerte und seinen Wirkungskreis ausdehnte. Dieses Amt kann den befreiten Negern des Südens noch lange Zeit große Wohltaten erweisen. Die Radikalen behaupten, Johnson habe sein Veto benutzt, um den Aristokraten des Südens entgegenzukommen. Aber wer Johnsons Vergangenheit kennt, der weiß, daß er keine Klasse mehr verachtet als die Privilegierten in Nord und Süd. Er verehrt die Männer, die ihr eigenes Land bearbeiten – die einfachen Leute in den Hütten mit gestampftem Lehmboden liegen ihm am Herzen. Der größte Fehler des Präsidenten besteht vielleicht darin, daß er sich zu sehr an der Verfassung orientiert. In seinen Augen konnte das Gesetz über die Befreiten nicht legal sein, weil die elf Staaten der Konföderierten in der nationalen Gesetzgebungskörperschaft nicht vertreten waren. Wie Du wohl weißt, legte Johnson gegen Lyman Trumbulls Bürgerrechtsgesetz ebenfalls sein Veto ein, das alle im Land geborenen Personen automatisch zu Staatsbürgern mit gleichen Rechten und Anspruch auf Rechtsschutz erklärte. Trumbull legte das Gesetz vor, um die Entscheidung des Obersten Gerichtshofs im Fall Dred Scott zu unterlaufen. Auch hier hielt sich Johnson eng an seine Interpretation der Verfassung, indem er behauptete, Trumbulls Gesetzentwurf beschäftige sich mit Angelegenheiten, die allein Sache der einzelnen Staaten seien. Er beharrt immer noch darauf, daß das Gesetz jetzt, wo es gegen sein Veto in Kraft getreten ist, einen weiteren Schritt zur Zentralisierung und Konzentration der gesetzgebenden Gewalt in Washington darstelle.

Zur Absicherung dagegen, daß Johnsons Ansicht nicht eines Tages vom Obersten Gerichtshof als verfassungsgemäß bezeichnet wird, wurden viele Bestimmungen des Trumbullschen Gesetzentwurfs in den Vierzehnten Verfassungszusatz übernommen, der im Juni verabschiedet wurde und jetzt den einzelnen Staaten zur Ratifizierung vorgelegt wird.

Der Kampf zwischen Johnson und dem Kongreß wurde zu einer traurigen, schmutzigen Angelegenheit und von beiden Seiten mit wachsender Schärfe ausgetragen. Wie Mr. Voorhees, der Demokrat, es so richtig ausgedrückt hat, zeigen die Handlanger von Thad Stevens und seinen radikalen Republikanern, daß der Krieg zur Wiederherstellung der Union ein Fehlschlag war. Der Krieg ist vorüber, und die Union ist immer noch zerbrochen.«

Michael wußte, was Jephtha meinte. Die Zeitungen aus Omaha und St. Louis hatten von einem Krieg ganz anderer Art berichtet, der sich in der Hauptstadt abspielte, seitdem die Glocken anläßlich Lincolns Tod geläutet hatten. Einige der extremeren Republikaner betrachteten die Ermordung als von Gott gesandt. Sie nahmen an, der neue Präsident werde Lincolns versöhnliche Wiederaufbaupläne in den Papierkorb werfen und eine härtere Linie verfolgen.

Sie waren entsetzt, als Johnson eine Politik verfolgte, die an einer Formel von 1863 zur Errichtung neuer Regierungen im Süden nach dem Krieg anknüpfte. Damals hatte Lincoln seine Bereitschaft erklärt, den jeweiligen Rebellenstaaten dann die Exekutivrechte wieder zuzuerkennen, wenn zehn Prozent ihrer Wahlberechtigten von 1860 einen Loyalitätseid leisteten und einer Unterstützung der Emanzipation zustimmten.

Mit solchen Kleinigkeiten wollten sich die extremen Republikaner nun nicht mehr zufriedengeben. Das führte dazu, daß sie nicht nur gegen den Präsidenten und die Demokraten, sondern auch gegen die konservativeren Mitglieder ihrer eigenen Partei kämpften. Es handelte sich um eine tiefgehende Auseinandersetzung um das Wesen des vierjährigen Bürgerkriegs.

In den Zeitungen bezeichnete Thad Stevens, der zynische und schmähsüchtige Führer des radikalen Flügels, die abgefallenen Staaten als »eroberte Provinzen«, deren zukünftige Beschaffenheit vom »Willen des Eroberers« abhingen.

Johnson dagegen und die gemäßigteren Republikaner vertraten die Auffassung, daß die Südstaaten einfach de jure nie abgefallen wären, da das nach der Verfassung gar nicht möglich war. Es handelte sich immer noch um Staaten, und sie waren entsprechend zu behandeln. Über Stevens schrieb Jephtha:

»Er ist zwar bereits in den Siebzigern, aber er besitzt die unbegrenzte Energie – und Wildheit – eines Mannes, der halb so alt ist. Er wieselt durch Washington, seine seltsame schwarze Perücke schräg auf dem Kopf, und zieht seinen Klumpfuß hinter sich her. Er hält es nicht für nötig, Presseberichte zu dementieren, nach denen er in Lancaster mit seiner Haushälterin, der Mulattin Lydia Smith, zusammenlebt. Er sammelt seine Streitmacht für den kommenden Kampf um die Frage, ob der Präsident oder der Kongreß die Wiederaufbaupolitik bestimmen soll.

Und dieser Kampf wird sicher stattfinden. Ich bin durch gelegentliche Briefe von Kollegen darüber gut informiert.

Im Laufe des letzten Jahres war ich zweimal in Washington. Und Theo Payne, dieser gute, niedergedrückte Mann, der unter Louis' Leitung die »Union« herausgibt, speist alle vier Wochen mit seiner Familie bei uns. Das ist der einzige Abend im Monat, an dem er nüchtern bleiben muß. Daher kenne ich den Streit ganz gut, der dem Land möglicherweise mehr Schaden zufügen wird als der Krieg selber.

Payne hat mir erzählt, daß der Konflikt in Washington bereits den Bereich der Geisterseherei erreicht hat. Hier gibt es eine Menge nicht theologischer Séancen, um in Kontakt mit verstorbenen Verwandten zu gelangen.

Eine Mrs. Cora Daniels aus Washington sprach kürzlich mit der Stimme von Mr. Parker, einem der Entschlafenen. Parker sagte voraus, Johnson werde viele der Radikalen bald verhaften lassen. Er werde einen Kongreß der Südstaatler und ihrer Freunde einberufen. Dann werde er Patrioten wie Stevens zwingen, sich in eine andere Gegend zurückzuziehen – Ohio wurde in diesem Zusammenhang erwähnt – und dort einen konkurrierenden Kongreß zu begründen! Schließlich sagte Parker voraus, wir würden bald in einen zweiten Bürgerkrieg verwickelt werden, der diesmal größtenteils auf nördlichem Boden ausgefochten werde. Ich kann gar nicht sagen, wie traurig ich all dies finde. Niemand hat länger als ich gehofft und gebetet, daß das Blutvergießen ein Ende haben möge. Nun scheint uns noch mehr davon bevorzustehen.

Auch das Ende der Sklaverei habe ich lange schon herbeigesehnt. Aber nun kommt es darauf an, die Freigelassenen möglichst reibungslos in die amerikanische Gesellschaft zu integrieren.

Selbst ein so standhafter Unionist wie General Sherman hat die Ansicht vertreten, daß das allgemeine Wahlrecht zu neuen Erschütterungen im Lande führen kann. Und genau dies stellt das Mittel dar, mit dem Stevens und seine Anhänger die Wiederaufbaupolitik des Präsidenten kontrollieren wollen.

Manchmal denke ich darüber nach, wie weit Thad Stevens' Gehässigkeit auf die Tatsache zurückzuführen ist, daß Lees Truppen auf dem Marsch nach Gettysburg sein Eisenschmelzwerk in Pennsylvania zerstört haben. Dennoch bin ich der Ansicht, daß Stevens nicht völlig unrecht hat.

Die neuen Parlamente in den Südstaaten haben das alte häßliche Gesicht gezeigt, indem sie versuchten, durch Sondergesetze die Rechte der befreiten Sklaven zu beschränken. Nach einigen dieser Gesetze ist es den Schwarzen untersagt, in den gleichen Eisenbahnwagen mit

Weißen zu reisen. Auch eine Heirat zwischen den Rassen ist verboten. Negerwaisen, die unter Vormundschaft stehen, werden, falls sie fliehen, behandelt wie früher die Sklaven, die ihren grausamen Herren entflohen sind.

Wenn ich über diese und ähnliche Gesetze nachdenke, dann höre ich erneut die Ketten rasseln. Die Rechte der neuen Bürger müssen garantiert werden, und das erste dieser Rechte ist das Wahlrecht. Aber das Eintreten der Radikalen dafür ist nicht ohne Makel. Im letzten Dezember bekam ich einen Hauch davon mit, als ich im Parlament erlebte, wie Stevens die Regierung herausforderte.

Er wollte die Südstaaten von jeder aktiven Regierungsbeteiligung ausschließen, bis die Verfassung ›ergänzt worden ist, um die ewige Vorherrschaft der Partei der Union zu sichern‹. Damit meinte er natürlich die Republikaner.

Mit zynischer Aufrichtigkeit sagte er voraus, solange die Neger das Wahlrecht nicht erhielten, werde das Machtgefüge sich zugunsten des Südens und der Demokraten verschieben. Wenn aber das allgemeine Wahlrecht durchgesetzt sei, dann ›werde es im Süden immer genügend Anhänger der Union geben, um mit Hilfe der Schwarzen die Vorherrschaft der Republikaner sicherzustellen‹. Hieran erkennst Du: Es handelt sich nicht um einen ehrenhaften Kampf, sondern um einen mit Hintergedanken. Das ›Geheimnis‹ wird von Tag zu Tag offenkundiger.

Viele Geschäftsleute aus dem Norden haben bereits die Chance erkannt, die mit diesem unmoralischen Plan gegeben ist. Zu ihnen zählt auch Louis. Er hat schon immer ein Doppelspiel getrieben, tat erst so, als bevorzuge er die eine, dann zog er die andere Seite vor. Nun bezeichnet er sich nicht nur als Republikaner wie Du und ich, sondern sogar als Anhänger von Thad Stevens.

Ich glaube nicht, daß sich Louis aus humanitären Motiven Thad Stevens angeschlossen hat. Er würde sicher keine befreiten Schwarzen in sein Haus einladen, ganz gleich, wie er sich über die Vorzüge des allgemeinen Wahlrechts äußert. Ich denke, er sieht hier nur ein Machtpotential. Durch Manipulation soll die Vorherrschaft der Republikaner auf Jahre hinaus gesichert werden. Er will auch hier auf der Seite der Sieger stehen. Der Makel hat sich sogar in unsere Familie eingeschlichen.

So geht der Krieg also weiter. Er ist zwar anders, aber nicht weniger heftig. Du würdest entsetzt sein über die Aktivitäten von Politikern in beiden Lagern, wenn es darum geht, sich der Unterstützung von volkstümlichen Kriegshelfern zu versichern. Beide Seiten umschmeicheln Grant. Im Augenblick scheint Johnson ihn in die Tasche gesteckt zu haben.

An zweiter Stelle der Beliebtheitsskala steht Custer, der Knabengeneral. Seine militärische Befähigung scheint hauptsächlich darin bestanden zu haben, große Mengen von Soldaten dahinschlachten zu lassen, um seinen persönlichen Aufstieg zu fördern.

Aber seine Popularität bleibt überwältigend. Im März war er hier, nahm an verschwenderischen Festessen im Manhattan Club teil und zeigte sich ständig in Begleitung von Demokraten. Er selbst gehörte einst zu der Clique um McCellan, dessen politische Ansichten die Potomac-Armee spalteten und sie beinahe zerstörten.

Die Republikaner, so heißt es, hätten Custer gern in ihrem Lager gesehen. Dabei waren ihnen seine Ansichten über die Fähigkeit der Schwarzen zur Wahrnehmung staatsbürgerlicher Rechte höchst gleichgültig. Zur Frage des Wahlrechts für die Neger soll Custer bemerkt haben, es sei genauso sinnvoll, einen Indianerhäuptling zum Papst in Rom zu ernennen. Kannst Du da noch daran zweifeln, daß es einigen Republikanern nicht so sehr um Gerechtigkeit im ganzen Lande, wie um die absolute Herrschaft ihrer Partei geht?

Tatsächlich gibt es überall vieles, was Männer mit Gewissen entsetzt. Davis befindet sich immer noch in Fort Monroe und wartet auf seine Verurteilung wegen Verrats. Der ehrenhafte, aber fehlgeleitete Lee, den ich ebenfalls in Lexington sah, als ich zu Fans Beerdigung dort war, verdient sich seinen Lebensunterhalt als Präsident des Washington College. Gute Nachbarn, die seine Zwangslage kannten, sandten ihm Freßpakete, während Zeitungen im Norden ihn weiterhin als finsteren Verschwörer bezeichnen. Dabei ist er ein anständiger Christ und hat sich bei Appomattox geweigert, seinen Soldaten zu gestatten, als Freischärler weiterzukämpfen. Er forderte sie auf, nach Hause zu gehen, die Niederlage einzugestehen und sich ein neues Leben aufzubauen. Dennoch gilt er als finster.

Trotzdem bin ich nicht ganz ohne Hoffnung. Während der politische Kampf hier im Osten sehr heftig ist, gibt es auch ausgleichende Tendenzen. Es ist das Gefühl weit verbreitet, daß unserer Nation ein großes Zeitalter der Expansion bevorsteht, wenn wir die Union zusammenhalten können. Niemals hat es eine Periode solch enormen industriellen Wachstums gegeben, nie solche Visionen eines wohlhabenden, erfolgreichen Landes von einem Ozean bis zum anderen.

Du arbeitest an einer der bemerkenswerten Unternehmungen mit, die solche Visionen zur Realität werden lassen können. Die transkontinentale Eisenbahn wird den Westen für den Handel und die Besiedlung in einer Art und Weise öffnen, von der man vor einem Jahrzehnt nur träumen konnte.

Wenn wir auch in einer besorgniserregenden Zeit leben, so ist es doch auch eine vielversprechende Zeit. Ich hoffe, der Geist der Versöhnung wird sich gegen den Haß durchsetzen. Ich möchte gern glauben, daß selbst die Pläne einer raubgierigen neuen Klasse von Großunternehmern am Ende segensreich wirken werden. Wenn diese Leute sich auch wenig um Menschenleben scheren, falls es darum geht, daß ihre Fabriken Gewinne abwerfen und – ja auch dies – daß ihre Eisenbahnen gebaut werden.

Michael, verzeih mir diese vielen Worte, die ich zu später Stunde niedergeschrieben habe. Die arme Molly schätzt es gar nicht, wenn ich tief nachts grüble und schreibe. Aber es gibt nicht viele, denen ich meine tiefinnersten Gedanken mitteilen kann.

Ich wünsche Dir Gesundheit und Erfolg bei Deinem mutigen Abenteuer in einem Dir fremden Teil des Landes. Aus dem Willen heraus, mutig neue Wege zu gehen, wurde dieses Land geboren – und die Familie Kent gegründet.«

Langsam legte Michael die Pfeife nieder. Er starrte auf das letzte Blatt in seiner Hand, die voller Blasen war. Das Papier schien zu verschwinden. Nun sah er wieder Julias blaue Augen.

Mut?

Mutig neue Wege gehen?

Jephtha, ich bin froh, daß du nicht die ganze Wahrheit kennst.

Mit Mühe wandte er sich dem kurzen Schluß des Briefes zu.

»Ich erwarte Deine Schilderungen des mutigen Unternehmens, an dem Du beteiligt bist. Gott möge Dich segnen und beschützen. Denke daran, daß mein Testament Dich von dieser Stunde an zu einem anerkannten Mitglied unserer Familie macht, zu der Du durch Wort und Tat schon seit Jahren gehörst.

Dein Verwandter<br>Jephtha«

Durch Jephthas Akt der Großzügigkeit war Michael immer noch angerührt und überwältigt. Sogleich kam ihm eine sehr wichtige Idee.

Er sammelte die Blätter der Briefe ein, faltete sie und legte beide

Briefe unter seine Bettdecke. Dann sprang er aus seiner Koje und verließ den Wagen.

### 6.

Am Schalter des Zahlmeisters standen nur noch zwei Nachzügler. Michael ärgerte sich vor Ungeduld, während der eine seine Dollars erhielt. Dann notierte der kahlköpfige Angestellte den Lohn des anderen in einer dicken Kladde. Der Bürohengst gähnte, als Michael an den Schalter trat.

»Gib mir das Buch mit dem Buchstaben B, Charlie. Und deinen Federhalter.«

»Was soll das, Boyle. Du hast doch schon...«

»Ich weiß. Aber mein Name ist falsch geschrieben.«

»Was ist los?«

»Tauch den Federhalter in die Tinte und gib ihn mir rüber.«

Verärgert reichte ihm der Angestellte den Federhalter und eine andere Kladde. Michael blätterte sie durch. Fand die richtige Stelle. Er strich drei Worte durch, hoffte, seine verstorbenen Eltern würden es ihm vergeben, wenn er seinen zweiten Vornamen Aloysius fallen ließ. Dann schrieb er sorgfältig seinen neuen Namen:

Michael Kent Boyle.

## 7. Kapitel
## Dorns Tochter

Michael verließ das Büro und holte tief Atem. Die Luft war inzwischen kühl und belebend geworden. Seine Blasen und Schmerzen schienen ihm jetzt weniger auszumachen.

In der Nähe des Zugs wurde das Dunkel durch zwei Fackeln aufgehellt, die an den Ecken von Gustav Dorns Whiskeywagen in die Erde gesteckt worden waren. Dorn selbst schöpfte den Whiskey aus einem der Fässer. Er war ein kleiner, schmuddeliger Mann mit einem angegrauten Bart. Sein dicker Bauch quoll über seinen Gürtel. Er lächelte nur selten.

Im Augenblick standen wenigstens dreißig Kunden Schlange. Jeder von ihnen ließ sich von Dorn die Kelle reichen und trank seinen Schnaps. Die Wartenden trieben zur Eile an. Wenn der Kunde fertig war, ging er zum Sohn des Händlers, der ein paar Schritte abseits stand.

Der phlegmatisch dreinschauende Knabe saß auf einer kleinen Kiste hinter einem Verschlag. Sein Gewehr hatte er über die Knie gelegt. Der Kunde legte sein Geld auf einen bereitstehenden Zinnteller. Gelegentlich mußte der Knabe Geld wechseln. Sonst schenkte er den Kunden keine Aufmerksamkeit, er starrte nur freudlos und abwesend vor sich hin.

Als Michael sich dem Fuhrwerk näherte, gab ein Mann, der sich offensichtlich mehr als einmal angestellt hatte, seinen Schnaps sofort wieder von sich. Die Wartenden lachten und johlten. Dorn verlangte Bezahlung. Der Arbeiter weigerte sich.

Hinter dem Zug muhte eine Kuh. Michael blieb bei einer der Fackeln stehen und beobachtete den Ausgang des Streits. Dorn sprach nur schlecht Englisch, konnte sich aber dennoch verständlich machen.

»Sie kaufen. Sie zahlen. Wenn Sie's verschütten, nicht meine Schuld.«

»Ich will zur Hölle fahren, wenn ich auch nur einen Cent für etwas gebe, das ich nicht geschmeckt habe, Deutscher!«

Der Kunde war an sich nicht streitsüchtig, aber in seiner schleppenden Stimme klang Gereiztheit mit. Er schwankte mächtig und suchte Unterstützung bei den Wartenden. »Was meint ihr, Jungs? Bin ich fair, oder bin ich nicht fair?«

»Fair, fair!« brüllten einige seiner Freunde.

Dorn schnippte mit seinen Fingern und rief seinem Sohn auf deutsch etwas zu. Der Knabe hob die Waffe. Michael sah, wie er sie entsicherte.

Dorn schaute selbstgefällig drein und legte seine Hand dem Kunden auf die Schulter. Der Mann schlug seine Hand weg. Aufgeregt zeigten die Arbeiter in der Schlange auf das Gewehr. Der Betrunkene sah es jetzt und wurde blaß.

Dorn machte deutlich, daß die Drohung mit der Waffe ernst gemeint war:

»Scheiße mit deinem fair, Paddy. Du zahlst. Jetzt. Oder mein Sohn schießt dir den Preis aus dem Fell.«

Brummend fuhr der Mann nun mit einer Hand in die Hosentasche. Er ballte eine Faust um die Münze, reckte die Hand dann hoch, als wolle er sie auf den Händler niedersausen lassen.

Dorn trat einen Schritt zurück: »Klaus!«

Der Betrunkene gab Dorn die Münze.

Nach diesem kleinen Nötigungsakt erschien ein Lächeln auf dem Gesicht des Händlers. Er schob den Mann zur Seite und deutete mit seiner Kelle auf die Schlange der Wartenden.

»Der nächste, bitte! Macht voran! Meine Geschäfte müssen weitergehen.«

Der Knabe legte die Waffe erneut auf seine Knie und sicherte sie wieder. Michael schüttelte den Kopf. Der Osten hatte kein Monopol auf Habgier. Und wenn die kleine Szene, die er gerade miterlebt hatte, typisch für die Art und Weise war, wie Dorn sein Geschäft betrieb, dann war noch ernsthafter Ärger zu erwarten.

Michael ging an der Schlange entlang, winkte seinen Bekannten zu. Draußen im Dunkeln am Ende des Wegs brannte ein Feuer aus Büffeldung. Eine Gruppe von Iren saß ringsum. Einer von ihnen spielte auf einer alten Ziehharmonika und begann zu singen.

Michael hörte dem Gesang eine Zeitlang zu, lehnte aber eine Einladung zum Mitsingen ab.

Michael blickte sich um. Er sah die Fackeln bei der Whiskey-Kutsche. Die schmutziggelben Fenster des Zugs. Die sternenreiche Dunkelheit des Himmels. Einen Augenblick lang hatte er das Gefühl, beobachtet zu werden. Aber er konnte nichts erkennen.

Nun erfaßte ihn eine grenzenlose Schwermut. Er war viele tausend Meilen gereist, um dem Krieg zu entfliehen. Aber solange Worthing hier war, stand er mitten im Krieg. Ein einzelner einsamer Krieger konnte einen genauso töten wie ein ganzes Regiment.

Trotz seiner Schwermut und seiner Nervosität zwang er sich, still zu stehen, während er seine Pfeife wieder anzündete. Dann eilte er zum Zelt der Dorns.

2

Das Zelt stand knapp zwanzig Meter hinter dem Fuhrwerk. Eine Lampe im Innern erleuchtete den vorderen Teil. Hinten war es dunkel. Er ging bis zur Zeltöffnung und rief dann leise:

»Hallo?«

»Wer ist da?«

»Entschuldigung, Miss Dorn, sind Sie es?«

Das unsichtbare Mädchen lachte. »Ich denke, es gibt kein anderes weibliches Wesen an diesem gottverlassenen Ort.«

Plötzlich tauchte eine weibliche Silhouette am Vorderteil des Zeltes auf. Im Unterschied zu ihrem Vater sprach sie akzentfrei Englisch.

»Wer sind Sie?«

»Mein Name ist Michael Kent Boyle.«

»Ach ja, Papa hat Sie erwähnt.«

Dies sagte sie ganz scharf, es klang wie ein leichter Verweis. »Sie haben den Ärger verursacht.«

»Bedenken Sie, daß man mich zuerst geärgert hat. Ich habe den Streit nicht ausgelöst.« Das stimmte zwar nicht ganz. Aber die Worte des Mädchens hatten ihn geärgert.

»Nun, das macht keinen Unterschied«, erwiderte sie etwas hochtrabend. »Es war ein gotteslästerlicher Streit.«

Diese Art der Argumentation kam ihm recht prüde vor. Aber er versuchte, seinen Ärger zu unterdrücken.

»Was auch immer die Ursache gewesen sein mag, das Ergebnis war, daß mein Freund Christian angeschossen wurde. Wie ich hörte, pflegen Sie ihn?«

»Das stimmt. Er wird wieder vollkommen gesund werden.«

»Ich bin gekommen, um ihn zu besuchen, aber das ist verdammt schwierig mit diesem Zelt zwischen uns. Bitte, seien Sie doch so freundlich und lassen Sie mich eintreten.«

Sie ignorierte seinen Sarkasmus:
»Sind Sie allein?«
Er hatte eigentlich Lust, ihr zu sagen, daß ein Dutzend wilder Frauenschänder hinter ihm lauerte.
»Ja, ich bin allein.«
»Nun gut, treten sie ein, aber Ihr Freund schläft gerade.«
Sie öffnete den Zeltverschluß. Michael bückte sich, wollte eintreten, blieb dann plötzlich stehen, mit offenem Mund. Er ließ seine Pfeife fallen, fing sie aber gerade noch rechtzeitig auf. Dabei hätte er sich beinahe den Daumen verbrannt.

Nun leckte er seinen Daumen, zuckte zusammen, stand da und war wie vom Donner gerührt.

An der Firststange hing eine einzelne Lampe neben einem schmuddeligen Feldbett. An der linken Zeltwand lag eine aufgeschlagene Bibel. Das Bett gehörte, wie die darauf liegenden Kleidungsstücke deutlich machten, dem Vater oder dem Bruder. An der gegenüberliegenden Seite befand sich das Bett des anderen männlichen Familienmitglieds.

Aber direkt vor Michael stand jetzt der wirkliche Grund seiner Überraschung – nicht länger verborgen durch deformierende Kleidungsstücke.

Einerseits hatten die Arbeiter, deren Verletzungen Hannah behandelt hatte, übertrieben. Aber vielleicht war es auch nur natürlich, daß Männer in den Vierzigern eine Frau von Ende Zwanzig als jung bezeichneten. Andererseits hatten diese Männer sich zu zurückhaltend ausgedrückt. Das Mädchen war nicht nur hübsch. Nein, es war wunderschön.

3

»Mr. Boyle, nun entscheiden Sie sich doch, ob Sie reinkommen oder draußen bleiben wollen«, sagte sie in scharfem Ton. Sie trug Baumwollhosen, die in schweren Stiefeln steckten, sowie das Arbeitshemd eines Mannes, das straff über ihren wohlgeformten Brüsten saß. Hannah hatte ein breites Kinn wie ihr Vater, aber ihr Mund war üppiger, und ihre Augen strahlten klar und graublau. Ihr weizenblondes Haar war hinten zu einem Knoten geschlungen.

Ihre Haut war sonnenverbrannt und rauh, was besonders an ihren Handrücken zu erkennen war. Die Knöchel waren rot. Aber er fand ihren wettergegerbten Teint höchst attraktiv. Sie hatte schöne breite Hüften und roch angenehm nach Seife.

»Leider kenne ich Ihren Vornamen nicht«, begann er.

»Warum sollten Sie den auch kennen? Hannah heiße ich. Wollen Sie jetzt Ihren Freund sehen?«

Sie drehte sich zur Seite, unbewußt lenkte sie damit seinen Blick auf die Kurven ihres Busens. Als ihr dies klar wurde, errötete sie.

»Aber Mr. Boyle!«

Er zuckte zusammen: »Ja?«

»Er liegt hinter der Trennleinwand. Sie sollten ihn aber nicht wekken. Werfen Sie nur einen Blick auf Ihren Freund.«

Er konnte die Frau nicht einschätzen. Sie schien viel von dem heftigen Temperament ihres Vaters zu haben. Einige ihrer Äußerungen waren geradezu unverschämt, lediglich gemildert durch ihr Lächeln und ihre freundliche Stimme. Ihr Blick war auf eine unangenehme Weise direkt.

Michael legte die Pfeife von der einen Hand in die andere.

Sie wies auf seinen Daumen.

»Sie haben sich wohl verbrannt?«

»Nicht ernsthaft.«

»Eine Verbrennung ist immer eine schlimme Sache für einen Mann, der von seiner Hände Arbeit lebt. Blasen haben Sie auch. Ich habe eine Salbe, die Ihnen helfen wird. Ich werde Sie behandeln, ehe Sie gehen.«

»Das ist wirklich nicht nötig.«

»Doch. Wir Frauen kennen uns in solchen Dingen besser aus. Aber ich möchte Sie doch bitten, Ihre Pfeife auszumachen. Das Rauchen ist eine Verschwendung und stellt ein ungesundes Laster dar.«

»Natürlich. Wie Sie es wünschen, Miss Dorn.« Sein Ton war so beißend, wie es der ihre zuvor gewesen war.

Er klopfte seine Pfeife aus, und was an Asche und Tabak noch übrig war, fiel auf den Boden. Als er sie anblickte, gab er einem wenig ritterlichen Impuls nach und sagte:

»Finden Sie das Rauchen schlimmer als das Schnapstrinken oder gar den Handel mit Whiskey?«

Sofort bedauerte er seine Grobheit. Statt Zorn hervorzurufen, hatte er sie tief verletzt. Sie wandte sich von ihm ab.

»Es geht Sie zwar nichts an, aber ich verurteilte das Geschäftsgebaren meines Vaters und auch seine persönliche Abhängigkeit von dem Gebräu, das er verkauft.«

Dann blickte sie ihn an:
»Aber er ist mein Vater. Mein Bruder Klaus ist noch sehr jung. Irgend jemand muß sich um ihn kümmern.«
»Damit wollte ich nicht sagen...«
»Daß mein Vater ein Säufer ist? Er ist es durchaus. Das weiß doch hier im Lager inzwischen jeder.«
Er war zu betreten, um zu antworten.
»Nun, Mr. Boyle, meinem Vater gehörte ein kleiner Gemischtwarenladen in Grand Island. Der Laden lief nicht, weil meinem Vater sein Whiskey wichtiger war als eine sorgfältige Geschäftsführung und ein anständiger Umgang mit seiner Kundschaft. Und helfen ließ er sich auch nicht ernsthaft. Als er sich entschloß, sich ein wenig dazuzuverdienen, indem er seinen Laden schloß und hierher an diesen verlassenen Ort zog, da mußte ich mich entscheiden. Ich konnte ihn mit Klaus allein davonziehen lassen, dann hätte er sicher sich persönlich und auch meinem Bruder durch seine Schroffheit großen Schaden zugefügt. Oder ich konnte die beiden begleiten. Eisenbahnarbeiter, so hörte man, sind schließlich nicht so sanft wie Hausfrauen. Ich fürchte, Papa ist nur der erste von vielen, die den Schienen folgen, um aus den Lastern der Menschen ein Geschäft zu machen. Nun, ist Ihre Neugier hinsichtlich meiner Motive damit befriedigt?«
Sie kann gut reden, dachte er. Sie hat Bildung.
»Miss Dorn, mit meiner taktlosen Bemerkung über den Whiskey wollte ich Sie weder ausforschen noch ärgern.«
»In Ordnung. Ich wollte Ihnen nur deutlich machen, daß ich meiner Angehörigen und nicht der Profite wegen hier bin.«
In diesen Worten schwang ein seltsamer Unterton mit. War es Schmerz?
Ihm war es unverständlich, warum sie so viel von sich offenbarte. Sie hatte wohl allzulange ihren Kummer mit sich allein herumgetragen, und nun konnte sie ihn mit ihm teilen, einem Fremden.
Dies verschaffte ihm einen etwas tieferen Einblick in ihr Wesen. Sie war wohl stark, aber sie war nicht gefühllos. Nein, das ist sie keinesfalls, dachte er und blickte dabei erneut heimlich auf ihren Busen.
Nun ging er zu dem Vorhang, der das Zelt teilte, und hob ihn hoch. Christian lag auf einem Feldbett ganz hinten. Er schnarchte leicht. Seine dunkle Haut verschmolz beinahe mit dem Schatten dieses Teils des Zelts. Aber der saubere weiße Verband an seiner rechten Wade war in dem Lichtschein gut zu sehen, der über Michaels Schulter fiel.
Er war sich bewußt, daß die Zeit schnell verstrich. Zu lange konnte

er seinen Besuch hier nicht ausdehnen. Und dennoch hätte er aus einem unerklärlichen Grunde genau dies ganz gern getan. Deutlich nahm er Hannahs Duft wahr, den sauberen, frischen Geruch von Seife.

Schließlich ließ er den Vorhang wieder fallen und drehte sich um. Sie hatte sich wieder hingesetzt. Die Bibel lag offen auf ihren Knien.

»Vielen Dank«, sagte er. »Er sieht gut aus.«

Sie nickte. Ihr weizenblondes Haar glänzte. »Ich habe ihm Suppe gegeben. Er hat sie bis zum letzten Tropfen aufgegessen. Dann habe ich ihm etwas von Papas Whiskey gereicht, als Schlafmittel.«

»Dann haben Sie also gar nichts gegen das Trinken?«

»Reizen Sie mich nicht, Mr. Boyle. Der Alkohol hat auch seine guten Seiten. Alles, was Gott geschaffen hat, offenbart seinen Sinn, wenn man gründlich danach sucht.« Das erklärte sie ganz ruhig und in vernünftigem Ton. Vergeblich versuchte er, darin einen Hauch von Frömmelei zu entdecken.

Er deutete auf das offene Buch: »Suchen Sie jetzt etwas Bestimmtes darin?«

»Das tue ich, sooft ich kann.« Sie berührte die aufgeschlagene Seite.

»Ich dagegen habe meine Bibelkenntnisse fast vollständig vergessen.«

»Boyle ist ein irischer Name. Sie sind wohl Katholik?«

Sie hatte eine verflucht direkte Art. Eine solche Frau hatte er noch nie kennengelernt.

»Und welcher Konfession gehören Sie an?«

Das Geplänkel machte ihr Freude. Sie lächelte: »Lutherisch.«

»Ja, ich bin katholisch – oder war es zumindest. Ich habe schon lange keine Kirche mehr betreten. Ist meine Konfessionszugehörigkeit denn so wichtig?«

»Ja, wieso nicht?«

»Katholiken mögen Sie wohl nicht? Damit stehen Sie nicht allein.«

»Ich habe nichts gegen Katholiken. Meine Frage hatte einen ganz anderen Grund. Wir leben hier sehr isoliert unter rauhbeinigen Männern. Alle, die sich überhaupt zu einem Glauben bekennen, gehören zusammen. Schon allein des gegenseitigen Schutzes wegen. Finden Sie das nicht auch?«

Noch lächelte sie. Er lächelte ebenfalls. »Dazu habe ich eigentlich gar keine Meinung. Meine Religion ähnelt einer Angewohnheit, die ich selten praktiziere.«

Sie schaute ihn an, blickte dann wieder weg. Er entdeckte, daß ihre Haut sich über dem Kragen ihrer Bluse leicht gerötet hatte. Er hatte also einen Punkt gewonnen! Hannah Dorn war wohl nicht ganz die Heilige, als die sie sich gab. Sie war gehemmt, wenn ein Mann in ihrer Nähe war.

»Nun«, meinte sie, »sie sind wenigstens ehrlich. Das ist bereits eine ganze Menge.«

»Vielen Dank für das Kompliment«, sagte er, militärisch grüßend. »Ich denke, ich werde jetzt aufbrechen.«

Ihre nächste Bemerkung überraschte ihn maßlos:

»Falls Sie Durst haben, könnte ich Kaffee kochen.«

Wieder errötete sie. Er hatte also recht. Sie war zwar sehr religiös, aber das erfüllte sie doch nicht ganz, um mit ihrer Einsamkeit fertig zu werden. Er war sich nicht sicher, ob er sich mit einem derart widerspruchsvollen Wesen näher einlassen sollte.

Vorsichtig versuchte er, sich nicht festzulegen: »Das ist sehr gastfreundlich von Ihnen. Aber es ist bereits recht spät.«

»Na, so spät ist es doch noch nicht. Und ich selbst würde auch gern einen Kaffee trinken. Außerdem wollte ich doch noch Ihre Blasen behandeln. Aber das tue ich besser draußen, da ist es weniger kompromittierend. Sie wissen sicher, wie die Männer im Lager über mich reden. Jede Frau, die an einen Ort wie diesen reist . . .«

»Das stimmt nicht«, unterbrach er sie. »Sie halten Sie für fromm.« Dann deutete er auf das im Zelt befindliche zweite Gewehr. »Und es heißt, mit Ihnen sei nicht gut Kirschen essen. Sie können sich gar nicht vorstellen, wie sehr das die Männer enttäuscht.«

Sie lachte. Sie hatte schöne, regelmäßige Zähne. Die Wirkung war verwirrend.

»Ich weiß durchaus mit einem Gewehr umzugehen. Wenn ein Mann vesucht, sich mir auf unanständige Weise zu nähern, lege ich ihn um. Das ist eine Sache des Prinzips.«

»Ja, natürlich«, murmelte er mit unbewegtem Gesicht.

»Mr. Boyle, Sie machen sich wohl über mich lustig?«

»Nein, Miss! Sie sind – nur nicht so, wie ich es erwartet habe.«

»Bitte, erzählen Sie mir nicht, was Sie erwartet haben«, neckte sie ihn, »sonst könnte unsere Bekanntschaft ganz plötzlich ein Ende finden. Ich muß zugeben, ich bin froh, daß Sie hier reingeschaut haben. Ich habe nicht häufig Gelegenheit, mich mit einem einigermaßen gebildeten Menschen zu unterhalten. Es ist ein Vergnügen.« Ihre Augen blitzten im Lampenschein: »Auch wenn Sie Ihre Laster haben.«

»Nun frotzeln Sie mich.«
»Verzeihen Sie mir das? Jetzt wollen wir aber nach draußen gehen.«
Wieder lächelte sie, als ginge es ihr darum, wenigstens eine Freundschaft auf Probe einzugehen. Er hob den Vorhang, um ihr den Vortritt zu lassen.
Er blickte auf den schönen Schwung ihrer Hüften. Welch wunderbarer Anblick!
Dennoch schien ihm Vorsicht geboten:
Paß auf, Boyle! Versuch nicht im biblischen Sinn, sie zu »kennen«. Sonst schießt sie dich über den Haufen. Vielleicht würde sie sogar auf dasjenige Glied zielen, das mit deinen lasterhaften Gedanken zu tun hat.
Der Gedanke ließ ihn zusammenzucken, als er hinter ihr aus dem Zelt heraustrat.

## 8. Kapitel
## Die Bibel und das Messer

Hannah Dorn bat ihn, das Feuer mit frischem Büffelmist wieder zu entfachen, der hinter dem Zelt lagerte. Als er ihn holen ging, erinnerte er sich amüsiert an den ersten Abend, da man ihn in die Prärie geschickt hatte, um Büffeldung zu holen.

Er war damals erst seit zwei Tagen auf der Eisenbahnbaustelle. Da forderte Sean Murphy ihn auf, zu einer nahe gelegenen Suhle zu gehen und allen Büffelmist herbeizuschaffen, den er finden konnte.

Er kehrte mit einer beträchtlichen Ladung zurück, schichtete sorgfältig ein halbes Dutzend Haufen aufeinander und versuchte, sie mit einem Streichholz anzuzünden. Er wußte, daß die Misthaufen leicht in Brand zu setzen waren und ein beinahe rauchloses Feuer hervorbrachten.

Nachdem er erfolglos zehn Streichhölzer angezündet hatte, lachte Murphy, daß ihm die Tränen kamen. Dann erklärte er den Scherz, den man sich mit jedem Neuankömmling erlaubte. Die Büffel rollten sich in den Suhlen hin und her, um Erleichterung zu finden von Stechfliegen und Moskitos. Die Schlammkruste, die von den Körpern der Büffel abfiel, wenn sie sich erhoben, war zwar als Brennmaterial nicht zu gebrauchen, sah aber genauso aus wie Haufen von Büffeldung. Seitdem hatte auch Michael mehrfach Neuankömmlinge zu ähnlichen Büffelsuhlen geschickt. Es handelte sich dabei um eine Art Einführungsritual.

Er holte jetzt den Mist und begab sich zum Feuer. Dabei fragte er sich nach dem Grund seines Interesses für Hannah Dorn, war doch Julia die einzige Frau, die ihm wirklich wichtig war.

Vielleicht mach' ich die Sache zu kompliziert, dachte er, als er um die Ecke des Zeltes kam. Hannah stellte gerade einen Schemel in die Nähe der Asche. Ich bin schon lange nicht mehr mit einer Frau zusammengewesen. Es ist keine Sünde, sich an einem weiblichen Wesen zu erfreuen – selbst wenn sie zwar gut aussieht, aber zu der strengen, stacheligen Sorte gehört.

Aber so ganz war er von dieser Einschätzung ihrer Person nicht überzeugt. Einige Male hatte Dorns Tochter ohne Absicht eine Weichheit – eine Verwundbarkeit – offenbart, die unter dem Panzer ihrer Religiosität verborgen lag. Nun erhielt er erneut einen Beweis dafür. Unsicherheit war ihr anzusehen, als sie mit dem Deckel des Kaffeetopfs hantierte.

»Es ist der Rest des Morgenkaffees, Mr. Boyle. Sehr stark, fürchte ich.«

»Kann gar nicht stärker sein als das Gift, das es im Kantinenwagen zu trinken gibt«, meinte er lachend, während er die Misthaufen fallen ließ.

Hannah befestigte den Topf an einem Dreifuß aus drei rostigen Eisenstangen. Sie zog Streichhölzer aus ihrer Tache. Michael streckte seine Hand danach aus.

Sie gab ihm die Streichhölzer. Ihre Hände berührten sich. Bei dem unerwarteten Kontakt hielt sie den Atem an.

Schnell zog er seine Finger zurück. Verdammt noch mal, ich bin wohl genauso nervös wie sie.

Der Mist begann fast sofort zu brennen. Sehr bald schon züngelten die Flammen im Nachtwind. Mit über Kreuz geschlagenen Beinen saß er in der Nähe ihres Schemels. Die Arbeiter, die hinter Dorns Kutsche nicht mehr zu sehen waren, hatten jetzt wieder zu singen begonnen. Die Stimme von Tom Ruffin, dem Jungen aus Indiana, war deutlich herauszuhören. Schließlich war nur noch diese eine Stimme von fast schmerzhafter Süße unter den Sternen von Nebraska zu vernehmen.

»Sie waren wohl Soldat?«

»Wie kommen Sie darauf?«

»Ihr Gesichtsausdruck hat sich verändert, als er das Lied vom Krieg anstimmte.«

Er versuchte, die Achseln zu zucken, als wecke die Musik in ihm keine Erinnerungen.

»Ja, ich war Soldat. Ich gehörte zum New Yorker 69. Regiment der Irischen Brigade. Ich war die ganze Zeit dabei, bis zu meiner Verwundung.« Bitter lächelte er. »Es war ein ständiger Kampf. Nach jeder Schlacht fühlte man sich um zwanzig Jahre gealtert. Und von Anfang an hatten wir zuwenig Soldaten. Nach Gettysburg – erst am zweiten Tag kamen wir ernsthaft zum Einsatz – besaßen wir nur noch dreihundert Musketen. Wir hatten fünf Regimentsflaggen. Jede von ihnen sollte etwa tausend Soldaten repräsentieren. Wir versuchten, im Kampf das Zehnfache zu leisten, als seien wir eine echte Brigade. Aber es war umsonst, unsere Verluste waren zu groß gewesen.«

Mit prüfendem Blick fragte sie ihn: »Warum sind Sie stolz darauf, zu kämpfen?«

»Stolz darauf, andere Amerikaner zu töten?«

Michaels Hand deutete auf seinen Schnurrbart. Ein Zeigefinger strich über das teils goldene, teils graue Haar, während seine Augen ins Feuer blickten.

»Nein, schließlich habe ich es gehaßt.«

Sie war hocherfreut: »Wie alle Menschen, die sich an die Gebote halten, die Gott dem Moses gab.«

Er zog eine Grimasse: »Ich fürchte, ich begann den Krieg erst zu hassen, nachdem ich das Erste Gebot mehrmals verletzt hatte.«

»Wie oft?«

»Ganz sicher viermal. Vielleicht auch öfter.«

Er hob seinen Kopf.

»Andererseits, Miss Dorn, habe ich gern geglaubt, daß wir für eine gerechte Sache auch Menschen töten mußten.«

»Das haben die Südstaatler auch gedacht.«

»Zugegeben.«

»Man sollte Meinungsverschiedenheiten auf andere Weise beilegen.«

Er seufzte. »Viele Männer, die klüger waren als ich, haben eine entsprechende Methode gesucht. Dreißig Jahre lang haben sie sich bemüht. Aber die Differenzen waren zu groß. Zu fundamental. Na, nun ist's vorbei.«

»Aber die Erinnerungen sind geblieben.«

»Ich gebe zu, daß ich auf unsere Einheit stolz war. Die Befehlshaber der Union schätzten die Irische Brigade besonders hoch ein. Bevor es losging, fragten sie: ›Sind die grünen Fahnen bereit?‹ Die Fahnen waren geschmückt mit leuchtend goldenen Harfen und Sonnen. Das Gold war meist auch im dicksten Rauch zu sehen. Aber am Ende marschierten einfach zu wenige Soldaten hinter diesen Fahnen.«

»Auf beiden Seiten zu wenige«, stimmte Hannah zu. »Insgesamt sollen vierhunderttausend Mann gefallen sein.«

»Ich hab' von mehr als einer Million gehört. Und dann gab's noch mal etwa die gleiche Anzahl Verletzter. Genau wird man das niemals erfahren. Beide Seiten haben ihre Berichte ohne Sorgfalt geführt. Ein Offizier, den ich im Lazarett kennenlernte, hat mir erzählt, einige Einheiten der Konföderierten hätten offiziell immer noch existiert, als nur noch sechs, acht Kameraden der ursprünglichen Mannschaft übrig waren.«

Sie bemerkte, daß er das Thema nicht schätzte, und ging zu etwas anderem über:

»Sie haben einem New Yorker Regiment angehört. Meinten Sie damit den Staat oder die Stadt?«

»Die Stadt.«

»Sind Sie dort zu Hause?«

»Ich war es«, bestätigte er und fügte, auf den Bauzug deutend, einschränkend hinzu: »Das ist jetzt meine Heimat.«

»Warum sind Sie hierher gekommen?«

Er grübelte über die Frage nach. Sollte er sie ehrlich beantworten? Ja – aber nicht ganz.

»Es gibt verschiedene Gründe. Ich wollte Arbeit finden. Geld verdienen.«

»Gab es denn in New York City keine Arbeit?«

»Ich hätte wieder in die Docks gehen können. Als junger Mann habe ich als Hafenarbeiter begonnen.«

Sie lächelte: »Na hören Sie mal. Alt sind Sie doch noch nicht!«

»Aber ich werd's allmählich.« Sein Lächeln verschwand. »Als ich das Lazarett verließ, wünschte ich mir eine ganz bestimmte Art von Arbeit. Ich brauchte sie wohl sogar. Im Osten stößt man überall auf Krüppel. Ein deprimierender Hinweis auf den Preis, den wir zahlen mußten, um die Union zusammenzuhalten. Ich hab' gelesen, daß man jetzt Kavallerieregimenter rekrutiert zum Einsatz gegen die Indianer hier draußen. Und weil es heutzutage nur noch so wenig taugliche Männer gibt, setzt die Armee ihre Anforderungen gewaltig herab. Man nimmt sogar Einarmige und Einbeinige. Hinkende sind bei der Kavallerie durchaus willkommen, denn das behindert sie ja nicht beim Reiten. Für eine ganze Generation werden wir eine Nation von Invaliden sein. Bei der Eisenbahn hoffte ich, nicht auf Invaliden zu treffen.

Aber es gibt noch einen weiteren wichtigen Grund, warum ich zur Union Pacific gegangen bin. Ich bin der Ansicht, daß ich zum Werk der Zerstörung schon genug beigetragen habe. Leben und Eigentum anderer habe ich vernichtet. Jetzt wollte ich das ausgleichen. Ich wollte aufbauen, nicht niederreißen. Die Eisenbahn ist ein achtbares Unternehmen, selbst wenn viele behaupten, daß sie von Spekulanten beherrscht wird, die nicht davor zurückschrecken, Kongreßabgeordnete zu bestechen, damit sie vollendet wird. Aber im Kern ist es eine gute und wichtige Aufgabe. Unglücklicherweise jedoch...«

Nun lächelte er reumütig.

»... war ich noch nicht vollständig erfolgreich damit, mir das Kämpfen abzugewöhnen. Ich habe mich in eine Auseinandersetzung mit Worthing hineinziehen lassen. Er hat gekriegt, was er verdiente, aber ich schäme mich, derjenige gewesen zu sein, der ihm eins verpaßt hat.«

Sie beobachtete ihn weiterhin wortlos. Es erleichterte ihn auf seltsame Weise, über seine Vergangenheit zu berichten. Plötzlich ließ er sich hinreißen, ihr nun auch weitgehend den Rest seiner Geschichte zu erzählen:

»Ich habe den Osten auch verlassen, weil es persönliche Probleme gab. Vor dem Krieg war ich bei einer sehr wohlhabenden Familie, den Kents, beschäftigt.«

Der Name brachte bei ihr keine Reaktion hervor.

»Dort wurde ich allerdings entlassen. Ich habe ein, zwei Dinge getan, die es unmöglich machen, je wieder für diese Leute zu arbeiten.«

Es fuhr ihm durch den Kopf: So habe ich Louis gesagt, daß ich an seinen Plänen nicht teilhaben möchte, mit dem Feind Handel zu treiben.

So habe ich seine Frau beinahe vergewaltigt, damals in jener Nacht in Kentland – und dann habe ich mich auch noch sinnlos in sie verliebt.

Nun setzte er sich aufrechter hin, als könne er dadurch geistige Klarheit gewinnen. Einen Augenblick schien es ihm, als sehe er Julias' blaue Augen strahlen. Er blinzelte. Da verschwand diese Vision.

»Sie brauchen mir jetzt nicht mehr zuzuhören, Miss Dorn. Es ist eine langweilige Geschichte, und es spielen viele dieser Laster, die Sie verabscheuen, eine große Rolle darin.«

»Wieso, Mr. Boyle? Das klingt fast beleidigend.« Aber sie zürnte ihm nicht.

»Bitte, ich will mich nicht über Ihren Glauben lustig machen. Die Zeiten, in denen wir leben, erfordern viel davon. Aber wie ich vorhin wohl schon deutlich machte: Ich bin kein gläubiger Mensch.«

»Das glaube ich Ihnen nicht. Jeder Mensch strebt nach irgend etwas.«

»Ja. Ich will jeden Tag eine Meile Schienen legen.«

»Ich meine ein höheres Ziel, nach dem man strebt.«

»Ich will meine Arbeit anständig tun. Den hundertsten Meridian erreichen, erleben, wie der Atlantik und der Pazifik durch Schienenstränge verbunden werden.«

»Und das ist alles?«

Er nickte.

»Was wollen Sie tun, wenn die Bahnstrecke fertig ist?«

»Keine Ahnung.«

»Das ist eine traurige und ziellose Weise, durchs Leben zu gehen, Mr. Boyle.«

»Tatsächlich. Aber es ist besser, als Krieg zu führen.«

Er zog die Brauen zusammen. Ihm paßte die Art nicht, wie diese Frau Bekenntnisse aus ihm herausholte, die er gar nicht zu machen beabsichtigte.

Sie nahm die Bibel von ihrem Schoß, erhob sich und berührte die Kaffeekanne mit einem Zeigefinger. Schnell zog sie ihn zurück, der Kaffee war jetzt heiß genug.

»Auf jeden Fall sind Sie besser dran als Papa«, meinte sie. »Sie haben ein Ziel, das Sie eine Weile beschäftigt. Papa denkt nie weiter als bis zum nächsten Schluck Schnaps. Als wir achtzehnhundertfünfzig nach Amerika kamen, machten wir uns große Hoffnungen. Ich erinnere mich gut daran. Zwölf Jahre war ich alt, als wir auf dem Zwischendeck herüberkamen. Ich erinnere mich immer noch daran, wie Mama, ehe wir Hamburg verließen, über die große Zukunft sprach, die uns erwarte.«

Nun hielt sie die Kaffeekanne in der Hand:

»Im Waschbecken finden Sie zwei Becher, Mr. Boyle.«

Er ging ins Zelt, kam mit den Bechern zurück und ließ sie einschenken. Er reichte ihr einen Becher, dabei berührten ihre Finger die seinen zufällig ein zweites Mal. Sie senkte daraufhin die Augenlider.

Dann setzte er sich wieder auf den Schemel, starrte auf ihren Becher, während sie ganz ruhig weitersprach:

»Papa war der jüngste von vierzehn Brüdern. Es gab keine Mädchen, die man verheiraten konnte. Die Brauerei, die die Familie besaß, konnte nicht auch noch ihn und sein Weib ernähren. Acht seiner Brüder mußten sich eine andere Art von Arbeit suchen. Mamas Ersparnisse und Mamas Entschiedenheit sorgten dafür, daß wir von Hamburg hierher in dieses Land kamen. Zunächst gelangten wir bis Cincinnati. Papa versuchte sich dort als Metzger. Erst arbeitete er als Angestellter in einem Laden, um zu lernen. Dann machte er ein eigenes Geschäft auf. Aber er hatte sich als junger Mann schon zu sehr an Bier und Schnaps gewöhnt. Er war bereits ein Alkoholiker. In Cincinnati verhielt er sich beleidigend gegenüber seinen Kunden. Das sprach sich rasch herum. Das Geschäft wurde ein Mißerfolg. Durch den Verkauf seines Geschäftshauses machte Papa sogar einen kleinen Gewinn. Aber das war nur ein glücklicher Zufall.«

»Und Ihre Mutter?«

»Mama opferte sich auf, meinen Bruder Klaus großzuziehen. Er wurde achtzehnhundertzweiundfünfzig geboren. Sie betätigte sich in Cincinnati auch sehr aktiv als Fluchthelferin für Schwarze, die aus Kentucky geflohen waren und nach Kanada zogen. In einer Nacht vor sechs Jahren versorgten sie, zwei andere Frauen und ich drei entlaufene Negerjungen am Hafen von Cincinnati mit Nahrungsmitteln. Anlaß zu ihrem Herztod gab ein Farmer, der über den Fluß gerudert war, um die Jungen wieder einzufangen. Es gab keine Gewalttätigkeiten, nur einen sehr heftigen Wortwechsel. Der Farmer drohte allerdings mit einem Gewehr. Und Mama hatte ein schwaches Herz. Sie erlitt einen Herzanfall und starb noch in derselben Nacht.«

»Das tut mir leid.«

»Papa brauchte ein Jahr, um wieder zu sich zu kommen und einzusehen, daß der Metzgerladen ein Mißerfolg war. Dann verkaufte er ihn. Wir zogen von Cincinnati nach Nebraska, weil sich dort viele Deutsche niedergelassen hatten. Papa eröffnete in Grand Island einen Laden, und nach zwei oder drei Monaten gab es ein neues Desaster. Er vergraulte die Kundschaft durch seine Grantigkeit und sein unhöfliches Wesen.«

»Dennoch blieben Sie bei ihm?«

»Ich hab's doch schon gesagt: Er ist eben mein Vater. Und dann muß auch noch für Klaus gesorgt werden. Der Starke muß dem Schwachen helfen.«

Sie legte eine Hand auf den dunklen Lederumschlag der Bibel auf ihren Knien.

»Christus hat uns das gelehrt.«

Dann faßte sie schließlich zusammen:

»Was immer Papa passieren mag, ich werde in Nebraska bleiben. Mamas Glaube an Amerika war gerechtfertigt. Das habe ich gelernt, seit ich erwachsen bin. Und vielleicht ist es nicht Papas Fehler, daß er nicht stark genug ist, von den Chancen Gebrauch zu machen, die dieses Land bietet. Nebraska ist ein gutes Land. Es fehlen ihm nur die Leute, die an Gott und an harte Arbeit glauben. In ein paar Jahren wird es in Grand Island Schulen und Kirchen geben, die Stadt wird genauso schön sein wie jede andere. Ich werde hier bleiben, selbst wenn Papa einmal nicht mehr ist.«

»Sie haben einen starken Glauben«, sagte Michael und hoffte, daß sie dies als Kompliment auffaßte.

Sie nickte bescheiden mit dem Kopf. Wieder sah er deutlich, wie lieblich ihr Gesicht im Feuerschein aussah. Aber mit ihrer seltsamen

Mischung von Frömmigkeit und Verletzlichkeit wußte er noch immer nichts anzufangen.

Plötzlich setzte Hannah den Becher zwischen ihre Stiefel auf den Boden und schlug die Bibel auf.

»Mama hat mir beigebracht, an drei Dinge zu glauben, Mr. Boyle. An Arbeit, an Sauberkeit und an die Heilige Schrift. Ich kenne einige Leute, die mich deshalb auslachen.«

Er hob eine Hand: »Ich nicht. Ich wünschte, es gäbe neben dieser teuflischen Eisenbahn noch einige Dinge, an die ich glauben könnte. Die Familie, für die ich gearbeitet habe, hatte solche Dinge. Aber sie hat sich davon abgewandt, nun, das macht nichts. Fahren Sie fort.«

»Es bleibt jetzt nur noch eines zu sagen übrig: Ich glaube an das, was auf diesen Seiten steht. Und ich glaube, daß dieses Land zu größeren Hoffnungen berechtigt als jedes andere auf dieser Erde. Amerika wird immer ein gesegnetes Land sein, wenn wir an seinen Zielen und an diesem Buch festhalten.«

Er blickte zweifelnd drein: »Im Augenblick würde ich den Osten nicht als gesegnetes Land bezeichnen. Er ist von Haß vergiftet.«

»Nein, der Haß ist dort nicht stärker als hier. Der Bursche, mit dem Sie gekämpft haben, wie unterscheidet der sich von den Politikern, die einander in Stücke reißen? Und was ist mit den Geschäftsleuten, über die die Zeitungen schreiben? Das Böse ist auf dieser Welt immer und überall, Mr. Boyle. Aber wir können uns davon fernhalten und uns am Guten erfreuen. Und wir sind dabei nicht ohne Führung.«

Sie klopfte auf das Buch: »Als Sie kamen, habe ich gerade genau zu diesem Thema etwas gelesen. Zweite Chronik, Kapitel sieben, Vers vierzehn.«

Er beneidete sie wegen des Friedens, den ihr Gesicht offenbarte, als sie, ohne aufzuschauen, die Stelle zitierte:

»Und daß mein Volk sich demütigt, das nach meinem Namen genannt ist, daß sie beten und mein Angesicht suchen und sich von ihren bösen Wegen bekehren werden, so will ich vom Himmel her hören und ihre Sünde vergeben und ihr Land heilen.«

Er wünschte, er könnte glauben, ihre Antwort sei die richtige – und daß sie leicht zu verwirklichen war. Sie blickten einander einen endlos erscheinenden Augenblick lang an. Dann überkam sie eine große Verlegenheit. Ihre Hände lagen auf dem Buch, und sie blickte auf sie nieder. Am liebsten wäre er aufgestanden, um das Feuer herumgegangen und hätte sie berührt.

Aber er unterließ es. Wenn sie gewußt hätte, daß eine gewisse Spannung in seinem Unterleib für seine Gefühle teilweise verantwortlich war, dann wäre sie ganz sicher ins Zelt gerannt und hätte die Waffe geholt.

Was zum Teufel ist los mit dir, Michael Boyle?

Die Antwort war dieselbe wie zuvor: Es handelte sich um eine normale Reaktion, wenn man schon so lange mit keiner Frau mehr gesprochen hatte.

Aber diese Art von Reaktion wollte er nicht. Die Frau faszinierte ihn.

Er versuchte, sich über ihren Glauben an die zitierte Bibelstelle nicht zu mokieren. Aber einen gewissen Zynismus konnte er doch nicht unterdrücken.

»Dies ist eine löbliche Botschaft. Vielleicht sollte ich sie abschreiben und Captain Worthing überbringen?«

»Ist das der Mann, mit dem Sie die Auseinandersetzung hatten?«

»Ja, kennen Sie ihn?«

»Nein, aber Klaus hat mich informiert – Worthing gehört zu den besten Kunden meines Vaters. Ich hoffe, Sie werden mit ihm nie mehr zu tun haben.«

Ich hab's nicht unter Kontrolle, mußte er sich eingestehen.

»Nein, besser nicht«, lachte er. »General Casement hat mich verwarnt. Wenn es nochmals Ärger gibt, fliege ich hier raus.«

»Mr. Boyle, ich muß Ihnen was sagen, und ich hoffe, Sie fassen es nicht als Beleidigung auf.«

Er war gewarnt: »Nun, bitte?«

»Ich glaube, jeder Mensch findet genau das, was er sucht. Ob es nun Ärger ist oder Frieden.«

»Ich fürchte, ganz so einfach ist es nicht.«

»Nicht in jedem Einzelfall, aber im allgemeinen doch.«

»Nun, in meinem Fall hat das ganz gewiß nicht funktioniert. Ich suche den Frieden, aber ich kann ihn nicht finden.«

»Vielleicht haben Sie sich nicht am richtigen Ort darum bemüht.«

»Wenn Sie damit die Bibel meinen, dann haben Sie recht.«

»Sie sollten es ab und zu versuchen.«

»Ich wünschte, ich könnte es. Ich meine, an das glauben, was ich tue.«

»Das kommt am Ende von ganz alleine. Man muß es nur wollen.«

Nun fühlte er sich irgendwie gelangweilt und hätte dies auch zum Ausdruck gebracht, wäre sie nicht so ernsthaft gewesen. Eines gab er allerdings zu:

»In einem gewissen Maße haben Sie allerdings recht – mit der Behauptung, daß man findet, was man sucht. Ich hätte mich Worthing auch unterwerfen können, aber das wollte ich nicht.«

»Dies ist ein schwieriger Ort. Unter rauhbeinigen Männern werden Sie sich immer wieder vor solche Entscheidungen gestellt sehen.«

»Und in Grand Island passiert das nicht?«

»Nicht so häufig.« Sie lächelte. »Dank des Fortschritts der Zivilisation. Bevor ich zu Bett gehe, werde ich auf jeden Fall darum beten, daß Mr. Worthing Sie nicht erneut in Versuchung führt. Sollten Sie dieser Versuchung nochmals nachgeben, dann werden Sie sich anschließend noch viel unglücklicher fühlen.«

Er unterdrückte eine Antwort, als er erkannte, daß sie das völlig ernst meinte. Ernsthaft und besorgt sah sie seine Angelegenheiten. Es verschlug ihm die Sprache.

Das Singen hatte aufgehört. Die abgekühlte Luft wirkte berauschend. Dies stille Dasitzen neben Hannah erfüllte ihn mit einem Gefühl der Ruhe, wie er es seit Monaten nicht mehr erlebt hatte.

Das Schweigen dauerte an. Er wurde sich der Frau an seiner Seite bewußt. Sein Körper reagierte darauf in einer Art und Weise, die sie sicher abstoßend gefunden hätte. Er fand, daß es jetzt besser sei zu gehen.

Er trank seinen Kaffee aus, der inzwischen kalt geworden war, und versuchte, sich beim Aufstehen so zu wenden, daß sie die kritische Stelle an seiner Hose nicht sehen konnte.

»Miss Dorn, vielen Dank für die Gesellschaft, den Kaffee und das Gespräch.«

»Es war mir eine Freude, Mr. Boyle, Sie sind ein sensibler und gebildeter Mann.«

»Nein, ich bin bloß ein einfacher Eisenbahnbauarbeiter«, lachte er. »Sie können gebildeter reden. Wo haben Sie eigentlich so gut Englisch gelernt?«

»Durch Mama. Sie war der Ansicht, wenn dies unser Land sei, dann hätten wir die Sprache perfekt zu beherrschen. Papa lernte die Sprache nie, aber bei mir war das anders. Ich habe in diesem Lande nie eine Schule besucht, aber meine Lehrer waren berühmt: Shakespeare, John Milton, Wadsworth ...«

Sie hob die Bibel: »Und die Übersetzer, die für den guten König James arbeiteten.«

Sie legte das Buch auf den Schemel, während sie sich erhob, dabei blickte sie ihm gütig in die Augen.

Boyle, du benimmst dich wie der schlimmste Halbwüchsige! dachte er.

So war es tatsächlich. Und er konnte nichts dagegen tun. Sie tat einen entschlossenen Schritt.

»Warten Sie einen Augenblick. Ich muß Sie noch behandeln.«

Kurz darauf tauchte sie aus dem Zelt mit einem kleinen Töpfchen wieder auf. Es enthielt eine Salbe, die seine Blasen und den verbrannten Daumen wunderbar kühlte.

»Nun fühle ich mich viel besser«, dankte er ihr, als sie ihn verarztet hatte. Erneut wunderte er sich über die Reaktion, die die Berührung ihrer Finger hervorrief.

»Freut mich.« Sie streckte ihre Hand aus.

Nach einem Augenblick des Zögerns – seine Handfläche war noch glitschig – drückte er ihre Hand. Er drückte sie ein wenig fester als notwendig. Ihr schien das nichts auszumachen.

»Ich danke Ihnen nochmals, Miss Dorn.«

»Es war mir ein Vergnügen.«

»Vielleicht kann ich morgen früh noch mal reinschauen, wenn Christian aufgewacht ist?«

Die graublauen Augen blickten ihn an. »Es würde mich freuen.« Dann fügte sie mit mehr Lebhaftigkeit hinzu: »Ein zweiter Besuch kann sogar zur Folge haben, daß der Sonntag mit Papa halbwegs friedlich verläuft. Er hat jede Hoffnung aufgegeben, daß sich ein Herr finden wird, der länger als einen Augenblick mit mir reden mag. Das Gewehr und die Bibel scheinen zu sehr zu stören. Aber ich hoffe – ich bin doch keine Schreckschraube.«

»Ganz im Gegenteil. Es ist wunderbar, mit Ihnen zusammenzusein. Nun denn, bis morgen – soll ich vielleicht später im Laufe des Tages kommen?«

Wieder neckte sie ihn: »Am Morgen gibt es doch keine Gottesdienste, die Sie fernhalten könnten, Mr. Boyle?«

»Man könnte im Platte River baden. Damit wäre ich eine Weile beschäftigt.«

Mit einem Lied auf den Lippen verließ er sie.

## 2

Er ging hinter den Schnapswagen. Die Kunden waren verschwunden. Klaus Dorn lag halb über dem Verschlag, sein plumpes Kinn auf die Unterarme gestützt. Die Waffe lag am Boden. Sein Vater, der Whiskeyhändler, lag gegen ein Rad seines Wagens gelehnt, seine Hände steckten im Schmutz. Er schnarchte, Speichel troff aus seinen Mundwinkeln.

Ein trauriger Anblick, fand Michael. Selbst aus einiger Entfernung konnte man den Schnapsgeruch wahrnehmen, den Dorn verbreitete. Kein Wunder, daß das Mädchen in der Bibel ihre Zuflucht suchte.

Als er den dunklen Schlafwaggon betrat und sich seiner Koje näherte, flüsterte Sean Murphy vom Bett aus unter ihm:

»Bist du's Michael Boyle?«

»Nein, es ist Worthing, der mir auflauern will.«

»Mach keine Scherze!« brummte Murphy. »Greenup hat ihn vorher gesehen. Sein Gesicht war dunkelrot vor Zorn. Er stößt Drohungen aus.«

»Was für Drohungen?«

»Sehr häßliche. Nimm dich bloß in acht.«

»Natürlich.«

Murphy schnupperte. »Jesus, du riechst ja wie eine Apotheke.«

»Miss Dorn gab mir Salbe für meine Blasen.«

»Ach ja, einer der Burschen hat bemerkt, daß du sie aufgesucht hast.«

»Ich wollte mich nur nach Christian erkundigen.«

»Und dazu hast du wohl eine Stunde gebraucht.«

In der untersten der drei Kojen beschwerte sich jetzt Liam O'Dey:

»Könnt ihr mal das Maul halten, ich muß meinen Schlaf haben.«

»Aber O'Dey, morgen ist doch Sonntag.«

»Ich bin total erledigt und brauche meinen Sonntag.«

»Du hast den ganzen Tag Zeit, dich auszuruhen und deiner Lieblingsbeschäftigung nachzugehen, nämlich Klagelieder anzustimmen.«

Der Gedanke an den Sonntag gefiel Michael, als er sich auszog. Was für eine seltsame, unerbittliche Frau Hannah Dorn doch war. Eine Bibel, ein Gewehr, ein Säufer als Vater, ein geistig zurückgebliebener Bruder – und Einsamkeit: Das war ihr Leben. Doch er sehnte sich nach dem kommenden Tag, sehnte sich danach, sie zu sehen. Er wollte baden, sein Haar pflegen und am frühen Nachmittag bei ihr hereinschauen.

Er freute sich darauf und lachte.

»Was ist das für ein dreckiges Lachen?« meinte Murphy. »Was hat das Mädel denn mit dir angestellt, nachdem sie dich behandelt hat? Hat sie dich in ihre privaten Räumlichkeiten eingelassen, und durftest du einen Blick auf ihren Rosenkranz werfen?«

»Sie hat keinen Rosenkranz. Sie ist Lutheranerin.«

»O Gott, laß dich mit denen nicht ein!«

»Jesus und Maria, müßt ihr denn die ganze Nacht über Sauereien und Theologie plappern?« beschwerte sich O'Dey und trommelte mit der Faust auf seine Matratze.

»Geh zum Teufel, du sauertöpfischer alter Kerl«, meinte Murphy und unterstrich seine Aussage noch durch einen Furz. O'Dey rang sich nur ein »Ach« ab und trommelte noch eine Weile auf der Matratze rum.

Dann flüsterte Murphy: »Eines habe ich allerdings mit O'Dey gemeinsam: Ich bin total erschöpft. Gute Nacht, Michael.«

Michaels Hände schmerzten, als er sich mit der einen an der Koje festhielt und mit der anderen seine Stiefel auszog. Dann entkleidete er sich im Stehen, weil das so leichter war, als auf dem Rücken liegend. Plötzlich wurde ihm deutlich, daß er eine ganze Weile lang nicht mehr an Julia Kent gedacht hatte.

»Ich hab' gute Nacht gesagt, Michael Boyle.«

»Gute Nacht, Sean.«

Hannahs Augen schimmerten in seiner Erinnerung. Ein Teil des Bibelzitats ging ihm wieder durch den Kopf:

»Daß sie beten und mein Angesicht suchen und sich von ihren bösen Wegen bekehren – so will ich ihr Land heilen.«

Nun war er den zweiten Stiefel los. Er stieg aus seinen Hosen. Ein Muskelkrampf in seinem Oberschenkel verursachte ihm Schmerzen in Hüfte und Wade. Wirklich schade, daß er Miss Dorns biblische Botschaft dem Virginier nicht vermitteln konnte. Worthings Land, der Süden, bedurfte noch sehr der Heilung. Statt dessen erhielt es Bestrafung. Michael war sich sicher, daß die Probleme des Mannes zum großen Teil daraus resultierten. Andererseits konnte es durchaus sein, daß er seiner Phantasie zu sehr freien Lauf ließ. Vielleicht war Worthing durch seine Schläge genug bestraft worden.

Als er Stiefel und Hosen in der Koje verstaut hatte und dann hinaufzuklettern begann, kam er zu dem Schluß, es sei lächerlich, sich wegen des Captains Sorgen zu machen, wenn nicht einmal sicher war, ob der Mann wirklich etwas vorhatte. Murphy hatte zwar Drohungen erwähnt, aber zwischen Worten und Taten bestand ja ein gewaltiger Unterschied.

Genau in dem Augenblick zog er sich an der Koje hoch, so daß sein Kopf auf der Höhe der Bettdecke war.

»Jesus Christus«, entfuhr es ihm da.

3

»Hast du was gesagt?« fragte Murphy schlaftrunken von der unteren Koje her.

Michael war sprachlos, er brauchte eine Weile, um antworten zu können.

»Ich habe nur mit mir selbst gesprochen.«

Wie entgeistert starrte er auf das Messer. Es war wohl aus der Küche entwendet worden. Unten vom Gang aus hatte er es nicht sehen können.

Als der Wagen noch leer war, mußte sich jemand hereingeschlichen haben. Seine Decke war zerfetzt, ebenso Jephthas Brief. Das Messer hatte auch die Matratze beschädigt.

Mit schweißnasser Hand zog er das Messer heraus und legte es auf seine Kleidungsstücke am Fußende des Betts. Er zitterte am ganzen Leibe, als er in den Wirrwarr von Wollfetzen und Papierschnitzeln kroch. Wie hatte er auch nur einen Augenblick lang glauben können, Captain Worthings Feindseligkeit würde sich auf Drohungen beschränken.

Er hoffte, daß Hannah Dorn nicht zu viel für diesen Mann beten würde. Es wäre vergebliche Liebesmüh. Ein Kampf war wohl kaum zu vermeiden.

## 9. Kapitel
## Auf Messers Schneide

In dieser Nacht konnte er kaum Schlaf finden. Michael lag mit unter dem Kopf gefalteten Händen da und versuchte erfolglos an anderes zu denken als an die Verwüstung seiner Schlafkoje.

Worthing wollte ihn fertigmachen. Und er wollte ihm klarmachen, daß die Abrechnung ganz unerwartet kommen konnte zu einem Zeitpunkt, den nur er bestimmte.

Michaels Augen fielen auf die Zeichnung von Matthew Kent, auf der der Milchhändler aus Havanna zu sehen war. Aus irgendeinem Grund war sie nicht beschädigt worden. Das schien ein weiterer Beweis dafür zu sein, daß Worthing nicht ganz bei Sinnen war. Worthing war so außer sich vor Wut, daß er das Bild übersehen hatte. Das verstörte Michael nur noch mehr.

Und seine Verstörtheit wuchs, als er über sein eigenes Verhalten Hannah Dorn gegenüber nachdachte.

Als er Hannah verließ, hatte er vor sich hingepfiffen wie ein mondsüchtiger Liebhaber. Nun aber machte ihn seine Keckheit nachdenklich. War alles möglicherweise eine Sinnestäuschung? Vielleicht hatte er sich nur selber hinsichtlich der Tochter des Schnapshändlers etwas vorgemacht. War sie vielleicht gleichsam das Gegengift, um sein Verlangen nach Louis Kents Weib loszuwerden?

Nun erschien Julias nackter Körper wieder vor seinem inneren Auge. – Diese Frau würde er nie besitzen.

Aber der unbeherrschbare Wunschtraum demütigte ihn. Er setzte auch Hannah Dorn herab. Sie hatte sich ihm gegenüber gutgläubig verhalten und wußte nicht, daß sie dazu diente, seine Gefühle für eine andere Frau zu unterdrücken.

Ach, in was für einem häßlichen Durcheinander steckte er jetzt!

Drei, vier Stunden mußte er so wachgelegen haben, dann schlief er erschöpft ein. Worthings Gesicht geisterte durch seine Träume. Als er am Sonntagmorgen kurz vor zehn Uhr aufwachte, fühlte er sich keineswegs besser.

Jetzt verließen viele Männer gleichzeitig ihre Kojen. Sie flüsterten nur, um die noch Schlafenden nicht zu wecken. Als Michael sich rührte, flüsterte Sean Murphy seinen Namen. Er reagierte nicht. Er ignorierte auch Murphys weiteres Flüstern. Schließlich stand Murphy auf, zog sich an und verließ den Wagen.

Als Michael dann sicher war, daß ihn niemand mehr stören konnte, nahm er die zusätzliche Decke, die sich am Fußende des Bettes befand, stellte sich auf Murphys Bett und breitete sie ganz aus, um die Verwüstung zu verdecken, die Worthing mit seinem Messer angerichtet hatte. Nach Einbruch der Dunkelheit wollte er dann die zerschnittene Wäsche und die Papierschnitzel wegschaffen, ebenso wie das Messer, das er vorläufig in den Spalt zwischen der Koje und der Wand des Wagens steckte. Nie hätte er auch nur daran gedacht, es Murphy zu zeigen oder Casement über den Vorfall zu berichten.

Murphy begrüßte ihn, als er den Kantinenwagen betrat. Michael konnte nicht anders, als sich zu seinem Freund zu setzen. Wenig später erschien auch Greenup Williams. Es fiel Michael auf, daß beide Männer sich mit ungewöhnlicher Sorgfalt angekleidet hatten. Murphy trug das einzige weiße Hemd, das er besaß, und eine alte Seidenkrawatte. Greenup hatte seine beste Arbeitskleidung an und eine alte smaragdgrüne Samtjacke, die für einen einfachen Streckenarbeiter, ob weiß oder schwarz, viel zu elegant war. Er hatte sie wohl von einem früheren Arbeitgeber geschenkt bekommen.

»Ich hab' gehört, wie du dich heute nacht die meiste Zeit hin und her gewälzt hast«, sagte Murphy zwischen zwei Schlucken Kaffee. Dann gab er Michael einen leichten Rippenstoß: »Die Gedanken an Miss Dorn haben dich wohl nicht zur Ruhe kommen lassen?«

Michael schüttelte den Kopf.

Greenup lachte: »Der ist aber gesprächig heute.«

»Ich erstarre nur in Ehrfurcht, weil ihr euch heute so prächtig herausgeputzt habt, Jungs.«

»Einer der Jungs, der sich gerade rasierte, als ich aufwachte, hat mir erzählt, daß Mr. Stackpole im Laufe der Nacht eingetroffen ist.«

Auf Michaels verdutzten Blick hin, erklärte Murphy:

»Mr. Stackpole gehört zum Photographenkorpus der Union Pacific.«

»Korps«, berichtigte ihn Michael.

Murphy zuckte die Achseln. »Wie das Dingsbums heißt, ist doch gleich. Hauptsache ist, ich habe meinen Spaß dabei. Greenup und ich, wir werden uns gleich photographieren lassen. Mach dich fein und komm mit.«

Es war Michael bekannt, daß die Eisenbahngesellschaft eine kleine Anzahl von ambulanten Photographen beschäftigte, deren Spezialwaggons – Dunkelkammern auf Rädern – den Schienen folgten, um die Fortschritte des Steckenbaus im Bild festzuhalten. Obwohl die unförmigen Kameras schon weite Verbreitung gefunden hatten, besaß Michael noch eine gewisse Scheu davor. Die Photographie war für ihn eines der Wunder des Jahrhunderts.

»Ich schaue zu unfreundlich drein und verderbe das ganze Bild«, sagte er kopfschüttelnd. Auch auf das Drängen der beiden Kameraden hin änderte er seine Meinung nicht.

Schließlich gab es Murphy achselzuckend auf. Greenup hatte jetzt auch gemerkt, daß mit Michael etwas nicht stimmte. Michael hatte sich erhoben und verabschiedete sich von den beiden. Er hob eine Zeitung aus Omaha auf, die irgend jemand liegengelassen hatte und die schon eine Woche alt war, und ging wieder zu dem Schlafwagen zurück, um sich zu rasieren und seinen Schnurrbart zurechtzustutzen. Dann wollte er zum Fluß hinunter und dort ein Bad nehmen.

Aber der Ausflug machte ihm keinen rechten Spaß mehr. Wieder war er auf der Flucht. Er floh vor seinen wirren Gefühlen gegenüber Julia und Hannah Dorn und seinen Befürchtungen vor Worthing.

Neben dem Schlafwagen blieb er ein Weilchen stehen, um Murphy, Greenup und O'Dey zu beobachten. Letzterer hatte sich wohl uneingeladen der Porträtgruppe angeschlossen. Sie posierten vor dem mit schwarzem Stoff bespannten Spezialwaggon. Von drinnen her hörte man Mr. Stockpole fluchen, der mit seinen geheimnisvollen Chemikalien Bilder entwickelte.

Schließlich tauchte Stackpole draußen auf und stellte sein Stativ auf. Dann holte er seine große Kamera mit dem metallenen Linsenring. Er war ein Mann mittleren Alters. Sehr ungeduldig und unter viel Aufhebens befestigte er die Kamera nun auf dem Stativ. Um ihn herum bildete sich ein kleiner Menschenauflauf. Einige der Leute hatten sich zum Photographieren herausgeputzt.

Schließlich verkündete Stackpole: »Nun wollen wir uns mal die erste Gruppe vornehmen.«

Er zupfte an dem schwarzen Tuch, das er über der Kamera ausgebreitet hatte, dann winkte er Murphy und seinen beiden Begleitern zu: »Nein, nein, dort nicht. Gehen Sie aus dem Schatten des Waggons!«

»Komm doch auch, Michael«, drängte Murphy erneut.

»Nein, danke!« Plötzlich erblickte er jemand, der in der Nähe des Kohlentenders herumlungerte. Mit verschränkten Armen blickte der

Mann auf die Menge und den Photographen. Er hielt eine Zigarre zwischen den Lippen und schenkte den Arbeitern um sich herum keine Beachtung. Sonntags wurden Lok und Tender abgekuppelt und als Transportmittel den Mitarbeitern überlassen, die sich für Meisterschützen hielten. Aber Michael konnte das Gesicht des Mannes, der ihn von ferne beobachtete, nicht erkennen.

Worthing beobachtete ihn.

»Nein«, wiederholte er, »ich brauche jetzt ein Bad.«

Und ich muß von hier fort, war sein Gedanke, ich bin über tausend Meilen weit gereist, um Julia und meinen Gefühlen für sie zu entfliehen. Es wird mir wohl nie gelingen.

»Nun komm schon!« forderte ihn Greenup auf. »Es dauert doch nur eine Minute.«

»Ich brauche ein Bad und sonst nichts!«

»Was ist denn los mit dir heute morgen?« fragte Murphy.

»Bitte aufstellen!« unterbrach Stackpole und dirigierte O'Dey und Greenup an die von ihm bestimmten Plätze. »Ich muß noch eine Menge Aufnahmen machen, solange das Licht gut ist.«

»Michael?!« wiederholte Murphy noch einmal.

»Nein!« brüllte Michael so laut, daß Murphy betreten dreinschaute. Michael entfernte sich. Mit der Zeitung unter dem Arm ging er eilig zum Ende des Schienenstrangs. Aber im Geiste rannte er dabei. Es gab kein Entkommen. Nirgends!

Diese Erkenntnis belastete ihn ungeheuer. Dann floh er gleichsam zum Ufer des Platte.

2

Fast eine Meile weit wanderte er durch kniehohes Büffelgras am Nordufer des Flusses. Zweimal hörte er das Pfeifsignal der *Osceola* – eine letzte Aufforderung an jene, die ein Stück nach Osten mitfahren wollten, um von Lok und Tender aus auf Büffel zu schießen.

Das Blau des Himmels war von einigen dünnen Wolken leicht verschleiert. Ein schwacher Wind wehte von Nordwest. Er bewegte das hohe Gras und die leuchtend roten Wildblumen. Michael war sich der außerordentlichen Lieblichkeit des Morgens bewußt. Dadurch löste sich seine Spannung ein wenig. Er pflückte eine Mohnblume und steckte sie sich in eines seiner Hemdknopflöcher. Sie hüpfte auf und ab, während er lebhaften Schrittes am Ufer entlangging.

Die Aussicht, Dorns Zelt noch einmal aufzusuchen, hatte in mehr als einer Hinsicht an Reiz verloren. Wenn er mit Christian und mit der jungen Frau reden wollte, mußte er sich auch mit dem begriffsstutzigen Deutschen freundlich unterhalten. Und er hatte gar keine Lust, höflich zu sein. Die Erinnerung an Julia hatte sein Glücksgefühl von gestern abend zunichte gemacht.

Seine Verwirrung wurde noch durch die neue Erkenntnis verstärkt, daß er trotz aller Gedanken an Julia tief in seinem Innersten den Wunsch verspürte, Hannah Dorn wiederzusehen. Sie war eine attraktive Frau, und er fühlte sich auf seltsame Weise von ihr angezogen.

Darüber hinaus mußte er zugeben, daß es noch einen weiteren Grund für sein Interesse gab; und dieser Grund überraschte ihn selbst. Er hielt sich zwar nicht für einen religiösen Menschen, aber einige ihrer Bemerkungen am gestrigen Abend hatten ihn doch erregt.

Er wünschte wirklich, daß sie recht haben möge. Er wünschte, daß Probleme so leicht zu lösen wären, wie sie es darstellte. Welch ein Segen würde es doch sein, wenn eine Rückkehr zu christlichen Verhaltensweisen, wie sie in der Bibel beschrieben werden, das Land in der Tat heilen und die Gewalttätigkeiten eindämmen könnte, die selbst an dieser so vernünftig organisierten Eisenbahnbaustelle zum Ausbruch gekommen waren. Und den weit verbreiteten Erscheinungen von Haß und Korruption ein Ende setzen, die Jephtha in seinem langen Brief beschrieben hatte. Zwar war Amanda Kent keine Anhängerin einer formalen Religion gewesen, aber ihr Glaube an gewisse Prinzipien erinnerte ihn doch an Hannah Dorn – und an seinen eigenen bedauerlichen Mangel an Überzeugungen.

Jetzt bin auch ich ein Kent, sagte er zu sich selbst. Ich sollte mich nun darum bemühen, einen persönlichen Glauben zu finden, ein Ziel, für das ich wieder arbeiten kann!

Die Eisenbahn reichte ihm jetzt als Aufgabe nicht mehr. Insbesondere war dies nicht mehr der Fall, seit er erkannt hatte, daß er im Grunde hierher geflohen war.

Aber eine Flucht war in Wirklichkeit nicht möglich.

Nun waren seine Gedanken wieder bei Worthing.

Noch ganz ins Grübeln vertieft, gelangte er an den Rand eines graslosen Fleckens, wo ein halbes Dutzend kleiner Erdkegel das »Dorf« eines Rudels Präriehunde bildeten. Eines dieser seltsamen glotzäugigen kleinen Geschöpfe saß aufrecht in seinem Loch, hatte die Vorderpfoten erhoben und zitterte vor Aufregung. Es sah ihn oder nahm zumindest seine Anwesenheit wahr und verschwand in der Tiefe und außer Sichtweite. Vorsichtig umging Michael die Erdlöcher, um die Tiere nicht zu stören. Dann traf er auf eine Gruppe nackter Männer, die ihre Wäsche auswrangen und im Fluß zu seiner Linken herumplanschten. Er aber ging weiter. Er wollte allein sein. Er wollte Abstand halten zu seinen Kameraden, die möglicherweise auf Gespräche aus waren.

Aus der sonnendurchtränkten Erde drang ein lehmiger Geruch. Schwärme von riesigen Heuschrecken zirpten in seiner Nähe. Das Land war hier etwas welliger. Eine Reihe niedriger Hügel machte es unmöglich, den westlichen Horizont zu sehen.

Kurz vor den Hügeln blieb er stehen und blickte zurück. Die Badenden waren gut eine halbe Meile von ihm entfernt. Er warf die Zeitung auf den Boden und zog ein Stück gelber Seife aus seiner Tasche. Nachdem er seine Stiefel ausgezogen hatte, entledigte er sich seiner gesamten Kleidung.

Es machte ihm Freude, sich Rücken und Gesäß von der Sonne bescheinen zu lassen. Nun ging er ins flache Wasser und begann, seine Kleidungsstücke einzuseifen.

Dann spülte er sie aus und legte sie zum Trocknen ans Ufer. Er warf auch seine Seife dorthin, kehrte mit der Zeitung in den schlammigen Fluß zurück und streckte sich dann in dem lauwarmen Wasser aus. Sein Körper war kaum zur Hälfte von Wasser bedeckt.

Nun wandte er sich der Zeitung zu, um von seinen persönlichen Problemen loszukommen. Der Leitartikel behandelte eine der Reden auf dem Parteitag der National Union, Mitte des Monats in Philadelphia.

1864 waren Lincoln und Johnson als Kandidaten der National Union angetreten. Der Präsident versuchte jetzt erneut, eine Koalition von Demokraten und gemäßigten Republikanern in der National Union gegen die Radikalen zustande zu bringen. Der Republikanische Abgeordnete Henry Raymond, Gründer und Herausgeber der »New York Times«, hatte die zitierte Rede gehalten und damit, wie die Zeitung meinte, seine Karriere durchaus gefährdet. Sobald der Beifall der Zuhörer verrauscht war und Raymonds Äußerungen in Washington bekannt wurden, verbreiteten sich in der Hauptstadt Gerüchte, daß der verräterische Raymond aus dem Vorstand der Republikanischen Partei werde ausscheiden müssen.

Aber dieses Risiko hatte er offensichtlich bewußt in Kauf genommen. Raymond hatte in Philadelphia ohne Einschränkungen die Ansichten von Präsident Johnson unterstützt. Nach der Verfassung, so hatte er erklärt, konnten nur die einzelnen Bundesstaaten Einschränkungen des Wahlrechts durchsetzen. Die Südstaaten hätten sich nie losgesagt und deshalb müßten sie auch weiterhin im Kongreß vertreten sein. Der Vierzehnte Verfassungszusatz, so berechtigt er auch sei, könne nur mit einer Zweidrittelmehrheit aller Staaten verabschiedet werden, dazu zählten eben auch ehemalige Rebellenstaaten.

Dem Bericht zufolge hatte Raymond keine Hetzrede gegen die Schwarzen gehalten. Die Sklaverei war in seinen Augen für alle Zeiten tot und vorbei, und alle Menschen, gleich welcher Rasse, hatten die gleichen Rechte.

Aber wenn Jephtas Brief die Wahrheit enthielt, dann, so dachte Michael, würden Raymonds Aussagen über die Menschenrechte den Radikalen nicht genügen. Wie auch immer die Verfassungslage war, Johnson stieß damit wichtige Vertreter der öffentlichen Meinung vor den Kopf. Anfang des Jahres war es in der Öffentlichkeit nicht gut angekommen, daß Johnson mit dem bekannten Negerführer Douglass im Weißen Haus aneinandergeraten war. Das sofortige Wahlrecht für die Schwarzen, so hatte der Präsident ruhig dargelegt, verstoße nicht nur gegen die Verfassung, sondern werde auch einen Krieg zwischen den Rassen auslösen.

Michael war immer noch außerstande zu beurteilen, ob Johnson damals und heute nur mutig die Wahrheit feststellte oder ob er ein Vorurteil gegen Schwarze hatte. Der Artikel aber verstärkte nur sein Gefühl, daß Jephta Recht hatte hinsichtlich der Heftigkeit der neuen politischen Auseinandersetzungen zwischen Menschen, die sich ebenso wie Miss Hannah Dorn von der Bibel leiten ließen.

Etwas erfreulicher war der Nachdruck eines Artikels eines Journalisten von der Ostküste mit Namen Bell. Er hatte die Eisenbahnbaustelle vor einigen Wochen besucht und die Arbeit des Schienenverlegens beschrieben. Die Genauigkeit seiner Beschreibung war eine angenehme Überraschung. Der Schluß des Artikels klang geradezu überschwenglich. Immerhin erschienen jetzt Artikel zugunsten der Union Pacific.

Ein Ruf ließ ihn hochfahren. Er drehte sich um. Der hellblonde Tom Ruffin eilte, das Ufer entlangkommend, auf ihn zu. Sein Gesicht zeigte eine äußerst konzentrierte Miene, und in der Hand hielt er ein Stück Pappelholz.

»Guten Morgen, Tom«, rief Michael ihm zu. »Ich hab' dich gestern abend singen hören. Es war ganz ausgezeichnet.«

Der Junge blieb stehen. »Vielen Dank, Mr. Boyle.«

Michael zeigte mit seiner nassen Hand auf das Gras, das Ruffin so intensiv abzusuchen schien:
»Hast du was verloren?«
»Nein, Sir. Ich möchte nur ein Rebhuhn jagen.«
»Ich hab' hier noch keins gesehen.«
»General Jack hat mir erzählt, daß sie gebraten hervorragend schmecken. Und sie sollen so blöd sein, daß man sie einfach mit dem Stock erschlagen kann.«
»Ja, davon habe ich auch gehört.«
Der Junge schirmte seine Augen gegen die Sonne ab und starrte auf die Hügel vor ihm: »Da oben gibt's vielleicht welche.« Er winkte und eilte davon.

Michael rollte sich wieder auf den Bauch. Zehn Minuten lang vergaß er Ruffin völlig. Dann hörte er plötzlich einen Schrei, der dem Bellen eines Tieres glich. Es kam aus der Richtung, in die der Knabe verschwunden war.

Zunächst schenkte er dem wenig Aufmerksamkeit, bis sich der Schrei wiederholte. Er klang zunächst sehr hoch und dann nur noch gedämpft.

Michael hob den Kopf. Nun erkannte er, daß es sich nicht um ein Tier handelte. Es mußte Ruffin sein, der in irgendeiner schwierigen Lage steckte. Vielleicht war er in einen Tierbau gestolpert und hatte sich ein Bein verstaucht.

Michael stieg ans Ufer, trocknete sich ab und zog seine Hosen an. Barfuß und ohne Hemd lief er auf den Kamm des ersten Hügels zu.

Dann blieb er mit offenem Munde stehen. Sein Herz klopfte gewaltig.


3

Offensichtlich waren sie von Westen gekommen. Sie mußten mit ihren kräftigen kleinen Ponys an diesen niedrig gelegenen Platz geritten sein, abgeschirmt von den Hügeln. Er hatte den Eindruck, daß es sich immerhin um etwa vierzig Reiter handelte. Sie waren mit Pfeil und Bogen bewaffnet und hatten geschmückte Schutzschilde. Jetzt beobachteten sie ihn alle.

Die meisten von ihnen erschienen sehr groß im Verhältnis zu ihren kleinen Reittieren. Es handelte sich wohl um Cheyenne-Indianer. Man hatte ihm nämlich erzählt, daß die Cheyenne im Durchschnitt größer als die Sioux seien. Vor der Front der übrigen Indianer hielt ein dickbäuchiger, aber sehr stark aussehender Krieger von etwa vierzig Jahren Tom Ruffin unter seinem linken Arm, als sei der Junge ein leerer Mehlsack.

Die Beine des Jungen schlenkerten. Schreien konnte er nicht, denn die rechte Hand des Indianers hielt ihm den Mund zu. In der rechten Hand hielt der Krieger einen riesigen Pfeil.

Nein, es war mehr als ein Pfeil, wie Michael plötzlich erkannte. Das Ding hatte eine eiserne Spitze. Und die drückte er genau gegen Ruffins Hals. Der Wind bewegte die Federn, die die Lanze schmückten.

Michael stand ganz ruhig und wie betäubt in dem Büffelgras. Er sah die dunklen Wangen, die nußfarbenen Augen, die Hände, die Bogen und Schilde hielten, die Hemden aus Tierhäuten mit langen verknoteten Haarzöpfen am Rand. Waren das die Skalps, die man den Feinden abgenommen hatte?

In den ausdruckslosen Gesichtern war kein freundlicher Zug zu finden. Ihn fröstelte. Er wußte, wenn er versuchen sollte, Alarm auszulösen, würde er das nicht überleben.

Die nächsten Arbeiter befanden sich eine halbe Meile entfernt. Er hörte sie nur noch ganz schwach.

Voller Schrecken und mit Trauer dachte er: Nun habe ich wohl noch einen weiteren Feind kennengelernt. Und einen weiteren Krieg.

## 10. Kapitel
## Das Blut des Jägers

Etwa dreißig Meilen südöstlich der Eisenbahnbaustelle fanden an einem siedendheißen Nachmittag desselben Monats ein hübscher sechsundzwanzigjähriger Sioux und sein weißer Begleiter, was sie seit Tagen gesucht hatten.

Der Sioux, den der weiße Mann Kola nannte, wußte genau, daß die Suche vorüber war, als sein Freund an der Seite der Schlucht herabkletterte zu der Trockenstelle, wo Kola mit dem wackeligen Fuhrwerk hatte warten müssen.

Kola konnte seinem Freund ansehen, daß er einen guten Fund gemacht hatte. Selbst unter dem Rand seines Hutes waren die strahlenden Augen des jungen Weißen zu erkennen. Der Hut war übrigens genauso gestohlen wie fast alles, was die beiden besaßen.

Wie immer erregte der Anblick des Weißen in dem Sioux ein Gefühl von religiöser Verehrung. Der Weiße hatte nur einige wenige Eigenarten, die den Sioux störten. Eine davon war ganz unwichtig und amüsierte ihn inzwischen sogar.

Vor sechs Monaten hatte der Weiße den Siouxkrieger halbtot aufgefunden. Er war auf ganz untypische Weise vom Ehemann einer Squaw namens Sweet Summer verprügelt worden. Voller Schmerz hatte der Sioux versucht, seinem Wohltäter zu danken. Immer wieder zeigte er abwechselnd auf den weißen Mann und dann auf sich selbst. Dabei wiederholte er ständig das Wort *kola*, um auszudrücken, daß sie nun beide in Freundschaft verbunden waren. Als Knabe hatte der Sioux einen Stammesbruder als *kola* gehabt, Lively Cub, der dann den Namen Brave Horse annahm, nachdem er sich besonders hervorgetan hatte. Obwohl der Weiße sehr bald verstand, was *kola* im allgemeinen bedeutete, fand er Gefallen an dem Wort. Er zog es dem Erwachsenennamen des Sioux, Clever Hunter, vor.

»Kola, wir haben Glück. Da oben liegt eine kleine Herde beim Wiederkäuen.«

»Wie viele sind's denn, Joseph?« fragte Kola in seinem holprigen Englisch, das er in der Umgebung des Forts gelernt hatte.

»Achtzehn, zwanzig...« Joseph verjagte eine lästige Fliege aus seinem Haar, das schulterlang über sein kragenloses Flanellhemd fiel. Seine fadenscheinigen Hosen wurden von Hosenträgern gehalten. Aber seine Stiefel waren robust.

»Es sind auch einige Kälber darunter«, fügte Joseph hinzu. »Die lassen wir aber davonziehen.«

Kola brachte mit einem Lächeln zum Ausdruck, daß er die Glücksgefühle seines Freundes teilte. Joseph war fünf oder sechs Jahre jünger als Kola, schien aber älter. Er war mager, stark und vor allem vertrauenswürdig. Zumindest hatte er sich während ihrer halbjährigen Zusammenarbeit stets so erwiesen.

Wenn Joseph etwas stärker zu Leichtsinnigkeiten neigte als der Sioux, dann war das seinem »weißen« Temperament zuzuschreiben. Aber Kola stellte dieses Verhalten nicht allzusehr in Frage. Daß Joseph ihm das Leben gerettet hatte, war ein Geschenk der Götter. Deshalb hatte dieses Ereignis auch eine so große Bedeutung für die Zukunft. Kurz nach ihrem ersten Zusammentreffen hatte eine nächtliche Vision ihm dies bestätigt.

Gelegentlich störte Kola der gnadenlose Zug um Josephs Mund, wenn er mit einer ihrer gemeinsamen Waffen feuerte. Die Sioux töteten, um sich Nahrung zu verschaffen. Wenn es dagegen um Ehre, Vergnügen oder die Erhaltung der Kampfstärke ihres Stammes ging, dann zogen sie Kampfspiele vor.

Aber Joseph war sein *kola*. Deshalb sprach der Sioux nie über die eher peinlichen Aspekte im Verhalten seines Freundes. Ein weiterer Grund kam hinzu. Kola war davon überzeugt, daß Joseph von seiner inneren Stimme geleitet wurde.

Jeder Sioux achtete auf den heiligsten und geheimnisvollsten aller Lehrer. Der befahl ihm, wohin er zu gehen und wie er sich zu verhalten hatte. Manchmal sprach er zu einem Mann, wenn er wach war, aber meistens machte er sich durch Träume verständlich.

Selbst der *winkte*, der Gegenstand so vieler Scherze der Krieger, folgte nur den Anweisungen seiner inneren Stimme. Schon als Knabe entschied er sich dafür, für den Rest seines Lebens Kleidung und Gesichtsbemalung einer Frau zu tragen. Ein *winkte* – und es gab viele von ihnen – wurde gleichzeitig verehrt und verachtet. Oft bat man einen *winkte*, einem neugeborenen Kind einen Namen zu geben, um das Kind vor Krankheiten zu schützen. Fast ausnahmslos galt die innere Stimme eines Menschen als *wakan*, das heißt heilig.

Daher glaubte Kola also, daß Joseph in allem bloß einer inneren

Stimme folgte, die nur er selber vernahm, genauso wie er, Kola, seiner eigenen inneren Stimme folgte. Und deshalb war Kola bereit, Verhaltensweisen zu vergeben, die er sonst in Frage gestellt hätte.

Der Sioux, ein dunkler, geschmeidiger junger Mann, trug nur einen Lendenschurz aus Büffelleder und Mokassins. Er blinzelte in die Sonne, die am Rande der Wasserrinne zu stehen schien. Seine große Nase warf einen deutlichen Schatten auf die eine Wange, und im grellen Sonnenlicht wurden dunkle Flecken und runzlige Narben im festen Fleisch oberhalb seiner Brustwarzen sichtbar. Mit achtzehn hatte er die religiöse Ekstase des Sonnentanzes kennengelernt, der ihm die Kraft gab, sein eigenes Fleisch abzutöten. Ein Schamane hatte ihm hölzerne Spieße unter die Haut geschoben. Die Narben waren der Beweis seines Mutes.

Für die Indianer war die Sonne ein ehrfurchtgebietender und heiliger Gegenstand, ein Beweis für die Gegenwart des *Wakan Tanka,* des Großen Geheimnisses. Sie war die Triebkraft und der Lebensgeist einer jeglichen Person an jedem Ort, bei jeder Gelegenheit; sie war allerdings nicht immer zu erkennen. An diesem Nachmittag jedoch hatte die Sonne eine eher praktische Bedeutung.

»Es ist schon spät, Joseph. Die Büffel werden sich bald erheben und ihren Rastplatz für die Nacht aufsuchen.«

»Oder zu einer größeren Herde stoßen«, fügte Joseph hinzu. Kola hatte ihm beigebracht, daß im August die Paarungszeit beginnt. Dann vereinigen sich die Bullen und Kühe in Riesenherden von tausend, zweitausend Tieren, was das Jagen schwieriger macht. »Wir werden sie kriegen, ehe ihnen das gelingt«, fuhr der weiße Mann fort. »Ich habe die Leitkuh bereits ausgemacht.«

Kola murmelte etwas vor sich hin, um zu zeigen, wie sehr ihn das Selbstvertrauen seines Freundes freute. Als sie im Frühjahr zusammen durchs Land zogen, war Joseph noch nicht fähig gewesen, das Leittier in einer Herde aus riesigen Bullen, kleineren Kühen und Kälbern zu erkennen. Aus Dankbarkeit hatte Kola ihm viel beigebracht. Kola teilte nicht den heftigen Haß vieler seiner Rassegenossen gegen den weißen Mann. Dazu hatte er sich in seiner Jugend zu lange in der Nähe der Forts aufgehalten. Aus seiner eigenen Stammesgemeinschaft war er verstoßen worden aus Eifersucht und Zorn des Ehemanns von Sweet Summer.

Joseph langte nach unten, um sein rechtes Bein knapp oberhalb des Stiefels an der Stelle zu kratzen, wo er sein Messer versteckt hatte. »Es handelt sich etwa um ein halbes Dutzend Bullen, die übrigen Tiere sind Kühe. Vor nicht allzu langer Zeit sind sie einem Steppenbrand entkommen. An den Hinterteilen vieler Tiere ist das Fell angesengt. Zwei Bullen und zwei Kühe haben durch das Feuer ihr Augenlicht verloren.«

Der Sioux blickte finster drein: »Vier Tiere können also nicht sehen?«

»Da bin ich mir fast sicher.«

Der Sioux verarbeitete die Mitteilung. Es machte ihr Vorhaben noch schwieriger. Die Bisons konnten selbst dann, wenn sie unversehrt waren, nicht besonders gut sehen. Aber ihr Geruchssinn und ihr gutes Gehör glichen das aus. Blinde Büffel aber, die es in der Prärie häufig gab, hatten für fremde Gerüche und Geräusche besonders geschärfte Sinne.

»Gibt es ein Versteck, wo der Wind richtig steht?«

»Ja, einige Büsche. Ich habe sie ausgemacht.«

Joseph sprach mit ruhiger, angenehmer Stimme. Manche Worte klangen undeutlich und weich. Kola war nur wenigen Weißen begegnet, die in der gleichen Art zu sprechen pflegten. Mit kleinen Herden von langhörnigen Rindern waren diese Weißen aus dem südlichen Teil des riesigen Landes gekommen, das Joseph ihm oft zu beschreiben versucht hatte, dessen Größe aber Kolas Vorstellungskraft übertraf. Auch unter den riesigen Ansammlungen von Gebäuden, die Joseph als Städte bezeichnete, konnte er sich kaum etwas vorstellen. Davon sollte es nach Schilderungen des Weißen jenseits der östlichen Flüsse, die Kola nie gesehen hatte, viele geben.

Josephs Miene entspannte sich, und er bedeutete dem Kameraden: »Laß uns die Waffen auspacken.«

Dieser Fremde, der ihn versorgt und gepflegt hatte, bis er wieder gehen und arbeiten konnte, war ein starker *Kola*. Er wußte mit den Waffen des weißen Mannes gut umzugehen.

Kola band die Zügel der Maultiere fest und kletterte in den hinteren Teil des Wagens. Er holte drei geladene Gewehre und eine versteckte Patronentasche. Kola bemerkte, wie sich an Josephs Oberlippe Schweißperlen bildeten und dann ein Lächeln seine Augen aufhellte, als er die drei starken Büffeltöter sah.

## 2

Die beiden Männer waren sich vollkommen bewußt, daß es bereits spät war. Jetzt kletterten sie ganz vorsichtig von der Klamm herab und arbeiteten sich in einem großen Bogen zu dem Gebüsch vor, von dem aus Joseph versuchen wollte, die kleine Herde zum Stehen zu bringen.

Die ganze Jagdausrüstung bestand aus drei Waffen, die jeweils nur einen Schuß abgeben konnten, ehe sie neu geladen werden mußten. Kola wußte nicht, wo Joseph die Waffen her hatte, die genug Pulver aufnehmen konnten, um einen Büffel zu töten. Der Weiße pflegte über dieses Thema nicht zu sprechen. Er sagte höchstens mit einem trüben Lächeln, daß er nicht der ursprüngliche Eigentümer dieser Waffen sei. Kola jedoch hatte ihm beigebracht, wie sie für den vorgesehenen Zweck zu gebrauchen waren.

Die kleine Herde rastete nur etwa fünfzig Meter entfernt. Das vom Winde bewegte Gras verdeckte die riesigen Körper zur Hälfte. Die großen Kiefer der Tiere mahlten langsam, die Rinder käuten das Gras wieder, das sie am Morgen gefressen hatten. Kola bemerkte das gelbbraune Fell der beiden Kälber, die sich in der Nähe ihrer Mutter aufhielten.

Joseph wischte sich mit einem Handschuh über seine schweißnasse Stirn und zeigte auf ein bestimmtes Tier. Mit einem Kopfnicken deutete Kola an, daß Joseph das Leittier richtig erkannt hatte. Die beiden Bullen und die Kühe hatten ihr Winterfell bereits verloren oder abgerieben. An den Flanken der ruhenden Tiere konnte Kola Brandmale und Wunden erkennen. Aus der Nähe hätte er noch mehr Wunden gesehen. Während des Sommers wurden durch die Wundstellen Schwärme von Insekten angezogen.

Joseph streckte seine rechte Hand aus. Kola reichte ihm das erste Gewehr und legte weitere Patronen zurecht. Der Erfolg hing jetzt nicht nur von der Reaktion des Büffels ab, sondern auch von dem Tempo und der Genauigkeit, mit denen der Jäger das jeweilige Leittier herausfand.

Langsam legte Joseph das Gewehr an seine Schulter. Es war kein Geräusch zu hören, außer dem schwachen Säuseln des Windes, der aus der Richtung kam, in der die Herde stand. Josephs Hand verlor an Farbe, während er fester zupackte und seine Wange in Sichtposition brachte.

Plötzlich schrie eines der Maultiere hinter ihm in der Schlucht.

Es war kein lauter Schrei. Aber es reichte, um die Leitkuh auf die Hufe zu bringen.

Der Rest der Herde erhob sich polternd. Kola sah, wie Josephs Lippen weiß wurden. Seine Augen blickten zornig in die Richtung, aus der der störende Lärm kam. Dann hörte Kola aus derselben Richtung ein anderes Geräusch.

War es das Klingeln von Metallstückchen? Er war sich dessen fast sicher.

Er hatte jetzt keine Zeit, darüber nachzudenken. Die Herde setzte sich in Bewegung. Joseph schoß.

Die Leitkuh brüllte, sie war genau an der richtigen Stelle getroffen, so wie Kola es Joseph beigebracht hatte. Die letzte Rippe war die Stelle, die die Kugel oder der Pfeil treffen mußte, damit die Luftsäcke zerstört wurden, die der weiße Mann Lungen nannte. Das Schießen hatte Kola Joseph nicht beibringen müssen, denn er war bereits ein Meisterschütze.

Die Herde geriet außer sich, während die Kuh schwankte und zusammenbrach. Ein blinder Bulle wandte sich in die Richtung, aus der der Schuß gekommen war, und stürzte davon. Neunzehn Bisons und zwei Kälber brachten die Erde jetzt zum Erbeben.

Joseph wandte den Blick von der davonstiebenden Herde nicht ab. Ihn lenkte jetzt nur der Schweiß ein wenig ab, der ihm an Wangen und Hals herablief. Er warf die erste Waffe zu Boden. Kola reichte ihm die zweite. Innerhalb von Sekunden war er erneut zum Schuß bereit.

Aber er wartete damit, bis Kola das erste Gewehr erneut geladen hatte. Joseph beobachtete die flüchtende Herde. Erst sollte sie genug Abstand gewinnen. Fünfzig Meter – siebzig Meter...

Plötzlich schlug eine schwerfällige Kuh eine andere Richtung ein als der Rest der Herde. Sie stürmte nach Norden. Die anderen folgten ihr dann. Nun hatte Joseph das neue Leittier erkannt und feuerte. Ein Schmerzenslaut. Die Kuh stürzte nieder.

Die Tiere rannten weiter. Der Abstand zu den Jägern wurde größer. Bald würden sie außer Schußweite sein. Nun wiederholte sich das gleiche blutige Spiel. Eine neue Kuh übernahm die Führung. Joseph schoß auch sie nieder.

Die Herde wartete. Das war ein kritischer Augenblick.

Ein blinder Bulle wurde langsamer und ließ den Kopf hängen.

Ein Kalb blieb stehen.

Eine Kuh rannte nach vorn, dann wieder zurück.

Nach einigen weiteren Sekunden blieb die ganze Herde stehen. Der

Verlust von drei Führern in so schneller Folge hatte sie ratlos gemacht. Es war genau das, was ein jeder Jäger zu erreichen hoffte.
Joseph lächelte jetzt. Er wischte sich die Stirn trocken. Dann stand er leise auf.
»Sehr gut gemacht, Joseph«, flüsterte Kola und lud erneut eine Waffe. In seiner Stimme lag Bewunderung.
»Ich hatte eben einen guten Lehrer. Nun können wir uns Zeit nehmen. Das gibt ein Festessen heute abend.«
Kola schmeckte bereits förmlich das Festmahl. Ihm lief das Wasser im Mund zusammen. Und er dankte den Geistern, die ihn mit diesem weißen Mann zusammengebracht hatten. Jetzt lud er wieder die Gewehre und reichte Joseph eins nach dem anderen, und der stand einfach da und schoß auf die wie betäubt verharrenden Tiere.

Die Schatten wurden länger auf der glühendheißen Prärie. Der Wind trug den Gestank von Blut und entleerten Därmen mit sich – Kola konnte sich keinen angenehmeren Geruch vorstellen. Als die letzte Kuh umfiel und nur noch die verlorenen Kälber zwischen den Kadavern umherirrten und nach ihren Müttern suchten, da fiel dem Sioux ein: Ehe er mit Joseph nach Norden zur Straße des Feuers weiterzog, mußte er den Tieren die Herzen herausschneiden und sie verstreuen, damit die Herde wieder auferstehen konnte.

Als das Echo des letzten Schusses im Rot des westlichen Horizonts verhallte, entspannte sich Joseph:
»Nun mein Freund, damit wären wir für den nächsten Winter versorgt.«
Kola blickte auf die toten Büffel. Er wußte, daß sein Volk gezwungen war, immer mehr dieser Tiere zu schlachten, damit es überlebte. Für die Indianer war jeder Teil des Körpers dieser Tiere für einen nützlichen und lebenswichtigen Zweck zu verwenden. Aber die weißen Jäger schlachteten seit Jahren die Büffel und hatten für vieles gar keine Verwendung. Und nun verhielt er sich genauso. Das hätte er nicht getan, wenn ihm eine innere Stimme nicht bedeutet hätte, sich Joseph anzuschließen. Aber als er die toten Tiere da liegen sah, konnte er nicht anders, als mit einem Beiklang von Mißbilligung zu sagen:
»Werden wir sie alle verkaufen?«
»Ja, alle.«
»Nichts für uns behalten?«
»Kola, es ist billiger, Hemden zu kaufen, als selber welche aus den abgezogenen Lederhäuten anzufertigen. Wir können das Fleisch an

die Union Pacific verkaufen und gute Preise erzielen, genauso wie es Coldy weiter unten im Süden macht. Im Osten erzielen wir hervorragende Preise für die Häute, und die Zunge gilt als Delikatesse. Wenn wir nicht liefern, werden es andere tun. Wir werden gut verdienen. Warte nur ab.«

Jetzt sah Kola, daß Joseph über seine Schulter hinweg in Richtung auf den Rand der Schlucht blickte. Dort mußte er das Geräusch eines Pferdes gehört haben. Josephs Augen weiteten sich. Er griff zu einem der Gewehre.

»Nein!« schrie jetzt jemand. »Sie sind im Schußfeld.«

Joseph, dessen Fingerspitzen schon am Abzug lagen, hielt inne. Er senkte die Waffe. Seine Lippen bewegten sich kaum:

»Es sind drei. Wo kommen sie bloß her?«

»Wir tun Ihnen nichts, wir wollen nur die Büffel«, erscholl jetzt die rauhe Stimme. »Wenn Sie die Waffen erheben, dann pusten wir Sie weg.«

3

Ohne Protest kapitulierte Joseph vor den Viehdieben. Ihr Führer gab die Bedingungen bekannt: Joseph und Kola mußten den Wagen, die toten Büffel und das Pony abgeben; behalten durften sie nur die Maultiere. Joseph akzeptierte dies mit einem resignierten Schulterzucken. Er nahm sogar die Einladung an, mit den drei räuberischen Weißen bei ihrem Feuer am Rande der Schlucht ein Mahl einzunehmen. Als Kola dagegen protestieren wollte, legte er ihm die Hand auf den Arm:

»Wir müssen doch was essen.«

Kola fühlte sich verraten. Noch nie hatte er seinen Freund so resigniert – oder so unvorsichtig – erlebt. Als es dunkel und kühler wurde, saßen Joseph und die drei anderen Weißen um ein Feuer aus Büffelmist – so als seien sie schon lange miteinander bekannt.

Um seinem Ärger Ausdruck zu verleihen, hatte sich Kola ein wenig abseits gesetzt. Er staunte über die Art und Weise, wie Joseph die Waffen und die Tiere aufgegeben hatte, deren Verkauf ihnen doch den Winter über ein Dach über dem Kopf und Nahrung gesichert haben würde.

Mürrisch sah Kola mit an, wie Joseph eine Tasse Kaffee und einen Teller Bohnen vom Anführer der Diebe annahm. Dieser Bursche trug einen Revolver und schielte mit einem Auge, er hatte einen langen, ungepflegten grauen Bart, sein grauer Militärmantel reichte bis unter die Knie, an seinem Hut war ein fünfzackiger Stern befestigt.

»Danke«, sagte Joseph, als er den Teller entgegennahm. Unten in der Schlucht stampften die Pferde der Diebe verdrießlich. »Ich brauchte was zu essen.«

Kola schaute finster drein. Vergeblich versuchte er, auf andere Gedanken zu kommen.

Josephs Blicke verweilten bei dem wettergegerbten Gesicht des Anführers. Er war der einzige in dem Trio, bei dem Anzeichen von Charakterstärke vorhanden waren. Der Dieb, der links von Joseph saß, war ein zitternder Jüngling von siebzehn oder achtzehn Jahren. Er trug eine Militärmütze, ein total verschwitztes Hemd, ein blaues Halstuch und einen Revolver im Halfter, der für seine zarten, nervösen Hände viel zu groß schien.

Der Dieb rechts von Joseph war ein untersetzter Kerl in einem zerrissenen blauen Mantel. Ein goldener Ring blinkte an seinem linken Ohrläppchen. Jetzt begann er, ein Seemannslied vor sich hinzusingen.

Der Anführer unterbrach ihn und forderte ihn auf, ein Lied zu singen, das in die Prärie paßte: »Vergiß nicht, daß du jetzt nicht mehr auf See bist, Darlington.«

»Aber unfreiwillig«, meinte dieser und konzentrierte sich auf seine Bohnen.

Der Anführer schüttelte den Kopf: »Faule Ausrede.«

Der Mann mit dem Ohrring schwieg. Er wagte keinen ernsthaften Protest. Der Anführer fügte hinzu: »Ein richtiger Mann nimmt sich, was er braucht.«

»Und wenn es die Jagdbeute eines anderen ist«, bemerkte Joseph mit frostigem Lächeln. »Kein sehr ehrenhaftes Verhalten, Mister...«

Der Ältere unterbrach ihn: »Ich bin Major T. T. Cutright.«

»Sie sind Südstaatler?«

»Sie wohl auch, Ihrer Stimme nach zu schließen? Waren Sie Soldat?«

Einen Moment lang bedeckte Joseph seine Augen. Kola glaubte, dort ein heimliches Glimmen zu sehen. Aber sogleich verlor er wieder sein Interesse daran. Er war immer noch empört, weil Joseph den Dieben gegenüber so nachgiebig war. Sobald die Kerle weg waren, wollte er sich von seinem Kameraden trennen. Er glaubte, ihn durch und durch kennengelernt zu haben, seit er im Frühjahr mit ihm zusammengetroffen war. Nun wußte er, daß er sich geirrt hatte. Josephs innere Stimme hatte diesen in eine neue, unakzeptable Richtung getrieben.

»Zuletzt habe ich unter General Hood gedient«, erwiderte Joseph mit einem zustimmenden Nicken. »Und wo haben Sie gedient?«

Cutright wischte sich mit dem Ärmel seines grauen Mantels den Bohnensaft aus dem Bart. »Ich habe gedient, aber ich will nicht sagen wo. Es gab einen unerfreulichen Zwischenfall.«

»Was ist denn passiert?«

»Mein Kommandant war ein Verräter. Er bekam eine Kugel in den Hinterkopf. Ich wurde unter Anklage gestellt.«

Joseph sagte hierauf nichts. Cutright stellt seinen Teller zur Seite.

»Sie haben mir Ihren Namen noch nicht genannt, Sir.«

»Kingston. Joseph Kingston.«

Cutright richtete sich auf: »Kingston?«

»Jawohl, stimmt etwas nicht?«

»Na ja, ich komme aus der Gegend von Fort Worth. Dort hörte ich von einem Joseph Kingston, der im letzten Winter einen Falschspieler erschoß, danach ermordete er noch einen Beamten, der ihn verhaften wollte. Dieser Mr. Kingston floh, ehe man ihn fassen konnte. Auf seinen Kopf wurde eine Prämie von zweihundert Dollar ausgesetzt.«

Josephs Gesicht wirkte jetzt auf seltsame Weise wie versteinert. »In Fort Worth bin ich noch nie gewesen. Zweifellos ein seltsamer Zufall.«

»Ja, zweifellos.«

Kola starrte seinen Kameraden an. Plötzlich fiel ihm etwas ein, was er vergessen hatte. Die Diebe hatten Josephs gut verstecktes Messer nicht entdeckt.

Konnte das der Grund sein, warum Joseph sich so nachgiebig zeigte? Dies hoffte er inbrünstig. Obwohl er fast nackt war, weil man ihm nicht erlaubt hatte, sein Hemd und seine Hosen aus dem Wagen zu nehmen, fühlte sich sein ganzer Körper glühendheiß an.

Er betete darum, daß Joseph die Diebe überlisten möge.

»Gehört der Wagen unten am Wasser Ihnen?« wollte Cutright jetzt wissen.

»Ja, ich bin der gegenwärtige Eigentümer.«

Cutrights Schielauge glühte, und er neigte skeptisch den Kopf: »Das ist nicht ganz dasselbe.«

Wieder antwortete Joseph nicht.

»Ihr Freund hier, der Indianer...«

»Bitte bezeichnen Sie ihn mit seinem richtigen Namen. Er ist ein Sioux vom Stamm der Oglala. Er heißt Kola. Das bedeutet, er ist ein besonderer Freund.«

»Ein seltsamer Reisebegleiter für einen weißen Mann.«

Joseph zuckte wieder die Achseln: »Ich bin ihm in der Prärie nördlich des Platte begegnet. Er liebte die Frau eines führenden Stammesgenossen. Normalerweise machen die Sioux sich nichts daraus, wenn ihre Frauen sich mit anderen Männern einlassen. Sie schmeißen solche Frauen einfach aus ihrem Wigwam und schneiden ihnen die Haarflechten – und manchmal auch die Nase – ab. Und das ist dann die Scheidung. Würde man mehr tun, dann gestände man den Frauen eine übertriebene und ihnen nicht zukommende Bedeutung zu. Bei den Sioux spielen die Frauen keine wichtige Rolle. Wenn sie ihre Monatsblutungen haben, dann müssen sie sich in abgesonderten Unterkünften aufhalten. Wie Kola berichtet, glauben die Männer, eine Frau, die ihre Tage hat, könne einen Mann und seine Waffen vergiften.«

Joseph trank jetzt einen Schluck Kaffee und fuhr fort: »Aber wie ich schon sagte, meist macht ein Ehemann wegen der Untreue seiner Frau nicht viel Aufhebens. Es gibt jedoch auch Ausnahmen. So auch Sweet Summers Gatte. Er sprach nicht nur seiner Frau gegenüber die Scheidung aus, er lauerte auch Kola auf und schlug ihn halb tot. Ich fand ihn in einem elenden Zustand und pflegte ihn wieder gesund. Dann wurde ihm im Traum bedeutet, wir beide sollten gemeinsam reiten und jagen.«

»Na ja«, brummte der Kerl mit dem Ohrring. »Ich hoffe, er hat nicht zu oft davon geträumt, die Büffel an die Eisenbahngesellschaft zu verkaufen. Diese Träume sind jetzt Schäume! Vergeßt das nicht!«

Cutright schaute finster drein: »Sei nicht so mürrisch, Darlington. Mr. Kingston ist sich seiner Lage durchaus bewußt.« Dann wandte er sich Joseph zu. »Während des Krieges war er der erste Maschinist auf einem Kreuzer der Bundesmarine. Er hat sich daran gewöhnt, Männer zu schikanieren. Er kennt sich in den Formen der Höflichkeit nicht aus, die zu Lande üblich sind. Außerdem ist Timmy nicht da. Heute kriegt man als Viehtreiber nur die Hilfskräfte, die man sich leisten kann.«

Joseph spitzte die Ohren: »Viehtreiber?« Er langte mit einer Hand an seine rechte Wade, um sich dort zu kratzen. Cutright griff nach seinem Revolver, aber Joseph beruhigte ihn mit einem Lächeln:

»Nur eine Laus.«

Er kratzte sich weiter an seiner rechten Wade:

»Verdammt, die sind aber ärgerlich! Sie waren mit einer Rinderherde unterwegs?«

»Fünfzig Stück Vieh«, bestätigte Cutright und beruhigte sich wieder. »Mehr konnte ich nicht bekommen. In Texas scheint jeder nach

Longhorns zu suchen, um sie nach Norden zu treiben. Die Restaurants und Fleischereien im Osten nehmen alles, was sie kriegen können.«

»Aber ich sehe hier keine Herde...«

»Nein, ich habe sie fünfzig Meilen südlich von hier verloren. Sie hatten zu lange nichts zu trinken bekommen. Dann stießen wir auf dieses gottverdammte alkalihaltige Wasser!«

»Die Herde hat sich vergiftet?«

»Ja, Mr. Kingston, bis auf ein Tier. Das haben wir dann geschlachtet, und von dem ernähren wir uns seitdem. Ich hätte einfach mehr Männer dabeihaben müssen, um die Herde unter Kontrolle zu halten. Aber wir leben eben in schweren Zeiten. Statt mit leeren Händen heimzukehren, kann ich jetzt wenigstens die Büffel an die Eisenbahngesellschaft verkaufen. Das ist immerhin besser als nichts.«

»Aber es ist doch Diebstahl.«

Darlington und Cutright blickten finster drein. »Sie sind doch nicht streitsüchtig, Mr. Kingston?« meinte der letztere. »Zu Hause habe ich eine Frau und sechs Kinder. Die sind von mir abhängig. Gerade hatte ich noch den Eindruck, daß sie Ihre Situation realistisch einschätzen.«

»Ich akzeptiere die Tatsachen«, stimmte Joseph zu. »Es enttäuscht mich nur, daß ein ehemaliger Offizier der Konföderierten so etwas tut.«

»Ich sagte doch schon. Wir leben in schwierigen Zeiten.«

Dem schien Joseph nun endgültig zuzustimmen. Ein weiteres müdes Nicken erhöhte Kolas Verwirrung. Waren seine Gedanken hinsichtlich des Messers falsch gewesen? Sollte das zutreffen, dann war er entschlossen, seinen feigen Kameraden zu verlassen, sobald der Kerl im grauen Mantel und seine Begleiter weiterzogen.

Aber da blickte ihn Joseph unerwartet an. Im Licht des Feuers schienen seine dunklen Augen auf seltsame Weise zu leuchten.

Kola studierte genau die Lippen seines Kameraden. Was auch immer Joseph ihm mitteilen wollte, er verstand es nicht. Joseph gab auf. Er wandte sich wieder Cutright zu:

»Darf ich mal einen Augenblick verschwinden?«

Cutright gluckste: »Immer noch Ärger mit den Läusen?«

»Ich hab' wohl zuviel Kaffee getrunken. Ich geh' mal eben da rüber.« Er bewegte den Kopf in Richtung auf Kola und die Dunkelheit hinter ihm.

»In Ordnung«, sagte Cutright, »aber langsam.«

Er schlug seinen Mantel zurück, so daß er leichter an den Kolben seines Revolvers gelangen konnte. Fünfzehn Zentimeter rechts von seinem Knie lag seine beschlagnahmte Waffe. Wie Kola wußte, war sie geladen.

Lächelnd erhob sich Joseph, blickte nach rechts, tat einen Schritt, zuckte zurück und hielt direkt hinter dem fröstelnden Knaben mit dem Halstuch. »Verdammt!« schrie Joseph erneut, duckte sich und schlug sich auf die rechte Wade, als habe ihn wieder eine Laus gebissen.

Cutright griff nach seinem Revolver, hielt aber inne, als er Josephs Schlag hörte. Nun war ihm klar, warum Joseph sich so plötzlich bewegt hatte.

Der Knabe, der direkt zwischen Cutright und Joseph saß, begann sich umzudrehen. Joseph richtete sich nicht auf. Seine rechte Hand hatte schon fast den Stiefel erreicht.

Cutright schrie: »Verdammt noch mal, was... Timmy, dein Revolver!«

Der Knabe aus Texas jonglierte mit der Kaffeetasse, aus der er gerade getrunken hatte, dann griff er vergeblich nach seinem Halfter. Joseph handelte jetzt erstaunlich schnell, er zog das Messer aus seinem Stiefel und brachte dem Schußarm des Jungen eine tiefe Wunde bei.

Der Junge schrie auf, er fiel vornüber, seine Augen wurden glasig. Der Inhalt seiner Kaffeetasse schwappte ins Feuer.

»Du gottverdammter Hurensohn!« schrie Cutright. Im gleichen Augenblick rief Joseph nach Kola.

Der Ruf und Josephs Kopfbewegung waren Zeichen genug. Außer sich vor Freude rannte Kola los, machte einen Sprung und landete auf dem Weißen mit Namen Darlington. Er griff nach Darlingtons gezogenem Revolver. Joseph war bereits über das rauchende Feuer hinweggesprungen. Er stürzte sich auf Cutright, ohne darauf zu achten, daß seine Füße sich noch über den heißen Kohlen befanden.

Der Zusammenprall tat Cutright weh. Der Revolver in seiner Rechten ballerte los. Joseph ließ seinen Kopf zur Seite schnellen, gerade noch rechtzeitig, um sich vor dem tödlichen Schuß zu retten.

Auch Darlingtons Revolver ging jetzt los. Kola spürte die Kugel an seiner Schulter vorbeizischen, aber sie verschwand irgendwo in der Dunkelheit. Für Kola war es kein Problem, mit Darlington fertig zu werden. Mit einer Hand packte er Darlingtons Gesicht, die Fingernägel seiner anderen Hand verkrallten sich in Darlingtons Handgelenk, und schon ließ dieser den Revolver fallen.

Kola warf die Waffe fort und sprang auf. Der Kerl würgte jetzt, hielt sich den Bauch und rollte sich hin und her. Schnaufend wandte sich Kola in eine andere Richtung.

Joseph hatte jetzt Cutright den Revolver aus der Hand gewunden. Er stand nun mit seinem linken Stiefel auf der Brust des Texaners. Cutright hatte die Hände erhoben. Die Handflächen glänzten vor Schweiß. Die rußigen Finger zitterten. Sein gesundes Auge starrte auf den Revolver, den Joseph auf ihn richtete.

»Mein Gott, Kingston, nein, tun Sie es nicht!«

»Ich soll nicht tun, was Sie uns antun wollten?« Josephs Mund schien jetzt so dünn wie ein Schlitz zu sein. »Sie haben wohl gemeint, ich hätte Ihnen geglaubt, daß Sie uns ziehen lassen würden? Sie haben behauptet, Sie hätten eine Familie in der Nähe von Fort Worth. Sie hatten doch nichts anderes vor, als Ihr schmutziges Geschäft in dieser Weise weiterzubetreiben. Sie wollten um jeden Preis vermeiden, daß Kola und ich Sie wegen Viehdiebstahls anzeigen. Sie wollten uns töten, ehe sie weiterzogen!«

Cutrights Schweigen war Geständnis genug. Kola kroch schnell neben den sich windenden Darlington. Der Texaner hörte sich jetzt an wie ein Mann, der den Heiligen Geist anfleht: »Sie haben zu schnell aufgegeben. Ihnen fehlt der Schneid.«

Joseph lächelte eiskalt: »Ich habe Sie getäuscht, Major. Sie haben geglaubt, mir fehlte die Courage. Das war Ihr Fehler und mein Vorteil.«

»Sie sind der Verbrecher, der in Forth Worth gesucht wird«, keuchte Cutright.

»Die zweihundert Dollar Belohnung wären ein hübscher Zusatzgewinn für Sie gewesen.«

»Ich schwöre, ich habe nicht vorgehabt...«

»Quatsch. Sie haben Ihren vorgesetzten Offizier ermordet. Warum sollte ich da eine bessere Behandlung von Ihnen erwarten?«

Joseph richtete seinen Revolver mitten auf Cutrights Stirn und schoß ihm ein Loch zwischen die Augen.


4

Bevor Cutrights Körper mit dem konvulsiven Zucken aufhörte, hatte Joseph seinen Revolver bereits weggeworfen. Er hob eine andere Waffe auf und bedeutete Kola, sich zurückzuziehen. Von der anderen Seite des Feuers her zielte er auf den schreienden Darlington, der sich auf den Bauch warf und wie wahnsinnig davonzukriechen begann.

Jetzt schoß Joseph mit der Jagdwaffe. Der Schuß warf Darlington etwa einen Meter nach vorn. In der Rückgratgegend war ein riesiges Loch in seiner Kleidung zu sehen. Selbst Kola, der es gewöhnt war, Blut zu sehen, wandte seinen Kopf ab.

Joseph legte die Jagdwaffe jetzt neben Cutrights Revolver. Er atmete auf.

»Männer ohne Ehre haben eine derartige Behandlung verdient, nicht wahr, Kola?«

Der Sioux wandte sich um, einen Augenblick lang ängstigte ihn der Anblick seines Kameraden. Joseph ähnelte einem Dämonen, der aus Rauch und Flammen aufgetaucht war.

In Kolas Augen war Joseph jetzt ein Krieger, der mehr zu fürchten war als jeder Häuptling der Sioux. Ja, er war sogar so sehr gefürchtet, daß seine eigenen Leute ein Kopfgeld auf ihn ausgesetzt hatten. Einen größeren Krieger gab es tatsächlich kaum!

Kola wußte nicht, ob diese Ereignisse seinen Freund traurig oder fröhlich gemacht hatten. Einmal machte der junge Weiße den Eindruck, als habe es ihm Spaß gemacht, die Diebe zu töten. Dann wieder schien er eher Bedauern oder wenigstens Unsicherheit zum Ausdruck zu bringen, als Joseph den jammernden Knaben betrachtete, der mit dem Kopf in der Nähe der Asche auf der Seite lag. Das Haar des Knaben schwelte bereits.

»Zieh den Jungen da weg, ehe er verbrennt. Das Haar stinkt bereits höllisch.«

Kola gehorchte sofort.

»Richte ihn auf«, befahl Joseph, »gib ihm eine Ohrfeige.«

Joseph sah leidenschaftslos mit an, wie Kola den Jungen aufrichtete und ihm mehrmals ins Gesicht schlug. Fast wahnsinnig vor Schmerz öffnete der Knabe schließlich seine Augen. Er erkannte Joseph und Kola, dann sah er die Leichen seines Onkels und Darlingtons.

»Oh, mein Gott!« Er hob seinen bluttriefenden Arm.

»Jetzt keine Klagen«, meinte Joseph. »Du hast dich entschieden, mit diesen beiden gemeinsame Sache zu machen. Du hättest es doch ruhig mit angesehen, wenn die beiden uns erschossen hätten. Vielleicht hättest auch du geschossen. Steh auf jetzt!«

Entgeistert schrie der Knabe: »Ich verblute!«

»Und wenn schon. Das wirst du schon noch rausfinden, wenn du erst mal zwanzig, dreißig Meilen marschiert bist.«

»Ich kann nicht gehen!«

Joseph zuckte die Achseln. »Wie du willst. Gib mir das Messer, Kola!«

»Nein, nein, ich gehe ja schon!« Der Knabe kam auf die Füße.
»Geh nach Süden!« befahl Joseph. »Sollte ich dich jemals nördlich des Republican River treffen, dann ist der Tod dir gewiß.«

Blut tropfte zwischen den Fingern, mit denen der Junge seinen Arm umfaßte. Dann blickte er auf Cutright und stieß hervor: »Ein verdammter Mörder sind Sie! Sie hätten ihn leben lassen können!«

»Unmöglich!«

»Wie konnten Sie ihn auf diese Art umbringen?«

»Ich hatte eine hervorragende Ausbildung unter Leitung von Mr. Jefferson Davis. Wenn man erst mal ein, zwei Feinde getötet hat, fällt einem alles weitere nicht mehr schwer. Nun hau lieber ab, ehe ich mir die Sache noch anders überlege!«

»Ich merke mir Ihren Namen, Kingston, und bei Gott, ich werde ihn mein Lebtag nicht vergessen.«

Joseph lachte: »Erspar dir die Mühe, ich wechsle meine Namen zu oft.«

»Irgend jemand wird auch Sie erwischen.«

»Wenn du jetzt nicht losmarschierst, wird man dich totensteif und kalt erwischen!«

»Ich brauche was zu essen und zu trinken.«

»Nein.«

»Wenigstens einen Verband!«

»Das einzige, was du von mir bekommst, ist die Chance, deine Haut zu retten. Das ist mehr, als du verdienst. Und nun mach dich auf die Socken!«

Der Knabe machte sich auf den Weg und zuckte bei jedem Schritt zusammen.

»Das ist die falsche Richtung«, bellte Joseph. »Dort ist Süden!«

Wie ein Schlafwandler stolperte der Junge schließlich in die richtige Richtung. Joseph schaute ihm nach, bis er in der dunklen Prärie verschwunden war.

Joseph nahm seinen Hut ab und fächelte sich Kühlung zu. Er trocknete sich auch den Schweiß ab, der an seiner Stirn glänzte. Dann machte der Weiße eine Bemerkung, die irgendwie gezwungen klang:

»Nun können wir weiterziehen und die Büffel zur Eisenbahn bringen. Auch drei Pferde haben wir noch dazubekommen. Das nenne ich einen annehmbaren Tageslohn.«

Mit diesen Worten wandte er sich ab. Dabei erstaunte er Kola durch einen traurigen, schmerzvollen Blick. Als er dem Sioux seinen Rücken zugewandt hatte, fügte er hinzu:

»Ein Mann sollte etwas Besseres zu tun haben, als die Jagdbeute eines anderen zu stehlen. Das sollte er wissen!«
In diesen letzten Worten schwang kein Unterton des Bedauerns mit. Sie drückten nur Zorn aus.

Nun überwand Kola die Furcht, die Josephs unerwartete Gewalttätigkeit in ihm ausgelöst hatte. Wieder erkannte er, daß er das Wesen dieses Mannes nie verstehen würde. Aber äußerlich – ja äußerlich war Joseph ein *kola,* auf den er ewig stolz sein konnte.

Der Sioux verlieh seiner Ehrfurcht und seinem Stolz durch einen Freudenschrei Ausdruck. Er umkreiste das Feuer, stand über Cutrights Körper, hob seinen Lendenschurz über den starren Augen des Toten – bei seinem Volke galt dies als der höchste Ausdruck der Verachtung für einen verächtlichen Feind.

Joseph hob seine Kaffeetasse auf. Bevor er trank, bemerkte er so ganz nebenbei:

»Wir brauchen keine Zeit für ihre Beerdigung zu verschwenden. Die Bussarde erledigen das schon innerhalb von ein, zwei Tagen. Außerdem verdienen sie gar kein anständiges Begräbnis.«

Er legte seinen Kopf zurück und trank. Ein Flackern des Feuers ließ die weiße Haarsträhne rötlich erscheinen, die von seiner linken Augenbraue bis zu einer Stelle am Hinterkopf reichte.

# Buch 4
# Die Hölle auf Rädern

## 1. Kapitel
## Der Cheyenne

Michael Boyle hatte selten die Art von verzehrender Angst erlebt, die er in den ersten Augenblicken spürte, da er wie angewurzelt auf dem Gipfel des niedrigen Hügels stand und zu entscheiden versuchte, ob er davonlaufen sollte, um die Menschen an der Eisenbahnbaustelle zu warnen. Die Angst war größer als damals, als er mit der Irischen Brigade gegen die feindlichen Linien vorging. Zumindest waren bei der Brigade Kameraden an seiner Seite, die die Gefahr mit ihm teilten.

Er war sich bewußt, daß jetzt Waffen gegen ihn gerichtet waren: Pfeile und Bogen, Messer, Streitaxte.

Messerblätter aus Stahl und Äxte aus Metall bedeuteten, daß diese Waffen Industrieprodukte waren. Die Cheyenne – falls es sich um solche handelte – hatten die Waffen entweder durch Tausch in den Forts der Weißen erworben oder bei Überfällen geraubt.

Er sah keinen Revolver oder Gewehre. Er wußte jedoch, daß die Prärieindianer davon nur sehr wenige besaßen. Wenn es den Indianern gelang, Feuerwaffen zu erlangen, dann setzten sie diese nur sehr vorsichtig ein und benutzten sie nur bei der Jagd oder bei Kämpfen gegen feindliche Stämme. Das war für ihn ein kleines Zeichen der Hoffnung.

Er leckte sich den Schweiß von der Oberlippe. Die Krieger beobachteten ihn bewegungslos. Die Federn in ihrem schwarzen Haar bewegten sich im Wind.

Der Indianer, der Ruffin festhielt – der Kerl mit dem riesigen nackten Bauch –, starrte ihn weiterhin an. Die Spur eines Lächelns erschien auf seinem dicklippigen Mund. Aber seine Bogenlanze stand unbewegt aufrecht. Wenn Michael sich falsch verhielt oder überstürzt handelte, würde die eiserne Spitze sofort Ruffins Gurgel durchbohren.

Allmählich nahm er andere Einzelheiten wahr. Den Ponys hatte man die Mähne zu Zöpfen geflochten und um die Unterkiefer verknotet, um aus einem einzigen langen Haarstrang einen Zaum zu schaffen. Die Reitpeitschen der Indianer schienen groß genug, um einen Mann zum Krüppel zu schlagen.

Etwa zwei Drittel der Indianer ritten ohne Sattel. Der Rest, darunter der Fettwanst, hatten Rohledersättel, die kaum mehr als ein Polster darstellten. Der Häuptling hatte sogar eine Decke unter seinem Sattel, die hellgelb und rot bestickt und an allen vier Kanten mit Fransen versehen war.

Der dickbäuchige Indianer hatte große Narben an den Schultern und Hängebrüste. Die Narben waren paarweise angeordnet. Michael erinnerte sich daran, daß ein Ire von Ritualen der Prärieindianer erzählt hatte, bei denen sie ihr Leben dem Schutz ihres Volkes und der Ausrottung seiner Feinde weihten. Dabei gaben sie ihr Blut hin, um die Ernsthaftigkeit ihres Schwurs deutlich zu machen. Michael wußte genau, daß er mit dem Häuptling, der sich durch seine Narben und seine Autorität auszeichnete, verhandeln mußte.

Da Michael ihm zu lange zögerte, drückte der Häuptling seine Lanze ein wenig fester gegen Tom Ruffins Hals. Es tropfte Blut. Ruffin schlug mit den Beinen um sich. Der Knabe sah Michael flehentlich an.

Der Dickwanst hob jetzt seine Augenbrauen. Seine Stirn lag in Falten wie ein altes Fell. Durch das Heben seiner Augenbrauen stellte er eine eindeutige Frage:

Was wird jetzt geschehen?

## 2

Michael wußte es auch nicht. Allerdings hatte er sich entschlossen, nicht wegzulaufen und damit Ruffin preiszugeben. Er bemühte sich, ruhig zu reden:

»Sprechen Sie Englisch?«

Ein halbes Dutzend Krieger – alle zwischen zwanzig und dreißig – kicherten und flüsterten miteinander. Einer von ihnen stieß einen tiefen Schrei aus und spuckte dann über die Ohren seines Ponys hinweg. Der Dickwanst nahm die Lanze und hob sie über seinen Kopf. Die jungen Männer, die Michael angelächelt hatten, schwiegen jetzt. Das Lächeln verschwand.

Der Dickwanst grinste auf eine entwaffnend freundliche Weise. Michael ließ sich davon nicht täuschen. Es wäre närrisch gewesen, dem Indianer zu vertrauen – oder ihn seines Alters, seiner schlappen Brüste oder seines Bauches wegen für einen Feigling zu halten. Ansonsten erschien sein Körper sehr fest. Seine Oberarme waren außerordentlich muskulös, was man jetzt, da er die Lanze hob, gut sehen konnte.

Der Indianer lächelte nun breiter, man sah braune Zahnstummel. Er nickte energisch.

»Englisch«, sagte er, aber es klang wie »Anglisch«. Nun zeigte der Daumen der Hand, die die Lanze hielt, auf die Brust des Indianers: »Englisch!« Es klang irgendwie recht kindlich.

Nun sprach der Indianer weiter, seine Aussprache war ganz scheußlich:

»Ich habe in den weißen Forts Handel getrieben. Aber wir sind nicht die Müßiggänger von Laramie.«

Einige seiner Kameraden verstanden dies und murmelten ihre Zustimmung.

»Wir sind nicht hierher gekommen, um Krieg zu bringen. Wir lieben schwarzen, süßen Kaffee. Wir wollen die Strecke des Feuers sehen, die ihr baut. Nicht Krieg führen, nur anschauen.«

Seine Augen weiteten sich, er blinzelte mehrmals. Michael mußte beinahe lachen, nicht aus Spott, sondern weil es wirklich sehr komisch war. Der Dickwanst verhielt sich beinahe wie ein kleiner Junge – wenn man davon absah, daß er seine Lanzenspitze wieder gegen Ruffins Gurgel richtete:

»Wir sind Freunde. Kein Krieg. Nur Kaffee.«

Aber wenn die Worte des Indianers ihn auch amüsierten, so blieb Michael doch auf der Hut. Er hatte von Indianerkriegern gehört, die in ein Regierungsfort geritten kamen und einen Tag lang mit größter Herzlichkeit Handel trieben, am nächsten Tag jedoch wiederkamen, um bösartig anzugreifen. Sie waren unberechenbar wie das Wetter in der Prärie, behauptete Casement. Deshalb maß er den Versicherungen des Dickwanstes keine große Bedeutung zu. Aber sein Herz schlug jetzt weniger heftig. Michael blickte weiterhin mißbilligend drein.

»Nun gut, wenn ihr freundlich gesinnt seid...«

Der Dickwanst nickte wieder ungeduldig: »Freunde – Freunde!«

»Dann laß den Jungen frei.«

Der Indianer richtete seinen Kopf hoch. Er tat verblüfft. Michael vermutete, daß er mehr verstand, als er zugab.

Michael versuchte es nun wieder mit der Zeichensprache. Er zeigte auf den Jungen und dann auf das Büffelgras.

»Runter! Laß ihn los. Tu ihm nichts an.«

Der Indianer grübelte. Schüttelte den Kopf.

»Ihr seid viele. Wir sind wenige. Wir halten ihn fest, bis wir die Straße des Feuers gesehen und Kaffee bekommen haben. Dann lassen wir ihn frei. Es ist nicht klug, alles zu glauben, was ihr Weißen sagt. Ihr sagt Freundschaft, und dann richtet ihr viele Gewehre gegen uns.«

Nun flackerte es in den Augen dieses Mannes sehr häßlich. Sein Lächeln verschwand.

»Vor zwei Sommern kampierte Black Kettle am Sand Creek.«

Michael zuckte zusammen; er verstand die infame Anspielung.

Im Herbst 1864 hatten Indianerüberfälle im Territorium von Colorado dazu geführt, daß in Denver eine Militäreinheit von sechshundert weißen Männern gebildet wurde. Diese Männer – meist übles Gesindel – standen unter dem Kommando eines fanatischen Armeeoffiziers namens Chivington, der nebenbei ein Methodistenpfarrer war. Chivington führte seine Soldaten zu einem nahe gelegenen Lager der Cheyenne.

Obwohl sie mit den Überfällen nichts zu tun hatten, fürchteten die Indianer in dem Camp unter Führung von Black Kettle Repressionen und suchten Schutz vor der wachsenden anti-indianischen Stimmung. Black Kettle hatte in seinem Lager sogar das Sternenbanner gehißt – und dann beobachtete er, wie Chivingtons Pöbelhaufen hereinritt. Drei, vier Stunden lang galoppierten die Weißen im Camp hin und her, sie zerstörten Zelte, brachten fast fünfzig Indianerkrieger, Frauen und Kinder um.

»Eine Schwester hatte ich dort«, sagte der Dickwanst.

Michael nickte, um zu zeigen, daß er verstanden hatte.

»Sie stahl nie Kühe, zerschnitt keine Fernsprechdrähte...« Er zeigte jetzt auf die Telegraphenmasten jenseits des Platte.

»Aber ihr Haar wurde abgeschnitten. Dieses Haar.«

Er hob die Lanze und berührte seinen Kopf damit.

»Auch dieses Haar.«

Dabei ließ er die Lanze bis zum Unterleib herabsinken.

»Es wurde auf einem öffentlichen Platz ausgestellt, und die Weißen lachten darüber.«

Michael wußte keine Antwort, die den Zorn des Indianers besänftigen konnte. Er hatte Skalps von Cheyenne-Kindern gesehen, und das Schamhaar von Cheyenne-Frauen war nach Chivingtons Überfall auf der Bühne eines Theaters in Denver vorgeführt worden.

Michael war kein besonderer Kenner der wirren Politik und der militärischen Operationen der Armee im Westen. Aber er wußte, daß man während des Krieges nur besonders unfähige Offiziere in diese Gegenden geschickt hatte. Die besten Männer der Union hatte man für den Bürgerkrieg gegen die Konföderierten gebraucht.

Wenn in der Prärie nur minderwertige Soldaten zum Einsatz kamen, dann war es kein Wunder, daß ihre Entscheidungen häufig schlecht waren. Solche Männer hielten es nicht für nötig, die Indianer ausfindig zu machen und zu bestrafen, die in einem konkreten Fall für Morde oder Brandstiftungen verantwortlich waren. Um mit dem sogenannten Indianerproblem fertig zu werden, genügte es in ihren Augen, irgendwelche beliebigen Indianer zu bestrafen. Wahrscheinlich hatte auch die Schwester des Dickwanstes zu den Unschuldigen gehört, die Opfer solch sinnloser Racheakte wurden.

»Nein«, murmelte der Indianer. Er schnürte Ruffin mit seiner Hand jetzt die Luft ab. Dem Knaben quollen die Augen aus dem Kopf. Er erstickte beinahe. »Wir lassen ihn frei, wenn es keinen Krieg gibt. Wir lassen ihn abhauen, wenn wir Kaffee getrunken haben.«

Michael erkannte jetzt, daß weiteres Reden sinnlos war. Er wußte nun, wie mit der Situation fertig zu werden war, aber bevor er seinen Plan in die Tat umsetzen konnte, fuhr ihn der Dickwanst erneut an:

»Du bist doch der Boss der Straße des Feuers?«

Michael schüttelte verneinend den Kopf: »Ich bin nur ein Schienenleger.«

Das verstand der Indianer nicht.

»Ich arbeite. Arbeite!« Michael führte das jetzt pantomimisch vor. Der Indianer grunzte.

»Mein Name...«

Das Wort verstand er wohl nicht? Er versuchte es nun anders:

»Ich...«

Er deutete mit dem Finger auf seine Brust.

»Ich heiße Boyle.«

Er wiederholte es.

»Ich«, nickte der Dickwanst, »ich heiße...«

Dann folgte ein unverständliches Kauderwelsch. Michael schüttelte den Kopf. Schließlich sprach der Indianer wieder englisch:

»Guns Taken.«

»Ah, Guns Taken«, nickend deutete Michael an, daß er verstanden hatte.

Nun grinste der Cheyenne wieder. »Mit zehn Jahren habe ich drei Gewehre weggetragen. Drei! Aus einem weißen Fort. Ich ritt fort, flach wie der Wind, ehe sie die Tore schließen und mein Pony fangen konnten. Dafür erhielt ich den Ehrennamen Guns Taken.«

Dies erzählte er voller Stolz und mit einem breiten Lächeln. Die unschuldige Art seiner Darstellung erleichterte Michael ein wenig. Beinahe mochte er den Burschen sogar.

Aber es war gefährlich, sich einlullen zu lassen. Casement hatte immer wieder betont, daß die Prärieindianer nicht die Primitivlinge seien, für die viele Weiße sie hielten. Die Sioux und die Cheyenne konnten listig und launisch sein.

»Drei große Gewehre!« brüllte der Indianer.

Michael nickte hastig. »Ja, ja. Ich verstehe.« Offensichtlich hatte er sich von der Schilderung nicht hinreichend beeindruckt gezeigt. Deshalb verschwand das Lächeln vom Gesicht des Indianers. Guns Taken richtete seine Lanze jetzt gegen Michael.

»Wir gehen zur Straße des Feuers. Jetzt.«

Der Krieger setzte sein Pony mit Schenkeldruck in Bewegung und ritt los. Michael hielt seine Hände hoch:

»Warte!«

Er reckte seine Hände dem Indianer entgegen. Dessen Gesicht verfinsterte sich noch mehr. Michael schluckte und fragte sich, ob der Kerl seine Lanze schleudern werde.

»Laß mich vorausgehen«, sagte Michael und unterstützte seine Worte dabei mit pantomimischen Gesten: »Du bleibst hier, und ich gehe voraus, damit die Männer dort nicht zornig sind. Laß mich zuerst mit dem Boss der Straße des Feuers sprechen. Es kann ein Weilchen dauern, werde nicht ungeduldig. Ich verspreche, ich erzähle ihm, daß du nicht hier bist, um Krieg zu führen. Dann wird er dich willkommen heißen.«

Guns Taken schüttelte heftig den Kopf. Entweder hatte er Michael nicht verstanden, oder der Cheyenne verstellte sich erneut. Angespannt versuchte Michael noch zweimal, es ihm zu erklären. Schließlich verstand ihn der Indianer. Michael sorgte sich nicht nur um Tom Ruffin, er wußte auch, daß es für Jack Casement nicht leicht war, die Eisenbahnarbeiter alle unter Kontrolle zu haben, ehe die Indianer auftauchten. Er hoffte sehr, daß er jetzt richtig handelte.

Guns Taken wendete jetzt sein Pony und sprach zu den jungen Männern seiner Gefolgschaft. Michael konnte den schnellen Fluß seiner Worte jetzt nicht verstehen. Aber Gesten und Mienen ließen keinen Zweifel an einigen Reaktionen.

Es gab Beschwerden, verärgerte Proteste. Immer wieder mußte Guns Taken seine Krieger zur Ruhe mahnen.

Einige der Indianer ließen Michael ihr Mißvergnügen spüren. Ihre wilden Blicke brachten ihn zum Erschaudern.

Aber Guns Taken behielt das Heft in der Hand. Schließlich faßte Michael wieder Mut, als der fette Indianer sein Pony drei Schritte vorwärts machen ließ und ihm abschließend zunickte:

»Geh jetzt. Meine Männer bleiben hier, bis der Eisenbahnboss sagt, daß wir kommen können.«

»Nein. Ich will den Jungen mit mir nehmen.« Er zeigte auf Ruffin, dann auf das Gras: »Laß ihn runter.«

»Geh jetzt! Der Junge bleibt.« In den dunklen Augen stand trauriger Zynismus. »Dann wird man uns nicht mit Gewehrschüssen begrüßen. Aber wenn geschossen wird, nun, dann...«

Jetzt lächelte er wieder, aber gänzlich ohne Humor. Ein zweites Mal piekte der Cheyenne in den Hals des Jungen.

». . . dann gehört der Junge dir – aber tot!«

Das Geschäft war nun klar. Jesus, warum stecke ich hier in diesem Schlamassel? dachte Michael.

Dann plapperte der Cheyenne wieder drauflos und bedeutete ihm ungeduldig, sich auf den Weg zu machen. Erneut drohte er ihm mit der Bogenlanze.

»Genug geredet jetzt. Wir haben Kaffeedurst. Geh und find den Boss!«

Michael setzte sich in Bewegung, hielt dann noch mal inne: »Tom?«

Guns Taken nahm die Hand von Ruffins Mund. Überraschend ruhig erwiderte der Junge: »Was gibt's denn, Sir?«

»Verhalt dich ruhig. Sie werden dir nichts tun. Ich bin bald zurück.«

Ruffin gelang es noch zu nicken. Der Ire wandte sich um, lief den niedrigen Hügel hinauf und dann an dessen anderer Seite wieder herab. Obwohl Tom Ruffin viel Mumm besaß, zweifelte Michael, ob er den Knaben wiedersehen würde.

## 2. Kapitel
## Das bewaffnete Lager

Michael lief mit aller Kraft, er kämpfte sich durch das hohe Büffelgras am Fluß entlang. Schweiß trat auf seine Stirn.

Er passierte die Stelle, wo er sich, abgesondert von den anderen Badenden, die herumalberten, entkleidet hatte. Er winkte mit den Armen und schrie:

»Zurück zum Zug! Drüben sind Indianer! Sie haben Tom Ruffin in ihrer Gewalt!«

Bis zu seinen knorrigen Knien im Wasser stehend, kratzte sich Liam O'Dey am Hintern: »Ach, Boyle, erspar uns deine miesen Scherze so früh am Morgen!«

Michael ballte die Faust: »Das ist kein Witz. Ich hab' mit ihnen geredet. Wenn ihr hier bleibt, dann wird der Junge umgebracht. Los, weg von hier!«

Er eilte weiter, während O'Dey und seine Kameraden ans Ufer kletterten, um sich anzukleiden.

Dann hielt er noch bei drei weiteren Gruppen an und warnte sie. Einen Mann aus der letzten Gruppe schickte er ein Stück den Fluß hinunter, um die übrigen zu warnen. Etwa hundert Arbeiter hielten sich noch eine Meile weiter östlich auf. Dann erreichte Michael heftig gestikulierend den Ewigen Zug.

Die *Osceola* dampfte gerade ab. Bewaffnete, die an den Seiten der Lok und des Tenders hingen, sahen ihn kommen. Einer von ihnen steckte seinen Kopf ins Führerhäuschen. Die Maschine blieb dampfend und zischend stehen.

Michael rannte um die Rinderherde herum. Die verstörten Tiere begannen zu brüllen und zu muhen. Michaels Rufen und Winken veranlaßte zwei Viehtreiber, sich gegen ihn zu wenden. Einer drohte mit einem langen Stock:

»Hör auf mit dem verdammten Gebrüll, sie werden dich noch niedertrampeln!«

»Indianer!« schrie Michael und zeigte nach Westen. Der Viehtreiber wurde blaß und bekreuzigte sich.

Während Michael weitereilte, strömten halbnackte Männer von den verschiedenen Stellen des Ufers her dem Zug zu. Er erreichte den Bürowagen, eilte die Stufen hinauf, den engen Gang entlang. Die Tür von Casements Raum stand offen. Michael hörte eine Stimme, die er sehr gut kannte:

»Entweder ich kriege meinen Job wieder anstelle dieses verdammten Iren, oder ich kann für nichts garantieren, was dann...«

Casement unterbrach ihn heftig: »Sie werden gehorchen, oder ich schicke Sie unter Bewachung nach Omaha zurück, Worthing!«

Michael stand in der Tür und faßte mit beiden Händen nach den Pfosten. Die Anwesenheit des Virginiers war ihm jetzt nicht wichtig. Worthing drehte sich nach ihm um. Sein Gesicht war aufgedunsen und blaß, sein linkes Auge geschwollen.

»Tja«, sagte er sarkastisch, »da ist ja dieser Ire, von dem wir gerade reden.«

2

Casement ignorierte Worthing jetzt und blickte Michael ins verschwitzte Gesicht. Michael rang nach Luft.

»Was zum Teufel ist los, Boyle?«

»Wir haben Besuch, General. Ungefähr eine Meile westlich von hier. Dreißig Indianer. Cheyenne, denke ich.«

»Gnädiger Gott! Das hat uns gerade noch gefehlt.«

»Schade, daß sie deinen verdammten Skalp nicht genommen haben«, sagte Worthing und berührte mit einem Finger seine blaugelb geschwollene linke Backe.

»Lassen Sie ihn reden«, sagte Casement. »Haben Sie die Indianer selbst gesehen?«

»Ja. Und ich habe mit ihnen gesprochen. Der Häuptling spricht einigermaßen Englisch. Sie haben Tom Ruffin in ihrer Gewalt. Der Junge war auf der Jagd.«

In wenigen Sätzen berichtete er den ganzen Vorfall. Als er fertig war, glotzte Worthing ihn an.

»Du hast also den Jungen in den Händen dieser Bande von Wilden gelassen und die Kurve gekratzt?«

Rot vor Zorn entgegnete Michael: »Der Häuptling hatte eine lange Lanze, so lang...« Er deutete es mit den Armen an.

»Er hat sie Ruffin an den Hals gesetzt. Der Häuptling sagt, sie wünschen nicht zu kämpfen, General. Sie möchten hier nur süßen Kaffee trinken und sich alles ansehen. Ich habe versprochen, vorauszueilen und dafür zu sorgen, daß es keinen Ärger gibt. Es gibt keinen anderen Weg, Ruffin lebend zurückzubekommen.«

»O Gott«, seufzte Worthing, »ich hätte ihn mitgenommen und zurückgebracht!«

Casement stampfte vor dem Virginier mit dem Fuß auf. Obwohl der Baustellenchef Worthing nur bis zum Kinn reichte, war er zornig genug, um den Virginier einzuschüchtern.

»Noch ein Wort, und ich lasse Sie einsperren.«

Das gesunde Auge des Exkonföderierten funkelte. Michael hörte, wie sich im Gang Männer ansammelten. Sie stellten Fragen und verlangten, ihre Waffen aus den Schlafwagen holen zu dürfen. Casement gestikulierte:

»Tür zu!«

Michael schloß die Tür.

»Nun, glauben Sie, daß die Indianer gelogen haben? Wollen sie wirklich nur heißen Kaffee, oder wollen sie Streit?«

Müde lehnte Michael an der Wand und rieb sich seine verschwitzte Brust.

»General, ich bin kein Spezialist für das Verhalten der Rothäute. Mal schien mir ihr Häuptling – sein Name ist Guns Taken – ganz ehrlich. Im nächsten Moment wiederum hatte ich den Eindruck, daß er mich täuschen wollte. Ich weiß einfach nicht, ob sie harmlos und neugierig oder gefährlich sind.

»Ein wenig von allem«, meinte Casement. »Die Narren im Amt für Indianische Angelegenheiten machen immer den Fehler zu denken, daß wir es hier mit Wilden zu tun haben. Das war doch auch Ihr Wort für diese Leute, Worthing, nicht wahr?«

Worthing schwieg jetzt. Casement fuhr fort:

»Aber sie sind keine Wilden. Sie haben eine Kultur, die viele hundert Jahre älter ist als die unsrige. Und die meisten sind klüger als viele der Armeeoffiziere, die ich bis jetzt kennengelernt habe. Sie werden's nie erleben, daß ein Sioux oder ein Cheyenne das Leben von zwanzig Männern riskiert, um ein halbes Dutzend Kühe zu stehlen. Aber viele Offiziere opfern gern drei Kompanien, um ein Regierungskalb zu retten.« Erregt kratzte er seinen Bart:

»Wie sind sie bewaffnet? Haben sie Gewehre?«

»Ich habe keine gesehen. Sie haben Messer, Äxte, Bogen – und der Häuptling hat eine Teufelslanze. Sie ist mit Federn geschmückt und getarnt, und sie kann gleichzeitig als Bogen zum Abschuß von Pfeilen dienen.«

Casement fluchte. »Dann ist es eine Bogenlanze, und wir haben es mit Cheyenne zu tun. Sie sind sehr ernst zu nehmen. Hat der Häuptling, mit dem nicht zu spaßen ist, Ruffin verletzt?«

»Seinen Hals hat er ein wenig geritzt. Es ist etwas Blut geflossen. Das geschah wohl vor allem, damit ich ihn ernst nahm. Aber er hat gesagt, er wird den Jungen töten, falls er hier in eine Falle tappt.«

Casement wandte sich ab, dachte nach, schließlich verkündete er:

»In Ordnung. Das Leben des Jungen ist am wichtigsten. Wir werden eine Anzahl von Waffen verteilen und die Lok räumen. Gehen Sie zu den Köchen, Boyle. Sie sollen mit dem Kaffeekochen beginnen. Literweise und süß.«

Worthing konnte es nicht glauben: »Sie erlauben ihnen, hier reinzureiten?«

»Genau. Ich werde nicht vor ihnen zu Kreuze kriechen, sie sollen auch nicht glauben, daß wir Feiglinge sind. Deshalb sollen ruhig einige Waffen zu sehen sein. Aber ich will sie auch nicht reizen.«

»Jesus!« Worthing stand immer noch wie vom Donner gerührt da. »Unsere Herde ist doch schon drei-, viermal überfallen worden!«

»Wir haben Vieh verloren, keine Menschen.«

»Aber wir sollten ihnen zeigen, daß wir das nicht dulden.«

Casement schüttelte den Kopf.

»Wir wissen doch gar nicht, ob diese Indianer diejenigen waren, die unser Vieh gestohlen haben. Wenn wir sie bestrafen, als hätten sie es getan, dann handelten wir nicht nur falsch, sondern auch dumm. Dabei lasse ich Ruffin erst mal ganz aus dem Spiel. Die falschen Indianer zu bestrafen, das wäre genau der Fehler, den Chivington bei Sand Creek begangen hat. Den gleichen Fehler begeht die verdammte Armee jeden zweiten Tag. Gerade deshalb hört der Ärger nie auf!«

»Dieser Guns Taken behauptet«, warf Michael ein, »er habe bei Sand Creek eine Schwester verloren.«

Casement stöhnte: »Dann ist es um so schlimmer. Es sind nicht nur Cheyenne, es sind Cheyenne, die einen Groll gegen uns hegen.«

»Was für einen verdammten Unterschied macht's denn, wenn sie nicht diejenigen waren, die unser Vieh gestohlen haben?« zischte Worthing. »Wenn sie die Rinder sehen, dann werden sie sich einfach selbst bedienen. Man sollte ihnen rechtzeitig entgegentreten!«

»Sie sind wohl der Ansicht, daß man sie allesamt ausrotten sollte?« flüsterte Casement.

»Ja, solange auch nur einer von ihnen uns Ärger bereitet!«
»Worthing, Sie haben ja keine Ahnung! Wir sind hier die Eindringlinge. Wir befinden uns hier mitten in ihren Büffelgründen. Sie erleben, daß Weiße ihre Büffel totschießen. Sie erleben, daß ihr Land von diesen Schienen durchschnitten wird. Sie erleben, daß Angehörige ihrer Rasse für Untaten bestraft werden, die andere begangen haben. Ich will die Probleme nicht noch vergrößern und riskieren, Menschen und Zeit zu verlieren!«

Worthing stürmte zur Tür.

»Ihr seid verdammte Feiglinge. Ich hole jetzt meine Waffe!«

Casement hinderte ihn mit Gewalt daran. Er stand jetzt auf den Zehenspitzen, sein Gesicht war knallrot wie sein zitternder Bart: »Captain Worthing, meine Geduld mit Ihnen ist erschöpft.« Er riß an den Rockaufschlägen des Kerls. »Total erschöpft! Sie haben den Krieg verloren! Und ich bin es leid, mit ansehen zu müssen, wie Sie versuchen, ihn im nachhinein doch noch zu gewinnen!«

Worthing ballte die Fäuste. Einen Augenblick lang glaubte Michael, er würde kämpfen. Dann erinnerte er sich daran, daß der Südstaatler sehr großen Wert darauf legte, von Anfang an im Vorteil zu sein. Aber Worthing feuerte noch einige verbale Geschosse ab:

»Mit dir und diesem Iren werde ich schon noch fertig, Casement, da kannst du sicher sein!«

»Die Botschaft empfing ich bereits – in meiner Koje«, sagte Michael.

Casement ließ den Virginier jetzt los und übersah dabei den giftigen Blickwechsel zwischen den beiden anderen. Der Baustellenleiter wischte sich die Hände an der Hose ab, als habe er etwas Schmutziges angefaßt. Er öffnete die Tür und sah sich einer Gruppe von Männern gegenüber, die ihn mit Fragen bombardierten.

»Was ist denn mit diesen Indianern, General?«

»Haben sie den kleinen Ruffin in ihrer Gewalt?«

»Es sollen ihrer hundert sein!«

»Die Jungs holen die Gewehre.«

Casement griff sich den nächstbesten Mann heraus: »Sie gehen jetzt in die Schlafwaggons und verkünden einen direkten Befehl von mir. Zwanzig Gewehre werden ausgegeben! Und nicht eines mehr! Die Vorarbeiter sollen sie verteilen, und zwar an Männer, die einen kühlen Kopf behalten. Die Indianer wollen uns nichts Böses antun.«

Michael sah zweifelnde und ängstliche Gesichter. Er war sich bewußt, daß Worthing ihn anstarrte, aber er wandte sich nicht um.

»Sie haben betont, daß sie hier nur Kaffee trinken und sich alles ansehen wollen. Wir nehmen sie beim Wort, solange sie sich durch ihre Handlungen nicht selbst widersprechen.« Dann beauftragte Casement drei der Arbeiter damit, Captain Worthing zu seinem Waggon zu bringen und dort zu bewachen.

Worthing begann zu fluchen. Casement beachtete es nicht.

»Setzt euch auf ihn! Fesselt ihn! Schlagt ihm den Kopf ein! Mir ist das egal. Aber er darf nicht raus, und er darf keine Waffe anfassen. Ich will nicht, daß ein Hitzkopf dieses ganze Camp aufs Spiel setzt.«

»Na, komm schon, du Rebell!« sagte einer der Arbeiter, während die drei ihn umzingelten. »Jetzt wirst du noch einmal nach Appomattox geschickt.«

Der fluchende Virginier wurde fortgeschafft. Michael wünschte insgeheim, daß Worthings Bewacher nicht allzu deutlich zeigten, wie sehr er ihnen zuwider war, und ihn wegen der Niederlage des Südens verhöhnten. Denn dies würde den Zorn des Virginiers nur noch steigern und ihn noch rücksichtsloser machen.

Casement schickte dann andere Männer los, um die Arbeiter aufzufordern, sich vor dem letzten Schlafwaggon zu versammeln. Dort waren sie vor eventuellen Beobachtern geschützt, die Guns Taken auf der Spitze des Hügels postiert haben mochte. Michael arbeitete sich durch den Gang des Zugs bis zur Küche vor und bat die überraschten Köche um frischen Kaffee.

Nach fünf Minuten war er wieder draußen, wo Jack Casement Anstalten machte, zu der wachsenden Menge vor den Stufen des Schlafwaggons zu sprechen.

3

Michael stand im Hintergrund mit dem Rücken zur Menge. Aus dem Stimmengewirr heraus hörte er jemand seinen Namen rufen.

Er wandte sich um. Hannah eilte auf ihn zu. Sie trug ihren weiten, unförmigen Mantel. Der Schlapphut verdeckte ihr helles Haar.

Ihr Bruder Klaus war bei ihr. Er trug sein Gewehr. Dann tauchte auch der alte Dorn hinter dem Wagen auf. Er knöpfte gerade seine Hose zu und rülpste dabei. Er schien nicht mehr sicher auf seinen Beinen zu sein. Auch er trug eine Waffe.

»Mister Boyle...« Hannah berührte Michaels Arm. Unter dem Schatten, den der Hutrand warf, weiteten sich ihre Augen vor Überraschung und Enttäuschung. Sie brauchte einen Moment, um sich zu sammeln und zu fragen: »Was für Schwierigkeiten gibt's denn?«

»Überraschungsgäste. Dreißig Cheyenne – da hinten jenseits der Hügel. Sie haben einen der Lorenjungen gefangengenommen und halten ihn fest.« Bei den letzten Worten streckte er ihr unbewußt seine rechte Hand entgegen und drückte ihren Unterarm.

Dann bemerkte er zu seiner Überraschung, daß er sich allzu vertraut gab. Er zog seine Hand wieder weg.

Ihre Blicke trafen sich erneut. Er spürte jetzt eine ähnliche Verärgerung, wie Hannah sie einen Augenblick zuvor empfunden haben mochte. Fast stotternd fügte er hinzu: »Case... – Casement wird es erklären.«

Der Baustellenleiter sprach mit lauter Stimme. Als er die Anwesenheit der Indianer bekanntgab – und damit das Gerücht bestätigte –, gab es Ausrufe des Erstaunens und der Besorgnis. Da und dort forderte ein irischer Arbeiter in der Menge, man solle die Eindringlinge mit massivem Gewehrfeuer empfangen. Casement schrie dagegen an:

»Auf gar keinen Fall! Es wird nicht geschossen, solange ich das nicht ausdrücklich befehle. Sie haben Ruffin in ihrer Gewalt, und möglicherweise wollen sie uns wirklich gar keinen Schaden zufügen.«

»Aber General, wir sind doch in der Überzahl!«

»Das wäre auch kein Trost, wenn es unnötige Todesopfer gibt. Natürlich sind wir ihnen zahlenmäßig überlegen. Wir könnten sie im Sturm vertreiben. Aber was würde das für Ruffin bedeuten?«

Nervös blickte Michael zu den Hügeln hinüber. Vielleicht waren die Cheyenne längst verschwunden und Ruffin bereits tot. Widersprüchliche Bilder von Guns Taken tauchten vor seinem inneren Auge auf. Mal sah er ihn als unschuldiges Kind, mal als raffinierten Trickbetrüger. Aber welches Bild entsprach der Wirklichkeit?

Er zwang sich dazu, Casement wieder seine volle Aufmerksamkeit zu widmen.

»Wir werden ruhig bleiben. Ich werde nur zwanzig Gewehre ausgeben. Wir werden abwarten und sehen, was genau sie von uns verlangen. Hoffen wir, daß sie friedlich wieder abziehen, wenn sie das Verlangte erhalten haben.«

»Ihr wißt genau, was sie wollen!« platzte hinter Michael eine Stimme heraus. Es war Gustav Dorn.

Hannah machte einen Schritt auf ihn zu: »Papa, bitte! Überlaß General Casement die Führung!«

Selbst aus drei Meilen Entfernung konnte Michael den Whiskeyatem des ungepflegten Händlers riechen. Dorn schwankte, aber er schwang sein Gewehr:

»Sie haben doch nur Scheiße im Kopf, Casement! Die roten Teufel wollen nicht bloß Kaffee, sie wollen Gewehre! Sie wollen Schnaps!«

Er legte die Waffe an.

»Wenn diese Hurensöhne meinen Whiskey anrühren, dann blase ich ihnen die Köpfe weg. Wenn ihr diese Waffe anrührt, dann geschieht euch das gleiche!«

4

»Papa, das nützt doch nichts«, mischte sich Hannah bittend ein. Sie ergriff das Gewehr: »Laß es fallen!«

»Verdammtes Weib – laß los!« Speichel troff von Dorns Lippen, als er ihr die Waffe entriß. Michael spürte einen Anflug von Zorn, er ging auf Dorn los. Casement schrie:

»Nimm ihm das Gewehr ab!«

Dorn begann sich rückwärts zu bewegen und spannte die Waffe. Er leckte seine Mundwinkel und ging in Hockstellung.

»Niemand rührt die Waffe an! Der erste, der es versucht, den erschieße ich!«

»Dorn?«

Der Händler wandte sich Michael zu. Die Waffe war auf den Leib des Jüngeren gerichtet.

Michael streckte ihm die Hand entgegen: »Geben Sie auf, bevor man Gewalt anwenden muß. Das Leben des Jungen ist wichtiger als Ihr Schnaps.«

»Ire, rühr mich nicht an. Sonst kriegst du eine dicke Kugel ab!«

Michael ging drei weitere Schritte auf den Deutschen zu. Dann blieb er stehen und wischte sich den Mund: »Seien Sie doch vernünftig, Dorn!«

Dorn unterbrach ihn, er fuchtelte mit seinem Gewehr herum: »Noch einen Schritt und ich schieße deinen verdammten irischen Dickschädel in Stücke!«

Er japste nach Luft, als Hannahs Finger von hinten nach seinem Hals griffen und ihm die Luft abschnürten. Sie hatte sich rückwärts an ihn herangeschlichen, während er seine ganze Aufmerksamkeit auf Michael gerichtet hatte.

Dorn stürzte zur Seite, schlug blindlings um sich. Der Gewehrschaft knallte gegen Hannahs Kiefer. Jesus, es hätte sich ein Schuß lösen können! dachte Michael, als das Mädchen stolperte. Der Hut fiel ihr vom Kopf. In gebückter Haltung rannte er auf den Deutschen zu.

Er entriß Dorn die Waffe und gab sie an einen Mann weiter, der damit umging, als handelte es sich um eine Giftschlange. Dorn versuchte ungeschickt, Michael ins Zwerchfell zu boxen. Michael brachte sich noch rechtzeitig aus der Gefahrenzone und nutzte seine größere Reichweite, um Dorn bei den Ohren zu packen.

Dorn stolperte. Brüllte obszöne Flüche. Eine Anzahl Männer umzingelte ihn. Michael nahm jetzt die Waffe und sicherte sie. Er bemerkte, daß Sean Murphy inzwischen auch Klaus seine Waffe abgenommen hatte. Nun half er Hannah wieder auf die Füße.

»Tut mir leid, daß ich ihn provoziert habe. Tut mir auch leid, daß er Sie verletzt hat.«

»Oh...« Tränen schossen ihr in die Augen. Verschämt wandte sie sich ab, um ihr Gesicht zu verbergen. Sie hob ihren Hut auf und flüsterte: »Einmal mehr oder weniger, was macht das schon aus?«

Ihr Kummer verletzte auch ihn irgendwie. Er wollte sie berühren, wollte sie trösten.

Dorn schlug um sich und kreischte, während immer mehr Männer einen Kreis um ihn bildeten. Michael fragte sich, wie Hannah Dorns Glaube dem Verhalten ihres Vaters standhalten konnte. Alles, woran sie glaubte, schien durch das Verhalten des Händlers, durch seine klägliche, ja möglicherweise lebensgefährliche Wut, negiert und zum Gespött gemacht zu werden.

Er war fast bereit, zu ihr hinzugehen und es zu riskieren, sie dadurch zu demütigen, daß er sie veranlaßte, ihn anzuschauen. Michael wurde durch Casement daran gehindert, der um Aufmerksamkeit bat.

5

»Nun haben wir die Dinge ja im Griff und wollen versuchen, den Rest des Tages ohne Opfer und Verluste hinter uns zu bringen. Es liegt ganz an euch, Männer! Jeder trägt ein Stück Verantwortung. Ich möchte nicht, daß die Beauftragten des Amts für Indianische Angelegenheiten hier auftauchen und uns fragen, warum wir unschuldigen Besuchern Schaden zufügen.«

Wenn sie wirklich unschuldig sind, dachte Michael.

»Ich möchte keine Berichte an General Dodge und die Direktoren der Gesellschaft und noch weniger an teure Ehefrauen und Freundinnen schreiben müssen, in denen ich erklären muß, warum ein guter Arbeiter sinnlos umgebracht worden ist.«

Es gab ein wenig Gemurmel wegen Casements Mangel an Kaltblütigkeit. Aber die meisten Arbeiter stimmten mit Michaels Einschätzung überein: Casement mußte mehr Mut aufbringen, um Zurückhaltung durchzusetzen, statt der Art von Feindseligkeit freien Lauf zu lassen, die Dorn und Worthing so gefährlich machte. Die kräftige Stimme des Generals übertönte die murrend vorgebrachten Einwände:

»Unsere Aufgabe ist es, Ruffin zu retten und dann wieder Schienen zu legen, um möglichst schnell den hundertsten Meridian zu erreichen. Denkt immer daran!«

Nur Dorn fluchte noch inmitten seiner Umzingler, ansonsten war die Menge ruhig.

»Boyle?«

»Hier, Sir!«

»Holen Sie die Indianer jetzt hierher.«

»Sofort, General.«

»Und Boyle...«

Michael drehte sich um. Drei Vorarbeiter waren hinter Casement aufgetaucht. Sie waren bewaffnet. Casement deutete auf die Waffen:

»Wollen Sie eine?«

Fast hätte Michael ja gesagt. Er hätte sich dann viel sicherer gefühlt. Aber er dachte an Tom Ruffin. Der Anblick eines Gewehres konnte provozierend wirken und ein spontanes Zustechen mit der Bogenlanze veranlassen. Das Leben des Jungen stand auf dem Spiel.

»Nein, ich gehe besser ohne Waffe.«

Casement nickte und lächelte einen Augenblick lang.

Mit pochendem Herzen bahnte sich Michael einen Weg durch die Menge. Die Männer schwiegen jetzt. Man konnte den Präriewind hören und das Zischen des Lokdampfes der *Osceola*.

# 3. Kapitel
## Das Rennen

Zwanzig Minuten später kehrte Michael zu der Eisenbahnbaustelle zurück. An seiner Seite befand sich ein blasser, aber unversehrter Tom Ruffin. Hinter ihm ritten einer nach dem anderen die Cheyenne unter Führung von Guns Taken.

Fast alle Arbeiter beobachteten das Ereignis. Hunderte von Iren standen oder saßen in kleinen Gruppen herum. Einigen sah man ihre offene Feindseligkeit an, andere waren ängstlich, aber die Mehrheit war bloß neugierig. Als er das Ende der Schiene westlich des Ewigen Zuges erreichte, versuchte Michael, die Repetiergewehre zu entdecken, die in seiner Abwesenheit verteilt worden waren. Zwei der Waffen konnte er bei den Viehtreibern sehen. Das hielt er für eine kluge Vorsichtsmaßnahme. Da hörte er ein lautes Palaver in der Indianersprache. Er wandte sich um und sah einen jungen Krieger, der auf die Rinder deutete und grinsend eine Bemerkung zu dem Reiter hinter ihm machte. Auf den Gesichtern einiger Cheyenne war nackter Neid zu entdecken.

Seine Augen wanderten zum Zug zurück. Die meisten Arbeiter hatten sich an seiner Nordseite versammelt. Er bemerkte einen Mann in einer Hängematte in der Nähe des Schlafwaggons. Aber der Mann ruhte sich dort nicht aus. Seine Waffe war zu sehen.

Zwei weitere Bewaffnete befanden sich in einem Zelt auf dem Dach des Waggons.

Guns Taken und seine Krieger bemerkten durchaus, was los war.

Bei näherem Hinsehen entdeckte Michael noch weitere Gewehre. Casement hatte die Angelegenheit perfekt organisiert. Die Waffen waren unauffällig, aber nicht unsichtbar postiert. Die unbewaffneten Arbeiter wußten, daß die Waffen da waren. Vor einem bewaffneten Iren stand schwitzend O'Dey und fingerte an seinem Rosenkranz.

Längs der Nordseite des Zuges hörte Michael immer wieder Flüche. Er reckte sich hoch, um den Grund zu entdecken. Zwei Köche legten eilig Bretter auf eine Anzahl Fässer. Ein dritter schleppte eine riesige Emaillekanne herbei, aus deren Tülle Dampf entwich.

Casements Augen richteten sich auf den Knaben an Michaels Seite. »Ihm geht's gut, Sir«, sagte Michael. »Guns Taken hat sein Wort gehalten.«

Der Baustellenleiter nickte und starrte an ihm vorbei, als die Prozession zum Stillstand kam. Der Gegensatz zwischen dem riesigen Häuptling und dem kleinwüchsigen Casement wirkte sehr komisch. Guns Taken guckte mit einem milden Lächeln auf den kleineren Mann herab, das dieser nicht erwiderte.

Casement deutete mit seiner freien Hand eine Friedensgeste an. Guns Taken reagierte mit der gleichen Handbewegung. Casement begann mit seiner Hand jetzt in eine bestimmte Richtung zu weisen und schwungvolle Kurven zu bescheiben.

Nach einer Minute Zeichensprache, die Michael nicht verstand, ließ Casement seine Hand fallen. Guns Taken brummte in einer Art und Weise, die wohl Befriedigung ausdrücken sollte. Michael betrachtete die Menge wieder genau. Schließlich entdeckte er Hannah Dorn, ihren Vater und ihren Bruder inmitten von einem halben Dutzend Männern in der Nähe des Whiskeywagens.

Dorn erschien genau so wild und haßerfüllt wie eh und je. Drei Personen in seiner Nähe waren bewaffnet. Diese Gruppenbildung war ganz sicher kein Zufall. Michael konnte nur hoffen, daß die Männer, die Leonidas Worthing bewachten, ebenso wachsam und gut bewaffnet waren.

Wieder machte sich Casement mit den Händen verständlich. Guns Taken sprach jetzt:

»Ja, englisch. Sprich englisch, wenn du willst. Wir sind Freunde. Sind nur hier, um zu sehen, wie ihr baut die Straße des Feuers. Wir schauen zu und trinken süßen Kaffee.«

Casement hob einen Daumen über die Schulter: »Unser Geschenk steht bereit. Wir wissen einen friedlichen Besuch zu schätzen.«

Guns Taken deutete mit seiner Bogenlanze auf eine Schiene: »Zeigt uns zuerst, wie ihr die in die Erde legt.«

Casement schüttelte verneinend den Kopf. »Nein, heute arbeiten wir nicht.«

Das paßte Guns Taken gar nicht. Schnatternd beriet er sich mit seinen Kriegern. Einige von ihnen blickten finster drein und murrten. Michael beobachtete, wie einige Hände fester die Peitschen umfaßten oder nach den Messern langten. Dies sah auch Casement. Er sprach jetzt mit Nachdruck, um die Aufmerksamkeit des Häuptlings wieder auf sich zu lenken:

»Heute ist ein heiliger Tag für meine Leute. Ein Ruhetag. Sie beten zu Gott.« Seine Hand unterstrich seine Worte. »Sie trinken Kaffee. Sie schlafen. Flicken ihre Kleidung. Einige fahren auch mit dem Feuerroß auf den Schienen spazieren.«

Das letzte Wort verstand Guns Taken zunächst nicht, bis Casement mit dem Finger auf die Schiene deutete, auf die auch der Indianer gezeigt hatte.

»Schiene.«

»Oh, Schiene!«

»Aber heute wird da nicht gearbeitet.«

Widerwillig akzeptierte Guns Taken die Tatsache:

»In Ordnung. Gib uns den Kaffee. Zeig uns das Feuerroß.«

Casement wandte sich langsam um: »Komm hier lang.«

Der riesige Cheyenne bewegte sich nicht. Hinten am Zug entdeckte Michael den Photographen Stackpole. Ganz vorsichtig und langsam stellte er seine Kamera auf. Guns Taken blinzelte die bewegungslos dastehenden Arbeiter an. Die kleinen Gruppen wirkten wie in Positur gestellt. Die Indianer konnten die Gewehre gar nicht übersehen.

Michael glaubte zu sehen, daß die Augen des Häuptlings einen Moment lang auf die Schnapskutsche gerichtet waren. Gott, kann er denn lesen, was auf den Fässern steht?

Plötzlich stach der Indianer die Spitze seiner Bogenlanze in den Schotter zwischen zwei Schwellen.

»Hier sind zu viele Gewehre.«

»Sie sind nicht gegen euch gerichtet«, versicherte Casement. »Hier draußen müssen wir zu unserer eigenen Sicherheit bewaffnet sein. Es gibt nächtliche Überfälle. Rinder wurden gestohlen.«

»Wir stehlen keine Rinder.«

»Das habe ich auch nicht behauptet.« Dann fügte er etwas kampflustiger hinzu: »Wie soll ich das wissen?«

Das gefiel dem Dickwanst gar nicht: »Andere. Andere!«

»Schon gut. Ich glaube ja, daß du die Wahrheit sagst«, erwiderte Casement und unterstrich dies mit weiteren Gesten. Seine Hand bewegte sich weiter, als er sich in Richtung Zug begab: »Seht euch in Frieden die Straße des Feuers an. Kommt. Trinkt und seht sie euch an.«

Guns Taken dachte einige Sekunden lang darüber nach, ob es ratsam sei, Casement auf die andere Seite des Zuges zu begleiten, wo sich so viele Männer aufhielten. Einige hatten sich nach dem Schwimmen noch nicht wieder richtig angezogen.

Der Indianer holte tief Luft. Er schien dabei um zwei, drei Zentimeter zu wachsen. Er sah nun nicht nur größer aus, er wirkte geradezu königlich. Seine Haltung brachte zum Ausdruck, daß er sich unter so vielen Weißen nicht fürchtete.

Mit würdevollen Schritten kehrte er zu seinem Pony zurück und sprang erstaunlich behende auf dessen Rücken. Er hielt eine Lanze über seinen Kopf. In Einerreihe bewegten sich die Cheyenne jetzt auf den Zug zu.

Casement stand abseits und nickte Michael zu. Der Baustellenleiter nahm seinen Revolver aus dem Halfter, drückte ihn Michael in die Hand und sagte leise:

»Bleiben Sie bei mir. Sie sind einer der wenigen, denen ich vertrauen kann, weil Sie einen kühlen Kopf behalten. Sie können mit so was umgehen.«

Guns Taken kam herangeritten. Sein Schatten glitt über Casements Gesicht. Der Cheyenne blickte starr geradeaus. Er tat so, als erkenne er die beiden Weißen nicht.

»Ja, ich habe die Lok ein- oder zweimal verlassen, um Kaninchen abzuschießen.«

»Hoffentlich werden Sie es nicht nötig finden, etwas anderes abzuschießen.«


2

An der improvisierten Kaffeetafel füllten die Köche geschäftig die Zinnbecher. Stackpole kam mit seinem Stativ über der Schulter. Er bat darum, photographieren zu dürfen. Die Cheyenne plapperten aufgeregt und drohten der schwarzen Kiste mit den Fäusten.

»Habt ihr schon mal eine Kamera gesehen?« fragte Casement.

»Ja, in den Forts«, bestätigte Guns Taken. »Es ist die Kiste, die den Geist stiehlt. Ein Teil des Menschen wird in die Kiste gezogen und dort auf ewig festgehalten.«

Casement konnte ein Lächeln unterdrücken: »Nun gut, keine Photos.« Er befahl dem niedergeschlagenen Mr. Stackpole, die Kamera zu entfernen.

Dann rief er drei Arbeiter herbei, die ihm helfen sollten, den Kaffee an die immer noch auf ihren Ponys sitzenden Gäste zu verteilen. Die Indianer genossen das Getränk mit vergnügtem Geschmatze. Michael beobachtete die Gruppe neben der Schnapskutsche. Dorn redete und gestikulierte. Offensichtlich paßte es ihm nicht, daß man die Cheyenne mit allen Ehren empfing.

Guns Taken leerte sein Gefäß. Seine Bogenlanze ruhte auf seinen Oberschenkeln. In eindeutig arroganter Weise warf er die Tasse auf Casement herab.

Offensichtlich verärgert, hob der General trotzdem die Tasse auf, ließ sie wieder füllen und brachte sie zurück. Guns Taken trank sie wieder bis zum letzten Tropfen aus, dann warf er die Tasse erneut zu Boden.

»Das Feuerroß!«

Ein wenig gereizt sagte Casement: »Ja, das ist es. Es ist eine gewöhnliche Lok vom Typ 4-4-0. Das heißt...«, er deutete mit dem Finger darauf, »... vier Räder vorn, vier Antriebsräder hinten, aber keine Räder unter dem Führerstand. Sie wiegt knapp unter vierzig Tonnen, wird mit Holz geheizt und trägt den Namen des gefürchteten Häuptlings der Seminolen, Osce...«

Gelangweilt unterbrach ihn Guns Taken mit einem heftigen Kopfschütteln: »Kein Gerede. Gerede ist Unsinn.«

»Dann steig auf, und sieh dir das verdammte Ding selbst an!«

Guns Taken machte es Spaß, mit anzusehen, wie der andere seine Beherrschung verlor. Diesmal schüttelte er nur ganz langsam den Kopf. Es gefiel ihm, Casement zu verunsichern.

»Zeig uns, wie das Feuerroß fährt!«

Casement wollte dies zunächst ablehnen, dann sagte er nach einem Augenblick des Nachdenkens:

»In Ordnung. Boyle?«

Michael trat an seine Seite.

»Wir werden die Lok ein paar Meilen die Schienen entlangbewegen. Sie nehmen den Schienenräumersitz ein, damit die Rothäute dort wegbleiben. Ich werde im Führerstand mitfahren. Wenn die unbedingt was erleben wollen, dann werden sie jetzt etwas erleben, was sie nie vergessen werden.«

Michael begab sich an die Spitze der Lok, kletterte auf die Plattform des Kuhfängers und hockte sich dort hin, während die Cheyenne mit ihren Ponys näher an die Lok herangeritten kamen. Sie bekamen ganz große Augen, als sie den Zischapparat sahen, aus dessen Schornstein eine Rauchwolke stieg.

Casement kletterte in den Führerstand und erteilte dem Lokführer und dem Heizer Befehle. Plötzlich ertönte eine Pfeife. Ein Pony scheute und warf seinen Reiter beinahe ab.

Ein anderer Cheyenne griff nach seinem Kriegsbeil, fluchte und schwang die Waffe.

Michael duckte sich. Das Beil prallte nicht weit von seinem Kopf entfernt von der Lok ab. Er legte seinen Finger etwas fester an den Abzug. Casement lehnte sich aus dem Führerhaus heraus:

»Guns Taken, halt deine Krieger ruhig! Das Feuerroß macht immer solche Geräusche, wenn es loszurennen bereit ist.«

Wieder ertönte die Pfeife, gleichzeitig erklang die Glocke. Die Indianerponys scheuten. Guns Taken legte seine freie Hand vor den Mund. Wieder hatte er runde Augen wie ein Kind. Die Glocke läutete immer noch, als die Lok vorwärts zu kriechen begann.

Die Indianer verteilten sich jetzt zu beiden Seiten der Schienen. Michael spürte den Wind an seinem Gesicht, argwöhnisch blickte er auf die Krieger, die neben ihm ritten. Das Durchdrehen der Räder flößte ihnen Ehrfurcht ein. Dann wurde das Glockengeläut durch einen dritten Pfiff unterbrochen, der bei einigen Indianern beunruhigte Blicke auslöste.

Diese Art von Furcht, das wußte Michael, konnte Ärger zur Folge haben.

Seine Befürchtung sollte sich nur allzubald als berechtigt erweisen. Einer der Krieger versetzte seinem Pony einen Tritt und ritt dann bis neben den Kuhfänger. Er schüttelte seinen Bogen und schrie gellend gegen das eiserne Monstrum an, das neben dem Dampf jetzt auch Funken ausstieß.

Die *Osceola* fuhr nun schneller. Ihre Treibstangen bewegten sich in immer kürzerem Rhythmus hin und her. Der erste Waggon ratterte. Die großen Triebräder quietschten auf den Schienen. Nun spürte Michael den Wind noch heftiger wehen. Knapp zwanzig Meter weiter vorn schwenkte Guns Taken seine Bogenlanze, versetzte seinem Pony einen Tritt und preschte entlang der Schienen nach Osten.

Johlend folgten ihm seine Krieger, sie ritten beiderseits der Schienen dahin. Die Ponys wirbelten Staub auf, der Michael direkt ins Gesicht wehte und ihn zum Husten brachte.

Die Indianer ritten mit äußerster Anstrengung, sie schwangen ihre Äxte und Bogen und gaben Hohnschreie von sich. Die Lok fiel zurück. Das Geschrei der Krieger ging in Jubel über, als sich der Abstand zwischen ihnen und dem Feuerroß vergrößerte.

Plötzlich spürte Michael, daß die Lok schlingerte. Er griff mit der Hand nach einer der Querstangen, an denen man sich auf dem Kuhfänger festhalten konnte. Die Lokomotive durchfuhr eine sanfte Kurve.

Dann wurde sie wieder schneller. Casements Ankündigung einer Demonstration war offensichtlich ernst gemeint. Höflichkeit war gut und schön, aber eine Niederlage aus Schwäche, das war etwas ganz anderes.

Klappernd und ratternd wurde die *Osceola* immer schneller. Sprühender Funkenregen und Rauch drangen aus dem Schornstein. Als er an der Querstange hin und her pendelte, glaubte Michael zu vernehmen, wie der Lokführer nach mehr Holz verlangte. Nun hörte er, wie Holz nachgeschüttet wurde. Innerhalb von Sekunden holte die Lok die Reiter wieder ein.

Die Cheyenne blickten über ihre Schultern und trieben ihre Ponys mit nackten Fersen an. Ihre Freudenschreie gingen in Wutgeheul über.

Michaels Glieder schmerzten, als er auf dem schmalen Schienenräumerbrett kniete. Der Staub machte ihn fast blind. Puffend und donnernd holte die Lok jetzt den langsamsten der Reiter ein.

Die *Osceola* überholte diesen Indianer und wenig später den nächsten. Er drohte Michael mit seinem Bogen.

Die Lok holte jetzt vier weitere Cheyenne auf der anderen Seite des Schienenstrangs ein. Ihre Pferde schäumten bereits vor Schweiß. Sie fielen zurück.

Ein schrilles Konzert von Geratter, von klirrendem Metall drang an Michaels Ohren. Die Lok schlingerte immer stärker. Die Pfeife schrillte, und die Glocke hörte nicht auf zu läuten. Michaels Hand war durch den Griff an der Stange fast blutleer geworden.

Bald schon fiel die Hälfte der Cheyenne weit abgeschlagen zurück. Nach einer weiteren halben Meile konnte nur Guns Taken noch mithalten. Beim Reiten beugte er sich weit über den Hals seines Ponys vor. Gnadenlos trieb er sein Pferd durch Tritte an und blickte immer wieder zurück zu dem paffenden Monstrum. Rücken und Schulter des Cheyenne glänzten vor Schweiß.

Das Rattern der Lokomotive erinnerte an ein Erdbeben. Die Spitze des Kuhfängers erreichte jetzt sogar Guns Taken. Der Mund des Kriegers bewegte sich heftig, als er sich bemühte, sein Tier zu größerer Anstrengung anzutreiben, aber seine Schreie gingen im Lärm der Maschine unter.

Umsonst waren all seine Bemühungen. Unerbittlich zog die *Osceola* an ihm vorbei.

Trotz des Staubs konnte Michael gerade noch erkennen, wie der Cheyenne sein Gesicht dem Gegner zuwandte. Seine erregten Augen waren feucht vor Tränen oder Schweiß.

Mit läutenden Glocken und schrillem Pfeifen ließ die Lokomotive ihn in einer Wolke von Rauch, Funken und Flugasche zurück.

3

Als die Lok ihr Tempo verringerte, gab es ein jaulendes Geräusch. Die Glocke hatte zu läuten aufgehört. Michael atmete jetzt auf und konnte seinen Griff an der Stange lockern.

Nach einer weiteren halben Meile gelangte die *Osceola* zum Stillstand und fuhr dann zurück in Richtung Baustelle. Ohne jede Warnung tauchte Guns Taken neben den Schienen auf. Seine Bogenlanze hielt er fest in der rechten Hand.

Er saß völlig ruhig im Sattel und beobachtete die vorbeifahrende Lokomotive. Der Wind blies ihm Rauch aus dem Schornstein ins Gesicht.

Die Funken erschreckten sein Pony. Es brach seitwärts aus. Guns Taken zerrte an dem Haar-Zaum und versetzte dem Tier mehrere heftige Tritte, bis es wieder ruhig stand. Dann folgte er der Lok auf ihrem Weg zurück zum Arbeitszug.

Nun tauchten die Cheyenne einer nach dem anderen wieder neben dem Kuhfänger auf und folgten ihrem Häuptling. Ihre Gesichter ließen gleichzeitig Angst und Wut erkennen.

Die Indianer folgten der *Osceola* etwa eine Viertelmeile, keiner der Krieger sagte auch nur ein Wort. Michael fragte sich jetzt, ob es klug von Casement gewesen war, die Schnelligkeit der Lok unter Beweis zu stellen. Es war nie gut, einen Gegner zu demütigen. Dies hatte er unter anderem aus seinen Erfahrungen mit Louis Kent und Worthing gelernt.

Die Cheyenne trabten langsam hinter der Lokomotive her. In ihren Augen stand der Haß von Männern, die sich einem Eroberer gegenübersahen, dessen Macht sie um den Preis großer Schmerzen und verlorenen Stolzes kennengelernt hatten.

4

Als die Lok bremste, sprang Michael herab. Er steckte den Colt in den Bund seiner Hose und lief auf Casement zu, der gerade mit verrußtem Gesicht aus dem Führerstand kletterte.

»Ich glaube nicht, daß unsere Besucher ihre Niederlage leichtnehmen, General.«

Casement nahm das klägliche Lächeln des Iren nicht zur Kenntnis. Er zuckte abweisend die Achseln:

»Das habe ich auch nicht beabsichtigt. Aber sie sollten von uns einen tiefen Eindruck mitnehmen.«

»Sie meinen Angst.«

»Das ist mir gleichgültig. Ich hoffe, ich habe sie davon überzeugt, daß es besser ist, uns in Ruhe zu lassen.«

Michael neigte den Kopf: »Sehen Sie mal den Häuptling an!«

Guns Taken ritt hinter der Lok her, er schaute sie so kritisch an, als handele es sich um ein besonders schmutziges Objekt.

»Er schätzt es nicht, wenn er eine Niederlage erleidet.«

»Aber genau das ist ihm passiert. Das war mein Ziel. Ihm eine Niederlage beizubringen. Friedlich, aber deutlich, Boyle, vergessen Sie nicht...«, sein Blick brachte jetzt zum Ausdruck, daß er es nicht schätzte, wenn Michael seine Handlungsweise in Frage stellte, »...unser Ziel ist es, die Strecke mit einem Minimum an Schwierigkeiten fertigzustellen. Wenn ihr Stolz einen Dämpfer benötigt, damit sie feststellen, daß es ihnen nicht gelingen wird, uns aufzuhalten, dann sollen sie ihn haben.«

Michael ließ das Thema jetzt fallen, obwohl er immer noch seine Zweifel hatte, daß es klug war, die Besucher zu demütigen. Guns Taken warf der Lokomotive einen letzten vernichtenden Blick zu. Sein Gesicht zeigte jetzt keine Spur von Freundlichkeit mehr. Er stieß die Bogenlanze gegen einen der Güterwagen.

»Zeig uns die Waggons, weißer Mann!«

Dem Cheyenne konnte Casements mattes Lächeln nicht entgehen.

»Ja, gewiß.«

Die verdrossenen Indianer stiegen von ihren Pferden. Casement führte den ersten von ihnen in den zweiten Schlafwagen. Es war der Waggon, in dem auch Michael seine Koje hatte. Der Baustellenchef hatte noch nicht jedes Gefühl für die Problematik der Situation verloren. Captain Worthing befand sich im anderen Schlafwagen.

Michael wartete neben den Stufen. Er ließ die Cheyenne einen nach dem anderen hineinklettern. Keiner der Indianer gab einen Ton von sich. Über dem Camp lag eine fast unheimliche Ruhe. In Worthings Waggon schrie jemand gellend auf.

Bei Gott, haltet diesen Irren fest!

Der letzte Krieger ging an ihm vorbei, er stolperte mit Absicht und trieb ihm einen Ellenbogen zwischen die Rippen. Michaels Hand bewegte sich in Richtung Revolver, aber er ließ sich nicht aus der Ruhe bringen. Ganz ruhig begegnete er dem herausfordernden Blick des Cheyenne und machte dem Indianer Platz.

Dann griff er nach dem Geländer und ging die Stufen hinauf, er hoffte inbrünstig, daß es Casement gelingen möge, die Indianer zum Verlassen der Eisenbahnbaustelle zu bewegen, ehe ihr Zorn explodierte.

## 4. Kapitel
## Gemetzel

Im Schlafwagen kam es dann beinahe zum Zornesausbruch der Indianer. Guns Taken berührte fast Casements Ellenbogen, als dieser die Indianer den Gang entlangführte. Die Indianer sahen sich starr und schweigend alles an.

Am Wagenende blieb Guns Taken bei den teilweise leeren Gewehrständern stehen. Von seinem Platz im Hintergrund aus hörte Michael, wie der Häuptling der Cheyenne in streitsüchtigem Ton etwas sagte. Genau konnte er seine Worte nicht verstehen, weil die anderen Indianer, die den Gang blockierten, in ein zustimmendes Murmeln ausbrachen.

Schließlich ließ das Stimmengewirr nach. Michael bekam nun Casements nachdrückliches »Nein« mit.

»Weißer Mann...«

»Nein! Auf gar keinen Fall.«

Die Reihe bewegte sich wieder. Die Cheyenne verließen den Waggon. Michael begab sich an Casements Seite. Der Boss befand sich neben den Gewehrhaltern, und er flüsterte:

»Der Dickwanst ist jetzt wirklich ganz scharf.«

»Warum?«

»Er wollte eines dieser Gewehre – und zwar umsonst.«

Draußen hatte sich Guns Taken neben dem Schotterbett postiert, beide Hände an der Bogenlanze. Seine Krieger hatten sich hinter ihm versammelt. Der Baustellenchef stieg jetzt die Stufen hinab. Michael folgte ihm. Dann machte er eine schnelle Bewegung, als er ein lautes Geräusch im Wagen nebenan hörte.

Auch einige der Cheyenne nahmen den Lärm wahr. Ihre Hände griffen nach den Messern und Äxten. Aber es folgten keine weiteren Störungen.

Guns Taken deutete mit seiner Lanze auf den Waggon, den sie gerade verlassen hatten.

»Zeig uns jetzt etwas anderes!«

»Was?«

»Zeig uns, daß die Männer von der Straße des Feuers wahre Freunde sind. Gib uns...«, mit gespreizten Fingern hielt er seine rechte Hand hoch, »...soviel Gewehre.«

Casement antwortete leise: »Ich habe doch schon gesagt, daß all diese Gewehre der Eisenbahn gehören.«

Guns Taken streckte seine Finger gegen Casements Nase aus. Der General blinzelte nicht einmal.

»So viele!« insistierte Guns Taken.

»Nein! Das ist mein letztes Wort!«

Michael griff nach dem Revolver. Es herrschte eine bedrohliche Konfrontationsstimmung. Entlang des Zuges beobachteten erregte Arbeiter die Vorgänge, sie erwarteten Ärger.

Mit ruhigerer Stimme fuhr Casement jetzt fort: »Wir haben euch friedlich empfangen. Wir haben euch die Kraft des Feuerrosses gezeigt. Wir haben euch süßen Kaffee ausgeschenkt.«

Guns Taken spuckte auf den Boden, um seine Verachtung für die Dinge auszudrücken, die Casement erwähnt hatte. Einen Augenblick lang spürte Michael unerwarteterweise ganz widersprüchliche Gefühle. Er bewunderte die Kühnheit des Häuptlings der Cheyenne. Es erfordert Mut, bei der zahlenmäßigen Überlegenheit der anderen Seite derartige Forderungen zu stellen. Gleichzeitig empfand er Mitleid mit Guns Taken und seinen Kriegern. Angesichts der Masse von weißen Männern und des Tempos der Lokomotive erhielten die Cheyenne eine Vorahnung ihrer bevorstehenden Niederlage, ja vielleicht sogar ihrer Ausrottung.

Erneut mußte der Baustellenboss seine Worte mit Zeichensprache ergänzen:

»Es tut mir sehr leid, daß Guns Taken zornig ist. Wir wollen nur Freundschaft. Aber wir können keine Gewehre aus der Hand geben, die dann möglicherweise gegen uns gekehrt werden.«

Guns Taken schleuderte seine Bogenlanze in das Schotterbett. Dann wandte er sich abrupt ab und sprach zu seinen Kriegern. Murrend folgten sie ihm zu den Ponys. Während die Indianer die Pferde bestiegen, waren aus dem anderen Schlafwagen noch mehr Drohungen und Faustschläge zu hören.

Guns Taken formierte seine Krieger wieder in einer Einerreihe und begann den Weg, den er gekommen war, zurückzureiten. Er lenkte sein Pony in die Nähe der vorderen Reihe der Arbeiter und zwang sie damit, zurückzuweichen. Einige wollten nicht aus dem Weg gehen und wurden buchstäblich fortgeschleift.

Michael und Casement folgten dem Abzug zu Fuß. Michael nahm die wachsende Spannung wahr, die finsteren Blicke und das Geflüster unter den Arbeitern, und trotz seiner guten Absichten ließ er sich von dieser Stimmung mitreißen.

In der herrschenden Stille war das Hufgetrappel der Ponys zu hören. Staubwolken wurden vom Wind aufgewirbelt. Guns Taken blickte verächtlich auf die irischen Arbeiter herab, an denen er vorüberritt.

Plötzlich brachte er sein Pony beim Schnapswagen zum Stehen.

Das halbe Dutzend Bewacher, das auf Dorn aufpaßte, trat enger an ihn heran. Der Kaufmann war immer noch außer sich. Hannah stand hinter ihm mit blutleeren Lippen, den Hut hielt sie in der Hand, und ihr weizenblondes Haar glänzte in der Sonne. Ihre Augen waren immer noch auf den Vater gerichtet.

Guns Taken deutete mit der Bogenlanze auf eines der Fässer.

»Wir wollen Wasser trinken, ehe wir abziehen.« Er rieb seinen Hals mit der Hand. »Wir haben großen Durst.«

Casement schoß nach vorn: »Das ist kein Wasser, ihr könnt das nicht haben.«

Guns Taken beachtete ihn nicht. Er stieg von seinem Pony und ging auf das Fuhrwerk zu. Casement erreichte ihn, griff nach seinem Arm.

»Guns Taken, ich habe nein gesagt!«

Nun erregte sich Guns Taken gewaltig:

»Nein, nein – ich habe genug nein gehört!«

Er schob Casement zur Seite. Dorn fluchte und machte einen Schritt nach vorn. Drei Wächter hielten ihn fest, und Hannah redete ihm begütigend zu. Da stieß Guns Taken zu und rammte die Spitze der Bogenlanze in das Whiskeyfaß.


2

Das Holz krachte und splitterte. Der Cheyenne zog die Lanzenspitze wieder heraus. Staunen stand in seinem Gesicht zu lesen. Man konnte das blaßbraune Getränk, das jetzt in den Boden sickerte, ganz deutlich am Geruch erkennen.

Auch die übrigen Cheyenne erkannten es. Sie begannen zu murmeln und zu gestikulieren. Einer von ihnen lachte.

»Verdammt noch mal, laßt mich los!« Dorn versuchte sich frei zu boxen. »Wenn dieser rote Bastard stiehlt...«

»Papa, sei ruhig!« schrie Hannah.

Guns Taken stieß erneut seine Bogenlanze in das Faß und vergrößerte damit das Loch.

Glucksend hockte sich der dickbäuchige Indianer hin und hielt seinen Mund an den Strom des hochprozentigen Getränks. Dorn riß sich los.

Casement rief ihm eine Warnung zu. Einige Arbeiter versuchten vergeblich, den Händler festzuhalten. Als er schon dicht bei dem hokkenden Indianer war, stürzte sich einer der jüngeren Cheyenne von seinem Pferd. Michael sah Metall aufblitzen.

Der junge Krieger lief erstaunlich schnell. Drüben beim Zug tauchte ein Gewehr auf. Zu spät. Dorn legte seine Hände Guns Taken um den Hals. Der jüngere Indianer stieß einen gellenden Schrei aus und hieb Dorn sein Beil in die Stirn.

Das Knacken von Knochen war zu hören. Dorn schrie auf und stolperte. Die Axt steckte in seinem Schädel. Blut tropfte in seine Augenhöhlen.

3

»Papa!« schrie Hannah und lief los, um ihm zu Hilfe zu kommen.

Dorn fiel gegen den Wagen. Er starb im Stehen. Blut strömte ihm über Gesicht und Nase in seinen weißen Bart. Der junge Krieger wandte sich Hannah zu, bereit, mit bloßen Händen zu kämpfen. Michael zog seinen Revolver, aber das Mädchen stand im Weg.

So ließ er den Revolver wieder sinken und stürzte sich zwischen den Indianer und Dorns Tochter. Casement rief irgend etwas, aber das konnte er nicht verstehen. Vom Dach des Bürowagens aus schoß jemand.

Wenn Michael Hannah nicht um die Taille gepackt hätte, dann wäre sie getroffen worden. Die Kugel schlug in den Unterbau des Wagens ein, eine Sekunde nachdem Dorns Wächter sich davongemacht hatten.

Michael hatte sich schützend über Hannahs Körper geworfen, als Guns Taken wieder auf die Füße kam und zu seinem Pony eilte. Hannah heulte jetzt hysterisch.

Auf ihrem sich aufbäumenden Körper liegend, hörte Michael das Trampeln von Stiefeln, dann wirre Schreie und Flüche und schließlich eine zweite Explosion. Die Kugel schlug einen Fußbreit von der Stelle entfernt ein, wo er Hannah am Boden festhielt.

Er drehte seinen Kopf, um etwas zu sehen. Durch ein Gewirr von galoppierenden Cheyenne erblickte Michael Leonidas Worthing auf den Stufen des Schlafwaggons. Der Virginier lud gerade erneut sein Gewehr. Sein grauer Staubmantel war zerrissen, sein Gesicht durch Narben gezeichnet. Hinter ihm stolperten jetzt zwei seiner drei Wächter ins Blickfeld. Sie bluteten beide fürchterlich.

Die Wächter versuchten, Worthing zu fassen zu bekommen. Er entwischte ihnen. Sprang von der Plattform herab und zielte auf die Indianer, die sich um Guns Taken scharten, um ihn zu schützen, während er sein Pony bestieg.

Casement befand sich direkt in der Schußlinie. Er warf sich platt auf den Boden. Worthing schoß einen Cheyenne vom Pferd. Der Schuß löste ein Inferno aus.

Nun knallte es von zwei Seiten. Ein Indianer schrie auf. Michael zog seinen Revolver. Ein Cheyenne zielte mit dem Pfeil auf Casement, der gerade wieder auf die Füße kam. Michael schoß auf ihn.

Der Cheyenne kippte von seinem Pony. Michael zuckte zusammen, als er die klaffende Wunde am Bauch des Indianers sah.

Guns Taken versetzte seinem Pony einen Tritt und ritt zum Ende des Schienenstrangs. Hier und da war ein Gewehrschuß zu hören. Aber Casements wohlüberlegte Verteilung der Gewehre hatte nun eine unerwartete Konsequenz. Die Gewehrträger waren zu weit verstreut, so daß die Waffen nicht wirksam zum Einsatz kommen konnten. Der Qualm der Lokomotive und der von den Ponys aufgewirbelte Staub verschärften das Problem nur noch.

Buchstäblich ungehindert bewegten sich die restlichen Cheyenne jetzt in Richtung Westen und folgten ihrem Häuptling, der offensichtlich erkannt hatte, daß es sinnlos war, sich auf einen aussichtslosen Kampf einzulassen.

Casement stand nun wieder auf den Füßen, das Gewehr in der Hand.

»Laßt sie abhauen. Laßt sie! Jemand muß sich um den Deutschen kümmern.«

»Weg mit dir, du verdammter Feigling!« schrie Worthing, der hinter ihm auftauchte und mit dem Gewehrschaft nach ihm schlug.

Casement sprang zur Seite. Worthing schrie: »Ich werde noch ein paar von den verdammten Rothäuten erwischen, bevor sie...«

Casement schlug mit seinem Gewehr auf Worthings Arm ein. Die blessierten, demoralisierten Arbeiter, die es zugelassen hatten, daß Worthing entkam, starrten die beiden an.

Casement wich einem weiteren Gewehrschlag Worthings aus. Der Staub wurde dichter. Die beiden letzten Cheyenne beugten sich mit erstaunlicher Geschmeidigkeit vom Rücken ihrer Pferde herab, packten ihre beiden Toten und ritten davon.

Michael und die anderen Arbeiter eilten Casement zu Hilfe. Aber sie waren nicht schnell genug. Der dritte Schlag des Virginiers traf Casements Schläfe; er fiel zu Boden.

Michael rannte jetzt noch schneller. Worthing sah ihn kommen. Irgend etwas Unkontrollierbares beherrschte nun Worthing. Die Cheyenne waren bereits außer Reichweite, aber er brauchte immer noch ein Ziel. Er richtete sein Gewehr nunmehr auf Michael.

Worthings Augen glänzten vor perverser Freude. Michael warf sich in den Schmutz, als das Gewehr losdonnerte. Die Kugel traf Dorns Kutsche. Splitter flogen umher.

»Ihr seid eine Bande von Feiglingen!« brüllte Worthing. »Das wäre nie passiert, wenn ihr auf mich gehört hättet. Boyle, Sie sind für all das verantwortlich.«

Wieder zielte er auf Michael, aber die Schußbahn war nicht frei. Zu viele Arbeiter eilten Casement zu Hilfe. Kniend griff Casement nach Worthings Beinen.

Worthing mußte sich auf den nächststehenden Gegner konzentrieren. Wieder faßte er das Gewehr am Lauf und schlug mit dem Schaft auf Casements Kopf ein.

Michael lag auf dem Bauch, die Schußhand ausgestreckt. Plötzlich war sein Blickfeld frei. Michael rief Worthings Namen. Der Mann hörte ihn nicht, oder war er zu zornig, um darauf zu achten?

Als Worthings Schlag Casements Kopf traf, schrie dieser auf. Nun entdeckte Worthing erneut Michael und richtete sein Gewehr auf ihn. Gott, vergib mir! dachte Michael und drückte ab.

Der Colt dröhnte und bockte. Zwei Arbeiter, die Casement fast erreicht hatten, warfen sich kopfüber zu Boden. Michaels Schuß traf Worthing direkt in die Brust. Seine Augen traten hervor, und er stürzte nach hinten.

Michael wurde übel. Er legte den Kopf auf den Arm.

Es ist wieder Krieg, dachte er. An einem anderen Ort, zu einer anderen Zeit, aber es ist immer der gleiche Krieg.

Ich war ein Narr zu glauben, daß ich dem Krieg je entkommen könnte.

## 4

Auf der Eisenbahnbaustelle herrschte totale Verwirrung. Arbeiter rannten schreiend hin und her. Vom Dach eines Waggons aus feuerte einer der Arbeiter sinnlos den Indianern hinterher, die hinter den niedrigen Hügeln in der Nähe des Flusses verschwanden.

Die sonnenhelle Luft roch nach Blut, Schießpulver und den Exkrementen der Toten. Michael kam gerade wieder mühsam auf die Beine, als ein schwarzes Gesicht aus dem Staub auftauchte.

»Greenup? Sieh mal nach dem General!«

Der Schwarze und Sean Murphy erreichten Casement, als er sich blinzelnd und hustend in eine sitzende Position bringen wollte. Seine blutende Kopfhaut schimmerte noch röter als sein Haar.

»Ich werde gleich wieder aufstehen«, keuchte der General. Schließlich kam er auf die Füße: »Wie viele sind verletzt?«

»Fangt ihn auf!« schrie Greenup, als Casement zusammenbrach.

Sean Murphy und der Schwarze packten den Gestürzten unter den Armen. »Laßt das!« warnte Michael, »er ist zu schwer verletzt.«

Er wandte sich einigen irischen Arbeitern zu, die Worthings Leiche untersuchen wollten. Einer von ihnen trug ein zerrissenes Hemd. Michael hatte ihn vorhin auf den Stufen des Schlafwaggons hinter dem Virginier gesehen. Er richtete seinen Colt gegen den Mann.

»Wie zum Teufel konnte dieser Verrückte loskommen?«

»Er stieß uns weg«, schnaufte der Kerl und wischte sich die Nase mit dem zerrissenen Hemd. »Er kämpfte wie eine Wildkatze.«

»Ihr seid schuld, daß er fast so viel Schaden anrichtete wie die Cheyenne.«

»Aber wir konnten doch nicht...«

»Halt dein verdammtes Maul!«

Michael wandte sich ab. Er hatte Bauchschmerzen. Im Hals spürte er aufkommende Bitterkeit. Ganz plötzlich wurde es ruhig. Ein letzter Gewehrschuß krachte.

In der Stille hörte man Hannahs Aufschrei.

Es war kein Heulen. Es war ein tiefer, eher kehliger Laut. Michael warf seinen Revolver weg, wandte sich um und sah, wie sie neben den Leichnam ihres Vaters kroch.

Sie versuchte, ihn zu berühren. Sie wandte sich auf den Knien hin und her, betastete mit den Fingern den stoffumwickelten Schaft der Streitaxt. Der kleine Bruder Klaus lehnte an einem Wagenrad und weinte.

Michael zwang sich, zu ihr zu gehen.
»Miss Dorn?«
Keine Reaktion.
»Miss Dorn, kommen Sie weg von hier. Wir werden uns um ihn kümmern.«

Sie hob den Kopf und blickte ihm gerade ins Gesicht, als sei er durchsichtig.

Plötzlich umschloß ihre Hand den rot umwickelten Stiel. Sie zog die Waffe aus Dorns Schädel. »Jesus, jetzt ist sie verrückt geworden«, kreischte einer der Arbeiter.

Wie betäubt beobachteten die Arbeiter, wie Hannah wieder auf die Füße kam. Ein seltsamer, stöhnender Laut kam aus ihren zusammengepreßten Zähnen hervor. Blut tropfte vom Kriegsbeil auf ihre abgetragenen Stiefel.

Sie ähnelte einem gequälten Tier inmitten der verblüfften Gesichter. Michael streckte seine Hand aus.

»Um Gottes willen, Miss Dorn, geben Sie mir . . .«

Mit einem Jammerschrei drehte sie sich um und eilte auf den Wagen zu, auf dem sich das letzte noch heile Schnapsfaß befand.

Sie umfaßte den Griff der Axt mit beiden Händen, schwang die Waffe im weiten Bogen und zertrümmerte das Holz.

Sie schlug ein zweites Mal zu.

Dann ein drittes Mal.

Die Dauben krachten. Der Whisky lief ihr über die Hose. Sie schlug weiter zu, sie wollte zerstören, was daran schuld war, daß dieser Leichnam neben ihr auf dem Boden lag.

Michael schob sich näher an sie heran. »Vorsicht, Kamerad!« warnte Sean Murphy. »Sie könnte sich gegen dich wenden!«

»Wir dürfen nicht zulassen, daß sie sich selbst Schaden zufügt.«

Seine Hände packten ihre Handgelenke.

Sie versuchte sich loszureißen. Die Schneide der Axt verletzte seinen linken Daumen, erneut floß Blut.

Mein Gott, sie war so stark. Stark und wild vor Verzweiflung.

Um der Waffe auszuweichen, drückte er ihr die Fingernägel ins Handgelenk. Sie schrie, ließ das Beil los, es fiel in den Schmutz.

Er legte jetzt seinen Arm um ihre Taille und zog sie an seine Brust. Sie wehrte sich, aber er hatte sie fest im Griff.

Sie weinte immer noch. Dann ergriff auch ihn das Leid um die Toten und Verwundeten ringsum. Er zitterte beinahe genauso heftig wie sie. Klaus hatte einen Schluckauf und versuchte, sein Weinen unter Kontrolle zu bekommen. Casement machte mit schwacher Stimme klar, daß es ihm gutgehe.

Langsam ließ Michaels Anspannung nach. Nun hatte er beide Arme schützend um das Mädchen gelegt. Er fragte sich, ob es eine Sache, ein höheres Ziel gebe, das seinen Preis wert sei: das Vaterland, die Freiheit für die Schwarzen, eine Meile Schienen täglich? Immer bedeutete dies Krieg. Es konnte sich um einen kleinen Krieg handeln oder um einen großen, aber das Ergebnis war immer das gleiche:

Grausamkeit. Blut. Opfer. Leiden.

Sie kommt von so weit her, dachte er, als er seine Arme noch enger um sie legte. Ich komme auch von weit her. Keiner von uns beiden hat auch nur ein bißchen Frieden gefunden.

Ihr Unglück brach ihm fast das Herz. Heute morgen wieder war ihm der Glaube, zu dem sie sich bekannte, wertlos erschienen. Er hob eine Hand, um ihr Haar zu streicheln.

Sie wurde dadurch kaum ruhiger. Sie schluchzte und zitterte wie Espenlaub. In seiner Erinnerung hörte er eine unbekannte Stimme rufen:

»Jesus, jetzt ist sie verrückt geworden!«

Er hatte keinen Zweifel, daß dies für eine kurze Zeit der Fall gewesen war. Aber was er jetzt befürchtete, war etwas viel Wichtigeres. Würde sie nach dem, was sie erlebt hatte, jemals wieder zur Vernunft kommen?

Die Antwort auf diese Frage war für ihn von entscheidender Bedeutung.

## 5. KAPITEL
## »Für jeden beliebigen Zweck«

Mit grimmiger Miene saß Jack Casement in seiner Koje in einem kleinen Verschlag neben dem Büro. Es war kurz nach sieben am Abend jenes Tages. Er hatte Michael rufen lassen.

Casement sah beunruhigt aus. Er war mit einem unförmigen Nachthemd bekleidet, der Kopf bandagiert. Mit einer schnellen, beinahe gereizten Geste wies er seinem Besucher einen Schemel an.

Michael setzte sich hin und wartete. Eine Deckenlampe beleuchtete die eine Seite von Casements Gesicht. Er nagte an seiner Unterlippe. Dann veränderte er seine Haltung und zog eine Grimasse:

»Boyle, Sie haben recht gehabt.«

»In welcher Hinsicht?«

»Was die Demütigung der Indianer betrifft: die Maschine sie besiegen zu lassen. Es war meine Entscheidung, und es war eine schlechte Entscheidung. Wenn ich die Lage nicht falsch eingeschätzt hätte, wären wir sie vielleicht ohne Verluste losgeworden.«

Michael zuckte müde die Achseln. »Nun ist es passiert, General, warum da noch den Kopf hängen lassen?«

»Vorbei ist es gewiß noch nicht. Ich werde General Dodge Bericht erstatten müssen. Und was schlimmer ist, ich werde eine Meldung an die Direktoren schreiben müssen. Ich denke ernsthaft daran, die Tatsachen falsch darzustellen. Wenn ich die Wahrheit schreibe, dann tue ich aller Welt kund, daß der Bau dieser Eisenbahnlinie auf weitere Schwierigkeiten stößt. Auf genau die Schwierigkeiten, die Dodge vorhergesehen hat. In Omaha hat er mir ganz privat und im Vertrauen gesagt, wir könnten von Glück reden, wenn wir nicht für jede Meile Schiene westlich von Kearney einen Mann verlieren würden.«

Michael sagte daraufhin nichts. Er schätzte den strebsamen Baustellenleiter viel zu sehr, um ihn zu einem derart fragwürdigen Verhalten zu ermutigen.

Er fragte sich, was denn Casement eigentlich genau von ihm wollte. Aber dann kam er zu dem Schluß, der Boss würde es ihm im gegebenen Moment schon sagen.

»Boyle, sehen Sie das denn nicht? Wenn die Presse irgend etwas von den Ereignissen des heutigen Nachmittags aufgreift, wird es Dr. Durant, Dix und den übrigen Managern verdammt schwerfallen, weiteres Kapital zu beschaffen. Und der Job ist, weiß Gott, jetzt schon schwierig genug. Was mich persönlich betrifft, so ist es mir vollkommen egal, was die Leute über mich reden. Mein Bruder und ich, wir sind nur Vertragsunternehmer, wir können die Linie vorantreiben, ganz gleich, was die Presse über uns schreibt.«

Jetzt machte er eine Pause. Dann umspielte ein zynisches Lächeln Casements Lippen.

»Nein, ich will Sie nicht anlügen. Mein Ruf ist mir wichtig. Ich habe immer darunter gelitten, von kleiner Statur zu sein. Darum will ich am verdammt größten Bauprojekt dieses Jahrhunderts mitwirken. Aber es entspricht der Wahrheit, wenn ich sage, daß ich nicht allein an mich selbst denke. Je mehr Ärger in der Wall Street und in Washington bekannt wird, desto größer ist die Gefahr, daß die Eisenbahngesellschaft zusammenbricht.«

Jetzt fixierten seine Augen Michael: »Die nächsten zwei Monate sind entscheidend.«

Michael sah sich gezwungen, offen seine Meinung zu sagen:

»Ich sehe keine Möglichkeit, das geheimzuhalten, was heute geschehen ist.«

»Doch, für sechs, acht Wochen ist es möglich. Mehr brauche ich nicht. Es geht darum, daß die Presse nichts davon erfährt, ehe wir den hundertsten Meridian erreichen. Natürlich werden die Arbeiter darüber sprechen. Sie werden mit den Mannschaften der Versorgungszüge reden. Aber Gerüchte in Omaha sind noch keine Zeitungsberichte. Ich habe bereits einen Schritt unternommen, um Probleme zu vermeiden. Ich habe der Zentrale telegraphiert, daß wir auf der Baustelle vor Erreichen des hundertsten Meridians keine Besuche von Journalisten mehr haben wollen.«

»Ich verstehe, daß dieser Meridian ein wichtiges Ziel darstellt, aber wo liegt der Unterschied, ob vorher oder nachher darüber berichtet wird?«

Die Antwort klang fast verschwörerisch: »Dr. Durant hat mich davon in Kenntnis gesetzt, daß er einen Super-Eisenbahnausflug plant.«

»Was bitte?«

»Eine Reise mit einem Spezialzug, um das Erreichen des Meridians zu feiern. Aber behalten Sie das für sich. Sonst leisten die Burschen nicht mehr ihr Äußerstes. Sie denken dann nur noch an die Feier. Und wenn sie erfahren, daß sie daran nicht teilnehmen, dann kreuzigen sie mich.«

»Können Sie mir mehr über diese geplante Fahrt sagen?«

Casements mürrischer Blick deutete an, daß er den ganzen Plan höchst ärgerlich fand.

»Ja, Durant hat die Einzelheiten letzte Woche telegraphisch übermittelt. Selbst wenn die Bundesgesetze uns nicht zwingen, den Meridian vor dem nächsten Jahr zu erreichen, so müssen wir es dennoch vor dem nächsten Winter bis dorthin schaffen. Bekanntlich gilt die Konzession für diese Eisenbahnlinie bis dahin nur inoffiziell. Aber das ist nur halb so wichtig wie der Kapitalmangel. Wenn ein weiteres Jahr lang kein großer Kapitalzufluß erfolgt, dann ist die Linie am Ende. Deshalb hat sich der gute Doktor diese Reklametour ausgedacht! Es geht darum, geladenen Gästen aus New York und Chicago zu imponieren. Es werden hundert oder mehr Leute sein: Reporter, potentielle Investoren, ausländische Würdenträger, Militärs, Abgeordnete und Senatoren. Vielleicht sogar Andy Johnson höchstpersönlich. Es wird ein ähnliches Theater wie dasjenige, welches die Central Pacific letztes Jahr für Schuyler veranstaltete.«

»Für wen?«

»Schuyler Colfax, den Republikaner aus Indiana und Sprecher des Repräsentantenhauses!«

»Ach ja.«

»Offensichtlich plant Durant ein Ereignis, das zehnmal so bedeutend ist wie der Ausflug der Central Pacific. Er hat bereits Lincolns Spezialwaggon gekauft, den Panzerwagen, der '64 für Abraham gebaut worden ist. Der arme Teufel hat ihn nur ein einziges Mal benutzt, als er heim nach Springfield fuhr. Wie dem auch sei, Durant leert die Kasse, damit der Ausflug ein Erfolg wird. Mein Gott, der Kerl ist eine Spielernatur!«

»Ich glaube, im Eisenbahnbau sind solche Fähigkeiten erforderlich«, lächelte Michael.

»Er besitzt sie. Er steckt Tausende in vier neue Waggons, die gerade in Omaha gebaut werden. Wenn der Ausflugszug ankommt, wird es jede Art gesetzlich erlaubter Ablenkung geben und zweifellos noch einige ungesetzliche dazu. Feuerwerk wird abgebrannt. Reiterspiele werden veranstaltet. Zahme Indianer werden auftreten. Überall wird photographiert werden. Die Speisen werden aus Chicago herangeschafft. Und es werden bekannte Musikbands spielen.«

»Scheint sich um eine ziemliche Investition zu handeln.«

»Ein hohes Risiko, wollen Sie sagen? Ich habe an Durant telegraphiert, daß die festlichen Ereignisse auf keinen Fall die Arbeit stören dürften. Aber er braucht diesen Ausflug, um Bargeld heranzuschaffen. Wenn jetzt in der Presse ein Bericht über den Angriff der Indianer erscheint, dann bedeutet das praktisch den Fehlschlag dieser Bemühungen.«

Nun fixierte er Michael: »Verstehen Sie jetzt, warum ich einen gefälschten Bericht in Erwägung ziehe?«

»Jetzt verstehe ich es.«

»Nun, auch für mich ist guter Rat teuer.«

»Und Sie brauchen jemand, der Ihr Gewissen erleichtert, indem er eine Lügengeschichte bestätigt.«

»Mr. Boyle, es gibt Leute, die würden Ihnen für eine solche Bemerkung einen Tritt in den Hintern versetzen.« Dabei lächelte er jedoch.

Michael lächelte keineswegs: »Ich möchte nur herausfinden, was Sie von mir wollen: einen Ratschlag oder eine Lüge?«

»Seien Sie doch nicht so dünkelhaft. Nebenbei gesagt, man kann zwei tote Menschen doch nicht ableugnen. Mir geht es um etwas anderes.« Er machte eine Handbewegung, es war eine zweideutige Geste. »Man muß eben die Tatsachen ins richtige Licht stellen. Das kann man machen. Worthing hat keine Verwandten, die ich benachrichtigen muß. Ich habe mir seine Personalakte angesehen. Es gibt nur einen entfernten Vetter in Missouri. Mit Miss Dorn könnten wir allerdings Schwierigkeiten bekommen.«

Er kratzte sich an der Nase. »Nun, ich werde nichts wirklich Nachteiliges zu Papier bringen. Wir hatten eben Streit im Lager. Und das war's.«

Casement sah seinen Gesprächspartner genau an. Er wartete auf eine Reaktion. Als keine erfolgte, unternahm er einen weiteren Vorstoß:

»Das Problem stellt Dorns Tochter dar. Sind Sie ihr noch einmal begegnet?«

»Ja, vor einer halben Stunde. Ich habe bei ihr vorgesprochen, um mein Beileid auszudrücken.«

»Beabsichtigt sie hierzubleiben?«

»Nein.«

»Das habe ich auch nicht anders erwartet. Wenn sie nach Omaha zurückkehrt, wird sie möglicherweise dort über den Vorfall reden.«

»Das kann passieren.«

»Verdammt noch mal, Boyle. Was wissen Sie sonst noch? Wie geht es Miss Dorn? Ist sie noch sehr verwirrt?«

»Nun, den Umständen entsprechend. Es gab auf dieser Welt wohl bessere Väter als Dorn. Aber er war eben ihr Vater!«

»Ist sie ruhig?«

»Recht ruhig.«

»Nimmt sie der Eisenbahngesellschaft etwas übel?«

»Nicht, daß ich wüßte. Es ist ihr unangenehm wegen ihres Zusammenbruchs. Natürlich ist sie gekränkt.«

Und da ist sie nicht die einzige!

Er beugte sich vor. »General, ich möchte Sie gern etwas fragen. Kann ich Urlaub haben?«

»Urlaub? Nein, ich brauche jeden Mann.«

»Es geht nur um ein paar Tage. Ich nehme an, die Dorns werden möglichst bald nach Grand Island abreisen. Der Junge tut alles ihm Mögliche, um seiner Schwester zu helfen, aber er ist noch zu jung, um ihr auf der Reise hinreichenden Schutz zu gewährleisten. Ein Bewaffneter sollte sie begleiten.«

»Jemand, der sie unterwegs dazu bringen könnte, mit uns zusammenzuhalten?«

Casements Blick machte deutlich, daß er die Grundlagen des Geschäfts verstanden hatte.

»Ja. Wenn ich bedenke, was Sie über die Wichtigkeit der nächsten sechs, acht Wochen gesagt haben, dann belastet es mein Gewissen nicht, dies zu tun.«

Casement strich sich durch den Bart. »Wie weit wollen Sie denn mit ihr reisen?«

»Bis nach Kearney. Weiter östlich werden sie und ihr Bruder relativ sicher sein. Von allen geschäftlichen Aspekten abgesehen, General, glaube ich, daß wir Miss Dorn diesen Geleitschutz schuldig sind. Sie hat die Verwundeten hier gepflegt.«

»Daran brauchen Sie mich nicht zu erinnern. Sie ist ein feiner Kerl. In Ordnung. Sie dürfen sie begleiten.«

»Ich brauche Waffen: ein Gewehr, einen Revolver, Munition.«

»Die bekommen Sie. Was gedenkt Miss Dorn mit den sterblichen Überresten ihres Vaters zu tun?«

»Vermutlich will sie sie nach Grand Island schaffen.«

»Ich möchte nicht, daß irgend jemand in Grand Island die Leiche sieht. Jeder Leichenbestatter, der mal eine Zeitlang hier draußen war, wird sofort erkennen, mit welcher Art von Waffe Dorn getötet worden ist.« Casements Stimme wurde jetzt geschäftsmäßiger. »Sprechen Sie heute abend noch einmal mit ihr. Sagen Sie ihr, die Leiche wird verwesen, ehe sie Grand Island erreicht. Sagen Sie ihr, eine Beerdigung hier wäre angemessener als eine Reise mit der verwesenden Leiche.«

Nun richtete er sich in seiner Koje ein wenig höher auf:

»Ich habe nicht vor, noch länger hier herumzuliegen. Ich empfehle, Worthing und Dorn heute bei Einbruch der Dunkelheit zu beerdigen. Ich werde den Gottesdienst abhalten.«

»In Ordnung, ich will mein Bestes tun. Ich bin mir aber nicht sicher, daß...«

»Was bitte?«

»Glauben Sie wirklich, daß es richtig ist, wenn Sie so bald schon das Bett verlassen?«

»Morgen ist ein Arbeitstag. Am Montag müssen wir Schienen verlegen – wir müssen die Verluste vom Freitag ausgleichen. Ich werde dabeisein!«

Michael erhob sich. »Nun gut, ich werde sofort mit Miss Dorn sprechen.«

»Aber bitte taktvoll, sehr taktvoll!«

»Natürlich.«

»Bevor Sie gehen, geben Sie mir doch bitte einen Federhalter und etwas Papier von meinem Schreibtisch. Ich schreibe eine Anweisung für Ihre Bewaffnung und beginne mit meinem Bericht über den Freundschaftsbesuch einiger Cheyenne, nachdem ein Streit unter den Arbeitern ausbrach. Die Opfer waren Worthing und Dorn. Ich denke an das Geld aus dem Osten. An den hundertsten Meridian. Den Ausflug.«

Seine Augen baten um Verständnis.

»Ja, Sir«, antwortete Michael. Er fühlte sich matt, als er nach nebenan ins Büro ging und an Casements unaufgeräumten Schreibtisch trat.

Ich denke an das Geld aus dem Osten!

Ich denke daran, daß wir den Krieg gewinnen müssen!

Immer ging es um den Sieg, die Kosten in Hinblick auf Lügen, Menschenleben, menschliches Leid waren gleichgültig. Ihm schien dieser Preis in wachsendem Maße zu hoch.

Vielleicht waren große Unternehmungen ohne Konflikte nicht zu verwirklichen. Es ging um die Einheit der Nation, um die Verbindung von einem Ozean zum anderen mit eisernen Schienen. Erfolge waren hier wohl nur durch kriegerisches Verhalten zu erzielen.

Ganz offensichtlich war Casement nicht glücklich über die Zwänge, unter denen er stand, wenn es ihm auch vor allem darum ging, die Strecke voranzutreiben.

Michael verstand durchaus, daß menschliche Motive und menschliche Fortschritte niemals in reiner Form vorkommen. Amanda Kent, deren Rücksichtslosigkeit manchmal größer war als ihr Idealismus, hatte ihm das beigebracht. Deshalb betrachtete er Casement nicht mit Verachtung, als er ihm Feder und Papier brachte, bevor er ihm eine gute Nacht wünschte. Auch er glaubte daran, daß man die Strecke vorantreiben müsse.

Aber er wußte nicht, wie lange er noch imstande sein würde, in diesem anderen, aber ebenfalls blutigen Krieg mitzukämpfen. Er wußte nicht, wie lange er persönlich noch den Preis zahlen konnte, der darin bestand, weiterzukämpfen ohne Frieden.

2

Die in Leinwand gehüllten sterblichen Überreste von Gustav Dorn und Leonidas Worthing lagen Seite an Seite neben den zwei ausgehobenen flachen Grablöchern. Beide Männer waren nicht beliebt gewesen, aber der Tod verlangte Respekt. Beinahe alle Bewohner des Lagers waren erschienen. Sie standen schweigend unter dem unendlichen wolkenlosen Himmel, an dem die Sterne funkelten. Ein frischer Wind wehte von Nordwest. Im Osten rötete sich die baumlose Prärie.

Michael stand auf der anderen Seite des Kreises Hannah gegenüber. Was Casements Vorschlag betraf, so hatte sie sich nicht nur als kooperativ, sondern sogar als gleichgültig erwiesen. Sie versprach, in Grand Island nichts über den Tod ihres Vaters verlauten zu lassen.

Sie sah zwar müde, aber gefaßt aus. Wieder trug sie ihren unförmigen Mantel. Den Hut hielt sie in der rechten Hand. Ihre Linke ruhte auf der Schulter ihres Bruders. Sie versuchte, nicht zu weinen. Hannahs Augen, die ein wenig stärker als sonst glänzten, verrieten ihren Schmerz.

Casement las aus Hannahs Bibel. Sie hatte die Stelle ausgesucht, die da lautet:

»Ein jegliches hat seine Zeit, und alles Vorhaben unter dem Himmel hat seine Stunde.«

Michael hatte den Kopf nur gerade so weit gebeugt, daß er sie noch beobachten konnte. Fern im Osten vernahm er das Pfeifen des Eisenbahnzuges, der früh herannahte. Links von ihm kratzte sich Sean Murphy in der Achselhöhle, dann errötete er, als Greenup Williams und Christian dies bemerkten.

»Geboren werden hat seine Zeit, sterben hat seine Zeit; pflanzen hat seine Zeit, ausreißen, was gepflanzt ist, hat seine Zeit.«

Er glaubte zu wissen, warum Hannah diese Stelle aus dem Buch Salomon ausgesucht hatte. Nach der fast sinnlosen Gewalttätigkeit des Sonntags brauchte sie eine Bestätigung von Gott, daß sich hinter einem dieser lumpigen Leinwandsäcke ein Sinn verbarg. Warum waren die Bemühungen eines Mannes fehlgeschlagen, der einen Platz in einem neuen Land gesucht hatte, warum war er untergegangen?

In Michaels Augen waren Trunksucht und Bösartigkeit die Ursachen für Dorns Tod. Er suchte keine andere Erklärung. Auch gab es für ihn hinter dem Ereignis keinen verborgenen Sinn. Daran zweifelte er nicht einmal jetzt, als er den Worten aus dem heiligsten aller Bücher lauschte:

»Töten hat seine Zeit, heilen hat seine Zeit; abbrechen hat seine Zeit, bauen hat seine Zeit.«

Casement schienen die volltönenden Worte unangenehm zu sein. Michael folgte den weiteren Versen kaum noch. Die vorausgegangenen gingen ihm noch durch den Kopf.

»Töten hat seine Zeit, heilen hat seine Zeit; abbrechen hat seine Zeit, bauen hat seine Zeit.«

Im Krieg hatte er die Zeit des Tötens und des Abbrechens erlebt. Er war hierhergekommen, nicht nur um der Erinnerung an Julia zu entfliehen, sondern auch um bei einer wertvollen Aufbauarbeit beteiligt zu sein. Nun hatte er all seine Illusionen verloren. Der Preis für die Mitwirkung am Bau der Union Pacific bestand in der Konfrontation mit Leonidas Worthing. Der Preis bestand in weiteren tödlichen Auseinandersetzungen und in einem anderen Krieg.

Nun, auf dieser Welt ging es wohl nicht anders zu.

Bei Gott, wie haßte er diese Vorstellung! Er wollte so gerne daran glauben, daß sie falsch sei, aber alle Erlebnisse der letzten Jahre sprachen dagegen.

Seine Freude über die inoffizielle Adoption durch die Familie Kent war verflogen. Er wußte nicht, was er mit dem Geld anfangen sollte, das er eines Tages erben würde. Tatsächlich interessierte es ihn überhaupt nicht. Es gab ja keine Hoffnung mehr, einen persönlichen Frieden zu finden oder ein Leben zu führen, das ohne die Teilnahme an diesem brutalen Kampf verlief.

Aber er hatte noch eine Aufgabe zu erfüllen. Dieses Schlachtfeld war sicher nicht schlimmer als irgendein anderes, in das er hineinstolpern mochte, falls er dumm genug war, seinen alten Fehler zu wiederholen und nochmals zu fliehen, in der Hoffnung, einen ruhigen Hafen zu finden.

Den gab es nämlich nicht.

»Lieben hat seine Zeit, Hassen hat seine Zeit; Streit hat seine Zeit, Friede hat seine Zeit.«

Er hielt das für eine Lüge. Gott sei mir gnädig, aber der Schlußsatz enthält eine Lüge.

3

Casements Pause bedeutete für die vorher von ihm ausgesuchten Männer ein Signal. Michael, Artemus Corkle, Sean Murphy und fünf andere traten nach vorn. Je vier von ihnen trugen einen der Leinwandsäcke. Mit großer Vorsicht ließen sie die Leichen in die Gräber herabsinken.

Michael griff nach einer Schaufel. Im Osten ertönte ein Pfiff. Eine Rauchsäule erhob sich am leuchtendroten Horizont.

Casement wandte sich jetzt dem Neuen Testament zu, nervös befeuchtete er mehrmals den Daumen mit der Zunge. Währenddessen schaufelten Michael und seine Kameraden Erde in Dorns Grab. Casement klang heiser, als er zum Abschluß aus einem der Evangelien vorlas. Michael glaubte, die Stelle aus dem Johannesevangelium wiederzuerkennen:

»Jesus antwortete ihr: Dein Bruder wird auferstehen. Marta sagte zu ihm: Ich weiß wohl, daß er auferstehen wird – bei der Auferstehung am Jüngsten Tage.«

Ein Klumpen Erde landete auf dem Sack. Michael vernahm das leise Weinen von Klaus Dorn und blickte hoch, als Casement mit Lesen fortfuhr. Hannah beobachtete Michael mit einem Ausdruck von Neugierde, dessen Bedeutung er nicht verstand.

Einige Augenblicke lang hörte er Casement nicht zu. Hannahs Blick nahm ihn vollständig gefangen. Schmerz lag darin. Aber auch Zweifel.

Glaubte sie an das, was Casement vorlas? Ihr Glaube war stark, war es zumindest gewesen. War das immer noch so? Irgendwie haßte er es, miterleben zu müssen, wie ihr Glaube derart herausgefordert wurde. Ihr Glaube war doch ihr ganzer Lebensinhalt.

»Jesus sagte zu ihr: Ich bin die Auferstehung und das Leben. Wer an mich glaubt, der wird leben, selbst wenn er stirbt. Und wer...«

Die Pfeife ertönte. Hannah wandte den Kopf um. Sie war wütend wegen der Störung.

Aber der Versorgungszug würde deswegen nicht anhalten. Die Arbeit würde weitergehen. Zuviel Trauer würde sinnlos sein, würde die Hoffnung zerstören. Michael hatte seine Hoffnung verloren. Voll ohnmächtigen Zorns schaufelte er Erde ins Grab.

»Und wer lebt«, wiederholte Casement, wegen der Pfeife jetzt lauter sprechend, »und an mich glaubt, der wird niemals sterben.«

Langsam klappte er die Bibel zu.

»Amen!«

Das Grab war jetzt fast zugeschaufelt. Sean Murphy stützte sich auf seine Schaufel und bekreuzigte sich. Michael bemerkte, wie auch er seine Hand hob und das Kreuzzeichen schlug, was er seit seiner Kindheit nur noch selten getan hatte, und er begann zu beten.

Er betete darum, daß Hannah Dorn nicht zu lange trauern und daß ihr der Glaube erhalten bleiben möge, wie es ihm selbst soeben widerfahren war.

4

Als die Gräber vollgeschaufelt waren, setzten einige Arbeiter grobe Kreuze aus Holz darauf. Michael ging zu Hannah und Klaus hinüber.

Er wartete, bis eine Gruppe von Arbeitern scheu und ungeschickt ihr Beileid ausgesprochen und sich dann wieder der Menge anschlossen hatte, die Casement jetzt zum Zug führte. Christian war der letzte, der sich humpelnd entfernte. Michael stand unbeholfen und schweigend da. Seine Schaufel hatte er über die Schulter gelegt. Sein Halstuch flatterte im Wind.

»Ist noch was, Mr. Boyle?«

Zu seiner Erleichterung waren ihre Augen trocken. Sie wirkte gefaßt.

»Wann immer Sie zur Abreise bereit sind, heute abend, morgen...«

Die Pfeife des Zugs unterbrach ihn. Hannah drehte sich erneut um. Sie drückte sich den schlampigen Hut auf den Kopf und blickte voll Abscheu auf die Rauchfahne.

Jetzt aber wurden ihre Züge wieder weicher. »Je eher ich diesen jämmerlichen Ort verlasse, desto besser ist es für mich.«

»Daraus kann ich Ihnen keinen Vorwurf machen.«
»Sie schätzen ihn wohl auch nicht?«
»Nach dem, was gestern geschehen ist, nicht besonders. Ich habe Ihnen doch schon gesagt, daß ich hierher kam, weil ich des Kämpfens überdrüssig war – und was habe ich hier erlebt? Nichts als Kampf.«
»Verlassen Sie diesen Ort!«
Er fühlte, daß seine Worte mutlos klangen.
»Und wohin soll ich gehen? Die Dinge sind doch nirgends anders.«
Sie blickte ihn voller Mitgefühl an. Er schämte sich, weil er seine Schwäche, die Nacktheit seiner Seele, offenbart hatte. Er drehte sich um und legte die Schaufel auf den Erdboden.

Dankbar vergaß sie, was er unabsichtlich zugegeben hatte. Dann ertönte die Pfeife erneut. Angesichts dieses Lärms wurde ihre Stimme wieder fest.

»In einer halben Stunde habe ich das Zelt verpackt und die Maultiere angespannt.«

## 6. Kapitel
## Die Ankunft der Gottlosen

In Abständen von zwölf Meilen hatten spezielle Arbeitstrupps neben der Strecke Wassertanks errichtet. Die Sonne ging jetzt unter, und Michael, Hannah und Klaus schlugen ihr Nachtlager im Schatten eines dieser Tanks auf. Er ähnelte einer primitiven Badewanne auf dicken Holzbeinen. Das Bild paßte gar nicht in die sanft sich wellende Prärie. Hier zeigte sich die ganze Häßlichkeit der Zivilisation.

Während Michael und Klaus das Zelt aufbauten, machte Hannah ein Feuer, um Kaffee zu kochen. Außerdem packte sie Dörrfleisch und Biskuits aus. Mit einem Stein schlug Michael einen Pflock in die Erde, da hörte er südlich der Strecke das Geräusch von Rädern. Er ließ den Stein fallen:

»Gib das Gewehr her, Klaus!«

Hannah huschte an seine Seite:

»Ist was nicht in Ordnung?«

Immer noch in gebückter Haltung legte Michael das Gewehr neben seinen Stiefel: »Bis jetzt ist alles o.k.«

Ein von Maultieren gezogener Wagen wurde im purpurroten Schatten eines Hügels sichtbar.

Eine Plane hatte sich am hinteren Ende des Wagens gelöst. Als der Wagen ins offene Sonnenlicht rollte, bewegte ein Windstoß die Plane. Dicke Scheiben von schwarzgeflecktem Fleisch wurden sichtbar.

Ein Indianer im Lederhemd trieb die Maultiere an. Neben dem Fahrzeug ritt ein magerer Weißer auf einem müden Pony. Er war Anfang Zwanzig, trug ein Flanellhemd ohne Kragen, seine Hosen wurden von Hosenträgern gehalten. Unter seinem Hut wurde langes Haar sichtbar, das im Sonnenuntergang hell leuchtete.

Michaels Atem ging jetzt schneller. Die beiden Männer bemerkten die Kampierenden, aber sie machten keine Anstalten zu grüßen. Am Sattel des weißen Mannes waren zwei Gewehre befestigt. Auch der Indianer besaß ein Gewehr.

Wagen und Reiter waren bald so nahe, daß Michael das hagere Gesicht des Weißen mit den hohen Backenknochen erkennen konnte. Es kam ihm seltsam bekannt vor. Er war sich sicher, dieses Gesicht schon einmal gesehen zu haben. Aber er wußte nicht, wo. Vielleicht war der Mann ein Soldat der Union gewesen, dem er kurz begegnet war.

Die schwarzen Flecken auf dem Fleisch erwiesen sich als Fliegenschwärme.

»Es sind wohl Jäger«, meinte Michael.

»Ist das Büffelfleisch auf dem Wagen?« wollte Klaus wissen.

»Scheint so. Sieh mal die Fellbündel hinten.«

»Sie ziehen wohl zur Eisenbahnbaustelle?« fragte Hannah.

»Ich nehm's an. Wollen dort wohl das Fleisch verkaufen.«

Klaus schien enttäuscht: »Sie halten nicht an.«

»Das ist auch gut so«, meinte Hannah. »Sie tragen zu viele Waffen mit sich, um ehrbare Leute zu sein.«

Michael kratzte sich am Schnurrbart: »Ein seltsames Paar, ein Weißer und ein Sioux. Zumindest sieht der zweite Mann stämmig wie ein Sioux aus.«

»Freundlich sehen die beiden nicht gerade aus«, murmelte Klaus, als der Weiße zwei Finger grüßend an den Hutrand legte. Dann trieb er sein Reittier an und sprengte nach Westen davon, eine Staubwolke hinterlassend.

Der Indianer trieb die Maultiere mit den Zügeln voran. Das Fuhrwerk wurde zusehends kleiner. Michael hatte immer noch das Gefühl, den weißen Jäger schon einmal gesehen zu haben. Aber Ort und Zeitpunkt waren ihm nicht klar. Er entspannte sich wieder und vergaß die Angelegenheit, als die Reisenden unter Hinterlassung einer leichten Staubwolke verschwanden.

Jetzt setzten die drei sich zum Essen nieder. Michael hatte sein Gewehr in Reichweite. Eine Pistole hatte er sich auch beschafft.

Klaus kaute einen Keks, trank etwas Kaffee, gähnte und sagte gute Nacht. Einen Augenblick später ging im Zelt die Laterne aus.

Jetzt war es auch draußen ganz dunkel. Hannah legte ihre Hände um die Knie und blickte in die Flammen.

»Fühlen Sie sich besser, Miss Dorn?«

»Besser als heute früh. Nebenbei gesagt, Sie können mich ruhig Hannah nennen.«

»Vielen Dank. Ich mache mir Sorgen um Sie. Sie haben den ganzen Tag lang kaum ein Wort gesagt. Ich weiß, daß der Tod Ihres Vaters schlimm für Sie war.«

»Ich werde damit fertig. Ich glaube an die Worte, die General Casement aus dem Johannesevangelium vorgelesen hat.«

»Ich bewundere Ihre Überzeugung, wie ich Ihnen schon bei unserem ersten Gespräch gesagt habe.«

»Sie glauben wohl nicht an ein Leben nach dem Tode?«

»Ich will es mal so ausdrücken: Bei mir ist das eher eine Frage als eine Überzeugung.«

»Aber ganz ohne Glauben sind Sie doch nicht. Werden Sie zum Streckenbau zurückkehren?«

»Ja. Was soll ich denn sonst tun?«

Hannah nahm ihren Hut ab und legte ihn in das ausgetrocknete Gras nahe dem Feuer. »Wissen Sie, woran ich während unserer Fahrt denken mußte?« Er schüttelte den Kopf. »An die Stelle aus dem Buch Salomon. Ich glaube auch an diese Worte. Ich glaube, daß es für Papas Tod einen Grund geben muß.«

Obwohl das Gespräch über theologische Fragen für ihn Glatteis darstellte, sagte Michael: »Sie meinen, daß ein Sinn dahintersteckt?«

»Genau.«

Er zweifelte: »Welcher Sinn sollte es denn sein?«

»Das weiß ich nicht. Warum?« Sie blickte weg. Er hatte das Gefühl, daß sie die Antwort wußte, sie aber nicht offenbaren wollte. Ihre leicht geröteten Wangen bestärkten ihn in seiner Vermutung.

»Dann sagen Sie's mir, Mr. Boyle.«

»Wenn ich Hannah zu dir sagen darf, dann nenn mich bitte Michael.«

Sie lächelte zustimmend: »In Ordnung, Michael.« Es klang sehr angenehm. »Ich würde gern ein bißchen mehr über dich erfahren. Hast du deine Familie verlassen, um nach Westen zu ziehen?«

»Nur meine angenommene Familie. Die Kents. Ich habe sie wohl schon erwähnt.«

»Ja. Du hast diese Leute bewundert?«

»Einige von ihnen.«

»Warst du jemals verheiratet?«

Die Frage war so direkt und sachlich, daß sie ihn sprachlos machte. Warum war eine Frau, die gerade ihren Vater verloren hatte, an so einem Thema interessiert?

»Nein, nie«, antwortete er. »Es gibt – gab – mal eine Frau, aber sie – äh. Besser vergessen wir's. Kann ich bitte noch etwas Kaffee haben?«

Sie goß ihn mit sicherer Hand ein. Er war sich der intimen Lagerfeuerstimmung bewußt und auch der schönen Rundung ihres Busens, wenn sie sich in ihrem schäbigen Mantel vorbeugte.

Südlich der Schienenstrecke hörte er jetzt ein Rauschen und eine

Reihe dumpfer Schläge. Möglicherweise war das einer der großen Eselhasen der Prärie. Im Westen war das rote Licht jetzt ganz verschwunden. Tausende von Sternen flimmerten, aber keiner war auch nur annähernd so hell wie die blaugrauen Augen der Frau in seiner Nähe.

Wie lieblich ist sie im Lichte des Feuers, mußte er denken.

»Du warst wohl gerade mit den Gedanken woanders«, meinte Hannah, als sie die Kaffeekanne abstellte. »Ich hoffe, keine unangenehmen Gedanken.«

Er tat es mit einer Handbewegung ab. »Ich möchte über diese Frau nicht reden.«

»Warum?«

Er lächelte traurig. »Das wäre doch nur langweilig für dich, und außerdem könnte es dich in deiner nicht allzu hohen Meinung über mich bestätigen.«

Jetzt wirkte ihr Lächeln entwaffnend. »Ich hab überhaupt keine geringe Meinung von dir, Michael. Nun los, raus mit der Sprache!«

O Gott, sie konnte einem Mann zusetzen!

»Ich hatte mich Meaghers Irischer Brigade angeschlossen, um einer unerquicklichen Situation zu entfliehen. Wenn du es denn unbedingt wissen willst: Ich habe eines anderen Mannes Weib begehrt – was entschieden gegen biblische Gebote verstößt.«

Der Kaffee schmeckte so bitter, wie es jetzt seiner Stimmung entsprach. Es war falsch, seine Vergangenheit einem fremden Menschen zu offenbaren, aber er tat es dennoch. Vielleicht ähnelte er darin Casement, der mit ihm über den fälligen Bericht diskutiert hatte. Vielleicht wünschte er sich insgeheim einen Urteilsspruch über das Ausmaß seiner Schuld. Von allen guten Geistern verlassen, fuhr er dann fort:

»Die Beziehung war in der Tat ehebrecherisch. Damit habe ich wohl mehr als ein Gebot verletzt, nicht wahr?«

Er strebte nach Verachtung, aber er erhielt sie nicht.

»Christus sagt, allen Menschen kann vergeben werden. Hat die Frau dich geliebt?«

»Nein.«

»Aber du hast sie geliebt.«

»Ich wollte sie haben. Ich weiß nicht, ob das Liebe ist.«

»Denkst du noch oft an sie?«

Zunächst wollte er lügen, überlegte es sich dann aber doch anders.

»Immer.«

»Schreibt sie dir?«
»Nie. Sie weiß nicht, wo ich stecke, interessiert sich auch gar nicht dafür.«
Es folgte ein langes Schweigen.
»Wenn du aufhörst, hier draußen zu arbeiten, gehst du dann wieder in den Osten, um sie zu suchen?«
»Sie ist immer noch verheiratet.«
»Das ist keine Antwort auf meine Frage.«
»Manchmal möchte ich dorthin gehn, aber... die Antwort lautet nein.«
»So bist du also in Wahrheit nicht nur deshalb hierhergekommen, um einen Ausgleich für das zu schaffen, was du im Kriege getan hast. Du bist auch fortgelaufen.«
»Hannah Dorn!« rief er aus. »Wie kannst du dich in Zeiten wie dieser für mein persönliches Schicksal interessieren?«
»Das kann ich sehr wohl«, meinte sie lächelnd. Es war dieses verwirrende Lächeln, das ihre Strenge milderte und ihren Anblick so wunderschön machte: »Jeder Mensch hat etwas Interessantes zu erzählen. Aber es tut mir leid, wenn ich dir mit meinen Fragen zu nahe getreten bin.«
Nun streckte er sich aus und stützte sich dabei auf den Ellenbogen: »Keineswegs. Es ist nur so, daß meine Geschichte ganz und gar der Vergangenheit angehört.«
»Und was ist mit deiner Zukunft?«
»Ich kenne keine Zukunft, die über die Arbeit beim Eisenbahnbau hinausgeht. Wir sollten jetzt wohl das Thema wechseln. Wirst du mit Klaus in Grand Island bleiben?«
»Ja, ich übernehme den Laden und führe ihn, so gut ich kann. Vielleicht wollte Gott, daß Papa stirbt, damit ich die Dinge wieder ins reine bringe.«
Beinahe hätte er darüber gelacht. Aber das gehörte sich nicht, wenn ein Hinterbliebener ernsthaft nach Lösungen suchte. Ganz leise fuhr sie fort:
»Vielleicht kann ich das Geschäft zu einem gewinnbringenden Unternehmen machen und dann etwas für Klaus tun. Papa hat es Klaus nie erlaubt, einen Collegebesuch ins Auge zu fassen. Papa hielt Bildung für überflüssig. Ich sehe das anders. Wenn der Laden floriert, kann ich Klaus vielleicht für ein, zwei Jahre in den Osten schicken.«
Nun lächelte sie wieder: »Jetzt hast du mich dazu gebracht, von mir persönlich zu sprechen.«

»Deine Pläne interessieren mich«, sagte er ernsthaft. »Vielleicht werden nach den schrecklichen Ereignissen nun bessere Zeiten für dich und deinen Bruder anbrechen.«

»Unter gewissen Umständen ist es durchaus denkbar.«

Wieder fixierte sie ihn mit Blicken. Er konnte nicht verstehen, warum sie enttäuscht zu sein schien. Abrupt stand sie auf, nahm ihren Hut und ging zum Zelt. Ihre Wangen waren wieder zart gerötet, aber in ihrer Stimme klang keine Gefühlsregung mit.

»Ich will jetzt schlafen. Machst du's dir hier draußen bequem?«

»Ja, ganz bequem.«

»Dann, gute Nacht!«

»Gute Nacht, Hannah!«

Sie verschwand im Zelt. Ganz unerwarteterweise deprimierte es ihn, daß sie nicht mehr bei ihm war und die Wärme des Feuers mit ihm teilte. Wenn einen tiefe Gefühle miteinander verbanden, fühlte man das Bedürfnis, darüber zu sprechen.

2

Schnell tauchten verwirrende Fragen auf. Warum in aller Welt interessierte sie seine Vergangenheit und seine Zukunft? Und warum wurde sie plötzlich so nervös, als das Gespräch eine andere Richtung nahm?

Er wußte es nicht. Aber er war sich sicher, daß sie einen Grund hatte, mehr über ihn wissen zu wollen.

Er ließ sein Gewehr in der Nähe des Feuers und ging zum Wagen, der sich nicht weit von dem Tank befand. Die Schienen schimmerten im Sternlicht. Irgendwo trillerte ein Wildvogel. Die Maultiere zuckten mit den Ohren und schnauften, als er sich näherte.

Die zwei heilen und die zwei zerstörten Whiskeyfässer waren zurückgelassen worden. Er langte über die Ladeklappe und fand den kleinen Leinwandsack, in den er ein frisches Hemd, sein Rasiermesser, seine Pfeife und Tabak gepackt hatte. Er zündete sich die Pfeife an und spazierte in einiger Entfernung auf und ab, damit Hannah den Rauch nicht zu spüren bekam. Während er sein Pfeiflein paffte, legte sich seine Stirn immer mehr in Falten.

Verflucht noch mal, diese Frau will etwas von mir. Was mag das sein?

Und warum zum Teufel interessiert mich das plötzlich?

Auf beide Fragen fand er keine passende Antwort, obwohl er sie endlos hin und her wälzte, während er die ganze Nacht lang neben dem Feuer Wache hielt.

3

Bei Sonnenaufgang brachen sie wieder nach Osten auf. Michael band das rote Halstuch um seine Stirn, denn der Tag versprach heiß zu werden. Gegen acht Uhr entdeckten sie, daß eine seltsame Karawane auf sie zukam. Zwei offene, leichte vierrädrige Zweispänner, die zwar baufällig aussahen, aber noch brauchbar waren, zogen des Weges.

Der erste Wagen war hochbeladen mit Handkoffern, Packkörbchen und Leinwandballen. Der Lenker, ein bärtiger, abwesend dreinschauender junger Mann, hatte eine Schrotflinte über den Schoß gelegt.

Den zweiten Wagen lenkte ein Mann von ganz anderer Art. Er war etwa vierzig Jahre alt, korpulent und rotwangig. Die Spitzen eines dürren Schnurrbarts zeigten nach unten. Er trug einen altmodischen billigen Mantel, wie er in manchen Kreisen noch als schick galt. Die Farbe des Mantels paßte zu dem braunen Karomuster auf den grauen Hosen.

Eine schwarze Seidenkrawatte hing über seiner roten Samtjacke. Sein Hut, der fesch und schief auf seinem Kopf saß, war aus festem, braunem Filz, verziert mit einem roten Band, und ähnelte einer halbierten Melone. Es war ein englischer Hut. Michael fiel der korrekte Name nicht ein. Manchmal nannte man solch einen Hut wohl einen Bowler. Im Osten hatte er solche Hüte häufig gesehen.

Während der erste Wagen seinen Weg fortsetzte, zügelte der auffällige Gentleman im zweiten seine Pferde. Neben ihm saß ein blasses, auf derbe Weise attraktives Mädel, das sich mit einem Spitzenhandschuh Kühlung zufächelte.

Das Mädchen war kaum so alt wie Klaus. Aber es war gekleidet, als sei es doppelt so alt. Ihr faltenreicher Pumphosenrock war aus orangefarbenen Organdy. Unter dem kurzen Rock sah man passende türkische Beinkleider. Ein schwarzes, engtailliertes Samtmieder war mehrfach geflickt worden. Die Bänder an ihrem breitkrempigen Strohhut waren an den Enden ausgefranst.

In der zweiten Sitzreihe, ebenfalls mit Blick nach vorn, saßen zwei Frauen von dreißig oder fünfunddreißig Jahren. Eine hatte einen schwachen Schnurrbart sowie viele Pockennarben im Gesicht. Alle drei Frauen machten den Eindruck, als hätten sie es in ihrer schweren, geschmacklosen Kleidung nicht sehr bequem.

Der Kerl mit dem Bowlerhut lächelte. Aber seine dunklen Augen strahlten Kälte aus. Wieder meinte Michael, jemandem zu begegnen, den er schon einmal getroffen hatte. Wieder konnte er sich nicht erinnern, wo das gewesen sein mochte.

»Guten Morgen, Freunde«, sagte der Mann, »mein Name ist Brown.«

Der Mann hob kurz seinen Hut. Bevor er ihn wieder aufsetzte, wurde ein blauer Fleck und eine diagonale weiße Narbe auf seinem sonnenverbrannten Glatzkopf sichtbar. Jetzt erkannte Michael den Mann sofort wieder.

»Kann ich Sie mit der Frage behelligen, ob es noch weit bis zur Eisenbahnbaustelle ist?« fragte Brown.

»Nein, weit ist es nicht.« Michael war sich bewußt, daß Hannah starr neben ihm saß. Browns drei Reisebegleiterinnen betrachteten ihre Kleidung und ihr ungeschminktes Gesicht mit amüsierten Blicken.

»Sie werden es vor Einbruch der Dunkelheit schaffen«, fügte Michael hinzu.

»Vielen Dank. Wir haben es eilig, dorthin zu kommen und unsere Zelte aufzuschlagen.«

»Und diese verdammten Klamotten auszuziehen«, sagte das junge Mädchen. Browns Blicke veranlaßten sie zum Katzbuckeln.

Die pockennarbige Frau lachte: »Nancy denkt immer nur an ihre Arbeit.«

Hannah ballte die Fäuste in ihrem Schoß. Brown wandte sich weiterhin lächelnd um, dabei drückten seine Augen aber Zorn aus.

»Alice, sei so freundlich und bedien dich einer anständigen Sprache!«

Die Frau sah jetzt ebenso verängstigt wie das Mädchen aus. Sie schluckte und senkte ihre Augen. Brown sagte zu Hannah:

»Ma'am, ich bedaure diese Ungehörigkeit zutiefst.« Dann wandte er sich Michael zu: »Ich bin mir sicher, daß wir einander schon einmal begegnet sind.«

»In der Tat.«

»Aber wo?«

»In einem Spielsalon in Omaha haben wir Karten miteinander gespielt. Sie haben einen Riesengewinn eingesteckt und waren in sehr großzügiger Stimmung. Sie haben allen an der Bar einen Krug Bier spendiert.«

Brown schnippte mit den Fingern. »Ja, so war's. Sie standen direkt neben mir. Sie wollten sich Arbeit beim Eisenbahnbau suchen.«

»Richtig.«

Browns Lächeln veränderte sich erneut. Jetzt wurde es allmählich salbungsvoll.

»Sind Sie noch dort?«

»In ein, zwei Tagen werde ich dorthin zurückkehren.«

»Dann werden wir wohl das Vergnügen haben, unsere Bekanntschaft zu erneuern. In diesem Fall möchte ich, daß Sie mir einen Gefallen tun.«

»Welchen denn?«

»Erzählen Sie über unsere frühere Begegnung nur das, was Sie soeben erwähnt haben: daß ich gewonnen und einen ausgegeben habe. Vergessen Sie das übrige.«

Er sagte das in einem ganz beiläufigen Ton. Niemand würde diese Bemerkung als Drohung aufgefaßt haben – solange er ihm nicht in die Augen schaute.

Michael zuckte unbeteiligt die Achseln. Brown sah keineswegs erfreut aus.

Inzwischen wandte das junge Mädchen seine Aufmerksamkeit dem Iren zu. Es ekelte ihn an, wie sie ihn lüstern anblickte und sich mit der Zunge die Unterlippe leckte. Er konnte spüren, wie Hannahs Schultern vor Spannung zitterten.

»Ich wünsche Ihnen eine gute Reise«, sagte Brown. Er ließ die Zügel schnellen.


4

Hannah beobachtete, wie die Einspänner nach Westen davonzogen. Dann sprach sie, kochend vor Wut:

»Ich wußte ja, daß Papa nur der erste sein würde.«

Michael zuckte wieder die Achseln: »Bei einem so riesigen Projekt wie der Eisenbahn muß man mit Geschäften aller Art rechnen.«

»Geschäft! Das sind keine Unternehmer, das sind gottlose Menschen. Dieser Brown sieht einfach ekelerregend aus.«

»So ist es.«

»Er hat angedeutet, daß in Omaha irgend etwas passiert sei.«

»Er hat dort einen ganz üblen Ruf gehabt. Und an jenem Abend, da ich ihn kennenlernte, hat sich dieser schlechte Ruf bestätigt.«

»Ist er ein Zocker?«

»Was ist das?« fragte Klaus.

»Ein Glücksspieler.«

»Das auch«, bestätigte Michael. »Er wurde beim Pokern beim Falschspiel erwischt.«

»Wer hat ihn entlarvt?«

»Ein armer dicker Bursche aus dem Lokomotivschuppen der Union Pacific. Brown hatte ihn früher schon einmal beschwindelt. Er hielt nach versteckten Karten Ausschau. Und er behauptete, welche gesehen zu haben. Brown hätte den Burschen daraufhin mit seinem Kopf fast umgebracht.«

»Mit seinem Kopf?«

»Hast du nicht die Narbe und den Bluterguß gesehen, als er seinen Hut abnahm? Der Barkeeper nannte ihn den Kolben-Brown. Offensichtlich konnte er mit seinen Fäusten und seinem Schädel einen Gegner beinahe umbringen. Für den Mann von der Union Pacific war nach einer halben Minute die Sache vorbei. Wenn die anderen nicht eingegriffen hätten, Brown hätte ihn als Krüppel oder als Leiche zurückgelassen. In Omaha habe ich erfahren, daß Brown zumindest vier Männer umgebracht haben soll.«

Hannah erschauerte: »So ein Dreckskerl. Und Papa wollte sich mit solchen Leuten abgeben. Wollte die gleiche Art von Geschäft betreiben.« Klaus zerrte an ihrem Arm.

»Was ist los?« fragte sie.

»Wer waren diese Frauen. Arbeiten sie auch für die Eisenbahn?«

Michael wollte loslachen, hielt sich dann aber doch zurück. »Mein Junge, das tun sie gewiß. Wenigstens haben sie die Absicht.«

»Bitte, Mr. Boyle, er ist noch zu jung!«

»Nicht alt genug? Da bin ich anderer Meinung. Wenn er im Osten zur Schule geht, ja selbst wenn er in Grand Island bleibt, dann wird er häufig solche Frauen sehen. Sie werden es ihm eines Tages erklären müssen.«

»Was erklären?« wollte Klaus wissen.

»Eines Tages, hat er gesagt«, schnitt ihm Hannah das Wort ab.

»Mr. Boyle?«

»Nein, Klaus, hier hat deine Schwester das Sagen.«

»Vielen Dank.« Sie kochte innerlich immer noch. Klaus seufzte und kroch wieder in den hinteren Teil des Wagens.

Michael ergriff die Zügel und setzte den Wagen wieder in Bewegung. »Seit Wochen haben wir gehört, daß es bald Falschspieler und Hu..., äh, Personen von fragwürdiger Moral geben würde, die bei uns ihre Zelte aufschlagen und mitreisen werden.«

»Und du wirst dich bald wieder unter diesen Leuten befinden!«
Der Groll in ihrer Stimme löste bei ihm ätzenden Sarkasmus aus:
»Ich nehme an, du hast etwas dagegen, wenn man Karten spielt und dabei raucht?«
»Allerdings.«
Verdrießlich reckte Michael seinen Kopf, um festzustellen, ob Klaus mit anderen Dingen beschäftigt war. Der Junge starrte stumpfsinnig auf die Staubwolke der sich entfernenden Wagen.
»Sagen Sie mal, Miss Dorn, mißbilligen Sie auch das, was man diskreterweise als Zusammensein zwischen Mann und Frau bezeichnet?«
Sie wandte sich ihm zu: »Willst du mich als prüde Gans abstempeln?«
»Ich frag' ja nur.«
»Offensichtlich bin ich in deinen Augen prüde wegen meines biblischen Glaubens.«
»Manche behaupten, daß es da einen Zusammenhang gibt.«
Wieder blickte sie starr nach vorn: »In der Tat verachte ich diese Art von Frauen, die bei dir soviel Neugier erwecken.«
»Neugier? Verdammt noch mal, ich war nur höflich!«
»Diese junge Hu..., das Mädchen hatte etwas anderes im Sinn als gesellschaftlichen Verkehr.«
»Was soll das? Warum soll ich dir überhaupt noch antworten?«
»Das brauchst du auch nicht. Aber du bist ein zu feiner Kerl, um dein Leben unter solchen...« Sie biß sich auf die Lippen. »Tut mir leid, wenn ich zu weit gegangen bin.«
Er atmete tief aus: »Der Fehler liegt bei mir. Ich hätte mich nicht über deine Ansichten lustig machen sollen.«
»Ich hätte sie nicht so taktlos zum Ausdruck bringen sollen. Ich weiß, daß der Herr dazu auffordert, Frauen wie diesen zu vergeben. Ich versuche es, aber ich hasse die Art und Weise, wie sie eines der schönsten Geschenke Gottes in den Schmutz ziehen. Sie verkaufen es einfach wie eine Tüte Mehl.«
Er war noch immer so verärgert, daß er sagte: »Dieses schöne Geschenk, das du erwähnt hast, davon sprichst du doch nur in abstraktem Sinne, vermute ich.«
Sie warf einen raschen Blick über ihre Schulter, Klaus hatte ihnen seine Aufmerksamkeit wieder zugewandt.
»Wenn du wissen willst, ob ich bereits mit einem Mann geschlafen habe: das habe ich nicht. Aber ich habe mit Mama ausführlich über dieses Thema gesprochen. So ungehobelt Papa auch war, er hat ihr

doch, sagte sie, eine Menge... Boyle, du wirst ja rot, wer ist hier denn prüde?«

Ein Lächeln entspannte die Situation. Er lachte nun und hob eine Hand:

»Bekenne mich schuldig. Du hast mich überrascht. Du überraschst mich sehr oft.«

»Das ist so«, erklärte sie, »weil Menschen keine Bücher sind, die nur eine einzige Seite enthalten, die man bei einmaligem schnellem Lesen verstehen kann.«

Er lachte in sich hinein: »Nun, ich entdecke allmählich, daß das zumindest bei dir stimmt.«

»Du hältst mich vielleicht für uninteressiert an – dem Thema, das du aufgebracht hast. Das Gegenteil ist der Fall. Zur richtigen Zeit und am richtigen Ort wird mein Gatte alles von mir bekommen. Er wird mich unerfahren finden, aber nicht ohne Begeisterung für die Sache. Mit – ohne, ach, dummes Zeug!« schrie sie nun völlig verwirrt.

Der Ausbruch weckte Klaus' Aufmerksamkeit: »Hannah, ich habe dich noch nie fluchen gehört.«

»Geflucht habe ich nicht!«

»Aber beinahe.« Er grinste.

»Sei still!« Dann flüsterte sie Michael zu: »Wir sollten aufhören, daruber zu sprechen.«

»In Ordnung«, stimmte er zu. Gestern abend hatte sie ihm eine ganze Reihe persönlicher Fragen gestellt. Jetzt begann er den Grund zu ahnen – und empfand dabei wachsendes Unbehagen. Oder bin ich ein eingebildeter Dummkopf? Schmeichle ich mir selber?

Er hielt es für klug, das Gesprächsthema zu wechseln.

»Du brauchst dich nicht um meine Tugend zu sorgen, wenn ich an die Arbeit zurückkehre. Ich bin kein Kunde für solcherlei Frauen. Und Glücksspiele schätze ich nicht besonders. Ich habe auch nicht vor, Mr. Browns Bitte Folge zu leisten. Ich werde meine Freunde vor ihm warnen. Es hat keinen Sinn, seinen Lohn an ihn zu verschwenden und gegen einen Mann zu setzen, der neun von zehn Spielen gewinnt. Ich habe ihn in jener Nacht beobachtet. Alle zwanzig Minuten hat er einmal verloren. Und das auch nur, um die anderen zu täuschen. Daran habe ich gar keinen Zweifel.«

»Beweist all das denn nicht, daß die Eisenbahnbaustelle ein gottverlassener Ort ist und daß dort alles nur noch schlimmer werden wird? Es gibt bessere und sicherere Orte, an denen ein Mann seine Tage verbringen kann.«

»Was für Orte, Hannah?«
»Wenn dir das jetzt immer noch nicht klar ist...«
Sie preßte ihre Lippen zusammen: »Macht nichts.«
Wütend über sich selbst, über ihn – oder über beide –, deutete sie nach Osten.
»Fahr schneller.«
Das tat er. Seine wilden Vermutungen hatten sich letztendlich als gar nicht so wild erwiesen.
Zunächst war er erstaunt. Dann war er gerührt. Aber diese Stimmung verschwand schnell. Er wußte, wie ein wildes Tier im Walde sich fühlte, wenn es direkt auf seinem Pfade auf die eiserne Falle eines Jägers traf.
Er wäre erneut zornig geworden, wenn das, was sie wollte, ihn nicht so aus der Fassung gebracht hätte.

## 7. KAPITEL
## Das Gelübde

Am nächsten Morgen ließ Hannah den schlafenden Klaus allein und verließ das Lager am Rande von Kearney, um Michael an den nach Westen fahrenden Versorgungszug zu bringen.

Erst in einer halben Stunde würde wieder Tageslicht herrschen. Nur zwei Lampen brannten in den improvisierten Hütten und ungestrichenen Bretterbuden, die sich am Nordufer des Flusses gegenüber den alten Infanteriepalisaden entlangzogen.

Die Luft war eisig. Beißender Rauch von Holz kam von der Lokomotive her, als Michael sich dem Plattformwagen näherte, der mit Schienen beladen war, die von schweren Seilen gehalten wurden. Zwischen dem Tender und zwei geschlossenen Güterwaggons am Ende des Zuges gab es vier solcher offener Wagen.

Er hatte die Nacht wieder außerhalb des Zeltes verbracht und erneut mit kalten Decken und Schlaflosigkeit kämpfen müssen. Er fühlte sich gereizt und müde, als er seine Waffe und seine Leinwandtasche auf einen Schienenstapel legte. Dabei überraschte ihn Hannah. Sie beugte sich vor und gab ihm einen schnellen, unschuldigen Kuß.

Einige Augenblicke lang war er sprachlos. Dann platzte er heraus: »Oh, danke, Hannah Dorn.«

Sie ignorierte den amüsierten Ton in seiner Stimme: »Du warst sehr freundlich zu mir, Michael. Obwohl du behauptest, nicht religiös zu sein, bist du doch ein guter und mitleidsvoller Mann. Entschuldige meine schlechte Stimmung, als wir Mr. Brown trafen. Du bist anders als er. Es war nicht nett von mir, dir etwas Schlechtes zu unterstellen.«

»Ich weiß das Kompliment zu schätzen, aber es ist nicht notwendig.«

»Doch. Ich will nicht, daß du meinst, ich sei nur eine prüde Gans.«

Er hielt ihre zitternden Hände fest. »Glaub mir, Hannah, ich bin der letzte, der an deinen Grundsätzen etwas auszusetzen hat. Ein paar davon könnte ich, weiß Gott, selber brauchen.«

Sie blickte in Richtung der Lokomotive. Funken stoben aus dem Schornstein. »Letzte Nacht habe ich kaum geschlafen.« Sie bedeckte ihre Augen. »Oh, ich bin so eine unbeholfene, reizlose Person. Ich kann's einfach nicht.«

»Was denn?«

»Dir sagen . . .« Er fühlte, wie ihre Hände in den seinen ruhiger wurden: »Du wirst darüber lachen.«

»Nein!«

In ihren Augen spiegelte sich das Licht der Sterne wider. »Letzte Nacht habe ich stundenlang gebetet. Hinter allem steckt ein Sinn. Selbst hinter Papas Tod. Michael«, unterbrach sie sich, »wohin willst du gehen, wenn die Strecke vollendet ist?«

»Ich denke, ich werde im Winterlager bleiben, wo immer das sein wird.«

»Dich unter all diesen sündigen Menschen aufhalten?«

»Was bleibt mir sonst übrig?«

Schnell sagte sie: »Komm zu mir nach Grand Island. Ich kann das Geschäft zum Erfolg bringen, wenn ich einen Mann an meiner Seite habe, der mir hilft. Ich habe darum gebetet.«

Nun sprach sie mit fester Stimme:

»Jetzt weiß ich, daß Papa sterben mußte, damit ein Platz für einen anderen Mann frei werde. Du bist dieser Mann.«

Wieder verschlug es ihm die Sprache. Er war im Mittelpunkt seiner Existenz getroffen. Er war bereits zu dem Schluß gekommen, daß dies der Grund für die gestrige Ausfragerei war – von ihrem Herantasten an das Thema Sex einmal ganz abgesehen.

Er versuchte, ihre scheinbare Sicherheit mit einem weiteren kleinen Lachen zu durchbrechen.

»Miss Dorn, gestatten Sie mir, Ihnen höflichst zu sagen, daß Sie nicht ganz richtig im Kopf sind.«

»Nein, falsch. Du bist ein Mann, der seinen Platz sucht, Michael, Gott hat entschieden für dich.«

In plötzlicher Feindseligkeit, weil er ihre Zuversicht als bedrohlich empfand, rief er aus: »Für mich nicht! Mein Platz ist an der Strecke. Es geht darum, die Schienen voranzutreiben bis zum hundertsten Meridian! Weißt du, daß ich sechsunddreißig Jahre alt bin? Bevor ich nur noch im Lehnstuhl sitzen und auf mein Leben mit all seinen Fehlern zurückblicken kann – auf all die Jahre, die ich damit verbracht habe, menschliches Leben zu zerstören, will ich einmal, ein einziges Mal, etwas Sinnvolles getan haben!«

»Dann tu's eben. Aber komm, ehe der Schnee zum Reisen zu hoch liegt.«

»Du bist die schrecklichste Frau, die ich je getroffen habe.«
»Ich würde es zu schätzen wissen, wenn du aufhörtest zu fluchen. Es ist eine zu ernste Angelegenheit.«
Ein Pfiff ertönte. Einer der beiden Bremser des Zugs schwenkte seine Laterne neben dem letzten Waggon.
»Komm zurück und hilf mir, ein erfolgreiches Geschäft aufzubauen. Und dann noch ein weiteres. Diese gottlosen Leute werden weiter nach Westen ziehen und dem leichtverdienten Geld nachjagen. Hier wird sich die Zivilisation bald durchsetzen. An dem Ort, wo wir leben, werden wir dabei mitwirken, eine schöne Stadt aufzubauen.«
Impulsiv wollte er ja sagen. Aber er kämpfte diese Regung nieder.
»Nein, Hannah.«
»Warum nicht?«
»Ich kann einfach nicht, das ist alles.«
»Warum nicht? Bin ich so unattraktiv?«
»Du bist sehr attraktiv, aber...«
Er konnte den Satz nicht zu Ende bringen. Durch Ehrlichkeit würde er sie nur verletzen.
Und sie war schon sehr verletzt. Eine Träne floß über ihre Wange. Ärgerlich wischte sie sie fort.
»Glaubst du denn nicht, daß du mich je lieben könntest? Ich erwarte ja gar nicht, Michael, daß du mich jetzt schon liebst.«
»Hör auf, Hannah!«
»Du liebst diese andere Frau.«
»Nein«, log er, »aber ich schätze dich zu sehr, um zu behaupten, daß meine Gefühle mehr sind als das.«
»Die Liebe wird schon kommen. Gib ihr eine Chance. Gib mir eine Chance!«
Sie legte einen Arm um seinen Hals und küßte seinen Mund mit echter Leidenschaft. Er spürte zuerst die süßen Rundungen ihrer Brüste, dann ihre Tränen an seinem Gesicht.
Ihren Mund immer noch dicht an dem seinen, flüsterte sie: »Meine Liebe reicht für uns beide. Komm zu mir!«
»Und wenn's nicht klappte und ich wieder ginge? Dann würde ich dich damit nur noch mehr verletzen, als ich es jetzt schon tue.«
»Das Risiko gehe ich ein.«
Er schüttelte den Kopf. »Ich würde mich niemals dieser Art von Ungewißheit aussetzen, dieser Art von...«
Die Pfeife ertönte wieder.
Der Zug setzte sich langsam in Bewegung.

Funkenstieben. Rauch umwehte ihn. Er hörte sie rufen: »Bevor der erste Schnee fällt!«

Der Rauch verflüchtigte sich. Als der letzte Waggon an ihr vorbeigerattert war, stellte sie sich mitten zwischen die Schienen und winkte. Verdammt noch mal! Er liebte sie nicht. Besser, ihr jetzt Kummer zu bereiten, als ihr langfristig Schmerz zuzufügen. Übertrieben deutlich schüttelte er den Kopf. Die Endgültigkeit dieser Absage mußte sie verstehen. Aber sie behielt den Kopf oben, warf ihm einen Kuß zu, als sei ihr Vertrauen unerschütterlich.


2

Er saß auf dem Schienenstapel und beobachtete, wie ihre Gestalt im Sternendunkel immer kleiner wurde. Bald war sie nur noch ein kleiner Fleck am rotgoldenen Band des östlichen Horizonts. Dann war sie ganz verschwunden.

Er suchte nach einer Entschuldigung dafür, daß er sie durch seinen Zorn so verletzt hatte.

»Verdammt und zugenäht. Dieses sonderbare, bibelfeste Mädchen hat mir eine Falle gestellt.«

Der Zorn half ihm nicht weiter. Er wäre ihr nur allzu gerne in die Falle gegangen. Sie war eine nette, hübsche Frau. Aber er liebte sie nicht genug.

Liebe?

Soweit er sich erinnern konnte, benutzte er jetzt zum ersten Mal dieses Wort in Verbindung mit ihr. Er hatte ein wenig sein Herz an sie verloren, ohne es zu merken. Aber seine Gefühle für sie waren nicht so tief, um auf die Rückkehr an die Eisenbahnbaustelle zu verzichten.

Der Zug fuhr jetzt schneller durch die Ebene von Nebraska. Zur Rechten hörte er in der Ferne eine Herde Büffel von den Bergen herabkommen. Ihr Getrampel übertönte sogar das Fahrgeräusch des Zuges. Das flackernde Licht des Lokfeuers rötete seine Wangen, als er sich erhob, um nach Westen zu blicken. Mit einer Hand auf den Schienenstapel gestützt, stand er mit breitgespreizten Beinen da. Der Fahrtwind trug nicht dazu bei, seine Verwirrung loszuwerden.

Diese Frau ist verrückt!

Nein, auf ihre Weise ist sie genauso stark wie Amanda Kent!

Hübsch ist sie auch, und bei weitem nicht so fromm, wie sie tut.

Er versuchte, negative Eigenschaften zusammenzutragen.

Unmöglich, sich auf solche Art einen Gatten zu angeln!«»Gott hat so entschieden!« Die hat vielleicht Nerven, so etwas zu behaupten. Nein, nicht Nerven. Sie hatte es Glauben genannt.

Und würde ein Leben an ihrer Seite denn so schlecht für ihn sein? Ich kann nicht unter falschen Voraussetzungen mein Leben mit ihr teilen. In dieser Hinsicht war er unerbittlich.

Aber inzwischen begann er selbst mit sich zu hadern, weil er sie so sehr verletzt hatte.

Die Büffel schwenkten um und verschwanden im Norden. Der Zug schlingerte. Er hielt sich fester an dem Stapel fest, um nicht umzufallen.

3

Nach weiteren acht Meilen, die Sonne war inzwischen aufgegangen, wurde er durch Pfeifsignale aus seiner Grübelei gerissen. Er erkannte die Bedeutung der Signale. Der Zug kam zum Halten. Auf dem Dach des letzten geschlossenen Waggons bemühte sich der Bremser, das Horizontalrad zu drehen, dessen vertikale Verbindungsstange den Druck auf die primitiven Bremsen weiterleitete.

Dann geschah das gleiche vorne, wo der zweite Bremser in Aktion trat. Die Waggons wurden langsamer.

Als der Zug zum Stillstand kam, kletterte Michael auf den Schienenstapel. In der Nähe des Flusses kreisten Truthahnbussarde in der Luft und schossen plötzlich auf die Beute am Boden zu.

Er spürte ein seltsames Gefühl im Bauch. Dort, wo die Aasgeier sich herabstürzten, brannten Flächen von Büffelgras hellrot.

4

Er sprang vom offenen Waggon herunter, sein Gewehr gespannt. Auch der Heizer und der Lokführer waren bewaffnet. Die beiden Bremser, fast Kinder noch, waren ohne Waffen. Sie folgten den Älteren, die genauso ärgerlich dreinschauten, wie Michael sich fühlte. Plötzlich nahm er Blutgestank wahr.

»Draußen scheint Aas zu liegen«, meinte der Heizer und schluckte. Die Männer begannen zu laufen. Das Fußgetrampel vertrieb die Bussarde.

Michaels Mund war ganz trocken, als er weiße und rote Klumpen am Ufer entlang verstreut sah: »Das ist mehr als ein Kadaver.«

»Keine Pferde«, murmelte der Lokführer.

»Sie befanden sich anscheinend jenseits des Flusses, reisten wohl mit einem Siedlerfuhrwerk«, bemerkte der Lokführer. »Vielleicht waren es die Büffeljäger, die wir gesehen haben.«

Nun befanden sie sich eine Viertelmeile südlich des Schienenstrangs. Michael stolperte fast über einen großen Stein, der im Gras kaum zu sehen war.

»Oh, Mutter Gottes!«

Auf dem Stein lag ein abgeschnittenes menschliches Ohr. Das Blut war im Wind bräunlich getrocknet. Neben dem Ohr lag ein Auge.

Einer der Bremser drehte sich ab, er mußte sich übergeben und beschmutzte dabei seine Hosen.

Sie fanden die Überreste von etwa vier Menschen. Zuerst dachte Michael, bei den ersten beiden Opfern könnte es sich um das Paar handeln, das er am Abend zuvor bei dem Wassertank gesehen hatte. Dann erkannte er, daß seine Vermutung falsch war. Es war kein Farbiger unter den Opfern. Und er sah keine Wagenspuren.

Dennoch konnte kein Zweifel daran bestehen, daß es sich bei den Männern um Jäger handelte. Fetzen von Lederhemden und Hosen waren überall verstreut. Alle Leichen waren verstümmelt.

Ein Kopf ohne Nase und Ohren war gegen einen Stein gelehnt. Die Spitze des Kinns war mit einem Messer oder einem Beil abgehackt worden. Das Haar fehlte. Und im Schädel klaffte oben ein Loch, durch das man das Gehirn entfernt hatte. Das lag jetzt schleimig-grau und voll von Fliegen daneben. Michael konnte den Anblick kaum ertragen.

»Indianer?« fragte der Heizer.

»Ja«, sagte der Lokführer. »Auf diese Art metzeln sie, wenn sie erregt sind. Ich habe schon einmal etwas Ähnliches gesehen.«

Wohin Michael auch ging, er fand weitere Beweise für das Massaker: Amputierte Füße, abgeschlagene Arme, Eingeweide, die sich wie leblose rote Schlangen durch das Gras wanden. Abgeschnittene Genitalien lagen auf dem Torso einer Leiche. Einem Kopf mit tiefen Schnittwunden steckte immer noch ein abgebrochener Pfeil im Mund. Die Speerspitze war durch die obere Zahnreihe eingedrungen und der Schaft in der Mitte abgebrochen.

Die Augen voller Tränen, entfernte Michael sich schließlich vom Ort des Grauens. Seine Glieder schlotterten.

Wer war der Täter, Guns Taken und seine Cheyenne? Das war gleichgültig. Die Überreste zeugten vom wilden Haß, der durch das Vorantreiben des Eisenbahnbaus zwischen den Weißen und den Prärieindianern ausgebrochen war.

Ein Stück abseits vom Ort des Massakers besprach man sich. Der Lokführer sollte Casement berichten und um eine Abordnung von Arbeitern bitten, die sich um die Beseitigung der Spuren und um die Identifizierung der Opfer kümmern sollten. »Wenn wir hier noch länger bleiben, werden wir zu spät bei der Baustelle eintreffen«, sagte der Lokführer. Es war eine Ausrede, aber Michael hatte Verständnis dafür.

Bald darauf fuhr der Zug wieder gen Westen. Michael ging das Massaker nicht mehr aus dem Sinn. Er bebte vor Entsetzen. Beinahe konnte er sich auf dem offenen Güterwagen nicht halten, obwohl er sich mit beiden Händen an einem Stapel festhielt. Immer noch zog der erschütternde Anblick an seinem inneren Auge vorbei, und er fühlte sich an Kriegsschrecken erinnert:

Brennende Bäume! Durchbruch der Linien! Dahingemähte Soldaten!

Worthings Gesicht, als Michaels Kugel ihn traf.

Leichen von Männern, die Furcht, Liebe, Hoffnung, Lachen gekannt haben mußten und den Tod gefunden hatten.

Plötzlich schrie Michael auf: »Genug!« In seinem Kopf donnerten Kanonen. Alle Opfer der endlosen Kriege schienen im Chor zu flehen: »Genug!«

Der hintere Bremser rief etwas, das Michael nicht verstehen konnte. Langsam gewann er die Kontrolle über sich zurück. Er wischte sich mit dem Handrücken die Tränen vom Gesicht.

Es reichte nicht aus, wenn ein Mann die Kämpfe, die das Land zerrissen, mit Tränen beklagte. Ein Mann hatte größere Aufgaben, als das Blutvergießen zu verfluchen, wenn er selbst dafür mit verantwortlich war.

Ein Mann mußte etwas unternehmen, um das, was er verabscheute, zu bekämpfen und zu besiegen. Das hatte Amanda Kent ihm vor langer Zeit beigebracht. Er erinnerte sich an das Motto der Familie: Standhalten und etwas erreichen.

Nun saß er wieder da, blickte gen Himmel und legte den Schwur ab:

Niemals wieder will ich einen Menschen bewußt verletzen wie es bei Hannah Dorn geschehen ist.

Niemals wieder, solange ich atme, werde ich meine Hand gegen einen anderen Menschen erheben, ganz gleich, wie sehr man mich herausfordern mag.

Niemals wieder!

5

Auf der Baustelle überwachte Adolphus Brown die Errichtung eines großen Zeltes. Die Mädels waren bereits dabei, die Feldbetten aufzustellen. Sie brachten Leinwandvorhänge an, öffneten Whiskeyflaschen. Browns junger Gehilfe Toby Harkness schwang einen Hammer, um das letzte Halteseil festzupflocken.

Obwohl es noch fast dunkel war, hatte Casement Brown bereits zu sich rufen lassen. Er teilte ihm mit, daß man seine Anwesenheit tolerieren würde, denn Casement hatte erkannt, daß seine Leute ein wenig Abwechslung brauchten. Aber Brown hatte auch den Befehl erhalten, seinen Betrieb nicht vor Ende eines Arbeitstages zu öffnen. Doch ging Brown jetzt etwas anderes durch den Kopf.

Toby stützte sich grinsend auf den Vorschlaghammer. »Alles erledigt?«

»Ja, gut. Jetzt häng das Schild auf, so wie ich es dir gezeigt habe.«

»Boss, was ist heute früh mit Ihnen los?«

Brown fächelte sich mit seinem steifen Hut Kühlung zu. »Wird ein verdammt heißer Tag werden!«

»Boss?«

»Dieser Ire, dem wir auf dem Weg hierher begegnet sind...«

Toby kratzte sich den Bart: »Er sah doch ziemlich harmlos aus.«

»Kommt drauf an. Er kennt mich von Omaha her. Einige der anderen Arbeiter hier kennen mich vielleicht auch. Sie könnten darüber reden und damit dem Geschäft schaden.«

»Wir sind doch die einzigen Geschäftsleute hier.«

»Nicht mehr lange. Ich kenne drei Männer, die uns im Laufe der nächsten Woche mit Sack und Pack folgen werden. In einem Monat wird es eine kleine Zeltstadt sein, die der Strecke folgt. Wir könnten dabei den kürzeren ziehen.«

»Boss, ich verspreche Ihnen, wenn diese Iren Ärger machen, rede ich mit ihnen, und wenn sie nicht hören wollen, dann werde ich noch deutlicher.« Toby streichelte dabei liebevoll den Griff seines Hammers.

Adolphus Brown fühlte sich um eine große Last erleichtert. Er setzte den Hut wieder auf seinen vernarbten Kopf und legte dem jungen Mann einen Arm um die Schulter. »Toby, mein Junge, du ahnst geradezu meine Gedanken voraus. Deshalb bewundere ich dich.«

Toby lächelte auf eine Art, die Brown übermütig fand. Der Bursche hatte nur ein Spatzenhirn. Brown gelang es, ernst zu bleiben, als Toby erklärte:

»Niemand hat mich je bewundert, bevor ich Sie getroffen habe.«

»Das war ein großer Fehler der anderen.«

»Wenn ein Ire die Schnauze zu weit aufreißt, werde ich sie ihm polieren.«

»Das wirst du hervorragend bewerkstelligen«, grinste Brown, als sie dem Zelteingang zustrebten. Drinnen zankten sich Nancy und Alice wie zwei aufgeregte Hühner. Sobald jedoch die Sonne unterging, würden sie auf dem Rücken liegen und sich ganz auf den einzigen Punkt konzentrieren, der die Aufmerksamkeit einer Frau verdiente.

»Ganz recht. Ich werde es denen schon zeigen.«

Brown streckte dem Jungen seine Hand entgegen. Der Ärmelhalter und der damit verbundene elastische Mechanismus funktionierten perfekt, die Asse sprangen ihm förmlich in die Hand, als kämen sie aus der Luft.

Toby kicherte wie ein Kind und hielt dabei seine schmutzigen Finger vor den Mund. »Wirklich toll, Boss, aber besser nicht hier draußen, wo es jeder sehen kann.«

Brown zeigte auf den Kantinenwagen. »Sie sind alle noch da drin beim Essen. Dann beeilen sie sich mit dem Schienenlegen, um uns abschließend einen Besuch abzustatten. Also voran mit dem Schild.«

»Ja, Sir«, sagte Toby beinahe andächtig.

Brown versteckte die Karten wieder in seinem roten Samtärmel und betrat pfeifend das Zelt. Toby war ein Allerweltskerl und ein Dummkopf obendrein. Jeder Ire, der auf Omaha zu sprechen kam, würde es zu bedauern haben.

## 8. Kapitel
## Meridian 100

»Nieder!«

Auf Michaels Befehl hin ließen die fünf Männer die Schiene sinken. Das Schienenende ragte ein wenig über das Brett neben dem Gleiskörper hinaus. Blasse Ziffern waren auf dem Brett zu lesen: 247.

Als die Schiene den Boden berührte, wandte sich Sean Murphy der Gruppe auf der gegenüberliegenden Seite des Gleiskörpers zu: »Gewonnen!« Verärgert ließen sie ihre Schiene los, als Murphy seine Arme schwenkte und in Richtung des Ewigen Zuges brüllte:

»Geschafft! Das Ziel ist erreicht!«

Jetzt nahmen die anderen den Ruf auf. Eine Massenhysterie schien an diesem Nachmittag des 5. Oktober auszubrechen.

Christian, der wieder ganz gesund war, lehnte sich zurück und triumphierte: »Whooooaaaah!« Artemus Corkle, der jetzt ein ständiges Mitglied der Gruppe war, schlug schnell zwei Purzelbäume. Dann machte er einen Handstand und blökte wie ein Kalb.

Christian ließ erneut sein Triumphgeheul hören. Von jubelnden Männern umringt, übernahm Michael den schweren Holzhammer eines dieser Männer.

»Schlag zu, Boyle. Eines Tages wirst du diesen Ort deinen Enkeln zeigen wollen.«

Mit einem traurigen Lächeln schlug Michael zweimal auf den Nagel. Dann gab er den Hammer an Murphy weiter, der gleichzeitig lachte und weinte.

Jetzt wurde das Geschrei lauter gen Osten hin, es wurde von Hunderten von Kehlen aufgenommen. Der Lokführer des Ewigen Zuges steigerte den Lärm noch, indem er die Pfeife und die Glocke ertönen ließ.

Innerhalb von fünf Minuten kam die gesamte Arbeit zum Erliegen. Greenup Williams tanzte mit Michael im Kreis. Dann brüllte er:

»Wir haben's geschafft, Charlie Crocker! Hörst du? Meridian einhundert. Wir werden die Strecke durch die Prärie vollendet haben, und du sitzt immer noch auf deinem Hintern da hinten in den Bergen!«

Die Wächter auf den Waggons des Arbeitszuges gaben Schüsse in die Luft ab. Nördlich des Schienenstrangs strömten Männer und Frauen aus den Zelten hervor. Diese mobile Stadt, die dem Fortschritt der Strecke folgte, wuchs immer mehr an. Irgend jemand hatte der Zeltstadt den Namen »Hölle auf Rädern« gegeben. Michael hielt diesen Namen für passend. Alle Arten von menschlichem Abschaum hatten sich hier versammelt, genau wie es Hannah prophezeit hatte. Sean Murphy berichtete über den neuesten Zuzug im Arbeiterheer: »Das zivile Leben gewinnt schnell die Oberhand, einige Männer sind bereits getötet worden.«

Michael hatte schon mit einem der Einwohner der Zeltstadt einen Zusammenstoß gehabt. Es handelte sich um Harkness, den geistig zurückgebliebenen jungen Mann, der für Butt Brown arbeitete.

Harkness hatte Michael eines Septemberabends allein angetroffen, als er von einem Gespräch mit den Viehtreibern zurückkehrte. Er verlangte, daß Michael aufhöre, mit neu eingetroffenen Arbeitern über Browns Glücksspiel zu sprechen und zu erwähnen, auf welch seltsame Weise Brown immer der Gewinner sei.

Geduldig erklärte Michael, daß er nie bewußt die Gelegenheit suchte, über Mr. Brown zu sprechen. Obwohl er es nicht zugab, hatte er in der Tat einige enge Freunde informiert. Sonst hatte er bloß Fragen von Neuankömmlingen ehrlich beantwortet. Er teilte Harkness unmißverständlich mit, daß er sich auch in Zukunft nicht anders zu verhalten gedächte.

Schließlich litten Browns Geschäfte offensichtlich bereits darunter, daß Harkness derart bedrohliche Reden führte. Er unterstrich seine Warnung, indem er wiederholt einen Finger auf Michaels Brust richtete.

Michael brauste auf vor Wut. Aber er ließ den Redeschwall und das Fuchteln mit dem Finger über sich ergehen, ohne seine Fäuste einzusetzen. Er nahm seinen Schwur ernst, den er auf der Fahrt von Kearney hierher abgelegt hatte.

Toby Harkness machte sich mit einem blöden Lächeln davon. Er war wohl überzeugt, es mit einem Feigling zu tun gehabt zu haben. Michael hatte sich bereits damit abgefunden, daß dies der Preis war, den er für die Erfüllung seines Versprechens zu zahlen hatte.

Jetzt beobachtete Michael, wie Butt Brown eine Spielzeugpistole aus seinem Jackenärmel zog und damit in die Luft schoß. Weiter oben auf der Straße zwischen den Zelten und dem Zug entdeckte er plötzlich den weißen Büffeljäger und seinen Sioux-Kumpanen.

Im August waren die beiden bereits weitergezogen, als er zur Baustelle zurückkehrte. Nun waren sie wieder da, strolchten umher und nahmen an der Feier teil. Der Weiße schwenkte seinen Hut und zeigte damit auf eines der Amüsiermädchen vor »Browns Paradies«. Selbst aus der Entfernung war die weiße Strähne im hellen Haar des Jägers deutlich zu sehen.

Michael nahm an, daß das Duo eine neue Ladung Büffelfleisch herangeschafft hatte. Er war immer noch davon überzeugt, den Weißen bereits während des Krieges getroffen zu haben. Er wollte der Sache nachgehen.

Ein Kavallerietrupp, der die Arbeiter jetzt ständig beschützte, kam herangaloppiert. Die Soldaten in ihren dunkelblauen Blusen und hellblauen, gelbgestreiften Hosen waren nur undeutlich zu sehen. Ihre Säbel schwingend, brüllten sie genauso begeistert wie die irischen Arbeiter. Ihr Hornist blies zum Sturm:

Meridian einhundert!

Auf dieses Ziel hatten sie alle seit Monaten hingearbeitet. Jetzt, da das Ziel erreicht war, mußte sich Michael mit der Realität seiner nächsten Lebensphase befassen: weitere Grausamkeiten und die gleiche Art von einsamer Arbeit hinzunehmen. Diese Aussicht sagte ihm nicht gerade zu.

Er empfand einen gewissen Stolz, an der Streckenlegung beteiligt gewesen zu sein. Ab heute trat die Charta der Union Pacific in Kraft. Die Skeptiker im Osten würden jetzt schweigen, vielleicht würde die Linie für die Investoren, deren Geld sie so dringend brauchten, jetzt von größerem Interesse sein. In zehn bis vierzehn Tagen würde Dr. Durants so häufig in der Presse erwähnter Great-Pacific-Ausflugszug aus Omaha abdampfen und eine ausgewählte Gruppe von staatlichen Würdenträgern, Offizieren und potentiellen Aktionären heranschaffen. Jack Casement schickte zweifellos bereits ein Telegramm an Durant, um ihn über den großen Erfolg des Tages zu informieren.

Meridian einhundert. Michael war stolz darauf, an diesem Erfolg teilzuhaben.

Aber etwas fehlte. Er fühlte sich an der Festlichkeit nicht beteiligt, und auf die bevorstehende Arbeit freute er sich keineswegs. Dieses Unbehagen war ihm nicht neu. Seit dem Trip nach Kearney hatte er es gespürt. Er war übellaunig und ungesellig. Sean Murphy hatte dies mehrfach kommentiert.

Vom Bürowagen kam ein Mann herbeigerannt, der die neueste Nachricht ständig wiederholte:

»Die Arbeit ruht. General Jack sagt, wir können den Rest des Tages frei haben!«

Darauf folgte weiteres Freudengeheul. Michael ging zu seinem Quartier, er wirkte gefaßt, aber sein Geist war verwirrt. Fast ständig war Gewehrfeuer zu hören, so wurde der Sieg gefeiert, und soweit es zu hören war – dies betraf auch Gott im dunstigen Herbsthimmel –, wurde jeder aufgefordert, ein noch größeres Wunder zu vollbringen.

Es war ein großer Sieg. Michael wußte das. Warum fühlte er sich dann alledem so weit entrückt?

Lag das daran, daß er ständig an den Preis denken mußte, der dafür zu zahlen war? Daß er der Toten gedachte, darunter der vier hingemetzelten Jäger, die nie identifiziert worden waren?

Oder lag es daran, daß in letzter Zeit Julia Kents Gesicht durch das von Hannah Dorn verdrängt worden war?


2

Nach dem Essen ging er hinüber zu dem von Laternen erleuchteten Zelt, wo einige Rabauken ihr sauer verdientes Geld bereits für überteuerten Whiskey verplemperten, für ein Spiel mit einem Falschspieler oder ein Viertelstündchen mit einem der vierzehn, fünfzehn Amüsiermädchen der Zeltstadt.

Er ging an »Browns Paradies« vorbei. Ein Kunde stolperte heraus. Bevor die Zeltklappe herunterfiel, hatte Michael bereits festgestellt, daß sich darin kein weiterer Kunde befand. Persönlich hatte er nichts gegen Brown, aber die ständig neu eintreffenden Arbeiter kannten wohl bereits das Risiko, das mit dem Besuch dieses Etablissements verbunden war.

Hinter dem engen Pfad zwischen Lewis' Saloon und Tidwells Kaufhaus, seinem Ziel, erspähte er im Halbdunkel ein Fuhrwerk. Es war mit einer Plane bedeckt. Daneben lag, in eine Decke eingerollt, ein schwarzhaariger Mann auf dem harten Boden.

Er erkannte den Sioux, den Partner des Weißen. Der Indianer hielt seine Waffe fest umklammert.

In dem offiziellen Laden der Eisenbahngesellschaft klatschte ein fröhlicher dicker Mann seine Hände auf die Brettertheke.

»Was wünschen Sie, Sir? Ich heiße Bucyrus Tidwell.«

Er stocherte mit einem vergoldeten Zahnstocher in seinen Zähnen herum. »Suchen Sie etwas Bestimmtes?«

Michael betrachtete die mit Preisen versehenen Töpfe, Flaschen und Schachteln in den primitiven Regalen. Er nahm die Pfeife aus seiner Tasche.
»Ich brauche Tabak.«
Tidwell nahm ein Bernstcingcfäß und trug es zur Waage. »Nehmen Sie extra feinen Virginia. Kostet fünfundsiebzig Cents.« Er lächelte breit. »Pro Unze.«
»Pro Unze! Sie scherzen wohl?«
Weniger freundlich sagte Tidwell jetzt: »Ich kenne meine Preise.«
Michael betrachtete nun die Preise auf den Krügen und Schachteln genauer. Er war noch nie zuvor in Tidwells Laden gewesen. Voller Abscheu bemerkte er:
»Bei Ihnen hat ja nichts einen angemessenen Preis. Ihr Profit beträgt wohl drei-, vierhundert Prozent.«
Tidwell zuckte die Achseln: »Die Fracht hierher ist sehr teuer.«
»Aber nicht so teuer.«
»Zwischen hier und Kearney gibt es keinen vergleichbaren Laden.« Tidwell lächelte jetzt arrogant. »Wenn Sie Ihren Tabak dort kaufen wollen, dann bitte.«
»Verdammter Gauner!« brummte Michael und wandte sich zum Gehen. »Ich kaufe nichts.«
»Wie Sie wollen, Sie geiziger Papist.«
Michael unterdrückte seinen Zorn und ging davon.

3

Jeremiah Kent lag auf einem mit Decken bedeckten Feldbett in einem zweiten, kleineren Zelt direkt hinter »Browns Paradies«. Seine Kleider hatte er auf den nackten Boden fallenlassen. Bei Nancy suchte er seine Befriedigung. Nachdem sie es einmal miteinander getrieben hatten, gefiel es ihm, sich ein wenig auszuruhen. Seine Nacktheit und die ihre – sie lag mit gespreizten Beinen auf ihm – machte ihm Spaß. Ihr Gewicht spürte er dabei kaum.

Eine schwach brennende Lampe stand auf einer Kiste in der Ecke. Leinwandvorhänge trennten den engen Schlupfwinkel von zwei ähnlichen im gleichen Zelt. Hinter dem Vorhang zu seiner Linken keuchte und stöhnte eine der anderen Huren, während ihr Freier ständig vor sich hinfluchte. Jeremiah fand dies eine etwas seltsame Weise, sich an einer Frau zu erfreuen.

Nancy drängte ihre gespreizten Beine jetzt noch enger gegen die seinen, was ihn erregte. Träge streichelte er die Rundungen ihrer Brüste. Mit den Daumen bearbeitete er ihre braunen Brustwarzen.

»Ich habe nicht geglaubt, daß du wiederkommen würdest, Joe.«

»Ich heiße Joseph!«

»In Ordnung, Mister Joseph«, sie lachte, während sie seine Stirn und die weiße Haarsträhne darüber streichelte.

»Als ich im August das erste Mal bei dir war, habe ich doch gesagt, daß ich wiederkommen würde.«

»Liebst du mich mehr als irgendein anderes Mädel?«

Er hob den Kopf, um ihre Lippen zu berühren: »Dich.«

Ein Schauder lief ihr über den Rücken. Sie preßte sich noch fester an ihn. Dann legte sie ihren Kopf an seine Schulter.

»Ich bin froh, daß dein Freund nicht mit dir gekommen ist. Butt würde von seiner Sorte keinen reinlassen. Und Nigger schon gar nicht.«

»Kola weiß das. Er geht zu Mutter Goldzahn da unten.«

»Wir Mädels hier sprechen mit dieser ekelhaften alten Hure kein Wort. Sie nimmt jeden.« Plötzlich küßte sie seinen Hals. »Oh, Joseph, du bist so verdammt nett!«

Er lachte in sich hinein: »Du kannst dir die Sprüche sparen, die dein Chef dir beigebracht hat.«

»Er hat mir das nicht beigebracht«, widersprach sie. »Mit dir ist es eben gut. Mit all den anderen, besonders mit diesem verfluchten Iren, ist es bloß Arbeit.«

»Ich bin gerührt. Aber ›mit all den anderen‹ ist wohl eine Übertreibung. Allzuviel Kundschaft habt ihr hier doch nicht.«

»Richtig. Butt ist ganz durcheinander.«

»Da draußen keine Warteschlange steht, macht es ihm wohl nichts aus, wenn wir noch eine Runde...«

»Es stört ihn durchaus. Die Uhr nimmt er sehr ernst. Du hast nur für einmal gezahlt. Das bedeutet fünfzehn Minuten. Und die haben wir bereits hinter uns.«

Ihre ängstlichen Worte gingen in ein vergnügtes Schnurren über, als er sie umfaßte und ihr nacktes Gesäß streichelte.

»Joseph, Joseph – du bist so ein süßer Junge. Aber wir dürfen's nicht wagen. Butt zieht mir die Haut ab.«

»Ich hab' jetzt deine Haut, Nancy. Und ich behalte sie eine Weile.«

Bald spürte sie eine deutliche Regung in seiner Leistengegend. Schnell verlagerte sie ihre Lage, und er drang in sie ein.

»Gott, du bringst mich noch zum Schmelzen«, flüsterte sie, küßte sein Ohr, seine Wimpern, seine Wangen, während er seine Daumen fester gegen ihre Brüste drückte. »Manchmal siehst du zwar gemein aus, aber zu Mädchen bist du süß und angenehm – das muß dein Südstaaten-Charme sein. Warst du im Krieg?«

»Ja.«

»Hast du je diesen alten Rebellen Davis kennengelernt?«

»Mr. Jefferson Davis trägt die Verantwortung dafür, daß ich für mein Leben einige höchst nützliche Fertigkeiten erworben habe.«

»Was soll denn das heißen?«

»Macht nichts«, lachte er und zog ihren Kopf herab. Sie kuschelte sich an ihn: »Süßer, wir dürfen die Zeit nicht vergessen. Wenn du nicht bezahlst...«

»Sei ruhig«, sagte er freundlich, aber bestimmt und küßte sie.

Ohne weiteren Protest gab sie nach und küßte ihn. Ihr Mund stand offen, ihre Zunge stieß vor. Jetzt bewegte sie ihre Hüften immer schneller auf und nieder. Ein schwaches Geräusch von draußen her störte ihn jetzt. Er öffnete die Augen.

Über ihre Schulter hinweg sah er undeutlich den Schatten, den die Laterne von draußen auf die Leinwand warf.

»He, Kingston, bist du da drin?«

»Ruhe«, er klammerte sich erregt an Nancys schweißnassen Rücken.

»Deine Zeit ist um!«

»Oh, das ist dieser verdammte Dummkopf von Toby«, keuchte Nancy. Jeremiah stieß weiter zu: »Oh, Oh!«

Der Schatten bewegte sich: »Wenn Sie Ihre Hosen nicht anziehen, Kingston, dann komme ich rein.«

Jeremiah rührte sich nicht mehr. Er war wütend, denn gerade war er so angenehm mit dem Mädel beschäftigt gewesen. Er ließ seine rechte Hand neben das Feldbett gleiten und tastete nach der Waffe, die auf seinen Kleidern lag.

»Eine falsche Bewegung, Junge, und ich blas' dich rüber bis zum Fluß.«

Toby ließ die Leinwandklappe fallen: »Aber Sie werden noch nachzahlen müssen.«

»Hinterher.«

»Nein, im voraus. Mr. Brown hat das so bestimmt.«

»Zur Hölle mit seinen Anordnungen. Ich erledige das später.« Jeremiahs Stimme wurde schärfer: »Hau besser ab, ich kann deinen Schatten genau im Licht der Laterne sehen. Laß uns in Ruh, oder ich durchlöchere dich so mit meiner Knarre, daß selbst deine Mama dich nicht wiedererkennen könnte.«

Schnell verschwand der Schatten. Im Nachbarverschlag raschelte Kleidung, und die Hure sagte monoton: »Oh, das hast du fein gemacht, Süßer, und vielen Dank.«

Jeremiah entspannte sich, legte die rechte Hand wieder auf Nancys Hüften und gab sich erneut seiner angenehmen Beschäftigung hin.

4

Adolphus Brown war schlecht gelaunt. Er stützte sich mit den Ellenbogen auf ein Brett, das auf zwei Eichenfässern lag, und schaute sich seine Kundschaft an. Ein erbärmlicher Ire lag volltrunken auf dem Boden.

Zum ersten Mal heute abend waren zwei der Mädels gleichzeitig beschäftigt. Aber das dritte war immer noch ohne Freier. Er war bereits einmal die Straße auf und ab gegangen. Er wußte, seine Konkurrenten hatten mehr Kundschaft, als sie befriedigen konnten.

Brown zog seine Taschenuhr aus der Weste, ließ sie aufspringen und las die Zeit ab. Toby huschte herein.

»Butt!«

»Sind die beiden fertig mit Alice und Nancy?«

»Ja, Sir, aber... Bei Alice ist alles pünktlich abgelaufen. Aber der Büffeljäger hat mich fortgejagt. Er und Nancy, sie treiben es noch einmal.«

Browns Augen umwölkten sich: »Ich nehme an, er hat gezahlt.«

»Nein, Butt. Er drohte, er erschießt mich, wenn ich reinkomme, um zu kassieren.«

Brown schlug mit der Hand auf das zerschlissene Päckchen Spielkarten, das vor ihm auf dem Brett lag: »Diese Hure werde ich fertigmachen.«

Toby fingerte an seinem Bart herum: »Es ist nicht ihre Schuld. Dieser Kingston ist ein störrischer Kerl.«

Brown blickte ihn böse an. »Er hat dir wohl einen Schrecken eingejagt. Ich hätte dir mehr zugetraut, mein Junge.«

Gedemütigt und sprachlos stand Toby da. Brown wollte noch etwas sagen, da schlüpfte Liam O'Dey ins Zelt. Sich mit der Hand über den Mund wischend, eilte er zur Theke.

»Krieg' ich einen auf Kosten des Hauses, Mr. Brown?«
»Warum denn das, zum Teufel?«
»Nun, Sir, weil...«
Nervös blickte O'Dey zum Eingang hinüber.
»Sie haben mir doch gesagt, ich solle meine Ohren offenhalten. Das tue ich immer noch.«
»Sie haben aber Ihrerseits behauptet, das sei Ihnen ein Vergnügen, weil Boyle Sie aus seiner Arbeitsgruppe rausgeworfen hat.«
»Stimmt. Vor nicht mal zehn Minuten hörte ich diesen Bastard mit vier Neuankömmlingen reden, die gestern eingetroffen sind. Er stand draußen vor Tidwells Laden. Und ich war drinnen und konnte alles mit anhören. Er hat mich beim Reinschlüpfen nicht bemerkt. Er bemühte sich auch gar nicht, leise zu sprechen. Boyle riet den Leuten vom Besuch dieses betrügerischen Unternehmens, wie er sich ausdrückte, ab.«
Brown gewann allmählich seine Fassung wieder, hob seinen Hut auf, wischte sich über die vernarbte Glatze und setzte den Hut wieder auf den Kopf.
»Toby, du solltest dich jetzt um diesen Maulhelden kümmern. Dein erstes Vorsprechen hat wohl keinen Eindruck gemacht. Diesmal mußt du lauter sprechen, es sei denn, der Kunde, über den wir gerade sprachen, hat dir zuviel Schiß eingejagt.«
»Nein, Butt, ich wollte nur nicht mit bloßen Händen gegen einen Bewaffneten antreten.«
»Ich erledige das«, versicherte Brown. Dann griff er nach einer Flasche mit Whiskey, der mit Wasser aus dem Platte River verdünnt war. Er schob die Flasche O'Dey in die blasse Hand.
»Zwei Schluck nur.«
O'Dey trank gierig.
»Nun raus mit dir!«
Als er draußen war, forderte Brown Toby auf, an seine Seite zu treten. Die Augen des jungen Mannes glühten vor Eifer.
»Wir können uns von diesem Iren nicht mehr länger ins Bockshorn jagen lassen. Wir haben schon zuviel Geduld mit ihm gehabt.«
Er fürchtete, Schwierigkeiten mit Casement zu bekommen, wenn einer seiner Arbeiter ernsthaft verletzt werden sollte. Aber so wie die Dinge jetzt lagen, mußte er das Risiko eingehen, oder er konnte gleich abreisen.
»Beobachte den Iren so lange, bis er allein ist«, riet er ihm. »Du mußt ganz sicher sein, daß dich niemand sieht.«

»Das wird leicht sein, Butt«, sagte Toby kopfnickend. »Wenn ich ihn in der Mache habe, hebt er keine Hand mehr.«

»Nun du wirst schon überzeugende Worte für ihn finden.«

»Laut, Butt?«

Mit festem Blick sagte Brown: »So laut du kannst!«

»Jawohl, Sir!«

Toby verdrückte sich aus dem Zelt. Brown zog erneut seine Uhr hervor, merkte sich Stunde und Minute und steckte sie wieder ein. Dann ging er zum Eingang, murmelte vor sich hin und trat gegen die verstreuten Karten. Er war nicht mehr bereit, sich von irgendwelchen frommen Iren sein Geschäft verderben und sich von dahergelaufenen Kerlen übervorteilen zu lassen.

Bevor er auf die Straße hinaustrat, überdachte er noch einmal seine Strategie. Er steckte seine Pistole und Munition ein. Dann verließ er lächelnd das Zelt.


5

Im Dunkeln hinter dem Nebenzelt durchwühlte Toby wütend leere Kisten in einem der ausgespannten Einspänner. Er schämte sich, weil er Butt so sehr enttäuscht hatte. Er wollte den Schaden wiedergutmachen.

Den wirklichen Grund für sein Zurückweichen hatte er Butt nicht gesagt, obwohl der ihn ahnte. Toby hatte den jungen Jäger mit der weichen Stimme bereits im August einmal gesehen. Heute abend hatte er ihn wieder getroffen. Beide Begegnungen hatten ihm einen Schreck eingejagt.

Er ängstigte sich nicht so leicht. Aber Kingstons Augen strahlten eine gewisse Bösartigkeit aus. Sie waren schlimmer als die Augen seines Chefs, selbst wenn dieser aufs höchste erregt war.

Jetzt hatte er gefunden, was er suchte. Es war der abgebrochene Stiel eines Vorschlaghammers, dick und kräftig genug, um einen Mann mit drei Schlägen zu töten.

Mit diesem Totschläger huschte er tiefer in die Dunkelheit, als Butt Brown aus dem Hauptzelt stürzte und sich dem Eingang des Nebenzelts näherte. Nancys Stöhnen und Wimmern war durch die Zeltleinwand zu hören.

## 9. Kapitel
## Kingston

»Mr. Kingston?«
Die Stimme erreichte nur den Rand seines Bewußtseins, angesichts der Lustschreie Nancys und seines eigenen heftigen Atmens. Ihre Fingernägel gruben sich tief in seinen Rücken ein und zerkratzten ihn. Ihre Körper erzitterten, gemeinsam erreichten sie den Höhepunkt.
»Mr. Kingston. Hier ist Brown.«
»O Gott!« keuchte Nancy. Plötzlich lag sie nur noch schlaff auf ihm. Jeremiah flüsterte ihr zu, ruhig zu bleiben, dann wandte er seinen Kopf. Auf der vorderen Zeltwand konnte er deutlich den Schatten des Dicken mit der Melone erkennen.
»Ich höre Sie«, sagte er, um einen ruhigen Ton bemüht. Er griff hinunter nach seiner Waffe.
»Ich glaube, hier gab's ein kleines Mißverständnis.« Jeremiah blinzelte. Browns Stimme klang nicht unfreundlich. »Können wir einen Augenblick miteinander reden?«
»Nur los.«
»Nein, hier draußen.«
Jeremiah fuhr sich mit der Zunge über die trockenen Lippen. Trotz Browns scheinbarer Freundlichkeit erahnte er die drohende Gefahr. In der Ferne sangen einige Betrunkene eine irische Ballade. Ein Revoler dröhnte. Eine Frau lachte schrill wie eine krächzende Krähe.
»Toby hätte wissen müssen, daß eine Störung hier nicht angebracht war«, meinte Brown. »Aber der Bursche ist nicht ganz richtig im Oberstübchen. Sie können sich an Nancy erfreuen, solange Sie es wünschen, allerdings müssen Sie im voraus zahlen. Da heute nicht viel los ist, kann ich Ihnen sogar einen günstigen Pauschalpreis für die ganze Nacht anbieten.« Es folgte eine Pause. »Mr. Kingston?«
»Ich höre.«
»Gut, unter Gentlemen ist immer eine Einigung möglich. Kommen Sie bitte heraus. Es dauert nur einen Augenblick. Ich bin unbewaffnet.«
Nancys Mund war ganz dicht an Jeremiahs Ohr: »Joseph, ich glau-

be, er will dich aufs Glatteis führen. Er ist immer bewaffnet. Und bei ihm gibt's keine Sonderkonditionen!«

»Kingston«, wiederholte die Stimme. Der Schatten bewegte sich jetzt zum nächsten Verschlag. »Alice, bleib da!«

Ohne Murren gehorchte die Frau nebenan. Jeremiah hörte, wie sie zu ihrem Freier zurückkehrte und ihm leise bedeutete, an seinem Platz zu bleiben.

»Mr. Brown, es tut mir leid, aber ich kann Ihnen nicht glauben«, rief Jeremiah. »Als heute nachmittag gefeiert wurde, da zogen Sie eine Pistole aus der Tasche und schossen damit. Ich möchte kein Gespräch mit Ihnen führen, wenn eine Pistole in der Nähe ist.«

Es folgte ein Lachen. »Sie sind sind ein Schnellmerker, Mr. Kingston. Ich habe eine Pistole. Aber sie ist ungeladen. Sie können es prüfen.«

Der Schatten beugte sich herab. Die Leinwand bewegte sich. Ein Gegenstand glitt daneben auf den Boden.

»Da, bitte. Ein Beweis meiner guten Absichten.«

»Irgendwas stimmt da nicht«, hauchte Nancy. »Butt ist nicht der Typ, der seine Waffe freiwillig hergibt.«

Lächelnd meinte Jeremiah: »Vielleicht will er, daß ich die ganze Nacht dableibe. Das Geschäft läuft ja nicht so, wie es sollte.«

Nackt schlich er sich zum Vordereingang des Zeltes. Die Waffe war tatsächlich ungeladen.

»Wenn Sie zufrieden sind, dann kommen Sie heraus. Wenn wir uns über den Preis geeinigt haben, dann laß' ich euch alleine.«

Jeremiah überlegte. Besaß Brown vielleicht eine zweite Pistole? Oder ein verstecktes Messer? Nancy vermutete dies.

Aber vielleicht hatte der Kerl sie auch nur zu sehr eingeschüchtert. Wie dem auch sei, er hätte gern die ganze Nacht zu einem Sonderpreis mit ihr verbracht.

»Mr. Brown?«

»Ja, Sir!«

»Ich bin gleich da, muß nur noch die Hosen anziehen.«

»Ausgezeichnet.«

Er kämpfte sich in seine Hosen, brachte Nancy zum Schweigen, die ihn erneut warnte, dann strich er ihr übers Haar.

»Bin gleich wieder da, Süße. Wir werden's schön miteinander haben, bis der Hahn kräht.«

Er ließ seine Waffe neben dem Hut liegen und ging wieder nach vorn: »Gehn Sie bitte zwei, drei Schritte zurück, Mr. Brown.«

Der Schatten wurde kleiner. Jeremiah hob die Zeltklappe. Brown stand da im Dämmerlicht zwischen Haupt- und Nebenzelt. Schnell faßte Jeremiah den anderen ins Auge und lächelte.

»Sie verstehen doch, daß ich vorsichtig sein muß. Zeigen Sie mir das Futter Ihres Mantels. Öffnen Sie ihn weit.«

Brown sah verärgert drein, erfüllte aber Jeremiahs Wunsch. Im Mantelinneren waren keine Ausbuchtungen oder seltsame Schlitze zu sehen. Er nickte zufrieden und verließ das Zelt.

»Ich wollte mit Ihrem jungen Mitarbeiter nicht so deutlich reden...« Er steckte die Hand in die Tasche, wo sich das Geld befand, das er beim Verkauf seiner letzten Jagdbeute verdient hatte. »Wieviel kostet es denn für die ganze Nacht?«

Brown hielt seinen Hut in der Rechten, mit der anderen Hand fuhr er sich über den Kopf. Er ließ den Hut fallen, seine Arme schossen nach vorn, packten Jeremiahs Ohren. »Verdammter Betrüger und Rebell!« schrie er.

Brown riß Jeremiahs Kopf näher an sich heran, gleichzeitig stieß er den seinen dagegen. Seine Schädeldecke traf Jeremiah mitten ins Gesicht wie ein Rammklotz. Jetzt sah Jeremiah alles doppelt und dreifach. Aus seiner Nase floß Blut.

Gegen einen Mann, der mit so ungewöhnlichen Mitteln kämpfte, konnte er nicht ankommen. Er wußte einfach nicht, was von ihm zu erwarten war. Er taumelte zur Seite. Seine Hände suchten nach einem Halt. Brown ging abermals auf ihn los.

Jeremiah versuchte auszuweichen. Spitze Steine auf dem Boden piekten seine nackten Sohlen. Er verlor das Gleichgewicht. Brown ließ nicht nach und griff ihn abermals an.

Er boxte Jeremiah knapp oberhalb des Magens. Stöhnend taumelte Jeremiah einen Schritt zurück und fiel aufs Kreuz. Er bemerkte, daß Nancy jetzt aus dem Zelt gekommen war, in ihre schmutzige Decke gehüllt.

Butt Brown sprang ihm auf die Brust, mit beiden Knieen drückte er ihm die Luft ab. Jeremiah konnte sein Gesicht jetzt deutlich erkennen. Der Mann wollte ihn wohl zermalmen.

»Nancy, das Gewehr!« Als er das rief, traf Browns Handkante seine Gurgel. Er war jetzt mundtot gemacht.

Jemand tauchte nun hinter der jungen Prostituierten auf und machte sich aus dem Staube. Es war Alices Kunde.

Brown hatte Jeremiah bei den Ohren gepackt. Er schlug seinen Kopf heftig gegen den Boden. Das mehrere Male.

Jeremiah traf Browns Kinn. Zu schwach. Browns Lippen öffnete sich. Seine Nase glänzte vor Schweiß. Blut beschmierte Jeremiahs Mund und Kinn. Er fiel beinahe ihn Ohnmacht, als Brown seinen Kopf ein drittes Mal gegen den Boden rammte.

»Sie denken, Sie können hierherkommen –« Brown versetzte ihm einen heftigen Hieb gegen die Stirn – »und meine Regeln nicht befolgen? Nein, Sir!«

Ein Knie bohrte sich in Jeremiahs Oberschenkel. Der Druck war unerträglich. Brown hatte ihn überrascht. Dadurch hatte er sich einen entscheidenden Vorteil verschafft. Browns Gesicht war blutübergossen wie eine rote Rübe, seine Augen drückten Gnadenlosigkeit aus.

»Das Gewehr«, krächzte Jeremiah, als Brown ihn abermals traf.

Nancy zögerte. Jeremiah heulte fast, so groß war der Schmerz in seinem Unterleib.

Wieder einmal zog Brown ihn heftig an den Ohren. Es gelang Jeremiah, sich zur Seite zu drehen. Er langte nach der Gürtelschnalle des Kerls, zog mit aller Kraft daran, und es gelang ihm, Brown hochzuzerren.

Als Jeremiah auf die Füße kam, schwankte er. Blut und Schleim flossen ihm aus der Nase. Sein Kopf und sein Unterleib schmerzten höllisch. Wo steckte Brown wohl jetzt?

Er entdeckte ihn undeutlich und verschwommen im Lichte der Laterne. Brown schien etwas zerzaust, stand aber noch fest auf den Beinen. Wieder senkte er seinen Kopf und stürzte sich auf Jeremiah.

Etwas Hartes berührte Jeremiah an der Seite. Er sah Metall aufblitzen, griff danach und nahm Nancy das Gewehr ab. Er drehte sich seitwärts und trat Brown in den Hintern. Der fiel zu Boden. Sein Kinn schlug auf den Boden auf. Dies verschaffte Jeremiah erstmals einen Vorteil.

Den nutzte er. Die Waffe als Knüppel benutzend, schlug er auf Browns Schädel ein. Der Schaft zerbrach auf Browns Kopf.

Brown schrie auf. Jeremiah kannte nun kein Halten mehr und schlug gnadenlos zu.

Der stämmige Mann würgte, fiel auf den Rücken. Eine Hand griff nach Jeremiahs Unterarm.

»Laß gut sein, Joseph. Er ist besiegt.«

Nancys Worte beeindruckten ihn in keiner Weise. Sein Stolz und auch sein Körper waren zu schwer getroffen worden. Er kniete auf Browns Brust, die Positionen hatten sich jetzt verkehrt. Er hatte die

Waffe an Mündung und Verschluß gefaßt und richtete sie wie eine Stange gegen Browns Gurgel.

Die Augen des Kerls quollen hervor. Er streckte seine Arme aus, die Finger griffen nach Jeremiahs Gesicht.

Aber Brown konnte ihn nicht erreichen.

Die plötzliche und klägliche Furcht in Browns Augen brachte Jeremiah zum Lachen. Nur noch ein paar Augenblicke, und der Kerl bekam keine Luft mehr. Browns farblose Zunge hing nun zwischen seinen Zähnen. Sein Körper krümmte sich. Dann brach er zusammen.

Als Jeremiah wieder auf die Füße kam, bebte er immer noch vor Zorn, der sich hauptsächlich gegen ihn selbst richtete. Die Heimtücke und die ungewöhnliche Kampfweise des Kerls hätte er beinah mit seinem Leben bezahlt.

Er bemerkte, daß Nancy weinte.

»Joseph?«

»Was ist?«

»Ist er...«

»Ja.«

»Ich habe dir die Waffe gegeben, damit du ihn einschüchtern sollst.«

Er hörte es kaum. Sein Zorn ließ nach. Jetzt folgte eine erzwungene Ruhe. Nach Lage der Dinge mußte er sofort fliehen.

»Gib mir meine Kleider, Nancy. Wir werden uns wohl eine Zeitlang nicht sehen.«

Nancy stand da, er blickte ihr ins verheulte Gesicht. Einen Augenblick verspürte er Trauer und Verzweiflung. Ihr tut es tatsächlich leid, daß der verrückte Bastard tot ist, dachte er. Und sie empfand Furcht vor ihm, weil er es getan hatte.

»Verdammt noch mal, gib mir meine Klamotten!«

Nancy eilte ins Zelt. Ihr Herz schlug jetzt langsamer. Er ging zur Ecke des Nebenzelts und blickte in Richtung Hauptstraße. Im rauchigen Licht der Laternen und vor dem massigen Zug sah er viele Männer auf und ab gehen, sie waren so laut, daß der Kampf anscheinend unbemerkt geblieben war.

Dadurch gewann er Zeit. Er wollte Kola aufwecken und die Maultiere anspannen. In einer Viertelstunde würde er draußen in der Prärie sein. Kola würde kutschieren müssen. Er war viel zu kaputt dafür.

Nancy brachte ihm Hut, Stiefel, Hemd und Unterwäsche.

Seine zärtlichen Gefühle für sie waren wie weggewischt, er empfand nur noch Ekel. Ob alle Huren so waren? Erbärmlich mit ihren Zuhältern und ebenso erbärmlich ohne Zuhälter?

Er legte die Waffe auf den Boden. Mit einem Hemdärmel wischte er sich Schleim und Blut von Mund und Kinn. Dann stieg er in die Hosen, knöpfte sich sein Hemd zu, legte seine Hosenträger an.

»Joseph, du mußtest ihn nicht töten!«

Er richtete die Waffe auf ihre entblößte Brust: »Was glaubst du wohl, was er mit mir vorhatte? Nun hör mal gut zu. Du bleibst jetzt eine halbe Stunde hier im Zelt, bevor du irgend jemand holst, der sich um die Leiche kümmert.«

In seinen dunklen Augen spiegelten sich die Reflexe der Laterne wider. Seine Lippen wurden dünn wie ein Schlitz.

»Wenn mich jemand verfolgt, ehe eine halbe Stunde um ist, dann, Nancy, das verspreche ich dir, werde ich dich irgendwann irgendwo wiedertreffen. Und nicht, weil ich deine Liebesdienste in Anspruch nehmen will.«

Sie erschauderte.

»Mein Gott, du bist doch nicht die Art von Mann, für die ich dich gehalten habe.«

»Ähnliches kann ich von dir auch sagen. Brown war ein übler, skrupelloser Kerl.«

»Er hat für mich gesorgt.«

»Du erwartest wohl, daß ich es über mich ergehen lasse, wenn so ein ehrloser Hurensohn mich umbringt. Nein, Ma'am. Und nun ab mit dir!«

Er richtete die Waffe auf sie. Sie reagierte wie ein verschrecktes Kaninchen und eilte in die Sicherheit des Zeltes.

»Eine halbe Stunde – früher nicht!« rief er. Dann ging er zur Rückseite des Nebenzeltes.

Ihm war übel. Warum mußte es immer so enden?

Weil es dir Spaß macht, jemanden umzubringen. Gib's doch zu. Das erste Mal hast du diese Freude empfunden, als du auf Serena Rose angelegt hattest.

Es hatte ihm Freude gemacht, Browns Todeskampf mit anzusehen. Aber der Preis war hoch. Jetzt gab es eine Reihe neuer Probleme.

Wieder mußte er seinen Namen ändern. Er hätte ihn vielleicht besser schon ändern sollen, bevor er hierher auf die Baustelle kam. Dieser Texaner, den er dummerweise verschont hatte, würde möglicherweise unten im Süden Schwierigkeiten machen. Vielleicht kamen Kopfgeldjäger so weit nach Süden. Sie würden entdecken, daß auch Joseph Kingston so weit gekommen war.

Verwirrt und immer noch voller Schmerzen, stolperte er weiter. Er kam an drei weiteren Spielhöllen vorbei. Im schwachen Licht der Straße sah er Kolas leere Decke unter dem Wagen.

Zwei Männer, von denen er einen nicht kannte, gingen aufeinander los.

Sie sahen ihn. Es war zu spät, um wegzulaufen.

2

Einige Minuten zuvor hatte Michael beschlossen, seine Neugier hinsichtlich des Fremden zu befriedigen, bevor er zum Schlafwaggon zurückkehrte.

Er passierte Tidwells Laden und den lauten »Bird Cage Saloon«. Auf der Rückseite der Zelte blieb er enttäuscht stehen. Die Decke unter dem Wagen war leer. Der Indianer war offensichtlich weggegangen, um seinen Freund zu suchen.

Als er sich umwandte, um den gleichen Weg zurückzugehen, erspähte er aus dem Augenwinkel eine Bewegung beim Wirtshauszelt. Eine Gestalt torkelte um die Ecke.

Michaels Magen verkrampfte sich. Er erkannte Butt Browns bärtigen Gehilfen. Der junge Mann trug eine Art Knüppel bei sich.

Toby schlich im Schatten des »Bird Cage« daher. »Hallo, Ire!«

Michael atmete heftig ein. War Browns Gehilfe ihm etwa die ganze Zeit gefolgt? Für das plötzliche Erscheinen des jungen Mannes gab es keine andere Erklärung.

»Butt hat mich zu Ihnen geschickt.«

»Vor ein paar Wochen haben wir doch alles Notwendige miteinander besprochen.«

»Das habe ich auch gemeint«, stimmte Toby zu, »aber inzwischen haben wir erfahren, daß Sie immer noch üble Reden über Butt verbreiten.«

»Wie ich Fragen nach Ihrem Chef beantworte, das ist ganz und gar meine Angelegenheit.« Michael gab sich den Anschein von Gelassenheit, als er sich nach links in Richtung Hauptstraße wandte. »Gute Nacht!«

Er hörte das Zischen in der Luft, als der Stiel des Vorschlaghammers niederfuhr. Er tat einen Schritt zur Seite, aber zu spät. Der Stiel traf seine rechte Schulter.

Er taumelte, fiel auf ein Knie. Toby sprang nach vorn, verstellte ihm grinsend den Weg.

»Davon will ich Ihnen noch ein paar mehr verpassen. Das wird Ihnen den Mund stopfen. Machen Sie's mir nicht zu leicht, denn sonst macht's keinen Spaß mehr.«

Ganz ruhig sagte Michael: »Ich werde nicht kämpfen.«

»Doch!«

»Nein!«

»Sie sind ein verdammter Feigling. Das hab ich Ihnen doch gleich beim ersten Mal angesehen.«

Toby Harkness stand jetzt direkt zwischen dem Handels- und dem Spielzelt. Michaels Weg war blockiert.

Er kam wieder auf die Füße und zwang sich, seine Hände zu öffnen. Fast ohne es zu merken, hatte er sie zu Fäusten geballt.

»Aus dem Weg!«

Toby räusperte sich und spuckte ihm auf die Hose.

»In Ordnung«, sagte Michael. Sein Zorn kochte jetzt so hoch, daß er ihn kaum noch beherrschen konnte. Er drehte sich um hundertachtzig Grad: »Ich werde einen anderen Weg gehen.«

Er verrenkte sich beinahe den Kopf, als der Hammerstiel ihn von hinten traf. Trotz seiner schnellen Bewegung streifte ihn das Holz am Ohr. Seine Hand schoß hoch, um seinen Kopf zu schützen. Toby kicherte.

Zorn blitzte aus Michaels Augen:

»Hau ab. Ich werde nicht kämpfen.«

»Ich habe Butt gesagt, daß du ein Wackelpudding bist, weicher Glibber von Kopf bis Fuß.« Toby berührte Michaels Wange mit dem stumpfen Ende des Stiels.

Michael zog seinen Kopf weg. Gerade noch wich er dem nächsten Stoß aus. Er schrie nicht um Hilfe. Er wollte es Browns Schläger auch nicht mit gleicher Münze heimzahlen.

Bleib ruhig. Du wußtest doch, daß dir so etwas eines Tages passieren mußte.

»Wackelpudding, Wackelpudding«, sang Toby vor sich hin. Der Stiel berührte Michael unterhalb des Auges.

Dann richtete er den Hammerstiel nach unten und stieß ihn ihm mitten in den Leib.

»Na, heulen Sie immer noch nicht, Mr. Wackelpudding?«

»Du verrückter Bastard!«

»Oh, der Hund kann bellen! Bell noch ein bißchen mehr!«

Er machte einen schlurfenden Schritt. »Komm her, laß dein Gekläff hören.«

Toby drückte den Stiel leicht gegen das Ohr, das er bereits getroffen hatte.

»Nun kläff, habe ich gesagt!«

Der Stiel traf Michaels Schläfe.

»Kläff!«

Dann traf er Michaels rechte Schulter.

Eine gnadenlose innere Stimme sprach nun die Wahrheit aus: Es gibt keinen Ausweg, als sich ihm entgegenzustellen und kämpfen!

Jetzt wollte er es tun. Der Wunsch wirkte wie eine schwindelerregende Trunkenheit.

Toby rammte den Stiel Michael in den Bauch. »Du windelweicher irischer Puddingficker. Verhalt dich mal wie ein Mann!« Toby spuckte erneut, diesmal landete der Schleim neben Michaels Nase.

Michael fluchte, dann überraschte er Toby, indem er mit beiden Händen den Stiel packte.

»Laß das!«

Er war zu erregt, um auf seine warnende innere Stimme zu achten oder sich an sein Gelübde zu erinnern. Er entriß Toby den Stiel. Der war mächtig überrascht und reagierte zu langsam. Michael hob den Stiel hoch, seine Hände waren weiß vor Anstrengung.

Toby starrte auf das Holz, taumelte rückwärts.

»Nein!«

In hohem Bogen warf Michael den Stiel weg. Das Holz krachte gegen den Wagen. Er wandte jetzt Toby den Rücken zu – nichts war ihm wohl je schwerer gefallen – und begann wegzugehen.

Er fühlte sich weder als Sieger, noch war er besonders stolz auf seine Tat. Er schämte sich nur.

Er hörte, wie Toby ihm jetzt nachlief. Schwere Stiefel schlurften über den Boden. Er wandte sich um. Toby blieb ganz in seiner Nähe stehen. In seinem einfältigen Gesicht tauchte wieder ein Lächeln auf.

Langsam ballte Toby die Faust.

»Was zum Teufel ist los hier?«

Der weiße Mann mit der Haarsträhne tauchte aus der Dunkelheit auf. In der einen Hand hielt er seine Waffe, in der anderen hielt er Hut und Stiefel. An seinem Ärmel klebte Blut. Ebenso in seinem Gesicht.

Toby erkannte den Fremden, der hinter dem »Bird Cage« hervorkam.

»Wo ist Kola? Wo steckt der Indianer?«

»Weiß nicht«, begann Michael.

»Finger weg, Mister!« Toby langte nach dem weggeworfenen Holzstiel. »Ich führe ein Privatgespräch mit diesem Iren hier.«
Der Jäger blickte auf den Hammerstiel. »Offensichtlich ein sehr einseitiges Gespräch. Ich schlage vor, du verschwindest hier, mein Junge. Wenn dieser Ire dich fertigmacht, wird niemand eine Träne um dich vergießen. Du hast deinen großen Beschützer verloren.«
»Was wollen Sie damit sagen?«
»Wirst du gleich merken. Nun hau ab, mach schon!«
Toby schien jetzt erst zu bemerken, daß der Jäger blutverschmiert war: »Haben Sie Butt was angetan?«
»Halt die Schnauze und hau ab!«
Der Jäger warf Hut und Stiefel auf den Sitz seines Wagens. Da langte Toby blitzschnell nach dem Stiel. Er packte ihn, und gleichzeitig schrie Michael:
»Passen Sie auf, Mister!« Der Jäger drehte sich um.
Toby schlug mit aller Kraft zu. Der Schlag traf des Jägers Schläfe. Er stolperte gegen das Wagenrad. Dann versuchte er, sich auf sein Gewehr stützend wieder hochzukommen. Toby trat gegen den Schaft. Als der Jäger auf die Knie fiel, schien er schwer getroffen zu sein, er gab aber noch nicht auf.
Toby zerrte den Jäger an den Haaren. »Was haben Sie mit Butt gemacht?« Beinahe mit dem Ausdruck des Bedauerns schoß der Jager aus der Hüfte heraus.
Der Feuerstrahl blendete Michael einen Augenblick lang. Das vibrierende Geräusch führte sogar dazu, daß der Lärm im »Bird Cage« verstummte. Als er seine Augen wieder öffnete, sah er im Gesicht des Jägers kein Zeichen von Reue mehr.
Jetzt tauchte Bucyrus Tidwell zwischen den Zelten auf.
»Wer ist da draußen?«
Toby winselte, ließ den Hammerstiel fallen, lehnte seine Stirn gegen den Wagen und klammerte sich mit beiden Händen an die Holzwand. Dann glitt er ganz langsam zu Boden, als sei da kein Holz mehr, an das er sich lehnen konnte.
Er fiel mit dem Gesicht nach unten auf die zerknitterte Decke. Wo sein Brustkasten den Wagen berührt hatte, glänzte ein breiter roter Streifen wie frisch aufgetragene Farbe.
Beinahe im gleichen Augenblick war Michael von lärmenden Männern umgeben. Er sah kaum, wie der Jäger zusammenbrach und auf die Seite fiel. Er war nicht bewußtlos, aber er rang nach Atem. Blut floß ihm aus der Nase. Die Augen hatte er geschlossen.

»Was zum Teufel ist hier los?« brüllte Tidwell. Da tauchte der Sioux mit dem Gewehr in der Hand auf der anderen Seite des »Bird Cage« auf. Er sah seinen gefallenen Freund, lief auf ihn zu, kniete neben ihm nieder. Blickte dann mit zornigen Augen auf: »Wer hat das getan?«

Michael drängte sich durch die anwachsende Menge. Er beachtete die Rufe und Fragen nicht. Er zeigte auf Toby.

»Er trägt einen Teil der Schuld. Der Junge war hinter mir her. Dann tauchte Ihr Freund hier auf. Der Junge ging auf ihn los. Ihr Freund machte ihn fertig. Ich weiß nicht, warum er blutet.«

Als sei das Chaos noch nicht groß genug, begann jetzt auch noch eine Frau zu heulen. Der Lärm kam wohl von »Brown's Paradies« her. Aus dieser Richtung war auch der Jäger gekommen.

Der Sioux barg den Kopf des Weißen in seinem Schoß.

«Joseph, Joseph? Hörst du mich? Ich bin aufgewacht, und du warst fort. Ich habe dich gesucht.«

»Das hat uns gerade noch gefehlt. Noch mehr Ärger mit Indianern«, beklagte sich jemand.

»Nein«, sagte Michael, »er ist der Partner dieses Weißen. Der Weiße hat mir geholfen.«

Nun war ein zweiter Klageschrei zu hören. Michael ging zu dem Sioux hinüber, der ihn mißtrauisch beobachtete.

»Ihr Freund ist verletzt. Er braucht Hilfe. Wollen Sie sich um ihn kümmern, oder soll ich das tun?«

Der Indianer sah ein halbes Dutzend gezogener Revolver in der Menge. Draußen auf der Straße schrie ein Mann:

»Holt General Jack!«

»Wir bleiben hier«, entschied der Sioux.

»Nein«, sagte Michael, »ich denke, er ruht sich besser im Zug aus, bis alles aufgeklärt ist.«

Der Indianer stand unbewegt da. Ein Revolverhahn wurde laut hörbar gespannt.

»Anderswo ist es sicherer für Sie«, betonte Michael. »Hier gibt es einige Leute, für die nur ein toter Indianer ein guter Indianer ist. Stimmt es, daß der Name Ihres Partners Joseph ist?«

»Ja, Joseph Kingston. Er ist mein *kola*. Mein verschworener Freund.«

Der Name sagte ihm nichts. Er hatte sich wohl geirrt, als er meinte, den Weißen schon einmal gesehen zu haben.

»Nun, jetzt ist er auch mein Freund. Sie können mir vertrauen«, erwiderte Michael. »Geben Sie mir Ihr Gewehr, damit nicht irgendein betrunkener Idiot einen Schuß aus dem Hinterhalt auf Sie abgibt. Los, geben Sie's schon her.«

Voller Zweifel blickte der Indianer in das angespannte Gesicht von Michael. Dann gehorchte er.

»Heben Sie ihn hoch, und bringen Sie ihn zum Zug. Wir legen ihn in meine Koje.«

## 10. Kapitel
## Eine Frage der Wahrheit

Im Halbdunkel unterhielten sich flüsternd Fremde. Sie sprachen englisch, aber der Akzent war ihm fremd. Einige der Stimmen hatten den für Yankees typischen Tonfall. Andere wiederum klangen wie Iren, die er hier auf der Baustelle kennengelernt hatte.

Jeremiah war jetzt ganz wach. Sein Unterleib, seine Nase und seine Stirn schmerzten. Als er sich seiner Umgebung bewußt wurde, wurde sein Hals ganz trocken vor Furcht.

Er war in einer Koje eingeschlossen, oben, unten und zu seiner Rechten war alles zu. Nur wenn er sich auf die Seite legte, wo das gelbe Licht brannte, sah er keine Wand.

Seine Augen konzentrierten sich jetzt auf den Mann im Waggon, der beinahe Prügel bezogen hätte. Ein schmächtiger Ire mit wettergegerbtem Gesicht und braunen Augen war im Lampenlicht zu sehen.

Nun erkannte er, daß er sich im Schlafwaggon befand. Es stank nach ungewaschenen Körpern. Man hörte Stimmengewirr. Das Thema war gewiß seine Person.

»Keine Schmerzen mehr, Kamerad?« fragte der Ire. Seine Stimme schien ein Echo zu haben. Oder rührte das etwa aus seinem Kopf her?

Seine Oberlippe fühlte sich weich an, als er sie mit der Zunge beleckte. Jemand hatte ihm das Gesicht gewaschen. Das erhöhte bei ihm nur das Gefühl von Gefangenschaft, von Bedrohung.

»Alles in Ordnung. Sie sind in Sicherheit. Man hat Sie versorgt. Jack Casement ist ein guter Sanitäter. Ihre Nase hat einen heftigen Schlag abbekommen, und Sie haben ein paar blaue Flecken.«

»Wo ist mein Gewehr?«

»Das hat der Indianer.«

»Und wo steckt der?«

»Sitzt hier unten.« Der Ire zeigte auf die unterste Koje. Jeremiah konnte Kola nicht sehen. »Ihm wird nichts geschehen. Nebenbei gesagt: Ich heiße Boyle. Wie ich gehört habe, ist Ihr Name Kingston. Sie brauchen nicht zu sprechen, wenn's zu weh tut. Aber ich möchte Ihnen danken für das, was Sie getan haben.«

In den goldbraunen Augen des Iren spiegelte sich das Lampenlicht. Als er sprach, war im Gesicht des Fremden ein trauriger Zug zu entdecken.

»Der Junge wird bald beerdigt. Ich fand es schlimm, daß er sterben mußte, aber unter den Umständen mußte es wohl so sein. Möchten Sie etwas Suppe? Einer der Köche wird sicher gern...«

»Ich will hier raus.«

»Das ist wohl momentan nicht möglich. Casement möchte mit Ihnen sprechen. Bis dahin sollten Sie sich ausruhen.«

»Ich will hier raus!« Jeremiah setzte sich zu schnell auf und stieß sich den Kopf an der Bretterdecke. Seine Knochen fühlten sich noch ganz schön weich an. Er legte sich wieder hin, atmete schwer.

Das Licht der Wagenlaternen flimmerte, dann war es zeitweise dunkel für ihn. Der Ire berührte ihn an der Schulter.

»Wollen Sie einen Schluck Whiskey? Das hilft!«

Immer noch in Panik, weil er eingesperrt war, verlor er das Bewußtsein.

2

»Entschuldigen Sie bitte vielmals.«

»Was haben Sie gesagt?«

»Ich sagte...«

Wieder war es der Ire, den Jeremiah zunächst mit seinen verschlafenen Augen kaum erkannte. Der Mann stand immer noch auf der unteren Koje. Offensichtlich war inzwischen einige Zeit verstrichen. Einige Lichter im Waggon waren erloschen. Seine Schmerzen hatten etwas nachgelassen.

Draußen glaubte er das Schießen von Kanonen zu hören. Dann erkannte er, daß der Lärm von einem fernen Präriesturm herrührte.

»Ich sagte schon, daß es mir leid tut, Sie wecken zu müssen. Jack Casement will Sie unbedingt jetzt sehen. Ich habe versucht, ihn zu veranlassen, bis morgen zu warten. Aber er will die Ereignisse von heute nacht sofort aufklären.«

»Habe nichts dagegen«, sagte Jeremiah. Er war froh, denn er beabsichtigte nicht, länger als notwendig in diesem übelriechenden Gefängnis zu bleiben. Draußen in der stürmischen Dunkelheit riefen die Toten seinen Namen. Er mußte verschwinden, ehe die Lebenden das hörten.

Er biß die Zähne zusammen, versuchte seine Beine zu bewegen. Schmerz verzerrte sein Gesicht.

»Reichen Sie mir die Hand«, bot Boyle an.

»Nein. Treten Sie zurück.«

Jeremiah hatte das Ausmaß der Schwierigkeiten falsch eingeschätzt. Er kämpfte, bis er auf dem Bauch lag und seine Beine zum Gang hinunterhingen. Als der Ire seinen Ellenbogen stützte, zog er seinen Arm ärgerlich weg.

Er murmelte eine Entschuldigung. Jeremiah war sich selbst fremd, eingesperrt, umgeben von unbekannten Gesichtern, die im Dämmerlicht nur undeutlich zu sehen waren. Als er sich in eine Position brachte, um auf den Boden zu gelangen, erblickte er Kola mit seiner Waffe. Ein beruhigender Anblick!

Er sah jetzt die Zeichnung an der Wand am Kopfende der Koje. Sie zeigte einen Neger und der trug...

Da riß er die Augen weit auf. Ein heiserer Laut entrang sich seiner Kehle. Er war außerstande, die Tränen der Überraschung zurückzuhalten.

»Joseph!« rief ihn Kola.

»Was ist los, Kingston?« Das war der Ire.

»Nichts«, sagte er lauter, als beabsichtigt. »Brown hat mich beinahe umgebracht. Das schmerzt ein wenig.«

Er blinzelte, wischte sich die Augen trocken. Aber so schnell konnte er der Überraschung nicht Herr werden, als er las, mit welchem Namen die Zeichnung signiert war: M. Kent.


3

Wer war dieser Ire? Woher hatte er dieses Bild, das zweifellos von Matt stammte? Er wollte ihn das gern fragen, aber er wollte abwarten, bis er wieder Herr seiner selbst war.

Glücklicherweise gab es Ablenkung. Er versuchte zu gehen. Kola half ihm dabei. Der Ire blieb in der Nähe.

Sie erreichten die Plattform zwischen den Waggons. Wind schlug ihm ins Gesicht. Im Nordwesten war ein heller Blitz am Horizont zu sehen. Dann folgte ein langgezogenes Donnern. Danach kam eine Staubwolke, die auch Gras und Staub mit sich trug. Er erblickte einige Männer, die sich bemühten, ein Zelt vor dem Einsturz zu bewahren.

»Wieviel Uhr ist es?« fragte er Boyle.
»Kurz nach drei Uhr früh.«
»Ein schweres Unwetter ist im Anzug.«
»Und das sehr schnell«, ergänzte Boyle und hielt ihm die nächste Tür auf: »Hier geht's lang.«

Jeremiah hatte Jack Casement zwar schon gesehen, aber noch nie mit ihm gesprochen. Als Jeremiah in Casements Büro eintrat, erkannte er sofort, daß hier belangloses Geschwätz nicht angebracht war. Casement war schon vollständig angekleidet, hellwach und sehr unfreundlich.

»Boyle hat behauptet, daß Sie noch sehr wackelig auf den Beinen sind, Kingston. So heißen Sie doch, nicht wahr?«

Jeremiah bestätigte das mit einem Nicken.

»Ich habe mich über seine Einwände hinweggesetzt. Ich will die Angelegenheit schnell klären. Mit Alice Peaslee habe ich bereits gesprochen. Kennen Sie eine Dame, die so heißt?«

»Eine von Browns Huren.«

»Ja, Nancy Dell, die Frau, die einen der Zwischenfälle verursachte, ist offensichtlich zu verwirrt, um mit irgend jemand zu sprechen.«

Casement lehnte sich in seinem Stuhl zurück. Es quietschte. Selbst wenn er ganz nach vorne rückte, berührten seine Beine den Boden nicht. Sein Blick war fast so feurig wie sein Bart.

»Alice Peaslee hat mich davon überzeugt, daß ihr Arbeitgeber, Adolphus Brown, zuerst angegriffen hat.«

Erleichtert bestätigte Jeremiah: »Das ist richtig.«

»Aber zwei Männer sind tot. Brown und sein Laufbursche.«

»Toby ist mit dem Stiel eines Vorschlaghammers auf mich losgegangen.« Jeremiah hatte bemerkt, daß Michael in einer Ecke im Schatten lehnte. Mit Donnerstimme verkündete Jeremiah jetzt: »Diesen Herrn da hatte er sich bereits vorgenommen. Als ich ihn davon abhalten wollte, stürzte er sich auf mich.«

»Und Sie fanden es notwendig, ihn zu erschießen?«

»In dem Moment ja!«

»Nun, offensichtlich sind Sie beide Male provoziert worden, und Boyle bestätigt den zweiten Teil Ihrer Geschichte. Für den anderen Teil ist die Prostituierte als Zeugin aufgetreten. Daher habe ich keinen Grund, Sie zu verhaften. Butt Brown war eines der übelsten Elemente dieses Lagers, wenn man unter Kerlen dieser Art überhaupt noch Unterschiede machen kann. Aber Leute wie Sie, Mr. Kingston, will ich hier auch nicht haben. Ich dulde keine Mörder.«

»Ich habe mich nur selbst verteidigt.«
»Im ersten Fall stimmt das wohl. Mit dem Jungen stehen die Dinge allerdings anders. Ich verlange, daß Sie und Ihr indianischer Freund von hier verschwinden. Und zwar sofort und für immer.«
»Sir«, protestierte jetzt Boyle, »Sie sollten ihn sich wenigstens noch ein bißchen ausruhen lassen!«
»Sofort raus hier!« wiederholte Casement und wandte sich dann mit seinem quietschenden Stuhl sofort seiner Arbeit auf dem Pult zu. Hier gab es keine Berufungsinstanz.

4

Michael half Kingston und dem Sioux beim Anspannen der Maultiere. Schnell kam der Sturm auf. Jedesmal wenn es blitzte, waren schwere Wolken über ihnen zu sehen.

Sobald das Fuhrwerk startklar war, befahl Kingston dem Indianer, bis zum Ende des Schienenstrangs vorauszufahren und dort zu warten. Einige Augenblicke später führte er sein Pony zögernd in die gleiche Richtung.

»Kommen Sie bitte einen Moment mit mir, Mr. Boyle.«

Michael war überrascht, weil Kingstons Stimme so rauh klang. Er wußte nicht, was er von dem Jäger halten sollte. Der Mann war weder ungebildet noch grob in seiner Redeweise. Aber aus irgendeinem Grunde war Michael froh, daß Kingston nicht sein Gegner war. Der Mann schien eine Menge Schmerzen ertragen und dabei einen kühlen Kopf bewahren zu können.

Nun kämpften sie gegen den Wind an und gelangten hinter die Zeltstadt. Einen Teil der Zelte hatte man in Erwartung des Gewitters abgebaut. Der Rest flatterte stark. Die Stangen krachten, die Seile wimmerten. Nur im »Bird Cage« brannte noch Licht.

»Es ist eine Schande, daß Sie so bald von hier wegmüssen, Kingston. Casement hat wohl ganz vergessen, daß er hier nicht mehr über Soldaten der Union zu befehlen hat.«

Kingston lachte barsch: »Er war Offizier? Das habe ich vermutet.«

Das kleine Pferd scheute, als sie das letzte Zelt passierten und nun voll dem Sturm ausgesetzt waren. Kingston mußte seinen Hut festhalten.

»Ich möchte Sie was fragen«, sagte Kingston.
»Was denn?«

Kingston hob zu sprechen an, zögerte aber. Dann stellte er eine andere Frage als die beabsichtigte.

»Warum haben Sie zugelassen, daß dieser Junge Sie mißhandelte?«

»Ich weiß nicht, ob ich das erklären kann. Damals im Krieg...«

»Auf seiten der Yankees, natürlich.«

Michael nickte: »Ihrem Dialekt nach zu urteilen, haben Sie wohl auf der anderen Seite gekämpft.«

»Richtig. Fahren Sie fort.«

»Ich war das Kämpfen leid. Ich kam hierher, um dem zu entkommen, und es gelang mir nicht. Wieder mußte ich töten. Ich will Sie nicht mit der ganzen Geschichte langweilen, aber ich habe mir geschworen, nie wieder zu kämpfen.«

»Glauben Sie, eine solche Entscheidung durchhalten zu können?«

»Ich kann's versuchen.«

Kingston brummte, dann wischte er sich mit dem Ärmel Blut unter der Nase fort. Als er wieder sprach, tat er dies mit einem schmerzlichen Unterton.

»Ich bewundere Ihre Entschlossenheit. Ich fand den Krieg auch nicht schön oder erhebend. Aber als ich ihn an Körper und Geist heil überstanden hatte, habe ich eine ganz andere Entscheidung gefällt. Ich habe beschlossen, es nie zuzulassen, daß irgendein Mensch mich im Kampf besiegt. Auch war ich nicht bereit, das Verhalten ehrloser Menschen hinzunehmen. Für Ihre Haltung spricht jedoch eine ganze Menge. Bleiben Sie auf jeden Fall dabei.«

Was zum Teufel sollte das heißen? Michael war perplex. Beinahe war Kingstons Stimme eine gewisse Traurigkeit zu entnehmen.

Oder meinte er das bloß fälschlicherweise, getäuscht durch den Lärm des Sturmwinds?

Nein, es war keine Phantasie. Er sah es ganz deutlich, als der Blitz die Prärie hell erleuchtete. Die Schienen glänzten wie Strahlen von irisierendem Feuer. Hinter dem Zeichen des Meridians waren das Fuhrwerk, die ruhenden Maultiere und der bewegungslose Indianer zu sehen. Kingstons Augen waren feucht.

»Wenn Sie bei Ihrer Haltung bleiben, dann haben Sie die Chance, ein glücklicher Mensch zu werden. Lassen Sie sich durch nichts und niemanden davon abbringen.«

»Toby gelang das beinahe, er nannte mich immer wieder einen Feigling.«

»Das überrascht mich nicht. Ich habe im Leben schon vieles erlebt. Ihre Art zu leben erfordert mehr Mut!«

Kingston's Stimme versagte. Er wandte sich ab. Michael kniff die Augen zusammen, um sich gegen den Sandsturm zu schützen. Er verstand nicht, warum dieser junge Mann, dem das Töten so leichtfiel, ihm so gern Ratschläge erteilte. Er war überrascht, als Kingston seinen Arm ergriff.

»Wo haben Sie das Bild her?«
»Welches?«
»Die Zeichnung in Ihrer Koje. Woher stammt sie?«
»Wieso? Vom Vater des Künstlers.«
»Kennen Sie ihn?«
Michael beunruhigte die Heftigkeit dieser Frage. Kingstons Finger gruben sich in seinen Ärmel ein. Überrascht und verärgert entzog sich Michael:
»Nun, das ist doch wohl kaum die passende Gelegenheit, um...«
»Verdammt noch mal! Ich will eine Antwort. Kennen Sie den Vater des Künstlers?«
»Ja, den kenne ich.«
Ein Blitz erhellte den Himmel. Donner erschütterte die Erde.
»Er ist auch mein Vater«, sagte Kingston.
»Jesus Christus, das stimmt!« Er hatte das ganz Eindeutige nicht wahrgenommen.
»Wovon sprechen Sie eigentlich?« fragte Kingston.
»Von Ihrem Gesicht. Es ist wie Jephthas Gesicht.«

5

Kingston – oder Jeremiah Kent, als der er sich jetzt zu erkennen gab – weigerte sich, Michaels Fragen nach seiner Vergangenheit zu beantworten. Er wollte nicht erklären, wie er von Georgia hierhergekommen war oder warum er gemeinsam mit einem Sioux reiste und einen fremden Namen angenommen hatte.

In der Hoffnung, die Barriere zu durchbrechen, teilte Michael ihm mit, daß Jephtha Kent seinen jüngsten Sohn für tot halte.

»In einem gewissen Sinne trifft das auch zu, Mr. Boyle. Was wissen Sie denn über meine Brüder?«

Immer noch erschüttert, schilderte Michael, wie Matthew die Blockade überstand, und daß er geheiratet habe. Dann sprach er über Gideons erfolglosen Kampf, in der Stadt New York, wo Jephtha als Prediger wirkte, eine angemessene Stellung für sich zu finden.

»Beide haben also überlebt. Das freut mich. Geht's meiner Mutter gut?«

»Sie – starb im letzten Sommer.«

Im Schein des Blitzes konnte Michael sehen, wie der andere den Kopf senkte. Jeremiah schwieg.

»King... – verflucht! – Jeremiah. Ich kann mich nicht daran gewöhnen, Sie Jeremiah zu nennen.«

»Lassen Sie's. So heiße ich nicht mehr. Auch den Namen Kingston werde ich jetzt wohl aufgeben.«

»Sie müssen mir erzählen, wo Sie überall gewesen sind, wie Sie hierhergekommen sind.«

»Nein, Boyle, das werde ich nicht tun. Aber was ist mit Ihnen? Ich erinnere mich nicht, je von Ihnen gehört zu haben. Was hatten Sie mit meinem Vater zu tun?«

In der Hoffnung, durch eigene Mitteilungsbereitschaft auch die des anderen zu wecken, erklärte Michael die Zusammenhänge. Jeremiah nickte dabei von Zeit zu Zeit und meinte, als Michael mit seinem Bericht fertig war:

»Sollte meine Mutter Sie je erwähnt haben, ehe ich Lexington verließ, so habe ich das vergessen. Ich bin froh zu erfahren, daß mein Vater noch lebt.«

»Er wird glücklich sein, wenn er dasselbe von Ihnen erfährt.«

»Sie werden es ihm nicht sagen!«

»Aber doch! Natürlich! Sobald wie...«

Jeremiah unterbrach ihn mit einem Kopfschütteln: »Sie werden ihm nichts erzählen, wenn Sie ihm nicht weh tun wollen.«

»Bei Gott, es wäre nicht fair, ihm diese Nachricht...«

Michael unterbrach sich. In dem, was Jeremiah gesagt hatte, lag ein Körnchen Wahrheit. Aber welche Wahrheit hatte hier den Vorrang? Er glaubte, eine Möglichkeit zu sehen, dies herauszufinden:

»Es gibt einen Umstand, der Sie veranlassen könnte, Ihre Ansicht zu ändern. Sie erinnern sich sicher an das kalifornische Erbe?«

»Amanda Kents Geld? Jawohl.«

»Als Jephtha zu dem Schluß kam, daß Sie tot seien, hat er beschlossen, mir Ihren Anteil zu vermachen. Er hat mich inoffiziell in die Familie aufgenommen. In meiner Schlafkoje befindet sich ein Brief, in dem er das alles erklärt.«

»Ihre eigenen Worte beweisen ja, daß er richtig gehandelt hat. Sie hätten das ruhig für sich behalten können. Sie sind ein wirklicher Kent. In Ordnung.«

»Nun, darauf möchte ich nie verzichten. Das Erbe jedoch steht Ihnen zu. Es gehört mir jetzt nicht mehr.«

»Doch, gewiß. Betrachten Sie es als Ihren Lohn dafür, daß Sie meinem Vater, meinen Brüdern – überhaupt niemandem – etwas davon sagen werden, daß Sie mich getroffen haben.«

»Das können Sie nicht verlangen!«

»Nicht verlangen? Befehlen!«

»Sie erwarten, daß ich Jephtha niemals informiere?«

»Ja, wenn Sie auch nur das geringste für ihn übrig haben.«

Michael verlor jetzt die Fassung. Es war einfach zuviel, was auf ihn eingestürmt war. Tränen des Zorns schossen ihm in die Augen.

»Das kann ich nicht verschweigen!«

»Das können und werden Sie sehr wohl. Ich habe Sie gerettet. Dafür und für das Geld, das Sie mir verdanken, müssen Sie es tun. Verwenden Sie das Geld, um ein anständiges Leben zu führen. Kaufen Sie sich ein Haus, wenn Sie mit der Arbeit hier draußen fertig sind. Heiraten Sie eine gute, anständige Frau. Gründen Sie eine Familie.« Dann fügte er neckend hinzu: »Sie werden doch Verwendung für das Geld haben?«

»Ja, natürlich!« Plötzlich sah Michael eine Möglichkeit vor sich. »Aber es wäre falsch...«

»Die Entscheidung liegt ganz bei Ihnen.«

Dort, wo Kola mit dem Fuhrwerk wartete, schrie jetzt eines der Maultiere. Erneut packte Jeremiah Michael am Arm, diesmal aber sanft.

»Um Sie davon zu überzeugen, daß mein Vater nichts wissen darf, will ich nur soviel sagen: Eine Zeitlang habe ich mich in Texas aufgehalten. Dort geriet ich in eine schwierige Lage. Unglücklicherweise schafften es andere Männer jedoch nicht, mich fertigzumachen. Und mir fiel es schwer, sie zu verschonen.«

Michael fragte sich, ob er noch ganz bei Sinnen sei: In Jeremiahs Stimme kam ein mürrischer, beinahe arroganter Stolz zum Ausdruck.

»Als ich Fort Worth verließ, hatte man dort ein Kopfgeld auf mich ausgesetzt. Nun wird sich das hier wohl wiederholen!«

»Wieso?«

»Ganz unwichtig. Aber ich denke, Sie werden sehr bald in der Zeitung etwas über einen gewissen Joseph Kingston lesen. Aber Kingston wird dann bereits über alle Berge sein und wieder einen anderen Namen tragen. Verstehen Sie jetzt, warum ich nicht will, daß mein Vater oder meine Brüder von meinem Schicksal erfahren?«

Dann legte er seine Hand auf eines seiner Gewehre: »Ich habe auf Jahre hinaus nicht die Absicht, meine Lebensweise zu ändern.«

Michael erschauderte. Jeremiahs Augen wurden jetzt wieder weicher.

»Ich gönne Ihnen das Erbe von Herzen. Ich würde niemals etwas damit anfangen können.«

»Sie könnten reisen, Europa und den Orient kennenlernen. Sie könnten gut davon leben.«

»Nun, ich kenne ja bis jetzt kaum dieses Land. Auch kann ich mit Geld nicht umgehen. Der Krieg hat meine Talente etwas eingeschränkt.«

»Ich kann das Geld an Sie weiterleiten. Jephtha muß das nie erfahren.«

Jeremiah überlegte, lächelte ein wenig. »Sehr verführerisch.« Dann verschwand sein Lächeln. »Es könnte Ihnen aber ungewollt etwas herausrutschen.«

»Es ist unfair, mich zum Schweigen aufzufordern. Verdammt unfair und falsch.«

»Vielleicht. Aber Sie werden schweigen. Ihre Meinung ist unwichtig. Hier zählen nur mein Vater und meine Brüder.«

Michael seufzte enttäuscht. Er wischte sich mit der Hand über die Stirn, als tue sie ihm weh. Jetzt wurde seine Stimme fester: »Es ist wohl nicht unehrenhaft, ihnen die Wahrheit zu ersparen, aber...«

»Ehrbarkeit«, Jeremiah unterbrach ihn. »In solchen Begriffen habe ich gar nicht gedacht.« Er legte seine Hand an den Hut: »Vielen Dank, daß Sie die Dinge ins rechte Licht rücken.«

Michael spürte jetzt den Regen, der ihm ins Gesicht klatschte. Der Blitz ließ große Gewitterwolken am Himmel sichtbar werden. Die Sturmfront zog jetzt über die Baustelle hinweg.

Jeremiah setzte seinen Fuß in den Steigbügel, dann schwang er sich in den Sattel. Der Regen wurde noch stärker, man konnte das Fuhrwerk am Ende des Schienenstrangs kaum noch sehen.

»Versprechen Sie mir zu schweigen, Mr. Boyle?«

Durchnäßt und verwirrt zögerte Michael. Plötzlich bäumte sich Jeremiahs Pony auf. Er zog heftig an den Zügeln, bis das Tier wieder ruhig stand. Er nahm eines seiner Gewehre aus dem Halfter und richtete es auf Michaels Kopf.

»Diese Waffe kann versagen wegen des Platzregens.« Jeremiah brüllte jetzt, um gehört zu werden. »Aber sollte das der Fall sein, werde ich zu anderen Mitteln greifen. Und da Sie dem Kampf abgeschworen haben, sehe ich keine Probleme. Ich will Ihr Versprechen, oder Sie sind auf der Stelle tot.«

Nur der Regen war jetzt noch zu hören.

»Boyle?«

Michael hob den Kopf: »In Ordnung. Um Jephthas willen.«

Nun war auf dem dünnlippigen Gesicht beinahe ein Lächeln zu entdecken. Jeremiah steckte die Waffe wieder weg.

»Wiederholen Sie das Versprechen. Ich will, daß Sie es freiwillig geben.«

Michael wußte nicht, ob er recht oder unrecht tat: »Ich verspreche es.«

»Ich muß Sie ganz dringlich auffordern, diesen gottverlassenen Ort zu verlassen, solange Sie noch heil sind. Verwenden Sie das Geld. Es ist ein ansehnlicher Betrag. Gründen Sie ein Heim und bleiben Sie dort. Und was den Wunsch betrifft, nach Hause zurückzukehren, so kann ich dazu nur sagen: das erscheint einem so lange als wichtig, wie man's nicht tun kann.«

Er wendete sein Pony: »Auf Wiedersehen, Mr. Boyle!«

»Jeremiah!«

Der Jüngere hatte Schwierigkeiten, sein Reittier unter Kontrolle zu halten.

»Hätten Sie mich erschossen, wenn ich das Versprechen nicht gegeben hätte?«

»Ja.«

Er trieb das Pony an, galoppierte nach Westen und war bald im Regen nicht mehr zu sehen.

## 11. Kapitel
## Eine Frage des Glaubens

Als Michael den Schlafwaggon wieder erreichte, war er durchnäßt und erschöpft. Aber Jeremiahs Worte ließen ihn nicht zur Ruhe kommen.

Verlassen Sie diesen gottverdammten Ort, solange Sie noch heil sind!

Es ist doch ein ansehnlicher Betrag!

Gründen Sie ein Heim und bleiben Sie dort!

Der Meridian war überschritten. Er hatte seinen Anteil an dem Erfolg.

Aber der Preis war hoch.

Er hatte Worthing getötet.

Er hatte mit angesehen, wie Dorn und zwei Cheyenne-Krieger ihr Leben verloren, obwohl das zu verhindern gewesen wäre.

Er hatte die sterblichen Überreste der massakrierten Jäger gefunden.

Er hatte Tobys Tod verursacht.

So wichtig die Eisenbahn für das Land auch war, für ihn würde sie immer mit Gewalttätigkeit und Leiden zusammenhängen.

Als er sich trockene Kleider anzog, tauchte immer wieder Jeremiahs Gesicht vor ihm auf. Er hörte kaum O'Deys quengelnde Beschwerden wegen des Lärms, den er machte.

Er grämte sich um Jeremiah. Auch Jephtha, Matt und Gideon bekümmerten ihn. Aber eine schmerzliche Lüge würde ihnen weniger weh tun als die Wahrheit.

Jetzt rebellierte er plötzlich gegen die Last, die er mit seinem Wort auf sich genommen hatte. Aber diese innere Rebellion war schnell vorbei: Amanda Kent hatte nie gefordert, daß Mann oder Frau weder Sorge noch Zorn empfinden sollten. Vielmehr war sie der Meinung, daß Sorge und Zorn einen Menschen nicht vom rechten Handeln abhalten sollten. Er würde sein Versprechen halten.

Jetzt nahm er die Zeichnung von der Wand und studierte sie im schwachen Licht der Lampe, die am anderen Ende des Waggons noch brannte. Statt der Gestalten auf dem Papier sah er Jeremiahs Augen.

Es waren die Augen eines alten Mannes, gealtert durch Mißtrauen, Betrug und Zorn. Er und Jeremiah waren ganz verschieden. Aber in einer Weise waren sie sich ähnlich. Im Zerrspiegel von Jephthas jüngstem Sohn sah er ein Spiegelbild dessen, was er war oder was aus ihm werden konnte.

Er hoffte zu Gott, daß er die Kraft aufbringen möge, sein Versprechen zu halten. Er betete darum, nie so zu werden wie Jeremiah, den ein seltsamer Stolz erfüllte, wenn er einen anderen Menschen getötet hatte.

Aber er und der Jäger hatten doch etwas gemeinsam. Beide waren sie entwurzelt. Beide waren sie auf der Flucht. Jeremiah hatte so gut wie keine Wahl. Bei ihm war das jedoch anders. Und inzwischen verstand er auch, wie unsinnig es war zu fliehen. Es war an der Zeit, nach einer Lösung der Probleme zu suchen.

Er legte die Zeichnung auf das Kopfende seiner Koje und ging den dunklen Zug entlang. Das einzige Geräusch, das er hörte, war das Prasseln des Regens.

Glücklicherweise war Jack Casement noch wach.


## 2

Bevor der erste Versorgungszug eintraf, ging er hinaus bis ans Ende des Schienenstrangs. Er hatte die Erfahrung gemacht, daß die Kents Erinnerungsstücke an ihre gemeinsame Vergangenheit sammelten. Jetzt war auch er ein Kent geworden. Er wollte ein Erinnerungsstück an seine Arbeit bei der transkontinentalen Eisenbahn besitzen.

Der Sturm hatte Fußabdrücke und Wagenspuren verweht. Er hockte sich nieder im strömenden Regen und ergriff einige Steine zwischen zwei Schwellen. Er packte sie in sein durchnäßtes Halstuch und verknotete es gut. Später wollte er alles in einer Schachtel aufbewahren. In einigen Jahren würde er in der Lage sein, die Schachtel zu öffnen und zu entdecken, was die Zeit alles ausgelöscht hatte an Erinnerungen: ganz unromantischen Schweiß, gequälte Muskeln, Tote – bis auf eine bleibende Erinnerung daran, daß er am größten Wunderwerk seines Zeitalters beteiligt gewesen war.

3

Die ängstliche Stimme eines Knaben ließ Michael kurz vor einem ungestrichenen Gebäude anhalten. Die Vorderseite des Hauses war völlig dunkel. Da es kurz vor Mitternacht war, überraschte dies nicht. Mit Ausnahme von zwei Kneipen in der Nähe der Eisenbahnlinie waren alle Geschäfte und Wohnhäuser in Grand Island dunkel.

Der leere Versorgungszug pfiff zweimal, dann ratterte er auf ein Nebengleis. Im Nieselregen klang das Pfeifen ganz verloren. Der Regen hielt jetzt bereits sechzehn Stunden an.

Auf der dunklen, überdachten hinteren Veranda glaubte Michael die Umrisse eines Gewehrs zu sehen, das auf ihn gerichtet war.

»Ich bin's nur, Klaus.«

Der Junge flitzte ans Geländer der Veranda. »Mr. Boyle?«

»Ja, kann ich vortreten?«

»Aber gewiß, sind Sie von der Baustelle zurück?«

»Es scheint so«, Michael bewegte die kalten, steifen Finger, die den Stock hielten, an dem er sein Bündel mit persönlichen Habseligkeiten trug, sowie eine Rolle aus Ölleinwand, in der er die aufgerollte Zeichnung aufbewahrte. »Du bist ja noch sehr spät auf.«

»Wir passen auf, bis die letzten Besucher den Saloon verlassen haben. In letzter Zeit gab es hier drei Einbrüche.«

»Soso.«

Michael blinzelte zum Lichtspalt nahe der Hintertür.

»Deine Schwester ist wohl noch wach?«

»Ja, Sir.« Der Knabe pochte an die Tür und öffnete sie dann.

»Hannah? Rate mal, wer hier ist.«

4

Klaus trat beiseite, als Michael die drei quietschenden Stufen hinaufschritt. Er war dankbar, jetzt nicht mehr Wind und Nässe ausgesetzt zu sein. Michael betrat einen sauberen, aber überfüllten Raum, der von einem schweren Eisenofen beherrscht wurde. In zwei Nischen, von Vorhängen abgedeckt, standen Betten. Auf roten Bretterregalen befanden sich Gefäße und Schachteln mit Waren. In der Mitte des Raums stand ein großer Tisch, auf dem eine flackernde Lampe Licht spendete. Auch ein Hauptbuch, einige Notizzettel und eine offene Bibel waren zu sehen.

Hannah hatte mit dem Rücken zur Veranda gesessen. Sie stand auf, als Klaus die Tür von außen schloß. In ihren graublauen Augen leuchtete die Freude.

»Michael!«

Sie trug ein abgetragenes Baumwollkleid. Es war auf Taille geschneidert und betonte ihre Figur. »Hallo, Hannah. Bist du überrascht, mich hier zu sehen?«

»Nein, ich habe dich erwartet, ich wußte nur nicht, wann du kommen würdest.«

Er spürte den sauberen Seifengeruch ihrer Haut: »Das kann ich gar nicht glauben.«

Immer noch lächelnd, ging sie an ein Regal und holte eine gläserne Milchkanne, die etwas Dunkles enthielt. Sie setzte das Gefäß auf den Tisch.

»Schau selber!«

Er hob den Deckel. Das Aroma des Pfeifentabaks schlug ihm entgegen.

»Leider ist er trocken. Aber ich habe schon neuen bestellt.«

Er lachte: »Mein Gott. Du besitzt ganz schön viel Selbstvertrauen.«

»Nein, Glauben.«

Allmählich verschwand seine Müdigkeit. Er blickte ihr in die Augen und spürte dabei ein unbekanntes, wunderbares Gefühl der Ruhe.

»Hast du Hunger?« fragte sie.

»Wie ein Raubtier!«

»Bevor ich dir was zu essen mache, muß ich etwas klarstellen. Ich weiß, daß du immer noch an diese andere Frau denkst. Ich werde dir deswegen keine Vorwürfe machen. Zumindest vorläufig nicht. Ich werde dafür sorgen, daß du so sehr beschäftigt und so glücklich bist, daß du ihr nicht mehr lange nachtrauern wirst. Was möchtest du denn gerne essen?«

»Ein Kaffee reicht mir – aber warte. Ich will dir auch noch etwas sagen. Ich besitze etwas Geld, das ich noch nicht erwähnt habe.«

Etwas Geld! Bei Gott, das war ein Hohn auf Amandas Andenken und Jephthas Güte. Er würde das Schuldgefühl nie loswerden, weil das Geld eigentlich dem rechtmäßigen Erben zustand. Aber die Umstände und Jephtha Kents Wille hatten ihm das Geld vermacht. Er wußte nicht, wie er Hannah erklären sollte, daß er eines Tages reich wie Krösus sein würde.

Voller Gewissensbisse wurde er sich bewußt, warum er es ihr nicht mal jetzt erzählte.

Sie wartete, daß er seine begonnene Rede fortsetzte. »Na ja«, sagte er und versuchte sich zu konzentrieren. »Das Geld. Davon kann ich etwas verwenden. Man kann damit Waren einkaufen, dieses Haus in Ordnung bringen.« Sein Lächeln war nun beinahe scheu geworden.

»Das ist ja wunderbar, Michael. In Kearney habe ich ein Haus gesehen, das sich ideal für einen Laden eignet. Wir brauchen uns ja nicht auf ein Geschäft zu beschränken.«

»Wir?«

Diese Zuversicht! Er mußte erneut lachen.

»Ich weiß nicht, was dich so amüsiert«, meinte Hannah auf ihre herbe Art. »Du siehst elend aus. Setz dich hin. Ruh dich aus. Wir können später über den Laden reden.«

»Hannah!«

»Ich bringe gleich den Kaffee.«

»Hannah!«

Sie drehte sich um.

»Ich muß fair sein und dich warnen.«

»Das hört sich ja ganz schrecklich an.« Sie eilte zum Herd.

»Bitte, hör zu! Ich habe bei Casement gekündigt. Ich bin zurückgekommen. Aber da ist noch etwas...«

Er legte sein Bündel auf einen Stuhl.

»Ich weiß nicht, ob... Ach, verdammt!«

Er schaute weg.

»Du willst mir wohl sagen, daß du dir nicht sicher bist, ob du hierbleiben willst?«

»Ja, so ist es.«

Sie kam jetzt vom Ofen zurück. Sanft raschelte ihr Unterrock. Ihr Haar und ihre Augen glühten im Lampenlicht. Und dieses erstaunliche Lächeln brachte ihr Gesicht wahrhaftig zum Leuchten.

»Hannah, ich weiß es einfach nicht.«

Sie nahm das Gefäß mit Tabak und stellte es neben die Bibel. Gott, was für ein schöner Anblick. Wie friedlich schien alles zu sein in diesem freundlichen Raum.

»Ich weiß, was ich will«, sagte sie, legte ihm die Arme um den Hals und küßte ihn.

# Buch 5
# Die Frau in Scharlachrot

## 1. KAPITEL
## Begegnung mit einem Scharlatan

So vorsichtig! dachte Louis Kent, als er seinem Gast und sich Kognak einschenkte. Vergiß das seemännische Getue des Mannes und seine Unschuldsmiene. Er kann dich in eine ganz hübsche Falle locken. Louis setzte den Stöpsel auf die Karaffe. Seine dunkelbraune Hand war ganz ruhig. Nur seine schwarzen Augen verrieten, daß er innerlich unter Hochspannung stand und ihm nichts von dem entging, was sein Besucher gerade tat.

Der fette Kerl stand breitbeinig vor dem Kamin. Seine kurzen, dikken Finger hatte er auf dem Rücken verschränkt, als stünde er auf der Brücke eines der Dampfer, die er so sehr liebte. Er sah sich die Gegenstände genau an, die auf dem marmornen Kaminsims der überheizten Bibliothek von Kentland standen. Ein Diener hatte ein Feuer angezündet, während Louis und seine Gäste entbeinte Küken verspeist hatten.

Schlank und aufrecht stand Louis da und schwenkte das Glas Kognak. In dem riesigen neugotischen Haus, das er hatte bauen lassen, um seiner damaligen Frau einen Gefallen zu tun, herrschte an diesem Januarabend des Jahres 1868 völlige Stille. Das Hauspersonal hatte sich auf seine Anweisung hin bereits zurückgezogen. Denn Louis' männlicher Gast hatte ihm sogleich nach seiner Ankunft zugeflüstert, daß es ratsam sei, das Personal fortzuschicken. Nach Erledigung der geschäftlichen Dinge wollten die Herren sich dann intimeren Freuden zuwenden.

Oben hörte man eines der beiden weiblichen Wesen lachen. Louis war überrascht, wie plötzlich und deutlich sein Körper darauf reagierte. Die kleine Ballerina, die der Gast für ihn mitgebracht hatte, war ebenso fad wie Mr. Fisks Geliebte, eine Schauspielerin namens Josie Mansfield. Keine der Damen hatte während des Diners einen intelligenten Satz zustande gebracht.

Aber Intelligenz gehörte auch nicht zu den Eigenschaften, die Louis Kent von einer Frau verlangte oder bei ihr auch nur für wünschenswert hielt. Glücklicherweise mangelte es aber auch den meisten Frauen daran. Er wußte aus Erfahrung, daß jeder Anspruch in dieser Richtung nur zu Schwierigkeiten führte.

Dennoch waren die Begleiterinnen von James Fisk junior ganz besonders arm an geistigen Gaben. Dies schien Fisk aber nichts auszumachen. Während des Essens hatte er mehrmals Josie Mansfield unterm Kinn gekitzelt, was das andere Mädel zu krampfartigem Lachen veranlaßte. Die dunkelhaarige, hellhäutige und sinnliche Josie sah nichts Ungehöriges darin, ihrerseits Fisk zu kitzeln, obwohl doch ein relativ fremder Mann zugegen war. Auch küßte sie Fisk mehrmals auf die Backen und nannte ihn Fischchen, was Louis fast dazu zwang, sich zurückzuziehen, weil ihn der Brechreiz überkam.

Nun hatten sich die Damen nach oben begeben, um ein Bad zu nehmen. Ganz gegen seinen Willen stand Louis sehr lebhaft die kleine blonde Tänzerin vor Augen, deren »Künstlername« Nedda Chetwynd beinahe ebenso albern war wie ihr Mangel an gesellschaftlichen Umgangsformen. Miss Chetwynd war ganz eindeutig zum Zwecke der Bestechung mitgebracht worden. Er hatte nicht die Absicht, von dem Geschenk Gebrauch zu machen, falls er einen Fallstrick entdeckte oder – wenn es den nicht gab – es zu einer Einigung kam.

Aber das Gelächter der Damen hatte ihn doch animiert. Zu seinem Ärger bemerkte er, daß er schwitzte. Seine Stirn glänzte, während er weiterhin sein Kognakglas schwenkte.

An diesem Januartag hatte es einen Tauwettereinbruch gegeben. Nebel trieb gegen die Buntglasfenster am Ende der langen, rechteckigen Bibliothek. Draußen war es stockfinster. Kentland lag am Steilufer des Hudson in der Nähe von Tarrytown; die benachbarten Anwesen waren weit entfernt. Diese einsame Lage war genau richtig für ein Gespräch, bei dem es um einen Verrat der feineren Art ging.

Er mußte auf der Hut sein. Ein Fehler, ja selbst ein falscher Zungenschlag konnte ihn teuer zu stehen kommen. Mr. Fisk wollte in Kentland ein Spiel um ungeheure Summen spielen.

Fisk fingerte an seinen blonden Locken herum und schmatzte mit den Lippen, als er die verschiedenen Ausstellungsstücke im Raum betrachtete. Ein französisches Schwert in der Scheide hing über dem Kaminsims. Direkt darunter befand sich ein poliertes Gewehr aus Kentucky.

Auf einem Bücherregal links vom Kamin stand eine kleine grüne Flasche mit Teeblättern, die bald hundert Jahre alt sein mochten. In stilisierter Form tauchte diese Flasche auch im Impressum der sehr gewinnbringenden Zeitung im Besitz von Louis Kent, der New Yorker

»Union«, wieder auf, auch diente sie der Bostoner Druckerei, der Louis inzwischen kaum noch Aufmerksamkeit schenkte, als Kolophon.

In der entsprechenden Ecke auf der rechten Seite beleuchteten die Gaslichter die Glasfront einer Vitrine. Im Innern befand sich auf einem Sockel aus Samt das matte Medaillon einer Uhrtasche. Vor diesem Sockel lag eine kleine Schlinge aus geteertem Seil.

Das Schwert, das Gewehr und die Flasche waren Erinnerungsstücke des Familiengründers Philip Kent. Philips zweiter Sohn Gilbert, der Erzeuger von Louis' Mutter Amanda Kent, hatte das Medaillon angeschafft, auf dem die Teeflasche abgebildet war und ein lateinischer Sinnspruch geschrieben stand: *Cape locum et fac vestigium*. Gilbert hatte das Medaillon Amandas Vetter Jared vermacht, der seinerseits den kleinen Armreif erworben hatte. Er erinnerte an den Krieg von 1812. Das geteerte Taustück stammte von der Fregatte, auf der Jared gedient hatte und die unter dem Namen *Old Ironsides* bekannt geworden war.

Mit einem weiteren Lippenschmatzer setzte der Mann, den die Presse gern Jubilee Jim nannte, seine Besichtigung fort. Er war ein rotwangiger Neuengländer mit einem beachtlichen Dickwanst, den Louis für einen so jungen Mann unpassend fand. Fisk war einunddreißig Jahre alt und damit zwei Jahre älter als sein Busenfreund, der melancholische Mr. Gould von der Maklerfirma Smith, Gould and Martin in der Wall Street.

Mit seinen dreißig Jahren wirkte Louis Kent dagegen adrett, stattlich und weltmännisch. Das spanische Blut seines Vaters zeigte sich an seiner Hautfarbe und an seinen südländischen Gesichtszügen. Zwei unterschiedlichere Verschwörer konnte man sich kaum vorstellen. Mr. Fisk sah trügerisch sanftmütig und heiter aus. Er verstärkte diesen Anschein fröhlicher Unschuld noch durch seine Kleidung – trug er doch heute abend blaue Hosen und eine Marinekapitänsjacke mit Messingknöpfen und Goldbesatz.

Es schien ganz unwahrscheinlich, daß dieser Mann, der einst Eisenwaren in den Green Mountains verkauft und Dung in Van Amburghs Circus geschaufelt hatte, eine Machtposition in amerikanischen Finanzkreisen einnahm. Louis Kent wußte, daß Fisk zwar wie ein Clown anmutete, aber mehr in ihm steckte als ein Narr, der sich für Ballerinen und bunte Litzen interessierte. Wer sich von Fisks Fassade einlullen ließ und ihn nicht ernst nahm, der mußte das in der Regel teuer bezahlen.

Louis hatte nicht vor, sich zu der letzteren Gruppe zählen zu lassen. Ganz gleich, in welche Falle Jubilee Jim ihn zu locken versuchte.

2

»Eine faszinierende Sammlung von Schmuckstücken«, erklärte Fisk. Seine Patschhand zwirbelte die Spitzen seines Schnurrbarts im Stile Napoleons des Dritten. »Bedeutet der Familie wohl eine ganze Menge, nicht wahr?«

»Ja, so war es einmal.« Louis reichte ihm jetzt den Brandy. »Ich hätte schon längst zusehen sollen, diese Dinge loszuwerden. Das Schwert, das Gewehr und der Tee da stammen von meinem Großvater.«

»Ist das der schäbig aussehende Bursche, dessen Bild im Salon hängt?«

Louis nickte. »Er sammelte diese Gegenstände vor und während der Revolution. Sie begeisterten ihn wohl auf eine Art und Weise, die ich nicht nachvollziehen kann.«

Um Fisk davon zu überzeugen, daß er politisch auf der richtigen Seite stand, fügte er hinzu: »Ich halte es mit Sam Adams.«

Fisk schüttete den Kognak in sich hinein, als sei es Wasser: »Was hat denn der für eine Ansicht vertreten?«

»Daß es in der Weltgeschichte noch keine Demokratie gegeben habe, die am Ende nicht Selbstmord beging. Damit wollte er wohl zum Ausdruck bringen, daß der gemeine Mann immer käuflich und leichtgläubig ist. Dem stimme ich zu. Aber ich mache davon kein Aufhebens. Ich ziehe es vor, meinen Vorteil daraus zu ziehen, während die Wahlkampfredner den Mob ablenken mit ihren Märchen über die Vorzüge der Demokratie und die Güte der Menschheit.«

Fisk watschelte nun auf einen Stuhl zu: »Vorsicht, mein Lieber, beim Kongreßwahlkampf im Herbst vor einem Jahr haben Sie sich doch auch ganz hübsch als Volksredner betätigt.«

Louis wischte sich eine Schweißperle von der Lippe. Jetzt wurde er einer genauen Prüfung unterzogen.

»Gott verhüte, daß Sie mich je am Rednerpult einer Wahlkampfveranstaltung antreffen, Mr. Fisk.«

Der Besucher lächelte jetzt keineswegs. »Sie haben aber bei einigen Wahlkampfdiners gesprochen, wie Jay mir berichtet hat.«

Hierin sah Louis einen bewußten Angriff. Jay war ein Name, den man zu fürchten hatte. Jetzt kam es darauf an, keinen eingeschüchterten Eindruck zu machen.

»Gewiß«, meinte er kurz angebunden und setzte sich dem Dicken gegenüber. »Ich habe mit dem blutigen Hemd gewinkt, wie es alle guten Republikaner taten. Das Ziel war es, den Kongreß zu beherrschen, und das haben wir erreicht. In diesem Herbst werden wir diesen besoffenen Schneider aus dem Weißen Haus rausschmeißen und jemand wählen, der der Geschäftswelt gegenüber freundlichere Gefühle hegt. Ich hoffe, daß es General Grant sein wird.«

Fisk überlegte: »Andy wird möglicherweise schon vor dem Herbst sein Amt verlieren. Wie ich aus Washington erfahren habe, droht ihm eine Amtsenthebungsklage. Thad Stevens und seine Anhänger fordern den Kopf des Präsidenten.«

»Johnson hat einen Fehler begangen, als er versuchte, Stanton als Kriegsminister zu entlassen.«

»Dennoch weiß ich nicht, warum der alte Thad unbedingt den Präsidenten per Gerichtsbeschluß loswerden will. Die fünf Militärbezirke unten im Süden werden bald über zwanzigtausend Bundessoldaten verfügen. Darunter sollen sich auch Niggermilizen befinden. Das finden Sie wohl ganz in Ordnung?«

Louis lächelte und ignorierte die offensichtliche Herausforderung. »Mr. Fisk, mir ist es völlig egal, was unten im Süden passiert, solange es dazu beiträgt, daß bei den nationalen Wahlen die richtigen Ergebnisse herauskommen.«

»Das nutzt wohl den Interessen von Industrie und Finanzwelt?«

»Genau.«

»Die Freiheit der Nigger ist Ihnen weit weniger wichtig?«

»Nur, wenn Sie dem erwähnten Ziel dient!«

»Sie verlangen nicht, daß man die Schwarzen genauso wie die Weißen behandelt?«

»Nein, sie sind eine andere Art von Menschen.«

Daraufhin nahm Louis einen zu großen Schluck Brandy. Das Getränk brannte ihm im Hals. Er empfand es als höchst unangenehm, Fisk überzeugen zu müssen. Die inquisitorische Art der Befragung störte ihn. Aber das war wohl der Preis, den er zahlen mußte, um das Vertrauen dieses Mannes zu gewinnen.

Noch hatte er das nicht erreicht.

»Ich möchte Ihre Haltung nicht anzweifeln, Mr. Kent. Ich will nur herausfinden, wo Sie stehen. Sie haben sehr enge Beziehungen zu den Radikalen Republikanern unterhalten. Vor den Wahlen von 1866 hat man Sie überall an der Ostküste zitiert...« Fisk lehnte sich zurück und schloß schläfrig die Augen: »...›Jeder sündige Rebell bezeichnet sich als Demokraten‹.«

Louis' Hand umfaßte das Kognakglas. Dieser schlaue Bastard kannte seine Rede wohl auswendig!

»›Jeder, der gefangene Unionisten tötet, der gefährliche Mittel erfindet, mit denen man Dampfer und Züge zerstören kann, oder der Höllenpläne entwickelt, um das Gelbfieber in den Städten des Nordens zu verbreiten, der bezeichnet sich heutzutage als Demokrat. Kurzum...‹«

Fisk öffnete die Augen wieder. Er lächelte.

»›... die Demokratische Partei kann man mit Recht als Kloake und ekelhafte Jauchegrube bezeichnen.‹« Fisk trank ein Schlückchen. »Ich habe Sie zitiert, Mr. Kent.«

»Diese Reden habe ich dem Geschmack des Publikums angepaßt. Das meiste habe ich einfach von Oliver Morton aus Indiana übernommen. Ich denke, ein intelligenter Mensch wird sich immer bemühen, zur richtigen Zeit auf der richtigen Seite zu stehen. Aber ich werde nie zulassen, daß Politik – oder das, was das Publikum für meine Politik hält – die Geschäfte stört. Darüber habe ich übrigens auch mit Mr. Gould bei dem Aktionärsdiner geplaudert.«

»Hat ihn übrigens sehr beeindruckt«, gab Fisk zu.

Louis verbarg seine Erregung. Diese improvisierte Bemerkung beantwortete eine Frage, die ihn die letzten fünf Tage lang bewegt hatte, seitdem er einen Brief seines gegenwärtigen Gastes erhalten hatte, in dem auf goldgeprägtem Geschäftsbogen der Maklerfirma Fisk & Belden um eine vertrauliche Zusammenkunft nachgesucht wurde.

Louis hatte durch Boten geantwortet und Fisk nach Kentland eingeladen. Aber er war sich nicht sicher, ob Fisk auf eigene Veranlassung handelte. Er vermutete jetzt, daß dies nicht der Fall war. Das aber machte seinen Besuch um so wichtiger. Er hatte es also mit zwei Gaunern und nicht nur mit einem zu tun.

Jetzt versuchte er seinen Vorteil auszunutzen:

»Mit Mr. Gould habe ich ein wenig über Politik diskutiert. Er meinte, in einem republikanischen Wahlkreis sei er ein Republikaner, in einem demokratischen Wahlkreis dagegen Demokrat. Sei der Wahlkreis gespalten, so sei auch er gespalten, auf jeden Fall aber sei er immer und überall für die New York and Erie Railroad Company. Seitdem ich vor drei Jahren mit dem Erwerb von Erie-Aktien begonnen habe, ist genau dies auch meine Position.«

Die Augen des Dicken wirkten seltsam stumpfsinnig, als er sich von seinem Stuhl erhob: »Der Brandy ist verdammt gut.«

Louis beeilte sich nachzuschenken. Er betete, daß Fisk den Schweiß nicht bemerken möge, der ihm auf der Stirn stand. Er hatte das Gefühl, eine Wasserscheide erreicht zu haben. Er hoffte sehr, daß er nichts Falsches gesagt hatte.«

3

Während Louis mit einer inzwischen weniger ruhigen Hand einschenkte, ertönte erneut Gelächter aus der oberen Etage.

»Ihre Erläuterungen sind sehr hilfreich, Mr. Kent. Sie haben meine Zuversicht erhöht, daß dieses Gespräch zu einem guten Ergebnis führen wird. Wenn es um Millionen geht, ist Vertrauen wichtig.«

Louis fiel ein Stein vom Herzen, was glücklicherweise Fisk nicht bemerkte. Er blickte hoch zur bogenverzierten Decke der Bibliothek. Immer noch lachten die Damen oben.

»Zeit, daß wir zur Sache kommen«, sagte er nun plötzlich. »Die Damen könnten ungeduldig werden, wenn wir hier zuviel Zeit vertrödeln. Ich habe meine Frau in Boston gelassen, und das nicht nur, damit ich mehr Zeit für meine geschäftlichen Angelegenheiten habe!«

Louis reichte ihm das gefüllte Glas. Er dankte.

Fisk trat an das Butzenscheibenfenster und blickte in den Nebel hinaus. Louis nutzte die Gelegenheit, sich mit einem Taschentuch den Schweiß von der Stirn zu wischen. Als Fisk sich umdrehte, hatte er das Taschentuch bereits wieder weggesteckt.

»Ich nehme an, Sie kennen die Lage, Mr. Kent. In den nächsten paar Monaten wird ein Kampf um die Gunst der guten alten Dame in Scharlachrot entbrennen.« Im Volksmund wurde die Erie-Eisenbahn die Dame in Scharlachrot genannt.

»Deshalb haben Jay und ich es für richtig gehalten, jetzt an Sie heranzutreten.«

Das war genau der Punkt, der den Verdacht bestätigte.

Fisks Augen drückten jetzt keinerlei Herzlichkeit mehr aus. »Wo werden Sie stehen, wenn der Krieg erklärt worden ist?«

Louis wollte keinen zu eifrigen Eindruck machen:

»Auf der Seite der Sieger!«

»Nun, genug der Gemeinplätze, ich bin hierher gekommen, um ganz bestimmte Dinge zu klären. Mit Hilfe der Aufsichtsratsmitglieder, die er kontrolliert, will der Commodore uns veranlassen, die Reduzierung der Frachttarife wieder rückgängig zu machen. Er will, daß wir die gleichen Tarife erheben wie seine Central Line.«

Fisk fuhr sich mit der Zunge über die Oberlippe. »Aber wenn wir das täten, würden wir den Konflikt nur seinen Wünschen entsprechend beilegen. Ich hoffe, Sir, Sie haben nichts gegen einige ganz offene Bemerkungen, die den Commodore betreffen?«

Das war ein weiterer Köder. Louis beschloß, ihn nicht ganz zu schlucken. Er wußte, um welche Informationen es Fisk ging. Aber er würde sie ihm nicht geben.

»Stört mich nicht im geringsten. Ja, ich will sogar noch offener reden. Der Commodore ist wohl inzwischen zweiundsiebzig Jahre alt, aber immer noch möchte er jede Gelegenheit zu einer Auseinandersetzung wahrnehmen. Das war immer schon seine Art. Wir wissen doch beide, daß es ihm um die vollständige Beherrschung des Personen- und des Frachtgeschäfts zwischen hier und den Großen Seen geht.« Ganz vorsichtig offenbarte Louis seine Gefühle jetzt ein wenig deutlicher. »Nur Gott weiß, wo dieser gemeine alte Geier an seinem Lebensabend solch eine Leidenschaft für Eisenbahnen hernimmt.«

Das wirkte. Bei dem Wort »Geier« hatte Fisk sogar beinahe gelächelt. »Die Leidenschaft sitzt bei ihm wohl da, wo sie bei uns allen sitzt: in der Brieftasche«, meinte Fisk.

»Er hat die Harlem-and-Hudson-Linie geschluckt. Dann bekam er die New York Central in seinen Griff, aber das hat ihm immer noch nicht gereicht. Nun versucht er Anteile an der Erie-Linie aufzukaufen, um deren Tarife zu bestimmen.«

Fisks Augen waren jetzt klein und stechend. »Und wenn er die Erie in der Tasche hat, hat er das Spiel gewonnen. Außer dem Commodore gibt es dann nur noch Verlierer.«

»Ich will nicht zu den Verlierern gehören, Mr. Fisk. Er wird nicht gewinnen.«

»Das klingt ganz so, als wollten Sie Garantien anbieten.«

»Sie wissen, daß ich das nicht kann. Ich nehme in der Bostoner Gruppe keine Mehrheitsposition ein. Aber ich besitze doch erhebliche Anteile. Die Gruppe hört auf mich. Ich kann mit Rat und Tat meinen Einfluß geltend machen. Und dazu bin ich bereit.«

Dann folgte ein Lächeln, das von Herzen kam: »Kapital!«

Louis versuchte, seine Erregung zu zügeln. Der Verbündete der beiden gerissensten und mächtigsten Männer der Wall Street zu sein, das bedeutete nicht nur unglaubliche Profitchancen, es verlieh auch großes Prestige. Seit Monaten hatte er dieses Ziel angestrebt. Fisks Brief hatte ihm ganz plötzlich die entscheidende Tür geöffnet. Dem Ziel so nahe zu sein war beinahe schwindelerregend.

Er bemühte sich jetzt um eine nachdenkliche nüchterne Haltung: »Bevor ich sonst noch irgend etwas sage, muß ich Ihnen eingestehen, daß ich die augenblickliche Lage nicht ganz verstehe. Ich brauche ein klareres Bild.«

»Sie haben gerade erzählt, daß Sie mit Elbridge und Jordan auf gutem Fuß stehen.«

»Aber ich kenne weder all ihre Geheimnisse noch die des Aufsichtsrats der Erie.«

Fisk dachte nach: »Nun gut, aber Ihnen ist doch bekannt, daß Mr. Elbridge, der Ihrer Gruppe angehört, der Kandidat von Mr. Vanderbilt für die Präsidentschaft der Erie-Gesellschaft war?«

»Natürlich. Ich meinte jetzt die gegenwärtigen Beziehungen zwischen Drew und dem Commodore.«

»Die beschränken sich aufs rein Geschäftliche«, meinte Fisk. »Vanderbilt und Onkel Daniel haben früher einmal regelmäßig Karten miteinander gespielt. Aber das ist vorbei. Von Freundschaft ist auch nicht die Rede. Seit der Commodore angefangen hat, Aktien zu erwerben, paßt es ihm nicht mehr, daß Onkel Daniel mit dem Geld der Erie so umgeht, als sei es sein eigenes.«

Louis nickte. In der Wall Street wurde Drew manchmal der Spekulationsdirektor genannt. Er kaufte den Job des Finanzdirektors der Erie buchstäblich durch Anleihen, die er gab, als die Eisenbahn sehr schlecht dastand. Fisk fuhr nun fort:

»Daniel hat sechzehn Millionen zur Verfügung, um damit in der Wall Street sein Spiel zu treiben. Als dann unser Freund Vanderbilt im letzten Herbst bekanntgab, daß er Onkel Daniel nicht mehr im Aufsichtsrat haben wolle, mußte Ihr Freund Elbridge durch einen Reifen springen.«

»Und Mr. Gould und Sie blieben aus irgendeinem Grunde verschont.«

Dazu sagte Fisk nichts. Louis ging auf das Thema nicht weiter ein. Es wäre dumm von ihm gewesen, hätte er unbedingt deutlich gemacht, daß ihm bekannt war, wie diese kleine Rettungsaktion zustande gekommen war.

»Aber Vanderbilt hat sein Versprechen nicht gehalten«, warf er ein.

Fisk nickte zustimmend: »Aber aus eigenem Entschluß. Mit Ihrer Gruppe hat er sich doch darüber nicht beraten?«

»Nein, nie.«
»Das hab' ich mir gedacht. Vanderbilt hat niemanden konsultiert. Er zwang uns nur seinen Willen auf durch die Mitglieder des Aufsichtsrats, die ihm unterstehen. In Wahrheit ist er mit einem ziemlichen Schrecken davongekommen. Er glaubt, Dan Drew würde mit seinen Aktien und seinem Geld als Einzelkämpfer gefährlicher sein als an unserem Tisch. Dem stimmten auch die anderen zu. Und so kam er wieder zurück in den Aufsichtsrat.«
»Aber damit waren nicht alle einverstanden«, warf Louis ein. »Bei uns in der Bostoner Gruppe hat man Vanderbilts plötzliche Kehrtwendung als Ausverkauf betrachtet.«
»Hat das Elbridge auch so gesehen?«
»Ja, das heißt, ich bin mir im Augenblick nicht ganz sicher. Bitte hören Sie mir noch einen Moment zu.«
Er fühlte sich, als balanciere er auf einem Seil über einem Abgrund. Ein falscher Schritt, und alles war vorbei:
»Vanderbilt warf Drew aus dem Aufsichtsrat, und dann schickte er ihn wieder rein. Mr. Gould und Sie sind mit Drew verbündet. Es ist durchaus möglich, daß sie alle drei mit Vanderbilt in einer Reihe stehen.«
»Mr. Kent«, flötete Fisk. »Wäre ich hier, wenn das zutreffen würde?«
»Vielleicht wollen Sie die Opposition besser kennenlernen?«
Louis' Schärfe beantwortete Fisk mit einem Glucksen. »Sie sind genauso scharfsinnig, wie Jay es gemeint hat. Aber wie du mir, so ich dir: Elbridge aus Ihrer Gruppe war Vanderbilts geheimer Gefolgsmann.«
»Das ist er aber nun nach dem Ausverkauf nicht mehr.«
»Sprechen Sie jetzt nur für sich persönlich oder für die Gruppe?«
»Nun, was Elbridge, Jordan und die anderen betrifft, so ist es vorstellbar, daß der Commodore sie irgendwie beschwichtigen kann.«
Nun kam das deutliche Angebot: »Vorausgesetzt, da ist keiner in der Gruppe, der aktiv daran arbeitet, dies zu verhindern.«
»Sie denken da wohl an sich?«
»Nein, Sir. Lassen Sie es mich ganz deutlich sagen: Sind Sie bereit, den Commodore auszukaufen? Wollen Sie ein anderes Bündnis formieren? Wollen Sie unsere Gruppe veranlassen, ihm Widerstand zu leisten?«
»Wenn der Lohn dafür verlockend genug ist.«
»Wie verlockend?«
Louis blickte Fisk starr in die Augen:

»Ich dachte an einen Sitz im Aufsichtsrat. Einen Direktorenposten.«

Fisk reagierte nicht. Louis war sich sicher, zuviel gefordert zu haben. Er war zu weit gegangen.

Dann brach Jubilee Jim in lautes Lachen aus:

»Was für ein Zufall, Mr. Kent. Jay hat mich hierher geschickt, um Ihnen genau dies anzubieten.«

## 2. Kapitel
## Der gefügige Hund

»Nun, Sir, können wir so ins Geschäft kommen?«
Louis wollte Fisk sofort seine Zustimmung geben. Er war mehr als bereit, sich kaufen zu lassen. Er war geradezu begierig darauf. Aber er wollte auch nicht, daß der Mann ihn für zu willfährig hielt.
»Wir sind nahe dran.«
Da verschwand Fisks Lächeln. »Gibt's da noch einen anderen Punkt?«
»Ich möchte Genaueres über Ihre Verbindungen mit Vanderbilt wissen.«
»Die gibt es nicht.«
»Entschuldigung. Wie steht es denn mit Drew? Mr. Gould und Sie arbeiten doch eng mit diesem frommen alten Räuber zusammen.«
Höflich sagte Fisk nun: »Im letzten Oktober hat Dan Drew, Jay und mir je eine Position im Aufsichtsrat verschafft. Seitdem sind wir nicht voneinander abgerückt. Aber, wie ich schon angedeutet habe, die freundlichen Beziehungen zwischen Drew und dem Commodore bestehen nicht mehr.«
»Weiß das der Commodore?«
Nun grinste Fisk ganz verschlagen: »Bald wird er es wissen. Halten Sie sich nicht zu sehr mit Äußerlichkeiten auf, Mr. Kent. Wenn Sie in diesen Dingen ein wenig mehr Erfahrungen haben...«
Aus Takt ließ Louis diesen bewußten Vorwurf unbeantwortet.
»... Sie werden lernen müssen, daß nur zwei Dinge eine entscheidende Rolle spielen: nämlich wieviel Aktienanteile Sie besitzen und ob Sie in der Lage sind, den Preis zu beeinflussen.«
Natürlich hatte der Dicke recht. In den letzten zehn Jahren war die Erie-Eisenbahn von Jersey City nach Buffalo der Traum aller Spekulanten gewesen. Nachdem er das Amt des Finanzdirektors übernommen hatte, nutzte Drew seine Stellung mehrfach zum eigenen Vorteil aus. Seinen größten und spektakulärsten Jagderfolg erzielte er 1866, als er seine Lieblingsrolle, die des Baissespekulanten, spielte.
Die Erie-Aktien standen auf dem relativ hohen Kurs von fünfund-

neunzig. Da sie sich unbegründete Hoffnungen auf eine Preissteigerung machte, kauften die Haussespekulanten Aktien von Drew auf, von denen sie annahmen, daß sie ihm noch nicht gehörten. Sie glaubten, der Alte mache den Fehler, damit zu rechnen, daß der Wert der Erie-Aktien fallen werde.

Aber Drew war kein Spieler. Er kannte die Lage ganz genau. Schnell manipulierte er den Kurs der Erie-Aktie von fünfundneunzig herab auf fünfzig, indem er achtundzwanzigtausend noch nicht ausgegebene Aktien auf den Markt warf. Hinzu kamen noch weitere Aktien. Ermöglicht wurde dies durch die Umwandlung von Erie-Obligationen im Werte von drei Millionen. Durch diese insgesamt ungefähr fünfundachtzigtausend Aktien fiel der Preis so, wie Drew es beabsichtigte. Später wurde bekannt, daß er als Sicherheit für eines seiner Darlehen heimlich diesen Schatz an Aktien und Obligationen gehortet hatte.

Die Haussiers saßen in der Falle. Für Aktien, die fünfzig wert waren, mußten sie fünfundneunzig zahlen. Es gab keine Kontrollinstanz, die einschreiten konnte. Wer hier nicht mitgemacht hatte, freute sich. Wieder einmal hatte sich das geflügelte Wort in der Wall Street bewahrheitet, das da lautete: »Wenn Daniel es befiehlt, dann steigt die Erie-Aktie.«

Wenn Louis Mitglied des Aufsichtsrats würde, dann konnte auch er aus solchen Coups seinen Vorteil ziehen. Und das hing vom Ausgang dieses Gesprächs ab. Es gab drei Fraktionen. Erstens war da Vanderbilt, dem es darum ging, die Frachttarife festzusetzen.

Die zweite Gruppe bildeten Drew und seine neuen Freunde Gould und Fisk. Sie wollten die Gruppe beherrschen aus einem Grund, der es Louis als vorteilhaft erscheinen ließ, sich mit ihnen zu verbünden: Ihnen ging es um die Profite, die durch Kursmanipulationen zu erzielen waren.

Die dritte Gruppe, als deren Mitglied sich Louis jetzt dieser verblüffenden Chance gegenübersah, stand dem Namen nach unter der Führung zweier Finanziers aus Boston: John Elbridge und Eben Jordan. Sie wollten die Erie-Gesellschaft kontrollieren, nicht nur um ihre Aktienkurse in Bewegung zu setzen, es ging ihnen auch darum, eines ihrer eigenen Projekte zu stützen, eine geplante, aber noch nicht fertiggestellte Zubringerlinie, die Boston, Hartford and Erie. Im Frühjahr des Vorjahres hatten die Interessenten der B.H.&E. vom Staat Massachusetts eine Subvention erhalten, die die Fertigstellung der Linie ermöglichen sollte. Um die staatlichen Mittel lockerzumachen, mußte eine noch größere Summe auf dem freien Markt aufgebracht werden.

Louis blieb jetzt in der Offensive:

»Wenn das stimmt, was Sie sagen, Mr. Fisk, dann gibt es für mich dennoch einen unklaren Punkt.«

Fisk war etwas nervös: »Ich dachte, heute abend sei ich der Fragesteller, aber bitte, schießen Sie los.«

»Ich fühle mich geehrt, weil Mr. Gould und Sie sich an mich wenden. Aber wäre es von Ihrem Standpunkt aus gesehen nicht logischer, wenn Sie sich direkt an eines der Aufsichtsratsmitglieder aus der Bostoner Gruppe wenden?«

»Jay würde das sehr gern tun«, sagte Fisk fröhlich. »Dann würden wir Sie gar nicht brauchen. Aber ich bin hier das Haar in der Suppe. Der alte Eben und ich kommen nicht miteinander zurecht.«

»Davon habe ich gehört. Aber zu bestimmten Themen äußert sich Jordan nur sehr zurückhaltend. Ich wußte also nicht, ob es sich um eine Tatsache oder um ein Gerücht handelt.«

»Es ist eine Tatsache. Während des Kriegs ist es zwischen ihm und mir zu einer Entzweiung gekommen. Ich habe für ihn Baumwollgeschäfte eingefädelt. Aber der Hurensohn war der Ansicht, meine Spesenforderungen seien zu hoch. Da schmiß er mich raus. Sie hatten doch auch mit der Baumwollbranche zu tun, nicht wahr?«

Das war ein heikler Punkt.

»Ich hatte die Absicht. Aber mein Cousin zweiten Grades hatte andere Vorstellungen.«

»Ist er ein Wichtigtuer in Diensten der Regierung?«

»Nein, damals war er Journalist. Heute ist er ein kleiner Methodistenprediger. Er lebt in New York City. Er, der irische Sekretär meiner Mutter und dieser jüdische Bankier Rothman waren der Ansicht, daß mein kleines Wagnis unmoralisch sei. Sie haben die ganze Geschichte an die Presse durchsickern lassen.«

»Ich muß die entsprechenden Artikel übersehen haben. Vielleicht erschienen sie auch zu einer Zeit, als ich auf dem westlichen Kriegsschauplatz für Eben tätig war.«

»Nun, aus dem Baumwollgeschäft war ich schneller wieder draußen, als ich reingekommen war.«

»Glückssache, Mr. Kent. Ich habe meine Baumwollzeit in Memphis verbracht. Durch eine charmante Zwischenträgerin kam ich mit einigen hochrangigen Herren der Konföderation ins Geschäft. Die Dame war eine kleine Schauspielerin, ein verdammt heißblütiges Weib.«

Fisks Lippen zeigten ein stolzes Lächeln.

»Ich bin auch nie erwischt worden. Ich habe Eben so viel verdammte Baumwolle verschafft, wie er verarbeiten konnte. Er lieferte Decken an das Heer und hat dabei das große Geld gemacht. Aber er bekam einen Schreck eingejagt durch einen Naseweis im Hauptquartier der Union. Er benutzte meine Spesen als Ausrede. Wissen Sie, was er mir für eine Abfindung gezahlt hat? Lumpige sechstausend Dollar. Ich habe also keinen Grund, mit Eben Jordan Freundschaft zu pflegen. Jay und ich können letzten Endes froh sein, daß wir es mit Ihnen zu tun haben. Sie passen einfach zu uns.«

Passen zu uns! Louis konnte einen Augenblick lang nicht umhin, sich selbst zu beglückwünschen. Fisk und Jay Gould zählten zu den ganz Großen der Wall Street. Von ihnen ins Vertrauen gezogen zu werden war eine der höchsten Auszeichnungen.

Nun schien es ihm an der Zeit, die Pose des Zögernden aufzugeben. Er nahm sich eine Zigarre aus einer mit Intarsien verzierten Schachtel, zündete sie an und schnupperte den Wohlgeruch des Rauchs.

»Vielen Dank für diese offenen Worte, Mr. Fisk. Sie haben meine Fragen damit beantwortet.«

»Verdammt noch mal!« schrie Fisk und machte dabei eine pompöse Geste. »Wir kommen so gut miteinander aus, daß wir die Förmlichkeiten lassen sollten. Wollen wir nicht Louis und Jim zueinander sagen?«

Louis lächelte durch den Rauchschleier: »Einverstanden, Jim.«

»Kommen wir ins Geschäft miteinander?«

»Ich denke schon. Ich werde all meinen Einfluß geltend machen, damit die Bostoner Gruppe mit Mr. Gould und Ihnen zusammenarbeitet.«

»Aber Sie müssen Ihre Bemühungen diskret durchführen, bis die Direktoren zusammentreten und die Leute des Commodore einen Antrag zur Festsetzung der Frachtraten einbringen.«

»Von diesem Gespräch wird niemals irgend jemand etwas erfahren. Wenn ein solcher Antrag gestellt wird, so bin ich zuversichtlich, daß er abgelehnt werden wird.«

Fisks volle Lippen zitterten. Er war zufrieden.

»Wenn das passiert, ist Ihnen der Direktorenposten sicher. Natürlich ist so ein Aufsichtsratsposten kein reines Vergnügen. Wenn der Antrag des Commodore nicht durchkommt, wird er alles versuchen, die Mehrheit der Aktien zusammenzubringen, so daß er die Gesellschaft entweder mit der Central fusionieren oder sie eingehen lassen kann.«

»Ich bin zum Kampf bereit«, versicherte Louis ganz ruhig. »Und ich bin sicher, daß wir siegen werden.«

Wieder lachte Fisk: »Jay wird Sie sehr gern haben, Louis.«

»Ich bin auf seine Komplimente nicht angewiesen. Ich war erfolgreich in der Stahlbranche, mit der Spinnerei in Rhode Island, der Zeitung und allem anderen, was ich besitze.«

»Jay gefällt es sehr, daß Ihnen dieses Blatt gehört. Er war immer sehr daran interessiert, sich die Presse zu Nutze zu machen.«

»Ich habe in meiner Karriere nur eine Niederlage erlitten. Das war mit jener Baumwollhandelsgesellschaft.«

Er mußte plötzlich an Julia denken. Hatte er nicht auch sie nur erworben, um seine gesellschaftliche Stellung zu verbessern und bei Leuten wie Vanderbilt eingeführt zu werden, die einem günstige Investitionsmöglichkeiten empfehlen konnten? Er hatte auch sie verloren.

Der Verlust war sogar weit demütigender als der der Federal Suppliers. Die Gründe für den Ruin dieser Firma waren ihm verständlich. Die Gründe für die Zerrüttung seiner Ehe waren ihm immer noch rätselhaft. Immer wieder nahm er zu der einfachsten Erklärung Zuflucht: Julia war verrückt geworden.

»Ich garantiere, daß die Zeitung uns zum Vorteil gereichen wird, Jim, um zu bekommen, was wir wünschen. Ich habe nichts dagegen, alle verfügbaren Mittel einzusetzen.«

Fisk schlug begeistert auf die Armlehne seines Stuhls. »Louis, Sie sind ein Kämpfer! Das habe ich längst gewußt. Und wer auf dem linken Flügel von General Lee mitgeritten ist, wie es Jay tat, der muß viel Mut besitzen.«

Louis bildete sich darauf etwas ein. Das war eine Anspielung auf die Goldspekulation, auf die er und andere im Norden sich während des Krieges mit großem Gewinn eingelassen hatten. Dabei hatten sie die Appelle aus Washington ignoriert, daß die Währung gesund gehalten werden müsse.

Die Zigarre schmeckte jetzt noch besser. Der Abend war für ihn wirklich ein Erfolg. In der Auseinandersetzung, die man in der Wall Street als den Erie-Krieg bezeichnete, hatte er sich auf die Seite der Sieger geschlagen. Damit hatte er seinen Wert verfünffacht, wenn nicht verzehnfacht.

Ganz plötzlich verschwand die euphorische Stimmung. In Fisks Gesicht stand eine milde Mißbilligung zu lesen. Er blickte Louis prüfend an, während er sich ein Stäubchen von seinem protzigen Jackett zupfte. Dann verblüffte er seinen Gesprächspartner:

»Ich hoffe, wir können Ihnen vertrauen.«

»Mein Gott, wir haben doch ein Abkommen getroffen. Warum zweifeln Sie denn...«

Die winzigen Augen zwinkerten nicht einmal.

»Ich glaube, es gab eine Zeit, da waren Sie mit Vanderbilt dick befreundet.« Nun versuchte Fisk die Information zu erhalten, die Louis vorher zurückgehalten hatte.

Louis sprang auf, sein Gesicht rötete sich: »Nein, der Vater meiner früheren Frau, Oliver Sedgwick, war mit Vanderbilt sehr befreundet. Dadurch entwickelte er ein Interesse an den spekulativen Aspekten des Eisenbahngeschäfts. Sedgwick ist inzwischen tot. Und seit ich mich vor einem Jahr von Julia habe scheiden lassen, habe ich im Hause Vanderbilt nicht mehr Whist gespielt.«

Du Lügner! *Sie* hat sich von *dir* scheiden lassen!

»Wie beruhigend!« murmelte Fisk. »Das wird Jay sehr aufmuntern. Und Onkel Daniel ebenfalls.« Der Dicke entspannte sich wieder. »Ich sag's ja nicht gern, aber in mancher Hinsicht ist Onkel Daniel doch ein Einfaltspinsel. Sechs Tage in der Woche ist er als Straßenräuber tätig, und am siebten singt er fromme Lieder, um sein Gewissen zu entlasten. Er ist ganz wild darauf, Gebäude für theologische Seminare zu stiften, die dann seinen Namen tragen. Jay und ich hegen solche Ambitionen nicht. Uns geht es nur ums Geldverdienen. Und das macht uns, bei Gott, Spaß.«

Fisk stellte sein Glas ab. Louis' Anspannung ließ jetzt nach. Er konnte nun verstehen, warum die feindliche Presse über den anständigen und glücklich verheirateten Gould wenig Gutes zu vermelden hatte. Gleichzeitig tönte sie ihre Berichte über die Eisenbahnpiraten mit widerwilliger Bewunderung für Fisk. Solange man ihm nicht genau in die Augen blickte oder strikt auf seine Worte achtete, besaß dieser Mann eine anmaßende Liebenswürdigkeit, die die blonden Locken, die Pausbacken und der üppige Schnauzbart nur noch steigerten.

Gould dagegen erschien vielen Leuten eindeutig als finstere Type. Selbst jetzt stand er Louis lebhaft vor Augen. Es war kein erfreuliches Bild.

Fisks Partner war klein und sah ungesund aus. Er trug einen Vollbart, um sein Milchgesicht zu verbergen. Aber Louis hatte gelernt, Menschen nach ihren Augen zu beurteilen. Goulds Augen zeigten keine Spur menschlicher Gefühle. Mit seiner leisen Stimme verbreitete er unter seinen Gegnern Respekt und manchmal auch Furcht, wie es bei jedem Mann zu erwarten war, der mit einundzwanzig schon seine erste

Million gemacht hatte. Kürzlich hatte Gould bei einem Diner für die Hauptaktionäre der Erie-Gesellschaft in einem Punkt Drews Meinung nicht geteilt und sich über seine Einwände anmaßend hinweggesetzt. Danach hatte der alte Drew Louis mit erschütterter Stimme zugeflüstert:

»Dieser Mann, Kent – die Berührung durch diesen Mann bedeutet den Tod.«

Als er sich daran erinnerte, lief es Louis kalt den Rücken herunter. Er wollte Jay Gould nicht zum Gegner haben. Dies würde nicht nur geschäftsschädigend, sondern auch gefährlich sein.

2

»Ich bin froh, daß wir die Dinge nun geklärt haben«, sagte Fisk, während er auf die Füße kam. Er rieb sich die Hände und wippte auf den Zehenspitzen. «So abgetakelt und schäbig sie auch aussehen mag, so ist in den Schubladen der Dame in Scharlachrot doch noch Gold zu finden. Kein vernünftiger Mensch gibt eine Geldquelle auf. Nach dem Krieg habe ich in Wall Street zweimal eine Niederlage erlitten. Onkel Daniel kam zu mir, weil er Bargeld brauchte, um die Erie-Linie besser in den Griff zu bekommen. Ich habe dem alten Narren geholfen, seine Stonington-Dampfbootlinie loszuwerden – mein Gott, ich liebe einfach diese Kähne. Irgendwann möchte ich selbst einmal solch eine Linie besitzen. Ich werde daraus das phantastischste Unternehmen machen, das die Welt je gesehen hat. In den Salons werden Marmor und Spiegel das Bild beherrschen. Käfige mit Kanarienvögeln wird es in jedem – na egal. Ich will ja nur sagen, daß es ein geschickter Schritt von mir war, mich diesem frommen, alten Kuhtreiber anzunähern. Und heute abend haben Sie den gleichen Schritt getan. Es gibt nichts, worum wir uns Sorgen zu machen brauchen.«

Louis schaute ein wenig spöttisch drein: »Außer um die Schlauheit von Commodore Vanderbilt sowie um sein Kapital von dreißig Millionen und um die Herren, die er in der Tasche hat. Beispielsweise um Richter Barnard vom Obersten Bundesgericht für den Fünften Bezirk. Vanderbilt kann in der gleichen Weise einstweilige Verfügungen ausspucken, wie das Schatzamt Münzen prägen läßt.«

Aber für den Rest des Abends wollte Fisk sich mit derartigen Problemen nicht mehr beschäftigen:

»Darüber sollten wir uns erst aufregen, wenn er wirklich anfängt, uns Schwierigkeiten zu machen. Aber jetzt habe ich ein gutes Gefühl, was die gesamte Angelegenheit betrifft. Natürlich arbeite ich immer gerne mit Jay zusammen. Er hat den Verstand, und ich besitze die notwendige Frechheit.« Er legte Louis einen seiner dicklichen Arme auf den Rücken: »Jetzt gehören Sie ganz zu uns.«

Louis fühlte sich etwas abgestoßen durch den Schweißgeruch, der aus Kragen und Manschetten seines Gastes drang. Fisk legte wieder los:

»Jetzt sollten wir uns aber besser um die Damen kümmern. Bevor wir jedoch dazu kommen...«

Eine weiche Hand legte sich auf Louis' Arm. Wieder alarmierte ihn Fisks Tonfall:

»Vielleicht ist es gar nicht nötig, es auszusprechen. Aber wir sollten von vornherein keine Mißverständnisse aufkommen lassen.«

»Das sollten wir wirklich nicht«, stimmte Louis zu, den jetzt ein Glitzern in Fisks Augen störte.

»Dies wird solange nicht geschehen, wie Sie eine Tatsache berücksichtigen: Jay und ich, wir haben das letzte Wort. Mit mir ist leicht auszukommen.«

Louis zweifelte durchaus daran, sagte aber nichts.

»Aber Jay möchte immer eindeutig den Oberbefehl haben. Einmischungen und Auseinandersetzungen schätzt er ganz und gar nicht.«

»Mit anderen Worten, wenn ich den gefügigen Hund spiele...«

»Das ist eine sehr schroffe Art, es auszudrücken, Louis«, meinte Fisk lächelnd. »Aber es stimmt. Wenn Sie sich Jay jemals bewußt oder zufällig in den Weg stellen, dann werden *Sie* den kürzeren ziehen und nicht Jay. Deshalb habe ich mich ja mit ihm zusammengetan. Er war schon immer ein Raufbold, seit er seinem Vater auf der Familienfarm oben bei West Settlement beim Kühehüten geholfen hat. Jays Papa hat wohl nicht viel von ihm gehalten. Ihm war der Junge zu zart. Das enttäuschte den Alten irgendwie. Jay war der einzige Knabe unter sechs Geschwistern. Er wollte wohl seinem Vater – und der ganzen Welt – zeigen, daß ein schlaues Köpfchen mehr wert ist als ein starker Arm. In Jays Adern soll auch, so heißt es, gescheites jüdisches Blut fließen. Sein Urgroßvater war einer der Milizführer während der Revolution. Er hieß Oberst Abraham Gold. Etwa seit dem Jahre 1800 nannte die Familie sich dann Gould. Es gibt viele Gründe, warum Jay ein Streithahn ist. Ich habe nie gehört, daß ihn jemals jemand übervorteilt hätte.«

Der Dicke fuhr sich mit der Zunge über die Oberlippe.

»Niemand hat das geschafft«, wiederholte er. »Der alte Charles Leupp hat es versucht.«

Louis hatte Leupp nie kennengelernt, aber er kannte die Geschichte. Leupp war ein hochangesehener Lederhändler in New York, der auf seinen guten Ruf sehr stolz war. Er kaufte einen Anteil von sechzigtausend Dollar an einer Gerberei in Pennsylvania, die Jay Gould bereits erworben hatte, ehe er die Volljährigkeit erreicht hatte. Der ursprüngliche Geschäftspartner der Gerberei, Zadoc Pratt, hatte erlebt, wie das Unternehmen unter Leitung des jungen Jay Gould hervorragend gedieh. Doch die Gewinne schienen sehr gering zu bleiben. Als Pratt dann Gould beschuldigte, Mittel der Firma für private Spekulationen abgezweigt und die Buchführung gefälscht zu haben, um diesen Betrug zu verschleiern, da bestand Goulds Reaktion nur in einem zynischen Lächeln und einem Achselzucken.

Dann erklärte sich Gould bereit, Pratts Anteile zu kaufen. Dazu diente ihm Geld, das er von Mr. Leupp erhielt. Der zweite Partner wurde ebenso betrogen wie der erste. Leupp hatte entdeckt, daß Gould seinen Namen und sein Kapital benutzt hatte, um einen spekulativen Aufkauf von Häuten zu betreiben. Als Leupp ihn mit den Tatsachen konfrontierte, gab Gould alles zu. Aber die Androhung, gerichtlich gegen ihn vorzugehen, brachte ihn nur zum Lachen. Auch der Vorwurf, daß er Leupps guten Ruf zerstört habe, berührte ihn kaum. Jay Gould bewegte nur die Aussicht auf einen Erfolg, der durch Spekulation mit großen Geldsummen – möglichst dem Geld anderer Leute – erzielt wurde. Er wünschte Charles Leupp viel Glück, falls die Firma in Bankrott geriet. Leupp zog sich in sein hochherrschaftliches Haus in New York zurück und grämte sich über den Verlust seiner Ehre. Dann beging er Selbstmord durch Erschießen.

Louis verstand durchaus, daß diese Geschichte ihm eine Lehre sein sollte.

»Ich weiß, was mit Leupp geschehen ist. Sie können Mr. Gould sagen, daß ich ihm nicht Widerstand leisten oder ihn in irgendeiner Weise enttäuschen werde.«

Noch war Fisks versteckte Drohung schwer zu schlucken. Er hörte die Wahrheit nicht gerne, wenn sie sich hinter einer Formulierung wie »Gefügiger Hund« verbarg. Er versuchte an die Riesenchance zu denken: Aus der Erie-Linie waren Millionen herauszuholen.

»Ich will nur jedes Mißverständnis ausschließen: Zwischen Geschäftspartnern gibt es keine Katzbalgereien«, meinte Fisk.

Er schlug Louis auf die Schulter: »Nun ist es Zeit fürs Vergnügen. Hat Ihr Butler schon den Champagner hochgeschickt?«
»Er hatte die Anweisung. Drei Flaschen für jeden Raum.«
Louis öffnete die Tür, es war für ihn eine Erleichterung, die stickige Bibliothek zu verlassen. Die Gaslampen, die in der Eingangshalle flackerten, warfen Fisks riesenhaft vergrößerten Schatten gegen die Wand, als die beiden Männer die breite Treppe hinauf in den zweiten Stock gingen. Die Anekdoten sprudelten nur so aus Fisks Mund, alle waren sehr schmeichelhaft für den neuen Partner.
Sie gingen den langen Korridor entlang bis zu einer reich mit Schnitzwerk versehenen Tür. Als Fisk sie öffnete, sah Louis eine dunkelhaarige junge Frau vor den Flammen des Kaminfeuers stehen. Das dünne Kleid verhüllte ihren Körper kaum.
Josie Mansfield eilte herbei: »Fischchen, ich hatte schon befürchtet, du würdest mich die ganze Nacht allein lassen.«
»Ich bin gleich bei dir, Dolly.«
Die Schauspielerin blieb in der Nähe der Tür stehen. Fisks Stimme wurde jetzt etwas nachdrücklicher.
»Ich hab' doch gesagt, daß ich gleich bei dir sein werde.«
Josie verschwand. Fisk war jetzt ganz ernst.
»Stimmt was nicht, Louis?«
Er streckte sein Kinn vor. »Ja.« Wider alle Vernunft stieß er hervor: »Ich halte nicht viel davon, daß man mich als irgend jemandes gefügigen Hund bezeichnet.«
»Das sind Sie aber, dafür hat man Sie eingekauft, dafür werden Sie schließlich bezahlt.«
Er lachte in sich hinein.
»Es ist nicht schlimm, ein gefügiger Hund zu sein, Louis. Wenn der Rest der Welt friert und hungert, dann liegen die gefügigen Hunde im Warmen und kriegen ihr gutes Fressen. Denken Sie immer an Charles Leupp.«
Nun lockerte er seine Seemannskrawatte. Als er die Tür schloß, lächelte er immer noch.

## 3. Kapitel
## Das Porträt

Louis dachte nicht daran anzuklopfen, als er seine eigenen Räume weiter unten am Flur betrat. Er überraschte Nedda Chetwynd, die blond, pausbäckig, einundzwanzig und außerordentlich vergeßlich war.

Sie saß nackt im Bett, ihre Brüste hatte sie schüchtern mit dem Seidenlaken bedeckt. Eine der Champagnerflaschen hatte sie bereits geöffnet. Mit der einen Hand hielt sie das Laken, mit der anderen den Kelch, aus dem sie trank. Ihr Lächeln drückte ein Zögern aus.

Er erwiderte das Lächeln keineswegs. Warum sollte er auch? Das Mädchen bedeutete ihm gar nichts. Er war sich sicher, daß Fisk ihr genaue Anweisungen erteilt und ihr für hinterher ein anständiges Geschenk versprochen hatte.

Er blickte finster drein, als sein Körper auf die Nähe des Mädchens reagierte. Er haßte es, ihr auf diese Weise eine unverdiente Ehre zu erweisen. Er rief sich ins Gedächtnis zurück, daß er nur deshalb eine solche Reaktion an sich erfuhr, weil er im Laufe des letzten Jahres immer seltener Begegnungen mit Frauen gehabt hatte. Er war dafür einfach zu sehr beschäftigt und häufig auch zu müde.

Er zog Jackett und Krawatte aus. Dann dämpfte er das Licht der Gaslampe, die in der Nähe von Julias Ölporträt hing. Er drehte sich weg und widmete sich den anderen Gaskronleuchtern im Raum. Dabei war er sich durchaus bewußt, daß das Mädchen ihn beobachtete, während sie laut ihren Champagner schlürfte.

Nun gut. Es war sinnlos, sich über ihre Manieren aufzuregen. Sie hatte hier einfach ihrem Zweck zu dienen, und er würde sie ja nie wiedersehen müssen.

Obwohl die Wände im Obergeschoß recht dick waren, war Josie Mansfields helles Lachen laut vernehmbar, auch Fisks Gebrüll. Nun begann auch noch das Bett im Nebenraum rhythmisch zu quietschen. Dann ebbten die Geräusche aber erstaunlich schnell ab.

»Ich bin gleich bei dir, Schätzchen.« Als er das sagte, schaute er das Mädchen nicht an.

Er ging in sein Ankleidezimmer, lehnte die Tür ein wenig an und begann, seine restlichen Kleider abzulegen. Selbst in diesem kleinen Raum war das Knarren von Fisks Bett noch zu hören.

Er mußte sich eingestehen, daß die rohe Art des Mannes ihn irgendwie abstieß. Andererseits war Fisk ganz offensichtlich nicht dumm. Trotz seiner Bemerkung über gefügige Hunde gelobte sich Louis, von seinem neuen Partner nichts Schlechtes zu denken. Fisk hatte ihm genau das gegeben, was er erstrebt hatte. Ein Direktorenposten war nichts anderes als ein Freibrief, die gute alte Dame in Scharlachrot zu bestehlen.

In den letzten paar Jahren war die Erie-Linie wegen ihrer Direktoren und ihres Zustands berüchtigt gewesen. Die Presse, mit einigen bemerkenswerten Ausnahmen, zu denen auch die »Union« gehörte, prangerte ständig die mangelhaften Dienstleistungen der Gesellschaft an.

Die Leistungen waren kläglich. »Twin Streaks of Rust« hießen die Schienenstränge passenderweise im Volksmund. Die mehr als siebenhundert Meilen Schienenwege der Gesellschaft waren veraltet und gefährlich. Die Eisenteile waren in einem desolaten Zustand. Zusammenstöße und Entgleisungen kamen fast jede Woche vor, ebenso häufig gab es Verletzte und Tote. Kurz nach Neujahr war auf dem Hauptverschiebebahnhof von Jersey City wieder einmal ein Weichensteller auf Lebenszeit zum Krüppel geworden.

Viele Journalisten und Radikale der Arbeiterbewegung verbreiteten den absurden Gedanken, daß die Unternehmensleitung der Erie-Gesellschaft eine Verantwortung gegenüber ihren Passagieren und Mitarbeitern trage. Solche hochgeschätzten »Denker« wie Charles Francis Adams der Jüngere, der Sohn von Lincolns Botschafter in England während des Krieges, schienen zu glauben, daß das üppig wuchernde Eisenbahnnetz der Vereinigten Staaten der Öffentlichkeit zu dienen habe. Wenn Adams und seinesgleichen eine Ahnung von den Realitäten des Lebens gehabt hätten, dann hätten sie auch kapiert, daß im Lande nur sehr wenige Meilen Schienen gelegt worden wären, hätte es keine Unternehmer gegeben, denen es mehr um ihre Geldbörse als um die Menschen ging. Für die Eingeweihten bestand die einzige Aufgabe einer Eisenbahn darin, Geld zu verdienen. Und die einzigen Eisenbahnunternehmer, die in der Wall Street Bewunderung ernteten – und insgeheim auch bei der Masse der Bevölkerung –, waren nach Louis' Überzeugung diejenigen, die den Zweck einer Eisenbahnlinie dementsprechend verstanden und danach handelten.

Nun gehörte er zu diesen Leuten. Oder dies würde zumindest bald der Fall sein. Je mehr er darüber nachdachte, desto mehr gelangte er zu der Überzeugung, daß es dumm von ihm war, sich an Fisks Grobheit zu stoßen. Er konnte und wollte seinen Stolz und seine Selbstachtung unterdrücken und alles unterlassen, was den Herren Drew, Fisk und Gould nicht recht sein würde.

Dafür würde er reichlich belohnt werden.

2

Er zog einen Morgenrock an, dämpfte das Licht und kehrte ins Schlafzimmer zurück. Nedda Chetwynd wischte sich Champagnertropfen vom Kinn und lächelte einfältig.

»Darf ich Louis zu dir sagen?«

Er zuckte die Achseln: »Wie du willst.« Er wurde ungeduldig. Warum hatte er eigentlich den Morgenrock angezogen?

Jetzt wußte er es. Dieses verdammte Gemälde war daran Schuld. Er zwang sich dazu, einen schnellen Blick darauf zu werfen. Und wie immer schienen sich diese hellblauen Augen über ihn lustig zu machen.

Die von Fisk mitgebrachte Hure schenkte sich noch mehr Champagner ein. Louis starrte jetzt auf das wie Porzellan schimmernde Gesicht auf der Leinwand. Der Anblick weckte in ihm Gefühle von Verachtung und Haß. Warum hatte er es dort hängen lassen?

Mit undeutlicher Stimme fragte das blonde Mädchen: »Ist das die Dame, mit der du verheiratet warst?«

»Ja.«

»Sie ist schön.«

»Sie war es, bis sie den Verstand verlor.«

Miss Chetwynd verschüttete beinahe ihr Getränk. »Jetzt ist sie wohl eingesperrt?«

»So sollte es zumindest sein. Sie hat sich mit dieser idiotischen Frauenbewegung eingelassen und begann sich darüber zu beschweren, daß man sie benutze wie einen Haushaltsgegenstand. Die wichtigste Aufgabe einer Frau besteht darin...«

Louis setzte sich auf den Rand des Bettes. Er schob die Decke weg und machte sich an den Brustwarzen des Mädchens zu schaffen.

»... Freude zu spenden. In der Küche oder eben hier.«

Das einfältige Flittchen konnte nur kichern.

»Als nächstes habe ich dann erfahren, daß Julia sich mit den Niggern einließ und sie als ihresgleichen behandelte.«
Es folgte eine erstaunte Reaktion: »Mit den Niggern?«
»Du hast richtig gehört. Niggern. Sie hat sie immer verachtet. Aber über Nacht wurden sie dann zu einem großartigen Symbol für sie! Wenn die Nigger die Freiheit erhalten haben, warum, so argumentierte sie, blieb dann den Frauen das Recht auf Eigentum und Wahlbeteiligung vorenthalten? Mit diesem Argument rechtfertigen Mrs. Stanton, Mrs. Stone, Susan Anthony und ihre verrückten Anhängerinnen ihre wunderlichen Vorstellungen. In dem Augenblick, da sich meine Frau mit diesen alten Vetteln einließ, war das Ergebnis abzusehen.«

Louis sprach ganz ruhig. Für ihn bedeutete es eine gewisse Erleichterung, dies alles laut auszusprechen, um so mit den Unbegreiflichkeiten der jüngsten Vergangenheit fertig zu werden.

Dabei empfand er keinerlei Glücksgefühl. Sein sorgenvoller und etwas verwirrter Gesichtsausdruck war echt. Obwohl er Julias Tiraden Dutzende Male mit angehört hatte, bevor sie ihn im Dezember 1866 verließ, konnte er ihre Argumentation immer noch nicht verstehen. Ebenfalls war ihm unklar, wie sie sich im Laufe von drei oder vier Jahren von einem stets fordernden Kind in einen erwachsenen Menschen mit einem erschreckenden Drang nach Unabhängigkeit verwandeln konnte.

Soweit er sich erinnern konnte, reichten ihre Beschwerden, daß sie benutzt werde, zurück bis ins Jahr 1861, als es in Kentland zu jenem katastrophalen Treffen kam. Damals hatten sich Boyle, Rothman und Israel Hope, ein Mulatte, der für seine Mutter als Bergbauinspektor in Kalifornien tätig war, geweigert, der Gründung der Firma Federal Suppliers zuzustimmen.

In jenem Frühjahr war mit Julia irgend etwas für ihn Unerklärliches geschehen. Aber wenn er sie darauf ansprach, erhielt er keine Antwort. Was auch immer die Ursache gewesen sein mochte, damals begannen ihre ehelichen Schwierigkeiten.

Sie erwähnte seitdem auch häufiger jenen Iren, für den er sich bisher gar nicht interessiert hatte. Manchmal pries sie in höchsten Tönen Boyles Standpunkt im Hinblick auf die Federal Suppliers oder seinen Charakter im allgemeinen. Dann wiederum sprach sie – ganz im Gegensatz dazu – seinen Namen nur mit einem kaum unterdrückten Zorn in der Stimme aus. Louis hatte versucht, diese paradoxe Haltung nicht ernst zu nehmen, indem er sie als typisch weiblich abtat. Aber genau das war es, was Julia langsam, aber sicher ablegte: das typisch Weibliche.

Auch ihre Beschwerden über »Benutztwerden« hatten im Frühjahr 1861 begonnen. Das gleiche galt für ihren Widerstand gegenüber seinen intimen Annäherungsversuchen. Im Jahre 1862 mäßigte sie ihr ungewöhnliches Verhalten dann vorübergehend. Das war zu der Zeit, als sie ihr einziges Kind, Carter, empfing. Aber die Ruhe war nur von kurzer Dauer. Auf irgendeine Art kam Julia der Klatsch über Louis' Affäre mit einer Verkäuferin aus Manhattan zu Ohren. Der Ehekrieg wurde daraufhin fortgesetzt.

Als sie ihn dann verließ, empfand er es nicht als einen Verlust, daß sie den damals vierjährigen Sohn Carter mitnahm; der Knabe war ein lästiger Balg, der ständig um Louis' Zuwendung buhlte. Julia war geradezu ein Modellfall für ruhige, vernünftige Entschiedenheit geworden. Es war fürchterlich gewesen!

Das Porträt hatte er für einen ihrer ersten Hochzeitstage anfertigen lassen. Seit 1866 war er mehrfach beinahe entschlossen gewesen, es verbrennen zu lassen. Aber so weit war er denn doch nicht gegangen.

Vielleicht diente das Bild ihm als Warnung. Er hatte sich bereits insgeheim geschworen, sich nie wieder zu eng mit einer Frau einzulassen. Eine Frau hatte zu viel mit einer schlechten Investition gemeinsam: Es gab da einfach zu viele unvorhersehbare und daher nicht akzeptable Risiken. Er war bereit, sich auf Risiken von der Art einzulassen, wie sein Bündnis mit Fisk eines darstellte. Zumindest war ein solches Risiko mit einer Gewinnchance verbunden. Bei einer Frau aber konnte man im besten Fall das Weiterbestehen des Status quo erhoffen.

Nein, für ihn kamen nur noch gelegentliche oberflächliche Begegnungen mit Angehörigen des anderen Geschlechts in Frage. Vielleicht hatte er das Bild behalten und hängen lassen, um seinen Entschluß dadurch zu unterstreichen.

Nedda Chetwynd beobachtete ihn auf eine verwirrte, beinahe nervöse Weise. Er zwang sich ein heuchlerisches Lächeln ab, zerrte ihr den Kelch aus der Hand und schleuderte ihn ohne hinzusehen zu Boden. Das Glas zerbrach klirrend.

Er stand auf und zog seinen Morgenrock aus. Es machte ihn in diesem Augenblick nicht im geringsten befangen, daß er nackt vor Julias Bild stand. Es bereitete ihm sogar Spaß.

Er schob die Seidendecke beiseite und war enttäuscht, weil das

Mädchen so kleine Brüste hatte. Ihr Bauch dagegen war rund und rosig.

Sie lächelte einfältig über die Reaktion zwischen seinen Lenden. Aber dann schrie sie auf, als er sie aus dem Bett riß.

Bauch an Bauch mit ihr, gab Louis ihr einen schnellen Kuß. Sie hatte ihre Erfahrungen. Ihre Zunge leckte ihn träge, während sie mit einer zärtlichen Hand nach ihm griff.

Er stieß diese Hand fort. »Noch eine Frage, die meine frühere Frau betrifft, Miss Chetwynd?«

»Oh, nenn mich doch Nedda!«

Er bemühte sich, seinen Ekel nicht zu zeigen: »In Ordnung, Nedda. Ich wollte nur noch bemerken, daß es bei meiner Frau im Grunde um ein ganz simples Problem ging...«

Lügner! Bis zu seiner letzten Stunde würden ihm Julias Vorstellungen, Irrtümer und die Gründe dafür ein Geheimnis bleiben.

»Sie hat nie verstanden, wo eine Frau hingehört.« Jetzt packte er Nedda fest an den Schultern. Der heftige Griff brachte sie zum Wimmern. Mit runden Augen und rundem rotem Mund starrte sie ihn an.

Da sagte er zärtlich:

»Wir sollten jetzt herausfinden, ob du es weißt.«

## 4. Kapitel

## Der Mann mit dem angesengten Schal

Das Zwielicht des Februartages milderte den unwirtlichen Anblick der kleinen Häuschen entlang der General Wayne Street in Jersey City. Gideon Kent stand am Wohnzimmerfenster und kniff das gesunde Auge zusammen, als er die schwarzen Wolken betrachtete, die von Nordwesten heraufzogen.

Ein Sturm kommt auf! Nach beinahe zwei Jahren in dieser Gegend konnte er die Anzeichen deutlich erkennen.

Da er im milden Shenandoah-Tal in Virginia aufgewachsen war, hatte er sich an das Wetter im Norden immer noch nicht gewöhnen können. In seiner Jugend in Lexington hatte er nur sehr selten Schnee erlebt. Aber hier oben gab es tagelang dauernde, bitterkalte Winde; Schneeverwehungen, die dann nur ganz langsam dahinschmolzen, waren keine Seltenheit. Seit dem Herbst hatte er bereits drei solcher Stürme erlebt. Heute abend würde es wohl den vierten geben.

Dieser Gedanke hatte für ihn kaum Konsequenzen, die seine persönliche Sicherheit betrafen. Deswegen machte er sich kaum noch Sorgen, dafür bangte Margaret desto mehr um ihn. Der bedrohlich aussehende Himmel erinnerte ihn lebhaft an Augustus Kolb. In der Neujahrsnacht, da Kolbs Leben innerhalb von Sekunden durch einen Unfall ausgelöscht wurde, hatte es ebenfalls geschneit.

Diese Erinnerung rief nun eine weitere in ihm wach. Er dachte an den Mann, dem er vor ein paar Stunden im Diamond N Lager Palace zugehört hatte.

Wegen des üblen Rufs dieses Menschen hatte der Besitzer des Diamond N ihn gezwungen, das Treffen seines Diskussionszirkels im Lagerraum der Kneipe abzuhalten.

Selbst jetzt noch roch Gideon das Sägemehl, und er sah das faltige, erschöpfte Gesicht des Besuchers vor sich. Er hatte müde, aber irgendwie doch lebhafte Augen. Seine kräftigen Hände lagen auf den fadenscheinig aussehenden Knien, als der Mann aus Philadelphia sich nach vorn lehnte, um auf die neun Weichensteller vom Rangierbahnhof der Erie-Gesellschaft einzureden. Sie hatten sich versammelt, um zu beraten, ob sie für Augie Kolb und seine Familie irgend etwas tun könnten.

»Ihr könnt gar nichts tun«, erklärte ihnen der Fremde, »solange ihr euch nicht organisiert. Nur so haben wir in der Internationalen Gewerkschaft der Eisengießer Erfolge erzielt.«

»Wir sind keine Mechaniker, Sylvis«, warf ein Arbeiter mit Namen Cassidy ein. »Wir sind keine Facharbeiter wie diese Handwerksgesellen.«

Der ausgemergelte Mann griff nach dem Schal, den er über seinem dünnen Mantel trug. Der Schal war total verschlissen und von Löchern mit schwarzen Rändern durchsetzt. Sylvis behauptete, für jede Gießerei oder Gruppe von Gießereien, die er gewerkschaftlich organisiert habe, gebe es in seinem Schal ein Loch, das durch geschmolzenes Eisen verursacht worden sei: Es gab Dutzende solcher Löcher in diesem Schal.

»Das macht nichts«, erwiderte Bill Sylvis. »Das Prinzip ist das gleiche. Allein kann niemand etwas erreichen, was wirklich von Bedeutung oder von Dauer ist. Vereint könnt ihr mit allen Mächten des Bösen fertig werden. Darüber solltet ihr einmal nachdenken. Und denkt an Kolbs Frau Gerda. Sie kennt einen Mann aus unserer Ortsgruppe in Philadelphia. Der hat mich gebeten, hierher zu reisen und mit euch zu sprechen.«

Gideon saß mit übereinandergeschlagenen Beinen in der hintersten Ecke des Lagerraums. Er war nur gekommen, weil Kolb sein Freund gewesen war. Er war nicht daran interessiert, einen Radikalen wie Sylvis kennenzulernen. Deshalb überraschte es ihn, daß dieser Mann und das, was er zu sagen hatte, seine Aufmerksamkeit so fesselte. Schließlich fühlte er sich sogar veranlaßt, das Wort zu ergreifen:

»Ich denke, auch hier gilt das Prinzip, das General Stuart uns beigebracht hat.«

Sylvis reckte den Kopf hoch: »Worum geht's? Wer hat das gesagt?«

»Der Rebell Kent da hinten«, sagte einer, und es klang gar nicht unfreundlich.

Gideon hob die Hand: »Während des Krieges gehörte ich zu Jeb Stuarts Kavallerie. Er hat uns beigebracht, im Felde zusammenzuhalten. Je zahlreicher wir seien, desto sicherer seien wir und umso größer sei daher die Chance, daß wir unsere Aufgaben erfüllten.«

Bill Sylvis nickte mit Nachdruck: »Genau darum geht's. Im Fall Kolb werden die Appelle einiger weniger vermutlich gar nichts erreichen. Aber wenn eine große Zahl von Leuten – alle Arbeiter der

Rangierbahnhöfe ihre Kräfte zusammenfassen und in den Streik treten, dann könnten sie einen Wandel bewirken. Das sind unsere Erfahrungen bei den Gießereiarbeitern. Und ich reise jedes Jahrzehnt Tausende von Meilen, um diese Lehre zu verbreiten.«

Ein Freund von Daphnis Miller gab ein verdrießliches Glucksen von sich. Miller war pessimistisch gewesen, was den Wert dieser Versammlung anbelangte. Er war draußen im Gastraum der Kneipe geblieben und trank dort sein Bier. Hinsichtlich des Werts dieses Getränks gab es keine Fragen.

Millers Freund führte weiter aus: »Wenn wir unsere Köpfe über den Rand des Grabens erheben, dann wird es gewiß Veränderungen geben. Wir werden eine Herde verdammter Nigger oder Neueinwanderer hier in den Rangierbahnhof locken. Die Bosse werden leicht Ersatz für uns finden.«

Sylvis widersprach dem nicht, sondern nickte ernst. »Dies ist die große Waffe der Unternehmer gegen uns. Wir selber müssen auch derartige Waffen finden.«

»Wenn's die überhaupt gibt.«

»Oh, es gibt sie durchaus. Und sie sind so einfach zu finden, daß wir sie übersehen. Mir ist es auch jahrelang so gegangen, und selbst heute noch zögere ich, öffentlich darüber zu sprechen. Die Idee wird nicht populär sein. Aber es gibt keine andere Lösung. Wenn die Arbeiterbewegung je einen dauerhaften Sieg erringen soll, dann muß sie *alle* in ihren Reihen vereinigen. *Alle*. Die Facharbeiter werden sich mit den Ungelernten zusammentun müssen. Ja, die Arbeiterorganisationen werden sogar Frauen und Schwarze aufnehmen müssen.«

Diese ganz ruhig vorgetragene Feststellung führte zu einem Sturm des Protestes. Sylvis hob jetzt eine Hand.

»Es war für mich nicht leicht, zu diesem Schluß zu kommen. Ich weiß, daß die Arbeiter die Gewerkschaften für eine Interessenvertretung hochqualifizierter Fachkräfte halten. Ich habe selbst einmal geglaubt, die Neger seien eine Bedrohung für jeden Weißen, der schwer arbeiten muß. Aber ich habe meine Ansicht geändert. Der Neger ist heute kein Sklave mehr, aber frei ist er auch nicht.« Seine Augen leuchteten intensiv, als er die sorgenvollen Gesichter betrachtete. »Auch ihr seid nicht frei. Wir alle müssen zusammen gegen unsere Versklavung kämpfen.«

»Das ist doch schon versucht worden«, warf ein stämmiger Weichensteller namens Rory Bannock ein. »Vor fünf Jahren wollten zwölf Arbeiter in Detroit eine Gewerkschaft gründen. Sie kämpften für die

Versorgung von Witwen, deren Männer bei Arbeitsunfällen zu Tode gekommen waren. Sie mußten sich im geheimen treffen, weil sie Angst vor Entlassung hatten. Die ganze Angelegenheit hat nie zu etwas geführt.«
»Das wäre sicher anders gewesen, wenn sie durchgehalten hätten«, entgegnete Sylvis.
»Das ist keineswegs sicher. Einige Kollegen bei der B & O wollten einem ihrer Bosse einige Beschwerden vortragen. Sie wurden rausgeschmissen, nur weil sie um einen Termin gebeten hatten.«
In Sylvis Augen glomm ein melancholischer Zug: »Ich habe nie gesagt, daß der Kampf leicht sein werde. Bei den Gießereiarbeitern war er es auch nicht. Aber wenn ihr euch organisiert...«
»Dann organisieren wir uns in die Arbeitslosigkeit hinein!« rief Bannock aus.
Die meisten stimmten dem lauthals zu.
»Es stimmt, Solidarität ohne Risiko gibt es nicht«, begann nun Sylvis erneut.
Cassidy gestikulierte: »Überlaßt die Risiken den anderen. Ich habe sechs Kinder.«
Sylvis sah enttäuscht aus, ebenso die Weichensteller. Sie hatten gehofft, Sylvis würde ihnen einen schnell durchführbaren und einfachen Plan für die finanzielle Absicherung von Augie Kolb und seiner Familie unterbreiten. Statt dessen sprach er über abstrakte Angelegenheiten: über Lohnsklaverei, die Gewerkschaftsbewegung, eine langfristige Strategie anstelle kurzzeitiger Allheilmittel.
Gideon blickte finster drein. Er hörte kaum den Lärm aus der Gaststube. Trotz aller Bedenken hatte er den Eindruck, daß der freundliche Mann aus Philadelphia recht hatte. Wie wichtig es war zusammenzuhalten, hatte er bei First Manassas gelernt. Er hatte sich mit einigen wenigen Männern davongemacht und wäre beinahe von einem tödlich verwundeten Yankee erschossen worden.
Er wollte Augustus Kolb und seiner Familie helfen. Aber Bill Sylvis verteilte eine bittere Medizin. Er stellte ganz realistisch dar, daß möglicherweise Entlassungen die Folge wären, wenn man Forderungen stellte. Damit hatte er die Weichensteller gegen sich aufgebracht und enttäuscht. Auch seine Aufrichtigkeit hinsichtlich einer Rassengleichheit in der Arbeiterbewegung fand wenig Zustimmung.
Gideon Kent und all die anderen hier im Lagerraum versammelten Arbeiter brauchten ihren Job. Aufgrund dieses Problems fand die Versammlung ein schnelles und ergebnisloses Ende.

## 2

Während seines gesamten Heimwegs gelang es Gideon nicht, den etwa vierzigjährigen William Sylvis aus seinen Gedanken zu verdrängen. Nun, da er am Fenster stand, erinnerte ihn der herannahende Schneesturm erneut an den Führer der stärksten der noch jungen Gewerkschaften des Landes.

Sylvis war unter den Arbeitern wohlbekannt. Er hatte persönlich unter den Gießereiarbeitern eine Organisation mit über hundertfünfunddreißig Ortsgruppen aufgebaut. Er hatte mehrfach zögernde Arbeiter zum Streik veranlaßt und eine wichtige Vereinbarung mit den Gießereibesitzern durchgesetzt, die für die berühmte Aussperrung von Albany im Jahre 1866 verantwortlich gewesen waren. Ständig propagierte er die Gründung von Genossenschaftsgießereien im Besitz der Arbeiterschaft als Alternative zu den bestehenden Herrschaftsstrukturen in der Eisen- und Stahlbranche. Er galt sogar als der mögliche zukünftige Präsident der National Labor Union, eines neugebildeten Dachverbands von Arbeiterorganisationen, die unter anderem für eine Verkürzung der Arbeitszeit kämpfte.

Aber der Preis, den Bill Sylvis hatte entrichten müssen, um all dies zu erreichen, war nicht zu übersehen. Er hatte sich in die Anonymität eines Lagerraums abschieben lassen müssen, weil selbst kleine Geschäftsleute ihn für gefährlich hielten. Seine Kleider waren kaum besser als Lumpen. Sein Gesundheitszustand war ebenfalls schlecht. Während der Versammlung hatte er jede Art von Erfrischung abgelehnt und gesagt, daß er ein Magenleiden habe. Er war ein verbrauchter Mann. Seine Familie lebte, wie Gideon gelesen hatte, in Armut. Und all diese Opfer hatte er für die Sache der Gewerkschaften erbracht.

Tatsächlich hatte Sylvis gebrechlich und beinahe verzweifelt ausgesehen, als er die Versammlung verließ und in die Dunkelheit hinausmarschierte. Er trug nur einen dünnen Mantel und jenen angesengten löchrigen Schal. Gideon konnte sehen, wie die Enden des Schals wie zerfetzte Flaggen im Wind flatterten.

Das Bild verschwand, als er seine Hände warm rieb. Das Wohnzimmer des kleinen Hauses war schäbig und kalt. Die uralten Blütentapeten waren rußig verfärbt. Der Wind pfiff durch die Löcher in der Wandverkleidung.

Die alte Uhr aus Walnußholz auf einem wackligen Tisch schlug jetzt halb sechs. Gideon konnte einfach nicht von ganzem Herzen zugeben, daß Sylvis recht hatte. Das würde ihn nur zwingen, den nächsten logischen Schritt zu vollziehen. Wie die anderen Teilnehmer der Versammlung im Lager Palace war er dazu nicht bereit. Die Zeiten waren einfach zu schwer. Arbeit war kaum zu bekommen.

Aus der Küche war zu hören, wie Margaret begann, Eleanor zu baden. Mitten im Geplansche rief sie ihm zu:

»Gideon? Dein Abendessen ist fertig!«

»Ja, ich komme gleich.«

Aber er blieb am Fenster stehen, sein Blick richtete sich auf die Wagenspuren aus gefrorenem Matsch und die schäbigen, immer gleichen Häuser, die sich bis zum Fluß hinzogen. Daphnis Miller, sein direkter Nachbar, hatte einmal gemeint, wenn man sein Bier getrunken habe, gebe es nur eine Methode, das richtige Bett zu finden: man müsse von der Straßenecke ab die Häuser zählen.

Miller war ein großzügiger Mann. In weniger als einem halben Jahr war er für Gideon auch ein guter Freund geworden. Im letzten Sommer hatte Gideon dreimal hintereinander wegen seiner Südstaaten-Vergangenheit seinen Job verloren. Daraufhin hatte sich Gideon des Eisenbahners erinnert, den er in der Gefangenschaft kennengelernt hatte. In seiner Verzweiflung war er dann mit der Fähre nach Jersey City hinübergefahren.

Er hatte erwartet, daß Miller längst nicht mehr hier lebe oder, falls doch, daß er ihn längst vergessen hatte, zumindest aber sein beiläufig ausgesprochenes Angebot, ihn aufzusuchen, falls er jemals eine Beschäftigung benötige.

Aber mit alldem lag Gideon völlig falsch.

Miller hatte ihn dem Inspektor vorgestellt, der für die Einstellung von Weichenstellern zuständig war. Gideons schlechte körperliche Verfassung hatte nur ungläubiges Gelächter hervorgerufen.

Aber der Inspektor hatte seine Bewerbung nicht rundheraus abgelehnt. Obwohl im industriell entwickelten Osten die wirtschaftliche Lage schlecht und Arbeit knapp war, gab es nicht viele Männer, die das Risiko eingingen, für eine Eisenbahngesellschaft mit einem so schlechten Ruf wie die Erie-Linie zu arbeiten. Dennoch hatte Gideon fast eine Viertelstunde benötigt, um sein Anliegen vorzutragen:

Er war stark. Das bezeugten sein hoher Wuchs und seine breiten Schultern. Das Gewicht, das er im Gefängnis verloren hatte, hatte er weitgehend wiedergewonnen.

Er war sehr behende. Im Krieg war er Kavallerist gewesen.

Seines verlorenen Auges wegen mußte er jedoch eine ganze Reihe Argumente vortragen. Er schlug aufs Pult des Inspektors und verkündete, er sei in der Lage, aufs nächste Rekrutierungsamt der Armee zu marschieren und sich auf der Stelle für eines der neu aufgestellten Kavallerieregimenter einschreiben zu lassen, die in der Prärie ihren Dienst tun sollten. Wenn einäugige Männer für General Hancock oder den jungen General Custer akzeptabel waren, warum sollten sie es dann – verdammt noch mal! – für die Erie-Eisenbahn nicht sein. Waggons aneinanderzukoppeln konnte ja wohl nicht gefährlicher sein, als gegen die wilden Sioux-Indianer zu kämpfen.

Der Inspektor bemerkte dazu trocken, daß Gideon hier wohl noch eine Überraschung erleben werde, aber er war bereit, ihm versuchsweise eine Chance zu geben. Der Gesichtsausdruck dieses Mannes machte deutlich, daß er nicht annahm, Gideon werde lange durchhalten. Aber das steigerte Gideons Willen zum Erfolg nur.

Die Arbeit war in der Tat so gefährlich, wie Miller sie beschrieben hatte. Alle paar Wochen kam ein Arbeiter zu Tode oder wurde verletzt. Gideon mußte immer wieder Margarets Angst beschwichtigen. Er betonte, daß er endlich eine Arbeit im Freien gefunden habe, was er sehr schätze, außer natürlich während dieses verfluchten Winters hier im Norden.

Neben dieser erschreckend hohen Rate an Toten und Verletzten gab es für die junge Familie ein weiteres entmutigendes Element: den Umzug auf die andere Seite des Flusses im August 1867. Dieser war notwendig, wenn Gideon regelmäßig hier arbeiten wollte. Während der kalten Jahreszeit war der Fährverkehr über den Fluß wegen des Treibeises höchst unzuverlässig.

Der Umzug nach Jersey City hatte allerdings auch zur Folge, daß man Jephtha und Molly jetzt viel seltener sah. Aber Gideon und Margaret ertrugen die neue Isolierung, ohne zu klagen. Dazu trug auch die Tatsache bei, daß sie in direkter Nachbarschaft zu Miller ein kleines Haus mieten konnten. Daphnis Miller wurde nicht nur sein Freund, er wurde auch sein treuer Ratgeber. Er brachte Gideon die Feinheiten des Weichenstellerberufs bei, er sorgte dafür, daß Gideon gemeinsam mit ihm für die Nachtschicht eingeteilt wurde. Heute abend würde Miller wie üblich um halb sieben vorbeikommen, und die beiden würden ihren halbstündigen Weg zur Arbeit gemeinsam zurücklegen.

Er entschloß sich dazu, Margaret nichts über Bill Sylvis' Ausführungen zu erzählen. Glücklicherweise hatte er auf dem Heimweg noch etwas erledigt, das seine lange Abwesenheit erklären konnte.

Er wollte nicht, daß seine Frau auf den Gedanken kam, er lasse sich auf eine Sache ein, die das bißchen Sicherheit gefährden konnte, deren sie sich jetzt erfreuten. Und das tat er ja auch nicht. Nach dem Krieg hatte er sich geschworen, er werde nie wieder für ein abstraktes Prinzip kämpfen, wie es die Rechte der einzelnen Bundesstaaten darstellten. Der bloße Überlebenskampf reichte ihm jetzt durchaus. Er hatte eine Zwölfstundenschicht und erhielt dafür den großartigen Lohn von anderthalb Dollar pro Tag. Greeleys »Tribune« hatte eine Schätzung veröffentlicht, die besagte, daß eine Durchschnittsfamilie in der Woche 10,57 Dollar zur Bestreitung der allernotwendigsten Ausgaben benötige. Gideons Familie erreichte dieses Niveau nur durch Margarets Näharbeiten.

Dennoch lehnten Gideon und seine Frau immer wieder die Geschenke – seien es Lebensmittel oder Kleidungsstücke – ab, die Jephtha und Molly ihnen anboten. Gelegentlich fragte sich Gideon allerdings – und gerade jetzt war dies wieder der Fall –, ob es nicht verrückt von ihm war, jede finanzielle Unterstützung durch seinen Vater abzulehnen. Ein Wort zu Jephtha hätte genügt, und sogleich hätte es für Margaret und ihn keine finanziellen Sorgen mehr gegeben.

Bei dem Gedanken daran mußte er tief seufzen. Die Unabhängigkeit hatte gewiß ihren Preis. War es überhaupt fair, von Margaret zu erwarten, daß sie ihren Teil dazu beitrug? Stolz war eine feine Sache, aber den Magen konnte man damit nicht füllen, sich kleiden ebensowenig.

Schluß jetzt! dachte er nun, verdrossen wegen seiner Grübelei. Er fuhr sich mit einer Hand über sein langes, helles Haar und blinzelte mit seinem rechten Auge, um ein Stäubchen loszuwerden. Jetzt hatte er sich entschieden. Er wollte bei seinem Entschluß bleiben, sich durch eigene Arbeit und eigenen Verstand seine Zukunft aufzubauen. Selbst wenn er immer wieder das Gefühl hatte, daß seine Geistesgaben dazu nicht ausreichten.

Aber er unternahm etwas, um diesen Zustand zu ändern, und zwar jeden Abend und in jeder freien Minute. Dabei hatte er sich kein unrealistisches Ziel gesetzt. Viele hatten sich autodidaktisch weitergebildet, auch Sylvis. Der Mann aus Philadelphia hatte bei dem Treffen in der Kneipe erzählt, seine Familie habe ihn bereits mit elf Jahren zur Arbeit auf einer Farm fortgegeben. Das Lesen habe er sich selbst beigebracht, weil er sich keinen Lehrer leisten konnte. Später hatte er sich dann mit sehr schwierigen Dingen beschäftigt, die er als Gewerkschaftsorganisator einfach kennen mußte. Sylvis hatte in dem Zusammenhang Namen erwähnt, die Gideon noch nie gehört hatte: Adam Smith, David Ricardo, Karl Marx.

Er rieb die Ärmel seines Flanellhemdes. Mein Gott, war das kalt. Er spürte Druck auf der Blase. Er wollte nicht gern durch den heulenden Sturm hinaus zum Abort gehen. Der drohende Himmel erinnerte ihn ständig an Kolb.

Während des letzten Wirbelsturms war Augustus Kolb seiner Arbeit als Weichensteller nachgegangen. Er war auf einer vereisten Schiene ausgerutscht und zwischen rangierenden Waggons eingequetscht worden. Man hatte ihm beide Beine amputieren müssen. Er würde nie wieder imstande sein zu arbeiten.

Kolbs schwangere Frau und seine beiden Kinder hatten nur das Beileidsschreiben eines Bonzen der Erie-Gesellschaft erhalten, keine Entschädigung.

*Ihr könnt gar nichts erreichen, solange ihr euch nicht organisiert!*

»Gideon, dein Essen wird kalt!«

»Ich komme!«

3

Er putzte die Petroleumlampe des Wohnzimmers, um Brennstoff zu sparen. Gewohnheitsmäßig hielt er seinen Kopf ein wenig nach links geneigt, während er mit den Händen hantierte. Die Flamme flackerte einmal auf und beleuchtete kurzzeitig die schwarze Lederklappe, die seine linke Augenhöhle bedeckte. Dann herrschte im Zimmer wieder Dunkelheit.

Im Schlafzimmer war es auf der Wohnzimmerseite kalt, zur Küche hin dagegen wärmer. Ein Eisenherd verbreitete eine angenehme Wärme. Als er sich dem hell erleuchteten Durchgang zwischen beiden Räumen näherte, ging ihm eine weitere Bemerkung Sylvis' durch den Kopf:

»Solange ihr keine Gewerkschaft habt, werden sie euch übervorteilen. In den Vereinigten Staaten gibt es nur zwei Klassen: die Ausbeuter und die Ausgebeuteten.«

Bei diesen Worten mußte er an seinen Vetter zweiten Grades, Louis Kent, denken, den er nie kennengelernt hatte. Jephtha verachtete diesen Menschen und traf trotz der Verwandtschaft nie mit ihm zusammen. Aber in den Zeitungen hatte Gideon eine ganze Menge über Louis gelesen. Er war einer der Hauptaktionäre der Erie-Gesellschaft. In einer Nacht wie dieser brauchte er in seinem schönen neuen Herrenhaus an der Fifth Avenue oder in seinem Palast oberhalb des Hudson sicher nicht zu frieren.

Wieder machte Gideon sich selbst Vorwürfe, weil er Neid empfand. Er wollte keinen Reichtum von anderen geschenkt haben. Aber er war dennoch der Meinung, daß Leute wie Louis eine gewisse Verantwortung zu tragen hatten, wenn einer ihrer Mitarbeiter für sein ganzes Leben zu Schaden kam.

Aber dies zu erwarten war auch lächerlich. Louis gehörte zu den Ausbeutern. Bereits vor seiner Begegnung mit Sylvis war es Gideon klargewesen, daß Menschen wie Louis Kent auf Kosten anderer lebten. Während Kolbs hochschwangere Frau ihren Gatten pflegte, bis sie weinend und verzweifelt über das Schicksal der Familie in den Schlaf fiel, beschäftigte sich Louis Kent mit Partys, mit Europareisen und mit finanziellen Manipulationen, die Gideon noch nicht verstehen konnte.

Er versuchte aber, sich Kenntnisse anzueignen. Er las jede Zeitungsmeldung über den gegenwärtigen Kampf um die Kontrolle der Erie-Gesellschaft. Aber für ihn ergaben diese Nachrichten wenig Sinn. Der Unterschied zwischen Hausse und Baisse war für ihn schwer verständlich, ebenso Begriffe wie »Preisabkommen«, »Pool« oder »spekulativer Aufkauf«.

»Gideon, was treibst du denn da?«

»Wie bitte?« Er hatte gar nicht gemerkt, daß er vier Schritte vor der Küche stehengeblieben war.

»Was machst du im Dunkeln? Worüber grübelst du eigentlich nach?«

*Man kann nichts erreichen, solange man sich nicht organisiert!*

»Nichts Wichtiges«, sagte er, unterdrückte ein leichtes Schuldgefühl und eilte zu ihr hinüber.

## 5. Kapitel
## Die Familie

Er betrat jetzt die warme Küche. Der Anblick von Frau und Tochter riß ihn aus seiner nachdenklichen Stimmung.

Die fünfjährige Eleanor stand zappelnd in der Waschwanne. Margaret kniete daneben und rieb den rosigen Körper des kleinen Mädchens mit einem Handtuch ab.

Eleanor Kent war Gideons ganze Wonne. Sie war ein glückliches, kräftiges Kind, das wie seine Mutter dunkle Haare und Augen hatte. Nun aber blickte sie finster drein:

»Papa, sie reibt mir die ganze Haut ab!«

Gideon freute sich, als er sich an den alten Tisch setzte, auf dem ihn ein Teller mit Rindfleisch und Kartoffeln erwartete. »Mutter weiß am besten, was für dich gut ist, Eleanor. Und diese Haarbürste...« Er deutete auf den stachligen Gegenstand, der neben einem Stück selbstgemachter Seife lag. »Diese Bürste ist hervorragend dazu geeignet, um dich warmzurubbeln.«

»Mir ist's jetzt schon viel zu warm, Papa!«

»Ach nicht doch. Alle Ärzte sind der Ansicht, daß Kinder nach dem Bad eine kräftige Trockenreibung brauchen. Das regt den Blutkreislauf an.«

»Das ist mir egal«, erklärte Eleanor, »diese Kratzbürste tut teuflisch weh.«

»Bitte, benutze solche Worte nicht, Eleanor«, sagte Margaret und gab dem Kind einen Klaps auf den Po.

Margaret Marble Kent war gleichaltrig mit Gideon. Mit knapp fünfundzwanzig Jahren war sie eine schlanke, aber vollbusige Frau, deren Schönheit nur durch eine Stupsnase, die sie haßte, beeinträchtigt wurde. Gideon hatte sie zu Kriegsbeginn in Richmond kennengelernt. Er liebte sie sehr und hatte seinen Entschluß, sie zu heiraten, nie bereut.

Sie war eine willensstarke Person und hatte keine Hemmungen, anderen ihre Meinung kundzutun. Ein gestickter Wahlspruch an der Küchenwand brachte diese Eigenschaft zum Ausdruck:

*Ein schönes, fröhliches Heim
hält Söhne davon ab, leichtlebig,
und Töchter, leichtsinnig zu werden.*

Als er Margaret sah, erinnerte sich Gideon an das Geschenk, das er ihr nach der Versammlung gekauft hatte. Er stand auf, ging zum Schrank, nahm das Päckchen heraus und hielt es hinter seinem Rücken versteckt.

»Eleanor, hör bitte auf, dich zu winden wie ein Aal!« Margaret bürstete ihrer Tochter jetzt die Haare. Dann legte sie das Handtuch zur Seite und zog dem Kind ein warmes Nachthemd über den Kopf. Aus ihrer Umhüllung heraus antwortete Eleanor mit gedämpfter Stimme: »Wenn Papa ein Lied singt, werde ich damit aufhören.«

»Papa muß essen, bevor seine Abendmahlzeit eiskalt wird.«

Sie hob das Kind hoch. »Das Wetter ist abscheulich, Gideon, sie sollten den Rangierbahnhof bei einem derartigen Unwetter besser schließen. Warum schaust du eigentlich so selbstgefällig drein?«

Er trat von einem Fuß auf den anderen, hielt das kleine Päckchen aber weiter hinter seinem Rücken versteckt. »Ich habe eine Überraschung für dich.«

»Eine Überraschung?« Sie sprang hoch und strich sich den fleckigen Rock glatt. »Hast du etwas gekauft, das wir uns nicht leisten können?«

»Es war nicht allzu teuer«, schwindelte er. »Dennoch hat's natürlich Geld gekostet.«

Eleanor eilte ihm entgegen und zog an seiner schweren Cordhose. »Papa, wirst du singen?« Er streichelte zärtlich ihr Haar.

»Ja, gleich. Zuvor müssen Mama und ich noch einen kleinen Tausch vornehmen.«

Mit der anderen Hand brachte er das Papier zum Rascheln. Dann beugte er sich vor und küßte Margaret. Nun zeigte er das Päckchen vor und schmetterte eine Art Fanfare. Margaret schaute jetzt immer gequälter drein: »Was auch immer es sein mag, auf jeden Fall können wir's uns nicht leisten. Ich werde es zurückgeben.«

»Unmöglich. Ich habe schon meinen Kuß bekommen. Also mußt du's nehmen.«

Er drückte ihr das Päckchen in die Hände und hob seine Tochter hoch. Sie kicherte, als er sie auf seine Knie fallen ließ.

»Haben Sie ein Lieblingslied, Miss Eleanor?«

Das kleine Mädchen legte die Arme um seinen Hals und zappelte immer noch: »›Yellow Rose‹, bitte.«

»Sehr schön.« Er sang jetzt mit seiner starken Baritonstimme und begann dabei seine Tochter im Rhythmus der Musik hin und her zu wiegen.

>»Where the Rio Grande is flowing
>And the starry skies are bright
>She walks along the river
>In the quiet summer night.«

Eleanor sprang zu Boden, legte die Hände an die Hüften und hüpfte herum. Das war ihre Art zu tanzen. Gideon klatschte in die Hände und sang dabei weiter.

>»She thinks if I remember
>When we parted long ago,
>I promised to return,
>And not to leave her so!«

Dröhnend laut sang er die letzten Worte. Er umfaßte Eleanors Taille so fest, daß sie laut aufschrie.
»Nun ermutige sie doch nicht auch noch in dieser Hinsicht!« meinte Margaret. »Schon mit drei Jahren war sie eine unheilbare Angeberin!«
»Du hast selbst gesagt, daß Dreijährige immer zum Angeben neigen.«
»Ja, aber gewöhnlich läßt das dann später nach.«
Gideon mußte allerdings zugeben, daß seine Tochter ungewöhnlich extrovertiert war. Gequält meinte er:
»Vielleicht hat Gott uns eine Schauspielerin geschenkt, die uns auf unsere alten Tage gut versorgen wird.«
»Eine Schauspielerin? Ich hoffe, nein! Ich möchte nicht, daß eines meiner Kinder einen so anrüchigen Beruf ergreift.«
»Margaret, ich scherze!«
»Was ist eine Schauspielerin?« wollte Eleanor wissen. Sie hatte keine Schwierigkeiten, das Wort auszusprechen. Sie hatte ungewöhnlich früh gelernt, mit schwierigen Wörtern und Sätzen umzugehen. »Ist es etwas Nettes?«
»Eine Schauspielerin ist eine Person von schlechtem Ruf, die sich selbst zur Schau stellt und . . . Merke dir: niemals!«
»Nun mach schon, und packe das Geschenk aus!« forderte Gideon.
Immer noch bestürzt dreinblickend, öffnete Margaret das braune Papier. Sie stieß einen kleinen Freudenschrei aus, als sie eine kleine runzlige Zitrone und ein großes braunes Ei entdeckte.

»Gideon, wieviel hast du dafür bezahlt?«
»Das ist doch gleichgültig.«
Margaret bestaunte die Einkäufe. Sie rang wohl mit der Entscheidung, ob sie weiter über die Kosten diskutieren oder sich einfach über das unerwartete Geschenk freuen sollte. Sie entschied sich für das letztere, beugte sich nieder und tippte an Eleanors Wange.
»Bitte, treten Sie zur Seite, Miss, und gestatten Sie, daß ich den Herrn küsse.«
Dann preßte sie ihren Mund auf Gideons Lippen.
»Du bist ein verrückter Verschwender, aber ich liebe dich gerade dafür.«
»Eine Frau, die so schwer arbeitet wie du, verdient ab und zu ein nettes Geschenk. Wie die ›Tribune‹ berichtet, verschönern sich die feinen, jungen Damen der Fifth Avenue mit Hilfe von Eiern und Zitronen. Und was für die Damen der Gesellschaft richtig ist, das kann für Sie nicht falsch sein, Mrs. Kent.«
»Ich habe gelesen, daß dieses Mittel wahre Wunder wirkt«, sagte Margaret und legte das Ei und die Zitrone ganz vorsichtig auf den Tisch, auf dem ein Exemplar von »Leslie's Illustrated Weekly« lag. Ein Abonnement dieser sehr beliebten Zeitschrift war eines der Weihnachtsgeschenke von Jephtha und Molly gewesen.
»Die Haut wird dadurch weicher«, fügte sie hinzu. »Das kann ich gut gebrauchen. Die Kälte macht meine Haut rauh wie Borke.«
»Mir gefällt sie immer«, grinste jetzt Gideon. Er steckte sich eine zerschlissene Serviette in den Kragen und begann zu essen. »Ich wollte dir einfach einmal ein persönliches Geschenk machen.«
»Aber wir haben doch kein Geld.«
»Überlaß mir die Sorge um das Geld. Das Leben ist kurz, Margaret. Ich habe viel über Augie Kolb nachgedacht.«
»Hast du deshalb starr wie eine Salzsäule im Schlafzimmer dagestanden?«
Er nickte. »Ich habe mich gefragt, ob Augie jemals ein Geschenk für seine Frau gekauft hat. Er hätte es auf jeden Fall tun sollen. Nun ist er ein Krüppel und wird nie wieder auch nur fünf Cent verdienen.« Er warf seine Gabel auf den Teller. »Es ist solch eine verdammte Ungerechtigkeit. Augie hat acht Jahre lang im Schweiße seines Angesichts für die Erie-Gesellschaft geschuftet. Aber nun ist er nicht mehr arbeitsfähig, und da vergessen ihn Louis Kent und die anderen Mistkerle auf der Stelle. Man sollte irgend etwas unternehmen.«
»Du redest wie einer dieser Gewerkschaftler.«

Er blickte schnell weg, als wollte er nicht, daß man ihm sein Schuldgefühl ansah.

»Wenn ich an Louis denke, vergeht mir der Appetit. Dieses Geschenk sollte man ihn nicht auch noch verderben lassen.«

»Das könnte ihm nie gelingen!« Ihre Augen trübten sich ein wenig. »Du bist manchmal ganz, ganz dumm. Aber ich kann dir nicht böse sein.« Sie berührte die Zitrone. »Ich werde das Mittel heute abend ausprobieren. Man soll das Eiweiß schlagen und dann die Zitronenschale hineintun. Die Öle vermischen sich. Das Zitroneneiweiß zaubert alle Fältchen weg.«

Ganz ruhig sagte er: »Ich habe dich zu einer Art Leben gezwungen, das dazu führt, daß du schneller als verdient Fältchen bekommst.«

Sie drückte seine Hand: »Du weißt, daß ich mich nie über etwas beklage, was du entscheidest, wenn wir darüber gesprochen haben.«

»Gilt das auch für den Entschluß, Vater nicht um Geld zu bitten?«

»Ja, auch dafür. Gideon, du machst mich sehr glücklich.« Sie schmiegte sich an ihn, er fühlte ihre Brust, und es entstand eine vertraute, intime Wärme. »Besonders, wenn du dich wie ein Gentleman aus Virginia verhältst und mir Geschenke kaufst.«

Wieder küßte sie ihn. Ihre Lippen verweilten auf den seinen. Da seufzte Eleanor und lenkte ihre Aufmerksamkeit ab.

Gideon führte ein Stück Kartoffel zum Mund. »Ich weiß, du hast es nicht gern gesehen, daß ich die Arbeit auf dem Rangierbahnhof angenommen habe.«

»Ich rege mich nur auf, wenn das Wetter schlecht ist. Du hast selbst gesagt, daß die meisten Arbeiter in einer Nacht wie der heutigen wegbleiben. Auch du könntest zu Hause bleiben.«

»Das erinnert an Richmond: ›Reit nicht los mit dem alten Jeb, Gideon.‹«

Sie errötete: »Tut mir leid.«

Ernüchtert meinte er jetzt: »Ich wollte dich damit nicht aufziehen. In Wahrheit würde ich gern zu Haus bleiben. Aber ich habe versprechen müssen, daß mir schlechtes Wetter nichts ausmacht. Ich war nie ein geschickter Lügner. Und außerdem brauchen wir das Geld.«

Auf einem Schemel sitzend, rieb Eleanor ihre nackten Zehen aneinander. »Was ist mit dem Buch, Papa? Bitte, lies mir was vor.«

»O Gott«, rief Margaret jetzt aus. »Das Geschenk hat mich so aufgeregt, daß ich die Füße des Kindes vergessen habe.«

Sie eilte ins Schlafzimmer und kehrte mit groben Wollsocken zurück. Gideon lauschte dem Heulen des Sturms. Eine Dachschindel hatte sich gelöst und krachte auf den Boden. Jetzt lagen zwölf anstrengende Stunden vor ihm.

Aber bevor er das Haus verließ, hatte er noch die Freude, das allabendliche Ritual mitzuerleben.

Margaret zog Eleanor endlich die Socken an. Gespannt blickte das kleine Mädchen zu seinem Vater. Die Hälfte von dem, was er vorlas, verstand sie nicht, aber sie war fasziniert, weil auch er fasziniert war.

Gideon lächelte: »Gut, gleich lese ich dir aus dem Buch vor.«

2

Margaret brachte ihm jetzt eine Tasse heißen Kaffee vom Herd. Dieser war ein Geschenk von Jephtha und Molly, als das Ehepaar nach Jersey City zog.

Während Gideon seinen Kaffee schlürfte, holte Eleanor schnell einen Teppichklopfer aus Draht aus einer Ecke. Sie tat so, als fange sie imaginäre Insekten in einem imaginären Netz. Margaret leerte den Holzkasten und tat das restliche Brennholz in den Herd.

Als er das Buch hochhob, fiel ihm zum ersten Mal das Titelbild von »Leslie's« auf. Es war eine Montage von drei Köpfen. Einer der Abgebildeten, ein schielender und schmallippiger Mensch, war beträchtlich älter als die anderen. Unter seinem Foto stand der Name Drew.

Der plumpe, schläfrige Mann mit dem üppigen Schnurrbart war Fisk. Der dritte, dessen Vollbart seine Krawatte verdeckte, hieß Gould. Die Schlagzeile dazu lautete:

**Krieg mit Vanderbilt**
**Das Erie-Triumvirat**

Gideon hatte noch nie Abbildungen der Männer gesehen, denen die Eisenbahngesellschaft, bei der er beschäftigt war, zum großen Teil gehörte. Er betrachtete sie eingehend. Insbesondere von Gould war er fasziniert. Wenn das Porträt lebensecht war, dann vermittelte es einen trügerischen Eindruck. Der berüchtigte Mr. Gould sah etwa so aus wie ein armer Büroangestellter.

Margaret war jetzt mit ihrer Arbeit am Herd fertig und setzte sich. Eleanor jagte einem weiteren unsichtbaren Insekt nach. Sie blickte mit ihren leuchtend braunen Augen ihre Mutter an, die eine Seite ihres Buches aufschlug, die durch ein Stück Schnur markiert war.

»Übrigens«, sagte Margaret unvermittelt, »du darfst nicht vergessen, Daphnis zu erzählen, was wir über seinen Namen herausgefunden haben.«

Gideon nickt bestätigend: »Ich werde daran denken.«

Dann las sie laut etwas aus der Sammlung der Reden von Präsident Johnson vor. Das Buch stammte aus Jephthas Gemeindebibliothek.

»Die Tendenz der Gesetzgebung in diesem Lande läuft darauf hinaus, Monopole zu schaffen.« Sie warf einen flüchtigen Blick auf ihren Mann: »Monopole?«

Mit dem Brauch, am Abend etwas vorzulesen, hatte man vor zwei Jahren begonnen. Den Anstoß dazu gab Gideon, der die Geschichte Amerikas kennenlernen und sich mit der Entwicklung des politischen und wirtschaftlichen Denkens der Gegenwart zu beschäftigen gedachte. Margaret hatte darauf hingewiesen, daß auch Andrew Johnson sich auf diese Art weitergebildet habe. In seiner Schneiderwerkstatt in Tennessee gab es einen Mann, der ihm für fünfzig Cents die Stunde während der Arbeit vorlas.

Margaret hatte mit der Unabhängigkeitserklärung und der Verfassung begonnen. Ihre Geduld und ihr Humor waren ihm während der ersten Wochen sehr hilfreich, als er noch gänzlich unerfahren war. Inzwischen hatte er so große Fortschritte gemacht, daß ihm eine Zwischenfrage eine Freude und Herausforderung bedeutete. Es gab ihm Gelegenheit zu zeigen, daß er einen Begriff verstanden hatte.

»Monopole sind Gruppen – kleine Gruppen –, die eine bestimmte Geschäftsbranche beherrschen.«

Margaret nickte ihm ermutigend zu.

»Normalerweise nehmen sie geheime Preisabsprachen vor.«

»Wie nennt man einen Menschen, der sich daran beteiligt?«

Gideon rieb sich die Stirn. Es gab so vieles, was man wissen sollte. Er suchte nach der Antwort:

»Monopolist?«

»Ja.« Ihr Lächeln ermutigte ihn. »Und das ganze heißt Monopolismus.«

»Ismus«, wiederholte er mit einem Lächeln. »Wie in Vanderbiltismus.«

Sie lachte. »Das trifft sicherlich zu. Hier heißt es weiter: . . . Monopole zu schaffen. Die Gesetzgebung tendiert dazu, die Macht des Geldes zu verstärken, es in den Händen einiger weniger zu konzentrieren. Diese Tendenz dient den Interessen bestimmter Klassen und ist gegen die große Masse des Volkes gerichtet.«

»Bei der Erie trifft das genau zu«, warf er ein. »Die Direktoren kennen nur ihre eigenen Interessen, nicht die der Fahrgäste. Und die Arbeiter sind keinen Pfifferling wert. Die Direktoren sollten nie vergessen, wie es dem alten King George ergangen ist.«

»Aber das Gesetz gibt den Fahrgästen einer Eisenbahngesellschaft kein Mitspracherecht in Geschäftsangelegenheiten, ebensowenig übrigens auch den Arbeitern.«

»Vielleicht haben wir die falschen Gesetze. Vielleicht haben die Direktoren genau dafür gesorgt. Es muß sich wohl vieles ändern.«

Margaret blickte ihn auf seltsame Weise an.

»Was ist denn los?« fragte er.

»Nichts, aber du redest wieder so wie einer dieser Gewerkschaftler.«

Er mußte ihr recht geben, und das behagte ihm nicht: »Ich habe nur laut gedacht.«

Nun hämmerte eine Faust gegen die Hintertür. Er öffnete, Daphnis Miller trat ein und brachte einen Hauch kalter Winterluft mit sich.

Eleanor kreischte auf, als sie die kalte Luft zu spüren bekam. Miller taumelte ein wenig, als Gideon die Tür zuschlug. Gideons Nachbar trug einen geflickten Uniformmantel der Unionsarmee. Ein Schal bedeckte seine untere Gesichtshälfte.

»Du kommst früh heute, Daphnis«, sagte Gideon. Margaret schaute beinahe ebenso enttäuscht drein wie ihr Mann.

Durch die Vermummung war Millers Stimme nur undeutlich zu hören. »Der Weg zur Arbeit wird heute sehr schwierig sein. Dauernd rutschen Schneewehen von den Dächern.«

Miller strich sich die Wassertropfen von seinen grauen Augenbrauen. Er stellte sich an den Herd und streckte die Hände aus, über die er mehrere Handschuhpaare gezogen hatte. »Eine richtige Hure von einer Nacht – oh. Die Damen mögen entschuldigen.«

Gideon ging ins Schlafzimmer. Er roch das Bier, mit dem sein Nachbar sich gestärkt hatte.

»Es kann durchaus sein, daß die meisten Zugverbindungen heute eingestellt werden, Daphnis«, sagte Margaret.

»Nein, nur wenn das Schneetreiben zu schlimm wird. Gideon, wenn du kannst, solltest du noch ein zusätzliches Paar Handschuhe anziehen.«

»Hab' keine«, rief Gideon und kam zurück mit dem zerschlissenen Konföderiertenmantel, den er aus Fort Delaware mitgebracht hatte. Er zog ihn an, setzte seine Militärmütze auf, band sich einen Schal über Kopf und Mütze und verknotete ihn unter dem Kinn. Margaret stellte sich auf die Zehenspitzen, um ihn zu küssen.

»Geh keine unnötigen Risiken ein.«

Er tätschelte ihr den Arm: »Ganz bestimmt nicht.« Er machte sich Sorgen um Miller, der offensichtlich seit der Rückkehr aus dem »Palace« noch mehr getrunken hatte. Bei den Millers wurde oft Alkohol an Stelle der dringendsten Lebensnotwendigkeiten gekauft. Gideon dagegen trank niemals vor der Arbeit. Bier und Schnaps verlangsamten seine Reaktionsfähigkeit. Für die Arbeit auf einem Rangierbahnhof war schnelle Reaktionsfähigkeit lebensnotwendig.

»Verriegle die Türen, wenn ich gegangen bin«, trug er Margaret auf.

»Ich denke, ich werde rübergehen und Flo beim Waschen helfen.«

»Das ist sehr freundlich von dir«, murmelte Miller. »Die vier Rangen machen Berge von Kleidern schmutzig.«

»Nimm Eleanor mit«, riet Gideon. »Und wenn du zurückkommst, dann schließ wieder ab. Es streifen zu viele Arbeitslose umher.«

Ein wenig zornig meinte Margaret: »Gideon Kent, ich bin durchaus in der Lage, für mich selbst zu sorgen!«

Er grinste: »Ich weiß das. Aber ich vergesse es immer. Dann bis morgen früh.«

»Entweder das, oder ein Vertreter der Erie-Linie wird sein Beileid zum Ausdruck bringen«, keuchte Miller.

Margaret errötete: »Laß die makabren Witze, Daphnis.«

Der schaute zerknirscht drein. Gideon drängte ihn zur Tür. Dann beugte er sich herab, um Eleanor zu umarmen. Anschließend legte ihm Margaret einen Arm um den Hals.

»Sei ganz vorsichtig!«

»Das verspreche ich!« Dann, zu Eleanor gewandt: »Wessen Mädel bist du?«

»Deines!« Mit beiden Händen warf sie ihm eine Kußhand zu.

Er zog die Tür fest hinter sich ins Schloß, wankte beinahe in den Sturm hinaus, der sogar im winzigen Hinterhof heulte. Miller schwenkte die Arme und verlor auf den Stufen sein Gleichgewicht. Gideon fing ihn auf und hielt ihn aufrecht. Die Stufen waren eisglatt.

Es herrschte Eisregen. Margaret hatte wirklich Grund, sich Sorgen zu machen. Auch er war jetzt beunruhigt.

## 6. KAPITEL
## Der Unfall


Durch den Eisregen waren die Lichter der entfernteren Häuser nur schlecht zu erkennen. Stechend kalter Graupel attackierte Gideons ungeschützte obere Gesichtshälfte. Der Wind war so stark, daß er das Gefühl hatte, bei jedem Schritt von einem großen Mann zurückgestoßen zu werden. Schon ehe Miller und er die Hälfte der Strecke bis zum Rangierbahnhof zurückgelegt hatten, mußte er um Atem ringen.

Die Wagenspuren auf den verlassenen Straßen füllten sich gefährlich schnell mit gefrorenem Schnee. Unter ihren Füßen knirschte es. Gideon wußte, daß am Metall der Waggons, die sie anzukoppeln hätten, Schnee haften bleiben und dann festfrieren würde.

Miller stolperte ständig. Aber er redete wie ein Wasserfall. Das war ein weiteres Anzeichen dafür, daß er zuviel getrunken hatte. Mehrfach schrie Gideon: »Ich kann dich nicht verstehen!« Miller sprach einfach weiter.

Jetzt schienen sie sich schon stundenlang vorwärts zu kämpfen. Plötzlich schlug Miller heftig mit den Armen. Dann neigte er sich zu Gideons rechtem Ohr herab:

»Du hast's mir versprochen – es ist mehr als zwei Wochen her!«

Gideon schüttelte den Kopf. Er verstand nicht, was Miller meinte.

Irgendwo in der Düsternis pfiff eine Rangierlok. Nun war der Rangierbahnhof nicht mehr weit. Trotz des Wetters wurde hier offensichtlich weitergearbeitet.

Der Ältere zerrte jetzt hartnäckig an Gideons Arm: »Gid, du hast es versprochen! Du hast gesagt, du würdest beim Abendessen dieses Buch mit den Feengeschichten lesen.«

Nun verstand er, was sein Freund wollte. Margaret hatte ihn daran erinnert, aber er hatte es vergessen. »›Mythen‹«, erinnerte er sich. »Ein Buch von Bulfinch.«

Schon seit Monaten hatte Miller ihn mit Fragen nach der Herkunft seines Vornamens geplagt. Die Eltern des Eisenbahners waren analphabetische Farmer aus dem Tal des Mohawk gewesen. Miller war nur sehr wenigen Leuten begegnet, die mehr und Anspruchsvolleres lasen als eine Tageszeitung. Er hatte Gideon gebeten, ihm bei der Feststellung des Ursprungs und der Bedeutung seines Vornamens behilflich zu sein.

Als Jephtha das letzte Mal zu Besuch kam, hatte Gideon ihn gebeten, ihm all die Bücher zu beschaffen, die ihm Antwort auf Daphnis' Fragen geben konnten. Jephtha hatte einen Band in seinem Bücherschrank entdeckt und ihn Gideon geschickt. Es hatte sich aber noch keine Gelegenheit ergeben, mit Daphnis darüber zu sprechen.

»Nun mach schon, Gid«, Miller klang etwas eingeschnappt. »Erzähl mir, was das Buch dazu sagt.«

Sie gingen jetzt um eine Ecke und gelangten in eine dunkle Straße mit Lagerhäusern ganz in der Nähe des Rangierbahnhofs. Am Ende dieser Straße schimmerte das Licht einer langsam fahrenden Lokomotive. Die Gebäude gewährten etwas Schutz vor dem Wind. Man konnte sich nun besser unterhalten.

»Wieviel Bier hast du heute getrunken, Daphnis?«

»Eine ganze Menge. Ich wußte ja, daß die Nacht scheußlich sein würde. Nun, was hast du herausgefunden?«

Ein Windstoß machte Gideons Antwort undeutlich.

»Du willst es nicht erzählen«, maulte Miller. »Es ist ein weiblicher Name. Ich hab schon immer gewußt, daß meine Mama mir einen Weibernamen gegeben hat.«

»Nein, das hat sie nicht getan. Es ist durchaus ein Männername. Der alte Daphnis war ein griechischer Schäfer.«

An Millers Gebrummel erkannte Gideon, daß dieser ihn nicht hatte verstehen können.

Unfreundlich und gereizt brüllte Gideon:

»Schafe! Daphnis hütete Schafe!«

»Ist das wirklich wahr?«

»Ja.«

»Mein Papa hatte einige Schafe. Erzähl mir, was du sonst noch weißt.«

Gideon hustete. Sein Hals wurde jetzt rauh. »Daphnis musizierte mit einer Art Pfeife oder Flöte. Er trieb sich herum mit einer...« Er sah jetzt die Buchstaben des Wortes vor sich: Najade. Er wußte aber nicht, wie man das richtig aussprach. »Mit einem Mädchen, das ständig im Wasser lebte.«

»Es waren Griechen, hast du gesagt?« schrie Miller. »So wie die Griechen, die mit den Einwandererschiffen kommen, gemeinsam mit den Slowaken, den Deutschen, den Juden?«

»Nein, hier handelt es sich nicht um wirkliche Menschen. Es ist einfach eine alte Geschichte. Eine Legende. Nun wollen wir aber lieber schweigen, bis wir an einen wärmeren Ort gelangen.«

Er zweifelte daran, ob es ihm je wieder warm werden würde.

2

Jetzt hatten sie die Reihe der Lagerhäuser hinter sich gelassen. Links zwischen den Weichen schimmerte Licht aus dem Schuppen des Inspektors. Die Lokomotive, die er von fern gesehen hatte, pufftte jetzt in eine andere Richtung davon. Hinter den acht Güterwaggons mit ihren frostbedeckten Dächern war sie bereits nicht mehr zu sehen.

Sie eilten auf den Schuppen zu. Miller freute sich insgeheim.

»Nun, jetzt weiß ich Gott sei Dank, daß ich nicht den Namen irgendeines dummen Weibes trage. Gid, dafür danke ich dir von Herzen. Als ich dich das erste Mal in jenem Gefangenenzug traf, da wußte ich gleich, daß du ein feiner Kerl bist.«

Gideon lachte, dann schob er seinen Freund praktisch in Richtung Schuppen voran. Der verlor daraufhin beinahe sein Gleichgewicht. Jedes ungeschützte Stück Boden auf dem Verschiebebahnhof war eisglatt.

Miller stolperte gegen die Tür, riß sie auf und fiel beinahe hinein. Gideon folgte ihm. Der Ofen in der Ecke schuf eine angenehme Wärmeinsel.

Wasser tropfte beiden Männern von den Mänteln. Miller plumpste auf eine Bank und betrachtete intensiv seine Handschuhe. »Ich trage den Namen eines verdammten griechischen Hirten. Kann man sich das vorstellen?«

Der Inspektor der Nachtschicht, ein kleiner, beinahe kahlköpfiger Mann namens Cuthbertson, saß vor einer Tafel an einem Pult. Auf der Tafel waren die Nummern und Abfahrtszeiten von einem Dutzend Zügen vermerkt. Bis auf zwei waren alle mit Kreide durchgestrichen.

Cuthbertson nahm eine ekelhaft riechende schwarze Zigarre aus dem Mund: »Hallo, Gid, wie geht es deinem angesäuselten Freund?«

Millers wäßrige Augen blinzelten über den Schal hinweg:

»Cuthie, du kannst mich mal!«

Cuthbertson blickte mürrisch drein: »Du warst mal wieder zu lange in der Kneipe, Daphnis!«

»Er ist bloß müde«, log Gideon. Der Sturm ratterte an den rußigen

Fensterrahmen. Die Außenfensterbretter waren mit einer eisigen, sechs Zentimeter dicken Schneekruste bedeckt.

Gideon saß jetzt auf der Bank und nahm sich den Schal ab. Lippen und Kinn fühlten sich ganz taub an. Desgleichen seine Finger und Füße. Er zog seine durchweichten Handschuhe aus und hängte sie an die offenstehende Tür des Ofens.

»Wie ist die Lage, Cuthie?«

Der Inspektor zeigte auf die Tafel. »Alle Personenzüge sind gestrichen. Zwei Güterzüge werden fahren. Zuerst der Acht-Uhr-dreißig nach Albany.« Dazu gehörten wahrscheinlich die abgekoppelten Waggons, die Gideon beim Weg zur Arbeit gesehen hatte.

»Vielleicht kann ich mit jemand anderem zusammenarbeiten«, schlug er vor. »Daphnis könnte sich jetzt ausruhen und sich dann um den zweiten Zug kümmern.«

»Es ist kein anderer da«, beschied ihn Cuthbertson barsch. Trotz seiner recht grimmigen Art war er kein übler Bursche. Er war einfach überarbeitet und hatte ständig Probleme mit der minderwertigen Ausrüstung. »Wieder hat uns eine dieser rätselhaften Seuchen befallen, das passiert jedesmal, wenn es schneit.«

»Willst du damit sagen, daß sonst keiner zur Arbeit erschienen ist?«

»Keiner!«

Gideon blickte jetzt noch finsterer drein. Sonst bestand jede Schicht aus vier Weichenstellergruppen von je zwei Mann.

»Ich kann diese Klagelieder nicht mehr hören«, schnaubte Cuthbertson. »Frostbeulen. Durchfall. Plötzlich wird man ans Krankenlager eines Freundes gerufen. Den kenne ich sehr gut. Es ist der Barmann im Diamond N. Oh, morgen wird die große Stunde der Lügen sein!«

Schnee troff von Gideons Stiefeln und bildete kleine Pfützen auf dem Boden. Der Inspektor blickte Miller an und hob seine Augenbrauen. Miller bemerkte das nicht. Er betrachtete immer noch seine Handschuhe und murmelte dabei vor sich hin.

»Nun, wir werden es schon schaffen«, antwortete Gideon auf Cuthbertsons unausgesprochene Frage. Sein Auge wanderte jetzt wieder auf die offenstehende Ofentür. In der Glut erschien ihm das Bild von Augustus Kolb. Der Mann war zum Zeitpunkt seines Unfalls einunddreißig Jahre alt gewesen.

Mit dem Stummel seiner Zigarre zündete sich Cuthbertson eine zweite an: »Du scheinst heute nacht nicht gerade fröhlich zu sein.«

»Oh!« Gideon setzte seine Militärmütze ab, entledigte sich dann seiner Handschuhe und fuhr sich mit den Fingern durch die Haare. Er ließ sich Zeit mit der Antwort. »Aus irgendeinem Grunde muß ich heute dauernd an Augie Kolb denken.«
»Wieso?«
Gideon blickte dem Inspektor in die Augen: »Cuthie, sag mir, ist etwas nicht in Ordnung?«
»Heute morgen hat man Gerda gefunden.«
»Gerda Kolb?« Cuthbertson nickte. »Wo?«
Millers Kinn fiel herab. Er schnarchte leise.
Auf Gideons Drängen hin sagte Cuthbertson:
»Eines der Kinder fand sie im Schuppen hinter dem Haus. Sie hatte sich mit den Streifen einer Decke aufgehängt.«


3

»Mein Gott! Sie war doch schwanger!«
»Sag nur ja niemand, daß ich dir das erzählt habe. Die Zentrale in Manhattan hat das verboten. Die Zeitungen sollen auf keinen Fall über Unfälle berichten. Die Bosse bekommen schon Prügel genug wegen dieses Aktionärskrieges. Vanderbilt soll darauf aus sein, die Mehrheit zu erwerben. Gould möchte in dieser Situation die öffentliche Meinung möglichst auf seiner Seite haben. Ihm und seinen Leuten macht es nichts aus, wenn Loks entgleisen und die Frauen von Weichenstellern sich etwas antun.«
Cuthbertson hörte zu reden auf. Er betastete seinen Oberbauch, als sei seine Verdauung nicht in Ordnung.
»Warum hat Gerda Kolb sich umgebracht?« fragte Gideon. »Sie mußte doch für Augie sorgen. Hatte zwei Jungens durchzubringen. Und dann war sie auch noch schwanger.«
Ein müdes Achselzucken war die Antwort: »Ich denke, genau das war der Grund. Zu viele Mäuler zu stopfen und kein Geld im Haus. Die Eisenbahn hat Augie nach dem Unfall nicht einen Cent gezahlt.«
»Was wird mit den Kindern geschehen?«
»Sie werden wohl auf der Straße liegen. Ihnen bleibt nur noch zu stehlen oder Hungers zu sterben.«
»Jesus! Hast du etwa angenommen, irgend jemand da oben würde den Anstand besitzen, ihnen etwas zu zahlen?«
»Nein, eigentlich nicht«, meinte Cuthbertson. »Da oben beschäftigt

man sich mit wichtigeren Dingen. Damit will ich nicht irgendeinen deiner Verwandten beleidigen«, fügte der Inspektor sarkastisch hinzu.

Gideon tat das mit einer Handbewegung ab: »Ich weiß über Louis Kent nur das, was mein Vater und die Zeitungen berichtet haben. Ich denke, Louis gehört zu den Typen, die nicht mal fünf Cent ausgeben, um Blumen für das Grab ihrer Mutter zu kaufen. Aber, verdammt noch mal, Cuthie, wir müssen das Unternehmen zwingen, den Arbeitern etwas zu zahlen, die zu Tode kommen oder verletzt werden.«

»Nun los! Red mit deinem Cousin! Du solltest dich dann aber gleichzeitig auch nach einem anderen Job umsehen.«

»Job oder kein Job, aber irgend jemand muß sich doch für Leute einsetzen, denen es geht wie Augies Witwe und den Kindern.«

»Ich werd's auf jeden Fall nicht tun. Ich bin zufrieden mit meinem gut geheizten Arbeitsplatz.« Der Inspektor erhob sich. »Daphnis und du, ihr solltet euch jetzt besser um den Acht-Uhr-dreißig-Zug kümmern. Das setzt allerdings voraus, daß du ihn auf die Füße bekommst.«

»Daphnis!«

Gideon stieß den Älteren an. Miller schnarchte. Er rutschte auf seiner Bank ein wenig zur Seite.

Cuthbertson hob den Deckel eines Behälters und holte ein paar lange Knüppel aus Nußbaumholz heraus.

»Wollt ihr die haben?«

Miller war inzwischen aufgewacht. »Nun hör mal zu, Cuthie, solange ich bei der Erie arbeite, habe ich diese Dinger nicht gebraucht. Ich habe nicht vor, das jetzt zu ändern.«

»Und wie steht's mit dir, Gid?«

Gideon schüttelte den Kopf, setzte sich die Mütze auf und band sich den Schal wieder um. Die Bremserknüppel waren ein Hilfsmittel beim Koppeln von Waggons. Aber erfahrene Arbeiter betrachteten sie als Symbol fachlicher Unzulänglichkeit und mangelnden Vertrauens ins eigene Können. Cuthbertson warf die Knüppel wieder in den Behälter und knallte den Deckel zu. Draußen im Sturm ertönte zweimal ein Pfeifsignal.

»Die Kollegen erwarten euch«, meinte Cuthbertson.

Gideon nahm aus der Ecke zwei Laternen. Er zündete im Ofen einen Strohhalm an und brachte die Dochte damit zum Brennen. Eine Laterne reichte er an Miller weiter, der sie beinahe fallen ließ, ehe er den Bügel über seinen Arm bekam.

Als er sich auf den Weg machte, war Gideon immer noch sehr erregt über die Nachricht von Gerda Kolbs Selbstmord, bei dem sie auch noch ihr ungeborenes Kind tötete. All das wäre nicht geschehen, wenn das Unternehmen Schadenersatz geleistet hätte oder es eine Unterstützungskasse für Witwen gäbe. Er mußte jetzt wieder an Jeb Stuart denken:
Haltet zusammen. Übt gemeinsam Druck aus, um das Ziel zu erreichen!
Er sah den angesengten Schal von Bill Sylvis vor sich.
Organisiert euch!
Aber wie Cuthbertson wollte auch er kein Vorreiter auf einem Weg sein, der unvermeidlich zu Konflikt und Streit führen mußte.
Aber eine Wahrheit mußte er sich eingestehen. Solange sich kein Anführer fand, war das Problem nicht zu lösen.
Miller ging schwerfällig zur Tür und stieß sie auf. Der Sturm, der durch den Verschiebebahnhof fegte, verdrängte aus Gideons Kopf den Gedanken an zukünftige Stürme im Kampf um soziale Rechte.

4

Sie kämpften sich zur Rangierlokomotive durch. An ihren Armen hingen die leuchtenden Laternen. Als sie die vereisten Schwellen auf der Schienenstrecke neben den acht Frachtwaggons überquerten, rief Gideon seinem Partner zu, daß er sich um den ersten Waggon kümmern werde. Das war der Waggon, den man an den Tender der Rangierlok kuppeln mußte.
Der Sturm verstümmelte Millers Antwort. Er rutschte erneut aus, fiel beinahe hin. Gideon mußte einsehen, daß er wohl alles allein machen mußte. Normalerweise war ein Rangierer immer für jeden zweiten Waggon zuständig.
Gideon winkte mit seiner Laterne dem Lokomotivführer zu, der sich aus dem Führerstand lehnte. Der Schneeregen schoß wie kleine Silberpfeile durch das Licht des Lokscheinwerfers.
»Es ist höchste Zeit, daß ihr verdammten Dummköpfe auftaucht!« rief der Lokführer. »Nun wollen wir mal die Waggons ankoppeln.«
»Verfluchtes Ding!« Miller kämpfte mit der Klappe des Kupplungskastens zwischen dem ersten Güterwagen und dem angrenzenden Gleis. »Sie steckt fest.«
Gideon schlug mit der Faust auf den Deckel. Das Eis krachte. Er riß

an dem Deckel, erst beim dritten Versuch konnte er den Kasten öffnen.

Nun prüfte er die eisernen Zugstangen des Tenders und des Waggons. Zu seiner Erleichterung stellte er fest, daß sich die Stangen auf der gleichen Höhe befanden. Er griff in den Kasten, um ein Verbindungsglied herauszunehmen. Das war ein Eisenring von gut dreißig Zentimetern Durchmesser. Außerdem befanden sich in dem Kasten zwei eiserne Stifte. Der Freiraum zwischen den Waggons betrug etwa einen Meter. Als er das Verbindungsglied in den Schlitz der Zugstangen des Tenders zwängte, da erkannte er, daß es nicht richtig festsitzen würde.

Er setzte seine Laterne ab und begann, mit einem der Stifte das Eis abzukratzen.

Dann benutzte er beide Stifte, um das Verbindungsglied festzuklopfen.

Einen Stift legte er auf den Schlitz der Zugstange. Das viele Eis verhinderte, daß er herunterfiel. Dann hämmerte er mit dem zweiten Stift. Schließlich fiel der erste Stift in den Schlitz und sicherte damit die Verbindung.

Gideon trat beiseite und winkte mit der Laterne: »Rückwärts, Marsch!«

Der Lokführer zog sich in den Führerstand zurück. Gideon wandte sein Gesicht vom Wind ab, als die Treibräder sich rückwärts bewegten. Das Quietschen auf den Gleisen klang wie ein Kreischen.

Der Heizer kletterte jetzt herab. Er fluchte so laut, daß man ihn trotz des Unwetters hören konnte. Er schüttete vier Eimer voll Schlakke und Sand auf die Schienen. Plötzlich bekamen die Räder Halt. Der Tender rollte zurück. Die Holzbalken, die als Puffer dienten, krachten unter dem Druck. Gideon hatte Glück. Die Wucht des Zusammenpralls trieb das Verbindungsglied in die Zugstange des Waggons. Der Stift fiel ohne weiteres in den Schlitz.

»Ich übernehme den nächsten«, rief Miller. Seine Laterne schwankte hin und her, als er in den Kupplungskasten griff. Im flackernden Licht war ein Schwanenhals in seiner behandschuhten Hand zu sehen. Das bedeutete, daß die Zugstange des zweiten Güterwagens sich nicht in der gleichen Höhe befand wie die des ersten. Dies stellte ein ständiges Problem beim Rangieren dar. Es gab keine Vereinheitlichung bei der Fertigung von Güterwagen.

Gideon folgte seinem Freund und wartete gespannt ab, während Miller den Schwanenhals in den Bremskasten des ersten Waggons klemmte. Dann trat Miller einen Schritt zurück, um der Rangierlok ein Zeichen zu geben. Er rutschte dabei aus. Der Lokführer hielt das plötzliche Schwanken von Millers Laterne fälschlicherweise für ein Signal. Gideon hatte kaum Gelegenheit, den Stolpernden aus dem Gefahrenbereich zu zerren, ehe die Waggons aufeinanderkrachten.

»Verdammt, zu nah dran, Daphnis. Laß mich das machen!«

Er nahm den Stift aus Millers behandschuhter Hand. Der Ältere haschte nun seinerseits danach.

»Nun hör mal zu, Gid. Du behandelst mich heute die ganze Nacht über wie ein Baby. Ich kannte mich in diesem Job schon aus, als du noch gar nicht auf der Welt warst.«

Zögernd ließ Gideon Miller seinen Willen. Dieser brauchte fünf Minuten, um den Stift in den vereisten Schlitz zu kriegen. Trotz des Sturms konnte man den Lokführer schimpfen hören, weil es so lange dauerte.

»Wir arbeiten, so schnell wir können!« rief Gideon.

Seine rechte Hand wurde jetzt wieder taub. Der Sturm war noch stärker geworden, das Gemisch von Schnee und Eis fegte fast waagerecht durch die Luft. Gideon gelang es relativ schnell, den dritten Waggon anzukoppeln; die Verbindungsstangen befanden sich diesmal auf gleicher Höhe.

Miller kam mit dem Verbindungsring und den Stiften für den nächsten Waggon angerannt. Gideon folgte ihm erneut aufgeregt. Miller begab sich in den gut einen Meter breiten Zwischenraum zwischen den Waggons. Er hatte Schwierigkeiten mit dem Verbindungsring.

»Mein Gott! Der Schlitz ist total vereist!«

»Ich habe hier noch einen Stift. Laß mich mal ran. Ich werd's schaffen.«

Er trat an den Waggon, rutschte dabei aus und konnte den Stift nicht mehr halten. Ohne weiter nachzudenken, bückte er sich, um den Stift aufzuheben. Da machte sich Miller wieder an dem Schlitz zu schaffen.

Noch in gekrümmter Haltung erkannte Gideon seinen Irrtum. Die Laterne an seinem Arm war jetzt abgeblendet.

Die Treibräder quietschten. Die Schienen schlugen Funken. Er hörte ein Puffen so laut wie ein Weltuntergang.

Im Aufrichten zerschmetterte er unbeabsichtigt das Glas seiner Laterne an der Kante des Waggons. Er griff nach Millers gekrümmtem Rücken.

»Daphnis, nur raus da!«

Der Warnruf blieb ungehört. Aber Miller spürte Gideons Berührung. Mit zornigem Blick wandte er sich um. Der Zug rangierte jetzt rückwärts.

Miller sah, wie sich das Ende des vorderen Wagens bewegte. Mit der Stiefelspitze berührte er eine Schwelle. Gideon hielt Millers Mantel fest. Miller versuchte, das Gleichgewicht wiederzuerlangen, bewegte sich aber zu ruckartig und taumelte in die falsche Richtung.

Die Puffer der beiden Waggons schlugen aufeinander. Und Daphnis Miller war in Gürtelhöhe eingeklemmt.

5

Die Zeit schien stillzustehen. Gideon konnte das Brechen von Knochen hören. Millers Laterne verlosch.

Der Oberkörper des alten Mannes ragte zwischen den Waggons hervor. Keine dreißig Zentimeter von Gideon entfernt befand sich Millers verzerrtes Gesicht. Seine Hände berührten Gideons Ärmel, während er dahing und schrie.

Der Schrei verhallte. Millers Augen quollen hervor. Er sackte vornüber. Sein Kopf schlug gegen Gideons Brustkasten.

»Daphnis!«

Gideon nahm den Kopf seines Freundes in die Hände, löste den Schal und rieb seine Wangen verzweifelt in dem Wunsch, das Leben in dem Körper wiederzuerwecken, der sich unter der Gürtellinie schrecklich krümmte.

Tief erschrocken stolperte Gideon jetzt in Richtung Lokomotive.

»Zieh vor, zieh vor, verdammt noch mal! Miller ist eingequetscht!«

Die Bestürzung im Führerstand war nicht zu überhören. Der Lokführer oder der Heizer schrie:

»Du hast Signal gegeben! Ich habe die Laterne gesehen!«

»Fahr sofort ein Stück vor, damit wir ihn freibekommen!« Sein gesundes Auge troff von Schnee und Regen. »Los, zieh sofort nach vorn!«

6

Die Waggons rückten auseinander. Aber Daphnis Miller war nicht mehr zu retten.

Als er niederfiel, fing Gideon Kent ihn auf und schleppte ihn an einen freien Platz. Er empfand Brechreiz, weil Millers Mantel sich feucht anfühlte. Es war nicht die wäßrige Feuchte des Schnees, das Naß kam aus Millers Körper.

Sprachlos beugten sich der Lokführer und der Heizer über den Weichensteller. Der weiße Schnee auf Millers Mantel verfärbte sich jetzt blutrot.

Gideon rannte davon wie ein Flüchtender.
Ich hab' nicht nachgedacht!
Ich hab' gesehen, daß Daphnis den gleichen Fehler machte!
Ich hätte den ganzen Zug allein abfertigen sollen!
»Cuthbertson!« Er stürzte beinahe in den Schuppen. »Cuthbertson, los, los! Miller ist getötet worden!«
»Allmächtiger!« Ganz blaß im Gesicht und ohne Mantel rannte der Inspektor zur Tür hinaus.

7

Als Gideon und der Inspektor ihn erreichten, sah Miller wie ein zusammengesackter Schneemann aus. Der Heizer hatte sich eine Laterne beschafft, aber Gideon wünschte, er hätte das nicht getan. Diffuses Licht beleuchtete Millers verzerrtes Gesicht. Das Leben hatte ihn in einem Augenblick höchsten Schmerzes verlassen. Sein Mund stand offen, Schnee lag auf seiner Zunge. Graupel hatte sich in seinen weit aufgerissenen Augen angesammelt.

»Es war mein Fehler«, sagte Gideon. Er kämpfte sich mühsam aus seinem grauen Mantel heraus und kniete neben dem Leichnam nieder. Nun entledigte er sich auch seines Schals und seiner Mütze. Er brach in Tränen aus, die er nicht mehr zurückhalten konnte.

In Weizenfeldern und Wäldern hatte er Männer zugrunde gehen sehen. Sie wurden erstochen, erschossen, von Artillerie zerfetzt. All das war schrecklich. Es hatte ihn aber nie so erschüttert wie das, was er jetzt sah. Er streckte seine Hand aus, um Millers vor Schrecken erstarrte Augen zu schließen. Er heulte vor Zorn und Scham.

»Oh, Daphnis, verdammt noch mal, es war mein Fehler.«
»Vergiß es, Gid«, meinte Cuthbertson. »Er war beschwipst, als ihr zur Arbeit kamt. Angetrunken und todmüde.«
»Aber es war meine Laterne. Zur Hölle! Jetzt ist es zu spät.«
Voller Selbstvorwürfe bedeckte er Millers Körper mit seinem Uniformmantel. Tränen überströmten sein Gesicht.

»Hör mal zu, Gid!« sagte Cuthbertson sanft. »Ich trage auch einen großen Teil Schuld. Ich hätte ihm befehlen sollen, im Schuppen zu bleiben, bis er wieder nüchtern ist.«

»Er war geistig nicht ganz da«, Gideon sprach jetzt mit sich selbst und mit dem Sturm. »Er hat heute eine Menge getrunken, aber schließlich war er glücklich. Er hat endlich erfahren, was sein Vorname bedeutet.« Gideon weinte jetzt nicht mehr, spürte aber immer noch tiefen Schmerz.

Selbst der Lokführer schien bewegt: »Kent, nimm's nicht so schwer. Unfälle passieren einfach immer wieder.«

»Besonders bei dieser verkommenen Linie«, stimmte Cuthbertson zu.

Gideon hob den Kopf. Die lederne Augenklappe war weiß von Schnee. Sein gesundes Auge glänzte.

»Und ich weiß, was hinterher immer passiert: nämlich gar nichts!«

Das verstand der Heizer nicht. Gideon richtete seinen Finger gegen ihn.

»Miller war mein Nachbar. Er hat eine Familie, genau wie Augie Kolb. Eine Frau und vier Kinder.«

Cuthbertson rieb sich den Schnee aus den Augen. »Wer wird es seinen Angehörigen sagen?«

»Ich werd's tun, denn ich habe ihn umgebracht.«

»Gid, das hast du nicht getan!« protestierte Cuthbertson.

»Und sie werden nicht die einzigen sein, denen ich alles erzählen werde. Ich möchte nicht erleben, daß seine Kinder verhungern oder seine Frau auf die gleiche Art zu Tode kommt wie Gerda Kolb.«

Cuthbertson versuchte ihn zum Schweigen zu bringen.

»Cuthie, wenn du ihn jetzt zum Schuppen zurückträgst, werde ich den Rest der gottverdammten Waggons aneinanderkoppeln.«

»In Ordnung, Gid.«

Schnee besprenkelte Gideons blondes Haar. Er drehte seinen Schal in den Händen. Die dem Wind ausgesetzte Haut unterhalb seines rechten Auges wurde wieder naß. Er dachte an Louis Kent. Sein Gesicht verzerrte sich voller Haß.

Er beugte seinen Kopf und flüsterte sich selbst ein Versprechen zu:

»Ich werde ihnen was erzählen, das sie nie vergessen. Das schwöre ich!«

## 7. Kapitel
## Mobilmachung

»Kannst du nicht schlafen, Liebster?«
»Nein«, sagte Gideon.
Sie legte ihren Kopf an den seinen. Ihr Haar roch nach kräftiger hausgemachter Seife.
Das Bett quietschte, als sie ihre Lage veränderte. Ihre Körperwärme war angenehm, aber er konnte die Gedanken an Daphnis Millers Leichnam nicht loswerden. Ebensowenig die an Flo Millers völlig erschöpftes Gesicht, in dem sich zuerst Unglaube, dann hysterisches Leid spiegelte, als er im Morgengrauen nach dem Unfall an der Tür des Nachbarhauses stand.
Der Küchenherd war inzwischen ausgebrannt. Eine kalte Feuchtigkeit hatte sich in allen Räumen ausgebreitet. Erst vierundzwanzig Stunden nach dem Unwetter wurde es wieder wärmer.
Gideon legte seinen rechten Arm um Margaret, mit dem linken stützte er seinen Kopf. Eleanor in ihrem Rollbettchen hörte die Eltern und erwachte. Margaret bemerkte es.
Als das Kind wieder ruhig war, sagte sie: »Im Laufe der letzten drei Tage hast du dich nicht einmal richtig ausruhen können.«
Auch war er nicht mehr zur Arbeit auf dem Verschiebebahnhof erschienen.
»Geht's um Daphnis?«
Er wandte den Kopf um und küßte sie, aber das geschah auf eine ganz mechanische Weise: »Mach dir meinetwegen keine Sorgen. Mir geht's gut.«
»Gut! Wir sind schon so lange verheiratet, daß ich merke, wenn du schwindelst. Sag mir, was dich beschäftigt.«
Es folgte ein Schweigen.
Regen pladderte aufs Dach. Ein Wolkenbruch bahnte sich an. Aus dem Wohnzimmer war ein wohlbekanntes Tröpfeln zu hören.
»Ich sollte wohl besser den Eimer aufstellen.«
Sie hielt ihn zurück: »Nein, nicht ehe du gesagt hast, was in deinem Kopf vorgeht.«

»Ich möchte dich nicht aus der Fassung bringen, Margaret.«

»Meinst du denn, ich könnte schlafen oder meine Gedanken zusammenhalten oder Flo bei den Vorbereitungen für die Beerdigung helfen, wenn du dich in einem solchen Zustand befindest? Wenn du nichts ißt. Wenn du stundenlang im Wohnzimmer im Dunkeln sitzt. Wenn du Eleanor anbrüllst. Bitte, sag, was los ist!«

Als er es dann sagte, empfand er Furcht und Erleichterung zugleich.

»Ich muß zu ihnen hingehen.«

»Zu den Eigentümern?«

»Ja, ich muß unbedingt Geld beschaffen für Flo und für Augie Kolb.«

Sie grübelte darüber nach. Dann sagte sie sanft: »Du weißt ganz genau, was dabei herauskommen wird.«

»Sie werden wohl nein sagen.«

»So dicht wirst du gar nicht an sie rankommen. Kein Mächtiger wird auch nur mit dir sprechen.«

»Vielleicht doch.«

»Und wenn es einer täte, die Antwort würde doch nein lauten.«

»Cuthbertson hat gesagt, die Eigentümer hätten gerade im Augenblick sehr große Angst vor jeder Art von Publizität.«

»Sie werden eher eine schlechte Presse in Kauf nehmen, als in einem Punkt nachgeben, der einen Präzedenzfall darstellen könnte.«

»Verdammt noch mal, Margaret. Ich weiß, daß es nur eine hauchdünne Chance gibt, aber ich muß es versuchen.«

»Ich wollte dich nicht in Zorn versetzen. Ich will nur, daß du realistisch bist.«

»Ich weiß. Tut mir leid.« Er umarmte sie. Jetzt tropfte es im Wohnzimmer noch heftiger. Eleanor bewegte sich wieder unruhig.

»Du wirst deinen Job verlieren, nicht wahr?« Das war keine Frage, es war eine Feststellung.

»Ja, und deshalb habe ich gezögert, irgend etwas zu sagen.«

»Gideon, du weißt, daß ich dir zur Seite stehe, wenn ich davon überzeugt bin, daß du recht hast.«

»Und wie steht's diesmal damit?«

»Deine Gedanken mögen richtig sein. Aber es gibt einfach keinen Grund zur Hoffnung.«

Er versuchte, sein Selbstvertrauen jetzt größer erscheinen zu lassen, als es in Wirklichkeit war:

»Vielleicht stimmt das nicht.«

»Dein Vater würde dir gern genug Geld geben, damit Mr. Kolb und Flo für den Rest ihrer Tage versorgt sind.«

»Das wäre nicht das gleiche. Es wäre nur ein Akt der Wohltätigkeit, nicht die Anerkenntnis einer Schuld. Die Erie schuldet diesen zwei Familien etwas!«

»Du tust das doch nur aus Schuldgefühl gegenüber Daphnis.«

»Zum Teil, ja. Ich denke, ich wollte es für Augie bereits tun, bevor Daphnis zu Tode kam. Ich wollte es mir selbst gegenüber nicht zugeben. Der Unfall gab dann den Ausschlag. Das ist alles.«

»Merkst du eigentlich, daß es jetzt beinahe so ist, als wenn du in einen neuen Krieg ziehst? Das wolltest du doch nie wieder tun.«

Er nickte. »Man muß auch manchmal seine Meinung ändern können, Margaret, wenn das die Umstände verlangen.« Das erschöpfte Gesicht von Bill Sylvis tauchte jetzt vor seinem inneren Auge auf. »Daphnis war einer von uns. Als er starb, stand er mir beinahe so nahe wie du. Hat dir je jemand sehr nahe gestanden, der plötzlich gewaltsam umkam?«

»Nein.«

»Nun, es ist eine häßliche Erfahrung. Unvorstellbar häßlich und schmutzig und traurig. Im letzten Monat las Cuthie einen dieser Romane von Beadle. Er handelte von Kundschaftern der Armee im Westen. Ich hab' einige Seiten mitgelesen. Drei Männer wurden getötet – in drei Absätzen. Der Autor schlug sie um wie Kegel. Von Schmerz war nichts zu spüren. Man roch nicht, wie es ist, wenn die körperlichen Funktionen eines Sterbenden versagen. Der Autor schilderte alles sauber – und trivial. Diese Todesfälle schockieren niemanden. Zweifellos hat dieser Schreiberling noch nie das Sterben eines Menschen miterlebt. Das kann man so schnell nicht vergessen.«

»Aber es ist dennoch eine aussichtslose Angelegenheit, Gideon.«

Er reagierte mit einem kurzen, traurigen Lachen: »Das denke ich auch. Aber ich habe schon einmal für eine verlorene Sache gekämpft und habe es überlebt. Mir bleibt einfach keine andere Wahl.«

»Nun«, murmelte Margaret, »wenn sowieso schon alles entschieden ist, dann können wir ja jetzt schlafen.«

»Du bist doch nicht dagegen?«

»Ich kann nicht gerade sagen, daß ich dafür bin. Aber ich habe es erwartet.«

Er zerwühlte ihr Haar, versuchte sie zu ärgern.

»Willst du mir ausreden, mit Beauty Stuart davonzureiten, weil ich verletzt werden könnte?«

»Nein, Gideon, was dich und deine Familie betrifft, so habe ich eines gelernt: Die Kents neigen dazu, dorthin zu gehen, wo man sie braucht, und dann auch die Konsequenzen zu tragen. Letzthin, als jeder wegen des Unwetters die Nacht zu Hause verbrachte, da hat dich dein Gewissen veranlaßt, mit Daphnis zur Arbeit zu gehen. Selbst wenn ich daran denke, was diesmal passieren kann, kann ich nicht anders, als auf dich stolz zu sein.«

Sie küßte seine Wangen: »Wo willst du anfangen? Beim Inspektor auf dem Rangierbahnhof? Beim Bahnhofsvorsteher?«

»Das sind nur Befehlsempfänger. Ich werde gleich bei denen anfangen, die zu entscheiden haben. Ich kenne keinen von ihnen. Aber zu einem von ihnen habe ich Beziehungen.«

Sie war erstaunt: »Meinst du etwa Louis?«

»Ja, warum nicht? Letzte Woche ist er Direktor geworden. Es stand in allen Zeitungen.«

»Er wird dir keine bevorzugte Behandlung zuteil werden lassen. Er verachtet deinen Vater. Du hast ihn bisher noch nicht einmal gesehen.«

»Egal, ihm stehe ich doch näher als all den anderen. Ich weiß, wo Louis wohnt. Vater weiß, wie er aussieht. So, und jetzt muß ich diesen verdammten Eimer aufstellen.«

Er löste sich aus ihren Armen, kletterte aus dem Bett, stieß mit dem Schienbein gegen einen Pfosten des Rollbettchens der Kleinen und weckte Eleanor beinahe auf. Es regnete wieder heftiger, als er in die Küche tappte.

Recht hat sie! dachte er, als er den Eimer ins Wohnzimmer trug und unter dem Leck in der Decke aufstellte. Sie liebt dich zu sehr, um darauf zu bestehen, daß du die Idee aufgibst, aber sie weiß, daß du ein verdammter Narr bist. Das weiß sie genauso gut, wie du es weißt.

Die Alternative hieß jetzt ganz einfach: entweder gar nichts tun oder den Versuch wagen. Er hatte keine großen Hoffnungen auf einen Erfolg. Aber wenn er es nicht versuchte, würde er nie wieder ruhig schlafen können.

2

Seine innere Anspannung und die Wellen des Flußwassers führten dazu, daß er Bauchschmerzen bekam, als er am nächsten Morgen mit der Fähre zur Courtland Street übersetzte. Margaret hatte ihr restliches Haushaltsgeld zusammengekratzt, damit er die anderthalb Dollar Fahrgeld für Fähre und Pferdebahn zusammenbekam.

Dann betrat er schließlich das Pfarrhaus in der Orange Street. Im Arbeitszimmer des Hauses neben der St. Marks Methodist Episcopal Church roch es nach Zigarrenrauch. Aber als Jephtha Kent ihm die Tür öffnete, war im Raum keine Zigarre zu sehen. Das geheime Laster war nur zu riechen.

»Gideon!«

»Hallo, Vater!«

»Ich glaubte die Klingel zu hören.«

»Molly hat mich hereingelassen.«

Gideon betrat den gemütlichen, mit Bücherregalen vollgestellten Raum. Vom Fenster aus konnte man den schmalen Weg zwischen Pfarrhaus und Kirche erkennen.

»Ich hatte nicht erwartet, daß du an einem Wochentag hier auftauchen würdest«, sagte Jephtha.

Er sieht alt aus, dachte Gideon ein wenig erstaunt. In einem Jahr würde Jephtha fünfzig werden, sein volles schwarzes Haar wies bereits eine Reihe grauer Strähnen auf. Seine hageren Züge waren durch das Alter weicher geworden. Aber wie viele Mitglieder seiner Familie erinnerte er irgendwie an einen Indianer.

»Stimmt was nicht mit Margaret oder der Kleinen?«

»Nein, denen geht's gut.« Gideon sank vor dem vollen Schreibtisch in einen Sessel. Er hustete.

Jephthas hagere Wangen röteten sich ein wenig. »Stickig hier drinnen«, stotterte er und öffnete ein wenig das Fenster. Dadurch wurde der Rauch nur in Bewegung versetzt und störte jetzt noch viel mehr.

Schuldbewußt setzte Jephtha sich hin. Sein Schreibtisch war mit Notizzetteln für eine Predigt bedeckt. Er sammelte sie ein und legte sie auf eine Bibel. Dann griff er nach einem großen Stück Karton, das Gideon bisher noch nicht bemerkt hatte.

»Mal sehen, was die Post gebracht hat. Ein Foto ihres neuen Ladens. Es ist der vierte.«

Mit wenig Interesse nahm Gideon das Foto. Es zeigte einen Mann und eine Frau, die ihm beide unbekannt waren. Sie standen vor einem

Fachwerkhaus mit Spiegelglasfenstern und einem großen Ladenschild:

### H. & M. K. Boyle
### of Cheyenne

Als er das braungetönte Bild anstarrte, kroch ein Gefühl von Eifersucht in ihm hoch. Er hatte Amanda Kents Angestellten Michael Boyle, dem sein Vater Jeremiahs Anteil am kalifornischen Vermögen übertragen hatte, nie kennengelernt.

Er wußte, daß Jephtha den Iren liebte und schätzte. Aber er hatte es immer ein wenig als ungerecht empfunden, daß ein Teil des Geldes der Familie an Boyle gehen sollte, ganz gleich, welche Gefühle Jephtha dazu veranlaßt hatten.

Aber er und sein Vater mußten ja auch nicht in jeder Hinsicht übereinstimmen. Und da er bei der Entscheidung nicht mitzureden hatte, hatte er seine Bedenken auch nie erwähnt.

»Gideon, diese Frau, die Michael geheiratet hat, muß eine kluge Person sein. Sie haben das Geld bereits verdreifacht, das ich ihnen vorgeschossen habe. Sie haben das ganze Kapital schon mit Zinsen zurückgezahlt. Und wo immer sie längs der Eisenbahnlinie einen Laden eröffnen, wächst ihnen das Geschäft bald über den Kopf. Da muß noch irgendwo ein Brief liegen.« Er suchte unter seinen Notizzetteln. »Im Frühjahr werden sie in den Osten kommen, um Waren einzukaufen.«

Plötzlich hörten Jephthas dunkle Hände auf, die Papiere hin und her zu schieben. Er bemerkte einen gewissen Zug im Gesicht seines Sohnes.

»Entschuldigung«, sagte er. »Stimmt irgend etwas nicht, und ich nerve dich mit meiner Munterkeit?«

Gideon atmete tief durch: »Ich brauche einige Informationen über Louis.«

»Louis? Warum denn das?«

Gideon erklärte es ihm. Jephtha lehnte sich in seinem Sessel zurück, die Fingerspitzen unter dem Kinn zusammengelegt. Als Gideon fertig war, fragte Jephtha sofort:

»Weißt du, worauf du dich da einläßt?«

»Zur Hölle, ja!«

Dann ließ er sich in den Sessel zurückfallen, sein eigener Ausbruch machte ihn verlegen. »Margaret und ich haben bereits darüber gesprochen, daß ich gewiß meinen Job verlieren werde. Wir sollten mit der

Diskussion darüber keine Zeit verschwenden. Ich möchte gerne wissen, wie Vetter Louis aussieht.«

»Er ist leicht zu erkennen«, sagte Jephtha und beschrieb ihn in einigen wenigen Sätzen. Gideon war es unbehaglich zumute. Jephthas Gesicht war jetzt ganz ausdruckslos geworden, es zeigte weder Zustimmung noch Ablehnung. »Wo willst du ihn denn sehen, Gideon?«

»Ich will es zuerst bei ihm zu Hause versuchen.«

»Ich frage dich noch einmal – weißt du eigentlich, auf was du dich da einläßt?«

»Wenn du damit sagen willst, daß ich ein Narr bin, weil ich versuchen will, von der Erie-Gesellschaft Geld für diese beiden Familien zu bekommen: das weiß ich. Ich muß es dennoch versuchen.«

»Selbst wenn du um Unmögliches bittest? Großzügigkeit von Männern erwartest, denen das Wohl anderer ganz gleichgültig ist? Dieser Heuchler Drew. Fisk – durch und durch ein Wüstling. Und Gould – möglicherweise der Schlimmste von allen. Fromm und anständig in seinem Familienleben. Ein Verrückter, wenn es darum geht, im familiären Bereich sauber zu bleiben. Ich frage mich manchmal, ob seine Frau sich selbst täuscht oder ob sie wirklich keine Ahnung hat. Sauber daheim und draußen ein Räuber – das ist Goulds Devise. In meiner Gemeinde hat er einige wenig begabte Nachahmer. Was Louis betrifft, was soll ich da sagen, was du nicht schon weißt? Bevor Amanda starb, bedrückte sie der Gedanke, ihm ein schlechtes Beispiel gegeben zu haben. Sie war eine wunderbare Frau, aber in dieser Hinsicht hatte sie recht. Bei Louis hat sie versagt. Er ist korrupt und egoistisch. Er ist der allerletzte unter Gottes Himmel, der es verdient, das Erbe der Familie zu besitzen. Er ist genauso wenig menschlich wie seine neuen Geschäftspartner. Will sagen: Er besitzt überhaupt keine menschlichen Züge. Er führt nicht einmal ein anständiges Familienleben wie Gould.«

»Weißt du eigentlich, wo er sich aufhält, wenn er nicht in der Fifth Avenue ist?«

»Keine Ahnung. Ich denke, er ist Mitglied in ein, zwei Clubs. Es kann auch sein, daß er sich in der Zentrale der Erie-Gesellschaft aufhält. Seit dieser unmoralische Aktionärskrieg begann, versammeln sich die Direktoren dort fast täglich, wie die Zeitungen berichten.«

Gideon seufzte. »Am besten beginne ich in der Fifth Avenue. Danach muß ich wohl auf mein Glück vertrauen.«

»Davon wirst du eine Menge brauchen können«, meinte Jephtha nüchtern. »Diese Leute scheren sich wenig um die Gefühle der Öffentlichkeit, wenn auch Mr. Gould ein gewisses Interesse an den Ansichten der Presse hat. Natürlich, wenn in einer Zeitung behauptet würde, daß er einer anderen Frau nachstelle, dann würde er das öfter dementieren, als Simon Petrus den Herrn verleugnet hat. Jedoch...«

Ein vergnügtes Glitzern tauchte jetzt in Jephthas dunklen Augen auf: »Nun, wir könnten unter diesen Kerlen ein wenig Unruhe verbreiten.«

»Wir?« Gideon schüttelte den Kopf. »Du wirst auf gar keinen Fall in die Sache hineingezogen.«

»Vielleicht möchte ich es aber! Ich habe viel für das übrig, was du versuchen willst, Gideon. Ich fürchte, es wird umsonst sein, aber das macht den Versuch ja nicht wertlos. Betrachte es also als eine Familienunternehmung. Ich kann dir vielleicht von meiner Kanzel aus helfen. Es ist schon ganz schön lange her, daß ich meiner Gemeinde eine Predigt in einer öffentlichen Angelegenheit geliefert habe, die Heulen und Zähneklappern auslöst. Jeder interessiert sich doch jetzt für die Angelegenheiten der Erie. Sterbegelder für die Erie-Arbeiter, das ist möglicherweise ein ideales Thema. Wer kann das schon wissen? Vielleicht ist Gould auch im Augenblick besonders empfindlich.«

»Ich werde darüber nachdenken«, versprach Gideon. »Jetzt werde ich mich aber besser mal auf den Weg machen.«

Jephtha beugte sich vor: »Bist du sicher, daß Margaret dein Handeln voll und ganz billigt?«

»Ja. Sie ist nicht gerade begeistert, aber sie wird mitziehen.«

»Selbst wenn du durch irgendein Wunder eine kleine Konzession herausholst, mußt du wissen, daß die Angelegenheit damit noch nicht erledigt ist. Eigentlich wäre das dann erst der Anfang.«

»Wie meinst du das?«

»Du wärst ein Gezeichneter. Du müßtest mit Vergeltungsmaßnahmen rechnen. Kein Unternehmen von einiger Bedeutung an der gesamten Ostküste würde dir auch nur einen untergeordneten Job geben. Im Wirtschaftsleben hättest du keine Zukunft mehr. Bewußt oder unbewußt verhältst du dich wie einige der verhaßtesten Leute in Amerika.«

»Du meinst die Gewerkschaftler?«

»Die meine ich.«

Gideon fuhr hoch: »Jeder hält mir das vor. Aber ich bin doch keiner von diesen verdammten Gewerkschaftlern!«

»Doch, das bist du, wenn du dich um Sterbegelder für Arbeiter bemühst.« Jephtha hob seine Hand: »Ich sage ja gar nichts dagegen. Ich bin in der Tat stolz auf dich. In unserer Familie haben wir uns schon eine ganze Weile nicht mehr für eine gute Sache eingesetzt. Vielleicht ist es dafür mal wieder an der Zeit.«

Er ging jetzt um den Schreibtisch herum und drückte vertraulich die Schulter seines Sohnes: »Bevor du dich auf den Weg machst, komm mit in die Küche. Auf dem Herd steht noch heißer Tee, und Molly backt gerade Brot. Es wird bald fertig sein. Du siehst ganz so aus, als könntest du eine kleine Stärkung vertragen.«

Gideon streckte dem Vater seine rechte Hand zu einem Händedruck entgegen: »Ich habe schon reichlich gegessen. Vielen Dank.«

»Denk dran, daß ich dir eine Predigt zu diesem Thema angeboten habe.« Jephtha öffnete die Tür des Arbeitszimmers. »Du – ein Gewerkschaftler. Kannst du dir vorstellen, daß deine arme Mutter im Grabe rotieren würde, wenn sie davon erführe?«

»Vater, ich sehe mich keineswegs in dieser Rolle.«

Jephtha wandte sich um, er blickte Gideon intensiv an: »Ich glaube dir. Aber du weißt ja, daß meine Ansicht nicht viel zählt. Jeder, der den Status quo bedroht, wie menschlich und vernünftig seine Gründe auch sein mögen, wird normalerweise beschuldigt, ein Radikaler der schlimmsten Sorte zu sein. Und das hat wohl auch seine Gründe. Vielleicht ist man wirklich immer dann ein Radikaler, wenn man den Status quo in Frage stellt. Aber dabei befindest du dich in guter Gesellschaft. Als dein Urgroßvater Kent seine Muskete an der Brücke von Concord abfeuerte, störte er den Status quo ganz gewaltig. Aber er hatte recht. Und genauso ist es mit dir. Und das ist schließlich entscheidend.«

Er klopfte Gideon auf die Schulter und verließ ihm voran das Arbeitszimmer. Er schritt behende, Gideon beneidete ihn darum.

3

Für fünf Cents brachte ihn die Straßenbahn die Sixth Avenue hinunter bis fast ans Ende der Strecke. Kurz nach zwölf Uhr mittags näherte er sich dem Säulenportal des stattlichen Hauses, das Louis Kent oben an der Fifth Avenue Ecke 55th Street hatte erbauen lassen.

Die Stadt dehnte sich nach Norden hin aus bis hin zum Central Park. Die Hausbesitzer in der Gegend des Madison Square – vor zehn Jahren noch war das eine sehr vornehme Adresse – beklagten die wachsende Kommerzialisierung der Gegend. Louis hatte sich aufs Beklagen nicht beschränkt.

Ein äußerst steifer Diener informierte Gideon, daß sich Mr. Kent für den Rest des Tages außer Haus befinde. Das kurze und einseitige Gespräch endete, als die große, reich verzierte Tür zugeschlagen wurde, ohne daß Gideon Gelegenheit gehabt hätte, seinen Namen zu nennen oder sein Anliegen vorzutragen.

Jetzt betätigte er erneut den Türklopfer. Der Diener tauchte an einem der Fenster neben der Tür auf. Er bedeutete Gideon zu verschwinden, dann war er nicht mehr zu sehen. Auf ein drittes Klopfen reagierte er nicht mehr.

Gideon ging die Auffahrt hinab, trat durch das Tor hinaus und schritt durch den Regen die Avenue entlang nach Süden. Ein Bauer aus dem offenen Land südlich der 59th Street trieb in der Straßenmitte eine Herde von einem Dutzend quiekender Schweine. Mißtrauisch schaute der Bauer auf Gideons grauen Militärmantel. Mit gesenktem Kopf dahingehend, schenkte Gideon dem keine Beachtung.

Wohin sollte er sich als nächstes wenden? Es gab nur eine Möglichkeit, die auch sein Vater vorgeschlagen hatte: die Zentrale der Erie-Gesellschaft an der Lower West Side. Er wandte sich nach Westen, um wieder die Pferdebahn auf der Sixth Avenue zu nehmen.

Am frühen Nachmittag lungerte er in einer dunklen Sackgasse herum, die gegenüber dem stattlichen, kuppelgekrönten Bürogebäude der Eisenbahngesellschaft lag. Im Schatten der Mülleimer am Eingang der Sackgasse war er vor Beobachtung sicher. Ein Erker im zweiten Stock schützte ihn vor den Unbilden des Wetters. Aber in seinem durchnäßten Mantel fühlte er sich miserabel.

Einen halben Häuserblock weiter westlich ragte der Duane-Street-Kai in den Fluß hinein. Ein großer Liniendampfer fuhr unter Volldampf auf den Ozean zu. Die britische Flagge hing schlaff im Regen. Gideon lehnte sich gegen die Ziegelmauer. Er schlug die »Union« auf, die er gerade gekauft hatte. Nach schnellem Durchblättern hatte er den Eindruck, daß sein auf gut Glück unternommener Versuch doch von Erfolg gekrönt sein könnte. Jetzt tauchten vor der Zentrale der Gesellschaft teure Kutschen auf, ihnen entstiegen vornehm gekleidete Herren, die ins Haus strebten.

Auch Angestellte kamen und gingen. Die Zufahrt wurde von einigen breitschultrigen Männern beobachtet, die in der Vorhalle herumlungerten. Sie sahen wie Schlägertypen aus, aber sie grüßten die Neuankömmlinge ehrerbietig.

Nun kam ein prächtiger zweisitziger Einspänner die Duane Street entlang. Das Verdeck der Kutsche war heruntergeklappt, um den Passagier vor dem Regen zu schützen. Ein junger Mann von etwa dreißig Jahren stieg aus. Gideon konnte nur einen ganz kurzen Blick auf ihn werfen. Aber das Alter des Mannes und seine dunkle Gesichtsfarbe überzeugten ihn davon, daß es sich hier um Louis Kent handelte. Kein anderer der Ankömmlinge entsprach Jephthas Beschreibung.

Dieser Mann ist ein Verwandter von mir! dachte er und blickte dabei auf die mit vergoldeten Buchstaben versehene Tür, durch die Louis verschwunden war. Ein trockenes Lachen half ihm, ein seltsames Gefühl von Scheu zu überwinden. Allmählich gewann Louis für ihn eher menschliche Proportionen.

Trotz seiner vornehmen Kleidung sah er wie ein ganz gewöhnlicher Mensch aus. Das gleiche galt auch für die übrigen Besucher. Aus weiter Entfernung verliehen Reichtum und Macht ihnen eine – er suchte und fand das Wort: olympische Aura. Aber sie waren auch nur Menschen, so wie er. Auch sie spürten Schmerz und Furcht. Wenn er das immer im Gedächtnis behielt, dann verfügte er über eine nützliche Waffe.

Bald hatte der letzte der Herren das Haus betreten. Gideon hatte insgesamt elf gezählt.

Zum Zeitvertreib blätterte er jetzt wieder seine Zeitung durch. Sie enthielt die übliche Sammlung von Sensationsmeldungen – darauf war die »Union« spezialisiert. Darunter befand sich auch der Bericht über einen Eisenbahnraub in Nebraska:

**»Überfall auf die Union Pacific!**
Bewaffnete Banditen in der Nähe von North Platte!«

Die Meldung war bereits eine Woche alt. Sie beschrieb den Diebstahl von Lohngeldern aus einem Versorgungszug durch einen unbekannten Weißen und seinen indianischen Kumpanen. Die Räuber brachten den Zug durch drei steifgefrorene Büffelkörper zum Halten, die sie auf die Schienen gelegt hatten. Sie konnten unbehelligt entkommen, und Dr. Thomas Durant hatte eine hohe Prämie auf ihre Ergreifung ausgesetzt.

Auf der nächsten Seite entdeckte Gideon eine Karikatur, die ihn amüsierte. Eine abscheuliche Krake mit einem verhutzelten menschlichen Gesicht hielt sechs verängstigte junge Frauen in ihren Fängen. Der Oktopus trug den Namen Vanderbilt, und bei jedem der leidenden weiblichen Wesen stand das Wort *Wettbewerb* auf dem Saum ihres Gewandes.

Schließlich ließ der Regen nach. Gideon beendete seine Zeitungslektüre, als es in der Straße dunkel zu werden begann. Sein leerer Magen schmerzte jetzt. Er hatte keine Uhr dabei, aber er schätzte, daß die Sitzung bereits drei Stunden dauerte.

Einer der Schlägertypen zündete die Gaslaternen neben dem Eingang des Bürogebäudes an. Jetzt kehrten die Fuhrwerke allmählich zurück, darunter auch Louis Kents Einspänner.

Vom Fluß her kam ein abgerissener kleiner Schuhputzer daher. Der Junge trug seinen selbstgebauten Stand mit sich. Er beobachtete die wartenden Gefährte und ihre gutgekleideten Kutscher. Der Junge setzte sich auf seine Kiste und wartete auf Kundschaft. Einer der Wächter machte einen halbherzigen Versuch, ihn zu verscheuchen, aber der Junge kümmerte sich nicht darum. Dann widmeten die Wächter ihre Aufmerksamkeit wieder der Straße.

Wenige Minuten später öffneten sich die Türen. Jetzt erschienen die Herren, die sich getroffen hatten. Einer setzte wütend seinen Seidenhut auf den Kopf. Andere diskutierten heftig. Die Beleuchtung half Gideon, die Gesichter zu erkennen. Vorher hatte er fast nur die Hinterköpfe gesehen.

Wenn er sich richtig an das Titelfoto von »Leslie's« erinnerte, dann war Jim Fisk der Bursche mit dem Mondgesicht. Er sah müde und phlegmatisch aus. Gould konnte Gideon trotz aller Bemühungen in der Gruppe nicht entdecken.

Dann wurden die Türen erneut geöffnet. Louis trat heraus, gefolgt von einem Alten mit zerzaustem grauem Haar und cholerischer Miene. Der Graukopf ging sehr vorsichtig die Stufen hinab, offensichtlich hatte er ein Beinleiden. Seine wunderliche hohe Stimme war über die Straße hinweg zu hören:

»Fisk, nun kommen Sie mal her und hören Sie zu!«

Der wohlbeleibte Fisk ignorierte ihn und flüchtete in seine Kutsche. Als das Gefährt davonratterte, konnte Gideon hören, wie er seinem Kutscher Anweisungen erteilte.

Der Weg des Alten – es war Drew, wie er erkannt hatte – wurde von dem kleinen Schuhputzer blockiert, der ihn in einem Englisch mit starkem Akzent ansprach.

»Schuhe putzen, Sir? Ich verstehe mein Geschäft.«

Louis richtete sich auf, griff nach der Schulter des Jungen und stieß ihn zur Seite. Der alte Drew, der immer noch jemanden suchte, der bereit war, seine Klagen anzuhören, nahm sich jetzt Louis vor. Im Lärm der abfahrenden Gespanne rief Drew aus:

»Für Sie oder irgendeinen dieser Gauner gehe ich nicht ins Kittchen.«

Louis wandte ihm unhöflich den Rücken zu und sprang in seine Kutsche. Die Tür schlug heftig zu. Über die regennassen Pflastersteine schoß die Kutsche davon. Durch die Abfahrt entstand eine Lücke, so daß Gideon Daniel Drew deutlich sehen konnte. Wütend setzte sich der alte Mann einen abgenutzten Schlapphut auf den Kopf und ging zu seinem Gefährt.

Sehr schnell war die Straße leergefegt. Der Schuhputzer packte seine Siebensachen zusammen und eilte davon. Die Schlägertypen verschwanden im Haus. Gideon konnte hören, wie die Türen von innen verriegelt wurden.

Er stopfte die Zeitung in seine Manteltasche und eilte davon.

»Hör mal, Bursche«, rief er dem Schuhputzer zu, dessen Gesicht Mißtrauen ausdrückte, als Gideon näher kam. Als der Junge die Farbe von Gideons Mantel erkannte, steigerte sich sein Mißtrauen noch.

»Ich putze keinem Rebellen die Schuhe!«

»Der Mann, der dich weggejagt hat...« Gideon drückte dem Jungen zwei Münzen in die Hand. »Hast du gehört, was er seinem Kutscher gesagt hat?«

Der Junge prüfte die Münzen, als seien sei mit einem Makel behaftet. Dann steckte er sie in die Tasche.

»Kann schon sein.«

»Hat er gesagt, wohin er will?«

»Irgendwohin in der East 27th.«

»Hast du die Hausnummer mitbekommen?«

Der Junge schaute ihn mit einem alten, müden Blick an. Er steckte die Hand in die Tasche und klimperte höhnisch mit den Münzen. Gideon fand noch ein Zehn-Cent-Stück und hielt es ins Licht. Der Junge nannte eine Adresse.

»Weißt du, wer dort wohnt?«

Der Junge schneuzte sich und wischte den Schleim von der Nase. Sein Grinsen brachte zum Ausdruck, daß Gideon und nicht er der naive Fremde war.

»Jeder kennt doch Mrs. Bells Universal.«

»Kenn' ich nicht. Ist das eine Kneipe?«

»Ein Bordell. Viel zu teuer für Sie.«

Der Junge machte sich davon. In der Ferne hörte man die Klingel eines Omnibusses. East 27th Street lag am anderen Ende der Stadt, selbst mit einer Kutsche war das ein weiter Weg. Bis er dort ankam, konnte Louis längst wieder fort sein. Aber immerhin war die Chance größer, ihn in einem Bordell zu treffen, als in seinem Herrenhaus an der Fifth Avenue.

Als er sich nach Osten aufmachte, begann es erneut zu regnen. Er biß die Zähne zusammen, damit sie nicht klapperten, und steckte die Hände in die Taschen. Bei einem Straßenhändler kaufte er sich für fünf Cents Kastanien. Der nagende Hunger ließ ein wenig nach.

Aber die Kastanien wärmten ihn nicht. Er wanderte weiter. Der Regen wurde noch heftiger. Es würde wohl eine lange, kalte Nacht werden.

## 8. Kapitel
## Im Universal

In einem Privatraum im zweiten Stock von Mrs. Hester Bells Etablissement nahm Jubilee Jim ein Bad. Louis konnte sich nicht erinnern, jemals eine so komische Szene erlebt zu haben.

Wände und Decke des Raums waren mit Spiegeln ausgekleidet. Auf einem Podium in der Mitte des Zimmers befand sich eine übergroße, marmorverzierte Zinkbadewanne. Eine Spiegeltür führte in ein Schlafzimmer. Mrs. Bell hielt für musisch interessierte Kunden auch ein Klavier bereit.

Der blinde schwarze Musiker des Clubs spielte momentan gerade im Erdgeschoß. Die Arpeggios eines klassischen Stücks waren bis in die oberen Stockwerke zu hören. Die Tür zur Diele war von innen verriegelt. Nach der offiziellen Sitzung des Aufsichtsrats hatte Fisk auf einer anschließenden privaten Konferenz bestanden. Für ihn gab es dafür nur einen Sitzungsort: den Club. Miss Mansfield litt nämlich gerade an ihrer allmonatlichen Indisponiertheit.

Louis saß an einem kleinen Marmortisch dicht an der Wand gegenüber dem Schlafzimmer. Ihm gegenüber am Tisch saß der kleine bläßliche Jay Gould. Neben seiner blassen Hand stand das obligatorische Glas Bier. Er sah aus wie ein kirchlicher Diakon, den man gegen seinen Willen in die Hölle geschafft hatte.

Wohin immer Louis auch blickte, nach rechts, nach links oder nach oben, überall sah er Jubilee Jim, bis zur Brust in parfümiertes Wasser getaucht und umrahmt von einem ständig wechselnden Mosaik aus nackten Pobacken, Brüsten mit dunklen Spitzen, und schwarzem Haar. Auf Fisks blonden Locken saß eine Kapitänsmütze. Er ließ sich von zwei orientalischen Mädchen verwöhnen, die Mrs. Bell als Chinesinnen bezeichnete. Keine von beiden war älter als achtzehn Jahre.

Der Universal Club beschäftigte Mädchen elf verschiedener Nationen sowie zwei Personen männlichen Geschlechts: einen Portugiesen und einen Mulatten aus Westindien, die für einen kleinen Teil der Kundschaft mit speziellen Neigungen zur Verfügung standen. Mrs. Bell garantierte dafür, daß keiner ihrer Mitarbeiter der englischen

Sprache mächtig war, dadurch war absolute Diskretion gesichert. Ein leichenblasser Bursche, der sich Dr. Randolph nannte, wirkte als Clubmanager und Dolmetscher. Er war Sprachlehrer an einem Knabengymnasium in New England gewesen, bis er wegen moralischer Verfehlungen gefeuert wurde.

Fisk, der zu den Stammgästen des Universal zählte, hatte Louis vor drei Wochen zum ersten Mal mit hierher gebracht. Louis hatte natürlich schon vorher gelegentlich von der Existenz dieses Etablissements gehört. Aber man benötigte eine einflußreiche Persönlichkeit wie Fisk als Bürgen, um hier als Kunde eingeführt zu werden.

Dennoch wäre es ihm lieb gewesen, wenn das Treffen an einem anderen Ort stattgefunden hätte. Irgendwie störte ihn der Anblick der nackten jungen Frauen. Die Erinnerung an die kleine Tänzerin Nedda, die er lieber vergessen hätte, stieg in ihm hoch.

Kichernd füllte eines der Mädchen Fisks Champagnerglas wieder auf. Das andere Mädchen kniete neben der Wanne und badete den fetten Mann tatkräftig. Zumindest war ihr Arm bis zum Ellenbogen unter Wasser verschwunden, und ihre nicht sichtbare Hand schien sehr beschäftigt zu sein. Fisks Gesicht strahlte vor einfältiger Wonne.

Louis räusperte sich. Gould sagte:

»Jim, du hast mir Ungelegenheiten bereitet, indem du darauf bestanden hast, daß wir einen Ort wie diesen aufsuchen. Nun sollten wir wieder zum Geschäftlichen kommen.«

»Jay, mein Freund«, Fisk kippte sein Glas und leckte sich die Lippen. Einige Tropfen rannen an seinem Kinn hinab. »Das Ärgerliche an dir ist, daß du einfach zu steif bist. Verflucht förmlich.«

Er blinzelte Louis zu: »Ich sage immer zu Jay, daß es einen großen Unterschied zwischen uns gibt. Ich habe mehr Schwierigkeiten, mein Essen zu bekommen, als damit, es zu verdauen. Er hat mehr Schwierigkeiten, es zu verdauen, als es zu verzehren. Jay, Mensch, gönn dir doch mal was!«

»Mir geht es wirklich dann gut, wenn ich mit Helen und den Jungs zu Hause bin.«

»In Ordnung«, schmollte Fisk. Er rüttelte den Unterarm des Mädchens, das ihn badete: »Du wartest jetzt im Schlafzimmer auf mich.«

Das Mädchen errötete und konnte nichts verstehen. Fisk schwenkte das Champagnerglas.

»Dort rein! Mach dich aus dem Staub! Hau ab!«

Die beiden Mädchen zogen sich mit wackelnden Hinterteilen zu-

rück. Die Spiegeltür wurde geschlossen. Mit einer bleichen Hand schob Gould sein Bierglas zu Louis hinüber.
»Sie können das haben, wenn sie es mögen. Ich habe es nicht angerührt.«
»Mein Gott, was für ein steifer Kerl!« Fisk hievte sich aus der Badewanne, griff sich ein Handtuch und begann sein Geschlechtsteil abzutrocknen. Dann wickelte er sich das Handtuch um den Bauch, setzte sich auf den marmornen Wannenrand und wackelte mit seinen rosigen Zehen. »Wir haben doch eigentlich gar nichts zu besprechen. Ich denke, Onkel Daniel verliert die Nerven.«
Gould zuckte unerwartet tolerant die Achseln.
»Wenn einer die Siebzig hinter sich gelassen hat, ist er einfach nicht mehr so stabil.«
»Das ist doch Quatsch, Jay. Der Commodore ist drei Jahre älter als Daniel, und er hat seine Nerven nicht verloren. Er ist noch verdammt munter. Er ist darauf aus, Erie-Aktien aufzukaufen und uns daran zu hindern, weitere auszugeben. Er will dann seine Mehrheit ausnutzen, um im nächsten Monat den Aufsichtsrat mit neuen Leuten zu besetzen. Das müssen wir verhindern.«
Louis kippte den Rest seines Champagners aus und griff nach der Flasche im Silberkübel: »Heute nachmittag haben wir Maßnahmen ergriffen, um das zu vermeiden. Jays Einfall hat unser Problem gelöst.«
Das sagte er mit echtem Respekt. Gould hatte an eine alte Druckmaschine erinnert, die im Erdgeschoß der Erie-Zentrale stand.
Louis hoffte, daß die Presse die Gegenmaßnahme zu den Schwierigkeiten darstellte, die ihnen in den letzten Wochen beschert worden waren. Der Krieg nahm immer schärfere Formen an. Nachdem der Commodore in einer Abstimmung über die Festsetzung der Frachtraten aufgrund von Louis' Bemühungen den kürzeren gezogen hatte, wurde sich der alte Mann bewußt, daß die Bostoner Gruppe ihn fallenlassen wollte. Er gab in der Wall Street den knappen Befehl aus: »Erie kaufen, was das Zeug hält!«
Während seine Makler Aktien heranschafften, unternahm er Schritte, um Goulds Gruppe daran zu hindern, das gleiche zu tun. Gerade erst vor zwei Tagen hatte der in seinen Diensten stehende Richter am Obersten Gericht des Staates einen gerichtlichen Unterlassungsbefehl ausgesprochen, der die Erie-Gesellschaft daran hinderte, an Drew die Zinsen oder das Kapital eines offenstehenden Kredits von dreieinhalb Millionen Dollar auszuzahlen; mit diesem Geld

hätte man Aktien aufkaufen können. Außerdem hatte Richter Barnard es Drew untersagt, mit einem beträchtlichen Aktienpaket, das sich noch in seinem Besitz befand, zu spekulieren.

Bis zur Aufsichtsratssitzung heute nachmittag – bei der die Leute des Commodore erneut nicht anwesend waren – hatte die Lage düster ausgesehen. Ganz vertraulich hatte Gould dargelegt, daß es der Vanderbilt-Gruppe trotz des Unterlassungsbefehls nicht gelungen sei, eine bestimmte Fluchtluke zu verstopfen. Dabei handelte es sich um ein kompliziertes Gesetz des Staates New York, das die Ausgabe neuer Aktien erlaubte, wenn eine Eisenbahngesellschaft eine andere erwarb. Vor einigen Wochen hatte die Erie-Gesellschaft die am Boden liegende Buffalo, Bradford & Pittsburgh-Linie gekauft, um Unterlassungsbefehlen zuvorzukommen.

Nun war es notwendig, das Gesetz auszunutzen, um eine neue Auflage von Obligationen, die in Aktien konvertierbar waren, zu legalisieren. Nachdem Mr. Gould ruhig, aber wirkungsvoll die Druckpresse im Erdgeschoß erwähnt hatte, fand eine Abstimmung statt, durch die eine Auflage von Obligationen im Wert von zehn Millionen beschlossen wurde.

Louis hatte bei der Formulierung des Protokolls mitgewirkt. Mit unerhört offenen Worten hatten die Direktoren erklärt, daß dieser Schritt auf einen dringenden und erschütternden Bericht des Generaldirektors der Linie hin unternommen werde. Er forderte Mittel zur Reparatur der Schienenstränge, auf denen es, wie es im Protokoll hieß, total unsicher sei, einen Personenzug mit der üblichen Geschwindigkeit fahren zu lassen. In den letzten zwei Monaten hätte es fast ständig zerstörte Räder, Schienen und Lokomotiven sowie entgleiste Waggons gegeben.

Das machte einen hochoffiziellen Eindruck. Aber die drei Herren, die sich bei Mrs. Bell versammelt hatten, wußten ganz genau, daß der tief besorgte Generaldirektor niemals auch nur einen Cent von dem neu aufgebrachten Geld erhalten würde.

Louis lachte in sich hinein: »Mein Gott, das ist ein brillanter Schachzug, wenn wir die Obligationen im Erdgeschoß selbst drucken.«

»Das weckt meine Lebensgeister!« rief Fisk aus und sprang hoch. Dabei fiel das Handtuch herunter. Das störte ihn aber gar nicht. Er machte Luftsprünge wie ein etwas in die Jahre gekommener Posaunenengel. »Ich brauche nur einen ordentlichen Haufen Papier, und dann werden wir diesem alten Seebären aus Staten Island ein und für allemal zeigen, was eine Harke ist!«

»Natürlich«, dachte Gould laut vor sich hin, »wird der Commodore bald merken, daß wir einfach weitere Aktien auf den Markt werfen.«

»Und er wird ihnen nachjagen«, stimmte Louis zu. »Sein Konto ist gut gefüllt, er besitzt immer noch dreißig Millionen, mit denen er herumspielen kann.«

Fisk winkte ab: »Wenn wir mal acht, neun Millionen von seinem Geld geschluckt haben, dann wird er wohl merken, daß er alles in eine Kloake schmeißt.« Jetzt freundete er sich mit dem Thema immer mehr an: »Wir können die Obligationen schneller drucken, als seine Makler sie aufkaufen können. Und Druckerschwärze ist billig. Leeres Papier ist auch billig. Wenn wir Vanderbilt dazu bringen, uns fünfzig, sechzig Dollar für kleine Papierstückchen zu zahlen, die uns nicht mal zwei Cent kosten, dann gute Nacht, Commodore!«

»Es sei denn, er unternimmt erneut gerichtliche Schritte gegen uns«, warnte Gould.

»Ich mach mir mehr Gedanken um Onkel Daniel«, warf Louis ein. »John hat recht, er wird langsam weich.«

Das ernüchterte Fisk auf dramatische Weise: »Ja, Drew ist der wirkliche Grund, warum ich dieses Treffen vorgeschlagen habe. Wenn wir seine Stimme verlieren, sind wir zum Untergang verurteilt. Er hat genug Einfluß im Aufsichtsrat, um uns daran zu hindern, die Druckpresse in Gang zu setzen. Und er ist bereits in Schrecken versetzt. Jay, du hast gesehen, wie er bleich wurde, als du das Ding mit der Druckpresse vorgeschlagen hast. Danny spielt immer noch auf Sieg. Aber die Frage ist, wie weit er gehen wird.«

Jay Gould antwortete darauf nicht sogleich. Er saß da wie ein meditierender Asket. Seine traurigen Augen waren weit in die Ferne gerichtet. Schließlich erhob er sich.

»Ich stimme zu, Daniel ist zur Zeit etwas wunderlich. Es kann am Alter liegen. Oder vielleicht legt er auch zuviel Eifer an den Tag, theologische Seminare zu stiften und auf seinem Stuhl in St. Paul's zu sitzen. Geschäft und Religion vertragen sich wie Feuer und Wasser. Aus irgendeinem Grund hat er das wohl vergessen.«

Fisk stimmte dem nachdrücklich zu: »Als er heute nachmittag über die Frage der Obligationen abstimmte, haben seine Hände gezittert.«

»Und hinterher versuchte er, wegen dieser Sache auf mich einzuhacken«, meldete Louis sich jetzt zu Wort.

»Ich vermute, er sieht immer bloß eine Gefängniszelle vor sich«, sagte Gould. »Es würde ihn vernichten, wenn sein frommer Ruf durch einen Gefängnisaufenthalt Schaden nehmen würde.«

»Großer Gott«, lachte Fisk, »ich möchte genausowenig wie er das Innere eines Kittchens kennenlernen. Aber wie Daniel selbst zu sagen pflegte: ›Wenn eine Katze einen Fisch fressen will, dann muß sie auch bereit sein, sich nasse Pfoten zu holen.‹ Wir werden die Obligationen so schnell wie möglich drucken. Solange wir das tun, muß eben jeder von uns auf Daniel eintrommeln. Erinnert ihn stets daran, daß kein anderer Weg zum Sieg führt. Und daß dies ein sicherer Weg zum Erfolg ist. Jedesmal wenn wir Aktien auf den Markt werfen, wird der Preis fallen. Vanderbilts Leute werden dann jeden Preis zahlen. Daraufhin wird der Preis wieder steigen. Und dann setzen wir die Presse in Aktion, und der Markt wird wieder absaufen. Wenn wir uns daran halten, machen wir ihn schwindlig und halb pleite.«

»Stimmt«, sagte Gould. »Wir müssen alle Drew bearbeiten, ihm das Rückgrat stärken.«

»Morgen lade ich ihn zum Lunch im Union Club ein«, versprach Louis.

»Das ist ein guter Anfang.« Goulds fast farblose Lippen waren zwischen seinem Oberlippen- und Kinnbart kaum zu sehen. »Louis, Sie haben bereits bewiesen, daß Ihre Überzeugungskraft beträchtlich ist. Aber erwähnen Sie Daniel gegenüber nicht das Wort Unterlassungsbefehl. Das jagt ihm einen Schrecken ein. Dennoch denke ich, daß Vanderbilt einen solchen gegen uns erwirken wird, um uns daran zu hindern, die Druckmaschine in Gang zu setzen.«

»Es gibt noch einen Punkt, an dem wir uns einig sein müssen«, fügte Fisk hinzu. »Was passiert, wenn das geschieht? Werden wir die Maschine anhalten?« Er machte kaum eine Pause: »Ich sage nein.«

Louis dachte nach. Die Aussicht auf langwierige Gerichtsverhandlungen – ja sogar eine Verhaftung – war wenig reizvoll. Aber er wagte es nicht, Fisk zu widersprechen. Er steckte schon zu tief in der Angelegenheit drin.

»Ich stimme zu«, sagte er.

Gould meinte daraufhin: »Ich frage mich, wie lange wir verhindern können, daß Vanderbilt merkt, was wir im Schilde führen.«

Fisk kratzte sich die Wange: »Hm, heute ist der neunzehnte. Eine Woche haben wir Zeit. Vielleicht auch zwei.«

»In dieser Zeit können wir von seinem Geld eine ganze Menge einsacken«, meinte Louis.

»Aber wie entscheiden wir darüber, die Presse wieder zu stoppen?« warf Fisk ein. »Ich bin für einen einstimmigen Beschluß.«

In Goulds Gesicht war kein Anzeichen von Zögern zu entdecken.

»Richtig. Wir machen so lange weiter, bis die Polizei uns einen Unterlassungsbefehl auf die Türschwelle legt. Dann werden wir über unseren nächsten Schritt entscheiden.«

»Wenn es einen Unterlassungsbefehl gibt«, sagte Fisk, »wird Onkel Daniel abspringen.«

»Wird abspringen wollen«, verbesserte ihn Gould. »Es liegt an uns, ihn daran zu hindern. Erinnert ihn an folgendes: Wenn er nachgibt, wird er nicht nur nicht mehr in der Lage sein, die Kirchen reichhaltig zu beschenken, er wird ein ruinierter Mann sein. Wir müssen Danny immer wieder klarmachen: Gefängnis ist schlimm, ein befleckter Ruf ist schlimmer, aber am schlimmsten ist der Ruin. Das Schlüsselwort heißt Ruin. Besser man riskiert das Gefängnis – oder hinterher die Hölle – als den Ruin. Das weiß auch Drew tief in seinem Innersten.«

Der kahlköpfige Finanzier blickte gedankenverloren drein. Louis erschauderte. Gould war einfach ein Zauberer. Und dies nicht nur im Hinblick auf Aktienmanipulationen, sondern er kannte auch die Kräfte, die die Menschen bewegten. In der Sprache der Gegenwart gab es kein mächtigeres Wort als Ruin. Um diesem Etikett zu entgehen, waren viele Menschen bereit, fast alles zu riskieren. Das galt auch für Frauen, obwohl die im Zusammenhang mit Ruin an etwas anderes als an Geld dachten.

Louis empfand jetzt mehr Zuversicht. Auch Fisk schien erleichtert. Er stieg wieder in die Wanne: »Wir werden zusammenhalten. Wir werden es schaffen.« Er rülpste, setzte seine Seemannsmütze gerade, und mit einem Zeigefinger tröpfelte er sich Wasser auf den Nabel. »Und wir werden gemeinsam auf Danny aufpassen. Wir alle tragen die Verantwortung.«

Er warf einen Blick auf Louis. Wieder einmal stand seine Zuverlässigkeit in Frage. Fisk und Gould hatten einfach mehr Vertrauen zueinander. Aber sie boten ihm jetzt eine neue Chance, seinen Wert unter Beweis zu stellen. Er würde es nicht versäumen, sie zu ergreifen.

Draußen auf der Diele klopfte jemand.

Gould richtete sich auf: »Jag ihn zum Teufel, Jim. Wir haben uns doch ausdrücklich jede Störung verbeten.«

Louis eilte zur Tür: »Wer ist da?«

»Mrs. Bell«, erwiderte eine Baßstimme. »Sind Sie es, Mr. Kent?«

»Ja. Wir haben doch ausdrücklich gesagt, daß wir nicht gestört werden wollen.«

»Aber, Sir, ich fürchte, es muß sein«, antwortete die Puffmutter. »Unten ist jemand, der energisch nach Ihnen fragt.«

Louis' Magen krampfte sich zusammen, als er hörte, wie Gould scharf den Atem einzog. Fisk begann wütende Fragen zu stellen.

»Sagen Sie ihm um Gottes willen, daß ich nicht da bin.«

»Er weiß, daß Sie da sind. Er ist höflich, aber er besteht darauf, Sie zu sehen.«

Louis wandte sich um. Auf den Türriegel zeigend, blickte er zweifelnd die beiden anderen Männer an. Gould nickte grimmig. Daraufhin schloß er die Tür auf und ließ ein Riesenweib in einem Gewand aus Brokat eintreten.

»Warum haben Sie ihn nicht durch Dr. Randolph rausschmeißen lassen?« verlangte Louis zu wissen.

»Weil«, gab Mrs. Bell spitz zurück, »er Ihren Namen trägt, Sir. Er behauptet, er heiße Kent.«

2

Jay Gould stürmte auf sie zu.

»Louis, was zum Teufel geht hier vor?«

Wie betäubt hob Louis beide Hände. »Jay, es ist auch für mich ein verdammtes Geheimnis. Wie alt ist dieser Mann, Mrs. Bell? Etwa fünfundvierzig? Sieht er aus wie ein schäbig gekleideter Pfarrer?«

Hester Bell schüttelte verneinend den Kopf. »Ärmlich gekleidet schon, aber ich habe noch nie gesehen, daß ein Pfarrer einen Soldatenmantel der Konföderation trägt. Es ist ein junger Mensch in den Zwanzigern. Hat nur ein Auge. Das nehme ich wenigstens an, weil er eine Augenklappe trägt.«

Mit einer ihrer beringten Hände zeigte sie auf eine Stelle unter ihrem linken Auge. Dann fügte sie hinzu:

»Er sagt, er werde das Haus so lange nicht verlassen, bis er mit Ihnen gesprochen hat.«

»Verflucht noch mal, wir hätten gar nicht erst hierher kommen sollen!« rief Gould. »Wer ist das, Louis?«

»Ich weiß es nicht!«

»Sie haben Ihren Vetter, den Prediger, erwähnt. Ich habe nie gehört, daß Sie von anderen Mitgliedern der Familie Kent gesprochen haben.«

Louis begann der Schweiß auszubrechen. Selbst Fisk blickte jetzt nicht mehr freundlich drein.

»Reverend Kent hat mehrere Söhne«, erklärte Louis hastig. »Ich habe sie nie kennengelernt. Ich weiß nicht, ob sich einer von ihnen in New York aufhält. Sie sind Virginier.«

Gould murmelte: »Es ist mir offen gestanden ganz egal, um wen es sich handelt. Irgend jemand weiß, daß Sie sich in diesem Etablissement befinden – und vielleicht ist ihm auch bekannt, daß ich dabei bin. Ich habe einen Ruf zu wahren.«

Das amüsierte Mrs. Bell:

»Ungefähr den gleichen Ruf wie eine Klapperschlange aus Kansas.«

Gould erbleichte: »Ich denke an Helen und an meine Söhne. Ich habe meinen Wagen nach Hause geschickt. Nun veranlassen Sie endlich diesen verdammten Dr. Randolph, eine Mietdroschke herbeizurufen. Sie soll am Hinterausgang vorfahren, und zwar sofort.«

Er griff nach Mantel, Stock und Handschuhen. Mrs. Bell seufzte:

»Ich tue alles, was in meinen Kräften steht. Da es immer noch regnet, kann es eine Weile dauern.«

In Goulds Augen spiegelte sich das Gaslicht wie brennende Kohlestücke wider.

»Wenn es länger als zwei, drei Minuten dauert, werde ich mal mit Bill Tweed sprechen, und dann wird alles Geld der Wall Street nicht ausreichen, damit Sie diesen Laden offenhalten dürfen.«

Diese Warnung wurde ganz sanft vorgetragen. Aber Hester Bell blickte erschrocken drein. Gould lenkte seinen Zorn jetzt auf Louis.

»Es interessiert mich überhaupt nicht, aus welchen persönlichen Gründen Ihr Verwandter hier aufgetaucht ist. Aber Sie tun verdammt besser daran...« Er stieß Louis die goldene Spitze seines Rohrstocks gegen die Brust. Louis lief rot an, behielt aber die Fassung. Gould war außer sich vor Zorn; dies war schon allein daran zu erkennen, daß er Flüche ausstieß:

»Sie tun verdammt besser daran, wenn Sie ihn um jeden Preis loswerden!«

Fisk stieg jetzt wie ein weißer Wal aus der Badewanne. »Das ist eine höchst rätselhafte Angelegenheit. Sieht ganz nach einem der schmutzigen Tricks des Commodore aus: einen Burschen herzuschicken, damit er uns ausspioniert. Louis, Sie sind doch mit Ihrem eigenen Gespann hierher gekommen?«

Louis Kent antwortete mit unerwartet schwacher Stimme:

»Ja, und zwar direkt von der Zentrale her.«

»Hat Sie dort irgend jemand bei der Abfahrt beobachtet?«

Er versuchte sich zu erinnern: »Nur die anderen Mitglieder des Aufsichtsrats. Ach ja, dann war da noch ein kleiner Schuhputzer.«

»Haben Sie Ihrem Kutscher diese Adresse genannt?«
»Natürlich.«
»So laut, daß der Junge das verstehen konnte?«
»Darauf habe ich wirklich nicht geachtet.«
Nun fühlte er sich in wachsendem Maße bedroht. In die Enge getrieben, hielten Fisk und Gould zusammen wie Pech und Schwefel. Binnen weniger Minuten war er wieder zum Außenseiter geworden – und das alles wegen einer verdammten Unvorsichtigkeit, an die er sich gar nicht mehr erinnern konnte! Nun meinte er mit schleppender Stimme:
»Ich denke, es ist möglich.«
»Nun«, stieß Gould hervor, »Sie haben ein verdammtes Durcheinander angerichtet.«
»Jay, ich werde die Sache erledigen!«
Die schwarzen Augen blickten teuflisch: »Ich weiß, daß Sie es schaffen werden.«
Gould machte sich zum Korridor davon und verschwand über die Hintertreppe. Louis lief erneut ein Schauder über den Rücken.
»Nun aber raus hier, um Himmels willen raus!« rief Fisk. Er schob Louis in die Diele und Hester Bell gleich hinterher. Die Tür wurde zugeschlagen und von innen verrammelt.
Louis verspürte schreckliche Magenschmerzen. Wenn man ihn noch daran erinnern mußte, um welchen Einsatz es beim Krieg um die Erie-Gesellschaft ging, dann war das in den letzten Minuten mit Nachdruck geschehen. Ebenfalls war die Bereitschaft deutlich geworden, einen Verbündeten sofort abzuhängen, wenn er auch nur im geringsten Maße Ärger zu bereiten drohte.
»Mrs. Bell, sind Sie sicher, daß dieser Bursche gesagt hat, er heiße Kent?«
»Ich bin doch nicht taub. Genau das hat er gesagt.«
»Ist er bewaffnet?«
»Meines Wissens nicht.«
»Gibt es unten einen Raum, in dem man ungestört unter vier Augen miteinander sprechen kann?«
»Den gibt es.«
»Führen Sie ihn da herein. Ich werde in wenigen Minuten dorthin kommen.« Er langte in seine Tasche und brachte ein Bündel Banknoten zum Vorschein. »Hier ist ein Hunderter für Ihre freundliche Hilfe.«
Hester Bell steckte das Geld ein. Dann wandte sie sich ihm zu:
»Mr. Kent, ich wünsche hier keine Beschädigungen. Ich habe an

viele Polizisten Schmiergelder zu zahlen – und durch sie auch an den Boss persönlich.« Damit meinte sie William Tweed, den auch Gould erwähnt hatte und der der heimliche Herrscher der Stadt war.

»Ich bezahle Sie dafür, damit Sie dazu beitragen, Schäden zu vermeiden!« entgegnete Louis. »Sind ihre beiden Schlägertypen im Haus?«

»Am Abend immer!«

»Dann sollen sie sich in der Nähe des besagten Raumes aufhalten.«

»In Ordnung.« Sie setzte sich in Bewegung, wandte sich aber noch einmal um. »Mr. Kent, ich kann beinahe ebenso nachtragend sein wie der kleine Jay. Falls mir Ihre persönlichen Streitigkeiten zum Nachteil gereichen sollten und Sie zu behaupten versuchen, nichts davon zu wissen...«

»Das habe ich nicht!«

»Sagen Sie besser die Wahrheit«, meinte sie lächelnd, hob dann die Schleppe ihres Kleides hoch und eilte auf die Haupttreppe zu.

Verdammt noch mal! Wie kam diese Puffmutter eigentlich dazu, ihm gegenüber solch einen Ton anzuschlagen?

Er wußte den Grund nur allzu gut. Sie stand Jubilee Jim sehr nahe. Und Jim war mit Jay Gould verbunden. Louis war erst kürzlich von den beiden ins Vertrauen gezogen worden. Wenn er jetzt herumstümperte, würde er bald wieder rausfliegen.

Sorgenvoll schritt er in der oberen Diele auf und ab, bis er annahm, daß die paar Minuten um seien. Dann wischte er sich die Hände an den Hosen ab und ging auf die Vordertreppe zu.

## 9. Kapitel
## »Ich bin oben – oder etwa nicht?«

Die zart getönten Glaskugeln des Gaslichts in der Diele verbreiteten ein mattbläuliches Licht. Gideon ging vor der Tür des Raums auf und ab, zu dem Mrs. Bell ihn geführt hatte. Der Raum ging von einem langen, engen Korridor aus, der genau zwischen der Eingangshalle und einem Gang lag, der zu der mit Butzenscheiben verzierten Hintertür führte.

Ungefähr drei Meter hinter dem Raum und knapp zwei Meter vom Gang entfernt befand sich in der gegenüberliegenden Wand eine große dunkle Nische, der Schacht einer Hintertreppe vermutlich. Er beobachtete die Stelle genau. Er hatte keine Vorstellung, von wo Louis auftauchen würde – und ob er überhaupt käme. Aber jetzt hatte er das unheimliche Gefühl, daß sich in der Nische jemand versteckt hielt.

Konnte das sein Vetter sein, der zögerte hervorzutreten?

Die Vermutung eines versteckten Beobachters steigerte seine Furcht und Ungewißheit nur noch. Er hatte sich mit List in den Universal Club Zutritt verschafft, indem er Louis Kents Namen nannte und eine Vertrautheit vorspiegelte, die es gar nicht gab. Nun war er aber mit seinem Latein am Ende. Wie sollte es weitergehen? In ihm setzte sich allmählich der Gedanke durch, daß es närrisch gewesen sei anzunehmen, er könne sich gegen einen der Direktoren der Gesellschaft durchsetzen – oder ihm auch nur seine Gedanken vortragen.

Der üble Geruch, der von seinem nassen Mantel ausging, trug auch nicht gerade zu seinem Wohlbefinden bei. Außerdem sah er ziemlich schäbig aus. Er paßte so gar nicht in dieses plüschige Etablissement.

Nun hörte er ein schwaches Quietschen an der Hintertreppe. Er war sich jetzt ganz sicher, daß sich dort jemand aufhielt. Er wandte sich um und ging ein paar Schritte in den Raum hinein.

Nun hörte er ganz deutlich Fußtritte. Mit zwei Riesensätzen war er wieder draußen. Ein kleiner Mann mit einem Spazierstock eilte den Gang entlang. Er warf ihm einen kurzen Blick über die Schulter zu.

Gideons Herz pochte heftig. Er erkannte, wer der Mann war, der da der Hintertür mit den Butzenscheiben zustrebte. Später sollte sich Gideon dann noch häufig fragen, woher er den Mut – oder, besser gesagt, die Frechheit – nahm, ihm nachzueilen. Vielleicht war es die unbewußte Erkenntnis, daß sich ihm eine derartige Chance nie wieder bieten würde.

»Mr. Gould?«

Der kleine Mann unterbrach seine Schritte. Gideons Mund war jetzt total trocken.

»Warten Sie, Mr. Gould. Sie sind einer derjenigen, die ich sprechen will.«

Der Mann zögerte. Dann wandte er sich um. Unter dem Eindruck der stechenden dunklen Augen zuckte Gideon beinahe zusammen. Das Titelbild von »Leslie's« hatte sich jetzt mit Leben erfüllt.

Ihm war nicht klargewesen, daß Gould so klein war. Der Finanzier sprach ruhig, aber merkbar irritiert:

»Sie haben mich wohl mit jemand verwechselt, Sir!«

»Nein, das glaube ich nicht. Warten Sie!« Gideon griff nach Goulds Arm, als der sich entfernen wollte.

Gould ließ sich jetzt zu einer Kurzschlußhandlung hinreißen. Er entwand sich Gideons Griff. Am Ende der Diele waren Schritte zu hören, die jetzt immer schneller wurden:

»Loslassen!«

Irgend jemand packte Gideon an der Schulter. Die Gaskronleuchter klirrten.

»Mein Gott, Jay, das tut mir leid. Ist Ihnen was passiert?«

Goulds Wangen verfärbten sich oberhalb des Bartes. Im Treppenschacht erblickte Gideon zwei Männer, die die Szene beobachteten. Wo kamen die bloß her?

Louis Kents dunkelhäutiges Gesicht drückte Verwirrung aus. Goulds Zorn schien sich in erster Linie gegen ihn zu richten. Gideon mußte sich zwingen, etwas zu sagen: »Sie sollten mich besser einmal anhören, Mr. Gould!«

Der kleine Mann ignorierte das und warf Louis einen weiteren wütenden Blick zu, bevor er sich wieder in Richtung Hintertür in Bewegung setzte.

». . . es sei denn, es macht Ihnen nichts aus, wenn überall zu hören ist, daß Sie Bordelle besuchen.«

Jay Gould blieb wie angewurzelt stehen, den Kopf leicht zurückgeneigt. Als er sich umwandte und sprach, bewegten sich seine Lippen kaum.

»Louis, ist das Ihr Verwandter?«

»Jay, ich habe ihn noch nie gesehen. Ich weiß es nicht.«
»Hören Sie endlich auf, wie ein Papagei meinen Namen zu wiederholen!«
Gould blickte finster an Gideons Schulter vorbei. In der Eingangshalle verdrückten sich zwei Mädchen, die das Ganze mit starr aufgerissenen Augen beobachtet hatten. Plötzlich ging Gould auf Gideon zu und drängte ihn auf den Raum zu.
»Da hinein! Ich pflege nicht im Korridor zu diskutieren!«

2

Gideon trat, so ruhig er es vermochte, direkt in die Mitte des Raumes. Bestürzt und schwitzend machte sich Louis an der Schiebetür zu schaffen. Es gelang ihm wohl nicht, die Klinke richtig zu bedienen. Gould stieß ihn zur Seite und schloß die Tür mit einem Knall.

Zwei getönte Glaslampen verbreiteten in diesem Raum ein bläuliches, weit schwächeres Licht als im Korridor. Gould setzte sich sofort an einen der Marmortische, seine behandschuhten Hände auf den Knauf seines Stockes gestützt. Louis lehnte sich gegen die Tür; er atmete schwer.

»Nun sagen Sie mal, wer Sie sind«, sagte Gould.
»Mein Name ist Gideon Kent.«
»Sie sind also der Vetter dieses Herrn hier?«
Gideon war kaum imstande zu nicken. Er versuchte sich klarzumachen, daß der Finanzgewaltige auch nur ein Mensch war. Es war die Anspielung auf das Bordell, die Goulds Aufmerksamkeit erregt hatte. Der Gedanke kam ihm blitzartig, als er sich an Jephthas Bemerkungen über Goulds Privatleben erinnerte. Daraus mußte er jetzt seinen Vorteil ziehen.
»Mr. Kent und mein Vater sind in der Tat Vettern zweiten Grades.«
»Dann tragen Sie mal Ihr Anliegen vor.«
Gideons Stimme wurde jetzt wieder fester: »Ich bin drüben in Jersey City auf dem Rangierbahnhof der Erie-Linie beschäftigt.« Louis hielt die Luft an. »Ich bin Weichensteller. Seit Anfang dieses Jahres haben zwei Arbeiter, mit denen ich befreundet bin, schwere Arbeitsunfälle erlitten.«

Er schwitzte heftig, aber er wagte nicht, mit seinen Worten innezuhalten.

»Einer verlor beide Beine. Der andere kam diese Woche zu Tode.

Beide hinterließen Frau und Kinder. Die Familien stehen nun ohne Einkommen da. Sie haben für Sie gearbeitet, Mr. Gould, und daher verlange ich . . .«

Einer plötzlichen Eingebung folgend, verdoppelte er die Summe, die er eigentlich fordern wollte:

»Ich verlange zwanzigtausend Dollar für jede der beiden Familien.«

»Zwanzigtausend?« keuchte Louis. Er begann zu kichern. Bis eine Geste Goulds das unterband.

»Ich möchte etwas berichtigen, was Sie gesagt haben«, gab der Finanzmann Gideon leise zu verstehen: »Sie waren bei der Erie-Linie beschäftigt. Dieses Beschäftigungsverhältnis ist hiermit ab sofort beendet.«

»Derart wahnsinnige Forderungen . . .« rief Louis aus.

»Sie sind ein unverschämter Bursche, Mr. Kent, das muß ich schon sagen. Das Wort, das Ihr Cousin gebraucht hat, ›wahnsinnig‹, reicht kaum aus. Keine Eisenbahn, auch die Erie nicht, zahlt bei Arbeitsunfällen Entschädigungen. Das Risiko liegt auf seiten des Arbeitnehmers. Und Sie sind ein Narr, wenn Sie die Lage anders sehen.« Er beugte sich vor: »Es sei denn, Sie sind einer von diesen gewerkschaftlichen Unruhestiftern. Aber von der Existenz einer Gewerkschaft in unserem Unternehmen ist mir nichts bekannt.«

»Das sollte sich vielleicht bald ändern.«

Louis begann die Tür wieder aufzuschieben: »Das geht wohl zu weit. Soll ich die Jungs herbeipfeifen?«

Goulds erhobene Hand hielt ihn davon ab: »Ich will alles hören.«

»Mr. Gould, was ich zu sagen habe, das habe ich gesagt. Sie verdienen mit der Erie eine Menge Geld. Wie ich gehört habe, muß es ein Vermögen sein. Sie sind also durchaus imstande, etwas für die Familien zweier Männer zu tun, die vernichtet worden sind, während sie schufteten, damit Ihr Bankkonto noch fetter wird.«

»Natürlich kann ich mir das leisten«, stimmte Gould zu. »Aber jetzt sprechen Sie nicht zur Sache. Sie mißverstehen völlig den Zweck eines Unternehmens oder eines Arbeitsverhältnisses.« Jetzt sprach er wie ein müder Vater zu einem nur langsam begreifenden Kind:

»Jeder Mitarbeiter der Erie-Gesellschaft muß für sich selbst sorgen, so wie auch ich nur für mich selbst verantwortlich bin. Arbeitnehmer sind Teile einer Maschine – mehr nicht. Eine gesunde Geschäftspolitik bedeutet: Wenn ein Teil einer Maschine kaputtgeht, dann muß man Geld ausgeben, um ein neues Teil zu kaufen, und nicht, um das nutzlose zu retten.«

Gideon war wie vom Donner gerührt. »Maschinenteile? Reden Sie so über Menschen?«

»Genau.«

Er zwang sich, deutlich zu sprechen: »In diesem Falle sieht es natürlich anders aus.«

»Nur deshalb, weil Sie fragen?«

»Ja.«

Daraufhin sagte Gould mit einem weiteren Achselzucken: »Da sind Sie ganz im Unrecht. Ihre Freunde bedeuten mir gar nichts. Und jeder fähige Manager würde das genauso sehen wie ich.« Er wedelte mit der Zwinge seines Stocks unter Gideons Nase: »Ich bewundere Ihre Nerven, Mr. Kent. Aber im Denken sind Sie leider viel zu naiv. Guten Abend!«

Maschinenteile! Genau das war die traurige Wahrheit. Daran zweifelte Gideon nicht. Er wußte auch, daß Jay Gould seine Haltung nicht ändern würde. Dies machte schon die brüske Art deutlich, mit der Gould sich jetzt in Richtung Tür in Bewegung setzte. Ebenso wies das erleichterte Lächeln im Gesicht von Louis Kent darauf hin.

Nun war Gideon schrecklich entmutigt. Louis und Gould würden noch nach vielen Jahren über seine ungeschickten Forderungen lachen.

Als Gould sich der Tür näherte, entdeckte Gideon auf seiner Stirn Schweißperlen. Mein Gott, ich habe ihn ein wenig ins Wanken gebracht! Nun wagte er einen letzten Vorstoß:

»Auf jeden Fall danke ich Ihnen, daß Sie mir zugehört haben. Ihre Entscheidung wird am Sonntag bekanntgegeben werden. Und es wird erwähnt werden, wann und wo sie gefällt worden ist.«

Jay Goulds kahle Stirn glänzte, als sei sie geölt worden. »Was meinen Sie mit ›bekanntgegeben‹?«

»Genau das, was ich gesagt habe. Ich stehe bei meinen Bemühungen nicht alleine. Ihre Worte werden von der Kanzel der St. Mark's Episcopal Church in der Orange Street verkündet werden.«

»Das muß die Kirche seines Vaters sein«, meinte Louis.

Gould flüsterte nun: »Mr. Kent, Ihr Vater wird doch einen Ort wie diesen nicht in einer Predigt erwähnen.«

»Ganz im Gegenteil. Er schätzt eine sehr offene Sprache.«

»Ich bin in geschäftlichen Angelegenheiten hier!«

Irgendwie brachte Gideon ein Lachen zustande. »Dessen bin ich mir ganz sicher, Sir.«

Gideon hatte bemerkt, daß Louis jetzt links hinter ihm stand, aber außerhalb seines Blickwinkels. Gideon hörte das Kratzen von Leder auf dem Teppich. Er wandte sich um und bemerkte, daß Louis sich auf ihn stürzen wollte.

»Nun haben wir aber die Nase voll!«

»Bleiben Sie stehen, und halten Sie Ihr verdammtes Mundwerk!« Goulds Tonfall ließ Louis erstarren. Wie eine Marionette stand er da. Gideon triumphierte innerlich, als er sah, daß Gould seine Selbstkontrolle so weit verloren hatte. Er betete, daß es ihm gelingen möge, noch weitere fünf Sekunden lang überzeugend zu klingen.

»Vielleicht können Sie am Sonntag mit Ihrer Familie beim Gottesdienst in St. Mark's erscheinen, Mr. Gould. Vielleicht interessiert es Ihre Frau zu erfahren, wo Ihre geschäftlichen Unterredungen stattfinden?«

Jetzt herrschte Stille im Raum. Von den vorderen Räumen des Clubs her hörte man klassische Musik. Gideon konnte das Knarren einer Diele im Korridor vernehmen. Das waren sicher die beiden Typen aus dem Treppenschacht. Gould brauchte sie nur zu rufen, und es war aus mit Gideon.

»Jay, das ist ein verdammter Bluff!« behauptete Louis. Gould würdigte ihn keines Blickes. Gideon verstand nicht, was mit seinem Vetter passiert war. Louis schien durchzuhängen und alles Selbstvertrauen verloren zu haben. Er starrte auf Gould wie ein besorgter Knabe, dem es nicht gelang, seinen Eltern Freude zu machen.

Gould schluckte. Dann fuhr er sich mit der Zunge über die Oberlippe: »Ja, ich vermute, es handelt sich um einen Bluff. Aber ich will gar nicht versuchen, das herauszufinden. Ich will auch nicht, daß Helen das herausfinden muß.«

Gideon fühlte sich schwindlig.

»Mr. Kent, Sie oder Ihr Vertreter können morgen bei meinem Makler vorsprechen. Dort erwartet Sie ein Scheck über den von Ihnen genannten Betrag. Der Scheck ist ausgestellt auf die Bank of Commerce in der Nassau Street. Der Name des Kontoinhabers wird Ihnen nicht bekannt sein. Eine Verbindung zwischen diesem Geld und der New York & Erie oder mir nachzuweisen wird nicht möglich sein. Sollten Sie dennoch versuchen, eine solche Verbindung nachzuweisen, machen Sie sich nur lächerlich. Sind Sie bereit, diese Bedingungen zu akzeptieren?«

Gould sprach jetzt ganz ruhig. Aber Gideon war immer noch erschrocken. Es gelang ihm gerade noch zu nicken. Goulds kleine dunkle Augen bohrten sich förmlich in die seinen.

»Ich will es noch einmal wiederholen. Sie sind ein unverschämter Kerl. Jim Fisk ist ein unverschämter Kerl. Auch ich besitze eine gehörige Portion Unverschämtheit. Das war schon immer so. Als Junge hatte ich einen guten Freund. Der war doppelt so groß wie ich. Wir rangen oft miteinander. Meistens blieb ich Sieger. Ist das nicht unwahrscheinlich, wo ich doch so klein bin? Aber ich habe nicht mit fairen Mitteln siegen können. Ich mußte jeden Trick, den ich kannte, anwenden. Er beklagte sich darüber, aber das machte mir nichts aus. Wissen Sie, was ich ihm gesagt habe? ›Ich bin einfach oben!‹ Im Moment sind Sie eben gerade mal oben. Aber das ist nicht völlig Ihr Verdienst. Dieser – Herr – dort...«

Er warf Louis einen ätzenden Blick zu.

»... er hat Ihnen den Weg gebahnt, ohne es zu wollen. Dennoch bewundere ich jeden, der den Weg nach oben schafft, indem er alle ihm zur Verfügung stehenden Mittel nutzt. Damit will ich nicht sagen, daß Sie je wieder den Weg an Jay Gould vorbei nach oben schaffen werden.«

Er lächelte. Gideons Mund war knochentrocken.

»Einmal werde ich Ihren Forderungen nachgeben und zahlen. Aber ich werde nie vergessen, auf welche Art und Weise Sie mich dazu gezwungen haben.«

Er deutete mit seinem Stock auf Gideons Gesicht.

»Ich verspreche Ihnen, ich werde das nie vergessen.«

Dann ging er in Richtung Tür. Louis eilte an seine Seite, aber bevor er ein Wort sagen konnte, schlug Gould ihm mit seinem Stock auf den Arm:

»Aus dem Weg!«

Louis stolperte zur Seite. Gould öffnete die Schiebetür und verschwand ins mattblaue Licht.


3

Louis starrte Gideon an, als sei er eine Wachsfigur in einem Raritätenkabinett. Er verstand nichts. Im Korridor tauchte einer der schweren Jungs auf. Einen Moment lang nahm Gideon an, daß er den Universal Club nicht auf eigenen Füßen verlassen werde. Dann rief Gould weiter unten im Korridor:

»Laßt ihn gehen, Jungs. Wenn's ihm jemand besorgen wird, dann bin ich das.«

Die hintere Tür wurde jetzt geschlossen. Die Männer blickten einander fragend an. Gideon nützte ihr Zögern aus und wandte sich zum Gehen.

Sprachlos vor Zorn ließ Louis ihn passieren. Gideon bewegte sich mit scheinbarer Ruhe auf die Eingangshalle des Bordells zu. Er lauschte auf jedes ungewöhnliche Geräusch, aber es passierte nichts. Seine Hände vergrub er tief in den Taschen, damit weder die Mädchen noch ihre Kunden bemerkten, wie sie zitterten.

Der schwarze Musiker im Salon nahm seine Hände vom Klavier und schnaubte:

»Ein alter Wollmantel. Der Kerl gehört nicht hierher.«

Hester Bell öffnete die Vordertür und hielt sie auf. Sie sah Gideon mit seltsamer Scheu an. Er trat hinaus in den Regen und schloß ganz kurz die Augen, als er die Stufen hinabschritt. Nun zitterten seine Beine.

Als er vom Eingang her nicht mehr zu sehen war, begann er zu laufen.

## 10. Kapitel
## Kriegsopfer

Unter Jubilee Jims nicht allzu freundlicher Aufsicht stopfte Louis die letzten Banknoten in einen billigen Koffer. Er übergab den Koffer dem stämmigen Wachmann, der damit die Treppen hinab nach draußen strebte.

In der Märzsonne, die durch die hohen Fenster des Erie-Bürogebäudes drang, sah Louis blaß aus. Fisk und Gould behandelten ihn jetzt als Gehilfen, nicht als Partner.

»Das wär's, Jay.« Er lehnte sich gegen den großen, eisernen Geldschrank, der nun leer war. Gould sammelte einige Papiere ein, tat sie in den Ofen und fragte dann:

»Hast du auch genau gezählt?«

Louis wollte antworten, dann aber wurde er sich bewußt, daß Gould ja nicht zu ihm gesprochen hatte. Fisk zog wegen der überflüssigen Frage die Augenbrauen zusammen und sagte:

»Achtundzwanzig Koffer. Bis auf zwei sind sie alle mit der ersten Droschke abgegangen.«

»Wieviel war es insgesamt?«

»Sechs Millionen. Beeil dich jetzt, verdammt noch mal, mit dem Papierkram.«

»Ich bin fertig«, sagte Gould und griff nach seinem teuren Tweedmantel.

Jay Gould hatte einen Boten in die obere Fifth Avenue geschickt, um Louis herbeizuzitieren. Als Louis um Viertel vor eins in der Duane Street ankam, hatte man alle Mitarbeiter der Zentrale nach Hause geschickt. Ein Wächter bewachte das Portal und ließ ohne Erlaubnis von Gould oder Fisk niemanden eintreten. Der andere Wächter schleppte die Koffer in eine Droschke, so schnell sie Louis und der Dicke füllen konnten.

Gould hatte eine Zeitlang Dokumente geprüft. Einige tat er in einen Handkoffer, andere verbrannte er, den Rest warf er auf den Boden. Der große Büroraum sah aus, als sei ein Papiersturm darüber hinweggefegt.

»Wie hält sich Daniel?« wollte Gould wissen.
»Er ist draußen und plappert wie ein Kleinkind. Er schätzt die Idee, nach Jersey zu reisen, gar nicht. Wenn wir ihm nicht Beine machen, haben wir keine Chance. Meine Jungs warten als Nachhut bei der Fähre in der Cortlandt Street. Aber erst wenn wir den Bahnhof erreicht haben, haben wir's geschafft.«
Gould blieb gelassen: »Haben Sie ein Hotel gebucht?«
»Sobald wir die Nachricht vom Gericht erhielten, habe ich Chad nach Jersey City geschickt. Er besorgt Suiten im ›Taylor's‹. Ich habe auch drei Kanonen hinübergeschickt, so daß Vanderbilt uns nicht überraschen kann. Die Dunkelheit wird uns Schutz bieten, wenn wir hier überhaupt herauskommen.«
Louis hielt es für ermutigend, daß man ihn gebeten hatte, an den Ausräumungsarbeiten teilzunehmen. Gould hätte sicher keinen Boten zu ihm geschickt, wenn ihre Partnerschaft für alle Zeiten Schaden genommen hätte. Dieser Gedanke bildete den Ausgleich für die Nichtbeachtung in der letzten Stunde.
Die Preisgabe des Bürogebäudes in der Duane Street war das Ergebnis des letzten einer Reihe von seltsamen Schachzügen im Kampf um die Beherrschung der Erie-Gesellschaft.
Goulds Plan, die Druckmaschine im Erdgeschoß in Betrieb zu setzen, hatte wie gewünscht funktioniert. Sie hatte mehr als gut gearbeitet. Tausende von Aktien, die man in die Wall Street pumpte, hatten nicht nur die Notierungen der Erie- sondern auch die anderen Wertpapiere in den Keller fallen lassen. Die Zeitungen berichteten in sensationeller Aufmachung von einer Erie-Panik.
Natürlich hatte Vanderbilt gemerkt, was passierte. Richter Barnard vom Obersten Gerichtshof hatte der Erie die Ausgabe weiterer Aktien untersagt. Gould hatte daraufhin sofort eine Menge Geld ausgegeben, um von einem anderen Richter dieses Gerichts eine entgegengesetzte Verfügung zu erwirken. Darauf reagierte Vanderbilt mit einer Serie weiterer einstweiliger Verfügungen. Die Firma wurde unter Zwangsverwaltung gestellt, und gegen einige leitende Direktoren ergingen Haftbefehle wegen Aktienbetrugs. Die letzte Verfügung war heute morgen eingetroffen.
Nun verschwanden die sechs Millionen in den Koffern – das Geld, das mit Hilfe der Druckmaschine im Erdgeschoß verdient worden war – aus dem Zugriffsbereich der Justiz des Staates New York. Gleichzeitig verdufteten die Herren Gould und Fisk. Zweimal war Louis Zeuge von Gesprächen gewesen, bei denen es um die Neugründung der Ge-

sellschaft im Staate New Jersey ging. Dort würde es Vanderbilt schwerer fallen, seinen Einfluß geltend zu machen. Natürlich würde die Neugründung der Gesellschaft eine ziemlich theoretische Angelegenheit bleiben. Die entscheidenden Dinge würden weiterhin in Manhattan passieren.

»Zieh schon mal los, Jim!« befahl Gould. »Ich komme gleich nach.«

Mit einem nervösen Blick auf seine große Taschenuhr verschwand Fisk treppabwärts.

Auf dem Fluß ertönte die Sirene eines Schleppers. Stäubchen wirbelten im schwachen Sonnenlicht. Für Louis war es unvorstellbar, daß vielleicht gerade in diesem Augenblick eine Wagenladung Polizisten nach der Duane Street unterwegs war. Ebenso unvorstellbar war es, daß es schon Wochen her war, seit Gould und Gideon Kent zusammengetroffen waren. Gould hatte nachgegeben und einen Betrag, der in seinen Augen ein Taschengeld darstellte, um sich vor einem möglichen Skandal zu schützen. Die ganze Zeit über hatte Louis von dem Finanzgewaltigen kein Wort des Tadels zu hören bekommen.

Natürlich war Gould sehr stark mit Angelegenheiten der Erie-Gesellschaft beschäftigt. Mehrfach hatte Louis versucht, Gould auf einen Drink, ein teures Dinner, und um sich zu entschuldigen, in seinen Club einzuladen. Jedesmal hatte Gould dies brüsk abgelehnt. Schließlich hatte Louis versucht, sich nach einer Aufsichtsratssitzung zu entschuldigen. Aber Gould war einfach schweigend davongegangen. Er nahm allmählich an, Gould habe die Niederlage einfach hingenommen und habe sich jetzt mit wichtigeren und dringenderen Problemen zu befassen.

Louis begann seinen Mantel anzuziehen. »Das können Sie ruhig bleiben lassen«, bemerkte Gould ganz ruhig. »Sie werden nicht mit uns kommen.«

»Nicht mitkommen? Und was ist mit dem Vollziehungsbefehl?«

»Sie werden darin nicht erwähnt. Nur Drew, Jim und ich. Auch wenn es anders wäre, würden wir Sie nach Jersey City nicht mitnehmen.«

»Warum haben Sie mich dann überhaupt hierher bestellt? Warum, zur Hölle, ließen Sie mich mithelfen und denken, ich gehöre dazu?«

Er hielt inne. Gould lächelte über seinen Verdruß. Er kannte die Antwort:

»Das haben Sie getan, um sich meines Namens zu bedienen, Sie Hurensohn!«

»Das habe ich überhört«, murmelte Gould, während er seine Lederhandschuhe anzog. Er sprach so leise, daß Louis ihn kaum verstehen konnte: »Wenn hier Vorwürfe am Platze sind, dann in erster Linie gegen Sie. Als man Sie gebeten hat, ein günstiges Abstimmungsergebnis hinsichtlich der Frachtraten sicherzustellen, da hat Jim Ihnen doch ganz deutlich gemacht, daß ich keine Widerstände gegen meine Entscheidungen dulde. Ich habe auch keine hohe Meinung von einem Menschen, dessen Handlungen mir gewollt oder ungewollt persönlich schaden. Sie haben etwas getan, wodurch für mich die Liebe und der Respekt von seiten meiner Frau und meiner Kinder aufs Spiel gesetzt wurden, Louis. Beinahe wäre noch von einer Kanzel – von einer öffentlichen Kanzel – verkündet worden, daß ich übel beleumdete Häuser besuche.«

Schweißüberströmt rief Louis aus: »Du lieber Himmel, es war doch Fisk, der darauf bestanden hat, daß wir uns dort treffen.«

»Aber Sie haben Ihren Cousin in Mrs. Bells Bordell geführt!«

»Wie oft soll ich das noch wiederholen, Jay. Ich habe nicht gewußt, daß er mir folgte.«

»Ein Geschäftsmann kann es sich nicht leisten, unvorsichtig zu sein, Louis!«

Die schwarzen Augen bohrten sich förmlich in ihn hinein: »Wenn wir uns in New Jersey in Sicherheit befinden, wird eine Abstimmung stattfinden, und dann fliegen Sie aus dem Aufsichtsrat. Danny, Jim und ich haben die Vollmacht, als Exekutivausschuß zu handeln, und es ist unsere Absicht, das zu tun. Ich hoffe, Ihre kurze Karriere bei der Erie hat Ihnen viel Freude gemacht. Solange mein Wort etwas zählt, werden Sie eine derartige Chance nicht wieder erhalten.«

»Sie brauchten meine Stimme eben bloß wegen der Entscheidung hinsichtlich der Frachttarife. So war es doch wohl?«

»Ich benutzte immer den, der am zweckdienlichsten ist. Auf diese Art bleibe ich ganz oben. Einige der Leute, die ich mir zunutze mache, bleiben meine Freunde, andere nicht. Sie gehören zur zweiten Gruppe. Sie verdienen nämlich kein Vertrauen.«

»Jay...« Louis tastete nach Goulds Hand.

»Rühren Sie mich nicht an!« flüsterte Gould und ging hinaus.

2

Die Mietdroschke schaukelte durch die immer dunkler werdenden Straßen. »Das gefällt mir gar nicht«, beklagte sich Drew, der neben einem der Wachmänner saß. »Es gefällt mir gar nicht, daß man mich nach Jersey schafft; das ist so weit von der Kirche meiner Gemeinde entfernt.«

Der Wächter ignorierte den Ausbruch in taktvoller Weise. Er starrte weiter aus dem Fenster, die Hand am Kolben seiner Pistole.

»Auch dort wird es eine Kirche für Sie geben«, versicherte Gould dem alten Mann. »Dagegen werden im Gefängnis in der Ludlow Street keine regelmäßigen Gottesdienste abgehalten.«

»Vanderbilt wird sicher seine Totschlägertypen hinter uns herschikken«, meinte Fisk. Dabei klang er ganz zufrieden. »Das Hotel liegt nahe am Wasser. Wir sollten wohl eine eigene Küstenwache einrichten. Drei, vier kleine Boote mit Männern, denen wir vertrauen können. Wir werden sie die Erie-Marine und -Küstenwache nennen. Was hältst du davon, Jay?«

Vor Abscheu schürzte Gould die Lippen. »Bevor du anfängst, den Admiral zu spielen, verlange ich, daß du dich einer anderen geschäftlichen Angelegenheit widmest. Sie betrifft den jungen Mann, der mich um vierzigtausend Dollar gebracht hat.«

Mit einem schnellen Blick auf den leidenden Dan Drew setzte er hinzu: »Wir sollten wohl jetzt nicht über Einzelheiten reden.«

»Wann immer du willst, werde ich mich darum kümmern«, versprach Fisk. Bald schon ratterte die Mietsdroschke die Cortlandt Street hinauf zum Anlegeplatz der Fähre. Ein Dutzend Rauhbeine aus den Slums, die Fisk angeheuert und als Detektive für die Erie verpflichtet hatte, luden bereits die Koffer aus der ersten Kutsche. Als Fisk die letzten beiden Reisetaschen hochhob, beschwerte sich Drew erneut darüber, daß er New York verlassen müsse. Fisk drängte ihn zum Eingang.

»Hör mal zu, Danny, ich werde Miss Josie so schnell wie möglich holen lassen. Sag nur ein Wort, und ich sorge dafür, daß sie einen Pfarrer mitbringt, damit auch du Gesellschaft hast.«

Gould blieb im Zwielicht dieses windigen Märztages zurück. Als der letzte Koffer im Abfertigungsgebäude verschwunden war, sprach er den Wächter an, der sie begleitet hatte:

»Biggs, ich möchte, daß Sie nach unserer Abreise einen Auftrag ausführen.«

»Ja, Sir!« Der lange Kerl fuhr sich mit dem Zeigefinger über den Schnurrbart. Er mußte sich bücken, um den Rest zu verstehen.
»Ich will, daß Louis Kent etwas passiert.«
»Etwas Schlimmes?«
Gould nickte. Seine dunklen Augen sahen beinahe gutartig aus. »Die Wahl der Mittel überlasse ich ganz Ihnen. Und ich möchte niemals in Zusammenhang mit dieser Angelegenheit gebracht werden.«
Biggs lächelte: »Verstanden!« Er tippte an seine Melone.
Jay Goulds Kopf fuhr hoch, als das Pfeifsignal der Fähre ertönte. Lächelnd eilte er ins Abfertigungsgebäude.

3

Kaum war Gideon erwacht, faßte er sich an die Nase. Nicht nur, daß er vergessen hatte, die Küchenlampe auszumachen. Margaret hatte es auch noch versäumt, das Feuer im Ofen abzudämpfen, um Holz zu sparen.

Den Ofen konnte er ignorieren, aber das Licht stellte ein Problem dar. Er mußte jetzt aufstehen.

Er gähnte. Er war übermüdet. Den ganzen Tag über hatte er westlich von Hoboken bei einem Farmer gearbeitet. Für fünfzig Cent war er als Schweinehirt beschäftigt. Als er nach Hause kam, war er zu müde, um das zu tun, was er seit Tagen beabsichtigt hatte: ins Diamond N zu gehen, um zu sehen, wer von den Kollegen vom Rangierbahnhof dort war, und mit ihnen zu sprechen.

Aber die Erschöpfung war nicht der einzige Grund, warum er das nicht getan hatte. Er war sich sicher, daß die Kollegen ihn aus Furcht zurückweisen würden.

Aber das wußte er bereits, daß es viele dieser Zurückweisungen geben würde, ehe er auch nur einmal einen Erfolg würde verbuchen können. Warum machte ihn ein möglicher Mißerfolg jetzt so handlungsunfähig?

Er kannte die Antwort auf diese Frage. Von dem Augenblick an, da er das Diamond N betrat und aussprach, was ihn bewegte, gab es für ihn keinen Weg mehr zurück.

Zur Hölle damit! Er war zu übermüdet, um jetzt darüber nachzudenken.

Die Bettdecke raschelte. Er stützte sich auf die Ellenbogen und blinzelte. Eleanor blickte ihn über den Rand ihres Bettes an.

»Papa? Was brennt denn da?«

Eleanor hustete. Sie begann zu wimmern. Gideon berührte Margarets Hüfte:

»Margaret, aufstehen! Das Haus brennt!«

Nun war alle Lethargie verflogen. Die Küche brannte lichterloh. Der Qualm wurde immer intensiver, drang jetzt auch ins Schlafzimmer ein.

Vom Wohnzimmer her war ein Prasseln zu hören. Margaret rührte sich allmählich. Allmächtiger Gott! Jetzt brannte es schon in der Nähe der Vordertür.

»Eleanor, lauf zum Fenster! Mach es auf!«

Er hob seine Frau hoch. Endlich öffnete sie die Augen.

Die Flammen züngelten bereits am Pfosten der Küchentür. Sie fraßen die dünnen Wände und die alte Tapete im Nu. Margaret hing in seinen Armen und sah jetzt das Feuer.

Gideon konnte nur noch schwer atmen. Warum brannte das kleine Haus so schnell ab? Dann bemerkte er, daß dem Rauch ein verräterischer Geruch beigemischt war.

Eleanor kämpfte mit dem Schiebefenster: »Papa, es klemmt!«

»Daran ist der verdammte Schnee und das Eis schuld. Laß mich mal ran!«

Er stellte Margaret auf den Boden. Jetzt spürte er die Hitze schon unter seinen nackten Sohlen. Er ballte eine Hand zur Faust und schlug das Glas ein. Ein Splitter verletzte ihn am Handgelenk. Blut rann in den Ärmelaufschlag seines Nachthemds.

Nun nahm er einen Stuhl und schlug damit die gefährlichsten Scherben aus dem Fensterrahmen heraus. »Komm her, Eleanor, beeil dich!« Er mußte schreien, um gehört zu werden.

Zitternd ließ sie sich von ihm zur Türschwelle tragen. Plötzlich zuckte sie zusammen, denn Glassplitter schnitten ihr in den Fuß. Sie schrie und fiel in Gideons Arme zurück.

Das kostete sie wertvolle Sekunden. Als er das Kind wieder beruhigt hatte, brannte bereits die Wand neben dem Fenster. Es hatte sich auch schon in die andere Richtung bis hin zum Bett ausgebreitet. In Margarets Augen spiegelte sich der rote Schein des Feuers wider.

Er legte seine blutende Hand um Eleanors Taille und hob sie auf seine Schulter. »Halt dich an meinem Hals fest.« Margaret packte seinen anderen Arm.

»Warum brennt es so schnell, Gideon?«

Er zerrte seine Frau zum Wohnzimmer. Der Qualm war so dicht,

daß er die Haustür kaum mehr sehen konnte. Bevor sie diese erreichten, wurde ihnen der Weg durch eine Flammenmauer versperrt.
 Seine Augen tränten. Der Saum seines Nachthemds begann durch sprühende Funken zu glimmen. »Halt dich an mir fest, Eleanor. Margaret, bleib ganz dicht bei mir. Wir müssen da durch!«
 Funken glühten nun auch auf seiner ledernen Augenklappe. Jetzt hatte er nicht einmal mehr Zeit, ihr zu sagen, daß er sie liebte. Er senkte den Kopf und rannte auf die immer höher wachsende glühendheiße Flammenwand zu.


4

Der Wein von Delmonico ließ ihn alles nur noch verschwommen sehen. Aber er erregte ihn auch. Er trug in keiner Weise dazu bei, das ungeheure Verlustgefühl abzuschwächen.
 Er war ihnen so nahe gekommen. Hatte mit ihnen zusammengearbeitet. Hatte den gefügigen Hund gespielt. Er war der obersten Sprosse der Leiter so nahe gewesen. Und dann war alles umsonst gewesen, weil es dem Sohn seines Vetters zweiten Grades gelungen war, ihm in Mrs. Bells Etablissement zu folgen.
 Finanziell würde er keinen Verlust erleiden. Er hatte aus gewonnenen Kenntnissen heraus den größtmöglichen Vorteil gezogen. Binnen weniger Monate hatte er den Wert seiner Investitionen verdoppelt.
 Aber dies geschah um den Preis des Verlustes seines Aufsichtsratspostens. Niemals wieder würde er von den Spitzen der Finanzwelt als ihresgleichen behandelt werden. Ebensowenig würde man ihn in Zukunft in diesen Kreisen als vertrauenswürdig betrachten. Jay Gould hatte ihn als Versager abgestempelt. Er wußte, daß man in der Wall Street und in den Clubs etwa so über ihn sprach:
 »Ein paar Wochen lang stand Louis Kent Jay Gould ganz nahe. Der hat ihn aber wieder abgeschoben. Gould ist ein räuberischer Hurensohn. Keiner ist gerissener als er. Mit diesem Kent muß irgend etwas nicht stimmen.«
 Die Scheidung von Julia hatte ihn Vanderbilts Freundschaft gekostet. Die Katastrophe der Erie-Linie hatte ihn die Freundschaft der wichtigsten Konkurrenten Vanderbilts gekostet. Er wußte genau, wie man jetzt in der Wall Street über ihn redete:
 »Kent hat zwar noch Geld, aber ansonsten ist er in jeder Hinsicht ein ruinierter Mann.«

Louis hielt sich am Handgelenkriemen seiner Kutsche fest und versuchte seine Aufmerksamkeit auf die schmutzige Straße zu konzentrieren. Die Straße war in eine fast höllische Dunkelheit gehüllt. Die feuchte Luft roch nach Abfall und nach Fluß. Er befand sich in einer ziemlich finsteren Gegend, nur einen Block von der Bowery entfernt. Die Kutsche bewegte sich nur langsam voran, weil Louis' Fahrer nach einer bestimmten Adresse suchte.

Er hoffte zu Gott, daß sie dasein möge. Es war schon nach Mitternacht. Er hatte zwei Tage gebraucht, bis er durch einen Theateragenten ihre Adresse erfuhr. Er wußte nicht, was er tun sollte, falls sie nicht zu Hause war. Es war ihm einfach nicht möglich, eine weitere Nacht alleine zu verbringen.

Immer noch bedeutete sie ihm nichts. Aber in seinem großen Haus in der Fifth Avenue war er einfach nicht imstande, zu schlafen oder auch nur vernünftig nachzudenken. Er fühlte sich elend und mußte immer wieder an sein Versagen denken. Was wäre, wenn?

Mit diesen Gedanken zu ihr zu gehen bedeutete das Eingeständnis einer Schwäche. Aber das machte ihm nichts aus. In seinem Hause war die Einsamkeit unerträglich. In dieser Einsamkeit gab es zu viele Gespenster. Zu oft wurde er daran erinnert, daß es ihm beinahe gelungen wäre, in der Wall Street, in Amerika, in der Welt eine führende Rolle zu spielen.

»Sir, ich denke, hier ist es.« Die Kutsche kam zum Stillstand. »Kein sehr angenehmer Ort. Soll ich auf Sie warten?«

»Nein, holen Sie mich morgen früh um acht wieder ab.«

Er stolperte auf die Straße, machte einen Schritt über die Leiche einer Katze hinweg und stieg die steilen Stufen hinauf, während die Kutsche davonklapperte. Er sah sich auf einer Tafel die Namen der Mieter genau an, da wurde seine Aufmerksamkeit durch die Hufe eines anderen Kutschpferdes abgelenkt.

Die Droschke kam von der Bowery her. Sein eigenes Fahrzeug war bereits nicht mehr zu sehen. Aber er war zu betrunken, um mehr als einen kurzen Blick auf das langsam herannahende Fahrzeug zu werfen.

Er zündete ein Streichholz an. Er fand einen Namen: N. Chetwynd. Als er sich die Nummer der Wohnung notierte, hörte er, wie eine Tür leise geschlossen wurde. Jetzt verlosch das Steichholz wieder.

Er bemerkte, daß ein Mann die Stufen heraufkam. Da Louis betrunken war, reagierte er nur langsam. Er hatte nichts gegessen.

»Hallo, Mr. Kent.«

Die Stimme war ihm unbekannt. Seine rechte Wange begann jetzt zu zucken. Immer noch stand er leicht gebeugt vor der Tafel mit den Namen der Mieter. Jetzt geriet er in Panik und wollte sich umdrehen:
»Warten Sie! Ich bin nicht...«
Der Satz wurde von seinem Stöhnen unterbrochen. Dann schrie er vor Schmerz auf, als das Messer ihm in den Rücken drang.

5

Gideon konnte noch immer den Rauch riechen. Es war ein anderer Rauch, als der schwarze Tabaksqualm, der im Diamond N alles durchdrang. Es handelte sich um den ätzenden Rauch verkohlter Wandverkleidungen, verbrannter Kleidungsstücke und zerstörter Polstermöbel.
Nun entdeckte er Rory Bannock, der sich an die Bar aus Mahagoni lehnte.
»Guten Abend, Rory.«
»Gideon, mein Junge! Es soll letzte Nacht alles bei euch verbrannt sein.«
Gideon schaute auf die Wanduhr. Sie zeigte Viertel vor fünf. Bald würde Bannock zur Nachtschicht aufbrechen müssen. Er schob eine Münze über die Theke und verlangte ein Bier.
»Ja«, bestätigte Gideon, »das Häuschen ist total zerstört. Den Schaden hat der Hauseigentümer zu tragen. Aber auch unsere paar Möbel sind nur noch Asche. Ich konnte gerade noch rechtzeitig Margaret und Eleanor ins Freie schaffen.«
»Es soll sich um Brandstiftung handeln.«
»So ist es.«
»Hat die Polizei jemand geschnappt?«
Er schüttelte den Kopf. »Wer immer den Brand gelegt haben mag, er ist abgehauen, sobald das Petroleum angezündet war.«
Bannock zuckte zusammen: »Hast du eine Ahnung, wer es gewesen sein könnte?«
»Nein«, log Gideon. Dabei wußte er es ganz genau. Es handelte sich um einen ganz bestimmten Menschen, der zwar seine Forderungen erfüllt, ihm aber nicht vergeben hatte. Dieser Mann lebte jetzt im Taylor's Hotel, er lieferte der New Yorker Presse Stoff mit seinen bewaffneten Wächtern und seiner Privatflotte.
Es gab natürlich keinerlei Beweise. Jephthas Warnung vor einem

möglichen Vergeltungsschlag hatte sich jedoch als berechtigt erwiesen. Aber nun, da Gideons Familie gerettet und der große Schreck überstanden war, fühlte sich Gideon seltsamerweise sogar zufrieden, daß Gould auf diese Weise reagiert hatte. Der Brand hatte ihm den Entschluß zum Handeln erleichtert.

»Jeder kann's gewesen sein«, sagte er, ehe er einen ersten Schluck aus dem Krug nahm. Bannock trank sein Bier jetzt aus. »Heutzutage treiben sich viele hungrige Menschen herum. Hunger und Mißerfolg können einen Burschen zu verrückten Taten treiben.«

»Du bist doch arbeitslos, Gid. Cuthie hat das erzählt.«

»Richtig.«

»Die Erie gibt und die Erie nimmt«, bemerkte der andere mit gequältem Lächeln. »Was das Geben betrifft: Hat man je erfahren, wer all das Geld an Flo Miller und Mrs. Kolb geschickt hat?«

»Nein. Es war wohl ein Wohltäter aus New York.«

»Ich wußte gar nicht, daß es da Wohltäter gibt.«

»Wer für die Wohltaten verantwortlich ist, das ist gar nicht wichtig. Die Familien haben es auf jeden Fall verdient. Aber auch die Familien, wo die Männer noch am Leben sind, haben einige Wohltaten verdient, Rory. Das gilt auch für dich und deine Familie. Es geht um höhere Löhne, kürzere Arbeitszeiten. Diese Dinge wird die Erie nie gewähren, solange ihr keine Forderungen stellt.«

»Ach, erspar mir das Gerede, das wir von Sylvis kennen«, schimpfte Bannock.

»Im Augenblick, ja.«

»Um dich mache ich mir Sorgen«, fuhr Bannock fort. »Ich finde es schrecklich, daß es dir so schlecht geht. Ich hab' das wohl noch nie gesagt, aber du bist ein verdammt anständiger Bursche, Gideon.«

»Das ist wirklich ein Kompliment.« Gideon lächelte. »Besonders von einem Yankee.«

Bannock winkte ab. »Du meinst: von einem dummen Iren aus Philadelphia. Was gehen uns die Auseinandersetzungen zwischen Nord und Süd an. Der Krieg ist seit mehr als drei Jahren zu Ende.«

Dieser Krieg, ja. Aber jetzt beginnt ein anderer Krieg!

Bannock stützte sich angetrunken auf seine Unterarme. »Meine Frau und ich, wir haben darüber gesprochen, daß man dich rausgeschmissen hat. Und nun auch noch das Feuer. Wie wirst du damit fertig werden?«

»Ich weiß es nicht, aber wir werden es schaffen.«

Vorübergehend waren sie im Haus der Millers untergekommen.

Aber er und Margaret hatten bereits über die Zukunft gesprochen und waren sich einig darüber, was Gideon unternehmen sollte. Er wollte weiterhin jeden erdenklichen Job annehmen. Aber seine eigentliche Aufgabe war eine andere: Die galt es anzugehen.

»Egal, Rory, ich bin nicht gekommen, um darüber zu diskutieren.« Noch gab es für ihn eine Rückzugsmöglichkeit. Er begab sich jetzt auf einen Weg, der ihn zum Außenseiter abstempeln würde. Welch ein schönes Wort!

In den Augen vieler respektabler Leute würde er ein Paria sein. Aber die Arbeit mußte getan werden. Solange niemand den ersten Schritt tat, würde sie ungetan bleiben. Verantwortung konnte nicht beiseite geschoben werden. Das war seit Generationen das Motto der meisten Kents. Er wollte da keine Ausnahme darstellen.

Er zog seine letzte Münze aus der Tasche. »Darf ich dir noch ein Bier kaufen, Rory?« fragte er. »Vielleicht hörst du dir dann an, was ich zu sagen habe!«

Aufrecht stehend und ganz ruhig fügte er hinzu: »Ich möchte mit dir darüber sprechen, daß es notwendig ist, auf dem Rangierbahnhof eine Gewerkschaft zu gründen.«

# Epilog in Kentland

Das erhobene Schwert

Dieses Frühjahr 1868 war eine sehr kriegerische Zeit. Jetzt, im Alter von beinahe neunundvierzig Jahren, gelangte Reverend Jephtha Kent allmählich zu der Ansicht, daß das der Normalzustand auf dieser Welt war.
 In Washington spielte sich der heftigste Kampf ab. Den Radikalen im Kongreß war es gelungen, gegen Präsident Johnson ein Verfahren wegen Amtsmißbrauchs zu eröffnen. Mitte März hatte der Impeachment-Prozeß gegen Johnson begonnen. Sein Ausgang war nicht abzusehen. Die Entwicklung stand auf Messers Schneide.
 Sollten die Radikalen gewinnen, würde es ein totaler Sieg sein. Sie unterstützten Gesetze, die es den Militärgouverneuren ermöglichten, im Süden das Gesetz mit Waffengewalt durchzusetzen. Jephtha hatte mit angesehen, wie die Macht der Republikaner ständig und bewußt ausgedehnt wurde. Gleichzeitig bestätigten sich seine schlimmsten Befürchtungen hinsichtlich einer Manipulation des Abstimmungsverhaltens der Schwarzen. Dies erschütterte seine Treue zur Republikanischen Partei.
 Im engeren Bereich seiner Heimat hatte der sogenannte Erie-Krieg für Monate die Aufmerksamkeit der Öffentlichkeit auf sich gezogen. »Fort Taylor« – Jim Fisk hatte dem Hotel in Jersey City, das zeitweilig als Zentrale der Gesellschaft diente, diesen Namen gegeben – weckte das Interesse der ganzen Nation. Die Tagespresse brachte spannende Berichte vom Kampf zwischen Haussiers und Baissiers. Dabei wurde keine Einzelheit ausgelassen. Man interviewte sogar Mr. Fisks Geliebte. Mitglieder seiner privaten Seewache wurden befragt, die rudernd nach Vanderbilts Flotte Ausschau hielten. Anonyme »Mitwisser« wurden interviewt. Und sie schilderten alles: vom Frühstück, das Mr. Gould in seiner Suite serviert wurde, bis zu Daniel Drews immer schlimmer werdenden Wutanfällen. Der Alte fürchtete, daß seine Kirchengemeinde ohne ihn untergehen würde.
 Keine Vanderbilt-Flotte war von New York her aufgekreuzt. Die Direktoren der Erie hatten sich der Wut des Gegners entzogen. Aber

der Preis bestand darin, daß sie das Finanzzentrum des Landes verlassen mußten. Schließlich packte Gould, wie aus zuverlässigen Quellen verlautete, beinahe eine Million in bar in einige Reisetaschen. Damit reiste er nach Albany, um den Pattzustand zu beenden, indem er die Black Horse Cavalry zu gewinnen suchte. Das war eine Gruppe, die dem Staatsparlament von New York angehörte und die für Geld bereit war, jedes gewünschte Abstimmungsverhalten an den Tag zu legen.

Im Gegenzug hatten auch die Leute des Commodore Geld nach Albany fließen lassen. Aber Goulds Einsatz war höher. Daraufhin verabschiedeten beide Häuser des Parlaments ein Gesetz, das für alle Zeiten innerhalb des Staates die Umwandlung von Obligationen legalisierte. Nun mußte Vanderbilt damit rechnen, daß es ständig Emissionen von Erie-Aktien geben werde. Außerdem sah er sich einer geschickt eingefädelten Pressekampagne gegenüber, die Gould ausgelöst hatte.

Die Zeitungen verbreiteten in der Öffentlichkeit die von Gould lancierte Warnung: »Ein Raubtier geht um im Land! Hütet euch vor dem Erz-Monopolisten!« Jephtha konnte sich nicht erinnern, diesen Begriff schon einmal gehört zu haben, aber Vanderbilt war der wahre Prototyp eines Monopolisten.

Angesichts von Goulds sorgfältig orchestrierter Kampagne machte eine Zeitung aus unerklärlichen Gründen eine Kehrtwendung und begann Loblieder auf den Commodore zu singen. Ende März benötigte Jephtha vier Tage, um durch ein Mitglied seiner Gemeinde, das beruflich in der Wall Street zu tun hatte, zu erfahren, warum die New Yorker »Union« ihre Linie in dieser Frage geändert hatte.

Zwar verhielten sich andere Blätter nicht offen feindselig gegenüber Vanderbilt, aber für sie stellten Mr. Gould und seine ungebetenen Warnungen doch einen guten Nachrichtenstoff dar. Gould warnte, der schändliche Commodore würde bald so viele Unternehmen und Eisenbahnlinien schlucken, daß er den Preis jedes Brotlaibs bestimmen könne. Einige Journalisten und Politiker forderten jetzt, man müsse Vanderbilts Macht Grenzen setzen. Dabei ignorieren sie munter die Quelle der Vorwürfe gegen ihn. Auch konnten sie nicht genau erklären, wie das geschehen sollte.

In letzter Zeit hatte sich allerdings eine Entwicklung ergeben, die darauf hindeutete, daß dieser spezielle Krieg sich seinem Ende näherte. Nachdem ein Gesetz die Druckpresse in der Duane Street legalisiert hatte und er bereits einen Verlust von beinahe zehn Millionen Dollar hatte einstecken müssen, war der Commodore, so hieß es, die

Auseinandersetzung leid. Jephthas Gemeindemitglied mit den Wall-Street-Beziehungen behauptete, Vanderbilt habe Dan Drew eingeladen, um den Streit beizulegen. Wenn das stimmte, dann hatte der Commodore wohl zum ersten Mal in seinem Leben die weiße Flagge gehißt.

Der Erie-Krieg hatte auch seine komischen Aspekte, was man von dem brodelnden Kampf im Süden nicht sagen konnte. Hier entstand ein neues Haßpotential, das Generationen überdauern sollte.

Politiker aus dem Norden zog es immer wieder nach Süden, und sie schleppten ihre vielgeschmähten Reisetaschen voller Geld mit. Mit Hilfe der sogenannten »Scalawags« – darunter verstand man die Südstaatler, die auf Kosten der eigenen Leute mit den Mächten des Nordens kollaborierten – verschafften die Eindringlinge sich die Kontrolle über Staats- und Lokalverwaltungen. Die Militärgouverneure unterstützten sie dabei.

Ehemalige Bürger der geschlagenen Konföderation hatten ebenfalls ihre Kampfziele. Sie warfen den befreiten Negern Trägheit, Unverschämtheit und sogar offene Kriminalität vor. Einige von ihnen begannen sogar einen Freischärlerkrieg, um die Neger einzuschüchtern.

Die Führung dieses Krieges lag bei einer ganz harmlos erscheinenden Veteranenvereinigung, die um Weihnachten 1865 herum gegründet worden war. In einem Anwaltsbüro in Pulaski, Tennessee, hatten die Veteranen eine Geheimbruderschaft gegründet, die sie nach dem griechischen Wort für »Kreis« *Kuklos* nannte. Irgend jemand fügte dann das Wort Clan hinzu, da es in jener Gegend starke schottisch-irische Traditionen gab. Die Gruppe entwickelte sich dann zu einer weit verbreiteten berittenen Terroristenbande, deren Ziel es war, Schwarze zu disziplinieren und manchmal auch zu bestrafen.

Der Clan operierte inzwischen in den meisten Teilen des Südens. Seine Mitglieder verhielten sich rüde in Wort und Tat. Man nutzte das Analphabetentum der Mehrheit der Schwarzen aus. Einer der Lieblingstricks der vermummten Leute des Clans bestand darin, bei Nacht eine Negerhütte zu umzingeln und mit Grabesstimme um etwas zu trinken zu bitten. Die berittenen Besucher gaben sich als Geister von Toten aus und behaupteten, seit ihrem lange zurückliegenden Tod nichts mehr zu trinken bekommen zu haben.

Wenn man ihnen dann Wasser gab, waren sie auf anscheinend magische Weise in der Lage, ungeheure Mengen davon durch die Mundschlitze ihrer Kapuzen verschwinden zu lassen. Wie Jephtha gelesen hatte, bediente man sich bei diesem Trick eines Schlauches und eines versteckten Gummisacks. Aber das wußten nur wenige der Opfer. Und die meisten waren auch viel zu aufgeregt, um darauf zu kommen. Anfang April hatte ein Schwarzer dabei einen tödlichen Herzschlag erlitten. Selbst Bedford Forrest, ein ehemaliger Kavallerist der Konföderierten, der zunächst die Aktivitäten des Clans eifrig unterstützt hatte, empfand Berichten zufolge jetzt Abscheu wegen der zunehmenden Exzesse.

Jephtha weigerte sich jedoch, alle Südstaatler zu verdammen. Er war der Ansicht, der Norden solle zuerst das eigene Haus in Ordnung bringen. Die verachteten Neueinwanderer, die per Schiff aus allen Teilen Europas herbeiströmten, landeten zuerst in den überfüllten Slums. Die Industriegewaltigen machten sich diesen Zustrom zunutze, um mit der Drohung, anderenfalls Immigranten einzustellen, den Forderungen der Gewerkschafter entgegenzutreten. Gideon hatte sich den Gewerkschaftlern angeschlossen. Er kämpfte um den Aufbau einer kleinen Organisation auf den Rangierbahnhöfen der Erie-Linie. Jephtha respektierte und bewunderte Gideons Engagement. Aber was die Zukunft seines Sohnes betraf, so hatte er keine Illusionen. Gideon hatte jetzt nur einen Krieg gegen einen anderen Krieg ausgetauscht.

Im Norden stellten die Schwarzen sogar eine noch stärker als im Süden verachtete Minderheit dar. Jephtha mußte nicht weiter gehen als bis zur Ecke 44th Street/Fifth Avenue, um daran erinnert zu werden.

Jedesmal, wenn ihn seine Amtspflichten an diese Stelle führten, kam in ihm die Erinnerung an die vier brodelnden Julitage des Jahres 1863 hoch. Direkt nach der Schlacht von Gettysburg hatten in New York Aufstand und Anarchie geherrscht. Hauptsächlich arme Weiße protestierten auf diese Art gegen die Wehrpflicht.

Schwarze wurden verprügelt; sie wurden an Lampenmasten aufgehängt. Man schüttete ihnen Petroleum in ihre Wunden und zündete sie dann an. Selbst Kinder blieben nicht verschont. Das Waisenhaus für farbige Kinder an der Ecke 44th Street/Fifth Avenue wurde von einem mehrere tausend Leute umfassenden grölenden Mob umzingelt. Glücklicherweise waren rechtzeitig Soldaten erschienen, die die zweihundert Negerkinder und das Waisenhauspersonal in Sicherheit brachten. Danach war der Mob durch das Waisenhaus getobt. Ein verängstigtes schwarzes Mädchen war zurückgeblieben und hatte sich unter seinem Bett versteckt. Jephtha konnte den Bericht darüber, wie man sie zu Tode geprügelt hatte, nie vergessen. Solange solche

Vorkommnisse nicht für alle Zukunft ausgeschlossen waren, hatte der Norden kein Recht zur Scheinheiligkeit.

Die Unruhen von 1863 hatten zum Niederbrennen von über hundert Gebäuden und zum Tode von etwa zweitausend Zivilisten, Soldaten und Polizisten geführt. Die genaue Anzahl würde man wohl nie erfahren. Nachdem Bundestruppen die schlimmsten Ausschreitungen unter Kontrolle gebracht hatten, tat ein »Weiser Mann« den denkwürdigen Ausspruch: »Und das will eine zivilisierte Stadt sein!« Fünf Jahre später kam Jephtha resigniert zu dem Schluß, daß man nun denselben Spruch auf die ganze Nation anwenden könne. Der große Krieg hatte den Negern die Befreiung beschert, aber Gleichheit und Achtung blieben ihnen weiterhin versagt.

Angesichts seiner Berufung schämte sich Jephtha seiner pessimistischen Gefühle wegen. Er versuchte, sich ins Gedächtnis zu rufen, daß es noch nie in der menschlichen Geschichte eine Ära ohne Ignoranz und Neid gegeben habe. Das galt auch für die Zeit, da Christus auf Erden wandelte.

Aber diese Nation war gegründet worden, um Freiheit, Gerechtigkeit und Wandel zu verheißen. Gelegentlich meinte Jephtha, daß der Fortschritt in Amerika übermäßig langsam voranschreite, wenn es ihn überhaupt noch gab. Manchmal fragte er sich, ob Jeremiah für nichts und wieder nichts sein Leben geopfert hatte.

Sein Glaube und seine Frau Molly hatten Jephtha dahin gebracht, die schmerzvolle Tatsache zu akzeptieren, daß sein jüngster Sohn nicht mehr lebte. Etwa alle sechs Monate schrieb er an einen Freund in Washington und bat darum, nochmals die Gefallenenlisten der Bundesregierung zu überprüfen und Nachforschungen anzustellen. Nie war auf diese Weise irgend etwas Neues bekannt geworden. Tag und Ort des Todes von Jeremiah Kent sollten wohl für alle Zeit ein Geheimnis bleiben. Jephtha konnte nur noch darum beten, daß der Tod seines Sohnes nicht sinnlos gewesen sein möge.

In guten Zeiten war er sich sicher, daß dies nicht der Fall war. Die Sklaverei war für immer abgeschafft. Das Land dehnte sich in ungewohntem Tempo aus und war im Westen im Begriff, einen sehr viel sinnvolleren Krieg zu gewinnen. Die Central Pacific und die Union Pacific revidierten die alten Begriffe von Zeit und Raum. Mitte April hatte die Union Pacific den höchsten Punkt ihrer Streckenführung erreicht: Sherman's Summit in 2700 Meter Höhe. Jetzt wurden die Schienen im Gefälle hinunter nach Wyoming verlegt.

Draußen im weiten Land, wo es genug Raum für Menschen gab, um sich eine neue Zukunft aufzubauen, waren Tausende genau damit beschäftigt. Michael hatte mit seinen Geschäften viel erreicht. In seinem Brief kam eine tiefe Zufriedenheit zum Ausdruck. Er vermied das Wort Frieden, aber Jephtha wußte, was er meinte.

Vielleicht hatte auch Matt auf seine Art dasselbe gefunden. In seinen begeisterten Briefen, die mit vielen Zeichnungen angereichert waren, stellte er dar, wie er und seine Frau Dolly in Paris arm, aber glücklich waren. Matts Zeichenkunst wurde durch die großen Museen der Stadt und den Reichtum des künstlerischen Lebens dort gewaltig inspiriert.

Im Frühjahr war Jephthas Pessimismus gewöhnlich weniger heftig als sonst. So war es auch dieses Jahr. Allerdings konnte er seit einiger Zeit nur noch mit Hilfe einer Brille lesen, und oft schmerzten ihn seine Knochen. Als er von dem Wall-Street-Anwalt, dem Mitglied seiner Gemeinde, eine bestimmte Klatschgeschichte erfuhr, gab diese ihm einen erheblichen Aufschwung.

Er hatte den Gedanken bereits aufgegeben, die Firma Kent and Son in Boston zu kaufen. Das Ziel schien ihm einfach unerreichbar.

Aber etwas anderes, was er ebenso schamlos begehrte, erschien ihm nicht mehr unerreichbar. An einem Montagmorgen, nachdem er die entsprechende Information erhalten hatte, machte er sich nach Tarrytown auf den Weg.

2

Draußen vor dem kleinen Büro drang das glühende Sonnenlicht durch die raschelnden Bäume. »Ja, Sir«, sagte der Vermittler, »wir sind die autorisierten Makler.«

Er warf einen zweifelnden Blick auf Jephthas zerknitterten schwarzen Anzug: »Es ist recht teuer.«

»Aber es steht zum Verkauf.«

»Ja, definitiv. Der Eigentümer befindet sich, wie Sie vielleicht wissen, im St. Luke's Hospital in New York.«

Jephtha nickte.

»Ein brutaler Angriff von Straßenräubern soll die Ursache gewesen sein.«

Jephtha sagte nichts dazu. Er hatte im März genau dasselbe erfahren.

»Mr. Kent ist immer noch gelähmt«, fuhr der Vermittler fort. »Der untere Teil seines Körpers wird wohl für immer gelähmt bleiben. Er möchte jetzt verschiedene Teile seines Eigentums abstoßen.«

»Schließt Ihr Preis die Einrichtung mit ein?«

»Jawohl.«

»Wirklich alles? Jedes Buch, jede Kleinigkeit?«

Der Agent runzelte die Stirn: »Darf ich erfahren, warum das für Sie so wichtig ist, Mister...?«

»Kent.«

Das sagte er ganz ruhig und wartete die Reaktion ab, die sehr deutlich war. Dann fuhr er fort:

»Ich will nicht, daß mein Name im Zusammenhang mit dieser Transaktion erwähnt wird. Das ist eine Bedingung für mein Angebot. Wenn Sie die verletzen, dann verlieren Sie die Bevollmächtigung.«

»Sind Sie mit dem Eigentümer verwandt?«

»Entfernt, ja. Ich möchte jedoch aus persönlichen Gründen im Zusammenhang mit dem Verkauf nicht genannt werden. Ich werde mich durch Anwälte vertreten lassen. Ich zahle jeden Preis, der verlangt wird...« Der Vermittler schaute verblüfft drein. »...aber nur wenn die Einrichtung vollständig bleibt. Können Sie auf diese Bedingungen eingehen?«

Ein salbungsvolles Lächeln umspielte den Mund des Maklers. »Natürlich. Bei Objekten dieser Preislage gibt es nicht allzu viele Käufer. Ich denke, daß alles zu Ihrer Zufriedenheit geregelt werden kann.«


3

Am siebzehnten Mai saß der Bauunternehmer Patrick Willet in seiner Kutsche auf dem Weg nach Kentland. Es war ein strahlender Morgen, es ging ein leichter Wind, alles durchdrang der süße Geruch von Erde und Laubwerk. Am Tage zuvor war das Impeachment-Verfahren gegen den Präsidenten an der fehlenden Zweidrittelmehrheit im Senat gescheitert. Gerade eine Stimme hatte dabei gefehlt.

Aber Willet beschäftigte dennoch heute diese sensationelle Nachricht. Er befand sich in nahezu euphorischer Stimmung. Den Grund hierfür stellte sein voraussichtlicher neuer Kunde dar; der etwas ungewöhnliche Käufer des Anwesens war ein ärmlich aussehender, aber offensichtlich sehr wohlhabender Geistlicher aus der Stadt New York.

Der grauhaarige Geistliche hatte denselben Familiennamen wie der frühere Hausherr von Kentland. Willet hatte für diese überraschende

Übereinstimmung keine Erklärung erhalten. Und er drängte auch nicht darauf. Dafür ging es um viel zuviel Geld.

Reverend Kent hatte ihn vor einer Woche unter Vertrag genommen. Willet hatte sich gern bereit erklärt, ihn nach Tarrytown hinauszufahren, damit er seinen neuen Besitz übernehmen konnte. Jetzt befand sich Kent immer noch im Haus. Die Vordertüren standen offen. Im Innern war es dunkel, und der Geruch von Staub drang nach außen. Mr. Willet schob sich ein Stück Kautabak in den Mund. Es konnte eine Weile dauern, ehe man ihn hereinrief. Er war gerne zu warten bereit. Er war sogar bereit, bis zum Jüngsten Tag zu warten, um die große Summe zu verdienen, die der absehbare gründliche Umbau kosten würde.

Zu seiner Überraschung erschien Reverend Kent aber bereits nach kaum fünf Minuten.

Kent trug den Handkoffer bei sich, den er mit ins Haus genommen hatte. Der Koffer war nun übervoll. Und das seltsamste von allem: Der Geistliche trug unter dem Arm ein Schwert in der Scheide und ein altes Gewehr.

Kent stellte die Reisetasche auf die Auffahrt, daneben legte er das Gewehr. Dann ging er aus dem Schatten des Säulengangs ins Sonnenlicht hinüber. In fast symbolischer Weise zog er ein Drittel des Schwertes aus der messingbeschlagenen Scheide.

Willet kletterte herab und schaute dem Mann über die Schulter. Das Schwert besaß einen hübsch gerippten Griff und einen Knauf, der die Form eines Vogelkopfs hatte.

Kent bemerkte das Interesse des Bauunternehmers. Er hob das Schwert jetzt ein wenig höher.

»Das ist ein Seitengewehr der französischen Infanterie, ein Geschenk des Marquis de Lafayette an den Gründer unserer Familie noch vor der Revolution.«

»Sehr hübsch«, murmelte Willet. Kent schob die Klinge in die Scheide zurück. Und während er dies tat, leuchtete der Griff hell im Widerschein der Sonne. Die dunklen Augen des Geistlichen glänzten.

Der Mann weint ja! sagte der erstaunte Bauunternehmer zu sich selbst. Geistliche waren eben oft seltsame Leute.

Dies zeigte sich erneut, als Kent vorsichtig das Schwert, das Gewehr und den Handkoffer hinten in dem Wagen verstaute. Dann steckte er einen Schlüssel in die Vordertür von Kentland.

»Aber Reverend!« rief Willet aus. »Wollen wir nicht einen Blick nach drinnen werfen?«

»Nein, Mr. Willet. Ich habe jetzt die Sachen, um die es mir ging, mit Ausnahme eines Bildes im Salon. Das wird man später verpacken und holen müssen. Die anderen Erinnerungsstücke bekommt mein ältester Sohn. Er geht einer Beschäftigung nach, von der Sie sicher nichts halten«, fügte Kent mit einem Lächeln hinzu. »Sie sind doch Unternehmer, nicht wahr?«

»Und was macht Ihr Sohn?«

»Er ist Gewerkschaftsfunktionär.«

»Da haben Sie recht. Ich halte nichts davon.« Willet schoß jetzt zurück: »Solche Leute stören das gesellschaftliche Gleichgewicht.«

»Die Gesellschaft braucht wohl in jeder Generation einmal etwas Unruhe, Mr. Willet. Sie muß sich natürlich in friedlichen Formen artikulieren. Sonst nimmt man zu viele Dinge, die geändert werden müssen, ohne Fragen hin.«

Willet rümpfte die Nase: »Sir, wenn Sie meine Frage nicht stört, sagen Sie mal, wie Ihr Sohn zu einem derart radikalen Engagement gelangt ist?«

»Ich kann Ihnen versichern, daß er kein Extremist ist. Vielleicht wird er mal einer. Sicher wird man ihn so bezeichnen. Aber um Ihre Frage zu beantworten: In unserer Familie ist es Tradition, sich für eine gute und gerechte Sache einzusetzen. Das gilt zumindest für manche Zweige unserer Familie.«

Der Unternehmer hätte Kent gern eingehender mit seinen Ansichten zur Gewerkschaftsbewegung bekannt gemacht, aber er war dem Mann ja geschäftlich verpflichtet. Daher wechselte er das Thema.

»Nun, Sir, wenn wir uns das Haus genauer ansehen wollen, dann müssen Sie mich schon hineinlassen.«

Kent kletterte auf den Sitz der Kutsche. »Sie können mir auf dem Weg nach Tarrytown Ihre Kostenvorstellungen darlegen.«

»Reverend, wie soll ich die notwendigen Reparaturen berechnen, ehe ich mir die Sache angesehen habe?«

Da unterbrach ihn Kent: »Es geht mir nicht um Reparaturen.«

Willet hob die Augenbrauen: »Aber ich dachte...«

Der Geistliche schüttelte den Kopf. Er blickte intensiv auf die sonnenüberflutete Fassade und lächelte dabei seltsam:

»Ich habe nie gesagt, daß ich etwas verändern will oder daß ich beabsichtige, hier zu leben. Ich werde Sie dafür bezahlen, daß Sie Kentland abreißen.«

»Abreißen?«

»Ja, Mr. Willet, bis zum letzten Stein!«